朱元璋

下

朱蘇進繼《康熙王朝》、《鄭和》以後，再造《朱元璋》的神話。

中國歷史上唯一一個從乞丐到皇帝的人。

朱蘇進◆作者

目錄

目錄

第二十一章

馬夫人窘迫吐心曲
朱元璋登基立大明

且說馬夫人在月光下踽踽獨行，與星月對話，幽幽地傷感著又恬靜地幸福著。時而抹一抹眼淚，時而抿嘴一笑，幾乎忘了身爲何物？此爲何處？後來看見月亮被烏雲遮了半邊，她才猛醒，趕緊回到廳堂，招呼兩個侍女跟隨，穿過廊道往偏房去。忽然她發現有個人影在走廊盡頭晃了一下，又退回到暗處。不由警覺地問：「誰在那裡？」

二虎從暗中出來，匆匆上前揖禮：「末將拜見夫人。」他顯得有點局促不安。馬夫人見是二虎，鬆口氣道：「是你呀，縮在這裡幹什麼？嚇了我一跳。」二虎支吾道：「末將在、在守候陛下。」馬夫人「哦」了一聲走過，但她感覺到二虎像是不大自在，心裡不由疑疑惑惑的。

到了偏房，馬夫人讓侍女留在外面，自己推門走進去，看見燭光被開門帶進的風吹得搖曳不定，燭火照著抹得亮晶晶的銅鏡，玉兒的倩影就映在鏡子裡，她顯得少有的心神不寧。

馬夫人手扶門框凝視玉兒片刻，明知故問：「玉兒在嗎？」

玉兒原以爲姐姐回來了，聽見是馬夫人的聲音，急忙推開銅鏡，起身迎上前問安，有些不自然地說：「夫人！這麼晚了，您還沒歇息？」馬夫人道：「睡不著，出來走走。路過這兒，順便進來告訴你一聲。」馬夫人話到此處，卻躊躇不語了。

玉兒剛才還忐忑不安地低著頭，但見馬夫人少見的吞吞吐吐、欲說還休，不由抬頭向她看去。驚訝地發現馬夫人表情淒婉、哀傷，不知發生了什麼事，卻又不敢多問。她乖巧地扶馬夫人落座，輕輕說：「請夫人吩咐。」馬夫人苦澀地說：「是這麼個事。今天晚上，你的倩姐姐恐怕不回來睡了。不但如此，明、後天，她也許還得搬到後宮居住，比你這兒寬敞多了！」

玉兒一怔，心裡憂喜交集著，輕聲道：「奴婢明白了。姐姐好福氣，謝夫人照應姐姐。」馬夫人審視她片刻，道：「玉兒，別羨慕她！」玉兒紅了臉，立刻申明：「我不羨慕，眞的！」馬夫人道：「這就好。哦，還有個事兒。」玉兒道：「夫人吩咐。」馬夫人再次認眞注視著玉兒的臉，道：「二虎在外頭。他是在等你吧？」玉兒的臉更紅了，羞怯地低下頭。

馬夫人微微一笑，問：「多久了？」玉兒顫聲道：「年初開始，他就經常來找我。後來，就更勤了。奴婢不敢稟報夫人，請夫人恕罪。」

馬夫人親切地說：「有人喜歡，是好事嘛，何罪之有？罷了，你去吧。」

馬夫人起身要走。玉兒知道今晚馬夫人心情不好，善解人意的她急忙拉住夫人道：「不、不，我不去了。我要侍候夫人！」馬夫人果眞又坐下了，道：「那我就再坐會吧。說實在話，讓男人多等等，對他們有好處！玉兒，喜歡二虎嗎？」

玉兒悽惶地抿出一笑，道：「我、我說不清楚。」馬夫人因爲今晚情緒不佳，不由得借題發揮，悲涼地感歎道：「女人哪，老有說不清楚的事，永遠都有！這是咱們女人的命。」

玉兒顫聲道：「夫人，我、我覺得自己對不起死去的花榮！」

馬夫人這才明白玉兒爲何笑得勉強，慈祥地望著玉兒，聲音暖暖地問：「你一直在懷念花榮，是嗎？」玉兒幾乎落淚，聲音哽在喉嚨裡出不來。

馬夫人感慨萬分，喃喃道：「好丫頭啊！花榮是你的初戀嘛。就像一個孩子，頭回看見清晨的太陽，歡喜得都要暈了。」玉兒看見馬夫人眼中閃動的光彩，好奇地脫口而出：「夫人，您初戀的人是誰呀？」

馬夫人被問得一怔，窘迫地訓斥：「有你這麼問的嗎！」玉兒趕緊躬身請罪：「奴婢失言。」

馬夫人歎口氣道：「唉，我還有誰，不就是那個朱重八嘛！告訴你也無妨，剛結婚那陣子，他整個是我的。後來，他成了大帥，又成了吳王，升得越高，屬於我的就越少。現在他快要登天了，要當皇上了，屬於我的就更少了。因爲，天底下的女人，皇上可以隨意選用。」

玉兒望著哀傷的馬夫人，突然顫聲道：「夫人恕罪，我有句話早就想問了。您、您爲什麼把我姐送給陛下？夫人既然那麼愛陛下，幹嘛要做這種事？陛下是您的呀！」

馬夫人的臉色在燭照下臘黃臘黃的，表情有點僵。她沉重地說：「我說過，女人永遠有說不清楚的事，這是女人的命。玉兒，二虎在等著，你可以去了。」玉兒此時深深地同情著夫人，說：「不。我陪夫人。」馬夫人近乎命令地勸她：「去吧，立刻就去！」玉兒顫聲問：「那您呢？」

馬夫人用平靜的語調說：「不用管我。」玉兒深深一揖，步出房門。馬夫人望著玉兒離開，又坐了一會，心裡空虛無奈，只得起身往門外走。侍女上前輕聲問：「夫人，我們上哪兒？」馬夫人喃喃地說：「我也不知道，還是回去吧。」

玉兒來到王府後花園的池塘邊，二虎早已等候在那裡。玉兒正要解釋爲何來遲，二虎拉著她坐下，道：「不用說了。我看見夫人進你的屋了。」兩人相偎而坐，二虎熱烈地說：「玉兒，我已經想好了，等忙完了開國這攤子事，我就向上位請旨，讓他准許我倆結婚！嘿嘿，上位肯定高興！爲啥呢？因爲啊，你是皇后的侍從官，我是皇上的侍衛長，咱們這對小夫妻，侍候他們那一對大夫妻，那還不是喜上加喜、親上加親嗎？」

玉兒受到二虎熱烈情緒的影響，笑道：「你倒想得美！」二虎興奮地說：「我還把我倆的事跟我哥說了。知道我哥聽後說什麼嗎？」玉兒正想聽聽別人對他們的事如何評說，用胳膊抵抵二虎，催促：「快說呀。」

二虎道：「我哥一把揪住我，驚叫道，『玉兒是倩兒的妹子呀！倩兒早晚要做皇妃的，你娶了人家皇妃的妹子，豈不是跟皇上成連襟了麼？』」玉兒吱吱笑道：「你們哥倆，臊不臊呀！」二虎摟緊玉兒，顫聲道：「玉兒，我喜歡你，一輩子喜歡你！」玉兒羞怯得紅了臉，一會兒，她突然抱緊二虎，不安地問：「二虎，不會再打仗了吧？」二虎說：「差不多打完了。怎麼？」玉兒道：「我一生下來，就沒過過太平歲月。眼看著親人、還有好人們一個個死去。二虎啊，你可要好好地活著。」說著聲音哽塞住了。二虎無言地摟緊玉兒。兩人往暗幽幽的池水中望著，出了神。

第二天，日頭剛露臉，一排號手已經在城牆上仰天嗚號，巨大的牛皮鼓被擂得咚咚響！鼓號聲中，一個內臣立於高高的敵樓上，執一摺朗聲誦道：「吳王陛下發布《奉天討元詔》。自古帝王臨御天下，中華居內以制四海，漫漫三千年矣！元以北狄入主中原，致使綱常廢壞，禮義淪喪，君臣褻亂，兄弟相鴆，蒼生如處水火，仕子痛斷肝腸！元璋乃淮右布衣，承天道而舉王師，居金陵形勝之地，控長江天塹之險。東鄰滄海，西抵巴蜀，南收閩、越、湖、湘、漢、淮，坐地千里，帶甲百萬。恩威所至，民稍安，食稍足，兵稍精！唯北方半壁，奄奄一息。值此，元璋再舉王師，奉天討元。驅除韃虜，恢復中華。務使天下一統，乾坤再造！」

誦旨聲中，城門大開。徐達、常遇春並騎而出，身後跟著大隊甲士。他們個個刀槍閃亮、盔甲鮮明！北伐大軍在誦旨聲中源源出城，他們將馳過荒原，奔向遙遠的北方。

誦旨聲結束時，城門中最後馳出了一輛龍輦。大虎策騎前行，後面跟隨著數騎護衛。這輛龍輦與北伐大軍背道而馳，奔向西南方的滁州！龍輦馳到一條三岔路口，路旁出現了一座涼亭。大虎驚訝地望見胡惟庸含笑佇立亭中，亭中石案上擱著酒具。

大虎急忙下馬上前，行禮問道：「胡大人，您在這兒幹嘛？」胡惟庸笑容滿面道：「下官等候在此，為上將軍送行。」大虎訝然道：「出城時中書省已經送過了。」胡惟庸斟滿一碗酒遞過去，臉上閃過神秘一笑，親切地說：「送過了也可以一送再送嘛。上將軍請，百年花雕！」大虎接過酒飲盡，道：「多謝胡大人，敢問，您單獨候在這兒，是不是有什麼交代？」

胡惟庸避而不答，談家常一樣東拉西扯，問道：「虎將軍，陛下收您為義子，有多少年了？」大虎道：「末將至正十六年就跟隨父王了。」胡惟庸羨慕地說：「好福氣呀！我也早就聽說虎將軍屢經沙場，忠勇過人，可敬可佩啊。虎將軍，你應該知道，陛下很快就要開國登基了。」

大虎興奮地說：「知道。所以父王才令我把小明王接到應天府來，參加開國大典。」胡惟庸做個手勢，讓大虎坐下。自己也在對面坐了，拿起酒杯抿了兩口，慢慢道：「你想過沒有，陛下一旦做了皇上，小明王如何處置呢？難道要二主並立麼？就算是二主可以並立，但小明王卻一直號稱是天下義軍共主，其尊貴在陛下之上啊！」

大虎怔住了，一會兒才說：「不錯。」胡惟庸加重語氣道：「虎將軍，說白了，小明王這桿王旗，如今已成累贅。我們應該從大局著想，問一下自個，是把小明王接回來對陛下與新朝更為有利呢，還是讓他殯天而去對陛下與新朝更為有利？」

大虎驚愕道：「胡大人，父王可是明令我接回小明王，而且要我辦理妥當！你這些話，究竟是你自個的主意，還是陛下的旨意？」胡惟庸呵呵乾笑兩聲道：「陛下這『妥當』二字，用得可真是好啊！虎將軍，你認為怎樣辦理才稱得上『妥當』呢？你難道要陛下把難言之隱都說出來麼？」

大虎意識到胡惟庸要他辦的事，內心震動，臉色蒼白。胡惟庸既義正辭嚴又顯得推心置腹，正色道：「惟庸以為，做義子的，應當主動體會父王的心思，理解父王的難言之隱，並且替父王消除掉那個難言之隱！這才稱得上忠義呀。」大虎一邊琢磨胡惟庸說的話，一邊喃喃道：「是。」

胡惟庸親切地問：「聽說，陛下提前把將銜和爵位授予了你？」

仿佛醍醐灌頂，大虎頓時什麼都明白了。他頭上冒汗，顫聲道：「上將軍、忠義侯。」胡惟庸瞇眼笑道：「恕我直言，憑你的戰功，授個參將或將軍恐怕更合適些，可陛下竟然授你為上將軍，還另外加封侯爵。如此巨大恩典，為何獨落到你身上？就連湯、徐、常三大帥都還沒封爵哪，為何先給你封？哦，特別是授你的那個爵位封號——忠義侯！敢問虎將軍，何為『忠義』？」

大虎目光深沉地望著胡惟庸的臉，悶聲道：「胡大人明示吧，末將應當怎麼辦？」胡惟庸平靜地說：「明示不敢，我只能姑妄言之。從滁州到金陵，總有許多高山峻嶺，許多急流險灘吧？你們這些人日夜兼程的，也不免人困馬乏吧？只要稍不留意，就會發生驛道塌陷、風打船翻之類的禍事，防不勝防！總之嘛，人生在世，生死在天，而天意總是詭詰難測的呀！」

大虎輕聲道：「胡大人放心，末將一定妥當辦理！」胡惟庸微笑道：「我相信上將軍會的。不過，還有一個事，也要請上將軍斟酌。」大虎沉聲道：「胡大人說吧。」

胡惟庸沉吟著，像是開口艱難。半天才道：「小明王一旦在途中出了意外，必將引起極大震撼。王府上下，金陵內外必有人妄加猜測。哦，這等庸人哪，總是不明大局，糾纏於小節，暗中唧喳不止，什麼『小明王是怎麼死的啊？為何死在這時候啊？誰應該對小明王之死負責啊？』流言蜚語一多，就會影響陛下的天威！到了那時，大虎啊，你作為護駕之將，有何顏面叩見你父王呢？」

大虎至此才徹底明白，心如被針錐了一下。他不敢相信地顫聲問：「胡大人，你、你要我……」

胡惟庸立刻打斷他：「我只是要你善加斟酌！虎將軍，在下告辭了。」胡惟庸一揖，掉頭離去。

呆若木雞的大虎突然憤怒地高喝一聲：「胡惟庸！」胡惟庸嚇得一震，轉回身，面無表情地注視著大虎。大虎顫聲道：「你、你、你這個王八蛋！替我告訴陛下，大虎不會給他丟臉！也不會給自個丟臉！」

胡惟庸暗鬆一口氣，輕輕地點頭道：「惟庸遵命。」

且說改朝換代在即，各處都在按部就班地忙碌著。連馬夫人那裡也比往常事兒繁多。這一日，她坐在案前批閱文書，玉兒進來說呂大人求見，人在外頭候著。

馬夫人略怔，怎麼呂昶這個老夫子也來找她了？她擱下筆讓玉兒請他進來。

呂昶夾著一個長方形的黃布包裹匆匆入內，未等他揖禮問安，馬夫人就溫和地先開了口：「什麼事啊？」

呂昶猶豫地說：「昨天是臣賤誕之日，收到夫人贈送的兩套衣裳，臣特意來叩謝夫人恩典。」是爲這事啊，馬夫人歡喜地問：「衣裳合身麼？」呂昶笑道：「又合身又暖和。」馬夫人說：「那就好。不過，我猜謝恩只是個由頭吧？你們這些人啊，無事不登三寶殿。你來找我，八成又是要告誰的狀了。」

呂昶微窘道：「臣不敢。」馬夫人讓呂昶坐下說。

呂昶鄭重其事道：「陛下有旨，令臣爲新朝修撰一部皇曆。臣率太史院學士、術師、陰陽家，苦心測算大半年，總算把皇曆修撰出來了。可陛下卻又忘了這事，忙得根本顧不上看。」

馬夫人笑著用指頭點他：「哦，你是告陛下的狀。」

呂昶驚慌地擺手：「臣萬萬不敢！臣斗膽把皇曆送到夫人這兒來，求夫人瞅個空子，請陛下審閱訂正，頒旨刻印。」呂昶說罷，將大黃包裹呈到案上。

馬夫人輕輕打開黃布，裡面呈現出厚厚一大本巨冊，不禁面露難色道：「這麼厚？陛下忙啊。再說這事不急吧，沒皇曆也不至於過錯了日子。」

呂昶急得紅了臉，站起來解釋：「稟夫人，皇曆不光是過日子用的，更是朝廷展示皇天之道，詔告全國子民的日月時辰之律令！這部皇曆中，詳盡表明了新朝元年的四季始末、日月循環，以及二十四節氣的準確時刻，還表明全年中所有重要的農時、潮汐、吉凶、忌諱。它不光督促各地百姓們耕地、下種、除蟲、收割，還要指導他們何日拜天，何日祭祖，何時易於婚嫁，何時不該破土。多啦！夫人啊，雖說沒有皇曆日子也照過，可那日子過得就像雞鴨牛羊般渾渾噩噩了，人如無皇曆枉為人哪！總而言之，皇曆啊，是新興王朝最重要的法典！」

馬夫人看看面前簿冊，驚駭道：「就這麼個本兒，叫你一說，竟比天還大了。」呂昶鄭重道：「稟夫人，它不比天大，也不比天小，皇曆就是天！」

馬夫人認真思考著，忽然咯咯笑了：「呂先生。陛下說過，內廷不得干政。所以這事兒，我怕是管不了了。」呂昶見夫人聽得起勁，心裡的希望正越孵越大。夫人突然這樣說，他不禁又愕然又失望，但還欲再求情：「夫人——」

馬夫人一本正經道：「皇曆我且留下，你先回去吧！」

呂昶一走，馬夫人就喚玉兒拿上黃包裹跟著去書房。她眼睛亮亮地告訴玉兒，這東西學問可真是大得很呢。她們一路說著話，意氣風發地沿廊道走至書房門外，二虎迎上來躬身問安。馬夫人下巴一抬問：「在裡頭嗎？」

二虎道：「在。夫人稍候，容末將稟報一聲。」馬夫人嗔道：「不用了！」她昂首直入。二虎趕緊打起簾子。玉兒正欲跟進去，二虎低聲問：「出什麼事了？」

玉兒調皮賣關子：「不知道。」二虎擔心地問：「會吵起來不？」玉兒衝他做個鬼臉：「不知道。」然後跨進書房。

馬夫人已經把皇曆攤在大案上，朱元璋俯身閱看上面密密麻麻的月、日、時辰，以及無數條注錄，馬夫人坐邊上且嗔且訴：「自個交代的事，怎麼自個倒忘了？」

朱元璋辯解：「沒忘！咱忙不過來，再說這事又不急。」

馬夫人理直氣壯道：「這事萬急！重八啊，你以爲沒皇曆也照樣過日子，是不？不對！皇曆不光是過日子用的，更是朝廷展示皇天之道，詔告全國子民的日月時辰之律令！仔細看看吧，這裡頭有新朝建元之後的四季始末、日月循環、以及二十四節氣的準確時刻，還有所有重要的農時、潮汐、吉凶、忌諱。它不光督促各地百姓們耕地、下種、除蟲、收割，還指導他們何日拜天，何日祭祖，何時易於婚嫁，何時不該破土。總而言之，皇曆是新興王朝最重要的法典。比你那即位詔書都重要！」

朱元璋驚訝地盯視著夫人：「妹子，你、你怎麼會知道得這麼多？」馬夫人驕傲地說：「這有什麼奇怪的？你放牛那時，我讀詩書，你當和尚的時候，我讀史書。我積攢的知識多啦！」

朱元璋不以爲然地「哼」一聲，眼睛裡卻滿是讚賞和歡喜。他口中埋怨道：「呂昶這老夫子，怎麼把皇曆送你那兒去了？他應該來找咱！」

馬夫人笑道：「這就是我要跟你說的第二個事了。你想想，這麼重要的事，人家幹嘛呈我這來？明擺著，人家畏懼你，信任我唄。你日理萬機忙不過來。我嘛，事雖多，但一眼就能斷出輕重緩急來！」

朱元璋頓時沉下臉問：「妹子，你怎麼跟呂昶說的？」

馬夫人得意地說：「我告訴他。第一、內廷不得干政，這麼大的事，非陛下親斷不可。第二、陛下這人雖然日理萬機，但絕不會誤事。有時候他故意把事放一放，心裡可是時時刻刻惦著。爲何，因爲時機不到呀。」朱元璋頓時眉開眼笑說：「這話妥當。」

馬夫人往前湊了湊，道：「重八啊，我有個念頭。王府撥筆銀子，立刻印行皇曆，頒發各省、州、府、縣，一直發到鄉里百姓手裡。你猜，他們看了皇曆會怎麼想？」

朱元璋越聽越感興趣，急不可待地問：「怎麼想？」馬夫人神往地說：「我琢磨著，官民百姓們定會大吃一驚。『噢喲，朱元璋真了不得，還沒開國呢，皇曆就下來了，這天下肯定是朱元璋的！雖然他還沒做皇上，可他先惦著農時哪！」

朱元璋騰地起身，神采奕奕地急令玉兒去把呂昶請來！又讓二虎叫李善長、劉伯溫也過來。馬夫人兩手理理頭，起身說：「你們君臣議事吧，我就不干政了。」「嗳，你到哪兒去？」朱元璋的聲音裡竟有點依戀。

馬夫人故意酸溜溜道：「我到菜園子裡轉轉去啊！」朱元璋被揭短處，啞口無言。過了會，他抓過粗筆，在皇曆封面上題下三個粗渾有力的大字——大統曆。他欣賞著自個兒的字，含笑自言自語：「嘿嘿，咱也有自個的時辰了！」

二虎去請李善長的時候，李善長正在中書省屋內與胡惟庸密談。李善長悄悄告訴胡惟庸，前天他接到一隻摺子，是滁州監軍呈報的小明王近期情況。內中說，自從上位發兵北伐後，小明王每天都坐立不安，喜憂參半。喜者，上位要取天下了，元胡就要滅亡了；憂者，一旦上位稱帝，小明王則將生死未卜。

胡惟庸彷彿一無所知地「哦」了一聲。李善長瞪他一眼道：「摺子剛剛呈上去，大虎就前去滁州接駕了。我還聽說，有人在城外秘密相送。」

胡惟庸這才趕緊看看兩旁，低聲道：「屬下正要稟報李公，在城外送行的人就是屬下。因為上位對小明王有難言之隱，不好跟大虎直言，所以才令屬下借送行暗示給大虎。」李善長輕聲問：「那麼，你暗示的對還是不對呢？」胡惟庸自信地說：「屬下正要請李公判斷。其一，一路上山高水險，小明王難保不出意外；其二，一旦眞的出了意外，大虎身為護駕將軍，應當引罪自裁！」

李善長一怔！怵然無言。胡惟庸俯首低聲問：「李公以為，屬下這兩條暗示，能否對得上陛下的心思？」

李善長顫聲道：「對得上，完全對得上。惟庸啊，你為陛下立了大功啊！」

就在這時，二虎走了進來，傳陛下口諭，請先生速去書房議事。

李善長答應著，讓胡惟庸同他一塊走。兩人走到門口，二虎卻道：「陛下只請了李先生，沒提到胡先生。」

李善長、胡惟庸兩人都愣了一愣。胡惟庸訕訕的跟李善長告辭。李善長到了書房，劉伯溫也同時到了。呂昶比他們早來一步。大家一入座，呂昶就激動地站起侃侃而談：「若依照古禮，朝廷應在每年正月初一頒行本年度皇曆，並以此為法典，統一全國各地的季節時辰。可元廷竟然十來年沒有頒行皇曆了。因此，民間已有私自印行的曆書在暗中流傳。論理，私撰曆書當斬。但是元廷腐朽無道啊，禮崩樂壞，也就沒人管了。稟陛下，天下亂，禮法也就亂。禮法亂了，天下早晚也必亂！所以，訂行曆法，統一時辰，乃新朝當務之急，咳咳咳！」他太激動，引起劇咳。

呂昶說話的時候，劉伯溫一直敬佩地認眞聽著。此時趕緊奉上一盅熱茶，道：「呂兄不急，慢慢說。」呂昶接過飲畢，接著道：「再一個，中華國土萬里，一部曆書從京城送到邊疆，須兩、三個月。許多邊民遲至開播了還不知本年度的皇曆。臣建議，新朝當立新規矩，提前頒行皇曆，讓天下百姓趕在農時之前就得到新朝的頭一部皇曆！」

呂昶落座，仍在激動喘息。朱元璋微笑著看向李善長和劉伯溫兩人，用目光徵求兩人意見。

劉伯溫率先表態：「呂昶所言，臣句句贊同。臣無話可說。」

李善長思忖著說：「在下以為，既然叫皇曆，就意味著先有『皇』而後有『曆』。新朝皇曆，應該在陛下登基開元之後頒行天下。而且，開元那天，新朝第一詔也應該是皇上的登基詔書，之後才陸續頒布各種法典律令，包括這部《大統曆》。如果未開國，先頒行皇曆，恐怕名不正、言不順哪。」

朱元璋想到夫人剛才的見解，兀傲一笑，得意地說：「咱覺得恰恰相反。老百姓見著了這皇曆肯定大吃一驚，他們會想，噢喲，還沒開國呢，皇曆就下來了，這天下肯定是朱元璋的，瞧他雖然還沒做皇上，先惦著農時呢！」劉伯溫高興地說：「陛下明見，這可正是草民們的心思。」

朱元璋又道：「立國首先得正綱紀，正綱紀咱就從定曆法開始。如果連日月四季都定不下來，何爲天下一統？再者，連年戰亂，急待恢復。治國以安民爲本，欲安民得先安心哪！大統曆有安定人心之效，咱們趕早不趕晚，立刻開印頒行天下！」

李善長思慮著說：「稟陛下，咱們現在只有半壁天下。就這半壁當中，又有半數的省、府、州、縣衙門沒建齊，中書省透過什麼管道往下發呢？」

朱元璋高聲道：「軍隊！」李善長、劉伯溫、呂昶都驚訝不已，他們從未想過這一點。歷代帝王也沒有這種做法呀！朱元璋見他們吃驚，得意地說：「咱早想好了。已建有衙門的地方，就透過各級衙門往下發。沒建衙門的地方，就讓各路遠征大軍帶出去發。眼下，徐達、常遇春正在率軍北伐，傅友德、廖永忠不日就統兵西征，馮勝、鄧愈也快率軍南下了。這麼幾路大軍出去，天下還有哪兒到不了？傳命，把金陵城裡所有書坊都動員起來，晝夜刻印《大統曆》。頭三千部，派快馬送交徐達，讓北伐軍打到哪兒就頒發到哪兒，先趕著北方百姓們用！」

劉伯溫喜形於色，道：「如此一來，《大統曆》就成爲新朝第一詔了，陛下的登基詔書反而成了第二詔。這眞是乾坤再造，千古未見哪！」

朱元璋詼諧地說：「眞是千古未見麼？那更該讓天下人見一見了。」

眾人歡笑而散，只有李善長暗暗歎了口氣。

再說去接小明王的大虎，護著龍輦一路辛苦、辛酸，終於馳到了滁州的明王府。大虎下馬，步上石階前，心裡別有一番滋味的他朝這座明王府多看了兩眼。這其實就是一座簡樸的大宅子，大門口兩個大石獅敦樸安靜，讓人猜度建造它的主人多半是個安居樂業的財主。可是眼下，它的主人已經大難臨頭。

沒容他發多少感慨，參將吳少義已經匆匆從府中迎出來，大虎從懷中抽出王旨，遞給吳少義。吳少義接過來閱讀，表情凝重。大虎低聲問：「這幾天，明王陛下怎麼樣？」吳少義苦笑道：「晝夜不寧，茶飯不思，整個人瘦了一大圈兒。」大虎吩咐吳少義準備一下，告訴他，明兒一早，他就要把小明王接到金陵去。吳少義恭順應諾著，陪伴大虎進了王府。

兩人走進內廳，大虎一眼望見龍座上的小明王果然面黃肌瘦、無精打彩的。他心情複雜地跪地稟奏：「前元將亡，新朝將立，吳王特派末將專程前來迎請陛下，遷往金陵。請陛下恩准，並於明日起駕。」

小明王望著大虎，喃喃道：「將軍，本王不想去金陵。本王住這兒挺好。」大虎低沉有力地說：「請陛下放心起駕，末將擔保陛下平安。再說，應天府已經爲陛下建好了皇宮。」小明王身子前傾，可憐巴巴近乎乞求地問：「我、我不去成麼？」「不成！」大虎硬起心腸大聲說。

小明王求助地看看身邊老臣。那老臣痛苦地低了頭，避開小明王的眼睛。小明王突然高聲道：「好，我去！既然天下都是朱元璋的了，我無論住哪兒都一樣，都是住在如來佛掌中！」

大虎也低了頭，沙啞地說：「陛下明見。」

翌日，小明王被催促著上了龍輦回金陵了。大虎帶人護駕隨行。龍輦馳至江邊停了下來，靠岸的江水中，已經停靠著一艘龍舟。大虎下馬走到龍輦旁，請小明王上船。

龍輦的門打開，先下來一位老臣，老臣又扶下發著抖的渾身軟綿綿的小明王。一君一臣慢慢踏上跳板，顫悠悠地登上龍舟。一陣凜冽的江風吹來，小明王猛地打了個寒戰。大虎乘機請小明王趕緊入艙。未等小明王坐穩，龍舟就起了錨，越行越快，破浪前行。

艙中已經擺好了一案盛宴。大虎請小明王用餐，自己按劍坐在小明王對面。小明王面色臘黃，呆如泥雕，面對佳肴就像面對陪葬的器皿。

大虎心頭也是悽楚難耐，看著那酒肉，忍不住溫和地勸道：「陛下，請用一點酒菜吧。」小明王搖頭說不餓。大虎說：「陛下，末將可是餓了。」小明王道：「那麼，請將軍自便。」大虎勉強擠一點笑：「多謝陛下了！」他上前抓過酒壺，猛灌幾口，接著抓起一隻雞腿大嚼——他要讓這席「最後的晚宴」把自己灌醉、灌麻木。

艙外的甲板上守立著幾個將士。看看時辰差不多了，副將朝一個軍士點頭示意。那軍士立刻掀開一塊艙蓋，跳進艙中。不一會兒，底艙便傳出沉重的鑿船聲。砰砰砰！聲音傳開來，小明王臉色蒼白，提心吊膽地看著大虎。而大虎卻還在狂飲，沒有停下來的意思。忽然，小明王低頭驚叫：「進水了，將軍你看，船艙滲水了！來人哪，進水了！」

這裡已是長江中心。只見江水兇猛地湧入艙中，小明王半截褲子立刻浸在水裡。而且，水勢還在節節上漲！大虎居然毫不在意，仍然執酒狂飲。小明王恐懼至極，站起來尖叫：「將軍！將軍！」大虎把酒壺狠狠一頓，嗔道：「慌什麼？就算到了海底龍宮，末將也守著你！」

小明王明白了，頓時絕望。人癱軟在坐椅上。顫聲道：「將軍，我、我不怕死，我怕水。」大虎驚訝地問：「是麼？」小明王恐懼地點頭，身體緊緊縮成一團。大虎眼中閃現一絲憐憫，歎息一聲：「要我幫你嗎？」小明王微微點頭。大虎唰地拔出長劍，只見銀光一閃，長劍已刺穿小明王。大虎拔劍一扔，那劍立刻沉入江水。大虎重新坐回已被江水淹沒大半的案前，繼續吃喝。

江面只剩龍舟的半截頂篷了，龍舟還在繼續下沉、下沉。最後，那頂篷也完全沉入了水中。茫茫長江上，只有江風陣陣，波滔翻滾。

金陵城的王府大門卻比先前更雄偉、更威嚴了，它還不是皇宮，但已經具備皇宮氣派了。一位內臣立於玉階上高叫：「陛下上朝，著眾臣入見。」在他的吼聲中，李善長率百官入內，每個人都身著鮮豔的服飾。

百官進入大堂，齊齊跪地。李善長領先跪奏：「四方群雄已鏟削殆盡，遠近官民也無不歸心。日月星辰，皆備於陛下，乾坤再造，正當於此時。臣率百官，再次泣血上奏，叩請陛下早正位號，以慰臣民之望！」

朱元璋威嚴地說：「各位心意咱領了。但元璋功淺德薄，豈敢妄自稱尊？不准！」

下面響起一片呼叫聲「陛下！陛下！」百官紛紛叩首不止。李善長再叩道：「陛下屢屢謙讓，顯見明主聖君之德，足可感天動地！臣等叩請陛下念及天下蒼生之厚望，上承天道下順民心，早日即位開元。」

朱元璋嚴正聲明：「明王爲天下共主，即使即位開元，也應當由明王即大位。元璋絕不僭越，不准！」

百官又是一片呼叫與抗議聲。同時叩首不止。李善長正欲再奏，胡惟庸突然神色驚慌地奔入大堂，一頭跪在丹陛前，顫聲道：「稟陛下，水師哨船急報，說接載小明王的龍舟馳至燕子磯時，風大浪急，不幸沉沒。明王陛下他、他溺水身亡了！」

朱元璋大驚，騰身跳起，厲聲斥問：「大虎呢？他是如何護駕的？」胡惟庸滿面悲哀地說：

「大虎將軍自知罪無可赦，無顏歸見陛下，他自沉長江，隨明王同去了。」

朱元璋呆了半晌，慢慢跌坐到龍椅上。他的臉色越來越難看，而大殿裡死一般的寂靜！百官個個呆若木雞，跪在李善長身後的劉伯溫更是木雕泥塑一般。

佇立在朱元璋身後的二虎面色慘白，他盡力抑制著自己，兩顆淚珠還是奪眶而出。突然，他前面的朱元璋痛哭出聲「嗚嗚嗚！」哭泣中，他無力地朝百官擺了擺手。

二虎顫聲喝道：「退朝！」

劉伯溫回到禮賢館的住處，心情鬱悶的他，喚童僕小六對坐下棋。小六擺上一顆顆黑子，一連擺了五顆，劉伯溫還是未動。童僕提醒他：「老爺，已經五個了。」

正在沉思的劉伯溫驚醒過來，「哦」了一聲，這才投下一顆白子。兩人你一著我一著地對弈起來。劉伯溫沙啞地說：「六子啊，還記得那個小皇上嗎？」小六道：「怎麼會不記得？他好麼？」劉伯溫沉悶地說：「好啊。他已經好死了！」

小六不解地問：「老爺說什麼呢，他究竟是『好』還是『死』了？」

劉伯溫苦笑道：「那還不一樣，好就是死，死就是好！老爺早就跟你說過，你比他快活呀。雖然老是輸，還是纏著老爺下棋。」小六不服氣地說：「今天可是你要跟我下的！」正要再問問小明王的事，劉璉推門而入，神色不安地叫父親。劉伯溫馬上叫六子先下去。六子臨走前不放心地叮嚀著：「老爺，這棋你快輸了，別動我的棋噢！」劉伯溫說：「不動。」

小六走時掩上了門。劉璉低聲道：「中書省傳陛下口諭，明日全城舉哀，祭奠明王。此外，陛下令您連夜撰寫悼文，供他在祭奠時用。陛下還說，這悼文務必要情眞意切，表達出明王的豐功偉業。」

劉伯溫頓時煩惱，將手中棋子狠狠擲進棋盒。悲歎道：「哼，先把他埋進江裡，再讓我舉到天上！這是什麼事嘛！唉！」劉璉將房門再掩掩，索性從裡扣上了，他湊近劉伯溫低聲提醒：「父親，兩年前您說過，朱元璋即位後，我們就應該離開金陵，歸養鄉里，萬不能貪圖富貴。」

劉伯溫起身，在屋裡走了一圈，才沉重地歎了一口氣道：「我是說過。可現在看，我可能說錯了。」劉璉忙問為何？劉伯溫說：「朱元璋沒得天下前，豪強們各據一方，我們還可以在夾縫裡求生存，這裡活不下去就躲到那裡去。但現在不同了，他一旦做了皇上，普天之下莫非王土，率土之濱莫非王臣，我們又能躲哪兒去呢？再說了，他讓我躲麼？」

劉璉道：「父親可以堂堂正正地上一道乞恩摺，請求皇上開恩放歸呀？」劉伯溫心煩意亂地說：「我也想過這事，可是，乞恩摺子一上去，也許得到的不是放歸，而是禍事！」劉璉不太相信地說：「怎麼會這樣？您、您過慮了吧！」劉伯溫瞪他一眼：「璉兒，你根本不了解這位陛下，他遠比我預想的要狠哪！就說小明王這事吧，我料到他早晚要死，但我原估計陛下總會先封他個王公爵位，先讓他快活幾年吧。等新朝徹底安定之後，再讓小明王病重而亡，這不更自然一些麼？可陛下呢，一不做二不休，趕在開國之前就讓他死了，而且還讓大虎殉葬！唉，這事，陛下辦得眞是又狠、又絕、又乾淨！」

劉璉聽得瞠目結舌，片刻後道：「父親，我們還有一個辦法——稱病乞歸。」劉伯溫苦笑道：「不瞞你說，連這我也想過。但不是稱病，必須眞的是重病纏身。如果是無病稱病，或者小病稱大病，那陛下一眼就能看出來！所以，我一直盼望能得一場重病，最好把我病得奄奄一息，那時我就可以求陛下開恩了。可我命苦哇，想得病的時候，病老不來！」

劉璉張口結舌，恐懼得發抖了。劉伯溫看他一眼，難免心疼，趕緊安慰道：「你怕什麼？眼下我們聖眷正隆呢。三、五年內，天子劍還砍不到我們頭上。」劉璉顫聲問：「那以後呢？」劉伯溫笑嗔：「以後？以後就等著生病唄！」

小明王的事，其實朱元璋自己心裡也不輕鬆。雖然有笑靨如花的倩兒親昵地爲自己按摩肩膀，朱元璋整個人還是僵硬呆滯，心事重重。

馬夫人走進內室，目光朝兩人一掃。倩兒看見了，立刻垂首退下。馬夫人走到朱元璋身旁，生氣地質問：「是你讓人弄死小明王的吧？」朱元璋不說話，好一會，他頷首默認了。馬夫人發怒道：「這我能理解。但你讓大虎頂罪自盡，這可太無情了！」朱元璋心痛地說：「咱沒打算大虎死，眞話。」馬夫人將信將疑地說：「那他爲何殉葬了？」朱元璋低沉地說：「估計是胡惟庸暗示他的。」馬夫人尖銳地說：「就算這樣，胡惟庸也是按著你的心思辦的！對不？」

朱元璋表情痛苦，沉默不語。

兩人都沒有聽見門外的腳步聲。玉兒托著一盤夜宵走來，她聽見了裡面馬夫人和朱元璋的對話。身不由己地站在門口諦聽，托盤的手簌簌地發抖。

馬夫人見朱元璋久不說話，心裡更肯定了事情的眞相。她拭淚痛責道：「重八啊，你眞狠心、眞毒！大虎是好孩子啊，跟咱們十來年了，那麼多血戰、惡戰他都殺過來了，眼看著就要開國了，正該給他們尊榮富貴的時候，他卻死了。唉，你呀、你呀！」她哽咽起來，說不下去了。朱元璋的眼淚也湧了出來，煩躁道：「甭說了，咱也難過。」馬夫人低聲怒嗔：「不成，我得說！

我要不說，你肯定還會有下次！重八啊，你這個天下，大半是靠兄弟、義子、義侄們打下來的。從你起兵那天起，他們就跟著你拼殺。算下來，這些兄弟、子侄走了多少？你有數嗎？」

朱元璋垂首無聲。馬夫人忿忿地說：「那我來告訴你，一共走了五個結義兄弟、九個義子、十三個義侄！而你卻好好的活著，快要當皇上了。」

朱元璋再也聽不下去，蹦地跳起，大步走開。馬夫人落座，痛苦地哽咽失聲。門畔外，玉兒托著夜宵悄悄離開，她的淚水正嘩嘩地掉入盤中。

奠祭小明王亡靈的儀式很隆重。朱元璋親率大隊文武大臣往江邊去，徐徐的哀樂聲響了一路。江邊則是滿目蒼涼，只有幾隻雀兒在禿樹上跳來跳去，叫聲也淒清。朱元璋頭繫孝巾，跪在明王靈位前，執香一叩、再叩。最後則叩首及地，痛苦哽咽，一句話也說不出來。

幾個軍士上前，將大堆祭物抛入江中。片刻間，無數隻花環、紙冠、紙船、冥錢等物，浩浩蕩蕩地順流而下，幾乎瀰漫了整條長江！

哀樂大作，直上九霄。而江邊另一塊僻靜的地方，二虎全身重孝，滿面淚花，正在獨自跪祭哥哥大虎。朱元璋奠祭完畢，和幾個隨從走過來，默默地看他一會，突然鄭重宣布：「二虎聽旨。大虎的上將軍銜、忠義侯爵，都由你承襲。」

二虎一怔，轉身哽咽道：「謝陛下。」朱元璋原本不想講男女情長的事，猶豫片刻，還是說了：「還有，玉兒可以嫁你。孝期過後，夫人會親自爲你倆主婚。」二虎正要謝恩，但朱元璋不等他回答已經掉頭離去。二虎望著朱元璋的背影呆愣了一會，轉身又撲到大虎靈位前，顫聲痛哭：「哥啊！」

朱元璋走上江邊大道，胡惟庸早就候在那裡了。他看見朱元璋走過來，趕緊拉開龍輦門，恭敬地伸出手扶朱元璋踏上車蹬。不料，面無表情的朱元璋狠狠一甩手，掙脫了胡惟庸，鑽進龍輦，重重關門！

胡惟庸瞠目結舌地呆在那兒，一肚子的恐懼和難堪只能放在心裡煎熬。劉伯溫與幾個臣子從旁邊經過，都是眼睛只望自己的鼻尖，彷彿視而未見，他們像是有著默契，一個個目不旁視，一步一步地走向自己的坐車。

胡惟庸正不知如何是好，李善長從不遠處的一輛官車內探出頭來招呼他：「惟庸啊，上車吧。」胡惟庸獲救般快步奔去，近前顫聲道：「謝李公。」李善長讓開身體，胡惟庸垂首匆匆鑽入車內。

馭手揚鞭，官車起行。胡惟庸這才鬆了口氣。李善長看了一眼窗外，胡惟庸趕緊嘩地拉上窗簾。李善長低嗔：「惟庸啊，差使剛剛辦完，就想討賞麼？糊塗！幼稚！這種時候，陛下對你是避之唯恐不及，你還敢朝他身邊湊？」

胡惟庸又羞又窘，頻頻拭汗，垂首聆訓。他恭順地認錯：「李公教訓的是，屬下太糊塗了。」李善長淡淡道：「上次我沒敢告訴你。現在，我就全說了吧。照我看啊，你有三個可能：一是升官；二是掉腦袋；第三嘛，先升你官，日後再讓你掉腦袋！呵呵呵！估計這個可能性最大。」

胡惟庸聞言大驚，頷首顫聲道：「李公說的是。屬下現在、現在一切都明白了。」李善長直視胡惟庸，噗哧笑了：「還不錯，沒慌神。」

這短短的時間裡，胡惟庸已經深沉了許多，他誠懇虛心地請教：「李公放心，屬下不會慌神！

屬下只是在想，事到如今了，怎樣才能避禍趨祥？請李公教誨。」李善長一歎，這是純粹爲胡惟庸而歎：「照我看，這時候什麼也甭想，什麼也別幹，從容自若地過日子，原先怎麼過的，現在還是怎麼過，就好像根本沒這檔子事，這才是最好的辦法。惟庸啊，是福不是禍，是禍躲不過。總之四個字：靜心、無爲。」

胡惟庸深深點頭。李善長覺得氣氛太沉悶，直了直身子道：「好了。拉開窗簾，露出笑臉來！」胡惟庸其實還在痛惜自己，一時沒轉過彎來：「李公？」李善長微笑道：「讓大家都看見你嘛。看見你太平無事，看見你談笑自如，看見你和我李相國坐在一塊。要知道，你越是躲，盯著你的眼睛就會越多。」

胡惟庸心裡一陣發熱，顫聲道：「這會連累李公呀！」李善長沉著地說：「我不怕。你是我舉薦的，你如果有事，我絕不會撒手不管！」胡惟庸感動得幾乎下淚，哽咽著，伸手顫抖地拉開了窗簾。在窗簾敞開、陽光投入的那一瞬間，兩人的陰鬱與痛苦一掃而光，滿面歡笑地高談闊論起來！

奠祭回來的這一天夜晚，二虎跑到池子邊。坐在那裡看月光，想大虎，想突如其來的一些事，也在那裡等玉兒。想得不明不白的時候，玉兒來了。這一次她的步子特別輕盈，像移過的一個影子。她悄然坐到二虎身邊，伸手撫摸他的肩膀。二虎能夠感覺到，玉兒那纖柔的手掌裡滿是同情和憐愛。二虎伸過手臂，緊緊摟住玉兒。玉兒讓他摟了一會，卻慢慢地、堅定地推開了他。

二虎愕然地望著玉兒光潔的臉龐，問：「怎麼了？」玉兒顫聲道：「夫人剛才告訴我。你雖然有一件喪事，卻有兩件喜事。一個，陛下准你娶我了，夫人還要親自主婚；再一個，陛下讓你承襲虎威將軍銜，忠義侯。」二虎長歎一聲道：「是啊。我心裡是又悲又喜，眞不知道怎樣才好。

玉兒，你、你願意嫁給我嗎？」

玉兒沉默著。跟以往不一樣的是，這一次她沉默了好久，還是沒有開口的意思，似乎準備一直這麼沉默下去似的。二虎感覺到了異樣，驚慌地叫喚著：「玉兒？」他的眼睛直直地望向她。

玉兒垂下頭，似有難言之隱。二虎更慌了，抓住玉兒手搖著：「玉兒，你說話呀，求你說句話呀！」玉兒終於抬起頭來，說：「我願意嫁給你。」聲音裡卻透出無奈。

一連串的事情把二虎的感覺折磨得粗糙了。二虎只要這句話，其他東西他也沒心思琢磨。他釋然道：「天哪，眞嚇死我了！我還以爲你變心了。」玉兒煩躁地打斷他：「我沒變心。但我有一個心願。」二虎連忙道：「你說，只管說，我什麼都答應你。」

玉兒看了看二虎，態度輕淡但口氣堅定：「婚後，我們離開金陵，放棄這裡的榮華富貴，我跟你一塊回老家去。從今往後，我們再不進朝廷了，你種地打糧，我相夫教子，一家人過太平安穩日子。」

二虎不明白玉兒怎麼會突然說出這番話來，吃驚不小，急促地問：「爲什麼？這兒的日子不太平嗎？玉兒，咱倆可是身在王府啊！以後這兒還是皇宮，天底下沒有比這兒更太平的地方了！」

玉兒克制著自己的恐懼，顫聲道：「不，天底下就數這兒最不太平！二虎啊，小明王不是死於意外，是陛下讓你哥殺死他的！小明王死後，你哥爲了維護陛下的尊嚴，主動承擔罪責，這才自盡了。」二虎未聽完就騰身跳起：「不可能，上位絕不會幹這種事！玉兒你聽我說，眼下，城裡頭流言蜚語不少，你絕不能聽信。」

玉兒生氣地打斷他：「低點聲！昨天晚上，夫人爲這件事跟陛下大吵了一場。我正要送夜宵進去，小明王和大虎的死因，我、我全聽見了。」

二虎被震動了。一動不動半天。玉兒又靠近他，顫聲道：「二虎，陛下太狠心了，連夫人都罵他狠、罵他毒！我、我現在好害怕呀，見了陛下就渾身發冷。他、他真是狠如豺狼，毒如蛇蠍！二虎啊，我們離開陛下吧，回老家過咱倆的平安日子去。唉，這種事，我已經經歷過一回了，花榮他就是，我不想再失去你！」

二虎呆木木的。他簡直無法接受殘酷的事實。見他半天沒動靜，玉兒反倒有些害怕起來，搖晃著他道：「二虎，二虎！你說話呀！」

二虎顯然已經在頭腦裡掙扎了半天，緩緩道：「玉兒，就算你說的全是真的，上位仍然是個真龍天子，他這麼做，肯定有他的道理！我這麼跟你說吧！如果陛下派我去滁州，我、我也會跟我哥一樣行事！」

玉兒一骨碌起身，後退一步，呆呆地看二虎。須臾，猛然掉頭狂奔而去。二虎一愣，也立刻站起，在後面邊追邊喊：「玉兒！玉兒！」

他很快追上玉兒，一把扯住她。玉兒則拼命捶打二虎，嘶聲叫喊：「你放開我，放開我！」二虎緊抓住玉兒非但不放，反而撲地跪下了，急切道：「玉兒，你別走！我不能沒有你！我愛你，我愛死你了！」說著竟百感交集地號啕大哭。

玉兒早已滿面淚水，她絕望地仰望天穹，顫聲道：「當初，花榮也這麼說過，和你說的一樣。」

月兒被雲層遮住，天穹驟然黑暗，顯得深不可測。

終於到了朱元璋登基的那一天。

那是洪武元年（一三六八年）的正月初四，凌晨，一輪巨大的朝陽顫顫地從紫金山巔升起，鮮紅欲滴！朝陽緩緩升高，燦爛的陽光照亮了三隻高聳的銅鼎。鼎中裝著豬、牛、羊三供，鼎下燃著熊熊火焰，一股股濃煙直上九霄！

朝陽在高升，照亮了頭戴冠冕、身著燦爛龍袍的朱元璋，照亮了馬夫人，以及朱標、朱棣等王子，照亮了大片文臣武將，他們全部穿著嶄新的朝服！

朝陽不休不止地還在升高，照亮了無邊無際的甲士銅盔、甲冑、刀槍，這些金屬器物在陽光下越來越亮，並且閃射著耀眼的光芒！一排巨大的牛皮鼓被敲響了，另一排號手舉號向天，嗚嗚吹奏氣勢宏偉的弦樂。鼓號聲中，朱元璋沉穩地緩步走上丹陛，走上祭壇，一直走到那隻錦繡龍墩前，莊嚴跪到上面。此時，他整個人都融到了鮮紅的太陽之中！

鼓號聲戛然而止，空氣中似乎還有音魂飄浮。朱元璋手執笏牌，仰望天穹，高聲頌道：「臣朱元璋叩告天穹、日月、山川，以及歷代皇祖之靈寢。自宋運告終，天命眞人於沙漠入主中國，百有餘年，今運也終。惟臣，上承天道，下順臣民，驅除百年夷患，勘定南北梟雄，於正月四日設祭於紫金山巔，昭告天帝皇祇，立國大明，建元洪武！」

眾臣齊喝：「萬歲！萬歲！萬萬歲！」

無邊的甲士高喝：「萬歲！萬歲！萬萬歲！」

整座紫金山都被震撼！天地間迴響著無窮無盡的「萬歲」之聲！

這一年，朱元璋還不到四十歲。這個昔日放牛娃僅僅用了十五年時間，就掃蕩了群雄，推翻了元廷，奪取了天下，開創了長達二百八十年的大明王朝！

第二十二章

皇子頑劣父皇動怒
臣將翹望授封後延

洪武元年第一場初雪降臨京城了。鵝毛大雪在天空裡飄飄揚揚，落在樹枝上、屋頂上、莊稼地裡，泥土疙瘩上，世界白茫茫一片。雪花同樣絨絨地裝飾著皇宮，遠遠望去，皇宮像是水晶世界裡的一個童話。

皇宮裡有的是故事。但皇宮裡沒有童話故事。

皇宮左側有一排廊屋，正門上鑲嵌著「待詔」二字。時辰雖早，屋角的火爐卻早已充分燃燒開了，屋裡熱氣騰騰的。爐火旺，人氣也旺。屋內的案、几、桌、炕旁邊聚集著眾多文臣武將，這樣的下雪天氣，他們都在這個地方等待早朝。屋內雖暖和，有些人還是習慣在這種天氣裡將手插進袖筒。他們三人一夥，五人一圈，有交頭接耳的，也有高談闊論的。

一群武將那裡的人最集中。藍玉被圍在中央，他正在粗門大嗓地說話：「沒錯，授封大典下月初就開始。京城內外、文武百官都眼巴巴地盼著這事呢。嘿嘿，弟兄們，咱有可靠消息，皇上把名單都擬好了，一共九十九人！」

一位副將將信將疑地問道：「上將軍，您怎麼會知道得這麼清楚？」藍玉得意地說：「我是誰呀！我不但知道這，還知道今兒朝會上，皇上就要宣布授封名單！嘿嘿，按照功勳大小，分別冊封三等爵位——公爵、侯爵、伯爵！看、看、看，哈啦子都掉下來了吧，告訴你小子，名單上沒你！哈哈哈！」

湯和在靠近火爐的地方發出一聲低喝：「藍玉！」藍玉趕緊住了口趕過去：「湯帥。叫我？」湯和擱下茶碗，低嗔：「你嗓門是不是太高了？」藍玉稍窘，笑道：「嘿嘿嘿！高興唄。」湯和問他：「你聽誰說的，授封大典下月初舉行？」藍玉不相信地問：「湯帥，這麼大的事，難道你還不知道？」湯和繃著臉說：「不該我知道的，我當然不知道。」

藍玉心裡猶豫了片刻，看看兩旁沒有人太注意他們，就湊到湯和耳邊低語了幾句。湯和認眞聽著，點了點頭，又問：「還有，那九十九人的名單，你又是怎麼知道的？」藍玉很驚訝，湯和怎麼會連這也不知道呢？他再次湊到湯和耳邊低語。

待詔處右邊的一角聚集著一批文官，相形之下他們顯得溫文爾雅一些。要麼不說話，要說話也是輕得幾乎聽不見。最裡面的角落有一小塊靜地，李善長與劉伯溫兩人靜靜坐在那裡。兩人之間隔著一個茶几，上面放著兩盅清茶。李善長悠悠品茶，劉伯溫閉目養神，讓香茶閒置著。李善長飲了一口，朝劉伯溫瞧一眼，心裡覺得他在裝模作樣。他用手裡的茶蓋叮叮敲擊茶杯兩聲。劉伯溫不得不睁開眼，詢問地看著李善長。

李善長低聲問：「伯溫啊，都聽見啦？」劉伯溫揉揉眼，像是昨夜沒睡好，昏昏然反問：「聽見什麼？」李善長低嗔：「嗨，聽見那片得意忘形之聲了嗎？」劉伯溫這才清醒些，朝武將那邊看了一眼，帶點歉意道：「哦！沒聽見！不過，將帥們盼授封，有如大旱望甘霖，這可以理解，完全可以理解。」

李善長伸頭湊近劉伯溫，低聲道：「伯溫哪，也許我不該問。關於授封名單，皇上怎麼跟你商量的？」劉伯溫驚訝地望他一眼道：「善長兄，這話應該我問您，皇上是怎麼跟您商量的？」李善長反過來望劉伯溫一眼，狐疑追問：「皇上眞的沒跟你商量過？」劉伯溫鄭重地聲明：「一個字都沒提過！」

李善長有些震動。這時湯和沉著臉走了過來，粗聲粗氣地問：「李相國，劉中丞。你們聽見藍玉的話了嗎？」兩人默然點頭。湯和忿忿不平地說：「連這小子都知道授封名單了，皇上卻一個字都沒告訴我！對了，還有您兩位先生，太不夠交情了，幹嘛把我瞞得那麼死？」

李善長長歎一聲，苦笑道：「瞞你什麼？湯帥啊，我倆和你一樣，對此是一無所知！」「眞呀？」湯和不掩飾滿腹的狐疑。劉伯溫放低聲音道：「如果湯帥你也不知情的話，那麼在下可以斷定，皇上沒跟任何人商量授封名單。」湯和反駁：「那藍玉他——」劉伯溫微笑道：「藍將軍嘛，大概是道聽塗說，自以爲知。」李善長不屑地說：「哼，實際上是自恃皇寵，賣弄輕薄！」

兩人的話讓湯和心裡鬆快了些，但他還是大惑不解：「授封可是天大的事，皇上竟然不跟咱們商量一下，簡直不可思議！」劉伯溫苦笑一聲，忍不住總結道：「小事情多問臣下，大事情一言不發，這才是聖主嘛。」

三人都沉默下來。這時，一個內臣進了門，恭敬地朝四周抱個環揖道：「列位大人，時辰快到了。」眾文武轟然起身，彼此謙讓著，挨著秩序走出待詔處，奔向奉天殿。

莊嚴雄壯的奉天殿，飛簷流閣，濃光重彩。一位內臣立於玉階上昂首高喝：「早朝時辰到，眾臣入朝！」傳命聲中，李善長、湯和各爲文武班首，分列步入大殿。他們井然有序地排在大廳裡，只等朱元璋上朝。

時光分分秒秒在丹陛上流過，但那尊金光閃閃巨大龍座一直空置著，朱元璋久久沒有出現。大臣中有人忍不住開始交頭接耳，許多人臉上露出不安的神色。李善長也是滿面詫異。

總算有急促的腳步聲從屏風後面傳出來了。大廳裡頓時寂靜無聲。眾人紛紛打起了精神。但是，從屏風後面轉出來的，卻是年輕的太子朱標。只見他迅速掃視一眼眾臣，朝李善長微微點一下頭。

李善長立刻出班，跟隨朱標匆匆而去。眾臣眼巴巴望著他們進去，再次開始交頭接耳，不安的情緒更加繁衍開來。唯獨劉伯溫平靜佇立，彷彿有心讓自己入定一般。

朱標領著李善長匆匆穿過殿道。李善長不安地說：「太子殿下，皇上可是從來沒耽誤過早朝哇！」朱標著急地說：「李叔，快去勸勸父皇吧。」李善長嚇了一跳：「出什麼事了？」朱標道：「父皇上朝時路過文華殿，看見八弟、九弟、十二、十三弟，他們拋開書本不念，爬進魚缸裡摸魚玩，登時把父皇氣壞了！」說到這兒，前面已傳來陣陣怒喝聲「跪下，跪好嘍！」朱標趕緊住口，膽怯地指了指宮門。

誰不知道清官難斷家務事哇，李善長猶豫地住了腳，問：「太子，爲何不請皇后來？」朱標歎氣：「唉，母后去定陽掃墓了！」李善長只得硬著頭皮進入文華殿。

文華殿東角跪著一排小皇子，都在六至十歲之間。殿西角則跪了一排東宮內臣。一個個都惶恐不安的。朱元璋衣冠不整、赤一隻足、手揮朝靴，正將一個小皇子按在凳上，扒了褲子，用鞋底抽打他的光屁股。一邊抽還一邊罵：「叫你賤！叫你賤！看你還敢不！打死你個狗崽子，看你還敢犯賤不！」

挨揍的小皇子痛得哇哇亂叫，其他小皇子則膽戰心驚地跪等挨抽！

李善長顧不上多想，急急奔上前按住朱元璋的胳膊：「皇上！唉呀！皇上息怒！」

朱元璋狠狠甩開李善長，用靴底指著那些皇子，氣咻咻地說：「你知道他們多賤哪？撂下早課不上，摸魚的摸魚，逮貓的逮貓，瘋得沒邊了！朱標，立刻把宮裡所有的魚、鳥、貓、狗，全部扔進護城河，淹死嘍！」朱標趕緊道：「遵旨。」趴在凳上的小皇子趁機拉起褲子欲溜，朱元璋一把按住，揮起靴子狠狠擊下去：「啪！啪！」李善長強行奪過那隻皇靴，急叫：「皇上！罷了，罷了！」朱元璋氣極，指著地上幾條死金魚——它們竟然被一枝柳條穿著腮——道：「善長啊，你瞧，仔細瞧啊！這些狗崽子瘋成什麼樣了？不打還了得？不打保不定將來犯上作亂！」

李善長笑嗔：「皇上，他們不是狗崽子，是皇兒！」說著把朱元璋扶到椅子上坐下，跪地替他穿靴，繼續勸說：「皇上啊，皇子厭學，乃師傅與內臣之過，應該責怪他們。可您氣得扒掉朝靴打皇兒，這就有失天子尊貴，也不合皇家禮法啊。」

朱元璋恨恨道：「咱少時沒讀什麼書，不懂禮法。正由於此，咱才嚴格要求子孫，讓他們替咱補回來！」李善長簡直有點哭笑不得：「是、是！皇上啊，朝會時辰到了，臣工們都在等著。」朱元璋「啊喲」一聲跳起來，抓起束帶、皇冠等物急急朝外奔。奔出幾步後猛然站住，回頭朝小皇子們厲聲道：「都不准動，跪這兒反省。爹下朝後再跟你們算賬！狗崽子，害咱耽誤早朝！」

朱元璋和李善長一起往奉天殿走。他邊走邊問：「大臣們都等急了吧？」李善長回話：「不急。只是稍有不安。」朱元璋追問：「幹嘛不安？」李善長道：「因爲他們聽說，皇上要在今日朝會上宣布授封名單。」朱元璋一聽，眉頭皺皺，停了下來，問：「誰說的？」李善長猶豫片刻，才道：「藍玉。哦，也許藍玉也只是聽了一些流言。」朱元璋再問：「什麼流言？」李善長謹愼地說：「臣不知。」朱元璋直視李善長：「你呢？你聽到什麼流言了嗎？」李善長連忙說：「臣沒有！」

朱元璋沉思著繼續往前走，步子卻越走越慢了。這時一個老臣迎面匆匆而來，近前折腰深揖道：「臣向皇上請罪！」朱元璋道：「怪了！宋濂，你有什麼罪？」宋濂道：「臣身爲太子太師，兼管東宮師傅。聽說皇子們頑皮，惹皇上雷霆大怒，臣有失職之罪。」跟隨朱元璋身邊的朱標趕緊道：「宋師，八弟、九弟他們不歸您管。」

朱元璋一笑：「聽到了吧，太子在爲你開脫了。不過他說的是，皇兒們各有各的師傅，咱不能打錯了板子。今兒的事，沒你責任。」

宋濂鬆了口氣道：「謝皇上。」

李善長焦急地看一眼朱標。朱標再道：「父皇，大臣們都在等著。」朱元璋沉下臉來：「急什麼？李先生剛才說了，奉天殿上有一大堆流言呢！」李善長連忙分辯：「皇上，臣沒說『一大堆』！臣說的是『也許』。」朱元璋道：「對、對，你用辭謹慎，一貫的！朱標，傳旨奉天殿，朝會推遲一個時辰。咱要和宋師傅聊個事。」朱標驚訝：「父皇？」朱元璋斷然道：「既然流言起來了，就讓它煽得更厲害些嘛！去！」

朱標應聲離去。朱元璋一屁股坐到廊道扶手上，笑呵呵招呼剩下的兩人：「宋師傅，坐。善長，你也坐。」

李善長與宋濂在對面的扶手上坐下。朱元璋憂心地說：「宋師傅，看起來，東宮那幾個師傅不行啊。夫人一走，東宮就亂了套，那些師傅根本管束不住皇兒。」宋濂謹慎地應著是。朱元璋誠懇地說：「這些年來，你教導太子朱標，教導得好！咱想請你兼領東宮太師，總管所有皇兒的學業。」宋濂推辭道：「皇上，臣年老體弱，才淺德薄，力不能及！」

朱元璋像是沒聽見，根本不予回答，顧自道：「翰林院、太史院、包括六部在內的所有學子官吏都任你挑選，瞧著合適，就調任東宮！你呢，當好總督導就成。哦，皇后那兒，咱跟她說。」

宋濂卻顯得憂心忡忡，他猶豫地看看李善長，李善長知道他有話要說，鼓勵地點頭。宋濂終於下決心說出自己的想法：「稟皇上，少兒治學，當從立規開始，無規矩則不成方圓。」朱元璋理解地笑道：「當然，這咱知道。治學如此，治軍也如此。治國、治政，概莫能外！」

宋濂斂容道：「不過，臣的治學規矩，只怕比皇上靴底子厲害多了。到了苦不堪言的時候，皇上不要心疼皇兒啊。」

朱元璋笑道：「是麼？咱倒想聽聽你的規矩。」

這時候，朱標已經走進了奉天殿，他低咳一聲，對那些嗡然一片的大臣們高聲道：「皇上有旨——」大殿裡嘈嘈雜雜的聲音立刻消失，眾臣的目光齊唰唰投向朱標。朱標宣布：「朝會推遲一個時辰。請各位大臣到兩邊暖閣裡歇息等候吧。」

文武大臣們驚訝互望。劉伯溫率先道：「遵旨。」大家這才一片聲說「遵旨」。然後陸陸續續退入奉天殿兩旁的暖閣之中。他們一邊走一邊議論著，藍玉的聲音仍然最高：「我說過不是？看吧，皇上又在調整授封名單了。該上的上，不該上的擼嘍！」

大家心裡都惶恐起來。不安的情緒更濃厚了。

朱元璋卻還在廊道上心平氣和地認眞聽宋濂說話。「凡六歲以上皇子，每日卯時（晨五時）即起，赴文華殿就學。戌時（十九時）還宮，無病不可告假。」朱元璋略一思索，微驚：「照這麼算，一天才十二個時辰，爲學就佔了七個時辰？」宋濂糾正道：「六個。正午有一個時辰用餐、歇息。」朱元璋鬆了口氣：「那還差不多。」宋濂繼續道：「每年只許在春節、中秋、端午三節，以及皇上、皇后、還有皇子自個的生辰之日放假，總共一十八天。」朱元璋吃驚道：「一年才十八天假？」宋濂恭敬地說：「皇上如果嫌多，可以減至十二天。」

朱元璋連忙擺手：「別、別！就十八天吧。」宋濂道：「第五條規矩，尊師重教。凡東宮師傅擬定的章程，都呈皇上、皇后審定，一旦訂立，那麼，皇上、皇后、包括皇子各自的母妃，都不得干預。」

朱元璋笑嗔：「宋濂，皇子們究竟是咱的兒子，還是你的兒子？咱都有點糊塗了！」宋濂凜然道：「稟皇上，皇子們首先是王朝之龍脈、國家之儲君、朝廷之棟樑。之後，才是皇上您的兒子！」

這話連朱元璋聽了都振聾發聵，他不禁啞然了。李善長很少見朱元璋聽了別人的話發愣的，不由覺得有趣，偷偷發著笑。這時朱標歸來，也站立旁聽。

宋濂重重一歎道：「世人都以爲皇子的日子是天上人間，這是絕大誤會。實際上，只有在王朝沒落的時候，其皇子才過著花紅酒綠的日子。但凡聖朝聖君，都把教育皇子視如王朝性命般重要，因而聖君之子常常苦不堪言，僅僅爲學一項，就得嘔心瀝血十八年之久。學成之後還有習政、立業、事君、戍邊。古往今來，許多皇子皆願意沙場建功，卻忍受不了書案之苦。」

李善長忍不住頷首讚賞：「是啊，持動易，守靜難。」朱元璋卻道：「他們再苦，還能比咱小時候更苦麼？」宋濂道：「也許沒有。但是皇上這樣的聖君，多少朝代才能出一位呢？」

這話又說到朱元璋心坎上了，他一時有些陶醉，笑呵呵道：「好吧，皇兒們統統交給你了。回頭把你的規矩擬出來，交咱審定。」宋濂道：「遵旨。臣還有一請，卻不好寫在規矩裡。」朱元璋讓他直說。宋濂文謅謅地說：「臣請求皇上，今後不要自稱『咱』了，爲君者，當稱『朕』。」

李善長沒料到老夫子宋濂還敢當面指正皇上，緊張地看著朱元璋。朱元璋徵求李善長的意見：「你看呢？」李善長道：「稟皇上，不光宋濂，臣工們也有此議。因爲，連鄉野老農都是一口一個『咱』，而『朕』字才是君主專稱，獨此爲尊！皇上應該稱朕。」

朱元璋沉吟片刻，卻道：「咱習慣了，改不了！不過你們可以改呀。」李善長聽不懂：「我們怎麼改？」朱元璋威嚴地說：「叫中書省頒旨，從現在起，朝廷各部、包括天下仕子、百姓，都把洪武皇上的『咱』字當成『朕』字來聽！這不都有了？」

李善長張口結舌。朱元璋卻理直氣壯地說：「武則天還瞎編了一個『曌』呢！咱不編字，咱就是朕，朕就是咱！當然嘍，咱死前會留下遺訓，後繼之君一律稱朕，不准稱咱！萬世乾坤，只能有一個朱元璋！」

這下輪到宋濂振聾發聵了。他折腰顫聲道：「遵旨！」李善長也趕緊應諾。朱標敬佩地望著父親，恭敬地說：「父皇，時辰又到了。」

朱元璋這才站起，朝奉天殿走去。二虎先到奉天殿高吼：「皇上駕到，眾臣入朝。」眾文武聞聲紛紛奔出暖閣，赴大堂排定。不一會兒，朱元璋步出屏風，踏上丹陛，坐進龍座。

眾文武齊叩拜畢，朱元璋冷冷地巡視眾臣，突然發出一串笑聲：「嘿嘿嘿！各位聊得舒心不？順暢不？咱來晚了，各位就多了個聚首聊天的時辰，不易呀！嘿嘿，咱一進門就聞著了，大殿上滿是流言的味道嘛！啊？」

眾文武尷尬地嘿嘿笑著。朱元璋親切地說：「咱知道你們都盼著授封大典，盼著功成名就、歡天喜地的那一天。可是，咱考慮再三，北伐戰事未平，西征的弟兄也還在繼續建功，如果現在授封的話，只怕把弟兄們的爵位、銜號封低嘍！所以，授封大典後延，待到合適的時候再行舉辦。」

大臣們難免失望，竊議之聲驟起。朱元璋巡視他們，突然高聲問：「藍玉啊，你說好不好？」藍玉尷尬地回答：「好！」朱元璋微諷道：「看看，連血戰洪都的藍玉都說好，你們就更該沉住氣了。啊？」有意無意的，朱元璋把目光落到了湯和身上。湯和頓時遇冷凝固了一般，僵立著一動不動，慢慢垂下眼簾。

朱元璋宣布退朝，朱標侍隨朱元璋在殿道行走。朱元璋考問他：「標兒，今天這事，你有何感想？」朱標道：「兒臣認爲，文臣武將們功名之心太盛。父皇無論授他們什麼爵位，都不能使所有人滿意。」

朱元璋滿意地看兒子一眼，道：「不錯，人心就是如此。」朱標道：「兒臣還認爲，相形之下，武將們情更切，而文臣對此則淡然一些。」朱元璋微微搖頭：「不。你應該這麼看，武將不善掩飾，而文臣讀書多，恥言利，有涵養。哦，所謂涵養，照咱看就是藏得深唄！至於功名之心嘛，文武一樣旺盛。」

朱標喃喃地應著：「父皇明見，兒臣知道了。」朱元璋道：「有些事，熱鬧時候看不清楚，等冷下來才能看清楚。授封大典，先冷一冷好。」朱標恭敬地說：「兒臣明白了。」朱元璋告訴朱標，大後天自己要起駕北巡，讓朱標一塊去。朱標興奮地應著，問：「父皇，可否讓皇弟們也去？宋師說，治學不可拘於書本上，更要遍覽天下，尤其是患難人生。」朱元璋高興地答應了：「這話說得是。這樣吧，六歲以上的皇兒，咱全帶上。他們想去哪兒呀？」朱標笑道：「揚州。皇弟們對那片繁華勝地早就心馳神往了。十二弟昨天還跟我念了兩句詩，『腰纏十萬貫，騎鶴下揚州』」

朱元璋嗔責道：「混賬東西！那是浪蕩公子的淫詩，早上咱眞該多揍他幾下！」朱標沉穩地說：「兒臣從奏報中看到，揚州今非昔比。所以，兒臣認爲，不妨讓皇弟們看看現在的眞揚州。」朱元璋很贊成：「說得對，告訴東宮收拾一下，後天跟咱北巡，第一站就是去揚州。」

朱標應聲而去。朱元璋繼續前行，走走突然問二虎：「夫人走多久了？」二虎想一想說：「今兒是第八天。」朱元璋微驚：「才八天？」

二虎又想了想，肯定地說：「確實是八天。」朱元璋吩咐：「你趕到定陽去，告訴她，咱要北巡了，讓她回來主持宮廷。」二虎道：「遵旨。未將午後就出發。」二虎暗中偷偷笑著。

朱元璋沒回頭，卻彷彿腦後長著眼睛，突然問：「你笑什麼？」

二虎一怔，笑道：「皇后在的時候，皇上跟她三天兩頭吵。可剛走沒幾日，皇上就想她了，嘿嘿！」朱元璋回頭嗔道：「幹嘛不說你自個兒？照咱看，你是又能見著玉兒了，這才樂得笑！對不？」

二虎大窘。

再說李善長這日處理完公務後坐車回府。他的府院是用平整的青磚砌的外牆，飛簷雕棟，氣派宏偉，狀如王府，正門兩旁守立著四個差役。他剛步上石階，管家就匆匆迎出來，俯身相扶低聲稟報：「相爺，湯帥前來拜見。」李善長扭頭回望路口：「在哪兒？」管家的聲音更低了：「已經在客廳等候半個時辰了。」

李善長有些吃驚，匆匆跨入府門。一面吩咐：「快，閉門謝客。」

管家應著，示意差役們關閉相府正門。

李善長進了客廳，湯和正站在客廳裡四處端詳，看見李善長便笑道：「李先生，好大的宅第呀！」李善長也笑道：「這幢宅子是上位賞撥的，我又加蓋了東、西兩院。噢，對了，這事還得多謝湯帥。」湯和故意問：「謝我什麼？」李善長道：「哎！你不是派了五百兵勇，替我蓋院牆、開水渠嗎？幫了大忙呀！要不，我這院子根本起不來。」

沒想湯和面色陰沉下來，不快地說：「李先生，上位知道這事了，對我大爲惱火。」李善長一怔，馬上說：「這不干你事，我跟上位請罪去！」湯和著急擺手道：「別別別！這事已經過去了。你千萬別說，連一個字都別再提！」李善長不安地問：「爲什麼？」湯和苦笑道：「我猜啊，你要是一提這事，上位反而會裝糊塗，反過來問你『是麼？湯和派兵給你打工啦？派多少兵啊？怎麼咱不知道啊？』」說得李善長也苦笑了：「不錯這是他！」湯和道：「這還不算，恐怕上位還會問你，『難道咱給你的宅子不夠住麼，爲何還要加蓋？咱乾脆把乾清宮送你算了！』」

李善長一驚，喃喃道：「湯帥說的是，加蓋宅第這事，有失妥當。」湯和聲音少有的低落和苦澀：「先生啊。我來這是想跟你通個氣，萬一我有什麼閃失，拜託你替我周旋。」這話說得李善長大驚失色了：「湯、湯帥！你說什麼呢？你是開國元勳、大明第一帥，還是上位的結義兄弟！你會有什麼閃失！難道，難道上位要加罪於你？」湯和搖頭一歎，沉重地說：「我不知道哇！我只隱隱約約感覺到，上位對我越來越冷淡了。以前我要見他，抬腿就進去了。而現在得先讓人通報，再等候召見。今兒奉天殿，上位那幾句逼人的話，實際上是衝我來的！下朝之後，我想面見上位，可二虎傳他口諭，說『有什麼事，遞個摺子吧』你聽聽！」

李善長心驚驚地顫聲道：「湯和啊，告訴我，你跟上位之間究竟出了什麼事？」湯和發誓般地說：「我不知道。確實不知道！」李善長極感震驚，兩人久久沉默著。

這時管家輕輕推門入內，欲言又止。李善長煩躁地斥道：「說過不見客。」管家猶豫一下還是說了：「是、是胡惟庸。」李善長想了想說：「帶他到書房候著。」

管家走了。湯和起身也要走，說：「我悶了幾天的話，都跟李先生說了，心裡痛快多了！」李善長眞誠地寬慰他：「湯帥，上位的脾氣多疑。而你一直是光明磊落，威鎭三軍。你絕不會有事的！」

湯和感動地笑道：「先生放心。我嘛，不至於叫朱重八嚇死。」李善長低聲道：「善長還有句話，說錯了，湯帥別在意。」湯和正要說什麼，李善長又鄭重地開了口：「湯帥是我最敬重的人，如果湯帥有難，善長必然榮辱與共！」

湯和望著李善長的眼睛，深深一揖，感動地說：「多謝。」

湯和走後，李善長匆匆來到書房。胡惟庸正在書櫃前踱步閱看，看上去也有些心神不定。李善長掩了書房門問：「惟庸啊，什麼事兒？」胡惟庸湊近李善長，輕聲說：「李公，聽東宮師傅說，皇上後天就要北巡，太子及六歲以上皇子全部隨駕。」李善長奇怪：「原本定於下月初北巡的，爲何突然提前？」胡惟庸搖頭：「屬下不知道。」

李善長落座，說：「也好，我正有些事要跟上位聊聊。北巡途中，朝夕相處，說話就方便多了。」

胡惟庸垂下頭，不敢看李善長，道：「屬下來之前，聽說侍從大臣是劉伯溫。」

李善長淡淡地「哦」了一聲，突然沒有了講話的興致。他的心裡像灌了鉛一樣沉重：皇上攜太子北巡，那一駕龍輦就成了朝廷中心。漫漫長途，卻是劉伯溫與皇上朝夕相處！唉！莫非他會取代我，成爲朝廷首輔嗎？

這一次朱元璋出巡的確帶的是劉伯溫。劉伯溫已經收拾好了行李。臨行前一日，他在的翰林院發生了一件不大不小的事，他臨時決定陪皇上出巡時把他的學生楊憲也帶上。這一日他和兒子劉璉在外面辦事回家，剛步上禮賢館的石階，就聽見前面傳來爭執的聲音：「不成，館匾不能換。你們非要這麼做，那就是害了恩師！」

劉伯溫循聲望去，只見一個士子正同一個官吏在亮閃閃的「禮賢館」金匾下爭吵，地上擱著一隻麻袋。他遠遠就叫：「楊憲、呂平，吵什麼？」

兩人急忙迎上來，呂平稟道：「請中丞大人公斷，皇上早就下過旨意，將禮賢館更爲翰林院，並由中丞大人兼掌。」劉伯溫點頭：「不錯。」呂平揭開麻袋道：「下官從工部取來了新造牌匾，要鑲到大門上去。可這位學士老爺就是不准！」

麻袋中果然有隻泥金大匾翰林院。劉伯溫道：「楊憲啊，這並不干你事，你爲何不准？」楊憲低聲道：「稟恩師，禮賢館金匾是皇上親筆題寫的。如果恩師剛剛執掌翰林院就更換門匾，學生擔心引發流言蜚語。特別是，學生聽說昨天朝會上，皇上剛剛痛斥過『流言』二字。」

劉伯溫沒想到這個學生比他還心細，笑道：「不是痛斥，是斥痛了『流言』。」照你看，這事我們應該怎麼辦？翰林院難道永遠掛著禮賢館的金匾嗎？」楊憲似乎早就胸有成竹，道：「學生以為好辦。禮賢館金匾不動，翰林院的門匾置於其下如此即可。」

劉璉在一邊失聲笑起來：「這像什麼樣子？一座門樓上掛兩隻門匾，看上去豈不怪誕嗎？」楊憲道：「這叫天恩在上，有主有從。學生相信，皇上看了絕無半點怪誕！當年築禮賢館，用意是聚賢；如今朝廷開翰林院，仍然是聚賢！」

劉伯溫見自己的學生說得頭頭是道，心裡也歡喜。便發話道：「呂平，照楊憲說的辦。」呂平恭敬應承。劉伯溫同劉璉穿過館門繼續往前走，到了無人處，劉伯溫輕聲責備道：「璉兒，『怪誕』兩個字你怎麼說得出口？楊憲比你聰明啊。」劉璉認錯：「是。我剛說完那句話，就後悔失言了！」劉伯溫沉吟道：「叫楊憲收拾一下行裝，明天隨我出行。」

翌日，京城正陽門下，文武百官整齊地排立著，為出城北巡的朱元璋送行。朱元璋親切地拉著李善長的手，在紅地毯上走過：「善長啊，咱原本是要帶你一塊北巡的。後來一想，不行。你走了，朝廷交給誰？咱放心不下！所以，你還是留下來，主持朝政。」這話讓李善長幸福，他感動地說：「北巡辛苦，皇上定要保重。臣留守京城，絕不負皇上重託！」

朱元璋說：「這就好。」他顯然心情愉悅，頻頻對兩旁官吏含笑點頭，忽然看見胡惟庸立於其中，與眾不同地穿著一身樸素民服。朱元璋問：「胡惟庸，你的官服呢？」胡惟庸不卑不亢地一揖道：「稟皇上，奉天殿完成後，屬下無官無職了。」朱元璋輕輕「哦」了一聲，又問：「那你在幹嘛？」胡惟庸平靜地說：「暫在中書省行走，讀書、打雜、收發呈文。」朱元璋冷淡地說：「讀書好哇！接著讀吧，多讀點。」胡惟庸恭敬地應諾著。

朱元璋走出城門，外面停放著一尊巨大的龍輦，還有幾輛小些的宮車。眾皇兒各牽一匹坐騎排立著，個個喜笑顏開。劉伯溫、呂昶兩臣佇立其側。楊憲站在劉伯溫身後。朱元璋注意地看著劉伯溫身後的陌生面孔，問：「這是誰，咱怎麼不認識？」劉伯溫道：「翰林學士楊憲。臣讓他隨行。」楊憲深深一揖道：「臣楊憲，叩祝聖安。」

朱元璋微笑地打量了楊憲一眼，說：「看得出來，名師出高徒嘛。」說著回身朝百官揮手：「都回去吧！」李善長與百官齊齊折腰道：「皇上珍重！」

龍輦在田野上飛馳而過，眾皇子如鳥兒出籠，嘻嘻哈哈地彼此鞭馬追奔。一個小皇子落在後面，朝前大叫：「四哥，等等我。」前面就有一位英俊的皇子勒馬回頭，座下銀白駿馬引頸長嘶，那人正是年輕的朱棣。

龍輦中的朱元璋在閉目養神。劉伯溫坐於側座，也在閒閒地閉目養神。龍輦行了半個時辰模樣，朱元璋睜開了眼睛。像有感應似的，劉伯溫也同時睜開了眼睛。

朱元璋道：「徐達的北伐大軍已經打過了山東，估計五日之內，就可兵臨大都！唉，不知道他能否順利破城呢？都說大都城固若金湯。」劉伯溫道：「臣早年赴考時去過大都，那城確實堅固。不過，臣以為元廷意志上已經土崩瓦解，徒有一座堅城，不足以苟延頑抗。」

朱元璋點頭：「但願吧。哦，授封大典的事，知道咱為何一推再推嗎？」

劉伯溫搖搖頭說：「臣不知道。」

朱元璋看著他：「猜一猜。」

劉伯溫提提精神，略一思索道：「臣斗膽，皇上擔心臣將們爭功爭名爭榮祿，擺不平，因而一再遲延。」朱元璋說：「不全是，名利相爭嘛，永遠都會有。咱之所推後，是因為咱雖然想好了授封將帥的辦法，卻沒想出制約他們的主意。賞而不能制，那就暫時不要賞！」

劉伯溫像受了啓發，佩服地說：「皇上聖見。」

朱元璋又閉上了眼睛，劉伯溫以爲他要睡了，鬆口氣。正要閉眼再歇一會，朱元璋卻突然淡淡地說：「李善長早就把中書省視爲自個的囊中物了吧？」劉伯溫一怔，然後微笑道：「不光善長兄這麼想，朝廷上下、文武百官，恐怕都認爲中書省丞相之位，捨善長無第二人。」朱元璋睜開眼睛，詫異地問：「你呢？」劉伯溫從容答道：「臣與百官一個想法，中書省丞相，捨善長無第二人。」朱元璋狡黠地說：「不，咱是問你難道不是第二人嗎？爲何非他不可？」

劉伯溫大驚，斷然道：「臣萬萬當不起。」朱元璋微嗔：「當起當不起，是另外一回事嘛！哦，聽說他那幢新宅子，大如王府？」劉伯溫猶豫著開口：「臣也聽說不小。」

朱元璋不滿地「哼」了一聲，說：「湯和派了五百個兵勇，給他蓋牆挖溝，這等於是拿軍餉頂工錢嘛。啊喲！睏死咱了，打個盹吧。」朱元璋打著呵欠，又閉上眼睛。劉伯溫趕緊起身道：「臣告退。」朱元璋連忙說：「別、別，就坐這兒，咱瞇一會就夠了。咱又沒擠著你。」話音剛落，朱元璋鼾聲頓起。劉伯溫只好坐下，尷尬地守著呼呼大睡的朱元璋。

且說京城裡，送行的百官，陸陸續續往回走。胡惟庸陪著李善長徒步走向宮廷。不時有官吏恭敬地向李善長施禮，李善長則象徵性地略略頷首回禮。兩人有意識地放慢腳步，待官吏們都遠去後，胡惟庸低聲恭喜李善長，「皇上仍然把攝政大權委託給您了。」

李善長清醒地說：「那又怎樣？管家可並不是主子啊。」胡惟庸道：「這起碼證明，中書省丞相之位，非李公莫屬。」李善長淡淡笑道：「再看吧。」胡惟庸委屈一歎：「李公親眼看見了當著眾臣的面，皇上對我還是那樣冷淡。」

李善長寬慰道：「送行官員那麼多，皇上誰都沒問，單跟你說話。這也是一份關切！」胡惟庸道：「皇上還跟一個人說了話！」李善長想不起來，問：「誰呀？」胡惟庸耿耿道：「翰林院學士，楊憲。皇上原話是名師出高徒。」李善長這才記起，不屑地擺手道：「哦，他算什麼，劉伯溫的跟班罷了！想開點。對了，晚上到我府上喝壽酒吧。」

胡惟庸想了想，忍不住問：「李公，今兒是誰的壽辰？您和夫人都不是今日啊？」李善長說：「是我養母，她今年九十九了。我一點也沒聲張，只幾個家人為她做壽。你來吧。」胡惟庸心裡暖洋洋的。李善長叮囑胡惟庸不准聲張，他怕臣僚們給他添亂。上回擴建宅院的事還不是留了後遺症！

晚上胡惟庸去李善長家裡，果然只有三、五位家人。一家人在餐廳擺上家宴。九十九歲的老母坐一隻軟椅，胸前跟嬰兒那樣圍著個布兜。李善長端隻碗親自給老母餵食。他舀起一勺食，先吹一吹再擱進老母口中，老母閉眼嚼著，喃喃地說：「好吃，好吃。」李善長一口一口餵，不厭其煩。老母的嘴一直在慢慢蠕動，半碗飯下去，她喃喃道：「飽了，要睡。」

李善長朝外招手，立刻上來幾個家僕，將老母連椅子帶人抬了進去。胡惟庸感慨道：「李公忠孝至誠，無人可比啊。」李善長這才落座，笑容滿面地對胡惟庸說：「好了，現在咱們可以隨便吃了。請、請！」兩人舉盅飲盡。

李善長感慨道：「唉，多少年沒這麼安靜地吃過飯了。看哪，這多好啊！」胡惟庸也讚歎：「可不是嘛！憑李公的高德厚望，要把母壽辦得驚天動地容易；可要辦得這般清雅，神人不知，可是太不容易了！」李善長也爲此得意：「我就是不想讓他們知道。要不，賀客壽禮會把我這座宅子擠破了。」

話音未落，外面已響起叩叩叩的敲門聲。李善長責備地看一眼胡惟庸。胡惟庸趕緊聲明：「母壽的事，屬下沒透露過一個字！」李善長不禁歎息道：「唉，眞是沒有不透風的牆啊！」

兩個家僕轟轟拉開府門。李善長伸頭一看，大驚失色。湯和滿面是笑地當頭站立，後面烏鴉鴉一片文武百官，幾乎大半個朝廷官員都到了。他們亂哄哄折腰喊叫：「恭賀相國母壽！給令堂大人拜壽嘍！」

李善長跺足：「湯帥，您這是——」湯帥豪爽地笑道：「我有什麼辦法，大夥要來，我又攔不住。再說，這是你的不對囉！老母百年壽辰，天大的喜事嘛，你瞞什麼呢？」藍玉在後面高聲叫道：「相國老娘，就是咱淮西子弟的祖宗啊！」文武大臣更沸騰了：「恭賀相國母壽！給令堂大人拜壽嘍！」

湯和笑催李善長：「還不快請？」李善長知道木已成舟，沒有再拆回去的道理，急朝四方拱手，殷切地說：「列位弟兄，請！請！」

眾文武打躬作揖，蜂湧而入。

李善長低聲對湯和說：「眞不好意思。寒舍這啥都沒準備啊！」

湯和笑嗔：「要你準備什麼，你只管敞開院門就成！看看，我把東城三家酒店的酒菜全包下來了。快呀，都抬進來，安置好！」李善長抬眼一看：十幾個差役端著、抬著、抱著、舉著各色蒸籠、食盒、酒具，川流不息地往裡走，只片刻間，李府大院就擺出了一桌桌酒席。而那些淮西將軍個個歡天喜地，竟然不請自坐了。

李善長感動不已，顫聲道：「湯帥，善長拜謝！」湯和靠近李善長低聲道：「李兄啊，我已經想開了。不管上位他怎麼猜忌，咱們只要把握住一條不犯王法就成！日子照過，酒照喝。要知道，多少弟兄沒活到今天哪！所以咱們得過得滋潤，活得開心。瞧瞧，大半個朝廷都來了，今晚就在你這兒熱鬧一回！」

李善長一時熱血沸騰，抱拳慨然道：「請！」

而這個時候，朱元璋離他們越來越遠了。龍輦不急不慢地前行，朱元璋發出的鼾聲時輕時重，重的時候簡直驚天動地，輕的時候倒也像細雨入地那樣幾無聲息。劉伯溫手捧書本昏昏欲睡。突然書落到地上，朱元璋鼾聲頓止，伸拳踢腿地高叫：「噢！舒服！」劉伯溫趕緊縮著身子躲開朱元璋的拳腿，之後拾起書，羨慕地說：「皇上眞了不起，說睡就睡，說醒就醒。」朱元璋得意地說：「這點小本事，是讓戰情給逼出來的。你呢，睡了嗎？」

劉伯溫苦笑：「臣不行。不看書睡不著，一看書就睡著了。所以，看也不是，睡也不是。」

朱元璋哈哈笑道：「停車，下去走走。」劉伯溫順手敲敲車壁，龍輦慢慢停下來。片刻，門開了，朱元璋與劉伯溫下車並行，兩人不約而同地深深呼吸著原野裡的清新空氣。龍輦在他們身後不遠不近地跟隨著。

朱元璋的眼睛往田野裡貪婪地眺望，嘴裡問：「伯溫啊，想出主意來了嗎？」劉伯溫驚訝地問：「皇上叫臣想什麼主意啊？」朱元璋道：「咱說過雖然想好了授封將帥的辦法，卻沒想出制約他們的主意。」劉伯溫補充道：「皇上還說，賞而不能制，那就暫時不要賞。」

朱元璋說：「那麼，咱應該如何制呢？還是那句話，直說！」

劉伯溫悶頭走了幾步，終於下決心直說。他顫聲道：「恕臣斗膽。臣以爲，功勳部舊、驕兵悍將是根本沒法制的！大凡一個王朝新建之後，它所賴於奪天下的那些將士，也就價值已盡，甚至可以說是用廢了！」

這話說得朱元璋立時變了臉色，半晌才問：「有這麼嚴重？」聲音竟有些顫抖。

劉伯溫毫不猶豫地說：「這些將士在爭天下時有多大貢獻，到治天下時就會有多大麻煩。因爲，他們早就養成了天不怕、地不怕的性格，他們長於破壞而短於建設，他們多年鄙棄詩書，蔑視綱紀，又自以爲是天子袍哥，功勳齊天哪！皇上既然坐了天下，他們自然該好好享受！一旦沒了仗打，他們還樂意重回故里種地打糧嗎？他們理所當然的認爲，朝廷應該恩養他們終生。可大明雖然建國了，仍然是民不聊生、滿目焦土，哪有偌大的國力恩養他們呢？如不能恩養，他們豈不冤屈，能不鬧事嗎？甚至害民取利、激出兵變！」

朱元璋隱隱打了個寒戰，卻催劉伯溫接著說。劉伯溫提高了聲音道：「任何王朝在開國之初，上下總是一片陶醉。但是危險往往就隱藏在陶醉之中，越往後，驕兵悍將越成負擔。稟皇上，古往今來，多少朝代就壞在昔日的功勳臣將手裡。此類教訓，青史不絕呀！」

朱元璋盡力鎮定著自己，顫聲請教：「照你看，咱應該怎麼辦？」劉伯溫果斷地說：「封賞之後即行裁撤。學唐太宗李世民所爲——杯酒釋兵權！」

杯酒釋兵權？朱元璋幾乎不用思考就預知了此事的艱難。他臉色如鐵，孤獨前行。劉伯溫看著朱元璋沉重的背影，感覺到了一陣陣的寒意。從這時候到進揚州，朱元璋一直像山一樣沉默著。

他獨坐龍輦，一個人沉思默想。劉伯溫知道，他想的只能是剛才他們的談話。這種事情，強悍的帝王都是自己定奪。

朱元璋苦思冥想之後沉沉睡著了。等醒來的時候，他乘坐的龍輦已經停在揚州的土地上。他撩開窗簾眺望。外面居然滿目瘡痍，映入眼簾的唯有幾座殘壁和一棵焦死的老樹。

朱元璋跨下龍輦，雙腳剛剛落地，皇四子朱棣就策馬過來，跳下馬高聲問：「父皇，揚州在哪兒呀？」朱元璋道：「就在你腳下。」年輕的朱棣低頭一看，腳下正踩著一支白骨。他慌忙跳開，卻不料跳到另外一根骸骨上，那骸骨喀地斷了！

昔日的繁華勝地揚州，只剩斷壁殘垣，一地蒿草。朱元璋沉默地踩著蒿草，朝前面的殘壁走去。朱標、劉伯溫、呂昶、楊憲，及眾皇子，在後面跟行。沒有一個人說話。隨著他們腳步的起落，蒿草叢中不斷發出白骨的斷裂聲：喀喀喀！跟來的幾個小皇子，不禁嚇得面色慘白。

斷壁殘垣前面跪著二十幾個衣衫襤褸的百姓，一個叫花子模樣的中年人跪在前面。只有頭上那頂官帽，表明他曾經是一位官員。朱元璋走近時，戴官帽的中年人膝行向前，長叩道：「揚州主簿魯明義，率全城百姓叩迎聖駕！」

朱元璋瞪大了眼睛，不相信地問：「全城百姓都在這兒？」主簿沙啞地回答：「是。總共十八戶人家，都在這兒了。」朱元璋倒吸一口氣：「鼎鼎大名的揚州城，只剩十八戶？」主簿哽咽著說：「是。此外，還有二十一棵樹。活著的樹。」朱元璋的眼淚湧上眼眶，他強忍著不讓它掉，回頭找呂昶。

呂昶上前半步，彎腰對跪著的官員說：「魯明義，至正初年，揚州城尚有居民十七萬口，耕地兩萬餘頃。處處舞榭歌臺，日夜風流豔曲！它們都到哪兒去了？」

魯明義哽咽著，艱難地說：「稟大人，它們都在蒿草荒漠裡！」朱元璋做個手勢制止呂昶再問，親手扶起這個可憐的主簿。痛心地說：「咱接到過奏報，說揚州上無片瓦，下無青苗。咱還以爲下面誇張，現在，唉，府衙在哪兒？」魯明義指著身後的殘臺斷壁道：「這便是。」朱元璋愣怔一下，溫和地說：「那麼，大夥進衙門吧。」

魯明義側身相陪，朱元璋踏著一片顯然是剛剛放置上去的破地毯，步入揚州府衙。大堂裡也是滿目瘡痍，裡面居然只有一張舊椅子，顯然也是好容易找來的。朱元璋坐下，對跟從的人說：「自己找地方坐吧。」

劉伯溫等人在斷壁上落座。太子朱標則在一扇蒙著黃布的磚塊上坐下。眾皇子不願坐，侍立在旁。朱元璋先對皇兒說話，讓他們都好生聽著。然後讓魯明義靠近他在地上坐。朱元璋索性將椅子對著他說：「咱問你。揚州自古便是魚米之鄉，何至於此？」魯明義歎著氣道：「其一，兵禍連年，致使田地荒蕪；其二，元軍屢過揚州，每過皆雞犬不留；其三，揚州百姓從至正初年起陸續流亡。即使有地，也無人肯種，無人敢種。」

朱元璋不解：「有地不種，何爲農家？咱小時候，村鄰即使明日要死，今日也仍在地裡勞作啊。」魯明義似乎有難言之隱，推拖說：「臣當時不在揚州。」呂昶卻說：「臣明白原因了。」朱元璋轉向他讓他說。

呂昶道：「兩個字——苛政！四十多年前臣剛到戶部，就看見元廷每年加租。如一畝地能打兩擔穀子，各種租稅卻能收到三擔有餘。致使百姓越種地就越貧窮，越勤勞就越無望。久之，都不願種地。到了至正八年，中原一帶，朝廷的賦稅竟然收到五十年後，直收到百姓的孫子輩了。」

朱元璋沒有表示驚訝，他從小知道這些。他平和地問：「稅賦的名目還記得麼？」呂昶說：「大半記得。有人丁稅、田畝稅、割頭稅、秋稅、冬稅、工稅、器料稅、五禽稅……大約三十多種，還不算一年四時三節，以及元帝、元后、太后與嬪妃的生辰節慶，到那時要另外加收稅賦。」

朱元璋不解地對呂昶說：「民情如此不堪，朝廷再蠢，也該調整朝政啊。」呂昶道：「朝廷為剿滅義軍早已不顧一切，為徵軍費只能是殺雞取卵，劫財於民。再加上各地貪官污吏從中取利，暗中加徵。」

朱元璋插言：「他們怎麼個加法？」呂昶想想說：「比如，戶部頒旨，萬歲節要到了，朝廷要每戶人家孝敬五十錢。此旨傳到州府，便會是一百錢。傳到縣鎮，便會是一百五十錢。等到衙門官吏下來收取時，便會是二百錢了！最終上繳給朝廷的，連十分之一都不到，大部分都落到各級官吏手中。」

朱元璋不由義憤填膺：「官吏為何如此貪暴？衙門裡就沒有清官嗎？」呂昶道：「苛政之下，絕無清官！因為，朝廷早就斷了官吏們的餉銀。為官不貪，自個也會餓死。」朱元璋看了皇子們一眼。沉重地說：「現在，你們知道何為世道？何為民生？何為揚州了吧？」來前一直憧憬著熱鬧繁華的揚州城的皇子們個個瞠目結舌，表情大駭！

這時候，外面響起一片驚呼聲。原來百姓仍在外面巴巴地等候。一個上了年紀的老人突然昏倒了，臉色黃裡映白，碰他一動不動，像是猝死。朱元璋快步走出來，望了一眼，即道：「不要緊，他是餓昏的。去車上取麵饃來。」

一個侍衛匆匆往車子那裡走，另一個侍衛摘下水葫蘆往老人嘴裡灌水。須臾，侍衛提著一袋麵饃奔了回來。老人甦醒過來，接過麵饃，掰碎了，抖抖地往口中塡。侍衛將麵饃發給邊上的百姓，接過去後，每個人都狼吞虎嚥地往嘴裡塞。

朱元璋在老人面前蹲了下來，問：「老人家，多久沒吃饃了？」老人顫顫地說：「記不住了，大概三、四年沒吃過糧食了，十多年沒吃過肉。」老人身邊一個四、五歲模樣的孩子天眞地說：「不！爺爺，咱家吃過肉，今年春天還吃過一回。」

老人聽了孩子的話面孔痙攣起來，他垂首不言，像在忍受極度的不幸。朱棣在邊上氣憤地斥道：「你孫子都說吃過肉，你爲何欺君？」老人掙扎著撲地叩跪，悲戚地說：「皇上啊，小民是吃過。可它不是豬肉、牛肉，是、是人肉啊！」朱棣揚眉怒喝：「什麼，人肉你也敢吃？你是禽牲啊！」朱元璋喝止：「朱棣！」

朱棣嘴裡訕訕嘀咕著後退。朱元璋平易地說：「老人家，接著說，到底怎麼回事？」

老人渾身顫抖地說：「年初，我長孫兒餓死了，二娃子眼看也不成了。爲了活命，我、我就用長孫兒跟鄰居換了個死孩子。他們吃咱家的人，咱們吃他家的人，是謂易子而食。」老人扭頭對孫子泣道：「娃兒，你那時吃的是隔壁家的三哥啊！」

那小孩直瞪兩眼，哇地痛哭了。朱標、朱棣都垂頭飲泣，皇兒們一個個都哭了。

朱元璋的臉色嚴峻。殘酷的事實就擺在他面前：一將功成萬骨枯！他的這個大明王朝，是建立在一片廢墟之上的啊！他對自己說，咱要不能盡快讓百姓吃飽肚子，枉爲人君！他招手讓劉伯溫陪他沿湖散散步。心情沉鬱地說：「伯溫啊，咱們談了兩天的驕兵悍將之患，可現在看來，國家之貧、蒼生之苦，更加嚴重啊！」

劉伯溫認眞地說：「稟皇上，治國當以安民爲先。朝廷應當立刻施行輕徭薄賦，與民養息。」朱元璋告訴他：「咱主意已定。北巡到此爲止，不必再往前看了，明後天就返回京城。之後召集各部，商議恢復民力之策。朝廷必須盡快制定出一整套新政！」劉伯溫說好。朱元璋將自己的決定告訴劉伯溫：「恢復民力，就從揚州開始！」他委託劉伯溫考慮一個知府人選，立刻就任揚州。

劉伯溫剛走，太子朱標含著淚走了過來，顫聲道：「父皇，兒臣把帶來的饃和肉都分給百姓了，想請揚州全城人吃一回肉。」朱元璋眼中流露出慈祥的父愛，讚賞道：「好。」朱標卻不安地說：「可肉是生的，揚州城裡又找不到一根乾柴，兒臣也捨不得砍樹。萬般無奈，兒臣令侍衛劈了自己的坐車，當柴火給百姓燒頓肉吃。兒臣請父皇恕罪。」

朱元璋慈愛地看著兒子，然而歎息了一聲：「標兒，你是善心人哪！善得有些過了！」

再說受朱元璋之託的劉伯溫在揚州的府衙大堂裡找到了自己的學生楊憲。他開門見山就問：「楊憲，你現在幾品呀？」楊憲不知老師何意問這個問題，謹愼地回答：「學生入翰林未久，從七品。」劉伯溫沉吟道：「我打算請旨，授你爲正五品，並升任知府。」

對突然降臨的好事，楊憲簡直不敢相信，有點結巴地說：「恩師！學生、學生所任何處？」劉伯溫笑道：「就是你腳下，揚州府！」楊憲大驚，不禁四下望望，顫聲道：「在這兒？」劉伯溫的口氣卻很自信：「楊憲啊，你別看它現在是斷壁殘垣，但它很快會變樣。」

楊憲不好駁也不好應，不知說什麼好。劉伯溫告訴他：「朝廷馬上要改行新政了，恢復民生，壯大國力。揚州昔日是何等風光呀，天下何人不知揚州啊！它現在越是破敗，在能吏眼裡也越是大有可為！我敢斷定，從現在起，皇上心裡會老惦著這個地方，甚至會讓它做全國的典型之府。朝廷也會提供大量財政支援，讓揚州在幾年之內繁榮起來，以為天下各府之表率！楊憲啊，揚州不是一堆破銅爛鐵，而是一座龍門呀。就看你是不是英才幹吏，跳不跳得過去！」

楊憲的豪情被激起來了，他顫聲道：「恩師，學生一切都明白了。學生不要五品銜，學生請求，仍以七品翰林銜治理揚州！」劉伯溫大喜：「好！楊憲哪，壯志可嘉！」

楊憲的心情就此再也無法平息。夜深了，他仍然獨自立於河邊，望著河水發呆。陣陣寒風吹拂著他的衣衫，吹亂了他的髮絲，他渾然不覺。

兩個侍衛騎馬巡夜經過楊憲身後。一個侍衛打了個寒戰，道：「這哪是揚州啊，連雞鳴狗叫都沒有，比沙場還要靜，眞是磣人哪！」楊憲突然道：「兄弟，把馬借我。」侍衛不解：「你想幹嘛？」楊憲上前，強行拽下侍衛，騎上戰馬，道聲：「多謝了。」就猛擊戰馬，發瘋般衝入夜色之中！兩個侍衛望著他的背影目瞪口呆。

朱元璋這一夜就躺在龍輦裡睡，他翻來覆去，焦慮難眠。睡睡醒醒的，不知過了多久，突然間，車外響起一聲嘹亮的雞鳴：「喔喔喔！」朱元璋恍惚以為自己還在夢中，抬起半身，不敢相信地再凝視諦聽。又是一聲更響亮的雞鳴：「喔喔喔！」朱元璋驚奇極了：「怎麼？揚州有雞鳴了？」他連鞋都顧不上穿，踉蹌撲向車門，一把推開了它！

一隻錦毛大公雞站在高高的車轅上，正引頸長鳴：「喔喔喔！」劉伯溫與眾臣皆不近不遠地站著看它。朱元璋歡喜地指著雄雞道：「伯溫啊，你看看，揚州有雞鳴了！」劉伯溫笑道：「稟皇上，這隻雄雞是楊憲連夜從海邊買來的，他來回奔馳了一百八十里地，就為今兒天亮前，揚州城有雄雞報曉之聲！」

朱元璋這才注意到楊憲，他靠近劉伯溫站立著，渾身泥汗，仍在微喘不已。朱元璋大喜：「好、好！真是太好了！」劉伯溫道：「臣還要稟報皇上。揚州知府的人選，臣已經考慮妥當。正要請皇上旨意。」朱元璋忙問：「是誰？」劉伯溫高聲道：「翰林院學士楊憲。」朱元璋再次注視楊憲道：「楊憲哪，你可願意？」

恰在這時，那隻雄雞又發出一聲長鳴「喔喔喔！」楊憲趁機回答：「稟皇上，那一聲雞鳴，就是臣之心聲！」朱元璋歡喜地仰天大笑：「哈哈哈！好、好、好！楊憲治揚州，可謂新朝天下美談啊！」

就在這一日，破敗的揚州府衙大堂裡多了一尊青石板。板上鋪著一幅大宣紙，朱元璋正在揮動巨毫題寫。寫罷，朱元璋擲筆對楊憲說：「這幾句話，咱本想送給朝中官吏的，現在送你了！」楊憲取過字幅大聲頌道：「爾俸爾祿，民脂民膏；下民易虐，上天難欺！謝皇上。」朱元璋諄諄道：「楊憲，為官之道，首在愛民！咱盼望你三、五年內，治理出一個新揚州來！」楊憲捧幅深揖：「臣遵旨。」朱元璋轉過身命令：「呂昶，傳旨戶部。今後，凡楊憲所需耕牛、稻種等物，著戶部全力供給。如果戶部解決不了，告訴咱，咱想辦法。」

楊憲高興地看向劉伯溫。劉伯溫也露出了一絲微笑。

揚州知府安妥之後，朱元璋一行翌日就動身回京城了。朱元璋與劉伯溫對坐於龍輦之中。他眯眼眺望著車外的破敗景象，喃喃地說：「兩年之後，咱還要來揚州，看看他究竟治理得如何。」

劉伯溫微笑不語，望向窗外。這時，那隻公雞的鳴叫聲已經漸漸遠去了。

雄雞的叫聲再次引來了好奇的百姓。雄雞像孔雀開屏那樣的驕傲和得意。它不知疲倦地在府衙的斷壁上跳來跳去，一陣又一陣地引吭高歌：「喔喔喔！」

曾經餓昏過的老人詫異地說：「咦？皇上留下了一隻雄雞！」

楊憲從殘垣後步出，淡淡一笑，道：「不止，還有一位知府呢！」

第二十三章

《大統曆》頂雄兵百萬

乾清宮成軍機重地

朱元璋一行回來了。龍輦剛馳入正陽門，李善長就手舉一帖，滿頭大汗、氣喘吁吁地迎面朝龍輦奔過來，一路高聲叫著：「皇上，皇上！」

龍輦停了下來。朱元璋推開窗伸出頭來，詫異地問：「善長，跑什麼？還從沒見你這樣！」李善長喘著粗氣停在龍輦前道：「天大的喜事啊！臣剛剛接到徐達的捷報，北伐大軍連取濟南、承德。並於上月初十，兵不血刃地攻取了元廷大都！」

朱元璋激動得聲音發顫，親自打開車門，高聲招呼李善長上車。

李善長坐在朱元璋對面，還在喘著，急急稟報：「元帝領著後宮及皇親貴戚星夜逃往蒙古荒漠，徐達繳獲金銀珠寶及兵器戰馬無數！」

朱元璋急忙說：「快給咱瞧瞧！」李善長趕緊奉上帖子，朱元璋匆匆打開，幾乎是一目十行地往下看著。他的臉上一直掛著明朗的笑容，好像聽見徐達正在快活地表功：「臣弟率兵渡過黃河後，每下一城，都把朝廷親撰的《大統曆》發給仕子鄉紳，令他們傳知四方。臣弟萬沒料到，百姓得了《大統曆》就像接著天意！都說元廷十多年沒頒過皇曆了，這樣的朝廷早該完蛋。還說，朱皇帝還沒登基就賞咱們皇曆，可見朱皇帝一心一意要讓咱們種地打糧過日子！風聲所及，各地守軍紛紛棄甲，逃亡的百姓們也連夜返回故里，準備農事。哥噯，你這著眞是天恩浩蕩，一部《大統曆》頂得百萬雄兵啊！臣弟走到哪兒，只要把《大統曆》一發，基本不用動兵，元軍就敗了。嘿嘿嘿，臣弟可佩服死了！」

朱元璋看得心曠神怡，得意地笑著，對李善長說：「瞧這徐達，錯別字還是這麼多！」李善長抿嘴笑道：「皇上甭笑徐達，當初您呢？」朱元璋高興得簡直合不攏嘴，說：「咱原本預料攻取大都當有數月惡戰，北伐最少得費時三年以上。沒想到，百年大元，頃刻間帝國土崩瓦解！徐達不到十個月就取下了大都！」

李善長想起當初的一番爭論，慚愧地說：「《大統曆》眞是上接天意，下通民心。所到之處，竟然能化劍爲犁！唉，臣當初目光短淺，沒能看出其價值來呀！」朱元璋越發得意：「咱雖然看出來了，但也沒想它能頂百萬雄兵！嘿嘿。眞可謂意外之喜。」

李善長謹慎地問：「請問皇上，爲何中止北巡，半道折返？」朱元璋一歎：「唉，揚州滿目瘡痍啊！具體情況，待會兒讓太子跟你說吧。善長啊，明天你就召集劉伯溫、呂昶、宋濂等幾位大臣，先行商量一下恢復國力、與民養息的辦法。之後，提交朝會上來討論。」李善長沉吟道：「領旨。臣大致明白了皇上的意思。稟皇上，可否加上一人？」朱元璋問：「加誰？」李善長輕聲道：「胡惟庸。他才思敏捷，頗有獨到見解。久置不用，怕會荒廢了。」

朱元璋正在興頭上，立刻應允：「咱倒忘了他。好嘛，加他一個。」李善長興奮地說：「臣今晚就請他們幾位來商量！」說著話就進了皇宮，朱元璋一步跨出龍輦，拿著捷報，笑盈盈地大步往裡走。玉兒迎面走來，躬身避讓請安：「奴婢叩見皇上。」朱元璋步子也不停，樂顚顚地說：「玉兒，你越來越漂亮了！咱早說過，大姑娘還是結婚好啊！是不是？哈哈哈！」玉兒吃驚地望著朱元璋的背影，又低下頭打量著自己，心裡好生納悶：皇上怎麼笑成這模樣了？自己還不是跟平時一樣嗎？

朱元璋走進乾清宮的時候，馬皇后正坐在案前，小心翼翼地打開一隻錦盒，取出一摞摞紙片，細心地整理、收拾。眞是未見其人先聞其聲，一聲聲大呼小叫的「妹子」、「妹子」，把朱元璋大咧咧的快活相先帶了進來。馬皇后立刻啪地合上盒蓋，放入案下，微笑轉身。朱元璋大步近前，親切地說：「嘿嘿，妹子，回來了。」馬皇后微嗔：「一見面總是這句呆話，你就沒句新鮮的可說嘛？」朱元璋趕緊將捷報朝案上一拍，笑道：「有哇！兩件大喜事，朱皇帝正要與妹子共用！」

馬皇后噘噘嘴：「朱皇帝誰起的這名？俗！」朱元璋得意地說：「北方百姓們起的！甭嫌俗，你還沒呢！」馬皇后催促：「說喜事吧，哪兩件呀？」朱元璋靠近馬皇后坐下，道：「頭件，一本《大統曆》頂百萬雄兵，所到之處，無不化劍爲犁。元軍棄甲，百姓歸農！二件，徐達拿下了元廷大都城，元帝亡命荒漠。北方大定了！」

馬夫人的臉色燦爛起來，道：「這可好，眞是好！哎，重八呀，如果《大統曆》頂百萬雄兵的話，那我頂多少哇？」她得意地斜睨丈夫一眼。朱元璋繃了臉，嗔道：「這是什麼話？《大統曆》是皇天！你不過是個皇后而已。」馬皇后委屈地提醒朱元璋：「『皇天』下面不得有『后土』嘛！是誰讓你提前發放《大統曆》的？這麼快就忘啦！」朱元璋裝腔作勢，好像才記起來的樣子，道：「哦喲，對、對！這事嘛，你也算有點貢獻。」馬夫人更生氣：「哼！『也算』？『有點』！要沒我，皇曆到得了你眼皮底下嗎？憑你，《大統曆》再大，你也是看不見呀！我可不好意思用『有眼無珠』這個詞。」

朱元璋見夫人眞生氣了，趕緊寬慰她：「不跟你吵。今兒高興，不吵！嗳，妹子，那隻匣子你收藏好了嗎？」馬皇后從案下拿出那隻錦盒交給朱元璋，道：「看！這是你當大帥時記的！」朱元璋接過來，打開蓋看看，說：「是它。」馬皇后又從案下拿出一隻錦盒遞給他：「看！這是你當吳王時候記的！」朱元璋接過也打開來，頷首道：「沒錯。」馬皇后取出第三隻錦盒說：「還有這，是鄱陽決戰後你記下的！十三年來的條子都在這兒，一張也不少。重八啊，我每回替你整理這些東西，心裡都不是滋味！」

朱元璋肅容道：「人無完人，臣無至善。君王馭下，就得識長短、知明暗。對了，咱書房裡還有一些。」他拉開嗓子叫來二虎，吩咐他去書房拿條子。「聽著，往西數第五只櫃子，往下數第三個抽屜。」說著說著，突然轉了念頭，又說：「罷了，不用你了。還是咱自個兒去取吧。」

二虎興沖沖地來，恭敬地聽候吩咐，突然聽朱元璋說不用他取了，滿面詫異，失落地退了出去。馬皇后不滿地責怪丈夫：「連二虎都信不過了？」朱元璋沉沉地說：「條子不能讓任何人看見，這跟信得過信不過沒關係！妹子，你先準備三塊布，一塊黃布，一塊紅布，一塊藍布。等咱回來，就把每個人的條子都別上去，這樣就一目了然了。今晚，咱倆只怕要忙個通宵。」

馬皇后抱怨道：「幹嘛？你北巡剛回來，我掃墓剛進家。氣還沒勻過來！」朱元璋神秘地說：「聽著，咱正在籌備授封大典。唉，這事一推再推，將士們個個望眼欲穿。跟你說白了吧，這件事極爲棘手，授銜封爵比攻城拔寨都難呢！前幾日，咱都快愁死了，而且還不敢跟任何人商量。現在好，你回來了，今晚咱倆先擺個譜吧。」

馬皇后驕傲地撇撇嘴：「這種事你早該請我！你那些義子、義侄，我個個知底。哎喲，想起來了，不是說後宮不得干政嗎？」她故意要將丈夫一軍。

朱元璋嘴上照舊硬氣，一邊往外走一邊說：「老規矩，關起門行，出門不行！」

再說李善長從龍輦出來，情緒一直高昂著。晚上他約胡惟庸同去中書省議事，一路得意地告訴他：「今天在皇上龍輦裡，我直接點了你的名，這才把你拉進核心圈。惟庸啊，從現在起，你又可以參與商量朝廷大政了！這個頭一開，你的境遇必然大爲改善，誰都不敢小瞧你了。或許授封的時候，你還能得個爵位呢。」胡惟庸深深感動：「李公再造之恩，屬下沒齒不忘。」李善長微笑著說：「還是感謝皇上的恩典吧。我隱約覺得，他心裡有你！」皇上心裡有沒有自己，這正是胡惟庸最關心的事，他正為此擔心著。聽了這話，像旱田終於迎來了雨水，他愜意多了。

李善長抬頭一眼看見前面殿道上，劉伯溫、呂昶、宋濂正徐步而來。李善長響亮地招呼他們：「哦，幾位都來啦？」幾個人都朝李善長揖禮，李善長笑而回揖：「請！請！」胡惟庸快一步上前，拉開了中書省大門。李善長率先入內，呂昶、宋濂跟著走了進去。劉伯溫入門時特意看了胡惟庸一眼，微笑著低聲道：「恭喜了。」

胡惟庸趕緊垂首斂容，待眾人都入門後，他最後進入，並且輕輕地關上大門。朱元璋居然先行到了，顯得少有的輕鬆，和藹地鼓勵大家放開談。這一晚，最慷慨激昂的卻是胡惟庸，以其絕佳的口才，侃侃談出他胸中的宏圖大略：「屬下認為，頭一樁急務，乃是徹底取消前元訂立的所有苛捐惡稅。兩年之內，新歸附的州府概不納糧，迅速恢復生產；其二，將全國田土分為『官田』、『民田』。官田徵租，民田收賦，官租高於民賦，兩者區別對待；其三，眼下北方各省土地荒蕪尤為嚴重，應將蘇、松、杭、嘉、湖五府的無地民戶，遷徙北方荒蕪地區，由朝廷提供耕牛稻種，令其屯墾，三年不納稅；其四，民屯之外，還應廣設軍屯、商屯；其五，朝廷不應滿足於僻荒救急之策，現在就應該制定長遠規劃。屬下以為，五年之內，當使全國軍民足食；八年之內，當使全國糧產恢復到元世祖成吉思汗年間水準，即：歲入一千二百萬擔以上；十年之內，當使糧價降至唐太宗貞觀年間水準，即：斗米僅三錢！」

胡惟庸說話的時候，作為他恩師的李善長含蓄地默然沉思著。劉伯溫一直微笑地趣味盎然地傾聽，呂昶、宋濂則被胡惟庸的精闢見解與銳氣震撼，兩人不時頷首，深表贊同。朱元璋沒有表態，他偶爾笑一笑，但似有心事。

朱元璋回到乾清宮的時候已經夜色很深了，屋內卻還是燭火通明，堂中已掛上了三塊黃、紅、藍顏色的細布。馬皇后在案前依次打開幾個錦盒，取出一摞摞紙片，整齊地碼在案上。朱元璋則謹愼地四下巡視一番，挨個兒關上房門，拉上窗簾。

馬皇后在他身後調侃：「瞧你，把我這寢宮弄成軍機重地了。」

朱元璋不無歉意地說：「咱書房亂，大臣、侍衛進進出出的，還是你這兒妥當。聽著，這黃、紅、藍三色布——」未說完就被馬皇后打斷：「知道分別代表公爵、侯爵、伯爵，三等爵位，對不？」朱元璋說：「對。你把三品以上的文武都挑出來，一個個念。咱呢，按照其功過、資歷，別到布上去，排定其爵位。」馬皇后道：「你一貫粗手大腳的，非別亂不成！還是我來別吧，你只管念名單。」朱元璋愣了一愣，不放心道：「你怎麼成？你心裡沒譜哇！」馬皇后不服氣地嗔道：「你怎麼知道我沒譜？你倒是試試看哪！」朱元璋無奈遷就她：「好、好，試試吧。先說好，今晚不吵。凡有分歧，皇上一捶定音！」馬皇后說：「成。不過得讓我說完，你再下捶。」朱元璋握拳在案上一敲：「定了！」

兩人即刻交換了位置。朱元璋走到案前，馬皇后走到布前。朱元璋從案上取出一張寫得密密麻麻的紙片，念：「徐達。」馬皇后敏捷地接過紙片，不假思索就說：「公爵。」言罷，她將那紙片別到黃布上去。

朱元璋愣了一愣，不是因爲其他，而是因爲夫人的自信和敏捷。她怎麼能把這麼複雜艱難的事情弄得這麼簡單呢？他心裡又佩服又好奇，臉上卻不肯表現出來，又取出一張紙片道：「常遇春。」馬皇后接過去，也沒打愣，立刻道：「公爵。」言罷，已將紙片別到黃布上去了。朱元璋再取一張紙片道：「藍玉。」馬皇后接後，旁若無人地緊張思索著：「伯爵？得了，他血戰洪都功勞大，還是授個『侯』吧。」她將紙片別到了紅布上。

朱元璋嘴裡「嗯」著，手裡再拿紙片，道：「劉伯溫。」馬皇后接過後，馬上說：「公爵。」正要往黃布上別，朱元璋卻重重地說：「不，伯爵！」馬皇后一驚，正要爭辯，朱元璋豎起指頭阻止，嚴厲地說：「甭爭，伯爵！」

馬皇后看了一眼朱元璋的臉色，生鐵般的，毫無通融的餘地。她不再說話，順從地將劉伯溫別到藍布上去，但她的手卻不由自主地發著抖。朱元璋接下去取紙片，念：「胡惟庸。」馬皇后伸過手要接，朱元璋卻放下了這張紙片，低沉地說：「算了，不授他爵位！」馬皇后滿面驚訝，過了會兒，她顫聲道：「重八啊。」朱元璋知道她有話要說，也想聽聽她的看法，就道：「說吧。」

沒想到馬皇后並不是爲胡惟庸說話，她鬱鬱地說：「胡惟庸就依你了。但是劉伯溫，他再傲，也不該降爲伯爵呀，他的功勞不下於李善長，怎麼地也得授個『侯』啊？」朱元璋看看夫人，夫人眉頭皺著，鬱鬱不樂。他沉默了片刻，終於歎著氣道：「依你吧。」

馬皇后明顯鬆了一口氣，趕緊將劉伯溫從藍布上取下來，挪到紅布上去。

兩人一直忙到後半夜才睡。更夫又在敲木梆了，是二更。馬皇后躺在榻上沉沉地進入了夢鄉，朱元璋卻還在堂中踱步苦思，手提個癢癢搔，不時抓抓脖子、敲敲腦袋。突然，他走到布架前，取下一張紙片，再換上另一張紙片。幾次三番折騰過後，他終於累了，一歪身坐到榻上，後背靠壓著馬皇后的腰際，拿著癢癢搔搔脖子，感覺舒服嘍，兩眼又盯向黃紅藍三塊布。

馬皇后感覺到身上重了，呻吟一聲醒過來，胳膊肘狠狠頂開朱元璋，嗔道：「你怎麼把我當靠背了？壓得我氣都喘不過來！讓開！」

朱元璋直起身子，眼睛仍然盯著三塊布。馬皇后轉過身子，睜大眼跟著朱元璋順勢一望，大驚道：「哎！劉伯溫怎麼又降下來了？」她看見寫有劉伯溫名字的紙片，已經從紅布降到藍布上了。

朱元璋慢吞吞道：「劉伯溫這人哪，表面斯文，內裡卻是心高氣傲的。赴義這麼多年了，始終跟弟兄們不貼心。油珠似的浮在面上，化不到弟兄們當中啊！」馬皇后頂撞道：「人家就那性格，你不能寬容點嗎？」朱元璋不滿地哼、哼兩聲，道：「說了你也許不信，劉伯溫即使跪在咱面前，內心深處也未必瞧得上咱！他心目中的聖君，一直是李世民、趙匡胤那等人物，最多再加個孔夫子。不錯，他是敬畏咱，卻不親近咱哪。」

馬皇后不同意朱元璋的看法，反駁他：「胡思亂想，你有根據嗎？」朱元璋說：「沒根據。但咱有感覺，咱的感覺絕錯不了！」馬皇后憂心地說：「重八啊，每當你自比劉邦時，總把劉伯溫視爲張良。他替你運籌帷幄，立下那麼多功勞，你把人家壓在三等爵位上，不冤嗎？」

朱元璋對夫人的話不以爲然，反而勸慰她：「放心吧！妹子。劉伯溫嚥得下這口冤氣，還會笑呵呵地嚥下去。之後呢，他還會偷偷地警醒自查……」馬皇后生氣地駁斥道：「你把人家看成什麼了？還『偷偷的』！」馬皇后有意無意地再往三塊布上面瞟了瞟，突然失聲大叫：「天哪，湯和哪兒去了？」朱元璋不太高興地說：「在侯爵布上。」馬皇后驚得撐起身子：「你瘋啦？湯和舉義比你還早，他當千總的時候，你還是個行僧呢！湯和不但應該是公爵，而且該是六公之首。

你看你，怎麼把人家擱在子侄堆裡去了！」

朱元璋的情緒也顯得有些低落，說：「近年來，湯和居功自傲，有好幾件違紀枉法的事兒！特別是他跟李善長兩人來往太密！一個自以爲是武將之首，另一個自以爲是相國首輔，這一文一武要是貼到一塊，咱不能不防啊！妹子，這事咱主意已定，甭勸，非壓他一頭不可！咱必須抖一抖天威了，震懾百官！」

馬皇后心裡震驚，她感覺朱元璋變得多疑了。她想到了自己看過的那些歷史典故。歷史上，有過多少聖君、明君、暴君，她多麼希望自己的丈夫是前兩者。但直覺告訴她，這不是一件想當然的事。她黯然無言。

朱元璋替馬皇后扯一扯被子，溫和地說：「你睡吧。咱再坐會兒。」

馬皇后冰涼的胸口被這話暖了暖，再躺下，卻瞪著兩眼發了一會兒呆。過了一會，她說：「重八，我懂你心思了，我有個想法。」朱元璋轉身道：「怎麼還不睡？你還有什麼要說？」馬皇后望著朱元璋的臉，上面眼袋深了，皺紋也多了，兩鬢已經有了白髮，不由有些心疼，緩緩道：「徐達的大閨女品貌都好，年齡也合適，讓她嫁給皇四子朱棣，你看如何？」

朱元璋先是一呆，他不明白夫人怎麼三更半夜突然說起兒女的婚事來，冷靜一想，這眞是個絕妙主意，不由叫起好來：「好、好，簡直太好了！徐達是咱最親的兄弟，朱棣是咱最英勇的皇子。咱兩家結爲兒女親家的話，那徐達就成皇親了！嘿嘿，妹子，你可眞聰明。簡直是以柔克剛！」他隔著被子將馬夫人用力抱了抱，趁機在她的額頭上親了一下，興沖沖奔到黃布前，把李善長從六公之首的位置上挪下來，把徐達別到最高處。

徐達對此還一無所知。戰功赫赫的他，騎在高頭駿馬上，神采奕奕地凱旋歸來了。他的身後，是一串意氣風發的長長的隊伍。突然一騎從前方急馳而來，騎士下馬稟報：「大帥，皇上親自駕著龍輦，出城三十里，前來接您了！」徐達不敢相信地問：「什麼？皇上親自駕車？」騎士笑著糾正：「不是車，是龍輦！」

徐達興奮地猛鞭戰馬，朝前飛馳。一路飛奔至城郊，果然望見前面朱元璋親自坐在龍輦馭座上，揚鞭策行。車旁跟隨著的是朱棣等眾皇子，以及朝廷重要的文臣武將。

徐達策飛馬迎上去：「皇上，皇上！」朱元璋大笑著跳下龍輦，跟下馬奔過來的徐達抱到一塊，拍打著：「哈哈哈，咱得知你返京的消息，樂得一宵沒合眼！三弟北伐建功，不愧是咱大明第一元勳哪！來、來，上車。咱親自爲你執鞭駕輦，載你進城！」徐達惶然推辭道：「皇上，這可萬萬不成。」朱元璋嗔怪道：「怎麼不成？成！咱樂意！」

徐達低聲道：「皇上的恩典我領了！可您也爲臣想想，您要是親自駕輦，臣在車上不得如坐針氈嗎？再說，這也不合朝廷規矩啊。上位啊，臣弟求您了。」朱元璋笑道：「那好，咱叫個皇子來給你駕輦。咱倆一塊坐車。朱棣！」身著將服的朱棣勒馬奔至龍輦前，下馬應道：「兒臣在。」

朱元璋把鞭子朝他一扔：「給，替徐帥駕輦。」

朱棣應聲接過鞭子，躥上龍輦馭座。朱元璋則拉著感動不已的徐達，進入龍輦之中。

馭座上的朱棣揚鞭一揮，高喝：「駕！」

龍輦起動，浩浩蕩蕩的隨行隊伍也跟著動了起來。

湯和也在隊伍裡。他沉悶地騎馬跟行，速度越來越慢，漸漸落至最後。不知不覺間，李善長的坐騎與之並行了。李善長低聲問：「湯帥，為何悶悶不樂呀，見著徐達不高興嗎？」

湯和無精打彩地說：「高興。豈敢不高興！老哥啊，聽見皇上剛才的話嗎？」李善長道：「稱徐達為『大明第一元勳』。」湯和不滿地說：「那你呢？我呢？該是第幾？哼！」李善長摯切地安慰：「我倒沒什麼，主要是你。湯帥呀，凡事得想開些。退一步，海闊天空啊！」

湯和黯然地朝前面的龍輦望著。

龍輦內的朱元璋與徐達並肩而坐，親切交談。朱元璋笑瞇瞇地指著正在駕車的朱棣道：「徐達，你瞧咱家老四怎麼樣？」

徐達讚賞地望著車前馭座那兒的朱棣，正起勁地甩著鞭兒，英武地呵斥著：「駕！駕！」忍不住誇獎道：「渾身英雄氣！當年他才十三歲，就獨個從金陵城跑到鄱陽湖，一箭射死陳友諒！」朱元璋低聲告訴徐達：「這小子不光打仗勇猛，如今讀書也大有長進啊！跟你說白了吧，這小子的心胸膽氣最像咱。要不是他排行老四的話，說不定咱就立他為太子了！」徐達讚歎：「他將來，肯定能成為一代聖雄。」

朱元璋親切地說：「哎，咱倆結個親吧，把你家大閨女配給咱家朱棣。成不？」

徐達驚喜地睜大眼睛望著朱元璋：「真話？」朱元璋微嗔：「天子一言！」徐達突然爆發大笑：「我那丫頭好福氣啊，連我都成皇親了！哈哈哈！哎，皇上，你跟皇后通過氣沒？」朱元璋狡猾地說：「哦，沒來得及說。」徐達擔心道：「那怎麼成？她能同意嗎？」朱元璋豪邁地說：「什麼話？有咱呢！朱棣是咱兒，這事咱說了算，妹子只管替兒女準備嫁妝！」

徐達高興地搓著手嘿嘿笑：「真啊？」

這時候，龍輦已經馳至皇宮正門，朱元璋與徐達下車。馬皇后正從宮門內往下走，笑著招呼：「徐達兄弟！」徐達急忙拜叩：「臣拜見皇后娘娘！」馬皇后笑呵呵地說：「還是叫嫂子吧。」徐達立刻再叩：「臣弟拜見皇嫂！」馬皇后高興地說：「昨夜你大哥樂得一宵沒睡。凌晨天沒亮，他就派了幾撥人出去打探，看你到哪兒了，非要出城三十里迎你不可，說，『少一里都不成』！」

徐達感動地說：「皇上皇后天恩，臣沒齒不忘。」朱元璋笑嗔：「哎呀，徐達怎麼也學得文謅謅了！走、走，都上武英殿。酒宴已經擺上了，百官在那兒候著，咱給兄弟洗塵接風！來啊，都走，都走！」

朱元璋挽著徐達率先而行，李善長與眾皇子跟行其後。君臣們喜悅地踏上石階，陸續進入宮門。半道上，馬皇后回首打量一眼，突然看見湯和正在形單影隻地往回走，她心裡一驚，低低喚了聲玉兒，玉兒順著馬皇后的眼光一看，立刻明白了夫人用意。她轉身奔到湯和面前，攔住他，含笑折腰：「湯帥，皇后請您說話。」

湯和轉過身，看見馬皇后站在階下等候著，神情殷殷。無奈之下，只得硬著頭皮走回來。

馬皇后問：「湯和，爲什麼不參加酒宴？」湯和說：「病了。」馬皇后微笑道：「哦，不重吧？」湯和難言道：「這……這……」馬皇后不讓他往下說，道：「不重就好。誰都是五穀雜糧養大的，還能不得病麼。再說，這幾天寒風掉頭，潮氣也上來了，人要是再一鬱悶，更容易病。」

湯和沉鬱地說：「臣明白皇后的意思，臣抗得住。」馬皇后道：「來吧，喝酒去。」湯和煩悶地說：「不去！」馬皇后低聲道：「湯和啊，你了解皇上的性子。你倆要是有什麼疙瘩，千萬別躲著他。你越躲，他越生氣。」湯和沉思片刻，躬身一揖，悶悶地說：「皇后恕罪。臣確實病了，不能赴宴。」湯和言罷掉頭就走。馬皇后呆呆地看著他遠去，百感交集。突然間，她怒聲大喝：「湯和！」這聲音大得連玉兒都大吃一驚！湯和止步回身，注視著馬皇后。馬皇后發怒道：「你、你可是中軍大帥啊，出生入死十六年了！怎麼著，今天要當逃兵嗎？」

湯和被此話驚呆。過了會兒，他慨然大叫：「臣赴宴去！」他突然來了精神，闊步走來，幾步躍上高高的臺階，直入宮門。馬皇后鬆了口氣，微笑了。跟著湯和進入宮門。

玉兒心有餘悸地對馬皇后說：「娘娘，您那聲喊，眞嚇死我了。」

晚上，馬皇后因爲喝了點酒，頭有點沉，就早早睡下了。她讓玉兒不要將蠟燭熄滅。朱元璋回來的時候，燭光微弱地搖曳著，他示意玉兒換上新蠟燭。他輕手輕腳地走到木架前，掀去上面蒙著的青布，黃、紅、藍三色布塊赫然出現了。和先前不同的是，現在每塊布上紙片都排得整整齊齊的。數過去是六位公爵、二十八位侯爵、數十位伯爵。

朱元璋往馬皇后的榻上一坐，若有所思地望著這些「爵位」。馬皇后一動未動，卻突然發出聲音：「是明天嗎？」朱元璋深深點頭：「明天，奉天殿大朝！」馬皇后憂慮地說：「有人歡喜有人愁哇。」

朱元璋木愣愣的，不知在想什麼。馬皇后勸道：「睡會兒吧。你好幾天沒怎麼合眼了。」

朱元璋長歎一聲，側身躺到馬皇后身邊，但兩眼仍盯著它們。馬皇后拍拍他：「快睡！」朱元璋閉上眼，片刻，鼾聲大作。

翌日是一個晴天，陽光燦爛，宮殿也輝煌！皇旗、甲士、戈矛五彩繽紛地排立著。鼓號聲似拔地而起，氣勢磅礴！

一個內臣立於玉階上高喝：「皇上駕到，眾臣入朝！」文武百官在鼓號聲中莊嚴入殿。武將一列以徐達爲首，文臣一列以李善長爲首。

湯和走在武將行列的末尾，劉伯溫則走在文臣行列的末尾。兩人面色嚴峻，像有許多的心事。

授封大典終於舉行了！

朱元璋高踞龍座，帝服燦爛。修長白皙的朱標立於其後。聖旨由司禮官高聲頌讀：「特此論功敕封，授徐達魏國公，授李善長韓國公，授常遇春鄂國公，授李文忠曹國公，授馮勝宋國公，授鄧愈衛國公。以上六公，皆授丹書一幀，免死鐵券一道，世襲罔替。並各賜莊田三千頃，佃農千戶，年俸四千擔。」

徐達、李善長等六公滿面紅光，齊聲高喝：「臣領旨謝恩！」司禮官繼續頌旨：「授湯和、藍玉、陸忠亨等二十八人爲侯爵。賜丹書一幀，免死鐵券一道，世襲罔替。另賜莊田一千頃，佃農百戶，年俸一千二百擔。」

湯和面色沉悶，但仍與眾人一齊高聲道：「臣領旨謝恩！」司禮官繼續頌道：「授劉伯溫、呂昶、于永忠等四十一人爲伯爵，賜丹書一幀，年俸二百擔。」最後排的劉伯溫等人齊揖：「臣領旨謝恩！」

朱元璋起身，笑容滿面地走下丹陛。太子朱標親自捧著一隻銀盤跟隨其後，盤中盛滿精美的丹書、閃亮的鐵券！

朱元璋走到六公面前，取過丹書、鐵券，依次頒給他們。並笑道：「你們都是開國元勳哪，這丹書上記載了你們的豐功偉績，可以懸於高堂，傳之後世。這道鐵券上，鍥著咱的恩旨。今後，你們無論犯了什麼罪過，公爵皆可免死三次，其子孫免死兩次；侯爵免死兩次，其子孫免死一次。不過，咱盼望這鐵券上免死之恩，你們永遠用不上才好啊！」

這天晚上，徐達府門上，兩隻嶄新的大紅燈籠高高懸掛著，每隻燈籠上都有「敕封魏國公」的標誌。門外車水馬龍，賀客不絕。他們大呼小叫，打躬作揖：

末將拜賀魏國公！

恭喜徐帥雙喜臨門。又是國公，又是皇親了！

徐達哈哈笑著，連連拱手，將賀客們迎入府中。

不遠處的湯和府門卻緊閉著，門前冷寂。門外，只有兩隻寫著「中軍湯」標誌的陳舊燈籠，在寒風中搖擺。

湯府的大堂上，一桌酒宴杯盤狼藉。湯和與四、五個忠勇部下正在借酒澆愁，每個人都已喝得爛醉如泥。副將猛擊案面吼叫：「鄧愈憑什麼當國公？屁大點的戰功，也配！」參將埋怨道：「李文忠那小子，是湯帥侄兒輩呀，竟然也成了曹國公。皇上太不公道了！」一個千總憤憤不平地說：「咱們大帥當千總時候，皇上才是個馬夫啊。要不是大帥浴血奮戰，皇上能得天下嗎？」

喝得滿面通紅的湯和痛苦地阻止大家：「別說了，喝酒！」

副將恚怒道：「不成！大帥您可以不計較，可弟兄們嚥不下這口冤屈啊！您沒封上國公，咱們中軍將領的爵位也全給壓了一級，簡直欺人太甚哪！」參將飲盡一碗酒，砰地砸了碗，醉醺醺大叫：「哥，咱找皇上說理去！」副將立刻跳起來：「走！不怕死的，跟我闖宮見駕！」兩個將軍直朝門外衝，另兩個千總也起身跟了出去。

湯和在後面大叫：「回來！快回來！」但他喝多了酒人發軟，等他踉蹌走到門口，那幾個悲憤滿腔、烈酒沖頭的將領早已遠去。

湯和的四個部將搖搖晃晃地來到宮門口，爲首的副將大叫：「開門，我要見皇上！」一個內廷侍衛按劍上前厲聲道：「站住。你們是什麼人？」副將醉醺醺地說：「爺嘛，中軍副將劉大林！你小子什麼人？」侍衛頭一昂高傲地說：「內侍統領、武平侯吳勇。」

副將定睛一看，輕蔑地說：「媽的，你憑什麼當侯哇？你打過仗沒？」參將在一邊幫腔，很不屑地說：「你不就是給皇上牽個馬嗎，怎麼牽出個猴來了？嘿嘿嘿，還武平侯哩。我瞧你是個馬屁猴！」

吳勇被兩人說得又窘又怒，厲聲道：「放肆！聽令，你們立刻退下！否則的話，我——」副將挺起胸反而逼上前道：「否則你要怎樣？說啊！快開門，爺今晚非見皇上。」吳勇斬釘截鐵地說：「沒有權杖，概不准入宮！」參將逼上去：「媽的，你開不開門？」吳勇按劍喝道：「退下！我令你們立刻退下！」

有人進去將此事告訴了二虎。二虎一聽，立刻匆匆奔到書房找皇上。朱元璋正手執一卷，在燭光下默讀。聽二虎說了事情經過，只把書換了一隻手，淡淡問：「哪個營的？」二虎道：「聽守門軍士說，好像是中軍帳下的。」朱元璋肯定地說：「湯和的部將！哼，自個兒不敢來，縱容部屬鬧事。不管他們，你盯著就行，看他們能鬧成什麼樣來。」

宮門外，雙方的火氣越來越大。中軍副將與吳勇已開始相互推搡，爭吵更激烈了。吳勇急著用身子擋住宮門道：「你們再不退，我就要以闖宮治罪了！」參將冷笑道：「吳猴哇！爺就是來闖宮見駕的，你小子怎麼才知道？」吳勇厲聲命令：「拿下！」他身後的幾個侍衛立即衝上來，拔劍直逼四個將領。副將的臉脹得通紅：「小子，想跟爺動刀？你還差得遠呢！」

吳勇厲聲叫：「上！」眾侍衛仗劍一擁而上。不料，這幾個年輕的侍衛不是久經沙場的將領的對手，三、五下之後，都被打翻在地，連劍都到了對方手裡。吳勇氣得揮劍朝奪劍的參軍刺去。那參軍怒叫一聲，劍光一閃，竟然刺中了吳勇胸口！吳勇搖晃著倒下，呻吟幾聲，竟漸漸沒有氣息。

大家一見，都停了下來，四周死一般寂靜。

這時候，二虎從黑暗中走出宮門，他走到吳勇身邊彎腰試一下他的鼻息，臉色不禁大變。他抬頭望著那些將領們，對他們說：「他這個武平侯，只當了四個時辰啊！」

將領們垂首無言。二虎伸出右手，啪地打個響榧。黑暗中立刻衝出幾個帶甲侍衛，劍鋒直指那些將領。二虎平靜地說：「劉將軍，李參將，請進宮吧。」話音剛落，宮門轟轟拉開。咣噹一聲，參將手中的劍掉在地上，那劍上還帶著剛凝固的鮮血。接著，副將當先，參將隨後，被侍衛押進宮門。

一同來的兩個千總欲跟行入內，二虎卻伸手擋住，低聲道：「兩位將軍就夠了，你倆只是協從，先回去吧。」兩千總互視一眼，明白了二虎的挽救之意，折腰深揖，顫聲道：「多謝虎兄！」

出了這樣的大事，湯和卻一無所知。他醉如泥菩，臥倒在酒案上，呼呼大睡。突然，一盆冷水嘩地澆到他頭上，順著眉眼往下流淌！湯和被激醒，抬頭微睜眼，費力地朝四周打量。朦朧中看見徐達站在自己面前，怒目金剛一樣叉著手，嗔道：「醒啦？你能啊，你闖下大禍了！」湯和茫然地問：「怎麼了？」徐達恨恨說：「劉大林夜闖宮禁，殺了內侍統領、武定侯吳勇。」

這話才使湯和眞正猛醒，他顫聲道：「想起來了，他們去跟皇上說理。」說著，他的手又伸向一隻酒碗。

徐達上前揮落那隻酒碗，砰噹一聲，酒碗碎了。徐達痛心疾首道：「二哥，你怎麼能糊塗成這樣啊？」湯和卻固執地伸手抓過另一隻酒碗，大口飲盡。他放下碗的時候，眼淚竟汩汩地流下來了，他聲音嘶啞地說：「徐達啊，我沒糊塗，我心裡十分明白，我什麼事都記得清清楚楚！比如說，朱重八爹娘死的時候，是我們兄弟倆替他埋的！再比如說，我追隨郭子興打天下的時候，朱重八是皇覺寺裡的行童，是我去信召來他當義軍的。」

徐達往外看一眼，急忙阻止他往下說。湯和卻不管不顧地繼續說下去：「還比如說，我做千總的時候，朱重八是個馬夫。後來他運道順暢，被郭子興的乾閨女看上了，才成爲冠冕堂皇的朱元璋，才有今天的朱皇帝！」

徐達氣得脹紅了臉，訓斥道：「湯和，你能和上位比麼？他是眞龍天子，你再能也不過是個肉骨凡胎！」

湯和冷冷地說：「就算他是個神，也不能故意冤屈咱們吧？我可是太知道他的心思了，哼，授封大典，眾多弟兄擺不平了，肯定會有人鬧！所以，他需要扯出一個親弟兄來殺雞儆猴，震懾將帥！噢，就跟當年治你似的，如今治我最合適！而你呢，什麼都有了，皇子駕車，國公之首，還成了皇親！」

徐達見湯和譏誚自己，怒從心起，正要發作，二虎大步走了進來，朝湯和一揖道：「稟湯帥，皇上口諭，請您即刻進宮。」湯和對二虎壞笑一聲，問：「砍頭呢？還是封賞哪？」二虎肅容道：「末將不知道。稟湯帥，龍輦在外面候著。」

湯和仰頭大笑：「喲，又是龍輦啊！哈哈哈！徐達啊，這回該我坐了！」湯和起身，昂首步出大堂。徐達躊躇片刻，也跟了上去。

二虎攔到徐達前面，折腰道：「徐帥，皇上沒召你。」徐達卻一把推開二虎，快步奔出大門追趕湯和。

朱元璋在召見湯和前，就快刀斬亂麻地處置了兩個犯事的將軍。他讓人將犯事者帶到奉天殿的東暖閣裡，兩人已經知道犯死罪了，跪在那裡聽朱元璋痛斥：「說啊，你倆有什麼委屈？說出來讓咱聽聽！」

兩個將領沉默著。朱元璋道：「你倆不說，咱替你倆說。你倆頂著湯和的名義鬧宮鳴冤，實際上是因爲自個兒沒得著爵位而不平！吳勇比你們倆晚出道，卻封了侯。你倆就更不服了！知道咱爲何不封你倆？」朱元璋說著從身上摸出一把紙片來，念道：「至正十五年藍山戰役，千總劉大林濫殺無辜商旅九人，劫其財，並謊稱他們是元軍奸細！」

劉大林驚駭不已，頭垂得更低了。朱元璋再展開一紙念：「至正十七年，張士誠進攻湖州，千總李名衛醉酒致敗，致使南關失守。被撤職後竟大發怨言，說：「上位太不講情面了，老子還不如投奔張士誠呢！」

李名衛驚駭極了，猴年馬月的事啊，居然朱元璋全記得。朱元璋抖著紙片說：「你們的功過，咱一筆筆都記著。功勞記在明面上，罪過就記在小紙片上！知道咱當時爲何不處置你們嗎？」恰在這時，湯和與徐達進來了。朱元璋直指湯和怒氣沖沖道：「因爲，你們的湯大帥拼命爲你倆開脫，說你倆能將功折罪！現在看來，眞不如當時就辦了你倆！」

兩將跪地無語。湯和與徐達也佇立無語。朱元璋歎息道：「起來吧。」兩將起身，朱元璋道：「劉大林，你當過監軍，熟悉軍法，你倆自個兒辦事去吧！」兩將低聲應著，轉身朝湯和深深一揖。劉大林顫聲道：「湯帥保重！末將告辭。」湯和點一下頭，低聲說：「走好。」

劉大林與李名衛並肩步出奉天殿大門，門外守立著的兩個內廷侍衛看見兩人出來，立刻警惕地用手按住了劍。劉大林和李名衛都看見了侍衛的動作，兩人互相看著突然都笑了。一刹那，劉大林撲上前，揮臂緊緊按住一個侍衛。李名衛則一把搶下那人的劍，口中叫著：「夥計，借你的傢伙使使！」

劉大林看見劍已到手，一把推開驚愕的侍衛，對李名衛道：「兄弟，讓哥先走。」李名衛一劍刺去，劍鋒深入劉大林的胸口。劉大林慢慢倒下了。李名衛望著地上的劉大林，揮劍自盡。

裡面，朱元璋正衝著湯和怒吼：「上午剛剛授封，晚上就激出了三條人命！『驕兵悍將，後患無窮！』知道這話是誰說的嗎？劉伯溫！咱原本將信將疑，現在看來，還什麼『後患』呢，它就在眼前！今日這事，全讓那個進士老爺料中了啊！」朱元璋痛苦落座，一邊的徐達則驚駭地睁大了眼睛。因爲，朱元璋的怒氣彷彿不是衝湯和，而是直衝那個劉伯溫的！

朱元璋感歎道：「湯和啊，咱們兄弟自小就知根知底，你完全明白咱爲何把你降爲侯，對不？」湯和不卑不亢地說：「明白！」朱元璋道：「那咱就不用多說了，多說就見外了。咱只補充一句話，或許這句話你還不明白！聽著：將帥可廢，江山不可亡！」湯和怔一怔，說：「現在更明白了！」

朱元璋轉過頭對徐達道：「傳旨中書省。著即剝奪湯和中軍主帥銜，降爲征南將軍。爵位由『侯』，降爲『伯』。」徐達答應了，朱元璋又對湯和下令：「命你率軍五萬征討西南，剿平川滇一帶的匪寇殘敵。你三天後就離京，到時候，咱送你出征。」

湯和站直身子道：「臣領命！」

深夜，龍輦將湯和送回他的府第。龍輦在寂靜的京城中穿行。二虎坐在馭座上親自執鞭，口裡輕輕地叫：「駕！駕！」沉重的車輪之聲在空闊的街道中間迴響。

徐達和湯和同坐龍輦之中。徐達低聲勸導湯和：「上位不是要把你趕出京城，而是給你一個再建功勳的機會。西征歸來，上位肯定會重新封賞你的。國公爵位，早晚是你的。」湯和卻低沉地說：「徐達啊，我這次出征，如果能夠戰死，那最好不過。如果取勝歸來，我一定要解甲還鄉。」徐達驚訝地問爲什麼，湯和頹喪地搖搖頭，輕聲說：「因爲以後的日子，只怕更難過。」

徐達不知說什麼好。他是個聰明人，並不因爲自己得意而忘乎所以。他知道湯和說的是心裡話，並非毫無道理。他沉默了一會，碰一下湯和道：「哎，聽出來沒有？上位好像對劉伯溫有氣！可今天這事跟劉伯溫又有什麼關係呀？」

湯和見徐達推心置腹，心裡感動著，也知心地說：「我也聽出來了。不過，現在我倒是有點理解劉伯溫了。在朱皇上跟前，他也活得不易呀！」

徐達眼望窗外黑夜，夜氣中朱元璋斬釘截鐵的聲音像氣流一樣從遠方滾過來：將帥可廢，江山不可亡！將帥可廢，江山不可亡！聲音一遍遍重複，越來越響，又漸漸遠去，漸漸削弱，直到消逝在漫漫長夜的那一頭，被沉重的龍輦車輪聲淹沒，與徐達內心的歎息一起溶解。

第二十四章

思鄉土伯溫乞皇恩
舉恩威皇上委重任

授封大典的翌日，呂昶與宋濂不約而同到劉伯溫的府第來探望他。劉伯溫興致勃勃拿出上好的烏龍茶請兩位品，呂昶舉盅抿兩口，宋濂在茶几另一面長吁短歎。歎過一陣，宋濂舉盅品茶，呂昶放下茶盅，也長吁短歎起來。

劉伯溫看看輪流唉聲歎氣的兩位同僚，微笑道：「怎麼了，我這烏龍茶苦得不堪下嚥麼？」

呂昶搖頭，說：「茶是好茶。我在琢磨昨日的授封大典，可謂震聾發聵。所授六位國公，全部爲淮西人氏。二十八個侯，二十五個淮西人。」宋濂未等呂昶說完就插言道：「四十一位伯爵中，也有三十二人出自安徽！而首席謀臣伯溫兄，竟然只封了個『誠意伯』，比皇上的義子還矮一截！爲何啊，就因爲你不是淮西血脈，是個浙東仕子啊。」

呂昶憤憤不平又帶點悲涼地說：「淮西人勢之大，已成巨黨。簇擁天子身畔，佔據朝廷上下。老夫這樣一個前朝舊臣，今後何以立足啊？」宋濂道：「伯溫兄，還記得前朝天歷年間，詞林上那件『梅俞之爭』嗎？」

劉伯溫這時才在兩人的斜對面坐下來。沉吟道：「記得。安徽學子梅士午，與浙江學子俞少天，兩人就《春秋》散卷中的半片殘頁展開論辯，雙方各執一詞，形同水火，繼而釀成廷爭。唉，餘波所致，竟使徽州學派與浙東學子之間交惡了多年。」

宋濂微笑道：「李相國的開蒙老師就出自梅子午門下。你呢，也自稱師法過俞少天。如今兩派後學又同聚一朝，會不會再起廷爭、甚至釀成黨爭呢？」

劉伯溫自信地笑道：「廷爭只怕免不了，既然都是在朝當差，就不免發生爭執。黨爭嘛斷無！」呂昶問爲何？劉伯溫矜持地說：「因爲朝廷上下都是淮西巨黨，在下卻是隻身一人，連黨都沒有，何來黨爭呢？而且，在下也永遠不會結黨。」

宋濂卻一針見血道：「問題在於你說無，人家說有。到那時怎麼辦？」劉伯溫沉吟道：「到那時嘛，只有靠皇上聖斷了。天子一言，是非立決嘛。你們現在愁什麼？愁也是白愁啊！再者，皇上聖明著呢，只怕比你我預想的更聖明啊！」劉伯溫若有所思，卻欲言又止。

呂昶見狀，緊追不放，用請求的口氣道：「伯溫兄，把話說明白好不好？」宋濂也著急地催促：「請劉兄賜教。」

劉伯溫低頭沉思片刻，又抬頭看看兩位平日與之相善的忠厚同僚，終於說了自己的眞正想法：「開國之前，皇上只能依靠淮西子弟取天下。一旦開國，皇上就是天下人的皇上了，而絕不是淮西人的皇上！這麼明顯的道理，難道皇上會不明白嗎？再一個，如果朝廷上下皆為淮西巨黨，那麼，身為天下共主的皇上，能夠龍心大悅嗎？他會坐視不管嗎？」

呂昶、宋濂如聞雷霆，這才恍然大悟，同時顫聲道：「對呀！」

劉伯溫沉靜地微笑道：「韓國公李善長的年俸，是四千擔。而我這位誠意伯，年俸僅二百擔，恰好是他的二十分之一。敢問兩位，這說明什麼呀？」

呂昶望著劉伯溫，心裡又敬佩又悲哀。這樣明顯的不公和屈辱，他竟然不以為意，平靜如常。他遲鈍呀？他忍不住不平地提醒道：「說明李善長的尊榮權勢，遠在你劉伯溫之上。」

劉伯溫居然舒坦地呼出一口氣道：「對、對，這個自然！此外嘛，是否也可以認為，我的風險也是他的二十分之一呀？」

呂昶、宋濂都沒想到這一層，經劉伯溫一點撥，兩人心裡的陰霾漸漸散開，都失聲大笑起來。

劉伯溫也跟著一起笑，笑了兩聲，突然咳嗽起來，越咳越重，越咳越急，直咳得彎腰起不來，連氣都喘不上來了。劉璉聽見父親劇咳，匆匆從內屋出來，扶住父親，輕捶其背。

呂昶走過來，拿起案上茶盅讓劉璉快給父親喝熱茶。宋濂也站了起來，道：「劉兄勞累了，快請安歇，我等還是告退吧。」兩人交代劉璉把劉伯溫扶往內室休息，就向劉伯溫躬身告別。劉伯溫劇咳連連，只無力地擺一擺手，一句話也說不出來。

劉璉攙扶著父親走進裡屋，躺到榻上。劉伯溫躺倒了，又抬起身來咳，咳得上氣不接下氣。劉璉坐於榻旁，一會兒拿錦帕為父親拭汗，一會兒拿茶盅給父親餵水，又是拿瓷盂，又是捶背，顯得手足無措。忽然，劉伯溫歪身榻外，哇地噴出一口鮮血！

劉璉看見鮮血，腿一軟，驚叫：「父親！」手裡的茶盅掉落地上。劉伯溫上半個身子伸在榻外，他久久地看著地上那灘血跡，嘴裡喃喃道：「好、好，太好了，總算是見著血了。」

劉璉以為自己聽岔了，詫異地問：「父親說什麼呢？」他幫助父親往裡挪一挪。劉伯溫倒在榻上，閉著眼，臉上露出一絲苦笑，道：「璉兒，咱們不是盼望得一場重病嗎，要不就回不了青田。現在好，總算是重病纏身了，這還不好嗎？好事啊！」

父親為了回青田老家竟然如此糟蹋自己的身體，劉璉心如針錐。

這時候，侍童小六小心翼翼地捧著一碗藥入內，走到臥榻前，看看劉伯溫，說：「老爺，藥備好了，冷熱也合適。老爺請用。」劉伯溫呻吟著說：「擱著。」小六將藥擱在榻旁小案上，站著不走，催促道：「老爺快用，待會就涼了。」劉伯溫氣息奄奄地說：「知道，去吧。」

小六出去了，劉璉端過藥碗，想給父親餵藥。不料，劉伯溫扭過頭，低聲道：「潑了。」劉璉忍淚勸道：「父親，您別這樣，還是身體要緊哪。」劉伯溫壓低聲音堅決地說：「潑了它，快潑了！」劉璉無奈，將碗中的湯藥倒在瓷盂之中。

劉伯溫得病的消息，有人報告了朱元璋。朱元璋心下狐疑，腦子裡生出多種猜測。他吩咐二虎去暗訪一次，探探情況。

二虎去打探劉伯溫病情的時候，太子朱標到奉天殿暖閣來送摺子。朱元璋全神貫注閱摺，他就佇立於一旁等候。朱元璋連閱數摺，滿意地說：「唔，標兒，駁得好。唔，這件邊民紛爭，也斷得妥當。標兒，以後就這樣理政。如有難解處，可以先問一下善長，再送到爹這兒來。」朱標受了誇獎滿臉欣喜，他穩重地說：「兒臣知道了。」朱元璋合起奏摺遞給朱標讓他交部頒行。然後說：「爹想派你個差使。」朱標恭敬地說：「請父皇示下。」

朱元璋目光炯炯地望著朱標道：「帶上皇四子朱棣，巡視開封、洛陽、大都三城。一個，是看看新歸州府的情況，尤其是邊民與駐軍情況；再一個，從這三城中挑出兩個備選都城，並擬出各城的長短利弊，報咱斟酌。哦，這後一件事，關係到大明基業，萬不可洩！」

朱標見父親把這麼重要的事情交他辦，很是興奮。但他也有擔心，說：「兒臣擔心承擔不了重任。」

朱元璋對此不加評介，只笑笑。那微笑對朱標來說其實就是鼓勵，朱元璋又吩咐：「叫朱棣準備一下，過兩日你們就起程吧。往返千餘里，可要多注意安全！」

朱標手執摺子往外走。已經探察回來、等候在門畔的二虎側身讓過他，走了進來。朱元璋淡淡問：「劉伯溫怎樣？」他的神情裡有掩飾的關切。二虎近前稟報：「末將找人打探過了，劉中丞確實病勢沉重，整夜巨咳不止，並伴有高熱，嘔血。」朱元璋不動聲色地「哦」了一聲，問：「幾天了？」二虎說：「今日是第三天。」朱元璋拿起案上的摺子看起來，再沒有說話。

但是第二天劉伯溫就在劉璉的攙扶下進宮來了。劉伯溫的府第離皇宮不遠，平時他喜歡散步走過來，這一回坐了馬車，馬車在宮門外停下，劉璉扶著滿面病容、抖抖索索的劉伯溫下了車。

原本清癯、精神的劉伯溫手裡多了一根長杖，他一路頻頻咳嗽，在劉璉的攙扶下，吃力地踏上石階，穿過宮門，一直往奉天殿去。迎面而來的臣工看見他，紛紛驚訝地揖讓，大家忍不住在他身後議論：

才幾天不見，劉大人怎麼就病成這樣了？

病勢如此沉重，怎麼還要來上朝呀？

朱元璋已經得到稟報，知道劉伯溫來了。他走出奉天殿，背手佇立在殿門外，兩隻眼睛緊緊地盯著正從遠處走來的劉伯溫。他且行且喘、顫抖不已，一副冗疾纏身的病態。

朱元璋沉默地注視著他。劉伯溫越走越近，已經在二十步開外了。朱元璋朝二虎使一個眼色，二虎會意，急忙奔過去，攙扶著劉伯溫的另一隻膀臂。朱元璋自己卻掉頭進入了殿門。

二虎將劉伯溫扶進奉天殿暖閣。劉伯溫正要向皇上叩拜，朱元璋擺手阻止了他，二虎便將劉伯溫扶到椅上坐下，還在他身後加了一隻軟墊。劉伯溫奄奄一息地喘著，半晌說不出話來。

朱元璋坐到劉伯溫近旁的椅子上，關切地責備他：「病成這樣，幹嘛還來朝廷？有事讓劉璉捎個話就行了嘛。」劉伯溫氣息稍定，就顫巍巍地請求：「稟皇上，臣、臣想向皇上求個恩典。」朱元璋溫和地說：「有什麼儘管說。能辦的，咱都給你辦。」劉伯溫邊喘邊說：「從去年以來，臣就日漸體衰。前兩日，肺疾又犯了，通宵劇咳，嘔血。臣這副賤體，實在不爭氣！」朱元璋道：「慢慢療養，不要緊。待會讓太醫來瞧瞧。」劉伯溫又咳嗽了幾聲，才道：「皇上啊，天下已然大定，臣這副賤體，也當不起大用了。請皇上開恩，准臣歸養青田。」

朱元璋不說話了，屋子裡一片寂靜，連劉伯溫也安靜下來，突然停止了咳嗽。突然，朱元璋噗哧一聲笑起來道：「伯溫啊，咱早料到你有這一著！嘿嘿，說吧，是不是嫌爵位俸祿低了？」劉伯溫重新咳嗽幾聲，委屈地說：「萬萬不是！幾十年戰亂都過來了，多少仕子賢人都化、化做冤魂，歸、歸於蒼天！臣能活到今日，咳、咳，已屬僥倖。」朱元璋輕聲道：「僥倖？你是不是擔心飛鳥盡良弓藏？日子久了，會有兔死狗烹之災。」

劉伯溫被朱元璋說中，嚇得臉變色，嘶聲叫道：「臣萬萬不敢！」

朱元璋道：「或者是，伴君如伴虎，恩威難測，不如躲朱元璋遠點兒，求個自在，樂得太平？」劉伯溫滿面絕望，苦著臉說：「皇上啊，臣確實是病體難支。別無其他。」

朱元璋微笑著，意味深長地說：「咱瞧你這一路走來呀，頗有韌勁！嘿嘿，伯溫啊，咱准你因病不朝、在京療養，不准你歸養青田。二虎，傳旨太醫院。叫他們馬上派最好的太醫到劉伯溫府，爲他治病。一切費用，均在內府核銷。哦，叫太醫就住在劉府上，日夜照料著，直到劉中丞病癒。」二虎笑著答應著。劉伯溫坐在那裡深深彎下腰，邊咳邊謝了恩。

朱元璋收起笑容道：「伯溫啊，等你病好了，咱還要委你大任呢！」劉伯溫又是一怔，表情更加絕望。

劉伯溫回到府中，心情沮喪地在榻上躺著，腦子裡東想西想，卻想不出什麼好法子能讓皇上恩准他歸養。想著想著就恍恍惚惚地進入了夢境。他夢到了他那山清水秀的青田，清晨起來神清氣爽地蹬上山坡，天地間已經是金燦燦的一片。和煦的陽光普照著他家鄉的山山水水，也照得他瞇起了雙眼。他彷彿感覺到眼前有動靜，睜開眼一看，臉上果然有陽光照著，不過那是漸漸往西走的日頭。再睜大朦朧的雙眼定睛一瞧，不由大吃一驚，原來馬皇后正面帶微笑地端坐在榻旁！

劉伯溫趕緊強支病體欲起。劉璉急忙上前相扶，道：「父親，皇后已經守了半個多時辰了。」劉伯溫道歉道：「臣失禮，臣請皇后恕罪。」馬皇后勸他躺著別動，道：「我只想跟你說說話。」劉伯溫謝了馬皇后又躺下了。

馬皇后側過臉說了句：「你們都出去吧。」劉璉與玉兒立刻往外走，玉兒跟馬皇后久了，看馬皇后的神態就知道她有非同尋常的話要說，就輕輕帶緊了房門。劉伯溫也感覺馬皇后不像是只爲探病而來，他眼看著房門關緊，表情隨即嚴肅起來。馬皇后微笑道：「伯溫啊，先說一聲。我到你這兒來，不是皇上的意思，是我自個兒來的。」劉伯溫不解道：「敢問皇后，這有什麼不同嗎？」馬皇后說：「可能有些不同！」劉伯溫看看馬皇后認眞的態度，顫聲道：「臣，明白了。」馬皇后嚴肅地說：「我在這屋裡說的話，只准你我知道，永遠不能說出去。」劉伯溫深深點頭應諾。

馬皇后的態度隨即親切起來，她說：「還記得我把你從青田接來的事嗎？」劉伯溫道：「臣記得。」馬皇后道：「那時我就看出來，你不是功名利祿之徒。你的夢想是有一個太平世界，做一個世外高人。」劉伯溫感佩皇后如此了解自己，顫聲道：「謝皇后誇獎。」馬皇后道：「所以，你早晚要離開朝廷，返回青田老家。你只是琢磨著，等待著，看什麼時候回去最妥當、最自然，既不留禍患，也不露痕跡。我要是說對嘍，麻煩你言語一聲！」

劉伯溫見皇后說得如此鞭辟入裡，不由暗暗稱奇。皇后待自己一向仁厚，投桃報李，以劉伯溫為人，此時也再無掩飾之理，他同樣敞開心靈，一口承認：「皇后說得對。」馬皇后轉了話題，誠懇地說：「皇上待人的恩典我就不說了，我只說說他的毛病。」

劉伯溫不由大驚失色：「皇后！」他阻止她說這個話題。馬皇后卻用平易的態度說：「皇上也是人，白璧也有微瑕，不是嗎？」劉伯溫沒說話，但他的神情卻是感動著，他知道這話是實話，敢說這種大實話的人，只有馬皇后。能說這樣大實話的女人，也只有馬皇后。她是人傑，如果將女人比做百鳥，馬皇后就是百鳥中的鳳凰。

馬皇后誠懇地說：「那你就聽著！皇上的毛病是無論他喜不喜歡你，卻不喜歡任何人躲著他。寧可由他來拋棄別人，絕不允許別人離開他。為什麼呢？因為他是天子，你是人臣。人臣沒有拒絕天子的權利！」劉伯溫內心震撼著，顫抖著說：「是。」馬皇后緩緩道：「開國之初，百廢待興。今後三、五年，是朝廷最忙碌、也是最要緊的時候。所以，我希望你再幫助皇上五年。五年之後，你快六十了，我保證讓皇上賜你榮祿，准你返鄉，安度晚年。」

劉伯溫一聽此話激動至極：「皇后，能成麼？」馬皇后沉穩地說：「別人的事，我也許管不了。但你是我接來的，我會把你太太平平地送回去。」劉伯溫在榻上深深叩首：「謝皇后。」

馬皇后起身，換了輕鬆的語氣：「病什麼時候能好哇？」劉伯溫道：「稟皇后，臣明日就好！」馬皇后微笑著吩咐：「別。再病兩天吧。好得太快，看上去就像是假的了。」說完馬皇后推門離去。劉伯溫久久望著門口，難得的心潮起伏，半晌一動沒動。

幾天後，劉伯溫又去上朝了。他沒有再咳，臉上也有了一點血色。看上去病已經痊癒。一日下朝之後，朱元璋約他到奉天殿的暖閣議事。朱元璋與他討論的話題其實就是兩人去揚州路上所談話題的延續。同那一次相比，朱元璋這一次顯然已經經過了深思熟慮。他說：「咱這個朝廷，有兩大特色，一個是驕兵悍將，一個是淮西漢子。過去，他們助咱奪取天下，好！現在，他們充任朝廷各部，把持水陸三軍，這就又好又不好了。為何呢？鄉情、鄉音、鄉親、鄉黨嘛！摞到一塊像什麼話？咱朝廷又不是宗廟祠堂！」

這話幽默！劉伯溫不由噗哧一聲笑了，說：「皇上聖見。」朱元璋說出他的想法：「咱決定，將御史臺升格為都察院，脫離中書省管轄，直接聽命於皇上，聽命於咱！令你擔任都察院左都御史，一體都察朝廷內外各級官吏，從中書省丞相，直到各省、州、府、縣衙門，包括水陸三軍的將士，你都執有督察大權！特別是對那些驕兵悍將，更不可寬縱！」

劉伯溫驚訝地問：「皇上，為何要我執掌御史臺？」朱元璋嚴正地說：「因為，單靠淮西人是治不了淮西人的！他們彼此之間，血脈太密，牽掛太多。這人剛打個噴嚏，那人立刻通風報信。張三剛犯事，李四必來說情！而你不同，你跟他們不是一夥的。你跟誰是一夥呢？跟咱，嘿嘿，咱倆是一夥！你這人傲氣，不屑於拉幫結黨，對不？哎。你這人既是個正臣，又是個諍臣，目光銳利，敢於糾彈，對不？哎。所以，左都御史，非你莫屬！」

劉伯溫心情複雜地說：「皇上，這差使是坐在火爐上啊，臣——」

沒等劉伯溫說完，朱元璋一掌劈下：「不聽！所有推托謙讓之辭，咱一概不聽！著你現在就考慮都察院僚屬人選，明天，最遲後天，咱就在朝會上宣布對你的任命。」

劉伯溫沉默著。朱元璋銳利的目光彷彿看到了劉伯溫心裡：「伯溫啊，你是在擔心咱，對不？

告訴你，你大權在握，是一人之下萬人之上，放膽辦差吧。無論你糾彈何人，咱都信任你，都支持你！」劉伯溫一聽此話，微微動容，深深一揖，清亮有力地說：「臣領旨！」朱元璋的臉上終於露出了欣慰的笑容。

這一天的下午，心情愉快的朱元璋又約了李善長談話。這是多日陰雨後的一個晴天，外面空氣清新，陽光燦爛。朱元璋邀李善長到御花園中散步。兩人在花徑之中慢慢踱著，欣賞園子裡薈萃的各種名貴花草，朱元璋似乎也在盡情地享受著花草樹木的芬芳香醇，好半天才說到正事：「善長啊，你們擬的新政條款，咱昨晚上看了，相當不錯啊！特別是關於遷徙屯耕那幾款，頗有創意。誰提出來的啊？」

李善長見皇上高興，微笑道：「臣請皇上猜一猜。」朱元璋不假思索就說：「要麼劉伯溫，要麼呂昶。」李善長有些委屈：「皇上爲何不猜臣呢？」朱元璋笑道；「你要有這些主意，早就跟咱說了。所以，斷不是你！」李善長一聽這話，皇上原來心裡明白自己與他更貼心哇，不由暗暗歡喜，高興地說：「皇上明見。不過，遷徙屯耕那幾款，既不是劉伯溫，也不是呂昶，它們全都是胡惟庸提出來的。」

朱元璋有些意外：「哦喝，他有那麼大見識？」李善長笑道：「這都叫皇上逼的。」朱元璋道：「爲何這麼說？」李善長道：「建元以後，胡惟庸不是無職無位了麼？朝廷上下一片熱鬧，他卻獨守孤寂，潛心讀史，讀歷代朝廷治養農桑的摺子。對了，皇上不也令他讀書嗎？這麼三讀兩讀的，就琢磨出了那幾項遷徙屯耕的條款。」朱元璋哈哈笑道：「好、好，此人受得住委屈，經得起患難。看來，他是個忠臣，也是俊才、幹吏。」

李善長說：「皇上明見！皇上啊，如要施行新政，就需要重建中書省，以便統領各部，一體貫徹皇上意旨，厲行新政。而現在，中書省仍是個空架子，既無丞相，也無僚屬。」朱元璋打斷他：「不是有你李相國麼？」李善長難掩委屈地說：「臣這個相國只是個虛名。臣的實職仍是『都事』。就連這個『都事』，還是在王府時期，皇上任命的。皇上啊，臣實在是抵擋不過來啊。」

朱元璋看一眼搖頭歎氣的李善長，沉沉地說：「明白了！善長啊，你再抵擋一陣子吧。過幾日，咱就任命中書省各級官吏。」

這時候，二虎找到御花園來了，上前稟道：「皇上，皇后帶話來，讓你早些回去用膳。說有要事要同你商議呢！」朱元璋知道夫人不會隨意差人來叫他，就說：「哦，我這就回去。」李善長見狀告退。朱元璋注視著李善長的背影，微微搖頭歎息。他的步履也沉重起來。他知道，李善長明擺著是向他要職要權呢！他不快地想：你越是這麼要，咱越是不給你。哼！

朱元璋回到乾清宮的時候，心情又愉快起來。他未進門就高聲嚷著：「妹子，妹子！有什麼好吃的，快快端上來！」

馬皇后在屋子裡正同徐達對坐著說得起勁呢，聽到喊聲，馬皇后對徐達笑嗔：「你聽聽，剛進門就惦著吃！」話音剛落，朱元璋就一步跨了進來，一眼看見徐達，興奮地叫：「哎，徐達也在？好、好！一塊吃！」徐達起身笑道：「上位，我是吃過飯來的。」朱元璋道：「那又怎麼啦？再吃一回！」馬皇后道：「徐達來跟我商量兒女婚嫁的事。」朱元璋喜滋滋道：「那就更好了，非得喝兩盅不可，走走！」說著一把抓住徐達，朝膳房走去。馬皇后笑著跟在後面。

朱元璋、馬皇后、徐達在乾清宮的膳房裡圍坐用膳。朱元璋先舉盅同徐達一碰，仰脖一口飲盡杯中酒。笑道：「娶親的事，咱有個主意，還沒跟妹子說呢，先告訴你。明年朱棣就滿十八了，婚後，咱想封他個王位。這樣，你閨女就成王妃了！」徐達心裡歡喜，嘿嘿笑著說：「謝皇上！」

馬皇后笑著斜睨丈夫一眼，道：「你甭謝他。他又不是爲了兒媳，是爲了自個兒兒子。」朱元璋嗔道：「這話多見外！兄弟，乾嘍。」兩人又飲盡。朱元璋得意地說：「今天啊，咱讓劉伯溫擔任都察院左都御史了，著他一體督察朝廷內外各級官吏。」

徐達立刻道：「好。這人行！」馬皇后擔心地問：「劉伯溫接旨了嗎？」朱元璋自負地笑道：「他敢不接！過去，咱挺煩他那股子傲氣的。覺得，做臣子的要是一不愛財，二不貪權，三不好色，那可不好駕馭啊。自古以來，馭兵馭民都容易，馭仕最難哪！」

馬皇后拿起酒壺給兩人斟滿，笑盈盈道：「就像這酒壺，要沒個把柄，就不好使。對不？」朱元璋眼睛亮一亮：「還是妹子聰明，不過也別老顯擺你那聰明呀。咱們男人正說話呢，你聽著！」馬皇后不服氣地哼一聲。朱元璋繼續說：「後來，咱找著駕馭他的辦法了。那就是，他有功名心，咱得給他大權！讓他督察所有驕兵悍將，這樣一來，他就得依賴皇上了，是不是？」

徐達不由笑道：「上位眞是高明！」朱元璋又飲一口，歎道：「劉伯溫算是妥當了，可李善長的煩惱又出來了。剛才在御花園，他竟然直接跟咱要職權！哎，妹子啊，你只當沒聽見噢？老規矩內廷不得干政！」

馬皇后白了朱元璋一眼，道：「我本來就沒聽見。」朱元璋道：「中書省上承天子，下統六部三院，包括各省、州、府。中書省左丞相，實實在在就是相國。李善長想要的，也就是這個權位！他覺得啊，大明首任相國，非他莫屬。」徐達也道：「我一回來就聽說了，這事在京城早就人言沸騰了，都說非他莫屬。」朱元璋有些不快地說：「善長會造勢，淮西弟兄也在幫他造。他們越造，咱越不放心。」

徐達自己就是淮西人，他沉默了。馬皇后的眼睛機靈地轉了轉，突然道：「既然劉伯溫可以監管驕兵悍將，那武的也可監管一下仕子文臣嘛！」朱元璋吃驚地盯著馬皇后，正要說話，馬皇后卻斜了他一眼搶先道：「你只當沒聽見。」朱元璋一拍額頭，大叫一聲：「對呀！天上掉下一個大宰相，就在咱面前擱著，咱竟然沒看見！」徐達見皇上皇后一唱一和的，心裡正覺得女兒的這對公婆有趣呢，見朱元璋恍然大悟的樣子，驚問：「誰呀？」朱元璋伸手指著他道：「妹子說得好，就是你徐達唄！」

徐達大驚，酒盅掉地摔碎，說話也有點結巴了：「你倆、你兩口子，開玩笑！」馬皇后得意地吱吱笑著，起身替徐達換一個酒盅，並再次斟滿。朱元璋肅容道：「不是開玩笑。兄弟，你在文臣當中的聲望歷來很高。你正直勇敢、忠義廉潔，又位居國公。天爺哩，咱越想越覺得你合適！」

徐達忙不迭推讓：「上位啊，我只會帶兵打仗，管不了那些政事，更管不了那幫秀才！」馬皇后微笑道：「管不管得了是另外一回事！只要把你擱在宰相位置上，那就是個威懾。」

徐達一跳起身，道：「上位，這飯吃得怕人哪！我得走了。」朱元璋急忙按住他：「坐下、坐下！咱們慢慢商量。這樣吧，你所有的軍權照舊，所屬兵馬也一概不動，另外再兼一個中樞宰相。」徐達連聲推辭：「不幹，不幹！堅決不幹！」朱元璋嘿嘿笑道：「你越這麼叫喚，咱越覺得你合適！爲何呀，因爲你不是貪圖權位之人嘛。」馬皇后幫腔道：「還有呢，重情義，明是非。拿得起，放得下。」朱元璋再道：「文武全才，胸懷坦蕩。百年難覓，萬裡挑一！」

徐達聽得汗直冒，連連抱揖，再次起身：「告饒、告饒！你們兩口子一唱一和的，非把咱剁了不可。上位，嫂子，您慢用。咱得回去了！」徐達逃命一般，落荒而走。

朱元璋從徐達身上收回注視的目光，轉臉看著馬皇后，笑道：「妹子，以後再出主意，得關起門來出！忘啦？」馬皇后故意滿不在乎地說：「我只隨便說了一句，你還當眞？」朱元璋深深點頭道：「好主意啊！當眞！」

任命兩天後就宣布了。奉天殿的大堂裡眾臣排立，鴉雀無聲。這兩天，大家已經在私下裡議論，知道近日有一些重要職務要任命，紛紛在猜測將由何人任職。二虎先站在丹陛前高聲宣布：「今日朝會，皇上要親自頒布中書省、都察院人選。著眾臣接旨！」眾臣的臉色頓時緊張起來，目光齊刷刷注視龍座上的朱元璋。

朱元璋起身，踱到眾臣面前，緩聲道：「中書省乃朝廷中樞，上承天子，下轄六部三院，統領百官，對天下政務有專決之權。咱再三斟酌，決定設中書省左右丞相。左丞相爲首，右丞相爲輔。左右丞相，皆可稱『相國』。」說到這裡，他停頓片刻，一個個大臣望過去，眾臣頓顯不安。李善長的表情十分鎭定，但他的雙手卻不由自主微微抖動。

朱元璋高聲宣布：「中書省左丞相爲前軍元帥、魏國公徐達！」

幾乎所有人的臉上都露出了驚愕的表情。李善長的身子搖晃一下，他極力鎭定著自己，劉伯溫驚訝地看著朱元璋，也感到非常意外。

朱元璋走到李善長面前，又高聲宣布：「中書省右丞相爲韓國公李善長。」

李善長終於鬆了口氣。大堂裡一片寂靜。劉伯溫率先高聲道：「皇上聖斷！臣等遵旨。」眾臣這才醒悟過來，一片聲道：「皇上聖斷，臣等遵旨。」

退朝後，朱元璋與劉伯溫在宮道裡一起走。劉伯溫感慨地說：「皇上對中書省左右丞相的任命，臣既大感意外，更是極爲崇敬。」朱元璋心裡舒坦，但外表矜持著，不把興趣表現出來，他淡淡問：「哦？崇敬在哪兒？」劉伯溫道：「皇上令一位武將督管文臣，又令臣這個文臣，督管武將。可謂是，左右制衡，相得益彰！」朱元璋滿面春風，微笑道：「能讓你劉伯溫崇敬，可不容易！嗳，胡惟庸這人，你如何評價？」

劉伯溫沉吟片刻才道：「這人厚道。」朱元璋意外地側臉望望劉伯溫：「什麼？咱原以爲你會誇他兩句。你倒來了個『厚道』。」

劉伯溫微笑道：「是厚道。他壓抑到現在，仍然平靜如水，波瀾不驚。頗爲厚道。」

朱元璋不置一辭，陷入沉思。

此時的胡惟庸，正行走在另一處宮道上。下朝之後，他的眼睛就在大批文臣武將之中尋找李善長。他看見李善長面色沉悶，鬱鬱寡歡地獨自向中書省走，就跟在他後面。等走到人稀少處，他加緊幾步趕上李善長，低聲道：「恩公，徐達常年在外統兵打仗，更不擅理朝政，他這個左丞相只是虛設。中書省實權仍屬於恩公。恩公不要憂慮。」李善長一歎：「問題不在那兒。關鍵是，上位對我不放心哪。」

胡惟庸的聲音更低了：「屬下認爲，上位並不是對恩公不放心，而是對任何大權在握的人都不放心。所以，上位寧可讓人分掌大權，也不願意讓人獨掌大權！」李善長一怔，不禁深深點頭。

這時候二虎快步趕來道：「皇上口諭，召胡惟庸等東暖閣進見。」

李善長不解地問：「二虎啊，這個『等』，是什麼意思？」二虎道：「稟相國。皇上同召劉進武，梁中宇，吳亦凡，胡惟庸四臣。」李善長點頭，胡惟庸快步隨二虎離去。

胡惟庸到奉天殿暖閣的時候，另外三個人已經到了。胡惟庸排在比他年輕的三個官員之後走入暖閣。入門後，四人依序跪拜：

翰林院學士劉進武叩見皇上。

工部河道司主事梁中宇叩見皇上。

常州府主簿吳亦凡叩見皇上。

中書省助理胡惟庸叩見皇上。

朱元璋翻閱著案上的四份案卷，大聲道：「劉進武，著你調任六合縣知縣，正七品。」劉進武叩拜道：「臣領旨，謝恩！」朱元璋再打開一份案卷念：「梁中宇，著你升任戶部員外郎，從五品。」梁中宇歡喜道：「臣領旨，謝恩！」朱元璋打開第三份案卷道：「吳亦凡，著你改任鎮江府同知，正六品。」吳亦凡也喜滋滋地謝了恩。朱元璋對他們道：「退下吧。」三臣叩謝離開。只剩胡惟庸一人跪地等候。連二虎也退出了，並且順手關上了房門。朱元璋翻閱著案卷，久久不作聲。跪在地上等待的胡惟庸一動不動，但心中的不安也像滾雪球似的，靜悄悄地越滾越大。

朱元璋緩緩開口道：「胡惟庸，知道為何壓著你不用嗎？」胡惟庸小心地回答：「臣，猜想是小明王的事。」朱元璋問：「怎麼想的？」

胡惟庸道：「臣最初想，臣為皇上立了大功，皇上會賞賜臣的。」

朱元璋急問：「後來呢？」胡惟庸顫聲道：「後來臣想，皇上不但不會賞賜臣，還會把臣流放

天涯，最終殺臣滅口。」朱元璋頷首：「再後來呢？」胡惟庸道：「再後來，臣又想，無論是賞

賜臣，還是殺臣，臣都只能無怨無悔候著！」朱元璋重重問：「爲何？」胡惟庸道：「臣既然追

隨皇上了，那就得義無反顧！無論生死榮辱，都是臣的天命。」

朱元璋滿意了，一歎：「胡惟庸啊，殺小明王確實是咱的意思，可是讓大虎引罪自盡，就不是

咱的意思了，而是你暗中揣摸咱的心思，逼大虎那麼做的，對不？」胡惟庸毫不含糊地回答：

「對。」朱元璋的聲音有點沉重：「你是個能臣，但往往能得太過了！如果你老是揣摸皇上心思、

而且自以爲是皇上的知心人，擅行生殺，那麼久而久之，豈不要把自個兒的心思當成皇上的心思

了嗎？到了那一天，誰是皇上，你還是咱？」

胡惟庸重重叩首，額頭碰響地面。道：「臣知罪了。」朱元璋沉默片刻，翻開案上一頁紙，緩

聲念道：「五年之內，當使全國軍民足食；八年之內，當使全國糧產恢復到元世祖成吉思汗年間

水準，即：歲入一千二百萬擔以上；十年之內，當使糧價降至唐太宗貞觀年間水準，即：斗米僅

三錢！胡惟庸，這段豪言壯語，是你的吧？」胡惟庸說：「是。但它並非只是豪言壯語。稟皇

上，五年生養，十年富國，這前景定能實現！」

朱元璋顫聲道：「這前景讓咱一宵沒合眼，想想都激動啊！胡惟庸，咱確實想過殺你，卻又捨

不得殺。不但捨不得，實話告訴你吧，考慮中書省丞相人選的時候，咱甚至考慮過你！」胡惟庸

大驚，繼之落下眼淚，長叩不起。朱元璋道：「從當初那件『築磚鍥名』的創舉，到今天這件新

政條款，咱樣樣看得清楚。你這人哪，要是把本事都放出來嘍，肯定比李善長還要精明強幹。」

胡惟庸再也忍不住了，泣不成聲地叫道：「皇上！」稍停，朱元璋正聲道：「聽旨。胡惟庸升

任中書省參政、兼戶部侍郎，正三品。」胡惟庸重重叩謝。

且說光陰似箭、日月如梭。自楊憲當了揚州知府，眼一晃，一個多月過去了。揚州城卻並沒有多大的起色。這一日，楊憲與魯明義從田間小道走過，放眼朝四處望望，揚州仍是遍地蒿草，只是蒿草之中零零星星有農民在除草備耕。

楊憲心急如焚，問魯明義：「流亡在外的百姓，歸來有多少了？」

魯明義顯然也關心這件事，脫口就說：「截至昨天爲止，返鄉百姓已有八百五十餘戶，三千三百餘口。」楊憲眉頭舒緩一些，但還是心焦地說：「太少了，如果他們不能趕在開耕前回來，今年農田依然會荒蕪啊。」魯明義似乎不同意：「楊大人，即使他們歸來了，今年仍然會耽誤農時。」楊憲忙插言問：「爲什麼？」魯明義道：「因爲他們即使歸來，也是家徒四壁。別說是稻種農具，就連吃住都沒著落。大人哪，今年這些田地，怕是要撂荒了。」

楊憲決絕道：「不成！當務之急，是讓各地的百姓趕緊還鄉。我相信一句老話，就叫『故土難移』。只要百姓們感覺到一線生機，那他們爬也會爬回來！」魯明義附和道：「大人說的是。」楊憲問府上還有多少存銀。魯明義道：「皇上臨行前，留下六千兩白銀，作爲復建官府之用。現在，還有五千七百多兩。」

楊憲沉吟著說：「五千七百兩，好！先拿出四千兩銀子，給百姓做安家之用。你立刻著人張貼告示，往北要貼到山東邊境，往南要貼到長江邊上！告訴流亡在外的百姓，凡能在立春前返鄉者，每戶均發放安家銀一兩。告訴他們，是現銀！」

魯明義驚訝地問：「請問大人，那官府如何重建？」楊憲立刻回答：「暫時不建了。先在原址搭個棚子，仍然以石板爲案，斷壁爲牆，一樣能理政嘛。」

魯明義急得臉紅：「楊大人，堂堂揚州城，如沒有一座像樣的官府，不能在百姓眼裡樹立權威啊。」楊憲微笑道：「聽著，我們可以把官府建在百姓們心上。」這話說得玄乎，魯明義苦笑道：「哎呀，恕下官直言，大人太浪漫了！四千兩銀子聚到一塊，可建府衙一座。可您把它們贈發給百姓，每戶才不過區區一兩啊！杯水車薪。」

楊憲嚴肅地說：「一兩銀子是不多，但是魯兄，從來只有百姓向官府交納銀兩，你見官府給百姓送銀子的嗎？」

魯明義怔了一下，道：「下官從沒見過，連聽說都沒聽說過。」楊憲斷然道：「所以，百姓從這一兩銀子裡，能看見一個新官府，甚至夢想著一個新揚州！」魯明義呆了一下，喃喃自語：「不錯，確實是這樣啊。」楊憲突然發怒：「還有，本府雖然出自翰林，卻並不浪漫！斷壁頹垣之下，衰草白骨之中，浪漫何在？」魯明義顫聲道：「下官失言了。」楊憲冷冷地說：「聽著，官府告示的最後一條是凡揚州商民百姓，如不能在立春之前還鄉，那麼，所遺田土均將視爲無主荒田，由官府無償收回，另著人耕種！魯兄啊，楊某浪漫麼？」魯明義深揖，顫聲道：「請大人恕罪，下官即辦！」

午後，揚州城裡幾株粗大的老槐樹上，都貼了蓋有揚州官府鮮紅印章的告示。幾個衙吏敲鑼吼叫著：揚州知府布告所有揚州流民，凡能在立春前歸鄉，每戶均發放安家銀一兩。聽清嘍！不是字據，是現銀！如不能在立春前歸鄉，所遺土田將視爲無主荒田，由官府無償收歸！」

告示貼出的當日傍晚，通往揚州城的田野驛道上，陸續就有農民驅趕著驢車、拖兒帶女地回來了。到了第二日，更有一串串的流民拼命往揚州城趕來。驛道上不時能聽到一陣陣焦急的催促：

快呀！快走！

趕緊回家，別耽誤了時辰！丟了地！

楊憲已經接到農民回鄉的稟報。他心情激動地在府衙裡坐鎮。他辦公的石案上，堆著一疊廷寄，案邊上，居然還擱著半鍋稀粥。他是一邊辦公一邊用膳。一隻手端粥，一隻手拿著信紙在看。

魯明義渾身塵土入內，一邊撲打著衣裳，一邊興奮稟告：「歸來的百姓已經過四千戶了，共約三萬兩千餘口。楊大人，安家銀不夠發了。」

楊憲從嘴邊拿開粥碗，發令：「繼續從府銀裡撥給他們。官府既有言在先，絕不可失信。」魯明義不安地說：「如果流民源源不斷地回來，就算府銀全給他們，也還是不夠哇！」楊憲沉著地說：「這由我想辦法。魯兄，吃飯吧。」

魯明義走過去盛起一碗稀粥，勺子一攪，只見碗中清可照人，他歎息一聲，蹲下身埋頭啜粥。石案旁，楊憲眼睛緊盯著手中函件，幾乎忘了碗裡還有粥。魯明義不禁問：「大人看什麼呢？」楊憲道：「廷寄。」魯明義感興趣地問：「哦，京城有什麼新鮮事啊？」楊憲道：「朝廷舉辦了授封大典，敕封開國元勳。六公、二十八個侯、四十一個伯。還有，中書省及各部院官員，都走馬上任了。」

魯明義聽得呆了半晌，神往地說：「下官想像得出，京城現在該是多熱鬧呀。到處敲鑼打鼓，開堂掛牌，一宴接一宴，百官們彈冠相慶。」楊憲噗哧一笑：「不錯，跟你說的差不多。」魯明義敲敲碗邊：「可咱們呢，破破爛爛的，連個文案都治不起。吃的這是，還不如京城一個馬夫！」

楊憲輕輕一歎，不再說話。魯明義見楊憲不再搭茬，只得悶頭喝起粥來。楊憲已經吃完，繼續在案上翻廷寄。突然發現一幀信柬，封套素雅別緻，面上卻無任何落款。他執柬疑惑著，翻來調去看了一會，突然意識到什麼，臉色一變，急匆匆拆閱。

信是劉伯溫寫來的。他彷彿聽到了老師親切誠懇的聲音：「楊憲啊，爲師料想，你現在正處於孤獨寂寞之中，懷念京城繁華，懷念翰林院的文案書樓。爲師以爲，這一切皆是雲霄虛幻之境，而你足下那片黃土，才是大有可爲之地。開國初始，百廢待興。百業以農爲先，朝廷已確立新政，五年復甦，十年富國，盼你艱苦創業，力振揚州，以爲全國表率。順告，爲師已兼掌都察院，近期將派發十三道御史，分赴各省考察賢才、能吏。」

楊憲越看越熱血沸騰。未看完就騰身而起，他執柬在堂間激動地來回走動。魯明義捧著粥碗，詫異地朝他看。突然楊憲立定，聲音脆亮地問：「魯兄，吃飽了嗎？」魯明義含義不明地吶吶道：「還行吧。」楊憲笑道：「把那隻公雞宰了！晚上，我請你吃肉、喝酒！」

魯明義大喜：「眞呀？你捨得？」楊憲笑道：「那雞也可憐，沒啥吃的。與其讓雞肉一天天瘦沒嘍，還不如把它宰吃嘍！反正它已經打過鳴了。」魯明義快活地笑道：「嘿嘿，大人明見！」

楊憲又想起什麼，響亮地說：「還有，叫人把城隍廟那座戲臺子收拾出來，並傳命府、縣、鎭所有屬吏，正午前到戲臺上集中，我要發布訓令。」

城隍廟戲臺很快被收拾出來。戲臺高高的，破敗之中隱約可以想見昔日繁華。

一大片百姓早已聚在臺下翹首圍觀。臺上，排立著十幾個官吏。楊憲居中站著，高聲訓示已有一會兒：「本府的三年規劃是：今年必須復耕半數農田，明年所有農田全部復耕，後年則要恢復正常年景，獲取第一場大豐收！」

官吏們聽得目瞪口呆，忍不住交相竊議：

聽見沒，好一番雄心大志！

太過浪漫了，這怎麼可能呢？

楊憲顯然聽到了臺上人的私語。用更響亮的聲音道：「所需農具、耕牛、稻種，均由本府設法籌措，低價貸發給各家農戶。此外，官吏當爲民表率。即日起，揚州各級官員都必須下地耕種，包括本府也不例外。無論官職高低，每人派發兩畝『官田』。從開耕到收割都得親自勞作，不准雇工頂替。如果到秋天無收穫，該官員則以瀆職論罪！」

官吏之中響起一片驚駭之聲：「天哪，咱們也要種地了？」楊憲繼續說：「列位同僚，今後三年、特別是今、明兩年，是我們最艱難也是最關鍵的時刻。如果哪一位畏懼了，就扒掉官服回家去，本府不勉強也不治罪。但要剝奪功名，停發俸祿糧米。」官吏相互看來看去。一人大膽道：「大人哪，要是沒了俸祿糧米，我們一家老少也沒法活呀。」

楊憲繃著臉道：「所以說，農田能否復耕，已非我等求官之途，而是求生之路！本府如果不能完成三年規劃，定將自盡於揚州，省得朝廷治我欺君之罪！列位同僚，人生能有幾回搏？患難時下，大有可爲！我只告訴列位一件事，請列位斟酌。揚州是皇上開國後視察的第一府，厚望所至，全國關注。揚州如能振興，列位的功名，可謂不言而喻！」

官吏們又興奮起來，竊議聲四起：「對呀！斷然如此！」楊憲激動地說：「昔日，皇上攻城拔寨前，常與眾將士歃酒盟誓。今日，本府也與列位同僚共飲血酒一碗。立誓天地間，振興揚州城！來呀，上酒！」

兩個小吏早在殘垣斷壁之中捉住了咯咯叫著奔逃的公雞。聽到楊憲發令，一個小吏手端一隻托盤上臺，盤中擱著多隻酒碗。另一個小吏抱著大公雞走上前，執刀一割，雞脖子斷了，小吏將雞血遍滴各個酒碗之中。

楊憲端起一碗血酒，舉碗過頭，高喝：「龍興之地在鳳陽，富國興農看揚州！」眾官吏紛紛效法，舉碗齊聲叫著：「龍興之地在鳳陽，富國興農看揚州！」誓罷，楊憲與眾官吏一齊飲盡血酒。

臺下的百姓越聚越多，都興奮地伸頭看著，歡悅中議論紛紛：

哎呀！看來，揚州眞是要復興了。

昔日繁華，當能重現。好哇，好哇！

這座戲臺荒廢十年了，今天算是出了臺好戲！

楊憲發布訓令之後，自己身體力行。在一片蒿草叢生的田地裡，兩個府衙小吏在田邊敲進一塊木牌。牌上那一行剛勁有力的魏碑體紅字就是楊憲親筆書寫的：知府楊憲責任官田。

楊憲毫不猶豫地帶頭扒掉官服，踏入草中，揮鋤便墾。蒿草翻開去，沉睡多年的油黑土壤被喚醒了！正在相互觀望的官吏們感動得聲音都發顫：「看哪，蒿草下面，竟是熟田！」

魯明義朝大家揮揮手：「走！該下一處了。」官吏們便跟著魯明義走向另一塊蒿草叢生的田地。兩個小吏再次在田邊敲進一塊木牌。魯明義扒掉官服，執鋤下地。

不一會兒，遠近各處，眾多的百姓和官吏都在揮鋤開耕了！

第二十五章

懲貪官楊憲立標本
進忠言臣工變肉醬

揚州城終於有了安居樂業的新氣象。雖然還是那些老樹，但兩棵離城近的槐樹上面已經掛了杏黃色的「茶」字招旗，樹下拴著騾馬，樹的陰影裡擺著一個溫馨的茶攤。幾個商販圍著茶桌品茶歇腳，相互聊著天打聽消息：

兄弟，去哪兒？

揚州唄！在這兒喝茶的商旅，要麼是往那兒去，要麼是從那兒來。

哎，兄弟打山東過來。聽濟南府的人說，揚州又要再現當年風采了。是嗎？

感情。揚州來了個知府楊憲，精明強幹，發誓要在三年之內讓揚州成爲天下第一府！

不遠處的另一張茶案旁，坐著一位官吏模樣的人，他慢慢飲著茶，注意傾聽著這些人的談話。過了一會兒，他站起來，一個人往前面趕路。

他就是劉伯溫派下來視察的監察御史劉天一。他們一行人正在揚州各處分散體察民情。天色漸晚，夕陽收盡它的最後一抹餘暉，天氣就冷了起來。劉天一看見有一塊田裡還有好些人沒有收工。一個皮膚白皙的高個子很顯眼，他不像農民，幹農活那架式也不對，卻在田間拼命揮鋤耕翻。劉天一正想過去同他聊聊，只見另一個人扛著農具從田間小道經過，呼喚他：「楊大人，楊大人！你看，連農家都歇晌了，您也該下工了吧？」被喚作楊大人的正是揚州知府楊憲。他彷彿沒聽見，繼續埋頭揮鋤。喚他的人是魯明義，只得歎息著離開。正在這時，連日勞作的楊憲身體一軟，搖晃著，昏倒在田裡。

魯明義沒走遠，聽見動靜，趕緊回身撲過去，扶起昏迷中的楊憲急呼：「楊大人、楊大人！」又對著四周田間喊：「來人哪，快把楊大人抬回府衙。」

幾個收工往回走的百姓聞聲趕來，七手八腳地抬托起楊憲，感動得讚歎著。劉天一正注視著抬過來的楊憲，魯明義一眼看見了他，詫異道：「請問大人是——」劉天一道：「都察院江蘇道監察御史劉天一。」魯明義大驚，急忙跑過去拍拍農民手中昏迷的楊憲，叫：「楊大人，大人！快醒醒，御史大人來了。」

楊憲悠然甦醒，掙扎著要起身，吃力地說：「在下失迎，請御史大人恕罪。」御史感動地說：「楊大人，您辛苦了！」

劉天一等派往全國各地的監察御史回京城後，朱元璋特在奉天殿召集在京城的大臣，讓眾臣一起傾聽監察御史稟報各地的訪察情況。

劉天一出班稟道：「楊憲署理揚州後，不建衙府，將六千餘兩府銀，全部用於爲返鄉農戶安家。至今，揚州府仍是三面斷壁，一片草頂。知府楊憲仍然在那個石案上理政。」

眾臣一片嗡然，只有劉伯溫面色平靜。朱元璋微微頷首道：「好。」

劉天一繼續道：「其二、楊知府給各屬縣制定了三年規劃：今年必須復耕半數農田，明年所有農田必須全部復耕，後年則要恢復正常年景，獲取全面豐收！其三、楊知府還下令，包括他本人在內的揚州各級官員，都必須參與耕種，無論官職高低，每人派發兩畝『責任』官田。這兩畝責任田，從開耕到收割都必須由官員親自勞作，不准雇工頂替。如到秋天無收穫，該官員則以瀆職論罪！」眾臣嗡然之聲更甚，連劉伯溫也面露驚訝了。朱元璋高興得坐不住了，從龍座上起身大叫：「好！好！好！」

劉天一還在稟報：「其四、昔日，皇上攻城拔寨前，常與眾將士歃酒盟誓。揚州開耕前，楊知府也與同僚在城內戲臺子上飲血酒、立壯志。稱爲，立誓天地間，振興揚州城。誓罷，楊知府即率各級屬員下田開耕。臣視察揚州時，民間正流傳一句豪言壯語，說『龍興之地在鳳陽，富國興農看揚州』！」

朱元璋大喜，連聲叫著：「好！好！好！」他激動地走下丹陛，在眾臣面前徘徊：「你們聽見沒？楊憲治揚州，眞是大刀闊斧、一馬當先哪！當年將士們攻城拔寨，也不過如此嘛！嘿，開國至今，百業方興。但百業之首是農桑啊！地裡頭要是長不出糧食來，不但國弱民窮，連歲賦與軍費也無著落，甚至連民心向背都會成問題！爲何啊？因爲百姓吃不飽肚子必定罵娘，說你大明新朝，跟前元有何不同？不是一樣餓肚皮麼！因此，咱早在建國之初，在頒行《大統曆》的那一天，就把養農、安農、興農，視作開國後第一要務！是不是？」

李善長趕緊應和：「正是。皇上對此，早有預見在先！」朱元璋道：「善長啊，著中書省即刻擬旨，頒令嘉獎楊憲。並將楊憲治揚州的做法，一體通報給全國各省，令各級官府參照執行！」李善長高聲道：「領旨。」朱元璋又道：「還有。呂昶啊，凡楊憲所需要的農具、耕牛、稻種等物，著戶部優先調撥。噢，這事你不要跟他計較銀兩，楊憲現在沒錢嘛，可以等他三、五年，讓揚州富起來後再陸續償還朝廷。」

呂昶趕緊答應。朱元璋笑著補充：「告訴楊憲，第一批稻米收穫時，咱還要帶上百官同去揚州。哦，咱們一塊喝他一碗稻香粥哇！你們說好不好？」

殿堂裡一片歡聲笑語。

兩日後，李善長正在中書省伏案批摺，胡惟庸執一函入內，彎腰低聲道：「相國，戶部撥發揚州的物品單子上來了。屬下看過，這數量似乎太大了。如果其他省府知道，怕有『不均』之議。而且，其他省府肯定會知道！」說著胡惟庸把摺子放到李善長面前，低聲補充道：「此外，屬下對楊憲的政績也頗有疑慮。這裡頭，會不會有作戲的成分啊？還有，楊憲出自翰林，是劉伯溫的高徒。御史臺又歸劉中丞掌管，巡察御史對楊憲，是否也會暗中偏愛？」

李善長沉吟半晌，長歎一聲道：「咋日朝會上，皇上對楊憲那四條政舉，足足叫了五、六個『好』字！惟庸啊，如數照撥！」

一輛輛牛車不日馳進了揚州城，車上滿載著稻種和農具。百姓們欣喜若狂地奔相走告，越來越多的人跟著牛車走，興高采烈地議論著：

看哪，全是朝廷賞賜給我們揚州的！

哎呀，眞是皇恩浩蕩，天降甘霖哪！

楊憲與魯明義等官員立於府衙石階上，個個滿面笑容。魯明義大爲感歎，對楊憲道：「楊大人哪，要不是您，揚州沒這麼大的福氣呀！」楊憲矜持地說：「魯兄，跟你說白了吧。揚州城的福氣才剛開始，好日子還在後頭呢！包括魯兄你，仕途亨通之運，也在後頭呢！」

魯明義歡笑著朝楊憲深深一揖：「下官跟隨知府大人，誓效犬馬！也望大人多關照啊！」

楊憲微笑著，將府內幾個官吏招呼到府衙中，他立於堂間，指著石案上一堆廷寄道：「看見嗎？皇上把我們揚州的政舉轉發給全國了，令各級官府參照執行！皇上甚至在『龍興之地在鳳陽，富國興農看揚州』這句話旁邊，加了朱批！說，『豪傑壯志，躍然紙上。朕拭目以待！』還有，皇上在朝會上說，揚州第一季稻麥豐收時，就要帶上百官同來揚州，喝一碗咱們的稻香粥！」

官員們頓時個個喜形於色。

楊憲卻沉穩地說：「別高興得太早。列位同僚啊，皇上如此厚愛，也就把我們舉到半空中了，使揚州成為全國各省、各府的焦點！萬眾矚目，必然有人羨慕、有人妒嫉，有人交口稱讚，也有人暗中等著我們栽跟斗呢。一旦我等治揚失敗，辜負了聖恩，那我們就得從半空中掉下來，摔個粉身碎骨！」

大家被說得驚駭不已，「是啊，是啊！」地為未來擔心，楊憲嚴正地說：「所以我們呀，只能生死同心，榮辱與共，破釜沉舟，背水一戰！」眾官員七嘴八舌地應諾。楊憲繼續道：「從現在起，我們要把揚州所有士、農、工、商，包括婦孺老人全部動員起來，種稻，蓋房，修路，築橋，爭取兩年之內，就讓揚州大變模樣，並奪取首場大豐收。」

魯明義吃驚地說：「大人，您說過三年的啊！」楊憲道：「是說過。但現在情況又有所不同了，我們必須把規劃提前一年！」

眾官員面面相覷，很多人臉上露出惶惑擔憂的神色。魯明義不無憂慮地說：「大人啊，倘若如此，全城上下就得沒日沒夜地拼搏了。」

楊憲沉沉地說：「我正是這個意思。從現在起，我們必須不擇手段，不計代價，與全城百姓一起，跟時光爭長短，與日月爭高下拼搏！」

楊憲興奮地把自己的打算寫信告訴了老師劉伯溫。劉伯溫在書房讀罷信函，心情很不輕鬆。他微微搖頭，發出一聲低歎「唉！」隨之起身在書房裡踱來踱去。

正在書櫃面前整理書卷的劉璉敏感地回首詢問：「父親，怎麼了？」劉伯溫道：「楊憲把他的三年規劃，暗中又提前了一年，想給皇上送上一個驚喜呢。」劉璉微笑道：「這不挺好嘛！揚兄是個聰明人，百尺竿頭，更進一步。」劉伯溫皺著眉頭道：「未必。如果聰明太過，則過猶不及，反受其害！三年規劃已經超前了，還要再提前一年，這是自個兒把自個兒逼到懸崖上去。」

劉璉還是微笑著，不以為然地說：「父親，也許，恕兒直言，也許是您自個兒保守了。楊憲風華正茂，敢想敢幹。再說，他身在揚州，我們坐在京城，他也比我們熟悉當地情況啊。」劉伯溫遲疑地說：「不錯，也許是我老暮了。再看吧。唉！不！璉兒，筆墨侍候。我立刻覆他一函，提醒他注意。」

劉璉匆匆走到文案前，備紙研墨。過了一會兒道：「父親，備好了。」正在滿屋子踱步的劉伯溫駐足，卻一歎：「罷了，不寫了。」劉璉見父親為這樣一件小事猶豫不定的樣子，心裡覺得有點好笑。劉伯溫果然又沉吟道：「我估計，楊憲已經把他的新規劃上報朝廷了，我說有何用？何況，也許我眞是老暮了，不解人家的青春壯志啊！」

如果說楊憲提前一年使揚州大變樣的做法令劉伯溫不安，那麼楊憲後來做的事情已經讓劉伯溫無法承受了。

這是一件一提起人人都會膽寒的事情。

那一天，楊憲怒氣沖沖地走入府衙，告訴魯明義：「魯兄，徐知縣稟報，說城關糧庫短少了二百斤稻種，這事你知道嗎？」

正在喝粥的魯明義驚訝地搖頭說不知道。楊憲沉著臉吩咐：「立刻去查。從徐知縣本人查起，一級級往下追查，直查到庫房每一個守役。日落前，必須把稻種的下落給我查清楚！」

魯明義立刻撂下碗，嘴裡應著匆匆奔出去。楊憲坐著拭汗，越想越氣，再也坐不住，又往田裡去。他站在田埂上，巡視著一片片平平整整、正在灌水待秧的官田，心情才平靜了些。正要往田裡走，魯明義快步前來，低聲告訴他，失落的稻種已經查出來了。楊憲神色一凜，讓他快說稻種在哪？

魯明義難言地說：「被南寧縣主簿宋善言貪沒。昨夜，他用稻種換取兩斤酒，一隻雞，吃進肚裡去了。」楊憲一聽勃然大怒：「什麼？膽大包天。我非從他肚裡扒出來不可！傳命，召集府縣各級僚屬，一個時辰後，戲臺聽令。」魯明義嘴裡「是、是」地應著，婉言道：「請大人息怒。大人哪，這個宋善言，平日還算勤快。再說，主簿的俸祿也過於微薄，稻種的事，怕是他一時糊塗。」

楊憲冷笑著：「魯兄不必說情。眼下處於非常時期，官民們都在日以繼夜地拼搏。宋善言卻在此時貪沒稻種，眞是喪盡天良！你可知道皇上對貪官污吏是多麼痛恨嗎？」魯明義顫聲道：「不知道。」楊憲沉甸甸地說：「那我就跟你說一個事。至正十七年，那還在皇上任吳王時期，火器營有個百夫長貪沒了屬下五十兩銀子的軍餉，被屬下告到御前。皇上一不殺，二不罰，卻下令那個百夫長同所屬的百位兵勇執刀相拼，半炷香功夫，那百夫長就碎屍萬段了。」

魯明義驚駭地失聲叫起來：「天哪！」楊憲嚴厲地說：「魯兄，我們現在，也需要樹立一個榜樣，用以震懾官民，激勵士氣。」

魯明義顫抖點頭。

那個主簿被押到戲臺上跪在前面。戲臺的兩邊懸掛著朱元璋的贈句：「爾俸而祿，民脂民膏；

下民易虐，上天難欺！」個個字都有巴斗大。臺上眾官員肅然排立，臺下站著許許多多的百姓，他們都翹首盯著臺上的主簿看。主簿在眾人的目光下索索發抖。

楊憲走到主簿邊上，對他怒斥：「二百斤稻種，轉年就是二百擔糧食！更何況，稻種是皇上賜給揚州百姓的。這種糧食你都敢貪污，可謂既害民，又欺君！宋善言，抬起頭來，念頌皇上的題詞。」宋善言舉首，顫聲念著：「爾俸而祿，民脂民膏。」楊憲大聲喝道：「大聲念！百姓在臺下聽著呢，就是死，也要拿出視死如歸的勁頭來！」

宋善言被激怒了，昂著脖子近乎吼叫：「爾俸而祿，民脂民膏；下民易虐，上天難欺！」

楊憲高叫一聲「好」！之後陰沉地說：「宋善言，天威當頭，明查善惡。欺君害民，罪無可赦。你不是把稻種換了酒肉了麼？本府要把它們從你肚子裡扒出來！」楊憲一揮手，立刻衝上兩個軍士，將一隻布囊朝宋善言頭上一扣，拖了下去。布囊裡傳出宋善言沉悶的吼叫聲：「知府大人饒命，求大人饒命呀！」

楊憲對排立臺上的官員凜然道：「列位同僚，本府希望這種事永遠別發生了。現在，都回到職守上去吧，別誤自個兒的差使！」

官員們個個嚇得語不成聲腿發軟，臺下的百姓也全部驚呆了，竊竊私語聲漸漸響起來，臺下一片嘈雜。

主簿死得很艱難。很長時間裡，那個布袋裡一直有動靜。先是恐懼窒悶的喊叫，後來沒有聲音了，但手腳還在動，令人想起放進蒸籠裡的活螃蟹。楊憲對自己做的這件事情很得意，但他給皇上寫的卻是一封請罪函。接下來，他又給舉薦他的恩師劉伯溫發了信函。

劉伯溫這一天正有事情要進宮。劉璉手執一函匆匆趕到，面色驚駭。他把剛跨出房門的父親又推回屋裡，進屋先關上了門，然後將函件交到劉伯溫手裡，輕聲道：「楊憲來信了。」

劉伯溫狐疑地看看劉璉，又看看被關上的房門，問：「怎麼了？」

劉璉顫聲道：「南寧主簿宋善言貪沒了二百斤稻種，楊憲竟然下令用布袋活活悶死了那個主簿！這還不算，他還令殺豬的屠夫剝了他的皮，將稻草塞入他的皮囊中，做成標本，立在南寧縣衙大門前，規定所有進出大堂的官吏，都得從標本前經過，以求觸目驚心，引爲鏡鑒！」

劉伯溫大驚失色，叫道：「不會！楊憲不是這等人。這、這簡直駭人聽聞嘛！」劉璉見父親不相信，急得脹紅了臉：「什麼不是這等人，楊憲他就是這等人！揚州城都已經轟動了，都說楊知府是天降雷公，火眼金睛，執法如山。現在，他在揚州城裡是說一不二，威振四方！父親啊，這恐怕正是楊憲所期望的效果。」

劉伯溫聽得眼前冒金花。他穩了穩神，問道：「璉兒，此事從哪兒得知的？」劉璉道：「楊憲的請罪摺已呈到中書省，分理奏摺的黃參知親口告訴兒的。」

劉伯溫連忙坐到案前，扯開楊憲書信匆匆觀看，楊憲信裡寫著：稟恩師，那二百斤稻種，轉年就是二百擔糧食啊！宋善言貪沒聖恩，欺君害民，學生豈能容忍？何況，皇上歷來對貪官污吏恨入骨髓，臨行前還爲學生題下十六字贈言，「爾俸而祿，民脂民膏；下民易虐，上天難欺！」學生重辦宋善言，實也有難言之隱、有自殘之痛啊！學生知道此舉或有不妥，因此已向朝廷呈上了《請罪摺》。在摺內，學生叩稟皇上，「臣馭下無方，辜負皇上厚恩，爲此晝夜顫慄，寢食不安，乞朝廷重處」等語。事已至此，學生只能盼恩師垂訓，並乞恩師爲之周旋。」

劉伯溫的手在抖。他狠狠擲信，怒叫：「我這輩子，一直自以爲觀人無誤。現在才知道我瞎了眼，看錯了楊憲！」劉璉連忙相勸：「父親你聲音低一些。」劉伯溫仰天悲歎：「璉兒啊，你說得對，父親確實是老暮了，不如楊憲呀。」劉璉想起自己說過的話，慚愧地說：「父親，我可不是這個意思呀，爲何這麼說？」

劉伯溫悶悶不樂道：「我這個學生啊，表面上溫文爾雅，實際上暗藏著一副酷吏心腸！而且，你看他多聰明？殺了一個貪官之後，不是向朝廷報功而是向皇上請罪！唉，與這樣的學生一比，爲師的眞是老暮了！」

劉璉見父親痛心疾首，一味自責，痛心地想到父親是否眞有點迂執，的確有點老人心態了？不由告誡自己必須冷靜，就用平和的語調說：「父親不要自責了。當務之急是，我們怎麼辦？」

劉伯溫頹然坐下，想了想，說：「聽著，我此刻就要進宮見駕，沒時間擬奏。你替我草擬一摺，參奏楊憲。大意是：臣以爲那主簿雖有罪過，但區區二百斤稻種斷不至死。依律，當奪職流放。但知府楊憲竟然先斬後報，不但私斬朝廷命官，還將其剝皮爲囊，藉以震懾僚屬，威及四方。臣請求即刻罷免楊憲，交刑部嚴辦。並請朝廷治臣舉薦不愼之罪。大意如此吧，行文上你善加斟酌。回頭我再看。」

劉璉吃驚不小，這不是給自己的學生雪上加霜嗎？這可不符父親一向的行事原則。他忍不住提醒：「父親，您這道參奏一上去，不是害了楊憲嗎？」劉伯溫苦笑道：「未必是害他，或許還是保了他呢！要知道，他再在揚州待下去，早晚會葬送在那裡！」

劉伯溫說著就往奉天殿去。他走到殿門外，卻聽到裡面一片笑聲：「哈哈哈！」他有些吃驚，不由立定，猶豫了一下，才從容入內。

劉伯溫看見龍案上擱著一份打開的奏摺。朱元璋已經笑得將口中的茶水噴了一地，李善長也是滿面笑容，恭敬侍立於旁。朱元璋又清咳了幾下，才算換過氣來，仍然興奮不已，追問：「善長啊，楊憲眞把那主簿剝皮爲囊了？」李善長微笑道：「眞的，而且就立於衙門口，讓每位官員天天上下班時都能看見。」朱元璋再次哈哈大笑：「這個楊憲啊，不愧是幹吏。治揚州，馭屬下，都善用霹靂手段。好、好！哎，伯溫啊，過來，快過來！」

劉伯溫走上前躬身請安。朱元璋問：「楊憲的事你知道了麼？」

劉伯溫正爲此事悶悶不樂，低沉地說：「臣剛剛知道。」朱元璋卻非常興奮，道：「可把咱樂死了！哎，你說說看論理，你那個翰林院裡應該都是儒雅之士嘛，可楊憲辦起事來，怎麼比刑部差役還狠呢？」

劉伯溫滿面窘色，喃喃應道：「臣、臣也不知道。」朱元璋又笑起來：「哈哈哈！今後，咱對翰林院眞得刮目相看了。爲何呢？因爲，文人堆裡竟然能出楊憲這樣的幹吏，眞是棉裡藏針啊！你們翰林院是棉，楊憲呢，是針！這根針啊，不出頭則罷，一出頭就是一針見血！」劉伯溫只有苦笑的份，道：「皇上聖見。」朱元璋感慨地說：「楊憲是你的弟子吧？嘿！你教出一個好學生了，還向咱薦了一個好知府！這事，咱得重重謝你！」

劉伯溫更窘迫了，偷偷瞥了李善長一眼，李善長一臉慣常的平靜，看不出他對此事究竟是怎麼想的。劉伯溫語不達意地說：「這、這全是皇上的識拔之恩。」

朱元璋再次哈哈大笑，擺手讓劉伯溫和李善長都坐下。

從奉天殿出來，劉伯溫心情沉重。他一路想著心事回到都察院的政事房。劉璉見父親回來，擱筆從案邊站了起來，道：「父親，兒已將奏摺擬好了，請您過目。」劉伯溫搖搖頭讓他燒了。劉璉訝然問：「您不參楊憲了？」劉伯溫苦笑道：「我已經參不動他了。皇上喜歡他。皇上跟楊憲心心相印呢。」

劉璉一聽也怔了，道：「父親，您剛才還說，楊憲再這樣下去，會葬送在揚州的。」劉伯溫心事很重地說：「那是我說錯了，我老糊嘛！我應該說，楊憲不過是顆小星星，如今烈日當頭，你摘一顆小星星有什麼用呢？」

劉璉聽懂了這話，立刻拿起剛剛擬好的奏摺，擲入炭爐，看著它燃燒。劉伯溫又說：「璉兒，剛才在奉天殿，皇上當我面批准了對你的任命。明天，你就是工部員外郎了，四品。皇上這是謝我舉薦楊憲之功哪。瞧瞧，反倒是楊憲幫了咱們！」

劉璉頓時喜笑顏開。劉伯溫慈愛地瞥他一眼，加重語氣道：「從現在起，你一言一行都必須奉規守法，謹慎從事！」劉璉高興地應諾著。劉伯溫走到案旁坐下，歎著氣道：「唉，為師雖然老暮，也不得不給高徒寫封誇獎信啊！」說著已經伏案揮筆。劉璉沒想到一件一目了然的事情在朝廷中會有各種不同的看法，父親的處理也不得不跟著一波三折，不由感慨輕歎，閉門退出。

幾天後，一騎快馬從京城直馳揚州府衙。使者下馬走進府門，邊走邊喝：「聖旨到，楊憲聽旨。」楊憲匆匆迎出來，跪於使者面前。

使者展開一束，高聲念道：「揚州知府楊憲，即刻赴京見駕。欽此。」楊憲叩首領旨謝恩。他很快動身到達京城，這時候，京城官員都在私下議論猜測皇上對他器重的程度。當二虎領著他穿過長長的宮殿廊道，走向皇宮書房的時候，不遠處中書省政事房的房門被悄悄地打開了半邊，胡惟庸在屋內冷冷地窺視著春風得意的楊憲的背影。

朱元璋正與李善長坐在書房裡說話。楊憲上前跪地，將手中拿著的一囊一匣擱在身邊地上，然後向著朱元璋重叩：「臣楊憲叩見皇上。」

朱元璋微笑地看著他，從頭到腳一番打量，喜愛之情溢於眉梢。突然道：「楊憲哪，你官服裡面，是不是一套破舊內衣？」楊憲大驚，說話都有點結巴：「皇上，您、您怎麼知道？」朱元璋笑：「咱從你衣領上看出來的。起來，解開官服。」楊憲輕聲道：「臣不敢褻瀆皇宮聖地。」朱元璋重複了一遍：「解開官服。」楊憲只得起身，慢慢解開官服，裡面露出破舊的內衣，上面竟有三個大補丁。朱元璋點點頭讓他繫上。感慨地說：「楊憲啊，你不僅是個幹吏，還是個廉吏呀！」李善長在一邊也忍不住誇獎：「清寒儉樸，堪爲百官典範。」

楊憲捧起地上的錦囊，呈給朱元璋，道：「皇上，這是揚州今秋剛剛收穫的第一袋稻米。臣聽說皇上要嘗嘗揚州的稻香粥，就給皇上帶來了。」

朱元璋趕緊接過，解開袋口一聞，歡喜地讚歎：「好穀子啊，清香撲鼻。善長，你聞聞看。」李善長接過來，低頭一聞，比朱元璋還陶醉：「哎呀，多少年沒見過這麼清香的穀子了！」楊憲笑道：「稟皇上，揚州田畝雖然荒置了六年，可也積攢了六年的地力。因此，這頭一場豐收，粒粒飽滿肥碩，清香撲鼻。眞好像是要爲六年的時光爭口氣呀。」朱元璋哈哈大笑誇獎楊憲說得好。

李善長自作主張喚來二虎，把錦囊遞給他，吩咐道：「煩你即刻送到御膳房，給皇上熬一鍋稻香粥。」朱元璋開心地補充：「多熬點，給夫人也送兩碗去。」二虎應聲而去，朱元璋笑眯眯地看著另一隻錦匣問：「匣裡是什麼？」楊憲打開錦匣，莊嚴跪地，將錦匣高舉過頭。朱元璋探臉一看，匣中竟然是兩支稻穗，每穗金黃閃亮，長及半尺。朱元璋興奮地大叫：「天哪，怎會有這麼長的稻穗？」楊憲激動地說：「稟皇上，這兩支稻穗是從臣的責任田裡長出來的！每穗長及半尺，有穀粒二百餘粒！它們是千年罕見的祥瑞，上天降於大明王朝的！」

朱元璋登時激動得臉通紅，連聲道：「好、好！太好了！咱要把這兩株稻穗掛在書房裡，嘿嘿，天天瞅它一瞅。」

李善長笑瞇瞇地望著楊憲，意味深長地說：「既然它生長在你的責任田裡，說明天意也垂青於你呀。」楊憲趕緊道：「臣萬萬不敢。臣以爲，臣只是那稻穗上的一粒穀子罷了。」朱元璋道：「說得好！嘿嘿，楊憲哪，你任職以來，勤懇敬業，勇於任事，擅用霹靂手段治理揚州，使一片破敗之地，初現昔日繁華，咱很是高興！現在，朝廷太需要你這樣的幹吏了。著你返回京城，出任中書省平章政事，從二品！」

楊憲再次跪地，顫聲道：「臣謝恩，卻不敢領旨！」朱元璋驚訝，微微嗔責道：「爲何？」楊憲道：「臣有言在先，三年使揚州大豐收，五年重建新揚州。而臣任職還不滿三年，臣的誓言還未實現。臣懇求皇上，再給臣幾年時間，把揚州徹底治理好之後再到京城爲皇上效忠。皇上啊，臣此志如不能實現，情願死在揚州任上！」

朱元璋激動地衝李善長道：「你聽聽，聽聽！善長啊，像楊憲這樣廉正剛直、品性高潔的臣子，才眞正是咱大明王朝的『祥瑞』啊！」李善長也跟著動容，連聲說是。朱元璋再次對楊憲語重心長地說：「楊憲啊，朝廷更需要你。著你明日，就到中書省上任！」

李善長聽到了朱元璋對楊憲的任命，說了兩句歡迎鼓勵的話先告辭走了，他知道朱元璋對楊憲還有話要說。李善長走後，朱元璋伸伸酸疼的腰腿，讓楊憲跟他到御花園裡走走。他先走出書房，楊憲恭敬地跟上去。兩人緩步在廊道上走。朱元璋且行且道：「聽著。咱之所以急於把你調回來，還有一個期望。」

楊憲加緊一步靠近朱元璋，道：「請皇上示下。」朱元璋放低聲音道：「李善長身為右丞相，治政半年多了，看來是難當大任。毛病嘛，就是辦事瞻前顧後，魄力不足，老是一心想討咱的好，卻做不到點子上。咱把你安置進中書省，就是想用你這樣血氣方剛的幹吏，促一促庸碌老臣。」楊憲驚駭一愣，半晌，深深頷首道：「臣定當鞠躬盡瘁，輔助李相國，不負皇上厚望。」

他們走過中書省政事房。政事房的房門又在他們身後打開了一道縫，裡面是胡惟庸冷冷的忌妒的眼睛。

楊憲第一個去拜訪的是老師劉伯溫。小六奉上清茶，劉伯溫微笑舉盅道：「楊中丞，請。」楊憲趕緊謙遜道：「恩師言過了，學生豈敢。」劉伯溫立刻道：「中書省平章，就是中丞了。你這位置，比胡惟庸還高一截呢。」楊憲恭敬地說：「如果不是恩師在皇上面前屢屢舉薦，學生不可能重返京城。」劉伯溫立刻道：「不！當初你任職揚州，是我舉薦的。但調你回京，尤其是進入中書省，就不是我所能舉薦的了。你是皇上親自選拔的，還是感謝天恩吧。」楊憲頷首道：「即使如此，如無恩師多年來的教誨，學生也不會有今天。恩師啊，學生從皇上口裡聽出來，皇上已經對李相國十分不滿了。原話是，讓我『促一促庸碌老臣』。」

劉伯溫尖銳地盯他一眼道：「李相國是最早追隨皇上的淮西老臣，十多年來，居功至偉。不管皇上對他有多少不滿，但他在朝廷上的地位、特別是在皇上心目中的地位，無論如何也在你楊憲之上。」

楊憲沉吟著，欲言又止。劉伯溫嗔道：「說白了吧。你絕非李相國對手，更不應當成爲他的政敵！爲師勸你，入閣以後當奉李善長爲師，協助他治理政務，這才能在朝廷立足。」楊憲爲難地說：「可皇上——」

劉伯溫透徹地告訴他：「皇上是用你做鞭子，鞭策李善長。絕不想把他打翻在地，起碼現在不想。」楊憲提醒道：「恩師，或許學生不該說，但京城外面早有流言了。說是朝廷內有淮西黨和浙東黨。前者的首領是李相國，後者核心是劉中丞。」

劉伯溫肅容道：「楊憲，流言止於智者，智者不信流言。朝廷上有無『淮西黨』，這我不知道。但我能絕對肯定的是，朝廷上沒有浙東黨！」楊憲隱然不服，朗聲道：「學生相信恩師所言。不過，如果淮西黨硬說您是浙東黨，您避得開嗎？因爲，如果沒有浙東黨，何來淮西黨呢？他們即使爲了自已存在的合理性，也要栽您一個浙東黨啊。」

劉伯溫見楊憲有點執迷不悟，不得不諄諄告誡：「楊憲啊，從古到今，結黨弄權者最終都會自取其禍。特別在當前，我們頭上有一位明察秋毫的聖君哪！」說到這兒，劉伯溫忽然笑了，幽默地說：「怎麼了，你難道不願意做稻穗上的一顆穀粒了嗎？你是嫌穀粒兒小了麼？」

楊憲頓時發窘，呆坐無言。

楊憲人在劉伯溫家，已經有關心他的人專門因爲他去找了李善長。這個人就是與他年齡相差無幾的胡惟庸。胡惟庸自看到楊憲和皇上在一起之後，心裡一直像窩著一堆螞蟻似的。好容易熬到天黑，他一吃過晚飯就去了李善長的府第。兩人品了一會兒鐵觀音，胡惟庸見李善長情緒不佳，愁眉鎖眼，放低聲音道：「相國啊，楊憲早就是劉伯溫門生，出宮就直奔劉府去了，天黑還沒出來。」李善長「唔」一聲。胡惟庸又道：「屬下以為，皇上把楊憲安置到中書省，是用他來牽制相國的。」李善長憂心忡忡地說：「恐怕還不止吧。惟庸啊，楊憲沒來之前，你是皇上最欣賞的才俊。現在他來了，你就得退居其後了。」

這正是胡惟庸的心病，他垂首一歎。又抬頭道：「屬下不懼他。別看他在揚州城裡驕橫跋扈，可這是中書省啊，萬務歸總之閣，藏龍臥虎之地！依屬下看去，楊憲還是嫩。屬下只要稍微刁難他一下，他就得栽！」

李善長沉聲道：「暫時不要為難他，先讓人家施展一下凌雲壯志嘛，等皇上的喜歡勁兒過去再說。皇上總是這樣，先是喜歡我，繼之是劉伯溫，再後來是你胡惟庸，現在輪到楊憲大受聖寵了。瞧吧，早晚都會過去，咱們得有耐性。」胡惟庸頷首，微笑道：「屬下別的也許沒有，可有的是耐性。」李善長也微笑道：「這個我信。這些年下來百煉鋼煉成了繞指柔！哦，有個事你得當心，楊憲不過是個青花臉，劉伯溫才是搖鵝毛扇的！」

胡惟庸呷了一口茶，道：「相國明見。屬下也聽到些流言，說朝中已形成兩黨，一為淮西黨，一為浙東黨。」李善長聽到這兒，不屑地一笑：「浙東黨？嘿嘿，抬舉他們了！我了解皇上，他最倚重的只能是淮西子弟，因為天下就是這幫兄弟打下來的，治國戍邊仍然離不開淮西臣將。別看皇上有時候斥責我幾句，什麼保守哪，庸儒哪，但皇上從來不會防著我，倒可能提防點劉伯溫。知道這是為何嗎？」

胡惟庸微笑道：「相國忠厚，事事都惦著皇上，有如皇上親兄。而劉伯溫天性孤高，皇上再重用他，未必會有親情。」李善長頷首：「是啊！惟庸啊，替我擬一道摺子吧。這道奏摺，可得用心擬嘍！我要說幾句皇上想說而又不便於說出口的話。」胡惟庸趕緊俯身道：「相國吩咐。」李善長悠悠地說：「皇上心裡有一件煩惱，幾位皇子都長成了，如何安置他們，才最有利於大明王朝？這事我琢磨多時了，皇上其實很想爲皇子們封王，卻擔心臣工們反對。所以，封王的話兒由我說最妥。此奏的核心就是，奏請皇上，以大明千秋大業爲重，舉賢不避親，即刻敕封諸皇子，爲各地藩王！」胡惟庸驚讚：「好！相國此奏，可謂一片親情。屬下敬佩！」

請求敕封諸皇子的摺子遞上去，皇上那裡還未見動靜，四皇子的婚禮卻先舉行了。

這一日，乾清宮正中懸掛著一幅巨大的「喜」字，四周張燈結綵，喜氣洋洋。朱元璋與馬皇后服飾燦爛，端坐在兩隻龍椅裡，接受百官的拜賀。李善長最先上前，笑揖：「皇四子朱棣大婚，乃朝廷大喜，天下吉慶！臣恭賀皇上、皇后，福壽千秋，大明萬世！」眾臣齊頌：「福壽千秋，大明萬世！」

在這個大喜的日子裡，朱元璋顯得格外心平氣和。他呵呵笑著讓大家平身。李善長從袖中掏出一份禮單，雙手奉上，微笑道：「臣知道皇上勤廉，但臣還是備下些薄禮，以表敬賀之心。」朱元璋嗔怪道：「咱早說過，皇兒結婚，誰都不准送禮。你們賀一聲就行，禮品統統退回去！」

李善長不急不躁地微笑道：「臣這點心意，不是按照朝廷律令，而是按照家鄉祖傳規矩辦的。如在淮西老家，鄉鄰們來賀喜，怎麼著也得送上五尺布料吧。皇上就把臣這點心意，看成是老家的五尺布料吧？」朱元璋無奈，笑指李善長：「你是咱大哥，咱拿你沒治！」馬皇后笑道：「既然鄉鄰送的，皇上不收，我收了！」李善長得意地上前，將禮單交到玉兒手裡。緊跟著，眾臣都把禮單交到玉兒手中。玉兒含笑折腰道：「多謝叔伯們了！」

朱元璋臉上一直笑著，大聲對大家說：「都別走啊，一個都不准走啊！待會兒，都上武英殿喝喜酒去！」

武英殿比乾清宮更輝煌。宮殿裡處處張燈結綵，擺滿酒宴，熱鬧非凡。上殿正中，朱元璋居尊位，兩旁依次環坐著太子、六位國公。旁邊有宮中樂班在奏樂。君臣皆是興高采烈，杯觥交錯，醉意盎然。

李善長舉著一杯酒走到朱元璋跟前道：「臣恭賀皇上子孫茂盛，萬世繁榮。朱元璋笑盈盈飲盡。親切地招招手：「善長啊，坐咱身邊來。朝廷所有大臣裡，數你跟隨咱最久了。連妹子都說過李先生亦師亦友、亦兄亦臣，還說『善之者長』！聽這話多好，咱想說都說不出來。」李善長感動地說：「臣行將六十了，回首此生，惟可慶幸的就是遇上了明主，才有今日榮光！皇上啊，莫要嫌臣囉嗦。」

朱元璋見他有話要說，笑道：「你說。」李善長提起他最近上的摺子，道：「臣還是那個意思，皇子們都已經陸續長成，應該敕封王位、藩屬，授予邊關重任，讓他們爲國效命了！」朱元璋沉吟道：「你那道奏本，咱足足看了好幾遍。越看越覺得你親！咱擔心的是，有些臣將恐怕不會贊同，尤其是那些言官多嘴。」

李善長鄭重地說：「敕封皇子，關係到大明千秋。皇上不必猶豫。再說，皇二子、三子的才能，朝廷上下有目共睹。特別是皇四子朱棣，十四歲就立下大功，其文韜武略，堪稱本朝一流，連好些老將帥也未必比得上他。大明有這樣龍虎子孫，眞乃天賜之幸！値此大喜之日，臣冒昧再奏，先爲四子朱棣，以及皇二子、三子封王、建藩，讓他們統兵戍邊。數年之後，待他們初建功動，再視年幼皇子們情況，做下一步安置。如此，順理成章，文武心折。」朱元璋歡喜地舉起酒盅道：「善長啊，這話妥當，咱依你了！來，敬你一盅。」

李善長舉盅，與之一擊飲盡，微笑地看往下殿方向。下殿那裡排滿酒宴，杯觥交錯，歡聲笑語不絕。首桌上坐著劉伯溫、呂昶、宋濂等臣，他們那一桌相形之下顯得比其他幾桌莊重些。

呂昶靠近劉伯溫坐，他湊在劉伯溫耳畔低語：「伯溫啊，估計朱棣大婚之後，皇上就要爲眾皇子分封王位了。」劉伯溫微笑道：「哦，大凡呂兄估計的事，總是八九不離十。」呂昶問：「你上奏了嗎？」

劉伯溫想了想，道：「天子家事，臣下還是不多嘴好。呂兄上奏了嗎？」呂昶遲疑地回答：「上了一道奏本。」劉伯溫問：「諫阻還是勸進哪？」呂昶有些不好意思，道：「原本是想諫阻的，可李相說——唉，不說他了。後來，我還是上奏勸進了。」劉伯溫一歎道：「呂昶機敏呀。看來，就我落伍了。」說得呂昶滿面尷尬。

突然間，上殿那裡的朱元璋舉酒大聲道：「來、來，大夥滿飲此盅。喝完嘍，咱有幾句話說。」

眾臣一齊起立舉杯，隨朱元璋一飲而盡。朱元璋笑呵呵道：「今日是咱皇兒喜慶，大臣們也都在這兒。咱乾脆就把事情說明白，以免愛卿們猜測。否則的話，一件事猜來猜去，往往被猜成好幾件了，那是自找麻煩！是不？」

大殿上下雖然漾起一陣笑聲，大家卻有些緊張。朱元璋響亮地說：「諸皇子已經長成，該讓他們承當大任，爲國效忠了。經李相與列位大臣再三進諫。咱決定先行冊封皇二子爲秦王，駐西安；皇三子爲晉王，駐太原；皇四子爲燕王，駐大都。各領三鎮精兵，守護邊疆，保國安民。」

大殿裡一片寂靜，大家顯然被突如其來的事情弄得一時有點回不過神來。李善長反應最敏捷，率先高聲道：「皇上聖明！臣等恭賀皇上！」眾臣這才跟隨著叫：「皇上聖明！臣恭賀皇上！」

這時候，一件意外的事情發生了。下殿末席酒桌處忽然撲出一位醉醺醺的臣工，直朝上殿奔去，嘴裡叫著：「皇上，萬萬不可擅行分封啊！此事萬萬不可行呀！」

幾乎所有人都大驚失色，目光全部聚集在這個臣工身上。劉伯溫面色倏變，彈身而起，厲聲斥道：「陳懷義，你胡說什麼？還不快退下?!皇上，陳懷義醉了。」

陳懷義不退反進，撲噹一聲跪倒在地，搖搖晃晃地向著朱元璋膝行道：「皇上，微臣是有點醉意，要是不醉的話，微臣滿腔忠言還不敢說呢！」朱元璋滿腔憤怒，盡力壓抑著說：「不要緊，你只管說。」

陳懷義結結巴巴地上奏：「皇上啊，臣冒死進諫，萬不可封王啊！現在不可，將來仍然不可！」朱元璋憤怒得聲音都發顫了：「是麼？爲何不可？」

這時候的劉伯溫，已經面色蒼白，一臉的絕望。只有李善長臉上有鎮靜自得之色。陳懷義重重叩首道：「漢高祖劉邦大行分封，結果釀成諸王之亂。唐皇李隆基遍設藩王，結果激出安史之亂！皇上啊，自漢唐以降，諸王之亂史不絕書，均爲前車之鑒哪。歷代皇上冊封皇子，本意是爲了戍邊。但微臣卻以爲，禍亂往往並非來自境外，恰恰來自於諸王自身哪！他們擁兵藩鎮，割地稱王，豈有不亂之理？」

朱元璋氣得幾乎噴血，顫聲道：「哦！你是說，咱家幾個皇兒，日後都會成為擁兵作亂的叛逆，對不？你是說，咱朱元璋封王戍邊之策，是禍國之源，對不？你、你身為臣子，竟然跑到咱皇兒的婚禮上來大放厥詞，竟然當眾汙陷咱皇家父子間的血脈、親情！你、你好大膽哪你！」

下殿的劉伯溫趕緊起身，向著朱元璋躬身道：「皇上，陳懷義醉如爛泥，滿口瘋話！皇上萬不要當眞。」話音剛落，陳懷義竟然昂首大叫：「不！微臣沒醉，微臣此刻清醒得很！皇上啊，微臣博覽群史，通曉古今興亡。微臣如果知而不言，那才是不忠呢！皇上啊——」陳懷義竟然一把抱朱元璋的腿，泣不成聲道：「皇上，微臣可是一片至誠哪！」

朱元璋狠狠一腳踹翻陳懷義，掉頭出門。太子與胡惟庸緊跟身後。

熱鬧的婚禮，頓時一片死寂。劉伯溫絕望地跌坐在椅子上，久久站不起來。

朱元璋搖搖晃晃走下武英殿玉階，差點摔倒。胡惟庸與太子朱標趕緊從兩邊扶住。太子顫聲道：「父皇當心。」朱元璋雙臂一揮，掙開兩人。恨恨道：「閃開，咱死不了！胡惟庸，那小子是誰？」

胡惟庸揖告：「稟皇上，此人名叫陳懷義，是都察院湖南道代理監察御史，從七品言官，歸劉伯溫掌管。他最為崇拜的人生楷模就是劉國公。」

朱元璋詫異道：「慢著！劉伯溫只是個伯，怎麼成國公了？」胡惟庸解釋：「那是仕子們對他的尊稱。」朱元璋又驚又怒：「尊稱！朝廷封他為伯，難道就不夠尊貴麼？非得讓仕子們再捧他個國公？」

太子朱標平日也很敬重劉伯溫，見父親爲此發怒，驚恐想勸：「父皇息怒。」胡惟庸卻搶先在旁邊道：「臣請皇上下旨，著刑部逮捕陳懷義，嚴加審辦！」朱元璋怒聲喝斷：「這種東西還審什麼？告訴二虎，把他裝進麻袋，拖到都察院去，當著劉伯溫的面，給咱狠狠地摔死他！」

朱標驚叫「父皇！」胡惟庸卻高聲應道：「領旨！」朱元璋掉頭大步離去，朱標快步跟上去。直到他們走了很遠，胡惟庸還在折腰揖送。

而歷史的眞相是：那位憨直御史陳懷義的狂言醉語，在二十五年後成爲現實，而他自己卻被錦衣衛裝入麻袋，活生生摔成了肉醬。

第二十六章

洞若觀火皇父訓子
如履薄冰太子懼父

朱元璋爲四皇子朱棣舉辦的婚宴不歡而散，劉伯溫最後一個起身，心事重重地鑽入殿前一乘小轎。上轎後，就讓轎夫快快回府。轎夫剛抬起轎子，後面就傳來劉璉的呼喊：「父親，父親留步！」劉伯溫只得低聲令轎夫停下來。

劉璉趕上來，靠近劉伯溫低聲告訴他，護衛們把陳懷義裝進麻袋裡扛走了。劉伯溫一聽麻袋頭皮就發麻，立刻想起揚州被布袋悶死的那個官吏。但他還是忍不住問：「爲何裝進麻袋？」劉璉心驚驚的，不敢往壞處說：「也許，他醉得走不動了吧。」劉伯溫問：「護衛把他扛哪去了，是刑部嗎？」劉璉猶豫地說：「不。好像是往都察院去了。」劉伯溫渾身一震，意識到災難降臨，顫聲道：「璉兒，趕緊通知都察院，叫所有御史散班回家。一個都別留下。快去呀！快！」

劉璉見父親面色少有的嚴峻，惶然應聲往都察院趕。劉伯溫在轎內跺足，急促催轎夫：「回府！趕緊回府！」

轎夫抬著劉伯溫急行。劉伯溫在轎中搖首長歎。轎子很快抬到劉府，劉伯溫跨下轎，匆匆步上石階，還未進門，一個侍衛就策馬馳來，高叫劉大人留步！劉伯溫轉身望著侍衛，等他說話。侍衛道：「劉大人，皇上口諭，請你即刻去都察院。」劉伯溫驚恐地明知故問：「現在去都察院幹什麼？」護衛道：「卑職不知道。」劉伯溫回頭，繼續往府裡走，一面道：「轉奏皇上，臣告病！」護衛在後面驚訝地叫：「劉大人！」但劉伯溫已經迅速邁過門檻，府門立刻轟轟關閉。

劉伯溫魂不守舍地進入客廳，他坐也不是立也不是，不時地望著窗外，看看劉璉回來沒有，形同熱鍋上的螞蟻。

劉璉終於回來了。帶回來一臉的驚慌，他困難地開口：「父親——」後面的話似乎很不情願說了。劉伯溫見狀更急，催促道：「情況如何？你快說呀！」劉璉顫聲道：「護衛們趕在兒的前頭到了都察院。他們命令所有御史都出來，當著大夥的面，把裝著陳懷義的麻袋高高扔向半空中，麻袋掉下來後，他們抓起來再往空中扔！就這麼扔啊摔的，直到活生生摔死了他！父親，還好您不在那兒，眞是慘不忍睹。」

劉伯溫痛苦得身體發抖，好半天才緩過氣來，顫聲問：「各位御史都還好麼？」劉璉流淚了：「全院十三道正副御史，均不堪其辱。他們商定明日罷朝，集體向皇上請辭。現在，他們正在擬寫聯名摺呢。」

劉伯溫大驚，失聲吼叫：「不成，絕對不成！快去告訴他們，銷毀聯名摺，趕緊散班回家！還有，明日一定得照常上朝，誰要是鬧辭職，那他就活不到日落了。罷了。還是我親自去！」

劉伯溫匆匆朝門外走。剛剛邁出門檻，便覺得天旋地轉，搖晃了幾下就昏倒在地。劉璉連聲驚叫：「父親！父親！」又趕緊大聲叫小六，兩人折騰半天，劉伯溫才醒來，喝了幾口熱茶，非要堅持自己去督察院。劉璉不放心，只得陪他同往。進了都察院，劉伯溫立定在那裡他看見院中地上有一灘淡淡的血跡！他心痛地呆立片刻，然後沉重地抬眼望去，見幾個御史已經迎出來，分立於屋簷下，個個眼中含淚，悲憤無語。

劉伯溫聲音沙啞地說：「都聽著。前湖南道代理御史陳懷義，當眾污蔑皇上的封王戍邊之策，離間皇家父子之情，可謂罪大惡極，死有餘辜！從現在起，我們必須同持這一說法，不得有一句怨君之言！聽見嗎？」

沒人說話。御史們都沉默著。劉伯溫高聲問：「聽見沒有？」御史們還是沉默著。劉伯溫頓足，厲聲道：「你們都是我選來的聰明人，難道這點道理都不明白嗎？」御史們這才陸續沉悶地回答：「明白。」

劉伯溫長歎道：「這就好。還有一件事。今後，我們都察院仍然要盡守職道，在糾彈不法文武時，仍然要毫不留情！如果有什麼變化的話，那就是我們寧可比以前更強悍，絕不可比以前更懦弱。因爲，皇上聖明著哪！他要是看見我們嚴行執法，定然高興，甚至會生出點愧疚之情，下旨撫恤陳懷義家眷呀！皇上要是看見我們懦弱無能，是寬縱枉法之徒，那就是都察院的末日到了。明白嗎？」

眾御史不由得神情一振，高聲回答：「明白！」

劉伯溫又歎一口氣，低沉地說：「幾年後，等這件事冷下去，那時各位如果想走，我助你們謀圖進退。」說罷，劉伯溫令差役將面前的血跡清洗乾淨。

這一夜，過得沉重的不止是劉伯溫，朱元璋不比他輕鬆。他失眠了，一夜前思後想的，第二天一早在奉天殿的暖閣裡召集眾皇子訓話時，眼圈還發黑，眼皮也有些浮腫。他對跪了一地的皇子說：「昨天，在朱棣婚宴上，竟有個書呆子借著酒勁大放厥詞，說爹分封諸王會導致戰亂。還說皇朝的危險不在其外，而在其內，在你們幾個王子身上！皇兒們，別以爲這只是一個書呆子的一句瘋話。不，它代表好些臣子的心思啊！只是他們不敢說罷了，這個書呆子，替他們把不敢說的話說出來了！爹不能不重重地辦了他，以此震懾群臣，制止謬言流傳。」

跪在頭裡的朱棣恨恨地說：「父皇辦得好。兒恨不得將此人千刀萬剮！」朱元璋沉重地說：「那個書呆子，人是死了。但是他的話，你們可要牢記在心，念念不忘！爲何呢？」朱元璋的眼睛巡視著眾皇子。

皇子們個個滿面詫異，相互望來望去，誰也不敢先開口說話，生怕答錯了。朱元璋鄭重有力地說：「因爲他說得對！秦漢唐宋確實因爲分封諸王，發生過戰亂。爹廢其人，卻不能廢其言！懂嗎？所以，爹要你們牢記著這個書呆子的話，當成警鐘在耳，永世長鳴！」

諸皇子這才醒悟，齊聲道：「兒臣明白了。」朱元璋又道：「前朝的禍事，會不會在本朝發生呢？這就要看你們了，爹希望不會，也相信不會！爲何？因爲爹比那些個帝王明白，比唐宗宋祖都明白！他們封了王卻無法制馭王，爹在敕封你們之後，還會制定一整套《皇明祖訓》，用它管束朝廷，也管束你們，並且將《皇明祖訓》傳之後世，永遠遵循不怠！」

諸皇子齊聲應諾著。朱元璋看著他們道：「爹要跟你們談第四個問題了。」

再說劉伯溫從督察院回府後，感到人不太舒服，沒有用餐就躺下了。昏昏沉沉睡了一夜，第二天一清早被屋外的鳥鳴聲喚醒，立刻起身，覺得胸口悶得慌，於是想起了昨天的事。趕緊用了早點，馬上到書房伏案向朱元璋寫《祈罪摺》。他緊鎖雙眉，下筆如有千鈞：「臣駑鈍庸懦，未能上察天意。臣馭下無方，致有陳懷義咆哮婚宴，玷污聖上的封王戍邊之策。臣爲此愧恨不已！陳懷義悖逆欺君，死有餘辜。而臣辜負聖恩，也罪無可赦。臣祈聖上降旨，嚴加治罪。」正彆彆扭扭寫著，楊憲逕直進來了，揖道：「恩師。」

劉伯溫止筆，客氣地說：「哦，楊憲啊，快坐。坐！」楊憲低聲道：「稟恩師，昨天婚宴的事，學生已經查問清楚了。確實是胡惟庸從中挑唆。他在皇上氣頭上非但不勸，反而潑油澆醋的，說陳懷義奉恩師爲國公。還說，都察院諸御史，大都對分封之策心懷不滿。這才導致皇上暴怒，陳懷義暴亡！」

劉伯溫愣在那裡，驚訝地說：「胡惟庸？我還一直認爲他爲人厚道呢！在我與善長之間巧妙周旋，輕易不與人交惡。」楊憲譏諷一笑：「厚道？他如果是個厚道人的話，大虎能爲小明王之死自盡嗎？」

劉伯溫沉重一歎：「是啊。爲師又看花眼了。」楊憲壓低聲音道：「恩師，胡惟庸他們已經對咱們動手了，而且出手如此狠辣。您要是再作忍讓，早晚會被他們逼上絕境。」

劉伯溫淡淡地說：「楊憲啊，陳懷義被皇上活生生的摔死，是對我的一次嚴重警告哇！爲師只能直面現實，規規矩矩做好自個兒的差使，別無它想。」楊憲大爲驚訝道：「恩師，您、您怎麼變得如此軟弱了？」劉伯溫望著楊憲，也是一臉的詫異：「爲師沒變啊。爲師不一直是這樣的嗎？」楊憲沉吟片刻，斷然道：「不成。我可不會忍氣吞聲！我得跟胡惟庸鬥一鬥的。哼，不鬥也不行了！」

劉伯溫皺眉問：「爲何不行了？」楊憲微笑道：「皇上不是有旨麼？讓我促一促中書省那幫庸碌老臣！再者，恩師如果倒了，下一個就會是我。胡惟庸認爲我擠佔了他的前程，豈能容我？」劉伯溫嚴肅地說：「楊憲啊，爲師再次勸你，萬事審愼，自重！」楊憲卻不以爲然，一笑道：「恩師，學生告辭了！」

楊憲拂袖而去。劉伯溫望著他的背影，苦笑自語：「看來，這段師生情誼到此已盡。也好，也好！」他繼續伏案撰寫《祈罪摺》：臣以爲，聖君者，寬嚴相濟，恩威並用。聖上舉臣掌御史大任，是恩。處斬陳懷義，則是威。爲臣者，受恩當圖報，逢威當自查。抱元守一，鞠躬盡瘁。

好容易洋洋灑灑寫完，劉伯溫執奏本來到奉天殿，步上玉階。朝守立門畔的二虎道：「虎將軍，煩你稟報，劉伯溫請求見駕乞罪。」

二虎回揖道：「劉大人稍候。」劉伯溫就在殿外恭立等候。

二虎進入奉天殿大堂的時候，朱元璋正在向皇子們詢問第五個問題。皇子們仍然全部跪在地上，朱元璋沒讓他們起身，是因爲他想讓他們重視他說的問題，把這些問題牢牢安進心裡。他道：「聽著，你們三個王的藩地西安、太原、大都，俱是中華千年重鎮，更是大明邊疆要塞。這三個城池的安危榮衰，直接關係朝廷的安危榮衰。你們到任後，應當如何處理軍政、民政，特別是和當地官府的關係？」

二虎上前，附到朱元璋耳畔告訴他劉伯溫請罪來了。朱元璋聽罷嗔道：「讓他去武英殿等候。」二虎應聲而去。朱元璋看看案上的紙片，繼續道：「爹的第六個問題是爹也會一年年老去，如果有那麼一天，爹突然暴病而亡、或者無疾而終，你們怎麼辦？你們弄得清楚爹是怎麼死的嗎？」

諸皇子聽父親這樣說，個個驚慌地抬起頭來望著朱元璋。沒等他們開口，朱元璋又迫不及待地說下去：「爹的第七個問題是：如果朝廷出了奸臣，你們怎麼辦？出了亂黨，你們怎麼辦？出了貌似大忠、實際大僞的權臣篡奪了朝政，你們又怎麼辦？」

秦王顫聲高叫：「兒臣統兵靖難！」朱元璋連聲質問：「在你們發兵之前，人家先要收繳你們的軍權。那時你們如何統兵，如何靖難？」

諸皇子驚愕互視，無言相對。

外面，二虎向劉伯溫傳達了聖旨，劉伯溫便執摺沿著殿道朝武英殿走去。在拐彎處，迎面碰見了李善長。劉伯溫無言一揖，正欲離開，李善長卻滿面堆笑地搭訕道：「伯溫啊，上哪兒去？」劉伯溫直言：「皇上讓我去武英殿等候。」李善長道：「哦，我正好順路，陪你走走吧？」劉伯溫恭敬地說：「相國請。」李善長看一眼劉伯溫手中奏摺問：「那是什麼？」劉伯溫道：「呈皇上的祈罪摺。」李善長同情地歎息道：「唉，都察院的事，我聽說了。明後天吧，我打算親自到都察院走走，代表中書省慰問一下各位御史，也算是爲他們壓個驚，洗點冤吧。」

劉伯溫正色道：「多謝相國厚愛。但相國最好別去。」李善長見劉伯溫一副拒人於千里之外的神態，心想，這種時候他還要硬氣、假清高啊？心裡不由惱怒。劉伯溫像是知道李善長的心思，推心置腹道：「都察院不歸中書省節制。各位御史位雖不高，祿也不厚，卻有權監察各級大臣，包括中書省左右丞相。相國如去慰問，恐有示恩之嫌哪。」

李善長沒想到劉伯溫災難臨頭還能有如此縝密的心思，還能這樣的面面俱到，不由有些慚愧。但他面子上卻是不肯服輸，振振有詞道：「說得好！可有一個人總不歸你們監察吧？那就是皇上！你的部屬竟然監察到皇上頭上去了。嘿嘿嘿！這叫監察呢，還是叫失察？」

劉伯溫並不爲自己的部屬說話，倒像是落井下石道：「這首先是愚蠢！哦，託相國大人的福，御史陳懷義已經付出了代價。」李善長聽出話中的譏誚，生氣地說：「託我的福？劉伯溫，這話什麼意思？」劉伯溫放緩語氣道：「意思嘛，善長兄心裡有數！如果您早給在下打個招呼，在下一定會約束屬下，不讓他們犯傻！而您，卻在婚宴上勸皇上趕緊敕封。」李善長嘿嘿笑了：「婚宴敕封不是更喜慶嗎？別人不犯傻，爲何你們要犯傻？難道傻子們都跑到都察院去了？嘿嘿嘿！伯溫哪，你不是百官當中第一智者嗎？」

劉伯溫見李善長說話咄咄逼人，並無眞正關切之意，不由氣得聲音發顫：「善長兄，還記得我倆初次爭吵的事嗎？」李善長矜持地說：「不記得了。而且，我很高興自個兒是個健忘之人。」劉伯溫想笑，但笑不出來，道：「容在下稍作提醒。那次啊，您有句話讓在下十分感動。您說，您剛到義軍的時候，還被將士們潑過一頭馬尿呢！善長兄尚且如此，在下豈能免災？」

李善長一聽劉伯溫舊事重提，直想發怒。但劉伯溫不等他開口，就正色道：「善長兄，當時在下就坦誠相告，你的首輔之位不可動搖，伯溫永遠不敢、也不願同善長兄爭一短長！現在，在下仍然信守當初那話。只稍微加一句，你我都不要被小人利用了！」

李善長沒想到劉伯溫實際想說的是這層意思，他沉默了。他在心裡猶豫著、鬥爭著，終於，他止步了，淡淡地對劉伯溫說：「伯溫啊，武英殿到了。拿好你的祈罪摺，進去候著吧。」

劉伯溫沒想到等來的是李善長的這個態度，又驚愕又失望。他凜然朝李善長一揖，面無表情地掉頭向武英殿走去。

武英殿裡空空蕩蕩的，劉伯溫孤身一人在裡面苦等朱元璋。這個時候，朱元璋正在跟皇子們講第八件事，他講到動情處，止不住地熱淚盈眶。他對那些仍然跪地的、淚涕交流的皇子說道：「什麼叫朝廷呢？朝廷啊，把天底下的人尖子全都聚攏到一塊了，這就是朝廷。在這兒，談笑頭落地，目光能殺人。在這兒，一件針頭般的小事能撞倒一座山，而一件泰山般的大事又能壓在舌根底下，讓你完全看不見、聽不著！朝廷複雜，人心難測。特別是那些文臣仕子、還有驕兵悍將，更難駕馭。你們此去擔當大任，如能勝任便罷。稍有失誤，御史言官便會糾彈，將帥們也會竊竊私語。到那時，爹也不得不依律重辦你們！你們離朝廷遠一點，寂寞點，專心統兵戍邊好著呢！

娃兒，你們千萬要自重啊！」

諸皇子流著眼淚答應著。朱元璋顫巍巍道：「最後，爹要跟你們講講第九件事了。今天是什麼日子？」朱標先回答：「洪武三年十月初八。」朱元璋顫聲道：「這天是咱朱家的忌日啊！你們的爺爺、奶奶就是在這天餓死的！喪葬的時候，家裡連一片完整蘆席都沒有，咱老娘的腳都露在外頭，二哥脫下自己的破褂子，給老娘裹了腳，這才讓你們爺爺奶奶下土爲安哪！」

諸皇子的悲泣之聲繞樑不絕。

朱元璋含悲忍淚高叫道：「知道不？大明基業，就建在你們爺爺奶奶的骸骨上！建在千百萬蒼生百姓的骸骨上！所以，當你們每回抬起頭來時，要對得住天道。低下頭時，要對得起先人哪！」

整個大殿一片痛哭聲。皇子個個伏地，泣不成聲。朱元璋也悲傷地說：「今兒，爹本是要爲你們賀喜的，卻引出一片大悲大痛。這也好，爹把多年的憂慮都說出來了。你們要是覺得疼了、痛了、戰兢不安了，那就好，就說明你們長成了。都起來吧，把眼淚揩嘍。」

諸皇子跪久了，敲著酸麻的腿，一邊拭淚一邊起身。朱元璋正色道：「聽著，你們立刻起程，前往各處的藩地就任王位。爹不留飯、不賞酒。爹剛才那番話、那九個問題、九件既難言又不能不言的事兒，就算是爹爲你們壯行了！娃兒們，上任去吧！朱標，送弟弟們出城。」

諸皇子們告辭。朱元璋筋疲力盡，倒在榻上閉眼喘息。二虎入內，走到朱元璋身邊輕聲提醒：「皇上，劉伯溫在武英殿等候一個時辰了。」朱元璋閉著眼，沒好氣地說：「讓他等著！」

但還是有人惦記著劉伯溫。他正枯坐養神，武英殿的門兒咯吱一響，玉兒端著一碟茶飯輕輕入內，溫婉地說：「劉大人，晌午了，用飯吧。皇后賞您的。」劉伯溫睜眼，一怔道：「多謝皇后。」

玉兒放下茶飯，正欲離去，劉伯溫突然道：「玉兒，煩你代奏皇后，臣請求見她一見。」

玉兒答應著走了。她回到乾清宮，看見朱標領著三位皇子立在馬皇后的面前。馬皇后的神情悲戚又驚訝，問他們：「怎麼，皇上令你們今天就走？」朱標道：「是。父皇有旨，日落之前必須出城。皇弟們是來向母后告別的。」

三位皇子跪地長叩，陸續說著請母后保重的話，然後依依不捨地告辭。馬皇后流著淚，左叮右囑，好不容易才說：「那好，你們走吧。一路平安。」諸皇子再叩，起身離去。馬皇后失神地望著他們的背影，久久未動彈。玉兒上前輕聲喚「娘娘」。馬皇后這才驚醒，問：「怎麼？」玉兒稟道：「劉伯溫還在武英殿等著，但皇上一直不見他。劉伯溫奏請娘娘，能否見他一下。」

馬皇后愣了愣，突然沉下臉道：「不見！告訴他，皇上讓他等多久，就得等多久。」玉兒正要再去武英殿，馬皇后又喊住她，道：「算了，別去了。他自個兒應該明白。」說著，馬皇后自己去了奉天殿的暖閣。輕輕推門一看，朱元璋正歪在榻上，閉目歇息。馬皇后走過去，也在榻沿坐了，不滿地數落道：「三個皇兒都是有家口的，你也不讓他們準備幾天，非逼他們日落之前出城？」

朱元璋睜開眼，不以爲然地瞟一眼夫人，一本正經道：「今日起，他們首先是王，其次才是兒。赴任所如同赴戎機，就得說走就走。」馬皇后覺得朱元璋說的理兒不足，簡直有點強詞奪理。她隱忍著，停了停道：「重八，劉伯溫在武英殿等了幾個時辰了。」

朱元璋淡淡地說：「知道。」馬皇后生氣道：「難道，你也要讓他等到日落嗎？」朱元璋冷笑著：「呵呵，皇上能讓臣下等著，這本身就是一樁恩典！不過，你的話倒是提醒了咱。咱不準備讓他等到日落了，咱要他等到日落之後，等到明日日出！」馬皇后又驚又氣：「你、重八啊，昨晚上我也等了你半宵，想跟你說個話。」朱元璋卻閉上眼，懶洋洋地說：「妹子，咱累了，以後再說吧。」

馬皇后見朱元璋愛理不理的樣子，再也忍不住，提高聲音道：「你、你把犯事大臣塞進麻袋裡，當著另一夥大臣的面，活生生的摔成肉醬！這樣做，你不覺得太殘暴了嗎？」朱元璋睜開眼道：「咱正在氣頭上，一言既出，護衛就辦了。辦了也好，那些臣工是不是嚇傻了？是不是呆若木雞了？清醒過來後，他們就會聰明些了。老話是怎麼說的？哦，吃一塹長一智。」

馬皇后打著顫尖聲道：「重八啊，你現在變得越來越可怕了，我都快不認得你了！你、你怎麼能這樣瘋狂！」

朱元璋目光冷冷一閃：「妹子。是咱做皇上，不是你！你嘛，最多不過是皇上的影子。影子嘛應該沉默，不該多嘴多舌！」馬皇后聽了這話，心如針錐，驚叫：「重八！」朱元璋閉上眼命令：「退下！咱累了。」

馬皇后眼含熱淚，悲憤退出。

這時候，太子朱標已經送三個皇弟出了城門。朱標一馬當先，後面，數匹駿馬載著朱棣等皇子奔馳而出。當他們馳出城門約莫一里地，朱棣勒馬回顧，眺望著雄偉的金陵，對朱標說：「大哥，我們這一去，不知什麼時候才能回來？」秦王朱爽笑話他：「四弟，人還沒走呢，就擱不下新婚媳婦了？」朱棣道：「不是。我惦記父皇和母后。今天在奉天殿上，父皇那番話，說得多悲傷啊！」秦王、晉王均感慨不已。晉王道：「是啊，父皇從沒這樣動情過。」朱標隱然一歎道：「弟弟，你們可得牢記父皇今天說的那九大問題。到了任上後，務必恪守朝廷律令，謹愼統兵。凡事一定得多向父皇請示，萬萬不可擅權，萬萬不可欺壓當地官府和百姓，也萬萬不要貪圖錢財女色。」

秦王笑道：「放心吧哥！就這點事，你還來了三個『萬萬』。」

朱標道：「天高皇帝遠啊！自古以來，邊關萬里，藩王自專。你們一旦到了任所，把王旗一豎，可就沒人敢管你們了，全靠自個兒自重。」晉王道：「我們記住了。哥，你回去吧。」朱標有點不捨，道：「再送你們一程。」晉王道：「不必。父皇還等著你回稟呢。」朱標戀戀不捨地說：「那麼，我們就此告別吧。」三位皇子又互道珍重、保重。然後，秦王、晉王鞭馬朝西奔馳，燕王朱棣鞭馬朝北而馳。很快，三王與他們的隨從消失在天邊。

朱標一會兒朝西看看，一會兒朝北看看，一直目送三位弟弟消失。忽然，他也鞭馬急馳不是回城，而是朝朱棣消失的北方急馳而去。

且說朱棣策馬繞過一座山岬，忽然看見朱標騎立於道口。朱棣滿心驚訝，急馳上前問：「哥，你怎麼在這兒？我還以爲你早就回宮了呢！」朱標含笑望著朱棣，道：「四弟，我想再送你一程。單獨送你。」

朱棣心裡一陣熱流湧過。他感動地說：「好！哥啊，咱倆慢慢走。」

兩兄弟策馬緩行。朱標語重心長地說：「四弟啊。西安、太原、大都這三處藩鎭，數大都城最爲要緊。爲何呢？一個，它是前朝京都，城廓壯闊，最富帝王之氣。去年，父皇派我巡查三地，曾想把大都更名北京，再做擴建，立爲大明都城。後因朝廷淮西臣將大多不願意北遷，再加上開國之初，財匱民乏，只好暫緩。再一個，大都還是防禦漠北的要地，燕趙多慷慨悲歌之士啊。那裡民心強悍，將士勇於征戰，朝廷精兵近一半駐守大都周圍三省，父皇把這麼個要緊所在交給你，可見對你極爲重用！」

朱棣高興地說：「是。我絕不負父皇期望！」朱標歎氣道：「說實在話，我眞羨慕你們。在京城這兒，萬事都得小心謹愼，說句話都得再三掂量。此外，父皇事無鉅細，都要嚴加詢問。對我是愛之深，責之切啊。我呢，身子虛弱，經常感到頭暈目眩，都快頂不住了。我老是想，要是有一天，我擱下太子不當，得一個山清水秀的任所，那該多好啊！」

朱棣驚訝地打斷他：「哥。你還不到三十歲，怎會這樣？」朱標坦率地說：「四弟，我知道，在所有皇子中，你待我最爲親近。」朱棣道：「當然，長兄如父。在臣弟心裡，除了父皇母后，最崇敬的就是大哥！」朱標顫聲道：「但你哥體質虛弱，時常神志迷茫，恐怕活不了多久了。」朱棣痛心地叫起來：「哥，你怎麼說這話。快叫太醫好生瞧瞧啊！」朱標苦笑道：「沒用的。哥這病，不是太醫瞧得好的，是——」朱標突然沉吟不言了。朱棣著急追問：「是什麼？」朱標猶豫半天，終於脫口而出：「是畏懼。四弟呀，哥怕父皇啊！父皇越來越嚴厲了，剛愎雄猜，恩威俱烈。我每日都如同坐在刀刃上，周邊都是烈火，有時候，我憋得連氣都喘不上來。」

朱棣含淚痛惜地叫：「哥！」朱標悲慘地說：「就說昨天那事吧。陳懷義當年當過我一陣子書房跟班，人雖然呆，卻很正直，也是我關照劉伯溫調進都察院的。沒想到，他竟然爲了一句醉話，就被護衛們活生生地摔死了。昨晚上，陳懷義老娘和妻子跪在我面前，哭泣著，頭都磕破了，想求屍安葬。我、我狠狠斥責了她們，攆出宮門，還下令追奪陳懷義官職，連撫恤銀都沒給一兩！」

朱棣愧疚地說：「哥，你內心藏著那麼多痛苦，臣弟一點都沒看出來。」朱標淒苦地笑道：「你們當然看不出來。因爲哥死死地掩著！連父皇都未必看得出來。唉，還有呢，朝廷也越來越複雜了。說穿了，就是淮西臣將與浙東士子相爭，而父皇洞若觀火，從中利用。我呢，夾在兩邊中間，如履薄冰，事事謹愼，心都要用爛了。」

朱棣想了想道：「哥啊，臣弟到大都後，立刻上奏父皇，請你前去巡查。那樣，你就可以在臣弟那兒歇幾個月了。」朱標搖頭道：「這恰恰是最不可能的事！只要你們統掌重兵了，父皇肯定會下達訓令，嚴禁藩王與朝中臣相交往，以絕互相串通。就算你們現在不知道，過幾日也會接到父皇的訓令！」

朱棣失望地呆在那裡，不知再如何安慰朱標。朱標提起精神道：「別爲哥擔心，你只管辦好自己的差使！大都是建功立業的地方，在那兒你能成爲眞正的王！還有，剛才這些話，永遠別跟人說。唉，都是哥心軟，一看見你們走了，就再也忍不住了。」朱標淚如雨下，再說不下去。猛掉頭，狂鞭離去。

這時候，天色已黑，朱棣隔著薄薄的夜霧含淚相望，直到朱標消失在遠處的一團黑煙之中。

這一晚不好過的還有一個人，就是大才子劉伯溫。他在武英殿裡已經等了整整一天了。這時候的武英殿早已是一片昏黑，他不聲不響地在黑暗中呆坐著，懷中捧著《祈罪摺》，不敢鬆懈。遠處傳來梆子敲響的聲音，接下來就是沙啞的長喝：「秋高物燥，火燭小心！」

一個內侍端著幾支宮燭入內，小心翼翼地點亮了兩支，屋子裡這才有了光亮。劉伯溫睜開眼問：「公公，幾時了？」內侍道：「三更了。」劉伯溫閉上眼，繼續端坐，彷彿入定一般。事實上，他也有意讓自己學那些隨時都能入定的道人，放鬆身心，排除雜念。但他畢竟上了年紀，容易疲勞，不知不覺間，睡意襲來，緊緊拿在手中的摺子也掉落在地上了。

不知何時，屋子裡的宮燭已經全部燃盡，又不知過了多久，窗外透入一片淡白。倚在椅子上的劉伯溫睜開眼睛，猛見朱元璋已坐在對面，正拿著那件《祈罪摺》觀看。劉伯溫兩眼昏花，剛起身就一個趔趄，差點摔倒，他就勢跪地道：「罪臣叩見皇上。」朱元璋溫和地說：「起來吧。」劉伯溫謝過起身。朱元璋先發起了感歎：「人哪，孤坐一宵，必是思絮萬千，想起不少事啊。」劉伯溫說：「是。夜深人靜時，臣獨坐在此反省自查。」朱元璋打斷他：「咱不是說你，是說咱自個兒。昨夜晚，咱就在隔壁宮裡，也是一宵沒合眼。」

劉伯溫一怔，無言以對。朱元璋沉著臉道：「伯溫啊，護衛叫你到都察院觀刑，爲何不去？」劉伯溫垂首道：「臣病了。」朱元璋自然不相信，一撇嘴：「喜宴上還好好的，怎麼突然病了？」劉伯溫道：「皇上一眼能看出來。臣這病，當然是給嚇出來的。」朱元璋噗哧一笑，繼之正色道：「聽著。陳懷義的事，咱或許有些過分，但皇上是不會認錯的。」劉伯溫趕緊道：「臣已在祈罪摺裡言明，那是陳懷義悖逆欺君，死有餘辜。而臣辜負聖恩，也罪無可赦。臣祈聖上降旨，治臣馭下無方之罪。」

朱元璋又沉下臉，說：「完全不罰你也不好，就罰你半年俸祿吧。」

劉伯溫趕緊道謝。朱元璋道：「你那個屬下，無非是想在大廷廣眾中冒死進諫，拼了頭顱邀個名聲，將來好在青史上留下一筆，這是你們文人的臭毛病！對不？」劉伯溫心知對皇上無理可講，只能惟惟諾諾：「皇上聖見。」朱元璋尖銳地盯他一眼，道：「至於敕封藩王的事，咱知道你不贊同，你只是不說罷了。對不？」劉伯溫猶豫片刻，知道皇上洞若觀火，還不如直說，揖道：「皇上聖見。臣確實如此。」朱元璋道：「那咱把底告訴你吧。一個呢，咱確有私心。皇朝是咱手創，咱封子爲王有何不可？大明整個兒都是天子家院，藩王就是天子皇兒這不是很正常嗎？這方面，根本不容商議！再一個，咱們不是談到驕兵悍將之害嗎？封子爲王也是對他們的鉗制。秦王、晉王、燕王各掌有三鎮重兵，今後可能統掌更多。咱一步步把兵權從老將帥手裡拿過來，交到兒子手裡。將帥要沒了兵，即使他再驕縱，也有個限度了。」

劉伯溫悶頭無語。朱元璋喚了一聲「伯溫哪。」劉伯溫趕緊答應著：「臣在。」朱元璋道：「你是不是在想如果皇兒們統了兵，也驕縱起來了，那時該怎麼辦呢？」劉伯溫驚訝地望著朱元璋，他對他的心思居然能夠如此明察秋毫！他老老實實地說：「是。臣正是這麼想的。」朱元璋告訴劉伯溫：「咱正考慮擬寫一個《皇明祖訓》，這道皇訓是專門訓戒、制約皇家子孫的，它要千秋萬代遵行下去！著你幫助咱考慮，斟酌。」

劉伯溫抖擻起精神正色道：「臣遵旨！」

朱元璋放走了劉伯溫，這一天心情卻一直不平靜。發了幾次無名火，也不想閱摺子。傍晚時分，一個人跑到御花園裡散步。已經是秋天了，地上到處可見枯敗的落葉，踩上去腳下吱吱作響。放眼望去，原先奼紫嫣紅的御花園裡現在是草木凋零頹靡。他在花徑上孤獨地行走，想想自己三個剛剛成人的兒子現在都在路上，以後要見面就不容易了，不由得神情落寞。

不遠不近跟著的二虎輕輕走近，低聲道：「皇上，晚膳備好了。」

朱元璋不耐煩地說：「不吃。」二虎著急地說：「皇上，您一天沒吃東西了！」朱元璋嗔道：「餓不死。」二虎無奈地讓了一步：「那麼，請皇上回宮歇著吧，外頭涼。」朱元璋看看四周：「涼？涼在哪？咱怎麼沒感覺？你退了。」

二虎一臉委屈地離開，朱元璋繼續孤獨行走，想著心事。過了一會，徐達突然出現在面前，笑著向朱元璋打招呼請安。朱元璋一抬眼兒，大喜道：「哎喲，徐達，咱正寂寞呢。你來了好，咱哥倆一塊走走。」徐達揶揄道：「皇上也有寂寞的時候？」朱元璋大方地承認：「有啊。皇上寂寞的時候，就躲到旮旯落裡來，跟喪家犬似的，低個頭、夾個尾，自個兒亂竄！」

徐達哈哈大笑，指著道旁樹下道：「皇上瞧瞧，臣把誰給帶來了？」朱元璋望過去，湯和微笑站在樹旁。朱元璋驚叫：「哎喲，湯和啊！好你個東西，什麼時候到的？不是說後天才返京嗎？」湯和笑道：「臣接到皇上令旨後，歸心似箭，晝夜兼程奔回來了。剛剛進宮。」朱元璋上去一把摟住，喜得直拍其肩：「好、好、好！自從你南征告捷，咱就讓兵部催你回京，可你就是不回，非要追剿下去不可！要不是咱親自下了手令，只怕你要殺出大明邊境！哈哈！回來好。可想死咱了！」徐達笑道：「皇上，湯和還沒吃飯呢。」朱元璋喜極大叫：「眞呀？那就更好啦，咱也餓著呢！走、走、走，咱仨人喝酒去！」

朱元璋一手挽著湯和，一手挽著徐達，笑容滿面地朝花園外面走。

三人進了膳房，圍著一張精緻的紅木圓桌坐。酒菜很快端了上來。三個人胃口大開，互相不停地勸酒乾杯，吃得興高采烈，喝得醉意醺然。

朱元璋帶著醉意道：「哎喲，今天這酒喝得眞是痛快！湯和啊，有個事，原本該在朝廷上說的，咱現在就告訴你。」湯和也醉了，道：「上位說，臣聽著呢。」朱元璋道：「你此次出征，立了大功。咱已經叫中書省備好金冊鐵券，晉封你爲信國公了！」湯和大喜道：「謝皇上。」徐達再給兩人倒滿酒杯，舉杯道：「衝這恩典，也得再飲三杯啊。來、來，乾了！」三人舉酒，又是一飲而盡。這杯酒一下肚，三人都有點搖搖晃晃了。內侍見酒杯空了，上前斟滿後退到邊上。

湯和醉醺醺地對著朱元璋問：「上位，咱嫂子好不？」朱元璋因爲一夜未睡好，有點不勝酒力，此時已經醉眼矇矓。他說：「好、好。不！好什麼呀？天天跟咱吵嘴！你說，咱當初怎麼就娶了她呢？害咱老挨訓！」湯和指著朱元璋道：「聽聽，忘本不？當初要不是嫂子，你能成爲郭大帥義子？能攢上幾萬兵，自霸一方？」徐達道：「就是。整個宮廷裡，也就是皇后能頂你兩句了，別人誰敢？」湯和道：「嫂子賢慧中宮，母儀天下。有她，誰不說內廷仁義？」朱元璋不服氣地截住湯和的話道：「那全靠咱。要沒咱，她也沒今天。得、得，喝酒！」

三人舉起酒杯再飲，飲罷，都倒在了椅子上。湯和道：「上位，咱那些皇侄好不，老沒見他們了。」朱元璋歡喜地說：「好，都好！咱已經把老二、老三、老四，都封作王了。讓他們給咱鎮守邊關。」

湯和道：「上位啊，你大大小小有十四個兒子，日後是不是都得封王啊？」朱元璋得意地說：「都封都封，一個不拉！子孫們給咱們守護江山，咱才放心。來，乾！」

三人又飲酒。湯和顯得醉意更濃。他說：「上位，你龍體這般健壯，以後肯定會有更多龍子。龍子後面又有龍孫，他們是不是也要封王啊？」朱元璋道：「是。一撥撥封下去，都讓他們給咱鎮守邊關。」湯和大醉狂笑：「哈哈哈！如果一撥撥封下去，那麼不出十代，整個大明會有成千上萬的王，那不得把大明都得漲破了？」

朱元璋聽了正要大笑，卻忽然清醒過來，警惕地問：「這話是誰說的？」湯和醉醺醺地反問：「什麼話啊？」朱元璋嗔道：「就是你剛才那話！『不出十代就會有成千上萬的王，把大明都得漲破！』」這話誰說的？是不是劉伯溫？」

徐達趕緊打岔道：「上位又要胡亂懷疑了，來、來，喝酒。」朱元璋卻低聲道：「都醉了，不喝了。徐達，你送湯和回去吧。」

湯和趴在酒桌上，看上去醉得一塌糊塗，拍打著酒案，口齒不清地說：「沒醉！上酒來！上酒啊！」

徐達扶著湯和坐上龍輦，送他到了湯府門前。一路上，湯和軟綿綿地一直倒在徐達身上。龍輦停下來，徐達將爛醉如泥的湯和扶下來，搖搖晃晃步上石階。湯府的僕人迎上來，接過湯和道：「主子，腳下當心！」

湯和突然推開僕人的手，醉態全消。手一揮，對家僕說讓開。轉身向著徐達道：「兄弟，一塊進去喝茶吧。」徐達驚訝地說：「你怎麼了？沒醉呀？」湯和苦笑道：「我想醉，可就是醉不倒啊！」

湯和將徐達讓進客廳，兩人在紅木圈椅上對坐，僕人清水泡上碧綠的龍井。兩人在清茶面前也文雅起來，小口呷茶。

徐達知道湯和有重要的話跟他說。他不便先開口，就細細品茶等他說話。湯和沉默了一會，未開口先長歎一口氣，緩緩地、沉重地說：「徐達，知道我爲什麼提前回京嗎？」徐達奇怪，輕聲道：「那還不是上位下了令旨，催你回來的？」

湯和搖頭：「不。是上位逼我回來的！南征剛剛告捷，上位令旨就到了，讓我交出三十營兵馬，分調給了秦王和晉王。徐達啊，上位是變相地收繳了我的軍權哪！我要是不回來，那成什麼了？所以只能晝夜兼程地回來。唉，我回來得越早，上位就越高興，也越放心啊！」

徐達聽得愣怔在那裡，好一會兒，才放低聲音道：「不光你，我的兵馬也全部交歸朝廷了。千總以上的將軍，概由兵部請旨後任免。如遇戰事，我也得憑令旨在手，兵部才給調兵。如無令旨，我連一個馬夫也調不動。」

湯和歎道：「我早說過，上位不是以前的上位了。如今咱們這些老兄弟，只有借著酒澆頭才能跟他說些心裡話呀。不說吧，憋不住，說吧，他又多心。說得太多了，保不定他還會起殺心呢！」

徐達一驚，立刻嗔道：「二哥，言過了！」這時，家僕上前稟報：「主子，宮裡來人了，說是奉旨探望主子。」湯和看一眼徐達，微笑道：「瞧，來事了吧！去叫他進來。」家僕答應著出去了。湯和則一掌揮落了案上的茶具，然後伏案裝出酩酊大醉的樣子。

一位年長的太監提著兩隻暗紅漆雕大食盒入內，笑瞇瞇道：「稟湯帥、徐帥。皇上恩典，叫奴才給兩位大帥送醒酒湯來。」湯和已經呼呼打鼾，全然不動。徐達歎氣對太監道：「公公啊，看他都醉成什麼樣了！你把湯擱下吧，待會我讓他喝。」太監擱下食盒，仔細看了湯和兩眼，折腰退下。

等太監走了一會，湯和才慢慢抬起頭來，悲觀地看著徐達：「現在你明白了吧？」徐達頷首一歎：「明白。上位派他來打探情況，想看看我們是不是真醉了，想知道我們在議論什麼。」湯和低聲道：「徐達呀，恕兄弟多心給你提個醒，府上的下人都可靠嗎？有沒有內府派來侍候你的？」

徐達沉默半晌，沉重地點點頭。湯和低聲道：「趕緊換掉他們！哦，這事還不能急，你得想個法子調開他們。要不然，你說什麼話都會傳到上位耳朵裡去。」徐達卻沉思著搖搖頭道：「不換！要是上位什麼都聽不到，他反而會多心，會猜疑不安。所以，還不如隨他去。再說，要是在自個兒家裡還得把自個兒藏起來，那日子還怎麼過？」

湯和歎道：「也是。」徐達正色道：「如果上位在我府上安了耳朵，那麼，人家愛聽什麼就讓他聽！只要我自個兒光明磊落，就不怕！」

湯和若有所思地點了點頭。

正如兩人所料，那個太監正是朱元璋派來打探兩人狀況的。他送過醒酒茶，回到奉天殿暖閣裡向朱元璋叩報：「稟皇上，湯帥醉如爛泥，歪在桌子上睡著了。徐帥也在，醉得直不起腰來。」朱元璋仔細問：「是你親眼看見的，還是湯和家僕告訴你的？」太監脆亮回道：「是奴才親眼看見的！兩人確實醉得不成樣子，連茶具都打翻了，一地的碎片。」朱元璋點頭讓太監下去。

朱元璋自己卻是端坐不動。他腦子裡正在想事。他擔心：太監看見的是表面，是他們兩個人的模樣，他哪能看得見他們的心思啊。

第二十七章

虎視眈眈同室操戈
舛忤種種首埋玉階

楊憲如今是渾身從裡到外煥然一新了。他穿戴著嶄新的三品服飾、官帽，風度翩翩地步入內閣，朝臨案理摺的李善長輕輕一揖道：「下官給相國請安。」

李善長趕緊起身，滿面是笑地招呼：「楊大人早哇。請坐，看茶。」說著走出大案，至茶几旁落座。一個屬吏捧個大壺走過來，將壺中茶水嘩嘩倒入兩隻青瓷茶杯中。楊憲還是站在那裡。李善長指指茶几另一邊的椅子催道：「坐呀。」

楊憲仍然站立不動。待屬吏離開後，他才微笑道：「相國，下官入閣十來天了，每日目睹相國理政辦差時的智謀、風采，哦，還有效率，下官眞是受益良多！」李善長謙虛地說：「唉，老夫這把年紀，已經走到迂腐的邊界上了！一天坐下來，總覺得心有餘而力不足。好在有楊大人這樣的青年才俊頂上來，眞乃幸事也，快事也！哎，楊大人，這十來天你總是默不作聲，四處觀察，老夫琢磨著，楊大人肯定在蘊釀改革方略。是不是啊？」

楊憲嘿嘿笑道：「相國料事如神啊。下官確實有幾個粗淺念頭，要請相國教正。」李善長急切地說：「好哇！快請說。老夫都有點等不及了。哎，甭站著，坐下慢慢說！」

楊憲仍然筆直地站著，顯得身材挺拔、意氣風發。他微笑道：「那下官就不揣淺陋，直言稟報了。比如說，凡中書省官員，在閣中辦差時，最好禁止讓座請茶！」李善長正在舉盅飲茶，聞言手一抖，差點嗆著，吃驚地從座位上仰視著楊憲問：「這、這是爲何？」

楊憲款款道：「因爲，一旦讓座請茶，那就不是辦差，而是拜客。勢必長吁短歎，娓娓不絕，大好光陰就在斟茶倒水中耽誤掉了。須知，我們每一刻鐘都是朝廷在支付俸銀哪！」李善長一怔，立刻放下茶盅，笑道：「說得好！老夫也早有此意。即日起，中書省各政事房停止讓座請茶。」楊憲受到鼓勵，更起勁地說：「再比如，皇上批下的呈子，應於當天辦完，不得過夜。各部院上來的呈子，應在五天內給予回覆，不得遲延。」

李善長沉吟道：「哎呀，中書省乃內閣中樞，人少事多，千頭萬緒。屬吏們經常是忙不過來呀。」楊憲微笑道：「前天，我在湖廣司看見一摺江西省年終報單，它本該是送到隔壁兩江司的，卻因為送錯了一道門，就在湖廣司擱了三個半月。我問湖廣主事為何不轉兩江司？那主事說『應該由他們自個兒來拿！』我又問兩江司為何不去取？兩江主事說『應該由他們轉過來呀！』相國您看，僅僅隔一道門，就如同隔了千山萬水，三個半月轉不過去。」

李善長大窘，一拍茶几，驚斥：「這是瀆職啊，非嚴辦不可！」楊憲道：「相國息怒。下官認為，兩主事雖有過錯，但根本原因不在他們，而在於規矩沒有到位。」李善長道：「內閣有規矩呀！八條，中堂大壁上貼著呢！」楊憲正色道：「如果屬吏們視而不見，則說明那八條規矩已成虛設。應該重新制定更為嚴格細緻的章程法紀，並且嚴賞罰，重監督，設專職幹員每日查辦。」

李善長頻頻點頭道：「好、好。早該如此！楊大人，你坐下，咱倆現在就詳細商議此事。」

楊憲腦袋瀟灑一揚，道：「下官不必坐。」一邊說，一邊將手一揮，已從袖中掏出一摺，雙手呈上：「下官已經草擬了中書省章程法紀共九款二十八則，請相國審定教正。」李善長接過摺子，吶吶道：「好、好。」楊憲微笑一揖道：「相國時間寶貴。下官事畢，告退。」說著掉頭翩然離去，把呆怔的李善長扔在後頭。李善長盯著楊憲的身影，氣得將摺子往案上一摔。

兩天後，楊憲就與李善長的心腹胡惟庸發生了衝突。那一日楊憲正在倨案閱摺，政事房的門砰地一響，胡惟庸怒沖沖闖了進來。風兒將案紙吹到楊憲臉上。楊憲急忙按住案紙，卻有幾張已經飄落。楊憲冷冷地說：「閣下入內，總該先敲個門吧？」胡惟庸挑釁地問：「要我退出去重敲麼？」楊憲冷冰冰道：「那倒不必，下回循規辦事就成。現在，請閣下把吹落的公文拾回來。」胡惟庸非但不拾，反而上前一步，一隻腳竟然踩到那公文紙上。大聲責問：「楊憲，青州府治河一案，我已經核准，你爲何駁回？這還罷了，你竟敢在我名章上頭橫加批語，說什麼『該員荒謬失查，不識日月，信口雌黃。』究屬何意？」

楊憲正色打斷：「把腳下的公文呈上來！」胡惟庸不理睬，繼續怒斥：「你還敢把你這道狗屁批語轉發內閣各政事房，故意用我來震懾群僚。楊憲，你、你究竟想幹什麼？」楊憲冷笑道：「這還不明白嗎？你自恃才高，肆意專橫，我想打你一頓殺威棒嘛。」胡惟庸咬牙切齒地說：「你好狂妄啊，楊憲！就是打棒子，也得先栽個贓吧！我有何錯？」楊憲道：「敢問現在是何年何月？」胡惟庸不知楊憲問此話何意，遲疑地回答：「洪武四年二月。」楊憲微笑道：「但你卻署爲洪武三年二月。胡大參政，您犯起糊塗來也是大糊塗，足足錯漏了三百六十五個日夜！」胡惟庸訝然：「不可能！」楊憲橫他一眼：「白紙黑字，鐵證如山！不信？回去好好瞧瞧自個兒的筆跡。」

胡惟庸一驚，一時無話可說。楊憲愜意地說：「想起來了吧？青州府呈報的是洪武三年治河費用，你呢，順勢也就批成洪武三年了。所以我才斥責你『荒謬失查，不識日月。』這等失誤難道不該讓屬員們都看看，引以爲戒麼？」

胡惟庸的聲音比來時低了些，但還是怒氣十足：「即使如此，那也是我一時筆誤，閣下改過來不就成了？你卻加上惡批，四處張揚。」楊憲針鋒相對道：「筆誤？一筆誤掉一年？身爲內閣大臣，更得嚴格自律。」胡惟庸憤怒地渾身發抖，顫聲道：「楊憲，你欲加之罪，何患無辭。你、你仗勢欺人，驕狂太甚！」

兩個年輕人暴烈的爭吵聲傳到屋外，幾個僚屬紛紛從自己房中走到院子裡，他們互相沒有說話，都在側耳全力傾聽，神色惶惶，卻又暗藏著濃郁的興趣。

這時候太子朱標進了院子，經廊下而過。見幾個人在院子裡不說話站著，不由注意看了看，繼而聽到了裡面傳出的激烈爭吵聲，略怔一怔，卻非但不停步，反而加快了腳步，一頭扎入李善長的政事房。李善長見太子進來，趕緊起身施禮。朱標指指外面道：「聽見嗎？成何體統！」李善長歎息：「楊大人驕矜，胡惟庸剛直，這一頓吵是免不了的。殿下只當是沒聽見好了。」朱標看了李善長一眼，憂慮地提醒道：「父皇可是十分欣賞楊憲呀，派他入閣，用意深遠，你們應該處處謹慎。」

李善長恭敬地說：「是，老臣領會皇上的深遠用意，一定謹慎！不過，也請殿下放心。中書省屬員，都是飽經滄桑的。楊憲兩眼只望天，不看地，那他早晚會踩空了道的。」朱標頷首，低聲道：「父皇又問起定州黃氏二賢了，爲何還不肯出來爲官？」李善長十分爲難地說：「這——稟殿下。老臣剛剛接報，黃氏父子再次拒絕吏部任令，不肯爲新朝效命。此外，這父子倆爲了不出山，還當著定州知府的面剁掉了右手拇指。從此再不能執筆了，以示決絕。」

朱標大驚：「什麼？這讓我如何稟報父皇？剁指相絕，這會激怒父皇啊！」李善長只能沉默垂首。

而楊憲辦差的政事房裡，兩人的爭吵已經升級。已經不再是就事論事。胡惟庸怒容滿面道：

「楊憲，別以爲自個兒治揚有功，就可以目空一切了！中書省統籌六部三院，個個是老吏專才。你呀，單憑皇寵並不能治理紛繁政務。」

楊憲看一眼胡惟庸腳下的公文紙，說：「閣下大概自恃老辣，笑我稚嫩吧？」胡惟庸譏諷道：「對你，我懶得一笑！只奉勸你稍作收斂，不要太驕橫了。」楊憲冷若冰霜地說：「我也奉勸閣下，趕緊把你腳踩的紙頁，給我恭恭敬敬呈上來，我已經說過三次了！」胡惟庸反而重重一跺那紙頁：「放屁！」楊憲泰然一笑：「什麼？」胡惟庸怒髮衝冠道：「我說你放屁！」

這時，楊憲才輕飄飄朝胡惟庸腳下一指，微笑道：「你腳踩的，是皇上朱批！」

胡惟庸一震，驚駭得有一會兒沒敢動彈。等清醒過來，趕緊抬起腳一看，紙頁天頭處果然有數行紅字。胡惟庸立刻傻了，彎腰跪下，發著抖拾起紙頁兒，輕輕吹拍上面的腳印兒，卻再也吹拂不淨了。他雙手捧著那頁朱批，高高舉過頭頂，上前恭敬呈給楊憲，顫聲道：「下官有眼無珠。請楊大人恕罪。」

楊憲傲然接過，打量著紙頁上的半隻腳印，冷冷地說：「請問，閣下剛才是用哪隻腳踩的啊？大膽說嘛！我也好稟報皇上，左腳踩的，咱們就砍左腳！右腳踩的，咱們就砍右腳！砍錯了多不好哇。噢，對了！閣下還說天子朱批是『放屁』，這就該另外加割一條舌頭了！」楊憲說話時手掌做出砍刀模樣，左一劈右一劈的。

胡惟庸仇恨地望著楊憲那張得意的笑臉，氣得臉也歪了，面色脹得紫紅，渾身發抖，眼中暴出條條血絲。他再控制不住，豁出去了！衝上去，揮掌一擊，「啪」地擊在楊憲臉上，嘶聲怒斥：「畜生！」

楊憲捂著臉跌坐椅中。胡惟庸凜然掉頭，抬起一腳，踹門而去。門板砰地發出巨響！楊憲摸著自己的臉，也氣愣了，呆坐了一會，霍地起身，拿起那張印著半個腳印的紙頁一氣跑到奉天殿，向朱元璋叩首告狀。朱元璋讓他起身慢慢說。他將紙頁擱在龍案上，朱元璋笑瞇瞇地問他究竟發生了什麼。朱標立於朱元璋的一側，絲毫沒有流露出自己知道這件事。

楊憲撫著明顯紅腫的半邊面孔，眼含熱淚，聲音悲壯地說：「中書省許多官吏飽食終日，怠慢政事，臣實在看不下去了，於是，草擬了章程法紀九款二十八則。不料剛剛呈給李相，胡惟庸就上門來挑釁了。他腳踏聖旨，惡語連篇，稱聖旨是放屁，罵臣是畜生。既玷污聖上，又掌擊臣下。簡直瘋了！狂妄悖逆至極，全無人臣之態！」

朱元璋親切地微笑著問：「咱瞧瞧，打得重不？」楊憲拿開撫臉的手，側過臉讓朱元璋瞧，顫聲道：「皇上，臣不堪其辱啊！」朱元璋看了一眼，問：「後來呢？」楊憲道：「後來胡惟庸摔門而去，臣就來見駕了。」朱元璋笑道：「不，咱是問後來你有沒有搧他一個嘴巴子？」楊憲意外地說：「臣怎能跟他一般見識？」朱元璋笑嗔：「哎，幹嘛不搧呢？到底是文臣。要是武將挨這一嘴巴，不管誰，早就拔刀拼命了！嘿嘿，文臣打架，也跟撒嬌似的。」

朱標一聽這話有趣，臉上不由掠過一絲笑容，不過稍縱即逝，須臾又斂容肅立。楊憲弄不懂皇上此話何意，驚訝地問：「皇上？」朱元璋趕緊擺擺手：「哎，咱不是說你！你放心。咱一定給你主持公道。」說著轉頭叫二虎。二虎應聲上前。朱元璋抓起案上那件沾著腳印的紙頁兒，對他說：「把罪證拿到都察院去，讓劉伯溫親自瞧瞧。再把楊憲的委屈告訴他，叫他——」說到這兒，朱元璋沉吟起來。

楊憲趕緊道：「左腳踩的砍左腳，右腳踩的砍右腳。胡惟庸之罪，絕不能寬縱呀！」朱元璋道：「對、對，把楊憲的意思告訴劉伯溫，叫他不得寬縱，依律重辦！」楊憲見皇上這樣說，鬆了一口氣，趕緊謝過皇上。朱元璋鼓勵他：「楊憲，咱們不能被中書省那幫老臣老吏們嚇住嘍，你該怎麼著就怎麼著。啊？制定章程法紀，掃除昏庸暮氣，這好得很嘛。咱支持你！」楊憲見皇上說得這樣貼心，感動地說：「臣絕不負皇上期望。」朱元璋又笑瞇瞇地告誡他：「此外，內閣辦差也不同於州府，你剛剛入閣，也要多向行家熟手們學習治政方法，是不？爭取早日成爲中書省的領班大臣嘛！」

楊憲聽了這番話，頓時激動萬分，恭聲道：「臣遵旨。」朱元璋道：「就到這吧。回頭再聊。」楊憲起身揖退。朱元璋望著楊憲離去，嘿嘿嘿高興地笑了。朱標見父親聽了這樣的事不心煩反而笑，心裡好生驚訝。不解地問：「父皇爲何發笑？」朱元璋告訴他：「標兒。這件事嘛，表面上看是楊憲和胡惟庸相爭，背後呢，其實是李善長與劉伯溫暗鬥。」朱標道：「這一點，兒臣明白。」朱元璋問：「碰到大臣們爭鬥，做皇上的應該怎麼辦呢？」朱標猶豫片刻，沒把握地說：「應該主持公道吧。」

朱元璋微笑道：「這個當然，但還不夠。要知道，大臣們之間的爭鬥不可免。爲君者，不怕他們相爭相鬥，就怕他們不相爭鬥，抱起團來跟皇上過不去。所以，爲君者，雖要主持公道，卻不必消除大臣之間爭鬥，何況你也消除不了。咱呢，只要把這些爭鬥控制在不起禍亂的程度上就可以了。這才是馭臣之法、王霸之術。將來你做了皇上，這方面絕不可軟弱啊。」

朱標恭聲答應著。朱元璋突然想起任命定州黃氏二賢之事，問那父子倆奉召了沒有。朱標爲難地說：「黃氏父子再次拒絕了吏部任命，而且，他倆還當著定州知府的面，剁掉了自己右手拇指，從此再不能執筆了。以此表明他們拒絕入仕之意。」

朱元璋立刻沉下臉，喃喃道：「哼！給他們功名，他們不要。這父子倆，一心爲前朝守節呀。」朱標見父親又要發怒，不安地說：「兒臣認爲，黃氏二賢未必是爲前朝守節，他們只是恪守『一臣不事二主』的倫理道德。如果他們早年就爲父皇效命的話，那麼同樣也不會再投效於他人。」

朱元璋盯了朱標一眼，帶點責備地說：「標兒，你又心軟了！你想想，咱給他們恩典，請他們出山爲官，他們不但不要，還剁了自個兒的手指頭，這不明擺著要與大明誓不兩立嗎？傳旨，誅其九族！」朱標渾身一震，顫聲爲之求情：「父皇。黃氏父子一直閉門治學，賢名遠播呀！」朱元璋打斷他，怒斥道：「那就更該殺了。一個仕子如果仗著自個兒的那點賢名，就敢對抗朝廷的話，咱們怎能再讓這名聲遠播呢？」朱標垂首，顫聲道：「是。」朱元璋吩咐：「殺了之後，咱們盡快舉行新朝首屆恩科，大張旗鼓地開科取仕給天下學子們一份大恩典！」朱標心情複雜地應諾著。

再說二虎到了劉伯溫那裡，將剛才發生的事情如此這般對劉伯溫說了，並把那張印著半隻腳印的公文擺在劉伯溫案頭。自己侍立於案旁，等待劉伯溫公斷。

劉伯溫只用眼睛打量那張紙和那隻腳印兒，並不用手去拿。像那是一隻燙手的山芋。好半天，他才開口：「虎將軍，皇上原話是怎麼說的？楊憲原話又是怎麼說的？請將軍示下。哦，千萬一個字也別錯漏！」

二虎又仔細回憶了片刻，道：「楊憲原話是，『左腳踩的砍左腳，右腳踩的砍右腳，絕不能寬縱！』皇上原話是，『不得寬縱，依律重辦』！」

劉伯溫重複著：「依律重辦？明白了，多謝虎將軍。容我再想想。」二虎先告別走了。劉伯溫招呼屋內侍立的一個老吏：「王平。這件罪證你拿去。你刀筆純熟，擬個案語吧。」他這時才拿起那張有腳印的公文，遞給他。

老吏是個知深淺的人，也說：「這可是個燙手的山芋啊，還是請大人稍示一二。」劉伯溫卻自信地說：「沒什麼難的。首先，痛斥胡惟庸言行無狀，觸犯天威。其次，罰他兩年俸祿，剝奪參政銜，代罪留任。最後請皇上御批就是了。而皇上八成還得寬恕他。」老吏苦笑著提醒：「胡惟庸踐踏聖旨，其罪不小。楊大人可是叫嚷著要『左腳右腳』的砍一隻啊！」劉伯溫擺擺手不以為然地笑道：「胡惟庸哪有踐踏聖旨的膽子？打死他也不敢哪，他是著了楊憲的套了！再說，皇上讓我們依律重辦。明白嗎？重辦前面有個『依律』二字，而大明律法當中並沒有砍足這一條，起碼暫時還沒有。照我說的辦，去吧。皇上啊，實際上是在看戲呢！」

老吏會意地笑著拿了罪證寫案語去了。

胡惟庸從楊憲那裡離開後，逕直去了李善長的政事房。他自己一屁股坐到客座上，餘怒未消，手還微顫著，拭汗不已。李善長親自為他倒了茶，問了原委，溫和地責備道：「你也不仔細看看，怎能一腳踏到朱批上去呢？」

胡惟庸顫聲道：「是風把紙頁吹落地的，我正在氣頭上，一不當心就踩上去了。楊憲這狗人什麼也不說，只讓我恭恭敬敬替他拾起來！您說，我能照辦嗎？」李善長同情地歎了口氣：「唉，你是著了他的套了！」胡惟庸道：「我不信皇上眞能剁了我的腳？即使剁嘍，我支著拐子也要跟楊憲鬥到底！」

李善長嗔道：「關鍵不在這兒！關鍵是楊憲是皇上塞進來制約咱們的，而且他正在興頭上，你當面和他作對，他會告御狀，說咱們一夥都跟皇上過不去！」胡惟庸的氣稍稍平息了些，沉默片刻，道：「恩公說得對。但是，如果我們都軟得跟綿羊似的，在楊憲這小子面前也得唯唯諾諾，那麼，皇上就眞會龍心大悅嗎？說不定，皇上更把我們看成是庸碌之臣了！」

這話把李善長說得臉色一變，他本來就擔心皇上把他當作庸碌之人，如今胡惟庸在氣頭上把話點破，他不禁默然頷首。胡惟庸見李善長點頭，膽子重新壯起來，煽風點火地爲他打氣：「所以，恩公千萬別被他嚇住了。該硬朗的時候，就得挺起脖子跟他幹！」

在朱元璋的關心催促下，國子監大殿很快落成了，新朝恩科將在這裡舉行。國子監大殿落成的這一天，朱元璋在朱標及眾臣簇擁下，去新落成的國子監參觀。

走到大殿門前，朱元璋笑呵呵地仰望門樓上的金匾，問陪伴在身邊的朱標：「標兒，包括前朝在內，有多少年沒舉辦大試了？」朱標道：「從前朝至正初年開始，科舉就已經名存實亡，至少有二十年沒舉辦過大試了。」朱元璋鄭重地說：「大明首屆恩科大試，一定得辦好。讓天下學子親眼看見，咱朝廷崇尚儒學，重視科舉，學子們一旦有所成就，朝廷絕對量才錄用。要讓他們感覺著，在大明新朝裡爲學，前程無量啊！」

朱標頗興奮地回話：「是。稟父皇，國子監、聚賢堂、考院都已整建一新。恩科大試的日期，考生數量，還有朝廷預備補貼的糧米路費，也都頒知各省了。」朱元璋頷首：「好、好！對了，恩科總監官，你們怎麼考慮的？」朱標道：「禮部舉薦劉伯溫，中書省的意見是大學士宋濂。」

朱元璋似乎有點心不在焉，口裡隨意地應著：「都好，都好。」突然，他回首喚李善長。李善長走上前聽候吩咐。朱元璋笑問：「先生年輕的時候，是不是在京試當中名落孫山啊？」李善長尷尬承認：「是。」接著立刻解釋道：「不過臣當年，並不太看重元廷舉辦的科舉，他們懂什麼呀！」朱元璋附和他：「當然、當然。那時朝廷昏聵，考官有眼無珠，不識先生大才。這樣吧，大明首屆恩科，請你出任大試總監。你看如何？」

李善長驚訝之後，便是感動，一股暖流遍淌全身。他聲音發顫地說：「皇上，臣當年連進士都沒考上，合適麼？」朱元璋斷然道：「再合適不過了！咱就要讓天下學子們看看，一個在前朝連進士都沒考上的人，在大明新朝偏就能統籌恩科大試，這本身就是翻天覆地之變！再有，先生以宰相之尊，出任大試總監，也體現著朝廷的重視啊。」

李善長感激涕零，動情深揖：「皇上天恩，令臣感慨萬千，臣領旨！」朱元璋笑呵呵地說：「走哇，進去瞧瞧。哎呀，眞是個漂亮的地方，在這兒做筆墨文章，跟坐在龍宮裡似的。」李善長此時精神抖擻，一臉的生動，風趣地說：「寒窗十年苦，功成天下知。學子們一旦金榜題名，那就是躍身龍門了。」

朱元璋笑呵呵地率先踏上聚賢堂臺階，不料腳下唦嗒一響，玉石板竟然裂開一道細縫。他一怔，站定，再跺兩腳，臺階下面發出空洞的聲音，朱元璋狠狠一腳跺下，石板碎裂，臺階露出個大洞。

朱元璋臉色立刻陰沉下來，憤怒問：「石材爲何如此脆薄？難道，這就是恩科大試的龍門嗎？誰辦的差使？」

跟隨的大臣恐懼得縮緊身子，嘰嘰喳喳的說話聲頓時停止。李善長湊上去低聲道：「稟皇上。工部主辦，營造司承辦。」朱元璋大聲道：「大試的時候，所有考生都得從這道門入內。是不？如果讓他們踏出個大窟窿來，他們會怎麼想？啊？聚集天下仕子的聚賢堂，竟然是一個假冒僞劣！」

大臣們均不敢吱聲。李善長驚惶地說：「皇上息怒，或許，此處用料是偶而疏忽了。」朱元璋繃著臉不作聲，邁過臺階進入大堂，圓睜雙眼到處查看。

所有大臣都如立薄冰之上，戰兢不已。李善長臉色嚇得發青，但竭力保持著鎮定。朱元璋的目光掃過屋宇、房樑、窗櫺，在一根堂柱前停駐，細細地端詳著它。突然叫道：「二虎，拿劍來！」二虎拔劍上前，呈給朱元璋。

朱元璋接過去，執劍削去柱身上的一塊油漆，頓時滿面驚愕，油漆下面竟然是陳年朽木！朱元璋一劍插在柱身上，劍柄嗡嗡顫抖，幾乎把堂柱戳穿！」朱元璋發出雷霆之怒：「都來看看，仔細看看！這是樑柱還是棺材板兒！」

眾臣走上前觀看，均顫慄無言。朱元璋跺足怒罵：「好嘛，大明首次恩科，竟敢這樣糊弄？朝廷恩典都叫小人們偷吃嘍！貪官，肯定有貪官作祟！還好咱一腳踏空，踏出個貪官污吏來！」大臣全部跪地，垂首無言。朱元璋繼續怒喝：「誰幹的？查出來砍了他。把他腦袋埋在臺階下面，讓天下學子都從他頭上踩過去！」李善長顫聲道：「臣是恩科總監，臣請皇上降罪。」朱元璋道：「不必。你這個總監剛剛上任，還怨不到你頭上。」李善長凜然道：「請皇上放心，臣保證查出這個吃裡扒外的惡賊！」朱元璋冷冷道：「也不必！查賊這事，就不麻煩先生了。楊憲！」

楊憲起身上前道：「臣在。」朱元璋問：「你在揚州任上時，不是僅用了三個時辰，就查出那個呑沒稻種的貪官嗎？」楊憲道：「臣是。」朱元璋厲色道：「咱想看看你的本事到了京城還管不管用。聽旨，給你三天時間，查出那個貪官來！」

楊憲果然厲害。雖然遇到重重阻力，還是僅用了兩天多的時間就讓事情水落石出了。他很興奮，剛拿到確鑿證據就往奉天殿趕，恨不得一跨到朱元璋面前。在奉天殿門前匆匆拾級而上的時候，正巧劉伯溫踏著玉階往上走。楊憲邀功心切，居然沒有看見。還是劉伯溫先招呼他。劉伯溫低聲問：「楊憲，查出來了嗎？」楊憲矜持地說：「查出來了。工部營造司主事馬南山，外號馬三刀，承造恩科殿堂考場。他縱容下屬偷工減料，以次充優，從中貪污自肥。大約有五分之一的木料石材，都被他盜賣了。」

劉伯溫愕然得嘴都合不攏：「天哪，眞駭人聽聞！怎敢這麼幹呢？對了，這個馬三刀，當年打仗時就是個亡命之徒。他什麼不敢呀。」楊憲見老師這樣吃驚，不由笑了。又悄悄告訴他：「還有。這回啊，李相栽定了。」劉伯溫更驚，問他爲何。楊憲壓低聲音道：「馬南山是李善長義侄，也是李善長安排到工部當主事的。更可怕的是，營造考場的差使下到工部後，馬南山爭搶這椿肥差，工部尚書曾經堅拒不給，他就求李善長說話。哼，憑我經驗，馬南山貪沒的銀兩，肯定有不少進了李善長私房！」

劉伯溫皺眉想了想道：「李善長屬於耽於私情，用人不當。但他未必會貪污受賄。身爲相國，不屑於蠅頭小利啊。」楊憲冷笑道：「不管怎麼說，李相也得告老還鄉了。」劉伯溫看了一眼自己的學生，語重心長地低聲告誡：「楊憲啊，李善長是皇上老臣，我勸你不要把他往死裡整。因爲，你整不倒他的呀！」

楊憲不悅地扭過頭去，說：「恩師，皇上還等著我呢。學生先告辭了。」

楊憲進了奉天殿的暖閣。聽了楊憲的稟報，朱元璋面色如鐵，看著楊憲把罪證一件件擺到大案上。楊憲邊擺邊說明：「這是城南木料廠劉掌櫃的供狀。考場的木料，多由他出銀收購了；這是鳳鳴酒樓的帳單。兩年來，馬南山在該酒樓欠銀八百餘兩；這是工程承建商們的罪狀，供認馬南山如何夥同他們一起，暗中貪沒。」朱元璋有氣無力地讚道：「辦得好。三天不到，你就把賊窩挖出來了。好哇！」楊憲聽了讚揚，沒有欣喜，竟是滿面的沉痛，道：「臣雖然按時完差了，卻一點也不歡喜。面對這些辜負聖恩的貪官污吏，臣只感到痛苦，憤怒！」朱元璋情緒低落地問：「馬南山呢？」楊憲道：「在宮外待罪。」

朱元璋看了二虎一眼，二虎無言地退下。朱元璋抓過一紙供狀，皺著眉頭閱讀。楊憲躬身低聲道：「稟皇上，臣還查出來，馬南山之所以任工部四品主事，是李相國一手安排的。」不料，朱元璋沉著臉打斷他：「這事不用你說，咱早就知道。」楊憲一怔，心中琢磨皇上不知爲何生氣。這時二虎進來報告：「稟皇上，馬南山解到。」

片刻，一個滿面刀疤的獨眼漢子入內，跪到朱元璋面前，咚地叩個大頭。粗聲道：「奴才給皇上叩頭了。」

朱元璋不願多看他，兩眼只對著案上的供紙，生氣地問：「馬三刀，這些醜事，是你幹的不？」馬三刀直率地回答：「是奴才幹的。」朱元璋斥責：「你財迷心竅啊你？朝廷給你的俸銀不夠使麼？愚蠢！」馬三刀竟然委屈地說：「稟皇上，確實不夠使啊！皇上，咱給您說，鳳陽老營的弟兄個個都升官了，李哥和劉四還各娶了倆老婆，起了樓，置了田產。就我落拓，一個老婆都沒有。好不容易謀了個工部差使，剛幹兩個來月，就栽了。」

朱元璋驚怒喝斷：「咱叫你來，是聽你訴苦的嗎？」馬三刀垂首道：「奴才有罪。奴才給皇上丟人了。」朱元璋怒嗔：「說，盜賣了多少銀兩？」馬三刀說：「總共有三千幾百兩。下頭人分了八百兩，奴才自個兒賺了兩千五百兩，花了有二百多兩，剩下有——」朱元璋怒聲喝斷：「報賬啊你？眞好意思說！」

馬三刀竟然振振有詞：「奴才從來不瞞皇上，皇上問啥咱就得說啥，不能有半句假話！」朱元璋歎道：「把剩下的銀兩全部退交工部，等著治罪吧！」馬三刀卻支吾著：「皇上，奴才沒有銀兩了。」朱元璋嗔道：「你還有兩千多兩贓銀！幾天之內就能使盡嘍？」馬三刀沮喪委屈地說：「不。奴才看上了月香樓一個湖南妹子，想娶她，她也答應嫁給咱。但她說，要用三千兩銀子替她贖身。所以，奴才就把所有銀子都給了她了。」朱元璋厲聲斥罵：「醜不醜啊你？娶個妓女當老婆。趕緊找她要回來！」馬三刀更委屈了：「她、她收了咱的銀子，就沒影了！奴才怎麼找也找不著她。」

朱元璋氣得幾乎吐血，拍案怒叫：「你、你，馬三刀啊，你怎麼不死在戰場上?!」他大叫一聲楊憲！楊憲！楊憲趕緊應道：「臣在。」朱元璋垂首，聲音沉悶地說：「帶走吧！」馬三刀這才意識到有危險，難道朱元璋會殺他這樣的功臣？他驚訝地望著朱元璋，疑惑地顫聲叫：「皇上？」朱元璋痛苦地擺擺手，楊憲示意護衛，把馬三刀押下去。

馬三刀被押到聚賢堂前面，石階上那個被朱元璋踩出來的窟窿未加修補與掩蓋。幾個護衛把五花大綁的馬三刀押到了這兒。馬三刀看著那個窟窿，不解地問：「想幹嘛呀你們？啊？」楊憲道：「斬首。」馬三刀驚訝道：「這兒又不是法場，砍頭也不該在這兒！」楊憲正色道：「皇上有旨貪官腦袋砍下之後，就埋在臺階下面，讓天下的考生都從他頭上踩過去！」

馬三刀掙動身體，橫著眼道：「憑你，砍不動爺的頭！爺有免死鐵券，皇上親自賞賜給咱的！鐵券上鍥著，無論犯什麼罪，都可以免死一次。」楊憲一愣，沉吟道：「是麼？把免死鐵券拿出來，讓本堂瞧瞧。」馬三刀呆了，片刻後沮喪道：「想起來了，前些日子我手頭拘束，拿鐵券換酒喝了。」楊憲譏誚道：「好嘛，天大的恩典也抵不上一壺酒啊！」馬三刀一本正經地問：「楊大人，你瞧這日頭還不到正午，你寬限咱半個時辰成不？」楊憲不耐煩地問：「你還想幹嘛？」馬三刀自豪地說：「咱朋友多，弟兄多。他們要是聽到咱犯事的消息，肯定會有人幫咱把鐵券贖回來。」

楊憲猶豫不決。馬三刀威脅道：「楊大人，咱可是皇上的貼心鄉勇，當年在戰場上替皇上擋過刀箭。瞧，一隻眼珠子就是這麼廢的。」楊憲打斷他：「哼，我倒不在意這！我體諒你的是，你小子打仗是個勇士，做賊卻是個笨賊！讓我不到三天就交差了。嘿嘿！好吧，本堂就等到正午時分！」

馬三刀說的並非誑語。他的鐵桿朋友著實多。不一會兒，爲他說情的人就陸續跑到朱元璋那裡去了。二虎在門外接著，進奉天殿稟報，看見朱元璋還對著那堆供狀長吁短歎。知道皇上此時情緒不佳，不敢打擾。爲難地站在門口，進也不是退也不是。朱元璋嗔道：「什麼事？怎麼也學會呑呑吐吐的了？」二虎馬上說：「皇上，藍玉他們來了。」朱元璋不耐煩地說：「咱沒召他。」二虎道：「所以，他們就在外頭跪著。」朱元璋一怔，起身往殿外去。

朱元璋走出奉天殿，一眼就看見殿前玉階下烏鴉鴉地跪了一地的淮西老兵，領頭的人是藍玉。朱元璋一步一步走下玉階，邊走邊重重說：「都是來說情的吧？好嘛，來得好！咱也有一肚子委屈沒處說呢。你們先說吧。」

藍玉高聲道：「皇上，馬三刀參加過洪都血戰。末將出城拼命的時候，他寸步不離地跟著咱，手揮兩把大刀，殺瘋了似的，足足砍翻幾十個漢軍！」另一將軍揖道：「皇上知道不？馬三刀雖然貪污了銀兩，但這些年來，他也把自個兒俸銀拿出一半來，送給死去弟兄的遺孀們了。」朱元璋聽了很感到意外。又有一個將軍道：「稟皇上，弟兄們商量過了。馬哥短了朝廷多少銀子，咱們替他還。求皇上饒他一命。」所有的跪地老兵附和著一片懇求聲：「求皇上開恩，饒過他這回吧，銀兩我們替他還。」

朱元璋身子一軟，坐到玉階上，內心翻江倒海，激烈地掙扎著。

楊憲等人靜靜地守候在聚賢堂前。馬三刀開始焦慮不安起來。

一個護衛走近揖報：「稟楊大人，正午到了。」楊憲不由朝遠處望了一眼，對馬南山道：「馬南山，上路吧。」馬三刀回頭看看，國子監大門前還是空蕩蕩的，呆愣愣的很失望。

楊憲一擺手，幾個護衛上前扭住馬三刀。馬三刀一掙身體：「閃開，爺自個兒走！」馬三刀大步走到臺階前，昂首跪地。望著碧藍的青天，恨恨道：「媽的冤！」

一個護衛走到馬三刀身後，最後看了一眼楊憲。楊憲默默點頭。護衛揮起大刀，狠狠砍下去！

血濺聚賢堂前的玉階！濃烈的鮮血順著玉階上的窟窿破損處往下滲。四周死一般寂靜，久久的寂靜。

楊憲身心受到震撼，彷彿被糾纏在一個噩夢裡。半天，猛然從夢中醒來，朝大門走去。就在這時，一個學子模樣的青年瘋狂奔來，隔老遠就一路嘶聲喊過來：「慢著！我來了。我取來了！」他撲到楊憲面前跪地，劇喘不已，雙手舉起一隻鐵券道：「大人，這是馬叔的免死鐵券，我替他贖回來了！」

從未見過免死鐵券的楊憲接過來，仔細打量著，淡淡地說：「晚了。」

楊憲往奉天殿走。還未走近，就驚訝地看見那裡的玉階前跪了一地的人，朱元璋就坐在玉階上，正在怒斥那些淮西弟兄，他的聲音已經有點沙啞，但還是清清楚楚地傳進了楊憲的耳朵裡。

「咱清楚，馬三刀這樣的弟兄，除了打仗殺人外就沒啥本事了。因此開國後，咱一直勸你們奉公守法，吃俸祿，守太平。萬不敢自恃功大，就貪贓枉法！這些話，咱朝也說晚也說，說下天來你們也不聽，全是一雙驢耳朵！你們別以爲咱不知道，壞法之徒絕不只馬三刀一個，你劉四那座園子，銀子乾淨麼？還有李三勇，你縱容家奴，仗勢害民，連縣太爺都不敢管束你家奴才！還有藍玉你，竟然弄了一條九丈長的大龍舟，把秦淮歌妓都領到舟上去了，吃喝嫖賭，沿江而下，你瘋啊！當年血戰洪都有多瘋，今日你仍然有多瘋！」

被點名的將領，全部深深垂下了頭。

朱元璋手一撐玉階用力站起身，走到他們中間。氣憤得兩手止不住地顫抖，大聲道：「開國之前，就有人發明了一個詞，叫做『驕兵悍將』，說誰呢？就是你們！授封大典之後，又有人發明了一個詞，叫做『淮西勳貴』，說誰呢？還是你們！知道不，這個詞能殺人呀！爲何？因爲你們已經激起民憤了，快要危及朝廷安危了，天理難容！咱絕不會坐視！馬三刀的事兒，就是你們大夥的教訓！」

楊憲趁朱元璋喘氣的功夫，走上前，奉上鐵券道：「皇上，馬南山已經伏法。免死鐵券被他換酒喝了，剛剛贖回。」朱元璋問：「他說過什麼話沒有？」楊憲道：「他罵臣說，『憑你，砍不動爺腦袋，爺有免死鐵券！』」

朱元璋怔怔打量手中那張鐵券，突然狠狠將它擲地，怒斥一地的人：「都是這鐵券害的呀！你們以為有了它，就多了三、四個腦袋是不是？犯什麼罪都不死了是不？聽著，咱給了你們這份恩典，可沒給你們犯法的權利！楊憲！」

楊憲立刻應諾。朱元璋道：「後天咱要赴太廟祭祖告天。你傳旨給所有執有免死鐵券的功勳，正午時分，咱會點燃那尊祭天銅爐，在太廟前候著。誰願意主動繳回免死鐵券，歡迎！不願意繳的，咱不勉強，讓他自個兒珍重就是嘍！」楊憲高聲應諾而去。

兩天後，太廟前香煙繚繞，莊嚴肅穆。那尊巨大的祭天銅鼎被點燃，烈焰直沖九霄。朱元璋與太子朱標靜立於鼎下。李善長、徐達立於太子身後。開國功勳們手捧托盤，盤中擱著免死鐵券，排成兩行陸續走上前。臺階上，兩個護衛交替著高聲喝道：

曹國公李文忠主動請繳免死鐵券。

定國侯陸忠亨主動請繳免死鐵券。

宋國公馮勝主動請繳免死鐵券。

武定侯唐勝宗主動請繳免死鐵券。

鼎下，兩個護衛陸續取過功勳們呈上的鐵劵，擲入大鼎中。李善長與徐達對視一眼，兩人面無表情，看也像沒看，眼中卻有千言百語。他們同時解開衣襟，取出掛在胸前的鐵劵，高高地拋入鼎中。

朱元璋跨上一步，跪到祭臺下，深深地一叩，再叩。在這樣的大事情上出爾反爾，他的心情是沉重的。然而他明白，他要讓他的王朝興旺、長久，就得執法如山。王法如天，無論貴賤。他要嚴行執法，當殺則殺，當斬則斬。概不寬容！

巨鼎裡的火焰越燃越烈，沖天而上。

祭祖儀式之後，朱元璋招呼楊憲同他一起回去。龍輦隆隆前行，突然顯得萎靡不振的朱元璋靠在壁上打盹。楊憲卻直直地坐著，獨自想心事。與皇上一起，他多少有點拘束。

車身一震，朱元璋醒來，看一眼窗外，悵然微歎。楊憲乘機進言：「稟皇上。臣在查辦此案時發現，李相國屢屢在朝廷各部中安置親信，有結黨營私之嫌哪。」朱元璋沉默無言，微微點頭。楊憲受到鼓勵，顫聲道：「臣斗膽建議，撤換李善長，任用劉伯溫爲中書省丞相。如此，中書省定能高效貫徹皇上意旨，治國理政，整頓朝綱。」

朱元璋一怔，直視楊憲，搖頭道：「李先生跟隨咱半輩子了，功勳卓著啊，咱實在捨不得拿下他。咱也得講仁義是不？」楊憲內心失望，垂首無言。朱元璋再次閉上眼睛養神。朱元璋何嘗不明白，楊憲其實是自個兒想當中書省丞相！朱元璋就是閉上眼睛，也看得清楊憲的心思。

免死鐵劵拿走後，李善長一路疲倦地回到中書省的政事房，在茶案旁的椅子上一屁股坐下來，心煩意亂地略飲幾口，放下茶盅閉目養神。

胡惟庸輕手輕腳進來，把門閉上。輕輕問：「相國，連您也繳了免死鐵券？」李善長睜眼又閉上：「繳了。我那道鐵券呀，免死三次。但這都是虛的！如果皇上要砍誰的頭，那鐵券救不了他。因此留它也無用。」胡惟庸咬牙切齒地說：「這一回，楊憲又大獲聖寵了！」

李善長點頭不語。他此時沉浸在巨大的失落之中，不想談論其他事情。但胡惟庸對楊憲已經恨之入骨，不說他心裡不能平靜：「恩公啊，這個奸人一日不除，那咱們就是利刃當胸、芒刺在背，絕無太平日子過！」

李善長沉重地抬頭道：「這我知道。不光你，從太廟回來時，我與太子同車。連太子也認爲楊憲心地太苛，手腕太毒，太子心裡十分討厭他，但皇上欣賞，他也無奈。」

胡惟庸一聽，高興地說：「太子賢明哪！」李善長苦笑道：「當然賢明，就是太過文弱，見父皇就怕。」胡惟庸靠近李善長，索性進一步挑明：「恩公啊，楊憲志在中書省大位，他不達目的，絕不會甘休。難道我們就束手待斃嗎？」

李善長沉思著說：「自從楊憲入閣後，我一直在琢磨這個人，眞是越琢磨越奇怪啊！你想想，像他這樣刻毒的人，怎麼會是賢吏呢？分明是個酷吏！他今日如此陰險，就證明他昨日未必良善。這等人哪，有本事，但肯定也有見不得人的地方，只是咱們還不知道罷了。」

胡惟庸眼睛亮了一下，輕聲道：「請恩公示下。」李善長望著胡惟庸，沉吟道：「過些日子，我安排一次外巡，你親自去。先從楊憲老家開始，然後是他揚州任所。你給我細細調查他的老底，從他的祖宗八代查起，過去有無和元廷來往？年輕時有無貪色失足之類的醜聞？揚州任上有無擅權枉法之過？親朋家僕當中有沒有誰行賄納贓，枉法害民？總而言之，只要是個人，屁股裡就肯定有屎，何況楊憲？你只要下功夫查，必能揪出他的把柄！」

胡惟庸剛才沉鬱的臉色頓時開朗起來，微笑道：「恩公放心吧。屬下辦案的本事，絕不下於楊憲！」

胡惟庸辦案果然雷厲風行，一點不亞於楊憲。外巡任務剛下達，他就直奔揚州。爲了遮人耳目，他坐的是一輛外表平常的馬車。正顛簸得瞌睡著，突然聽馬夫說揚州已到，就拉開了窗簾，探出腦袋，靜靜地打量著面貌已經煥然一新的揚州城。馬車繼續顛顛地走，馳到揚州府衙前，一身便裝的胡惟庸下了車。他抬頭看看早已今非昔比的揚州府衙，又看看門畔侍立的守衛，微笑地招呼：「這位兄弟，麻煩你過來。」

守衛走上來，上下打量著問：「有事嗎？」胡惟庸低聲道：「請稟報府臺，胡惟庸拜見。」守衛驚訝地反問：「誰？」胡惟庸重複一遍：「胡惟庸！」守衛跌跌撞撞奔入府門通報。

魯明義聽說是胡惟庸來了，立刻奔出來，熱情地將胡惟庸迎入大堂。胡惟庸老朋友一樣，同魯明義推心置腹地談笑。但說到後來，魯明義卻如坐針氈，不停地拭汗。胡惟庸也站起來，踱著步說：「我知道，揚州城能有今日，你魯明義居功甚偉。但是功勞都叫楊憲佔去了，而你到現在仍是個揚州主簿，代理府臺。我還知道你懼怕楊憲，擔心風聲傳出，會給自個兒惹禍，是不？現在，我把底告訴你，此次我是奉旨巡查。朝廷對楊憲昔日政績頗有不解之處。比如，兩年全面復耕，三年大獲豐收，可能嗎？再比如，揚州雖然人口激增，但也有不少人返鄉之後，竟又外逃了。他們爲什麼要第二次背井離鄉啊？」

魯明義好生驚訝：「這你們也知道哇？」胡惟庸毫不遲疑地說：「當然知道！還有，朝廷給過揚州那麼多物資，都用到哪兒去了？是否用得妥當？還有，刑部曾經接到一樁來自揚州的無頭狀書，狀告知府擅行酷法，逼死良民！只因事主不敢署名，這樁冤狀就擱下了。」

魯明義望著胡惟庸，懷疑地低聲問：「怎麼刑部只接到一封狀書？」胡惟庸正視他，反嗔：「哦，難道有過許多封嗎？如此看來，都叫人壓下了。只有那一封無頭狀書是漏網之魚。對嗎？」魯明義心情複雜，顫聲道：「屬下不清楚。」胡惟庸正色道：「魯明義啊，該說的我都說了。如果你能配合本堂調查清楚，中書省保證在半個月內任命你爲揚州知府，四品。啊？或許你不願意再在揚州幹下去了，那也成。想在哪個州做知府，說出地方，中書省給你調換！」

魯明義心裡激烈鬥爭著，猶豫半晌，顫聲問：「胡大人哪，楊大人的隱情，下官實在不知道哇！」胡惟庸哈哈大笑：「既然不知道，你何來『隱情』二字？你是心存畏懼，不敢說罷了。對不？」魯明義垂首，算是默認。胡惟庸靠近他，知心地說：「本堂完全理解你，絲毫也不怨你。這樣吧，你什麼都不必說，一個字都別說！你只要給我安排幾個知情的屬吏、百姓，或者其他什麼人，由本堂自個兒進行調查。事後，本堂無論在任何情況下都會堅持這麼一句，'魯明義什麼都不說，一個字都沒說，全是我胡惟庸調查出來的』，你看這樣成嗎？」

魯明義眼睛發亮，感激地謝了胡惟庸。胡惟庸卻說：「應該是我謝你才對！至於安排什麼樣的人，魯大人應該有數吧？」魯明義鄭重地點頭道：「下官有數！」

魯明義安排胡惟庸住下。翌日，他用一輛馬車將胡惟庸帶到一座土地廟前。等車停穩，兩人先後跳下了車，魯明義指指廟門，神情恐慌地輕聲道：「胡大人，人都在裡面。」

胡惟庸注視著這座破落的土地廟，走向緊閉的油漆剝落的廟門。魯明義在後面突然叫了聲：

「胡大人！」聲音發抖。胡惟庸止步，回過頭望著緊張不安的魯明義。魯明義低聲道：「下官可什麼都沒說過噢。」胡惟庸微笑道：「放心！你沒跟我說過任何隱情這是事實嘛。」魯明義抱拳一揖，掌中竟然露出一把鑰匙，他遞過去，笑容可掬地說：「下官在府衙備酒恭候。」

胡惟庸伸手接過鑰匙，獨自走向土地廟。他用鑰匙好不容易才打開生鏽的銅鎖，推開吱嘎作響的廟門，舉目四望，觸目驚心。昏暗的廟宇中全是牢籠，蛛網布滿角落，灰塵像髒棉絮一樣當頭晃蕩。胡惟庸好一刻才適應了裡面的黑暗，定睛一看，每個牢籠裡都關押著囚犯。等他看清他們時，各種各樣的目光早就齊刷刷朝他射來。目光裡都有相同的陰森。胡惟庸也有點震動，鎮靜一下，對他們高聲說：「都聽著，本堂是朝廷專使，中書省參政胡惟庸。你們有什麼冤枉嗎？」

屋裡的人頓時大哭小叫：

青天大人哪，小民冤枉啊！

胡大人，下官被楊憲嫁罪，身陷囹圄，請大人爲下官做主！

大人，大人！您聽小民說。小民只少交了五十塊磚，就被罰沒全部家產哪，嗚嗚……

胡惟庸臉上露出了笑，大聲安慰大家：「不急不急，一個個來，慢慢說。本堂會爲你們做主的！」

第二十八章

觀金榜北方子鬧事
平禍端馬皇后謀奇

國子監牌坊披紅掛彩的，大門前兩行鼓樂隊敲鑼打鼓吹鎖吶，喜樂之聲震天動地，一派新氣象。牌坊外，大片學子身著新裝，排好了整齊的隊伍，興高采烈地等候點號入內。

看熱鬧的老百姓多得望不到頭，他們都在翹首觀看這罕見的恩科大試盛景，人群裡歡聲笑語不絕！衆護衛不得不排起人牆，頻頻吆喝：

退後，退後，不准擠！

當心！擠壞了仕子，要治你不敬之罪！

喜樂聲中，一位官吏居高處昂首唱號：「常州府舉員劉五一、呂正義、劉知仁。」

話音剛落，就有三個仕子昂首闊步從隊伍中出來，走進國子監。周圍百姓一片讚歎。官吏繼續高喝：「揚州府舉員吳平分、王之夫、李進。」又有三位仕子昂首闊步而出，進入國子監，周圍百姓又是一片讚歎。

走在最後面的那位仕子，就是爲馬三刀贖回免死鐵劵的青年李進。他長得清瘦挺拔，懸鼻大眼，腰間竟然與衆不同地繫著一道白色孝帶。他跟著大家往聚賢堂走，這裡的石階已換成了漢白玉鑄造的，看著晶瑩奪目，心曠神怡。朱標滿面笑容地立於堂側，注視著精神抖擻的仕子們邁上高高的玉階，踏過埋著頭顱的那級漢白玉階，進入聚賢堂考場。但是，李進走到玉階前卻站住了，他竟然跪了下去，叩首及地，連叩三次，接著膝行而上！

一位考監厲聲喝道：「停下，你什麼人？」李進抬頭，高聲道：「揚州舉員李進。」考監繃著臉問：「爲何跪地叩首？」李進顫聲道：「稟大人。這玉階下面，埋著學生表叔的頭顱，學生萬死不敢踐踏。」衆人聞聲皆驚。考監怒斥：「馬南山貪贓致死，皇上明令天下考生都得從他頭顱上踏過。你不但悖旨亂法，腰裡還敢繫一條孝帶，公開對罪犯服孝。這該當何罪？」李進眼裡含淚，顫聲道：「稟大人，學生家貧。馬叔曾多次用自個兒的俸銀助我為學，學生寧死也不能負恩！」考監大聲道：「來人，把他叉出去！」

幾個護衛聞聲衝了上來。這時候，太子朱標忽然開口道：「慢著！」考監急忙走到朱標面前低聲道：「殿下，皇上有旨啊。」朱標卻正色命令：「准他入考！」

李進轉回身，無言地朝朱標深深一叩，繼續膝行而上，進入聚賢堂。堂內，一隻隻木案整齊地排列著，案頭上有「甲乙丙丁、辰巳午未。」等字型大小。考生們都已坐在案前等待。身繫孝帶的李進在最後空著的一隻案前坐定。那隻案上寫著「戊子十八」。

李進定了定神，往前一看，堂前站著總監考官李善長。他面色紅潤，帶著笑意望著大家，用穩厚的聲音宣布時辰到了。考生們如同聽到號令，立刻迅速行動起來，一個個都緊張地伏案揮筆。考案中間的過道上，考監們也開始威嚴地來回巡查。

李進雖然定了神，卻似乎就此定住了神，不知道往卷子上寫字，一直茫茫然地坐著，呆若泥塑，如幻如夢，面前的考卷上久久還空無一字。在周圍埋頭揮毫的考生之中，他簡直像一個中了邪的人。

太子朱標在李善長的陪同下在考場外踱步巡視。朱標隔著窗欞打量著那些青年才子，不禁技癢難熬，滿面含笑地對李善長說：「李先生，我恨不得成為他們中間一員，好生比試一下！」李善長歡喜地稱讚：「殿下能有這副心願，足見聖主情懷，垂愛天下學子啊。不過，老臣倒不希望殿下與他們為伍。」朱標嗔怪道：「為何？」李善長微笑道：「殿下如果應試，定然鶴立雞群。但請殿下想想，舉子們來此是搏取功名的，可還沒考呢，狀元郎已經被殿下收入囊中了，他們能甘願嗎？」

朱標聽了，難得地開懷大笑起來，說：「那也未必。」

李善長笑著轉了話題：「殿下請看，這些仕子們年齡都與您不相上下。這意味著，將來這些人都會成爲您的臣下，爲大明新君效力啊。」朱標矜持含笑，微微頷首。再次望向考場內，臉上露出驚奇來，問：「咦，靠過道的那位，是不是膝行而入的揚州學子？」

李善長朝裡凝望一會，道：「是他，名叫李進。」朱標不解地說：「別人都在揮筆如風，他爲何呆坐不動啊。」李善長低聲道：「可能是失神了！稟殿下，過去也出現過這種事，有學子寒窗十年，滿腹經綸，可進了考場腦中卻突然一片空白，所有的學問全部忘光，鎩羽而歸，從此荒廢了一生。唉，科考場上無奇不有哇。還有當場瘋癲，撕了考卷的呢！」朱標面露憂慮：「馬三刀之死對他打擊過大。唉，可惜啊！」李善長也歎：「看來，此人已經完了。只可惜他辜負了殿下的恩典哪。」

一個考監經過李進的身邊。見李進仍然一動不動，卷面上空無一物，彷彿在神遊太虛。不禁威嚴長喝：「各位學子聽清嘍。申時初刻閉卷封門。現在還有大半個時辰，請各位珍惜！」

這聲長喝總算把李進從夢中喚醒，他取筆開卷，稍一凝思，竟如脫繮野馬，急速揮毫！

朱標似乎特別喜歡考場的氛圍，捨不得離開這裡。李善長就繼續陪伴朱標巡閱。場內傳出了考監第二次催場聲：「各位學子聽清嘍。申時初刻閉卷封門。現在還有一刻鐘，請各位珍惜！」

朱標立定，朝場內望去，不由自主又望向李進的座位。那裡居然沒有人！朱標驚道：「那個李進到哪兒去了？」李善長也朝裡望著。果然，眾考生仍在緊張答卷，而李進的位置空空如也。他轉臉再看，卻看見李進正執卷走向考場外的學臺，向倨紫案高坐的主考官宋濂交卷。

李善長大驚道：「殿下您看，李進已經交卷了。他是第一個交卷的，難道，他竟敢交白卷？」朱標皺起眉，快步朝學臺走去。李進已經交了卷，在學臺前迎面看見朱標，立刻躬身避讓，恭敬地一揖，然後無言離去。朱標疑惑地匆匆看他一眼，走近學臺，低聲問主考官宋濂：「宋師傅，剛才那位學子，完卷了麼？」宋濂看一眼面前的卷紙道：「殿下，您問的是『戌子十八』號麼？」朱標點頭：「應該是。」宋濂迅速翻閱，稟道：「該考生上下二題，全部完卷。」朱標吃驚地回望李進背影，讚歎：「好、好！處變不驚，才思非凡哪！」李善長也不由感歎：「眞是不得了哇！只用了半個時辰，竟能將試題全部答完。胸有成竹者，方能一揮而就！」

這時，一位內閣官吏匆匆趕來，俯於李善長耳畔竊語了幾句。李善長聽罷低聲命令：「叫他在署衙等候。」

李善長等朱標走後，匆匆趕回中書省的政事房去。進屋就看見胡惟庸坐在茶几旁自得其樂地斟茶，品茶，回味。令人不宜覺察地搖頭晃腦。李善長笑了：「我這茶，能讓人如此陶醉嗎？」胡惟庸急忙起身，笑著施禮：「屬下拜見相國。」李善長落座，問：「情況怎麼樣啊？」胡惟庸冷笑道：「楊憲完了。嘿嘿，屬下掌握的罪狀，足能將他剁成一攤餃子餡！」李善長嗔責道：「人家只想剁你一隻腳，你卻要把人家剁成餃子餡？惟庸啊，不要帶著仇恨辦差使，那會妨礙你的判斷力！」胡惟庸恭聲道：「相國說的是，屬下輕薄了。」李善長淡淡道：「我忙得很，你撿重要的說吧。」胡惟庸從懷中掏出厚厚一疊罪狀，朝案上一擱。肅容道：「稟相國，楊憲表面上是個精明強幹的能吏，而實際上是個狠如虎狼的酷吏。他任揚州知府時的驕人政績都是不顧百姓死活，用鐵腕和皮鞭逼出來的。請看這份訴狀，楊憲以奉旨爲名，在寒冬臘月逼迫鄉民破冰下河，竟使得兩人凍傷致死，百姓哀聲遍地，他置若罔聞！再看這份訴狀，楊憲爲修復城牆，強令婦孺老弱跋涉百里，到鄰縣砍柴燒磚。兩個月內，竟有四人凍餓而死於荒野。」

李善長醒悟道：「哦，現在明白了。爲何會有已經返鄉的揚州百姓，再度流亡。他們是忍受不了楊憲啊！」胡惟庸道：「相國明見。您再看這份，鄉民劉大，只因少繳五十塊城磚，便被罰沒家產，關入牢獄。還有這衙吏于少海，三個月沒領到一文俸銀——」李善長打斷他：「慢著，屬吏們的俸銀哪去了？」胡惟庸道：「楊憲強令各級官吏奉獻俸銀，說要爲建設揚州作貢獻。」李善長擺手：「繼續說。」胡惟庸又道：「于少海因此無法爲病重的父母抓藥，致使父母雙亡。下葬那天，窮得連一口棺木也置不起，死者衣不裹身，只得用片蘆席捲了捲，埋了！相國啊，您聽聽，這情景跟皇上的父母雙親去世時完全一樣啊！皇上每談起此，都是痛斷肝腸！而楊憲治揚州，竟也把父老鄉親逼到這份上。皇上看了此狀，當做何感想？嘿嘿嘿！」

李善長瞟了一眼興奮不已的胡惟庸，道：「辦得不錯。你厲害！」

胡惟庸手指點著那堆狀紙，笑道：「楊憲已經擱砧板上了。咱們愛怎麼剁就能怎麼剁！」李善長平靜地問：「哦？你打算怎麼剁呢？」胡惟庸道：「屬下打算細細地擬一道摺子，附上這些狀書，上奏皇上，彈劾楊憲！」李善長沉思許久，搖頭道：「不成，絕對不要這麼做，起碼現在不行。」胡惟庸爭辯道：「相國，屬下確信，奏狀一上去，楊憲必倒！」

李善長微笑道：「有個六七成吧，最多八成把握。但是，這就夠了麼？」胡惟庸不悅：「哦？請相國示下。」李善長道：「我問你。你此去揚州，那裡的耕地是否全部復耕了？說實話，不要貶他。」胡惟庸一愣，只得老實說：「是。而且，稻、麥都長勢甚旺。」李善長又道：「我再問你，揚州城是不是開始興旺了？」胡惟庸沮喪地說：「城樓，街道，民居，都在復建當中。」李善長打斷他：「有這兩條，就足以讓楊憲功罪相抵！憑我對皇上的了解，最多辦他個『爲政太苛，馭民失當』而已！皇上會大罵他一頓，讓他降職受罰，卻不足以致其死命啊！別忘了，他的後臺劉伯溫，也會鼎力保他！」

胡惟庸這才醒悟，但還是不甘心地說：「此話雖然不錯，但這些罪狀呈上後，楊憲很可能被逐出中書省呀！」李善長不以爲然道：「這只是個可能，同樣也可能戴罪留任！此外，還可能引起皇上猜疑，認爲我們挾嫌報復，暗中整治楊憲。唉，皇上多疑啊！如果眞那樣了，反而對我們不利。還有呢，楊憲遭此重創後，定當百倍警惕，以後再想收拾他，豈不更難了嗎？」

胡惟庸一驚，無語。李善長教導著：「惟庸啊，心字頭上一把刀，忍，而且要一忍再忍！我看，還是繼續讓楊憲頤指氣使吧，繼續讓他輕薄得意吧。咱們呢，平心靜氣的，敬著他，讓著他。你把這些罪狀收好嘍，讓它像酵母一樣慢慢發酵，越發越大。相信我吧，楊憲總有失足的一天，那天也將是他失寵和失敗的一天。到了那天，咱們再一股腦兒把罪狀端出去，上奏彈劾！」

胡惟庸認認眞眞垂首聆訓，此時才道了聲「遵命」，慢慢將罪狀收攏。李善長沉吟道：「還有件事，我仍然覺得楊憲的毛病不只這些，他肯定還有什麼更骯髒的東西不爲人知。勞你再下些功夫，繼續調查取證。惟庸啊，總之一句話，如果這一刀不能讓楊憲身首異處，那麼，你這刀就萬萬不要砍下去！引而不發要比離弦利箭更厲害！」

胡惟庸內心受到震撼，平時溫文爾雅的李善長，竟然比他老辣許多，想得如此深遠細長。他起身長揖，發自內心地感激著：「多謝恩公。今日，屬下大受教益！」

廷試過後，閱卷按部就班地進行。聚賢堂的閣內各處，高高堆積著試卷。宋濂與幾位老仕子正在忙碌地閱卷，屋內不時響著一片翻卷的嘩嘩之聲。這些考官們或淺吟默誦，或搖頭晃腦，或長吁短歎，或皺眉鄙棄，神態各異。突然，一位考官起身，捧著試卷朝宋濂走去，興奮地說：「下官認為，戌子十八的試卷極為出色，建議列入頭甲，請主考大人審閱。」另一老考官看著看著，也面露喜色，站起來執卷上前道：「下官再三閱過，丙子九號的試卷上佳無疑。應當從二甲升入頭甲。」閣內正在閱卷的考官中突然有一位擊案大呼：「妙啊妙啊！」所有考官皆驚，齊齊看他。這考官搖頭晃腦地讚歎：「潑辣文章，錦繡肚腸！多少年沒見過這麼好的文章了。宋大人，乙申二十五的卷子非列入頭甲不可。要不，我們就是誤人子弟啦！」

宋濂案上已經平鋪著多份試卷，他抬起頭道：「謹慎，謹慎！列位不可輕率，務必要優中選優。頭甲只能有十二人哪，要呈皇上御覽的！」雖這樣說，但他臉上卻也是寫滿了歡喜。

半個月過後，宋濂將選入頭甲的試卷送到了朱元璋手裡。朱元璋看到試卷，不由自主地露齒笑了。他端正坐姿，將宋濂交上來的試卷拿在手上掂量著。宋濂稟道：「臣等經過半個月的審閱、斟酌、淘汰，初步選出三十六份上佳試卷，擬將這三十六位考生錄為進士。並從中擇選出頭甲十二位考生的試卷，呈皇上御覽。並奏請皇上擇日舉行『殿試』，欽定狀元、榜眼、探花！」

朱元璋嘿嘿笑著，感慨地說：「咱這個放牛娃出來的人兒，也要欽點天下仕子了！不瞞你們說，咱可是又盼著這刻，又有點慌神啊！嘿嘿嘿。」

陪於側座的李善長笑道：「皇上莫慌，慌的是學子們！為何？因為這時他們個個望眼欲穿，盼著天子降恩、金榜題名哪！」朱元璋哈哈大笑，道：「說白嘍，大夥都慌，也都高興！是不？」
李善長、宋濂、朱標齊聲道：「是！」
朱元璋問立於身側的太子：「朱標，頭甲的卷子，你都看過嗎？」
朱標興奮地回答：「兒臣都看過。上佳！」朱元璋笑道：「那就好。哎，如論品讀文章，咱肯定不如你們。只要你們幾個說好，那就眞是好。傳旨！」
這時忽然聽到一聲高叫：「皇上且慢下旨，臣有事稟報！」話音未落，楊憲喘息奔入，朝朱元璋叩道：「皇上恕臣失禮。臣確有要事。」朱元璋嗔：「什麼事啊？」楊憲正色道：「臣要參奏恩科總監、中書省丞相李善長！」所有人皆大驚失色。李善長自己反而平靜端坐，淡然笑著，巍然不動。
朱元璋也是一驚，淡淡道：「參吧，善長正好在這兒！」楊憲朝李善長一揖，冷冷地說：「敢問相國大人。那位『戌子十八』考生是何人哪？」李善長正色回答：「揚州舉員，李進。」楊憲咄咄逼人地問：「李進是何人之侄？」李善長皺眉道：「工部營造司主事，馬南山之侄！」
朱元璋聞言略怔，朱標更是一驚。楊憲得意地朝皇上揖道：「稟皇上，罪臣馬南山剛剛斬首，其侄李進竟然就入仕。何況，欽犯之侄竟名列頭甲？難道天下才子們都死絕了麼？相國大人如此徇私護舊，究竟是何居心哪？更何況，皇上明令考生都得從馬南山頭顱上踏過，臣卻聽說，李進進入國子監時公開抗旨，身繫孝帶，膝行而入，這豈不是明目張膽地對抗天威麼？」朱元璋冷冷地看向李善長，沉聲問：「楊憲所說的，屬實麼？」李善長沉著地說：「全部屬實。」朱元璋的臉色頓時冷下來，不說話。

楊憲凜然道：「臣請皇上下旨，治李相抗旨徇私之罪。並剝奪李進功名，將其交刑部依律審辦。」宋濂驚慌地大叫：「不可不可，萬萬不可啊！」朱元璋轉向宋濂，微笑著問：「爲何不可啊？」宋濂急得聲音發顫：「臣等閱卷時，都將考生姓名、籍貫遮住，只留下座號。因此，所有閱卷官均不知此卷爲何人所做，只能依其試卷優劣、見識高下作出判斷。李進入仕，全是因爲他文章超群，才華出眾。這與他是誰的侄兒毫無關係！稟皇上，朝廷取仕，首在公道。頭甲十二人都是憑考卷選出來的，就連孔聖也不敢擅改啊！」

朱元璋聽了這話，頓時不悅，冷笑道：「宋先生的意思是孔聖改不得，咱這個皇上就更改不得了！是不？否則的話，咱就要得罪孔聖，有悖公道，遭天下仕子的罵！是不？」

此話一出，眾人皆驚。宋濂見皇上發怒，驚慌失措道：「臣、臣不是這個意思。臣、臣……」朱元璋追問道：「那先生是什麼意思，莫非是咱聽錯了先生的意思？」宋濂又急又窘又驚又懼，臉脹得通紅，結結巴巴道：「不、不、不，臣、臣、臣——」這時一直站在朱元璋後側的朱標突然上前，激動地說：「稟父皇，李進入考，是兒臣准許的，與李相無關！」

楊憲一怔，突然意識到不祥，因爲彈劾錯了。而李善長終於鬆了口氣，感激地看著朱標。朱元璋和藹地問：「標兒，你有何看法？」朱標收起平時溫良唯諾的姿態，凜然道：「兒臣認爲。所有考生都可以從馬南山頭顱上踏過，唯獨李進不能。因爲馬南山是他叔，曾助他爲學，有恩於他。身爲晚輩，如果從先人墳上踐踏而過，那他還是人嗎？忠孝節義何在？人倫綱常何在？兒臣還認爲，父皇將馬南山斬首，極爲公道，可謂天威當頭！而馬南山之罪與李進無關，李進是憑自個兒的才學入仕的，父皇如賜他功名，則是天恩當頭。如此恩威相濟，上合王者之道，下合天地人心！」

朱元璋驚訝地望著朱標，眉梢抖動，神情激動。他突然哈哈大笑。拍案高聲：「聽聽！咱皇兒說得好，太好了！眞不愧是太子！傳旨吧，就照咱皇兒說的辦，立刻開榜！」眾臣皆鬆口氣，歡欣齊揖：「遵旨！」

朱標自豪地微笑著。

眾臣走後，朱元璋起身，仍然感慨不盡：「標兒，剛才你那番話，父皇聽了眞高興。爲何呀？因爲你一向是懦弱順從的，今天終於閃出了帝王之氣！這讓咱比得了一百個李進都高興！」朱標激動地說：「謝父皇。」朱元璋又感慨：「馬三刀能有李進這樣的侄兒，好！死也値嘍！」他吩咐二虎，到天黑了以後，著人悄悄將馬三刀的頭顱取出來。然後，將他厚葬！二虎高興地答應著去了。朱元璋爲自己的兩個決定得意著，嘴裡哼著曲兒踱步。突然想起剛才楊憲風風火火衝進來一事，嗔道：「哎，楊憲今兒吃了什麼藥哇，怎麼突然彈劾起善長來了，輕薄！」

再說劉伯溫受了點風寒，臥榻幾天了。這一日上午又是咳嗽不止，劉璉趕緊扶起父親，輕捶其背。童僕小六子捧一碗藥入內說：「老爺，藥好了，冷熱正合適。」劉伯溫咳道：「好，好。拿來吧。」看著六子小心翼翼地遞過碗來，劉伯溫慈祥地說：「六子，你歲數也不小了，總不能侍候老爺一輩子吧？」六子笑道：「老爺，我已經侍候您半輩子了。還剩下半輩子，就一總侍候您得啦！」

劉伯溫接過藥碗，且飲且道：「那不委屈了你麼？這樣吧，趁老爺大權在握，封你個官當當。好不？」小六想老爺不會是開玩笑吧，懷疑地問：「眞呀？什麼官？」劉伯溫道：「六合縣衙吏領班。」小六興奮地瞪大眼：「幾品哪？」劉伯溫支吾道：「哦，沒品。」小六埋怨道：「那叫什麼官？連個『品』都夠不著，不去！」劉伯溫訓導他：「做官要從下頭做起，你如有本事，就一步步升上來。如果沒本事，就先在下頭學本事。」劉璉也笑著插話：「再說六子啊，你這官比當年劉邦的官還大呢。他不過是個亭長，只管著十里地面，你呢？百里縣境都歸你管哪！」小六激動起來：「眞呀，那我就試試。哎，老爺，我要是出息嘍，你可得抓緊提拔我，一年提拔一次，這總成吧？」劉伯溫含笑點頭：「做著看，做著看。」

這時候，外面傳進一連串鞭炮響和陣陣鑼鼓聲。劉伯溫側耳聽了一會，問：「開榜了吧？」劉璉也在聽：「估計是。肯定是！」劉伯溫頓時激動地吩咐備轎，要瞧瞧去。劉璉勸道：「父親，你可正病著呢！」劉伯溫不讓兒子說下去：「二十年沒辦過恩科了，這麼熱鬧的事，一定得看看。」劉璉低聲提醒：「兒的意思是。皇上已經准了你三天病假，你出去要是讓人看見了，豈不會攻訐你無病稱病嗎？」劉伯溫猶豫片刻，道：「管不了那麼多了。恩科開榜，幾十年不遇的盛況，不叫我看看，我受不了！」

小轎載著劉伯溫在街中行。劉伯溫拉開窗簾，興奮地四下張望。

迎面，一列報捷者敲鑼打鼓而來。他們圍著一座客棧歡叫：

小的恭喜陳老爺金榜題名！

嘉興陳老爺名列二甲第七！風光無限！

被稱爲陳老爺的入仕青年滿面笑容，連連向圍觀者打躬作揖：「同喜，同喜！小二，賞，快賞！」

店小二抓起大把銅錢朝人群撒去，立刻激起一片爭奪與一串歡聲笑語。劉伯溫在轎中看得嘿嘿直笑，對外面的兒子喜道：「璉兒啊，你爹當年中榜時，比那小子還神氣呢。嘿嘿，一天就撒掉了三十多兩銀子，擠得樓都要塌了！」

劉璉笑而不語。

小轎繼續往前行。不一會兒就到了國子監的大門前。那裡已經豎起了大幅的金榜，士農工商各色人等圍了個裡外三層。考生們個個伸長脖子在尋找自己的名字，有人焦慮，有人激動，有人惶恐：

我在哪兒呀？瞧見我沒？

哎呀，吳公子竟然是頭甲！

讓一讓！讓一讓！嘿！有我。我在那兒呢！哈哈！我中啦！我中啦！

小轎在人群周邊停了一會，劉伯溫透過小窗動情地欣賞著外面的景象。劉璉勸道：「父親，回去吧。」劉伯溫笑著說：「不急、不急，再看看。多熱鬧啊，這景象幾十年沒見了。」劉璉警覺地瞧瞧四周，又勸父親：「還是回去吧。」劉伯溫卻固執地說：「不、不。反正已經出來了，乾脆再到國子監看看，順便給宋濂他們道個喜！」劉璉無奈，只得令轎夫靠邊快走。

劉伯溫進了國子監的聚賢堂，兩位考監連忙讓座。將入仕名單遞過來。劉伯溫坐於學臺尊座上，一邊咳著，一邊笑盈盈觀看入仕名單、試卷。考監恭敬地陪立於側。劉伯溫看著看著，漸生疑慮，偏頭問道：「陳兄，這些入仕考生的年齡、籍貫，你們擱哪兒了？煩你拿我瞧瞧。」陳考監猶豫地說：「稟中丞。依律，那些資料應當全部封存。」劉伯溫厲聲命令：「取出來，我要瞧！快去！」陳考監急忙摘下腰間鑰匙，奔向牆邊高櫃，抖抖索索地打開抽屜，翻尋了一會，終於捧出厚厚一冊，過來捧給劉伯溫。劉伯溫急速翻閱，過了一會，啪地合上。呆在那裡，久久無語。考監們詫異地問：「大人，怎麼了？」劉伯溫淡淡道：「沒事。璉兒，咱們回家吧。」

劉璉扶起劉伯溫，匆匆朝外走。兩個考監狐疑地看著他們離去。

劉璉扶著劉伯溫奔向小轎。現在，反而是劉伯溫催促兒子：「快快，趕緊回家！」劉璉感到蹊蹺，連聲問：「父親，怎麼了？您哪兒不舒服？」劉伯溫似同誰賭氣一般，沒好氣地說：「我、我渾身上下都不舒服！」

這時候，宋濂笑容滿面地迎面而來：「劉公啊，病好啦？我剛剛得知你來了，抱歉、抱歉，有失遠迎啊！」劉伯溫立定，並不同他寒暄，立馬就顫聲責備道：「老宋啊！宋大主考，你、你、你讓我說什麼好哇！」宋濂驚訝地問：「出什麼事了？」劉伯溫氣呼呼地責問：「開榜之前，你就沒看出毛病來？」宋濂從劉伯溫的臉上看出事情的嚴重，不由心裡一緊，有點慌亂地問：「什麼毛病啊？」劉伯溫顫聲道：「你們錄取的三十六個進士，全部來自江南。絕大部分是安徽、江蘇、浙江！唉，北方的學子豈能甘願？大明王朝，難道只有半邊天下嗎？」

宋濂大驚，像腦袋裡有東西炸開了，一團煙霧，人也搖搖欲墜起來。劉璉不得不扔下父親，衝過去扶住他。宋濂幾乎有點語不成聲：「閱、閱、閱卷的時候，籍貫、姓名、年齡全部另處存放，由考監鎖定，以防徇私舞弊。我們單憑文、文章擇、擇選。」劉伯溫苦笑道：「現在可是什麼都說不清了。你呀，就準備應付禍事吧！唉！」

哪知道說時遲、那時快，國子監外，禍事竟然已經爆發出來！

圍在金榜前的考生當中，有一個北方考生發現了金榜上沒有北方學子，立刻尖聲驚呼起來：

「哎，你們瞧，榜上這些人，好像都是安徽和江浙一帶的嘛！」站在後面的考生紛紛探頭：「讓我瞧瞧，可不是嗎，都是江南學子。我說怎麼沒我呢，原來全叫他們佔去了！」

頓時，落榜的考生中突然激起一片喧嘩：

爲何把北方學子排除在外，朝廷舉仕不公啊！

醜聞哪醜聞，這是開國以來最大的醜聞！

考官無道，恩科寡恩！

走哇！有膽子的，跟我走。咱們向皇上鳴冤進諫！

眾學子亂哄哄地嚷著，朝宮廷方向奔去。劉伯溫乘坐的小轎緊閉門窗，擦著人群急速而過。轎旁劉璉劇喘跟隨，輕聲催轎夫：「快，快！」

落榜的學子們大呼小叫著很快衝到了宮門口，人群裡的人七嘴八舌叫著：

我們要進見皇上，鳴冤進諫！

大明首屆恩科，竟然把北方學子全部排除在外

考官無道，恩科寡恩啊！

宮門口的幾個護衛拼命推搡學子們，怒喝聲道：「退下，退下！宮廷聖地，你們要造反麼？」但是義憤塡膺的北方眾學子仗著人多勢眾，竟然推倒了護衛，吆喝著就要衝進宮門。

一聲尖銳的銅號響起，嗚嗚嗚！號音中，二虎領著大片御林軍衝到了宮門口。二虎對學子怒目而視，大聲喝道：「聽令，把爲首者統統抓起來！剩下的，彈壓！」眾軍士拔刀抽劍，衝入學子中間捕捉爲首者。頓時，宮前喝聲四起，場面大亂。

而乾清宮內，馬皇后與玉兒對外面的衝突一無所知，兩人正雙雙對站著，欣喜地展開一幅美麗的印花綢料。玉兒驚讚道：「娘娘您瞧，這綢子閃閃發光呀。您瞧這，這對牡丹多漂亮啊！」馬皇后笑嗔：「這叫雲錦，不叫綢子，浙江省剛剛呈送來的貢品！這幅百花爭豔的圖案太鮮豔了，就賞你吧！」玉兒大喜謝恩。馬皇后微笑問：「結婚兩年了，你也該有了吧？」玉兒羞澀地回答：「我、我也不清楚。這些日子，只覺得胸口處厭厭的。」馬皇后道：「八成是懷上了。好！女人哪，非得有了孩子，這家才算是完整了。」話音剛落，宋濂跌跌撞撞奔入，一頭跪到馬皇后面前，哽咽地叫了聲「皇后娘娘！」竟再說不下去。

馬皇后一怔，命令玉兒：「去。到外頭看著點！」玉兒捧著雲錦匆匆出去了。馬皇后輕聲問宋濂發生了什麼事？宋濂顫聲稟報：「本屆恩科，由臣奉恩主考。萬萬沒想到，所取的三十六位仕子，竟然全部是南方學子。」

馬皇后一聽，連忙說：「那趕緊調整呀！」宋濂痛切道：「已經開榜了！而且宮外頭已經鬧起來了。」馬皇后明白了，事情已經到了無法挽回的地步，不由歎道：「宋濂啊，跟我說實話吧，你們作弊了沒有？」

宋濂凜然道：「絕對沒有！臣也萬萬不敢！」馬皇后鬆了口氣，嗔怪道：「既沒做虧心事，那你怕什麼？」宋濂悽惶地說：「娘娘啊，皇上的脾氣您最清楚。馬三刀貪沒了些石材木料，皇上就把他的頭砍下來，埋在聚賢堂玉階下，讓天下學子踐踏而過。臣、臣闖下了這麼大的禍事，皇上豈能容我？」馬皇后頗有點不以為然：「如果你們取仕公道，那何罪之有哇？」宋濂顫動得更厲害了：「話是這麼說。可是，如果北方學子們鬧得厲害，就可能在北方數省激起變亂。到了那個時候，朝廷為了平息民憤，總需要一隻替罪羊吧！」

馬皇后倒沒想得這麼遠，被宋濂一提醒，不由微微頷首：「不錯，是需要。」宋濂重重叩首爲自己求情：「求皇后救臣一命！」馬皇后沉默片刻，鄭重地問：「宋濂，你怕死嗎？」宋濂慘沮地說：「不怕，臣怕，臣不——」馬皇后嗔道：「到底怕還是不怕？」宋濂淚水嘩嘩而落，淒慘地說：「娘娘啊。臣活到這把年紀了，臣不怕死！但是，臣不願意被人砍下腦袋，塞在木籠裡巡遊啊！臣、臣更不願意，一生清名慘遭汙損，自個兒身敗名裂不說，連臣的後人都抬不起頭來，永遠不得入仕！」

馬皇后聽後震驚，半晌說不出話來。這時玉兒匆匆入內，焦急地對馬皇后說：「娘娘，外面人來人往，都說皇上發火了，令三品以上文臣全部到奉天殿議政！」宋濂不由哽咽，朝馬皇后深深一叩首，顫聲告別：「娘娘，臣去了。」他起身，顫巍巍往外走去。

馬皇后在身後突然大聲叫住他：「等等！」宋濂回頭。馬皇后從身上抽下一塊錦帕遞過去，讓他把眼淚揩乾淨再去。宋濂接帕拭淚，感激地道了謝。馬皇后沉靜地說：「宋濂哪，你教過好幾位皇子，你是個好人哪，我不會讓你死的！」

宋濂進入奉天大殿時，三品以上文臣多數已到了。朱元璋一手拿著仕子名單，一手拿著籍貫資料，重重踏上丹陛。他坐在龍座上，兩份材料左右對看著，越看越怒，只聽著紙頁嘩嘩翻響。朱標跟隨他，惶惶立於其後。

丹陛下，眾臣垂首肅立等待聆訓。總監李善長與主考官宋濂自知有罪，早已雙雙跪著。

朱元璋終於起身，拿著那些試卷步下丹陛，他看看宋濂，再看看李善長，嘩地把它們摔到李善長面前，怒吼道：「朝廷首次恩科，就讓你們弄到這個地步。三十六個進士，全部是南方人，淮河以北的學子，一個都沒有。難道，咱大明就只有半邊天下嗎？」

李善長與宋濂沉默著，不敢回答。

朱元璋居高臨下地怒視著兩人，冷冷道：「有句話咱雖然不想問，可現在也不得不問一問了。你倆一個是恩科總監，一個是大試主考。你們有沒有徇情舞弊？」

李善長斬釘截鐵回答：「稟皇上，我們絕無徇情舞弊。此次恩科，只以文章取仕，閱卷官根本看不到考生的年齡、出身、籍貫等。臣叩請皇上指派重臣嚴查，如查出任何僞弊事端，臣立刻自刎謝罪！」

宋濂提高已經沙啞的聲音道：「臣宋濂，非但無徇情舞弊，臣還願意用自個兒腦袋爲手下各考官擔保。如查出任何考官有任何僞弊事端，臣也立刻自刎謝罪！」

兩位朝廷重臣出言如此悲壯，全體大臣的心靈都被震撼了。

朱元璋微頷首，像是稍微氣平了些，道：「禍事已經出來了。眼下最重要的是，朝廷應當如何善後？」楊憲出班奏道：「稟皇上。臣進宮時在路上看見，許多刁頑學子已經群聚於茶館、客棧、酒樓，正在那裡蜚短流長，蜚議恩科取仕不公。爲維護朝廷尊嚴，臣建議立刻將他們逮捕關押，以免事態擴大。」

呂昶接著出班奏道：「臣認爲萬萬不可！如果首次恩科就激起血案，那不是反而有損朝廷的尊嚴嗎？臣建議，迅即派員撫慰，同時，將他們封閉在客棧中，暫不准其歸鄉，也不使之與百姓接觸，以免謬言誤傳。」

楊憲再奏：「稟皇上。此次大試，全國舉員多達二百七十八人，皆爲各省才俊。爲何偏是這三十六人入仕而不是另外的三十六人？為何入仕者又全是江南學子？臣萬不敢相信這竟是個偶然。臣認為，其中定有弊端，乞皇上明查！」

胡惟庸忿忿上前搶奏，他提高聲音道：「稟皇上，臣相信李相國、宋大人的品德操守，絕不會徇私舞弊！此外，由兩位柱國大臣主持首屆恩科，乃是皇上欽定，更是兩大臣絕大的榮譽！兩大臣豈敢瀆職？再者，李、宋兩大臣皆為眾臣前輩，早就功成名就，沉穩厚重，他們怎麼可能愚蠢到了藉恩科謀私的地步？果眞如此的話，那就不僅是朝廷醜聞，更是天下笑談了。」

楊憲未等胡惟庸說完再次上前搶奏，針鋒相對地說：「聽胡惟庸所言，彷彿所取三十六仕，皆為至公至道！那好，臣建議將考卷全部張榜公開，包括錄取試卷與淘汰試卷，讓天下學子盡情評判。不怕不識貨，就怕貨比貨。如此一來，足可見朝廷光明磊落之氣魄，又可讓那些落榜學子們口服心服，定能迅速平息事端。」

胡惟庸早已面紅耳赤，再次上前搶奏，聲音更加激烈：「稟皇上，楊憲之言，可謂禍國亂世！因為，君子自重，文人相輕。落榜學子們，這會兒正是滿腹怨屈呢！他們根本不認為自個兒文章不好，只以為考官昏聵。如果將所有試卷張榜公開，那不是擴大事態嗎？再者，科舉取仕，乃天子恩威、朝廷專權，怎麼能把取仕大權下放到學子手裡，難道要讓他們自個兒來選拔自個兒嗎？果眞如此，朝廷顏面何在，上下尊卑何在？」

朱元璋頓足喝斷：「吵得好！吵得可眞是好啊！怎麼著，要把奉天殿掀翻嗎？！」

胡惟庸與楊憲這才垂首住口。所有臣工無人發出聲息。

殿堂裡靜了一會，朱元璋緩緩地說：「咱算是想明白了。取仕風波，不但要明斷，還要速決。

因爲學子們正在外頭蜚短流長，百姓們也在翹首觀望。朝廷如果這點事都不能擺平嘍，那還配叫朝廷嗎？咱也只能算是個昏君！今兒，六部三院的大臣都在這兒，你們可都是飽讀詩書的人尖子啊！試卷雖然不能拿給學子們看，但可以拿給你們看哪！聽旨：把這次恩科的所有試卷，仍然遮住姓名年齡籍貫，全部拿到奉天殿來，由你們分頭閱看。就在這裡看，看不完就不准下朝！咱給你們備飯！」

眾臣齊聲應諾。大殿之中沉悶嚴峻的氣氛稍稍緩和了一些。朱元璋卻還是緊繃著臉，道：「看完之後，你們給咱一個讀後感吧。咱想知道，你們選取的上品卷子是哪些個，和宋濂他們選的卷子差別多少？如此，大致可以判斷出取仕是否公道了。」

胡惟庸馬上大聲道：「皇上聖見！」

朱元璋又冷冰霜地命令二虎，把宋濂等考官集中到國子監去，等候處置。二虎應聲上前，扶起宋濂。接著向外示意，兩個侍衛立刻入內，將宋濂押下去。朱元璋換了平和的口氣對李善長道：「善長啊，你也不用在這兒了。回自個兒署衙歇著吧。」二虎再次上前扶起李善長。又有兩個侍衛入內，將李善長也押走了。

幾個侍衛押著李善長、宋濂穿過長長的殿道。李善長與宋濂步履沉重，似乎一下子衰老了，他們的臉上是悲哀的壯烈的表情。平時眨眼就走過的殿道此時顯得無比漫長、恐怖。到了拐彎處，出現了一片明亮的閃耀的陽光。馬皇后出現在那片光亮中，她迎面朝他們走來。玉兒緊緊跟在後面。

宋濂激動地看著馬皇后，心裡升騰起忐忑不安的希望。但是，馬皇后卻彷彿根本沒瞧見他倆，她目不斜視地從容而過，逕直走向朱元璋的書房。宋濂與李善長被拋在身後，他們繼續走他們的路。李善長始終無動於衷。而宋濂的步履更爲沉重，他的表情幾近絕望。

到了殿道盡頭，兩人分開。李善長被押向中書省，宋濂被押送出宮。

馬皇后和玉兒到了朱元璋的書房前。玉兒看馬皇后一眼，上前推開門。馬皇后走進去，在朱元璋的龍座上坐了，靜靜等候著。玉兒掩上門，侍立於馬皇后座後。

而這時候的朱元璋，正掛著臉兒在奉天殿的大堂裡看大臣們閱卷。密密麻麻的卷子幾乎鋪滿了整個大殿的座椅和地面，朱元璋見擺不開，讓他們往丹陛上放。有的閱卷大臣已經無處容身，只得盤腿席地，彎腰閱卷。到處是紙頁的嘩嘩響聲。

呂昶縮在奉天殿的暖閣裡閱卷，他痛苦地揉了揉酸痛的眼睛。上了年紀的他，眼睛花得厲害。他將試卷盡可能放得遠些，使勁睜大雙眼，凝神閱卷。他的旁邊，胡惟庸一頁頁地翻動試卷，不時冷冷地斜睨一眼左對面的楊憲。

楊憲也在全神貫注閱卷，他常常會嘴角不以爲然地一抿，偶爾也發出一聲輕蔑的冷笑，居高臨下地對著試卷搖頭。

和這裡氣氛迥然不同的是聚賢堂，宋濂等幾個考官聚集在內，他們或坐或立，個個焦慮不安。但沒有一個人發出聲音。有的人甚至掏出佛珠，暗暗掂動，也許正在心裡喃喃念佛。而在中書省的李善長則更冷清了。他只能獨自一人孤坐等待。但他的表情看上去鎮靜自若。風兒把門吱吱吹開，他睜眼一看，外面有兩個帶刀的侍衛在走動。一個侍衛一伸手，將門關閉！

再說朱元璋等得心急，走出奉天殿，在玉階的平臺處來回踱步，等候。朱標跟著出來，立於旁邊。朱元璋突然在朱標面前站定，問道：「標兒，這事你怎麼看？」朱標凜然道：「稟父皇。兒臣相信，李善長與宋濂不會徇私舞弊。」朱元璋歎道：「三十六個仕子全部出自江南，難道是偶然麼？」朱標猶豫地說：「兒臣也一直在苦思這事。兒臣覺得，可能有三個原因造成了眼下的窘境。」

朱元璋滿懷希望地盯著他，道：「喔？你說。」朱標竟款款而談：「一個，自宋元以來，北方戰亂頻繁，江南則相對安定。江蘇、安徽、浙江三省，歷來是物華天寶之地，才子輩出。因此，科舉入仕者多來自南方，完全正常。」

朱元璋狐疑道：「這咱知道。可山東呢？那麼大的地方，又是孔孟故鄉，難道山東出不來一個進士？」朱標顫聲道：「父皇，山東黃氏二賢剛剛被滅族啊！風聲所及，仕子之心無不顫抖。兒臣估計，山東學子恐怕大部分會以各種理由拒絕進京應試。即使來了幾個，也未必是傑出學子。他們落榜，在情理之中。」

朱元璋聽了朱標的話，竟深受啓發，而且覺得朱標越說越有道理，鼓勵道：「你說得對。接著說。」朱標道：「再者。此次恩科，北方考生需千里跋涉而來，而南方考生可以就近赴考。因此，南北學子比例失調，也是正常的。三者，黃河以北剛剛平定，那裡部分仕子恐怕仍然恪守昔日的君臣之道，對大明新朝心存觀望。」

朱元璋沉默良久，驀然問：「劉伯溫怎麼又沒來？」朱標道：「劉伯溫舊疾重犯，父皇准假三天，讓他療養。今兒只是第二天。」朱元璋不禁冷笑道：「可有人看見，開榜的時候他在那兒！甚至還進了國子監，待了半個多時辰。哼，養病養到皇榜下面去了？」朱標斟酌著為劉伯溫開脫：「劉先生恐怕不會無病稱病吧？」朱元璋不滿地說：「不管眞假吧，反正劉伯溫每回生病，都病在節骨眼上！看來啊，咱又得送他一副藥了。」

父子兩人說著話，天就暗了下來。月亮先出來，接著天空裡就有幾顆蒼白的星。兩人望著淒清高遠的天空，都有點黯然神傷。朱元璋帶著朱標回到奉天殿，奉天殿裡已經點燃了一排排的宮燭，四面通明。旁邊案上，也擺滿了一碟碟的飯菜。但是，所有的大臣仍在俯首閱卷，沒有一人過去用飯。殿堂裡只聽得見考卷的紙頁被翻得嘩嘩嘩響。

閱卷的結果剛出來，胡惟庸就奔到中書省的政事房去了。裡面居然沒有點蠟燭，一片昏暗之中，李善長如一座石雕端坐不動。胡惟庸撞開門奔進去，大喊：「相國！」李善長睜大眼睛，在黑暗中死死地盯著胡惟庸，仍然一言不發，一字不問！胡惟庸顫聲道：「眾臣已將全部考卷閱完。除楊憲等兩人之外，所有臣工都認爲取仕妥當，無僞弊！」

一直從容鎭定的李善長，這時卻崩潰了。他像一堆稻草那樣倒在地上，昏迷不醒。胡惟庸撲上前，心痛地慘聲呼喚：「相國！恩公啊！你醒醒！咱們得救了啊！」

奉天殿裡，大臣們都走了。朱元璋拖著疲乏的身子回房去。剛剛走到書房前，門就自動開了。玉兒扶門側身，撩開簾子，迎入朱元璋。朱元璋一眼看見端坐龍座上的馬皇后，怔道：「待這兒多久了？」

馬皇后微笑答：「晌午過後，一直在這兒。」朱元璋感動地歎道：「好嘛，正想跟你說說話呢。哎喲，累死咱了，腰酸背疼的。下輩子不當皇上了，咱當皇后！還是皇后舒服，該吃吃，該睡睡！哎，那是咱的座，你篡位呀？」

馬皇后笑而起身道：「坐下吧，我給你鬆鬆肩。」

朱元璋一屁股坐下，歎道：「你太應該給咱鬆個肩了，好在咱還有個肩！」馬皇后一邊替朱元璋揉肩一邊問：「事情弄清楚了？」朱元璋沉重地說：「清楚了。李善長、宋濂他們，取仕公道。讓他倆虛驚一場。」馬皇后道：「這就好。杜國大臣要是栽了，你皇上也得折兩根骨頭！」朱元璋沮喪地發牢騷：「好什麼呀！取仕雖然公道，可問題一點也沒解決，反而更難辦了。」馬皇后訝然道：「還有什麼呀？」朱元璋道：「一個，胡惟庸和楊憲當廷大吵，吵得房樑都要掉下來！他倆背後，還是李善長和劉伯溫相爭！」馬皇后道：「得天下前，將帥們打仗。得天下之後，該著文臣們打仗了。對不？」朱元璋稱讚：「精闢！哎呀妹子，你這雙眼，怎麼尖得跟男人似的？」馬皇后驕傲地說：「我讀書啊！我跟你有個區別，你是聽別人給你說古道今。我呢，是自個兒博覽古今。我倆自然不一樣。」

朱元璋不服氣地撇撇嘴：「你只管吹！今兒累，不跟你爭。」馬皇后一笑，一副大人不同小人計較的模樣，道：「你還沒說完呢。下一個呢？」朱元璋有氣無力地說：「哦。取仕雖然公道，但擱到全國來看，又不公道了。如果盡是南方人入仕，大明就成了半邊天下，咱就成了半個皇上。唉，難哪！咱既不能宣布本次大試作廢，也不好就只承認這三十六人。接下來，咱還要親自主持殿試，欽點狀元、榜眼、探花，這叫咱怎麼點呢？好好的一個恩科，搞成了一場災難。你說咱彆扭不彆扭？難是不難？唉！」

馬皇后微笑不語。默默爲丈夫揉肩。書房外，玉兒與二虎一左一右地守立在門畔，表情都很沉重。玉兒擔心地問：「二虎，恩科的事會鬧大嗎？」二虎也爲此發愁呢，道：「難說啊。」玉兒問：「如果鬧大了，會怎樣？」二虎低沉地說：「人頭落地！從大臣的腦袋直砍到鬧事學子的腦袋。」

玉兒嚇了一跳，憂慮地說：「二虎，你別再幹這種事了，成嗎？」二虎無奈地說：「我是皇上的侍從將軍，我得奉旨啊。」玉兒輕聲道：「記住。找個空，請皇上賞個差使，到外地當差。」二虎緊張地看看門裡，輕聲道：「記住了。等過了這陣子，我就跟皇上說。」玉兒得意地告訴他：「娘娘賞我一大幅雲錦，眞漂亮死了！保你一輩子沒見過！」二虎爲玉兒高興著，說：「娘娘眞好。哎，我要是放了外差，你也得向娘娘請辭啊，夫妻倆得一塊走才行。」

玉兒一怔，喃喃地說：「喲，眞是的！可我、我捨不得離開娘娘。」

二虎驚訝地望進她的眼睛：「那你就捨得離開我？」

書房裡的那一對夫妻，雖是高高在上的皇帝皇后，卻也有著平凡夫妻的柔情密意。此時朱元璋閉著眼睛愜意地哼哼，馬皇后爲他揉肩揉得怪舒服的。他的身子少有的放鬆。哼了一會兒，朱元璋聽不到夫人說話，詫異地問：「哎，怎麼啞吧了？」

馬皇后驕傲地說：「等你問我主意呢！你不問，我不能自吹自擂呀。」朱元璋故意表示不屑，哼了一聲道：「你能有什麼主意啊？」

馬皇后優雅地轉到朱元璋面前，正色道：「我想啊，這次選取的三十六仕，不管怎樣都得承認。如果否認，朝廷就是掌自個兒嘴巴。北方也許不鬧了，南方學子不是又得鬧了麼？」朱元璋頷首表示同意。馬皇后說出自己的主意：「接著，你把北方學子們都召進京城，再辦一場大試。現在這次，你就叫它『恩科南場』，下一次你就叫它『恩科北場』。這樣一來，你就可以把恩典賞給北方人了。」

朱元璋噗哧一聲笑起來：「荒唐！哪有一個大試分兩瓣，還硬說它是南北場的。」馬皇后反駁道：「和你那半邊天下半個皇上相比，究竟誰荒唐？你還是我？」朱元璋一怔：「咦！有道理啊！」馬皇后一本正經道：「不光有道理，而且你越想就覺得我有道理！聽著，連理由我都替你編好了。朝廷可以大大方方地昭告天下，說『本次恩科，皆因北方初定，驛道未開，致使眾多學子被山川江河所阻，未能按時趕赴京城。及至首場試罷，北方諸省仍有許多學子源源而來』，最後，你再說，『應禮部所請，朕特此增設恩科北場，以慰天下學子之望！』等北場也試罷，你再把南北仕子攏到一塊，同場舉行殿試，欽點狀元，這不都有了？怎麼樣啊？」

朱元璋簡直聽傻了，半晌，突然跟個彈簧似的從龍座上蹦起來，喜得手舞足蹈，在屋裡團團亂轉，連聲道：「好，好！這下子咱全有了！簡直太好了！哎喲妹子，這主意你怎麼想出來的？」馬皇后一屁股坐回龍座，慢悠悠地歎息著說：「唉，人哪，越煩惱就越遲鈍，你就經常犯這毛病。我呢，只要稍微在這坐一會兒，主意就來了。哎，你不覺得奇怪麼？這麼簡單的事，你怎麼就解不開？」

朱元璋上前，叭地親了馬皇后一口，喜道：「服了！不過你也別吹了。吃飯吃飯，餓死咱了。玉兒，傳膳！快傳膳！」

朱元璋的聲音傳到門外，玉兒驚喜地對二虎擠眉弄眼道：「聽見沒，傳膳了！」二虎終於鬆了口氣，笑道：「好了！太平無事了。」

他匆匆奔向內廷，大喝：「傳御膳房上膳！趕緊上膳！」

第二十九章

劉伯溫奉旨三閱卷
朱皇帝殿試斬司庫

劉伯溫回到府內，就進內室在睡榻上躺下了。他感到渾身筋骨疼，身和心都累。然而閉上眼睛，腦中卻一幕幕地像過戲，想剛才的事情，又想以往皇上說的話，推測事情會有怎樣的結局。想著想著自己彷彿成了驚弓之鳥，病也好像加重了。

昏昏沉沉不知過了多久，臥室門無聲地打開了。劉璉輕輕進來，朝父親榻上看看，見沒有什麼動靜，拉開門準備退出。父親的聲音卻在身後響起來。劉伯溫睜開眼低聲問：「宮裡有什麼消息？」劉璉本來是想瞞著父親的，他知道父親表面淡然，實則心思細密，容易操心。但既然父親問了，他也不敢騙他，只得低聲稟道：「李善長被拘在自個兒署衙。宋濂被拘在國子監。三品以上文臣，則全部拘在奉天殿上，連夜閱卷。兒就知道這些。」

劉伯溫長歎一聲，道：「是非禍福都看今夜了。璉兒，你不要再出去打探了，歇著吧。」劉璉答應著，又慶幸地說：「父親啊，還好您病了。要不，這場禍事非把你攪進去不可。」劉伯溫淡淡笑道：「所以說，患病並不全是壞事。有時候，一場病能救你的命呢！」劉璉一聽也笑了。他叮囑父親好好休息，就帶上門出去了。

劉伯溫的確準備好好睡上一覺，養養精神。然而睡不著，宋濂、李善長的命運縈繞在他心間。在榻上輾轉反側多時，好容易又閉上眼，但不一會兒，院外就傳來了「咚咚咚」的猛烈敲門聲，其中夾雜著大喝：「開門，開門！請立刻開門！」

劉伯溫聽聲音這麼大，感覺來者不善，驚恐地睜開眼。這時劉璉也進來了，兩人默然對視。一時都有點無措。還是劉伯溫先清醒過來，趕緊起身，劉璉立刻過來攙扶著父親匆匆來到院子裡，僕人們也正在緊張地望著院門。劉伯溫點了一下頭，一個僕人上前打開院門。

兩個提燈的侍衛走進院子，分立兩旁。接著二虎大步入內，微笑著朝劉伯溫一揖道：「稟中丞大人，皇上口諭，『劉伯溫患病不朝，叫咱十分掛念。趕緊給他送藥去吧！』」劉伯溫謝了皇恩，朝二虎四周看看，問：「皇上的藥在哪兒？」

二虎笑著朝外喝道：「把藥搬進來！」三、四個侍衛立刻捧著疊得高高的考卷陸續入門，排立在劉伯溫面前。劉伯溫驚愕地倒退一步：「這是——」二虎肅容道：「這是本次恩科的二百七十八份試卷，皇上請大人在三天之內全部閱完，並選出上品卷三十六份。皇上口諭，『借劉伯溫才華，判斷取仕是否公道。』」

劉伯溫氣得大叫：「皇上不是讓大臣們在奉天殿閱卷了嗎？為何還要我看？」二虎含笑再揖：「稟大人。皇上口諭，『劉伯溫如果說大臣們閱卷了，那你就問問他，既然他在家中養病，為何會知道奉天殿的事？為何病中還要眼觀六路、耳聽八方？』」劉伯溫大驚失色，狠狠瞪了劉璉一眼，顫聲道：「皇、皇上聖明，臣領旨。」二虎笑著說：「劉大人，外面涼，您快進屋吧，別凍著。末將替大人把卷子排開。」言罷，二虎朝侍衛們示意。頓時，所有侍衛都抱著試卷衝入劉府大堂。

劉伯溫在院中仰天歎息。一會兒，劉璉過來扶劉伯溫進入大堂。堂上已經是白花花的一片。案上、櫃上、椅上、榻上、牆角、地面，全部擺滿試卷！劉伯溫再朝邊上一看，連書房那兒也全部攤滿了卷子！劉伯溫瞠目結舌！二虎含笑朝劉伯溫一揖，溫和地說：「請劉大人謹記三天閱完！末將告辭。」

二虎走後，劉伯溫歎著氣對劉璉道：「看見了吧，皇上懷疑我裝病。我明明是眞病了，現在倒成了假的！」劉璉望著眼前滿世界的試卷，憂心忡忡地說：「父親，如果您把這麼多卷子都讀下來，那沒病也會整出病來呀！」劉伯溫一陣劇咳，邊咳邊道：「問題已經不在這兒了。」劉璉一驚：「那在哪兒？」劉伯溫終於停止咳嗽，苦澀地說：「問題在於今後我無論患什麼病，皇上都不再相信了。」劉璉悲傷地顫聲道：「父親，兒幫您一起閱卷吧。」劉伯溫道：「也只好這樣了。你寫文章不行，讀文章還湊合。唉，大堂這兒歸你，書房那兒歸我吧。」

劉伯溫和劉璉不敢懈怠，幾乎是通宵達旦地伏案閱卷。他們在陽光下閱，在殘燭的微光下閱，劉伯溫疲憊不堪，不時發出沉悶的咳嗽聲，劉璉心痛父親，讓僕人給他燉了生梨冰糖。三天過去了，還有一些試卷沒有來得及閱。那一個晚上，兩人根本就不敢合眼，一直伏案至窗外漸白，傳來晨雞報曉的長鳴。

劉伯溫雖竭力支撐，腦袋還是越伏越低，終於一頭栽下文案，昏了過去。案上的茶盅落在地上。發出清脆的響聲。

劉伯溫醒來的時候，人已經在榻上。他未睜眼，就感覺到屋內有異樣。突然想起卷子的事，心一急，用力睜開眼，居然看見朱元璋佇立在面前。身子虛弱的他掙扎著起身，惶恐道：「臣失禮，請皇上恕罪。」

朱元璋臉上掛著笑，按住他，劈頭便道：「剛才，你說夢話來著。」劉伯溫更慌亂了，結結巴巴道：「臣、臣說什麼了？」朱元璋笑著調侃：「別慌，你夢裡頭沒詛咒皇上！你嘛，顛三倒四地說，『臣病了，臣真的病了。』嘿嘿嘿。怎麼著，夢裡還在擔驚受怕呀？」劉伯溫歎氣訴苦：「稟皇上，臣懦弱，臣確實是病了。」朱元璋在榻旁坐下，按著劉伯溫手腕，把脈片刻，道：

「嗯，病得不輕。不過，劉先生命硬，沒事。歇歇就好。」劉伯溫詫異地問：「皇上會把脈？」朱元璋誇口道：「咱會的東西多啦，一般人不知道。」劉伯溫微笑道：「臣不敢欺君。因此，必須把實情稟報皇上。皇上剛才按得高了些，臣的脈在手腕上，不在胳臂上。」

朱元璋有點不好意思，自嘲地嘿嘿笑著：「一樣，一樣。你有病沒病，咱能看出來。咱用眼珠子也能把脈！嘿嘿，伯溫哪，即使咱按的不是地方，臣子們也應該說皇上按得對，是臣的脈搏長錯了地方！對不？」劉伯溫平和地說：「許多臣子或許會這麼說，可臣不會。」朱元璋笑而頷首，親切地說：「伯溫哪，咱把試卷拿你這兒來，不是整你。是因爲，雖然大臣們都看了，咱還是有點不放心，所以再讓你看看。你筆墨文章當朝一品嘛，卷子的好壞逃不過你的法眼。」劉伯溫惶恐道：「謝皇上抬舉，臣萬萬當不起。」

朱元璋轉入正題：「剛才，咱把你父子倆選出來的卷子看了看，跟大臣們所選的相差無幾。」劉伯溫道：「恕臣直言，臣相信善長、宋濂他們取仕公道，斷無僞弊。」朱元璋贊成地點頭，歎氣道：「就是太笨，怎麼能把北方學子們都疏漏了呢？咱之所以要搞個恩科，是爲了把天下學子攏到一塊兒來爲大明效力，絕不是讓南北子民離心離德！」

劉伯溫委婉地爲李善長、宋濂他們說話：「朝廷首次恩科，主辦者尚缺乏經驗。再者，閱卷與考監各負其責，不相溝通，這本是防止僞弊的措施，不料竟出現這種窘境。」朱元璋深以爲然，沉吟道：「現在，你有什麼主意嗎？」劉伯溫沉吟道：「臣苦思冥想，一時尚無善策。但臣覺得，處理這事，得有個大原則。」朱元璋催劉伯溫趕緊說說他的大原則。

劉伯溫嚴肅地說：「臣認爲，科舉取仕，不但是朝廷考天下，其實也是天下人對朝廷的考試。

如果大明首次恩科就演變成一場禍事，鬧得人頭落地的話，那就不但是科舉失敗，也是施政愚蠢啊。」

朱元璋聞言面色一凜，拍拍劉伯溫蓋的被褥，讓他起來。道：「外頭說話，你這屋裡悶！」說著掉頭出門。劉伯溫匆忙下榻更衣。上下整理一番，到了院子裡，見朱元璋佇立在院中沉思，劉伯溫重新施禮請安。朱元璋對他說：「咱準備發一道聖旨，你聽聽合適不。」劉伯溫恭敬地說：「請皇上示下。」

朱元璋昂頭凝神，高聲說：「本次恩科，皆因北方初定，驛道未開，致使眾多學子被山川江河所阻，未能按時趕赴京城。及至首場試罷，北方諸省仍有許多學子源源赴京，卻只能望門興歎，痛失天恩。啊，接下來是應禮部所請，朕特此增設恩科北場，以慰天下學子之望！啊，等北場試罷後，咱就把南北仕子攏到一塊兒，同場舉行殿試，欽點狀元！你看這辦法如何？」

劉伯溫早已一臉驚喜，誇道：「妙啊，妙極了！這是誰的主意啊？簡直絕妙之至！」朱元璋得意地讓劉伯溫猜。劉伯溫自信地說：「李善長！」朱元璋微笑搖頭：「不。」劉伯溫猶豫了一下：「胡惟庸？」朱元璋還是搖頭：「不。」劉伯溫越發認眞地猜起來，沉吟道：「難道會是宋濂？不可能，他沒這機靈。噢，對了，是楊憲！」朱元璋頭搖得更厲害了：「不！」劉伯溫爲難地搖頭道：「臣實在猜不著了。」

朱元璋像是有些委屈的樣子，歎息道：「唉，咱就不明白。一個大皇上站在你面前，你怎麼就不猜是咱呢？」劉伯溫大驚：「眞是皇上啊？」朱元璋自豪道：「那還用說！」劉伯溫驚顫道：「臣有罪，臣糊塗！臣眞是病糊塗了！」

朱元璋卻冷冷嗔道：「不！你呀，心眼裡還是看不起咱哪。咱這皇上，不過是放牛娃出生嘛。」劉伯溫大懼，顫聲驚叫：「臣不敢，臣萬萬不敢！哎呀，臣現在醒過神來了。這等主意可謂天搖地動、力挽乾坤哪，臣下怎麼敢想呢？肯定是皇上，也只能是皇上啊！臣敬佩萬分。」朱元璋快活地笑道：「眞的？」劉伯溫高聲道：「眞眞切切！臣敬佩，臣服，五體投地！」朱元璋微笑道：「劉伯溫哪，讓你這個清高自負的人佩服，還眞不容易啊，比打個城池都難！」

劉伯溫折腰深拜，顫聲道：「臣知罪了。臣萬分、不，臣十萬分地敬佩皇上！」朱元璋微嗔：「這話過了不？肉麻不？就像咱剛才把脈，按到胳臂上去了！」劉伯溫急得手足無措：「哎喲！皇上，臣、臣不知道該怎麼說話了。」朱元璋這才得意一笑：「罷了，你就別說了，聽著吧！伯溫哪，你在文壇上可是個名揚四方的大人物，許多人佩服你的人品文章。你在北方各省應該有不少師友子弟吧？」

劉伯溫矜持地微笑道：「臣在北方的師友子弟，可能比南方更多些。」朱元璋高興地說：「好。煩你給他們發信，挨個寫，動員他們、以及他們的師友子弟，都來參加京城北場恩科。咱們得把這個北場辦得比南場更喜慶，更熱鬧！」劉伯溫恭敬地應承著。朱元璋又笑道：「不管你病好沒好，咱再給你續假十天，你好生養息。」劉伯溫躬身謝了恩。

朱元璋剛走，劉璉就從內屋匆匆走近前，關切地問：「父親，沒事吧？兒在屋裡聽著皇上哈哈笑，是不是誇您哪？」劉伯溫歎息道：「是啊，皇上誇我瞧不起他！唉，我一句話沒說對，又讓皇上多心了。」劉伯溫回想剛才情景，後悔不已。

朱元璋從劉伯溫那裡探視回奉天殿，楊憲已經立在殿門外等候他。看見朱元璋走來，急忙上前施禮：「臣奉旨進見皇上。」朱元璋且走且道：「楊憲哪，咱找你來，是想再委你個差使。」楊憲心裡一跳，道：「請皇上示下。」朱元璋笑道：「你兼一個恩科大試總監，如何？」楊憲驚喜萬端，快嘴道：「皇上要重新舉辦大試？哎呀，皇上聖明哪！先前那場大試，的確僞弊叢生，應該明令廢止。」朱元璋嗔責道：「不！先前那場大試並無僞弊，所取三十六仕都算數。不過，它只是恩科南場，朝廷還要再舉辦一次恩科北場，專門考取北方學子。你呢，就是這北場的大試總監。」楊憲一怔，迅速明白了朱元璋的意思，再次高聲道：「皇上聖明哪！如此一來，大明南北學子，同沐天恩，聯爲一體，可共同報效朝廷。」

朱元璋指著他笑道：「你呀，一點就透！李善長主持恩科南場，惹出一堆麻煩來。你這個恩科北場得化憂爲喜，辦它個喜氣洋洋！」楊憲興奮道：「臣領旨。」朱元璋沉吟著說：「還有個事，那就是要趕緊消除南場留下的麻煩。你親自去刑部，把那些闖宮進諫的北方學子全部釋放，並表示慰問。如有受傷的人，著太醫院去人瞧瞧，補他些藥錢。」

楊憲立刻道：「明白了！稟皇上，臣有個建議，對那些闖宮學子，也得恩威並用才好。臣可以先怒斥他們滋事擾民，觸犯宮禁，敗壞仕子風範！將他們全都鎭懾住以後，臣再代表皇上降恩慰問，恕他們無罪。最後，再賞他們一頓酒飯，讓他們吃飽喝足離開刑部大牢。如此，那些人必然涕淚俱下，深感天恩哪！」

朱元璋見楊憲想得這麼周到，大喜道：「對對對，你就這麼辦！」楊憲繼續笑道：「此外，朝廷如要續辦北場，那麼，滯留在京城裡的北方落榜考生也可以暫時不走了。讓他們留下來，繼續參加北場大試。如此，蜚言流語立止，他們將欣喜如狂啊。」朱元璋更歡喜了：「可不是麼！好、好，想得周全哪！你就這麼辦！」

楊憲繼續得意地說：「臣還估計，那些滯留在京城的考生們大概把盤纏都使盡了，吃住無著，進退兩難。如是要把他們留下來，朝廷應該稍作補貼。」

朱元璋馬上同意：「應該！你看補多少合適？」楊憲道：「不能多，每人賞它兩貫大錢吧，讓他們每日有兩餐燒餅吃吃就成。」朱元璋大聲道：「五貫！凡滯留京城的北方考生，每人賞盤纏五貫，讓他們吃飽喝足！」楊憲嘿嘿笑道：「這樣一來，他們可是來京城作客了。」朱元璋豪爽地說：「今兒起，他們就是朝廷客人，吃住花銷都算在戶部頭上。只有一條，誰也不准離開京城，等著恩科大試。」楊憲立馬應承：「臣立刻去辦。」說著向朱元璋揖別。

朱元璋笑瞇瞇望著楊憲遠去的背影，心裡說不出的喜悅。他喜歡楊憲的機靈。心裡不由慨歎：真是機靈，而且越用越機靈，比胡惟庸都強！看來啊，能吏們都是用出來的，關鍵看皇上怎麼個用法！

再說北方落榜的一幫考生，鬧了一鬧之後，總還有些不甘心。大部分都在京城住下了，想等等消息再說。看看帶頭鬧事被抓的幾個考生最終如何被處置。如果沒事，那就再看看是不是還有什麼新的希望。住了幾日，消息打探不到，而有些考生卻已經把盤纏用盡了。

這一日，京城泰康客棧的木門裡地被踹開，從裡面扔出兩隻包袱，一隻包袱鬆散開來，裡面的破衣爛鞋和書卷在街面上鋪了一地。接著，店掌櫃把兩個考生推出門來，其中一個白面考生緊抱著一隻紅木文具盒。掌櫃兒神惡煞地叫：「滾！快給咱離開這兒，出去！兩天不交店錢了，白吃白住！有你們這樣皮厚的嗎？」另一個皮膚黝黑的考生央求道：「掌櫃的，我們已經捎信讓家人送銀子來了，您容我們再住幾天吧！」白面考生也在一邊說：「天寒地凍的，您讓我們上哪兒去啊?!」掌櫃厲色道：「不成，沒見過你們這號潑皮無賴！」抱文具盒的考生發怒了：「本人不是無賴，本人是山東舉員，聖賢弟子！」掌櫃奚落道：「拿錢來！只要把本店的八十枚大錢還嘍，甭說弟子，我立馬認你是『聖賢』！」黝黑的考生可憐地說：「銀子過幾天就來。」掌櫃呸一聲，將店門關閉。

兩個考生狼狽地收拾街面上的東西。而店門突然又開了，掌櫃大步奔出來。兩個考生滿懷希望地仰視著他，以為店掌櫃發善心了。但掌櫃竟然一把奪過考生懷中的文具盒，道：「這東西就押本店了，銀子來了還你。」白面考生驚叫：「那是紫檀盒兒，值紋銀十兩啊！」

砰，店門再次重重關閉。考生氣得怒罵：「你、你是貪暴小人！你、你喪盡天良！」他們有氣無力地站起，在街面上漫無目的地閒逛。望著路邊那一串串烤肉，一個個燒餅攤子，饞得口涎直流。黝黑皮膚的考生走到燒餅攤子面前，陪笑道：「掌櫃的，我等是赴京考生，斷了纏盤，請賒兩個燒餅吧？」賣燒餅的中年人嗔道：「怎麼到處是你們這號人？今兒已經是第三撥了。不成！」白面考生死皮賴臉地也跟著陪笑：「我等，願為您老打工換錢。」賣燒餅的露出譏誚的一絲笑，像趕蒼蠅一樣揮了揮手：「一邊去！」

突然咣噹一聲，一把銅板落到案上。楊憲領著幾個屬吏出現在他們面前，斥道：「讓他們吃，隨意吃！」賣燒餅的一抬頭看見楊憲一撥人，立刻換了表情，反過來向考生陪笑道：「兩位爺請用餅子吧，儘管用！」

考生再不顧體面，像猴子一樣快速抓過燒餅，即刻狼吞虎嚥起來。楊憲看著兩人吃飽了，便問他們怎會落得這樣邋遢。兩人如此這般地訴說著。楊憲領著兩位考生重新回到康泰客棧。一個屬吏上前喝斥敲門：「開門，快開門！」掌櫃開門出來，一眼看見那兩個身背包袱的考生，又要發怒。但他同時又看見了身著官服的楊憲，不由怔住了，臉上迅速堆上笑：「老爺來啦？老爺裡面請！」楊憲正色道：「聽著，皇上有旨。即日起，滯留京城的北方學子都是朝廷的客人。他們在你這兒的吃住花銷，都由戶部包了。你好生接待吧！」掌櫃連連打揖：「是、是，小的明白。兩位爺已經在小店住兩月了，小店一向賓至如歸。」

楊憲打量著客棧，靈機一動，道：「小店？我瞧你這店不小嘛！這樣吧，所有北方考生，全部集中到你這兒居住！」掌櫃驚恐跪地，連連作揖：「大人哪，小店招待兩位還成，要是都來了，小店連西北風都喝不上。」楊憲從袖中掏出一紙官文道：「這是京城都府的敕令！憑它，找戶部支領糧銀，明白了嗎？」掌櫃雙手接過去，仔細瞧了紙上的大印，心存疑慮地說：「小的明白了。」楊憲一眼看進了他的心裡，微笑道：「不用擔心。有這顆大印，到頭來你只會賺，不會賠。」掌櫃聽楊憲說得誠懇，看他們的架式的確像是有來頭的，不由喜出望外，樂滋滋地說：「謝大人。嘿嘿！哎，兩位聖賢弟子，裡面請。兩位的房間還留著呢。」說著恭敬地折腰。

兩位學子朝楊憲深揖道謝，正要往客棧走，楊憲卻含笑攔住他們：「慢著。本堂還要麻煩你們兩位一件事。」考生道：「請大人吩咐。」楊憲問：「滯留在京城的北方學子，你們應該認識吧？」兩個考生都說認識，說已經彼此相處兩個來月了。

楊憲高興地說：「好，令你倆通知他們所有人，立刻遷到此店居住。並告訴他們，唔，告訴他們什麼呢——」楊憲竟反問起考生來。黝黑膚色的考生立刻道：「告訴他們皇上有旨，所有滯留京城北方學子都是朝廷的客人。吃住花銷都由戶部包了。」楊憲讚賞地笑道：「對。每住進一人，著你倆錄下其姓名籍貫，備查！記著，要是少了一個，我唯你倆是問。要是多了一個，我也唯你倆是問！」白面考生詫異地說：「大人。學子只可能少了，怎可能多了呢？」楊憲驀然大喝：「怎麼不可能多呢？難道，不會有潑皮無賴冒充學子嗎？」

一直陪在邊上察言觀色的掌櫃總算找到了說話的機會，立刻衝著大家大讚一聲：「對呀！肯定會有。大人明見！」

大家都被說笑了。考生們再次恭敬地向楊憲揖別。他們的眼中竟有戀戀不捨之意。楊憲讀得懂那裡面深藏的意願。但他目前不便透露。其實皇上已在前一天對此事下詔。那是在早朝的時候，朱元璋高居龍座，顯得格外神清氣爽。他和眾臣一起在丹陛下排立著。一個內臣執黃卷高聲誦道：「聖旨。奉天承運，皇帝詔曰。本次恩科皆因北方初定，驛道未開，致使眾多學子被山川江河所阻，未能按時趕赴京城。及至首場試罷，北方諸省仍有許多學子源源赴京，只能望門興歎，痛失天恩。」頌旨過程中，楊憲看了看李善長，李善長的面色顯得十分凝重。

在楊憲安排北方學子的時候，詔書也下到了國子監。宋濂率領一排考官佇立恭聽聖旨。一侍衛執黃卷誦道：「朕特此增設恩科北場，繼續取仕，以慰天下學子之望！著中書省參政楊憲為恩科總監，大學士宋濂仍為主試考官。學士吳玉分等為考官。欽此！」

宮裡同時派出使臣，分各路傳詔。

北方各府立刻雷厲風行地動起來了。山東曲阜的知府向排立的屬吏們厲喝：「本府境內所有舉員，不管他是本朝、前朝的，只要是六十歲以下，還能動彈，就全部讓他們赴京參加大試。稱病不起的，拖起來！藏進深山的，搜出來！一個都別拉下，誰如果不願意進京赴試，抬也要抬了去！務必要在三月十五日前抵達京城。堅拒者，剝奪功名，以抗旨治罪！」屬吏們齊聲應著，知府又一拍大案：「還有，這樁差使要是辦不下來，我等同罪！趕緊分頭辦差吧。」眾屬吏立刻奔出府衙，分頭辦差去了。

幾乎就是一夜的功夫，北方城鎮的街面上到處高懸著官府的告示，圍觀的百姓層出不窮。一些衙吏手執銅鑼，敲得噹噹響，沿街走巷地吆喝：「這是千古難遇的浩蕩天恩啊！赴京路費，皆由官府包攬。進京以後，考生們吃住不愁，只管搏取功名就是！」

衙吏帶著軍士們開著軍車直接停在一座座的院落門前，他們到處搜羅學子。一輛車上已有三、五位學子，他們駕著車又到另一個院落，撞開門，下去兩個軍士，不一會就從門裡強行架出一個老叟。那老叟顫聲道：「軍爺啊，老夫這把年紀，還考什麼功名啊？」軍士連勸帶逼地說：「您老面相嫩啊，看上去還不到四十，前程光明著呢！快上車吧。」老叟惶惑又驚訝：「什麼？四十？我都六十二了。」軍士斬釘截鐵道：「不可能！您老肯定記錯了！如今大明新朝，您老越活越年輕嘛。」軍士把老叟強行推上車，駕車的軍士立刻馭車行馳，好像生怕車上的寶藏被人搶走似的。

北方城鎮這樣大張旗鼓的一動，就有絡驛不絕的學子騎馬、搭車、乘轎地朝京城趕來，他們個個興高采烈。一輛載了十幾個人的大車上，一位面目清秀的學子正在侃侃而談：「皇上的龍生之地雖然在淮西，但據我師考證，皇上高祖乃我山東泰安縣人。因此，皇上對北方學子們極為眷念。孜孜以求，務使透過科舉，擇選山東學子入仕啊！」另一年輕的學子爭辯：「此論荒謬！皇上先祖明明出自山西。十五世祖時，為北宋朝五臺山龍光寺高僧！煌煌龍脈，豈能降入你們山東？」

秦淮河畔，有幾艘糧船接岸。搭乘糧船而來的學子們搖搖晃晃地登上了岸。剛踏上夫子廟的土地，就聽見一位官吏居高處喝道：「各位考生聽清了，朝廷已爲你們備好住處，請在衙吏引領下入住安歇。考期已定在明日，各位務必明晨寅時起身，卯時入國子監，辰時初刻開考！」眾學子惶然議論：「聽見沒？三更就得起來呀！算下來不到四個時辰了。」

翌日，國子監再次披紅掛彩，燦爛輝煌。兩行鼓樂隊敲鑼打鼓吹鎖吶，喜樂之聲震天動地。牌坊外，大片學子揉著瞌睡的眼睛，排隊等候點號入內。許多百姓站在國子監外面圍觀。護衛們排起人牆，更加嚴厲地嗔令：「退後，退後，不准擠！擠壞了仕子，要治你不敬之罪！」

喜樂聲聲激動人心，一位官吏居高處昂首唱號：「山東舉員劉大我，呂天義，何知仁。」三個老少不均的仕子走進國子監。周圍百姓居然也激情一片地讚歎著。官吏繼續高喝：「山西舉員吳一墨，王三貴，李曉文。」又有三位仕子昂首闊步而出，進入國子監，周圍又響起一片嘖嘖的議論聲。

考試開始了。烏鴉鴉一片學子伏案揮筆，緊張地在試卷上書寫。窗外，楊憲威嚴地巡視而過。迎面而來的考官、考監，無不深深折腰，恭敬避讓。

聚賢堂裡再次鋪滿了無數考卷。宋濂居主考尊座，兩旁閱卷官各自伏案閱卷。不時有人唉聲歎氣地埋怨著：

唉，一派塗鴉之作！連《四書》都沒有讀通，竟敢在這兒肆意搬弄，大言不慚！

瞧這，「孔聖故語，老聃三默」。實在不明白他在說什麼？典出何處啊？臆造！

北場學子，比南場差一截啊！

宋濂沉穩地說：「請列位忘掉前場，專注於眼前。平心靜氣，擇選佳卷英才。要是自個兒肚裡有氣，眼內冒火，豈能取仕公道呀？」這時候，楊憲陪著朱元璋走了進來。宋濂急忙起身折腰道：「臣等拜見皇上。」

朱元璋默默沿著各案走過，微笑著問：「情況怎麼樣啊？試卷好不好哇？」宋濂猶豫地回答：「稟皇上，這批學子只怕是匆忙來赴考的，準備稍嫌不足。」朱元璋四顧而問眾考官：「你們看呢？」一考官揖道：「誠如宋大人所言，本場考生的學養見識，明顯弱於前場。」另一考官捧起案上考卷道：「臣借用此卷中的一句話，『等而下之，一蟹不如一蟹也！』而且，此卷中蟹字的蟹，該考生還塗抹過，顯然是寫錯後再糾正過來的。」朱元璋哈哈大笑，斷然道：「咱知道你們肚裡有氣，也料到這一撥學子稍遜前場。但你們聽著，就算他們文理不通，就算考卷上滿是錯別字兒，你們也要給咱選出三十六位進士來！」宋濂等齊聲應諾著。朱元璋又道：「再者，都是一塊莊稼裡長出來的，就算有些高矮，那也差不到哪兒去。對不？」楊憲高聲道：「皇上聖見！」

朱元璋顯得和藹而通情達理，他親切地望著大家道：「各位先生，咱都把話說到這份上了，你們也該體諒咱了！接下來閱卷時，你們應該是越看越好，越看越舒心吧？」宋濂苦笑道：「臣等一定越看越好，越看越舒心！」

朱元璋微笑離去，走到門口突然站住，回身沉吟：「不對。剛才咱說得不妥。」宋濂頓時充滿希望地望著皇上。朱元璋加重語氣道：「北場三十六個只怕太少了，這樣，你們再加上八個吧，一共選出四十四個進士。」宋濂大驚：「這是爲何啊？」朱元璋肅然道：「因爲北方的疆域比南面大，人口比南面多！」宋濂顫聲應諾。朱元璋卻笑容滿面地說：「楊憲，各位先生閱卷辛苦，叫戶部給他們每人賞銀三百兩，直接送他們家去。」楊憲答應著。朱元璋又下令：「還有，他們既然這樣辛苦，你這個大試總監，也應該在這兒陪著，以示關懷呀！」楊憲又高聲應諾。

朱元璋滿意地離去。楊憲搬過一張高椅，端坐堂中，雙目閃閃發亮地注視著眾考官。考官們百感交集，紛紛伏案凝神閱卷。四十四個進士提前選了出來，楊憲將名單即刻送到朱元璋那裡，朱元璋興奮地伏案閱看取仕名單，朱標與楊憲侍立在側。楊憲俯身恭聲稟報著：「北場四十四、南場三十六，總共八十位新朝進士。吉祥啊！」

朱元璋歡喜地說：「好、好，都是俊士英才。而且，每個省都有，東西南北中遍地開花！好、好！」楊憲道：「請皇上決定開榜的日子，還有殿欽考的日期。」朱元璋高聲道：「明天就開榜！欽試嘛，三天之後，在奉天殿舉行。你叫禮部立刻準備著。」楊憲應聲而去。朱元璋笑瞇瞇地對朱標說：「標兒，知道爹爲何要急於取仕，而且多多取仕嗎？」

朱標謹慎地回答：「父皇說過，要賜學子們恩典，使之迅速歸化於大明新朝。」朱元璋一歎道：「不僅是這樣啊。開國以來，民生復甦，百業也日漸興旺。相形之下，朝廷各部院、還有各省州府縣都缺少賢才幹吏。一句話，將士們多，文臣們少。好些知府知縣，還是先前的將軍、千總轉行過去的，那怎麼成？所以，咱們得趕緊把各省俊才選拔出來，推入官場，取代那些驕兵悍將。」朱標沉吟道：「父皇聖見。不過，兒臣對這些新進仕子，也有所擔心。」朱元璋鼓勵他：「你說。」

朱標侃侃而談：「兒臣和李善長等臣議論過這事。臣等都認爲，這撥新科進士們雖屬英才，但畢竟良莠不齊。有人或許才高八斗、滿腹文墨，卻對民間的田畝稅賦、朝廷的典章律令等一片茫然。有人或許飽讀詩書、博覽古今，卻是渾身呆氣，連一樁普通公案也斷不清楚。」朱元璋滿意地說：「不錯，你擔心得好！咱早就知道，書院裡讀不出俊才幹吏，得靠歷練。善長就沒考上進士嘛，楊憲也是歷練出來的，而且越用越機靈，越用越經用。從書生到治國能臣，有好長一段路要走哪！走到頭的少，栽倒的倒多得多。瞧吧，殿試時，咱會好好地考考他們。嘿嘿！讓他們知道，國子監那一關雖然難過，皇上這一關可更難過！」

翌日就是殿試佳期，藍天無雲，陽光燦爛，奉天殿外眾臣排立，長長的紅地毯直鋪玉階。鼓樂震天，喜氣洋洋，朝廷隆重迎接入仕的學子。

楊憲風光無限地立於玉階高處，振身長喝：「皇上有旨，詔新科仕子入朝殿試！」鼓樂聲中，八十位新科仕子們披紅掛彩，緊張興奮地步入奉天殿。李進位列其中。

宏大氣派的奉天殿堂裡面對面擺著兩排小案，八十個仕子分別坐於兩邊。他們個個正容挺胸端坐著。朱標立於朱元璋身後，劉伯溫和楊憲立於丹陛下方。

在眾多仕子面前，朱元璋顯得格外氣宇軒昂。他站在丹陛上嘿嘿笑道：「你們是大明第一代進士啊，不容易，日後都要名垂青史的！咱看見你們這麼年輕，高興啊！眞是高興！嘿嘿嘿！不過，咱高興之餘也有些擔心。擔心什麼呢？擔心你們能不能成爲幹吏、能臣，能不能當個好官！有些才子啊，坐而論道行，吟詩潑墨更行，可叫他治個小縣、斷個訟案，他就不行了，臨場發急，心裡哆嗦，孔孟聖賢都救不了他的命！所以，咱想用你們當官，但當官之前，得先考你們一考。咱不考詩書子集，也不考古今興亡什麼的，咱給你們準備了三籮筐考題。」說著朱元璋朝殿門大喝：「把考題抬進來！」

進士們一聽，惶恐萬狀，失聲顫語：「天哪，三籮筐啊！這得考到何年何月啊？」

六個侍衛抬進三隻籮筐，擱在大殿當中。朱元璋走下丹陛，親自上前，揮手揭開第一隻筐上面蒙著的粗布，裡面是滿滿一筐稻穀。

仕子們鬆口氣，有人低聲道：「穀子。」朱元璋再揭開第二隻筐上面蒙著的布，又是滿滿一筐稻穀。仕子當中有人驚疑：「還是穀子？」

朱元璋揭開第三筐上面的蒙布，仍然是滿滿一筐稻穀。仕子們一片大嘩：「還是穀子啊！」

朱元璋笑道：「咱聽見有人叫了三聲穀子。眞不錯，到底是仕子，連穀子都認得！」眾仕子一片歡笑，殿堂裡的氣氛立刻融洽起來。

朱元璋笑道：「有道是天意自古高難問。但咱的考題不在天上，在地下。就是從地裡頭長出來的這三筐稻穀！你們上前看一看，能不能看出區別，看出三筐穀子的成色、份量、產地、年頭、優劣。」

考生們的表情變了。有人面露驚惶之色，有人顯得凝重起來。朱元璋炯炯的目光掃過全堂，笑嗔：「不用拘束，你們只當是在自個兒家裡。咱這皇上，隨便著呢。」

仕子們這才邁著不自信的腳步依次上前，看了看穀子，再搖首退下。

朱元璋笑問：「怎麼樣啊？」仕子們參差不齊地回答：「臣看不出來，臣不知究竟。」

朱元璋扭頭叫劉伯溫和楊憲，讓他們也上前看看。劉伯溫和楊憲應聲上前，看了看穀子。劉伯溫一揖，道：「臣慚愧，臣看不懂。」

楊憲也揖，顫聲道：「臣也、也看不懂。」

朱元璋得意地哈哈大笑道：「這三筐穀子啊，看上去一樣，其實每筐的份量、產地、年頭、成色都不一樣。沒種過地的，當然看不出來。種過地的，只要把手往穀子裡一插，一捏，就全明白嘍！」

楊憲靠近劉伯溫耳邊悄聲問：「劉公，連您也沒看懂嗎？」劉伯溫低嗔：「這什麼場合？看懂也得說看不懂，這才叫懂！」楊憲猛然醒悟，吸一口氣，正容觀看。只見朱元璋把手掌深深插入稻穀中，揉搓著，擱鼻下聞了聞，說：「這筐稻穀重約百斤，顆粒飽滿，稻香濃郁，產地是揚州，是今年交納的稅糧。」他又將手插入第二筐稻穀，揉、搓、聞之後道：「這一筐是陳穀，約莫兩年了，黴味撲鼻。百姓家糧食絕對捨不得擱壞嘍，所以，它八成來自太倉！」朱元璋移到第三筐稻穀前，將手插進去，揉、搓、聞之後道：「這一筐嘛，是從軍倉裡抬來的，其中一半是稻穀一半是糠殼子！而且，份量還不足九十斤！」

眾進士看得目瞪口呆。朱元璋拍拍手，聲音沉甸甸地說：「這優、中、劣三筐稻穀，實際上就是三種不同的官場，三顆不同的人心！你們哪，看懂了不同的穀子，也就能看懂民生民情了，再接著就能看透官場和人心。把這些都看清後，你們就能在理政辦案時，辨眞僞，查虛實，不欺民，也不被刁民所欺！這些本事，書房裡讀不出來，國子監也考不出來，但它們卻是當官的基本功啊。」

楊憲忍不住激動地高聲道：「皇上聖明！」進士們跟著高呼：「皇上聖明！」

這時候，在中書省政事房裡的李善長和胡惟庸，卻有度日如年的感覺。

胡惟庸心情沉重，連聲音都嘶啞了。他不安地說：「相國啊，情勢嚴峻哪！朝廷首屆恩科大試，原本您是總監，可現在被楊憲取代了。這還不說，今兒奉天殿殿試，皇上沒叫你，也沒叫我，卻把劉伯溫和楊憲召去了，讓他倆共同助考。這樣一來，這撥青年仕子，日後很可能視劉伯溫、楊憲爲恩師，被他們收攏過去。」

李善長的心情其實和胡惟庸一樣，他顯然看得更透澈。他沉聲一歎：「皇上啊，一直想用外地人才充實朝廷各部，削弱咱們這些『淮西勳貴』呀。」胡惟庸低聲提醒：「屬下擔心，劉伯溫、楊憲終將進入中書省，取代恩公與屬下，掌握朝廷大權。到了那時候，咱們的日子就更難過了，甚至可能是過到頭了。」

李善長被胡惟庸渲染得心煩意亂，用嗔怪的口氣道：「你絕望了？」胡惟庸喃喃輕歎：「絕望尚不至於，失望罷了！」李善長卻用自信的口吻道：「有一點你要牢牢記著，皇上不會讓任何一撥人主掌朝廷大權的！爲何？因爲皇上自個兒要獨掌！所以，楊憲他們可以得勢於一時，但不會長久。」

李善長的結論其實此時已得到了坐實。他和胡惟庸在中書省藉殿試之話題議論皇上的用人之道時，奉天殿的殿試其實就是朱元璋一人在唱獨腳戲。他說：「這三筐稻穀後面，藏著三個人哪！第一筐稻穀後面，必有正臣。他是誰呢？就是中書省參政楊憲！爲何這麼說？因爲揚州今年取得了空前的大豐收，這基礎就是楊憲當年當知府的時候打下的。當初，他向朝廷立過生死狀，說要『三年奪取大豐收，五年重建新揚州』。他做到了，揚州已經連續三年豐收，新揚州城正在拔地而起。」

頓時，所有仕子的目光都敬佩地投向了楊憲！連楊憲也難得地顯出了羞澀之狀！唯有李進，他向楊憲投來了憤怒的一瞥！當然，在這熱鬧的當兒，誰也沒有注意到李進那不同尋常的目光。仕子們的目光全部望著皇上！只聽朱元璋高聲道：「劉伯溫，傳旨中書省，敕封楊憲爲揚州侯，晉一品！」劉伯溫道：「臣領旨。」楊憲激動地跪地，顫聲道：「臣叩謝天恩！」

這時候，李進又向楊憲投去鄙夷的一瞥！

朱元璋擺手對楊憲道：「起來。咱接著說。這第二筐稻穀後面，就藏著一個庸臣。爲何這麼說呢？因爲太倉官員管理不善，讓朝廷的存糧發黴了！而第三筐稻穀後面，則藏著一個奸臣！藏著個貪官污吏。爲何這麼說呢，因爲，這筐敗穀說明，定有人以假充眞，以次充優，克扣軍餉，喪盡天良！」他突然叫了一聲二虎！

二虎聽到喊叫就往外走。進士們的目光就跟著他的身影出了殿門。片刻，殿外的侍衛押進一文一武兩個官員，他們走到朱元璋面前，跪地垂首。朱元璋道：「自個兒向進士們介紹一下吧！」

文臣叩首道：「臣是太倉守李中祖。」武官也一叩道：「末將是中軍都督府司庫，呂進雄。」朱元璋哼了一聲，讓他們兩人接著說。把自個兒的罪過跟進士們彙報一下。

文臣再叩首道：「遵旨。臣掌管太倉期間，對倉守人員監管不力，致使霉雨滲入太倉，兩千擔稻穀潮濕生黴。」武將低沉地說：「末將掌管中軍糧餉。因欠賭債甚多，無力償還，於是貪沒了軍糧三百擔。末將怕被查覺，就把騾馬草穀摻進軍糧中。末將負恩枉法，罪該萬死。」

朱元璋厲聲道：「傳旨。剝奪李中祖太倉守職銜，送交刑部議處。中軍司庫呂進雄，著即斬首示眾！」

幾個侍衛立刻將兩人押下。朱元璋回到龍座。默默坐著等候。突然，殿外傳來一聲慘叫：「啊——」殿內進士中好幾個人一陣顫慄。

片刻後，一侍衛托著銀盤入內，盤上放著一個血淋淋的首級。侍衛走到那筐敗穀前，提起腦袋往上一放，就退了出去。一片鮮血很快滲入敗穀當中，有的流淌到了地面。

這時候，所有的進士都戰兢不已，多數都嚇得不敢抬頭。連劉伯溫也不忍地垂下了眼睛，喟然長歎。朱元璋將此情狀盡收眼底，厲聲喝道：「都抬起頭來，好生看看，世上道理就是這麼慘痛！啊，今兒殿試，咱出了三道考題。第一道，考出了個正臣；第二道，考出個庸臣；第三道，考出一個奸臣！咱希望你們永遠記住這三個下場。希望你們，日後都成爲楊憲這樣的正臣、幹吏，而不要成爲敗穀堆上的這顆臭腦袋！」

楊憲再也克制不住，跪地重叩，激動地高喊：「我皇聖明！我皇萬歲！萬萬歲！」所有進士均跟著叩首高喊：「我皇聖明！我皇萬歲！萬萬歲！」

朱元璋威嚴地說：「各位進士，你們年輕哪，前程遠大呀！聽著，當官從政，要從聽政、觀政開始，然後才有資格理政。咱想把你們全部分到六部衙門實習去。你們要從當差小吏做起，從最瑣碎、最基本、最苦累的差使做起，步步見習。合格者，三月一升職。要不了幾年，你們當中優秀者，就會升做知府、巡按，甚至總督！但是不合格者呢，咱非但不予升職，還要把他的進士功名一併奪回！

歷史上，朱元璋首次創建了「監生觀政」制度，讓科舉所取的仕子、監生在官場實際中學習政務，開闊視野，擇其優秀者任用爲官。數年之後，這批恩科進士多數成了朝廷及官府中的重要官員。

第三十章 網罪證胡惟庸得意 議相位朱元璋憤慨

胡惟庸領著李進等幾位進士來到中書省的政事房門前，他做了個手勢讓他們止步。吩咐道：「列位稍候，待本堂通報一聲。」言罷，胡惟庸上前，輕輕地叩門。門內傳出威嚴的聲音：「進來。」

胡惟庸推門入內。楊憲正在伏案擬寫，沒有抬頭。胡惟庸恭敬地佇立屋中央靜候。過了好一會，楊憲才從案上抬起頭來，詫異地說：「呀！胡大人啊，怠慢怠慢！有事嗎？」

胡惟庸溫良地笑道：「五位新科進士分到中書省見習，屬下領他們來接受中丞大人訓示。」楊憲觀察胡惟庸的臉色，見胡惟庸像是換了個人似的，原先的桀驁不馴之氣蕩然無存，一臉謙恭馴服的樣子。於是也客氣起來，說：「哎喲，還勞你親自上門，你交代幾句不就成了嗎？」

胡惟庸越發恭敬地說：「中丞大人是這些進士的恩師、楷模，屬下斷不敢僭越。」楊憲聽得愜意，口氣也隨便了些：「那就讓他們進來吧。」

胡惟庸退到門口，示意進士們進來。李進等在房內自動排了一排，一齊向楊憲鞠躬：「拜見中丞大人。」

楊憲笑瞇瞇地望著眼前五個才華橫溢的年輕人，高興地站了起來。擺擺手，頗有氣度地說：「好好，來了好哇！你們都看見了吧，本堂屋裡只有一案一座，任何人進來，本堂都與他站著說話。知道這是爲什麼嗎？」他的舉止與口氣無意之中已經在模仿朱元璋了。

五個進士不知如何回答。有人猜測這是爲了控制說話時間，但沒有人開口說出想法。胡惟庸微微側身面向五個進士，用敬佩的口吻告訴他們：「這是楊大人爲中書省新立的規章法紀之一，公務時間，嚴禁讓座請茶。我等每一刻鐘都由朝廷支付餉銀啊！」

楊憲矜持地說：「對。於細微處見精神！你們到了中書省，也得從細梢末節學起，慢慢的歷練！這樣吧，簽押房去兩個，內務司去三個。先讀摺子、條陳，用心讀，特別是本堂的批閱案語，更要好生體會。」眾進士恭敬地應諾著，唯獨李進面色冷漠。

楊憲揮揮手，道：「去吧。」胡惟庸一揖，欲領進士們離開，楊憲卻道：「胡大人，請留步。」胡惟庸回身立定。楊憲打量著胡惟庸，慢吞吞道：「胡大人啊，今兒，你好像跟以前不一樣嘛。」胡惟庸誠懇地說：「屬下以前頗有失禮處，如今追悔莫及，請大人寬恕。」楊憲感興趣地問：「哦？都有哪些失禮處啊？我怎麼不記得了？」胡惟庸沉痛地說：「屬下曾在這屋裡舉止失態，還、還失手冒犯過大人。屬下眞是昏頭了，喪心病狂！請大人，唉，屬下知罪了。」楊憲仍然不放鬆，道：「那件事只是個表面，心裡原因是什麼？」胡惟庸低沉地顫聲道：「屬下心裡，唉，直說了吧。屬下對大人入閣，心懷怨恨。」

楊憲非要痛打落水狗似的，冷冷地說：「怨恨我什麼？接著說啊！」胡惟庸垂首低聲道：「屬下怨恨大人佔據屬下的位置，阻擋了屬下的前程。大人又比屬下年輕得多，屬下在中書省再沒有什麼希望了。」

楊憲滿意地頷首：「這才是眞話。還有，爲何直到現在，你才向我賠罪？或者說獻媚？」胡惟庸抑制不住地目光一閃，眼裡爆出仇恨的火星！但又迅疾深深地低垂，顫聲道：「因爲大人精明強幹，智慧超群，又深得天恩，是皇上心腹膀臂。屬下終於明白了，如果我執迷不悟，再跟大人作對的話，那只能自取滅亡！相反，屬下如果傾誠歸順於大人，倒可能得到大人寬恕，留得一線生機。」

洋洋得意的楊憲久久地注視著胡惟庸，終於仰面大笑：「到底是個明白人！胡惟庸啊，本堂原諒你了！」胡惟庸立刻先鞠躬再跪地，激動地說：「謝大人恩典，屬下從今往後——」說著居然哽咽了。

楊憲難免也有些動容，急忙上前扶起他：「別別別，惟庸啊，我也是個明白人！有恩報恩、有恥雪恥。只要你眞心歸順我，我保你飛黃騰達。」胡惟庸顫聲道：「謝大人。從今往後，屬下絕對視大人馬首是瞻。大人指到哪兒，屬下就衝到哪兒！哪怕是赴湯蹈火，屬下也萬死不辭！」楊憲高興地說：「好、好！惟庸啊，我把實情告訴你吧，李善長在中書省待不了多久了。」

胡惟庸一振，顫聲道：「屬下料到了，大人早就應該主政！」

李善長的處境的確前所未有地艱難起來了。他此時正在奉天殿聆訓。他垂首站在朱元璋的案前，啪！朱元璋把一疊奏報摔到李善長的面前。起身怒斥：「自個兒瞧瞧！安徽省田畝居然報上三個數字。戶部說是三十八萬頃。安徽省府說是三十二萬頃，中書省說是三十五萬頃。這到底怎麼回事？朝廷應該按哪個數字徵收田畝賦稅？」

李善長沉重地說：「戶部報的三十八萬頃，是算上了幾年來屯耕新開的田畝。省府報的三十二萬頃，則沒有加算新開田畝。戶部估高了，是想多收稅。安徽估低了，是想少納糧。中書省截長去短，估了個中間數字。」朱元璋嗔責道：「你們就這麼估來估去的！啊？皇上是安徽人，你宰相也是安徽人，咱們怎麼連自個兒家鄉的田畝都鬧不清楚，荒唐不荒唐啊？」李善長道：「稟皇上。不光安徽田畝混亂，各省也都有這情況。主要由於，前元戰亂導致田畝或易主、或荒蕪。這些年來朝廷一直重農撫民，廣泛屯耕，又使得各省田畝數量激增。臣以爲，這種亂，並不都是壞事。就好比家裡銀子攢多了，一時沒點清楚罷了。」

朱元璋苦笑道：「那你趕緊點啊！」李善長訴苦：「中書省缺乏人手，省州府縣也極缺這類幹才。」朱元璋嗔斥：「甭聽下面人叫苦！他們是推諉！他們瞞得了你，瞞不過咱。田畝混亂對他們有利，可以趁機少交納稅賦糧銀嘛。」

李善長道：「皇上明見。」朱元璋道：「咱這就下旨，你立刻組織幹吏核查各省田畝，先從安徽開始。哦，不是缺人手麼，可以把新科進士統統派下去，每個縣分它幾人，丈量旱地水田山林。啊？又練了本事，又見識了民情。這多好！一個省量完嘍，再到下一個省去。」李善長讚道：「確實是好辦法。臣馬上組織幹吏領他們下去。並讓省州府縣也派員參加。」朱元璋沉吟：「善長啊，你屢屢跟咱說中書省缺人，咱同意。左丞相徐達長年統兵在外，徒具虛名。就算在京，他也不肯管理中書省的事！你看，中書省是不是該再配個丞相了？」

李善長一怔，心裡立刻堵住了一樣，很不舒服。但他說：「應該，早就應該了。稟皇上，臣年老多病，早該退養鄉里，讓年輕人頂替。」朱元璋嗔斷：「咱可沒這意思！」李善長連忙道：「皇上是沒有這意思，這只是臣的心願。」朱元璋微笑地問他：「是麼？那你看讓誰任丞相好啊？」李善長沉吟道：「這請皇上酌定。臣不敢言。」朱元璋不滿地說：「哎，叫你說你就說。咱想聽聽你舉薦誰！」

李善長像是想了想，然後鄭重地說：「胡惟庸。」朱元璋嘿嘿笑道：「又是個淮西人！你為何不舉薦楊憲呢？」李善長低沉地說：「因為臣不敢相瞞。臣厭惡他！」

朱元璋心中像被蟲子一蜇，怒視李善長一眼，隨即讓他退下。

李善長的心情很不平靜。回到中書省，胡惟庸趁別人不注意，過來想問問情況。李善長使個眼色，隨後讓他晚上直接去他的府上。這天晚上，李善長在家中內室裡和胡惟庸舉盅對飲，借酒澆愁。兩人長吁短歎，李善長還未說起今日在皇上那兒挨訓的事，胡惟庸忍不住先痛說自己在楊憲那裡受的屈辱。「相國，今日我向楊憲俯首稱臣了。我、我罵自個兒是喪心病狂，吹捧他智慧超群。我這輩子還沒這麼卑賤過呢！我、我還給這個狗崽子跪下了，那一刻兒，我心都在流血啊！」

李善長苦笑道：「好，做得好！他相信你了嗎？」胡惟庸沒十分把握地說：「七、八成吧。」李善長一笑：「如果這麼容易就相信了你，說明他還是輕薄啊！」胡惟庸擔心地說：「他告訴我，說相國您在中書省待不長了。相國啊，皇上會讓他升任丞相嗎？」

李善長沉默許久，道：「也有個七、八成吧。今兒見駕，皇上藉故把我訓責一頓。後來，又讓我舉薦中書省丞相。我舉薦了你。但皇上卻問我『爲何不薦楊憲呢？』」

胡惟庸呆了，感到冷。眞要是楊憲做了中書省的丞相，哪兒還有自己的活路啊！他將面前白酒一飲而盡，脹紅了臉道：「我立刻把楊憲的罪狀統統端出來，上奏彈劾！」

李善長一驚，一凜，憑經驗或直覺，他感覺眼下這樣做不妥。他口氣堅決地反對：「不成，時機不到。」胡惟庸激動地勸說：「相國，沒有時間了。你一旦倒閣，我也不會有善終。上奏吧，拼它個魚死網破！」李善長的臉難得地板了起來，厲聲道：「不成！你挖來的那些罪狀，扳不倒楊憲！皇上對他的恩寵，遠甚於你！」

胡惟庸一聽這話，像被猛擊一棍，顫聲問：「那我們怎麼辦？」李善長似乎已經平靜下來，老道地說：「還是那句話——忍。」胡惟庸擊案而起，氣急敗壞地頂撞：「忍到何時是頭？忍到我們被逐出朝廷、流放邊關嗎？」

李善長冷若冰霜地說：「就算被流放邊關了，也要忍下去！只要人活著，留著一口氣在，就隨時可能重回朝廷！」說到這裡，他望了一眼滿面絕望痛苦的胡惟庸，態度緩和了一些，語重心長地勸導：「惟庸啊，楊憲快爬到巔峰了，接下來就會是深淵！相信老夫吧，像他那樣的陰毒之人，必有惡報！」

胡惟庸無可奈何地點頭，起身爲李善長斟滿杯中酒，接著再把自己的酒杯倒滿。兩人無言舉杯，相視一眼，一飲而盡，一切皆在不言中。

兩日後，胡惟庸辦了些雜事回到中書省，剛進入院門，便看見新科進士李進跪在石板地上，面前置一小几，他正跪地書寫長長的卷子。這一天日頭很烈，李進汗如雨下。

胡惟庸驚訝地上前想問，但忍住了。正好有一閣臣匆匆而過，胡惟庸攔住他，眼睛望著地上的李進，低聲問怎麼回事？

閣臣謹愼地左右四顧，見確實無人，才低聲道：「李進觸犯了楊大人。楊大人令他跪在院中，把摺子抄寫十遍。」胡惟庸把聲音壓得極低，問：「怎麼觸犯的？」閣臣聲音更低了：「李進送呈文入內，大概忘了向楊憲施禮，兩人口角起來。楊憲大怒。唉，胡大人啊，中書省莫非是楊憲私宅？令新科進士跪地抄摺子，這是國法還是家法？」胡惟庸意味深長地一笑，點頭道：「說得好。」然後，他視若無睹地從李進身邊經過，進入了自已的政事房。

這一日，胡惟庸感覺到自己有點心浮氣躁，無心辦公。好不容易挨到傍晚時分，他在房中來來回回踱步，還是不敢提前下班。總算等來了院中的一陣銅鈴聲，有人在外面長喝：「時辰到。眾屬員散班！」他才回到案旁整理，整理好又等了一會，輕輕推開窗戶朝院中望，看見最後幾個閣臣正相伴離去，李進也抄完了摺子，費勁地起身，不料膝蓋骨一陣劇痛，趔趄倒地。

胡惟庸推開房門喚李進進來。李進愣了一愣，先站穩，然後抱著摺子踉蹌入內。

胡惟庸關上門，扶李進坐下，回身從文案下面取出一貼膏藥，遞過去，溫和地說：「你已經跪僵了，趕緊敷上它。再不通筋活血，這條腿就廢了。」

李進默默接過去，挽起褲腿，膝蓋那裡已是一團紅腫。他一邊敷藥一邊感激地說：「多謝胡大人！哎，胡大人，您屋裡怎麼會有創藥啊？」胡惟庸親切地說：「我看見你跪在那兒，就預先替你準備了。」李進感動地道了謝。胡惟庸好奇地問：「李進，你怎麼得罪楊大人的？」李進突然怒髮衝冠道：「他、他是條毒蛇！」

胡惟庸嚇一跳，看一眼窗外，低嗔：「不可這麼說話！」李進竟然怒不可遏，厲聲道：「他就是一條毒蛇！虐待百姓，欺瞞聖上，表面忠直，內心奸忤無比！」胡惟庸聽得心裡暢快無比，像炎熱的暑天裡喝了碗冰鎮綠豆羹。嘴上卻輕嗔：「楊大人深得皇寵，你再這麼說話，當心掉腦袋！」

李進一怔，過後喃喃道：「掉腦袋我也不怕！」胡惟庸知心地一歎：「李進啊，我知道楊憲砍了你叔叔，但他是奉旨行事，何況馬南山也確實有罪。」沒想到李進一聽這話覺得胡惟庸誤解小看他，又激動起來，冷笑道：「胡大人，我並不是為馬叔之死而恨他。」胡惟庸忙問：「那為什麼？」李進歎了一口氣：「您大概忘了，我是揚州人哪。楊憲治揚的『功績』，瞞得了朝廷，瞞不了我！」

胡惟庸心裡一動，緊張地問：「你知道些什麼，告訴我，快說啊！」李進忿忿不平地說：「楊憲爲向皇上邀功，肆意誇大政績，逼迫各鄉鎮虛報田產、人丁與稅賦。楊憲治揚州的第二年，田畝復耕不足一半，卻上報說全部復耕，而且獲得大豐收。」

李進說話時，胡惟庸一直認眞地觀察他臉上的表情，聽到這裡詫異地打斷他：「都察使親眼看見，田畝全部復耕了！」李進譏笑道：「你們看見的僅僅是表面上一層浮土，都察使一走，那田地又荒了。要知道，荒廢七、八年的耕地，荊棘野草早就深深紮入土中，怎可能輕易化爲良田？」胡惟庸不解地問：「但那一年，揚州卻上交了兩千擔稅糧啊。」李進義憤塡膺地說：「其中一半，是從百姓口糧裡逼出來的！另一半，是用朝廷給的資金，透過海路從浙江買來的！」

這下連胡惟庸都震驚得說不出話來了，怔了好半天才道：「欺君！這是欺君大罪呀！」李進道：「還有呢，楊憲負責的兩畝責任田，全是由僕役在黑夜裡代爲勞作的，他自己根本沒功夫下地！胡大人，您看見過那株半尺多長的稻穗嗎？」

胡惟庸的心裡充滿了好奇，說：「當然見過，百年罕見之物！朝廷上下無不讚歎，皇上視爲大明祥瑞。難道，它也不是從楊憲責任田裡長出來的？」李進繃著臉道：「當然不是。是楊憲花了十五兩黃金，從南洋孛泥國商人手裡買來的！」胡惟庸更加震動，急問：「那孛泥商人還在嗎？」李進冷冷地說：「死了！說是遇盜身亡，實際上是被楊憲害死了。」胡惟庸失望地說：「可惜呀！」李進道：「但是那商人娶了個揚州夫人，那夫人還活著，手裡有楊憲的字據！」

彷佛天上掉了個寶葫蘆下來，胡惟庸驚呆了，也喜呆了！他一下跌坐椅中，長歎道：「奸臣哪奸臣！他完了，徹底完了！欺君，枉法，貪暴，害民，還有暗殺無辜！無論哪一條都是死罪，楊憲就是有一萬個腦袋也不夠砍的了！哎，李進，這麼重要的事情，你為何告訴我？」

李進直視胡惟庸，說：「因為在下聽說，您打過楊憲一個耳光。」

胡惟庸恨恨地說：「是打過！可惜沒能打倒他。」李進鄭重地說：「所以我才會把這些事告訴你。稟大人，在下已經擬好了楊憲的罪狀，但在下不會交給都察院，也不會交給刑部。在下信不過他們。在下正在找機會，當面呈給皇上！」

胡惟庸激動地望著李進問：「交給我好嗎？」李進用懷疑的眼光望著胡惟庸：「你？」這樣重大的事情，他真不敢輕易相信誰。

胡惟庸顯得沉著而凜然，道：「在我的臥室底下，也準備了楊憲的八條罪狀。我希望你我聯手，為揚州除害，為朝廷除奸！」李進思量了一會兒，終於同意了。胡惟庸貼近李進耳畔，神秘而關切地說：「李相國有令，現在時機不到，暫且忍耐。等時機一到，即行彈劾！」李進將信將疑地問：「相國大人也恨楊憲？」胡惟庸像對知己那樣微笑頷首，道：「恨之入骨！」

不久，朝廷選了一些能幹的大臣，帶領新科進士下鄉。臨行一日，金陵城的城門下，鼓樂聲喧天震地地響。新科進士們披紅掛彩，列隊佇立。朱元璋親自為即將出行的隊伍送行。他與眾臣沿著紅地毯走出城門，笑眯眯地巡視著即將下鄉的新科進士。

朱元璋振奮地講話：「各位進士，聽說你們要離開京城，咱急忙趕來送送。」楊憲在邊上莊嚴地說：「皇上得報，飯都顧不上吃，撂下碗就來了！」

立於進士排頭的李進，狠狠地盯了楊憲一眼！

朱元璋笑道：「半年後，你們回來的那天，咱還在這兒迎你們進城。」眾進士齊聲道：「臣等拜謝天恩！」朱元璋接著說：「如按老規矩，新科進士應該進翰林院的，可咱呢，把你們趕到窮鄉僻壤去了，你們覺得委屈不？」李進大聲說：「稟皇上，臣等願意下鄉！」朱元璋欣喜地望一眼說話的李進，道：「好！大明王朝的根基在哪兒？在鄉下，在無邊無際的大地上。所謂京城、朝廷、翰林院，說到底不都是地裡長出來的麼？要沒這片大地，什麼都不會有。連皇上都不會有！就算有也得餓死。」進士聽到這裡都笑起來。朱元璋又肅容道：「朝廷派你們下去調查人丁、稅賦、田產，丈量各省官私土地，這事重要啊！田畝不確，朝廷就沒法合理納稅，多收了會激起民怨，少收了會私逃稅糧。所以，田畝數目準確與否，關係到國家安穩，百姓太平，是大明千秋大業啊！」

朱元璋從李善長手裡接過一本魚鱗冊，展示給進士們看：「李相給你們準備了一個樣本魚鱗冊。按照這種式樣，就可以把那些高低不等、大小不一的田畝，像魚鱗那樣一片片錄製成圖。計算方法就附在圖後。你們都是聰明人，一看就會。關鍵是要吃得起苦，捨得跋山涉水，還要細心、有耐性呵！如能把一個縣的魚鱗冊都畫下來，只怕比中舉更難。」

李進道：「皇上放心，臣等保證畫好魚鱗冊！」朱元璋道聲好，把魚鱗冊交到帶隊官員手裡。擺擺手：「上車吧。半年後，咱還在這兒迎你們！」

鼓樂聲又響起來，進士向皇上揖別，然後登車。朱元璋忽然喚住李進。正準備登車的李進退回來快步走到朱元璋面前。朱元璋低聲吩咐：「給你個差使。你每到一縣，都把當地民情、政事、官吏優劣、年景豐災等等情況，寫個摺子，呈上來。哦，直接寄給咱！」李進激動得深揖：「臣遵旨。」朱元璋望望他，眼中藏著喜愛，沉吟道：「馬南山的事，咱心裡也難過，盼你理解。」李進道：「朝廷律法，煌煌天威，臣理解。」朱元璋滿意地說：「嗯。咱讀過你的考卷，你是個有見識的人哪。今後，你如有什麼事，可以專摺密奏。」

李進的臉上閃過一絲猶疑。他有意無意地展眼尋找楊憲的身影。一眼瞥見楊憲正在跟李善長談笑風生。李進張口欲言，又突然看見靠近李善長與楊憲站立的胡惟庸，正著急地朝他微微搖頭。李進把要說的話吞回肚裡，朝朱元璋垂首深揖道：「臣領旨。」

胡惟庸回到中書省，他在自己的政事房裡坐坐又站起來。心神不定地來回踱了幾圈，終於待不住，跑出屋子，來到李善長的政事房，不敲門就推進去，閃入屋，見裡面沒外人，又緊緊地關閉房門。

案後的李善長抬頭微嗔：「幹嘛這麼神秘啊？」胡惟庸抱拳一揖：「恭喜相國，楊憲完了，徹底完了，死無葬身之地！」李善長起身，不敢十分相信地問：「哦？有何新發現？」

胡惟庸從懷裡掏出厚厚一摞材料放到李善長面前，激動地說：「昨天夜裡，我把李進交給我的罪狀全部看過了。僅死罪就起碼有四大款！其一，治揚第二年，揚州田地僅復耕一半，楊憲卻謊稱全部復耕；其二，當年所交納的稅糧，半數是竊用朝廷資金，透過海路從浙江購進；其三，那株祥瑞稻穗，是十五兩金子從南洋孛尼商人手裡買來的，而不是從他責任田裡長出來的；其四，祥瑞稻穗到手後，殺人滅口，將那位商人害死！嘿嘿，有關人證、物證、字據，都在罪狀裡！看得我是冷汗直冒啊。」

李善長急速地翻閱罪狀，手都有些發抖。終於，他人往後一倒，面色驚駭，半天不吱聲。

胡惟庸爲李善長不信，急道：「相國，難道您還不信？事實俱在，鐵證如山哪！」李善長這才長歎一聲：「不是不信，是佩服！唉，漫天大謊，他居然撒得滴水不漏。此人的心機、膽略、手腕，眞是古今罕見，老夫佩服之至啊！」

胡惟庸興奮地問：「相國，我們何時上奏彈劾？」李善長苦笑道：「彈劾？嘿嘿，現在啊，我都不知道該怎麼彈劾他了！」胡惟庸不明白李善長的話中話，詫異地問：「相國的意思——」李善長的手指點擊罪狀，顫聲道：「楊憲之罪，把皇上都玷污啦！你想想，那株稻穗掛在哪兒？懸掛在文華殿皇上書房裡，兩年多了！皇上是天天看，日日瞅，一直盼著各地都能長出這樣的穀穗來，讓大明糧草堆積如山。忽然間，這祥瑞之物成了禍水，還是從南洋販來的！還有呢，殿試的時候，皇上當著全體恩科進士的面，宣稱楊憲是正臣，是楷模！要臣工們都向楊憲學習！哎呀呀，這叫皇上面子往哪兒擱？龍威大損呀！」

胡惟庸得意地笑了：「屬下能體會皇上心情。皇上會把楊憲千刀萬剮！同時，皇上自個兒心裡也流血啊！」李善長沉吟片刻，合起罪狀，正色道：「收起它來，暫不彈劾！」胡惟庸不悅地問：「相國還要等到何時？」李善長沉思搖頭：「不急。等到皇上發現楊憲的馬腳之後，咱們再上奏彈劾。」胡惟庸不解：「爲何？」李善長道：「因爲，這個禍害雖是劉伯溫舉薦的，卻是皇上一手養大的。應該讓皇上先發現他的馬腳，之後咱們再上奏彈劾。如此，皇上才仍然聖明，洞察一切。咱做臣子的仍然落後於皇上，懂嗎？」

胡惟庸這才恍然大悟，欽佩地說：「明白了！相國的心胸眼力，屬下敬佩！」李善長安慰道：「繼續忍著吧。」胡惟庸有點不好意思地笑道：「成，忍，忍多久都成！嘿嘿嘿！」李善長微嗔：「笑什麼？」

胡惟庸愜意地說：「過去咱忍忍得難受啊！現在咱忍忍得舒服啊！就好像看著一隻小螞蚱在咱

掌心蹦啊蹦的，嘿嘿，咱隨時能掐死它，只是不掐罷了。」李善長失聲大笑，親切地指點他：「你呀。別得意過頭！」

話說李進他們幾個新科進士在朝廷官員的帶領下，來到了安徽山區。他們個個熱情高漲，住宿一安排好就往田裡跑。他們進入了山區的縱深處，面對三面的山巒與一座座的梯田。梯田的下層，大大小小的水田如魚鱗密布。大的半畝，小的不及數尺。幾個進士脫了鞋，手執量尺、丈桿，測量水田面積。他們不時報出：「斜角三尺二，弧邊三尺一，底平二尺二。」

李進俯身在一幅白紙上，細細地畫著。一位進士歎道：「這田小得跟鍋蓋似的，種起來多難啊！要在咱們蘇州，早扔了它。」李進抬眼望去，感歎道：「這兒的百姓眞了不起，每顆糧食都得從山縫裡摳出來啊！」測量的進士在一塊更小的水田裡高喊：「斜角一尺三，弧邊二尺一，底平八寸！」

一天下來，年輕的進士們回到草屋裡，累得不想說話了。吃過晚飯後，幾個進士席地而臥，很快酣睡打起了呼嚕。只有李進沒有睡，他就著一盞小油燈，在給朱元璋寫奏摺。他寫道：臣目睹此地百姓耕種之苦，謀生之難，既感寒心，又深爲敬佩。據老人傾訴，本縣官府尙好，就是鄉鎮收租小吏刁惡。稻農交穀時，小吏所用的升斗不均，克扣嚴重。另有衙吏暗中塗改稅賦簿冊，如「一」字下面加畫一道就成了「二」，上下各加一道就成了「三」。臣建議，朝廷盡快打造銅斗，做爲標準量具下發各縣，各縣皆以朝廷銅斗爲母斗，翻造斗具使用，違者重辦。臣還建議，凡記錄錢糧等要緊物品時，一律將現行的「一二三四五」數字，寫爲漢字「壹貳參肆伍」，以絕篡改之弊。他書寫的時候，表情凝重，心裡很不好受。

李進的奏摺很快送到了朱元璋手裡。朱元璋看得入神，突然，他重重擊案，大叫：「善長，善長，快過來，快來！」李善長匆匆走過來，朱元璋起身指著奏摺，讓李善長坐下，看看李進的建議如何。

李善長趕緊伏案細看，片刻大聲：「好！數字被塗改，乃歷朝歷代最頭痛的事。如能改行漢字書寫，斷絕篡改之弊，可謂功德無量！」朱元璋激動地吩咐：「你立刻擬旨，從明年元月元日起，大明各級官府在所有的奏章典冊內，凡涉及錢糧、稅賦、地畝、器物統計，均將昔日之『一二三四五』數字，改寫為漢字『壹貳參肆伍，個什佰仟萬』等。還有，包括士農工商，在買賣交易時，也要以漢字取代數目字！違者，不管何人，均以違法亂政治罪，重懲不貸！」

朱元璋所確立的中國獨有的錢糧物資記載方式，被後人一直延用，至今仍在中國普遍使用。

而被李善長、胡惟庸厭惡的楊憲，又一次得到了晉升。新科進士下鄉的第二日，一個內臣手執黃卷進入中書省大院，李善長率眾閣臣到院中排立。楊憲在佇列前跪地。內臣誦道：「中書省參政楊憲，勤懇敬業，公忠體國。著晉升中書省左丞，加年俸五百擔。欽此。」

楊憲從內臣手裡接過黃卷，叩道：「臣領旨，謝恩！」

李善長率先上前，笑瞇瞇一揖：「楊大人，恭喜了！」胡惟庸等人也滿面笑容地上前揖賀：

楊大人榮升左丞，非但是大人之喜，更是中書省之幸，朝廷之福啊！

楊大人德才兼備，下官敬佩不已！

下官早就盼望楊大人步步高升，如此，我等才可託福啊。

楊憲早已笑成了一朵花，連連揖謝：「揚某何德何能，豈敢妄自尊大？今日承恩，也是列位大人扶助的結果，揚某拜謝列位了！」

大家正說著恭賀之語，楊憲笑著告訴大家：「列位大人，明日是楊某四十賤誕，有請各位到蟠龍閣酒樓一聚。請務必光臨啊！」眾臣又是一片驚叫：

楊大人年方四十啊，已經位居宰輔了！哎呀呀！前程不可限量。

楊大人雙喜臨門，下官再次恭賀！

楊憲抱拳正色道：「本堂先向各位稟報一聲，明日赴會，萬不可攜帶任何禮品，否則，那就是置楊某於尷尬之地、授楊某於貪小之名，楊某斷斷不敢！」

眾閣臣笑著應諾，然後陸續散去。

李善長與胡惟庸落在後面。他們一齊走向政事房。胡惟庸低語：「相國，瞧楊憲得意成什麼樣了。現在，他離左丞相之位，只差一個『相』字了。」李善長微笑道：「他如要，我可以讓給他。只不過，雖然差之毫釐，往往失之千里啊。」胡惟庸笑道：「明天他的生日，去不去啊？」李善長沉吟：「還是去吧。吃他的，喝他的，還不用送東西，有何不好？再說，或許是人家的最後一個生日了。再不熱鬧一下，可惜！」兩人說說笑笑，各回自己屋中。

轉眼就到了楊憲四十壽辰。傍晚，蟠龍閣酒樓前一片歡騰，楊憲身著新裝在門前喜迎賓客。

胡惟庸與中書省諸臣率先前來，胡惟庸等含笑向楊憲長揖：「屬下等恭賀楊大人四十大壽！」楊憲也是笑容滿面，請大家裡面坐。接著馳來一輛官車，到了門前，戶部尚書呂昶、太子太保大學士宋濂相繼下車。楊憲驚喜地迎上去，叫道：「哎喲，呂公、宋公，您二位也來啦？多謝多謝！楊某今日，可謂蓬蓽生輝啊！」宋濂笑道：「聽說楊大人壽誕，老夫按捺不住寂寞，想來沾點喜慶，討杯壽酒吃吃。」

呂昶笑揖：「老夫一來給楊大人祝壽，二來給楊大人賀喜！恭賀大人榮升中書省左丞。」

楊憲長揖：「兩位前輩高風亮節，晚輩歷來視爲楷模，還望前輩們多多關照晚輩啊。請請！」

話音剛落，又一輛官車馳至門前。李善長先從車內下來，接著扶下太子朱標。頓時，所有臣工俱拜。楊憲則大喜過望，衝上前跪地：「臣叩見殿下！」

朱標微笑道：「楊憲哪，雖然你不想讓我們知道壽誕的事，但父皇還是知道了。令我前來爲愛卿賀壽！」說著，朱標示意李善長：「展開來。」李善長含笑展開手中那幅錦軸，上有四個濃闊大字：「忠正賢能。」朱標道：「這是父皇親筆賀詞，讓我作爲壽禮送給你。」楊憲激動叩首：「皇上天恩浩蕩，臣萬死難報啊！」李善長笑道：「楊憲啊，今日可謂蟠龍盛會。可喜可賀！」楊憲再揖：「謝相國！殿下，相國，請入內吧。」

楊憲紅光滿面地陪著朱標等進入酒樓，眾臣歡笑跟隨而入。

沒有出現的重臣只剩了劉伯溫。他沒有來湊熱鬧，而是在自己府中的書房中捧書閱讀。劉璉有點不安，入內對父親說：「楊憲在蟠龍閣大擺壽宴，連太子都到場祝賀去了，您爲何不去啊？」劉伯溫沒有放下手中書卷，微嗔：「我爲何要去啊？」劉璉振振有辭地說：「楊憲是您的學生。您要是不去，別人是否會猜疑你們有了嫌隙？楊憲也不開心啊。」

劉伯溫一歎：「所謂師生之誼，恐怕早就名存實亡了。再說，他昨日升爲宰輔，今天就大擺宴席，也太張揚了吧？我何苦湊這個熱鬧！」劉璉猶豫地問：「那麼，兒是否該去道聲賀，稍作應酬？」劉伯溫搖頭：「你不是說太子已經到場了嗎？那你現在去也晚了，不如不去。」

這時，管家走了進來，爲難地說：「老爺，天涼下來了。老爺和公子該置辦些冬衣了。還有，糧油也該買了。」劉璉趕緊嗔道：「這些事，你辦就是了，不必報。」管家應著，卻做出欲退不退的模樣。

劉伯溫看出異常，叫住管家：「慢著。怎麼了？」管家看一眼劉璉，爲難地說：「稟老爺，府上只剩下五貫大錢了，已不足半月所用。」劉伯溫責備劉璉：「怎麼窘迫到這地步了。要是今日來個客，拿什麼款待人家？」劉璉面有難色，吞吞吐吐地說：「父親，你我年俸加起來，也不過、也不過三百兩銀子。咱家開支又大，一年的俸祿，咱家半年就使完了。要不是鄉間貼補，維持不到現在。」

劉伯溫走到櫃前，取出兩軸畫卷，對管家道：「老何啊，把這兩幅畫拿去變賣了。」管家爲難地說：「老爺，這不好吧？要是外面人知道嘍——」劉伯溫嗔斷：「面子要緊，還是肚子要緊？拿去！」管家只得接了，嘀嘀咕咕地退下。

劉璉忍不住，不平地說：「人人都以爲當朝大臣富貴榮華，誰料咱們連冬衣都置不起，眞堪爲笑談！」劉伯溫道：「我查閱了一下史籍，本朝臣工的俸祿，只怕是歷朝最低的。唉！」劉璉道：「京官要是沒點祖業和田產，簡直難以維持京城開銷哇。」

沉默了片刻，劉伯溫突然問：「璉兒，你知道這意味著什麼嗎？」劉璉道：「清廉唄！皇上力倡廉潔，極看重臣工操守。」劉伯溫低聲道：「不錯。但清廉應當有個限度，如果超出了臣工們的承受力，那就可能走向反面。我問你，如果今兒咱家沒有存畫變賣，米缸裡又空了，剛好有個屬下提了五斤肉、十斤麵來，你收是不收？」

劉璉覺得父親這個問題簡直有點迂拙，不以爲然地說：「區區薄禮，收之無妨，聊補無米之炊嘛。」劉伯溫道：「那好。下回他給你送二十兩銀子來，剛好家中也該添置冬衣了，你收是不收？」劉璉一愣，猶豫地說：「收下吧，日後設法還他。」劉伯溫略提高了聲音道：「好啊，再下回，他又給你送二百兩銀子來了，誠懇地求著你收下。但是，他託你順便辦一件小小不然的私事。這事兒確實很小，你只要吩咐屬下一句就能給辦嘍。可二百兩銀子，閃閃發光地擱在你面前，好大一堆哪！你收是不收？」

劉璉再回答不出，沉默片刻，喃喃地說：「貪贓納賄，就從這裡開始了。」劉伯溫正色道：「對！許多非法之事，開頭總是合法的。漸漸地，演變到合法與非法之間！再接著，就進入非法領域了！追其起始，原因眾多。但有一條，米缸要是空了，誰都希望有人送米來，連聖人都不例外。因此，要長期保持廉潔，就不該讓大臣的米缸空嘍！」劉璉道：「父親，您爲何不向皇上進諫，讓朝廷增加各級臣工的俸祿？」劉伯溫搖頭道：「皇上會反問你二十兩銀子，足夠一戶百姓吃用一年的。朝廷每年給你們三百兩銀子，還外加其他賞賜，你們爲何還不夠用啊？」

劉璉苦笑無言。這時管家匆匆入內通報：內廷來人了。劉伯溫整整衣裳，急步出門。到了院中，一內侍向劉伯溫傳旨：皇上口諭，請劉伯溫進宮喝茶。劉伯溫揖道：「請轉稟皇上，臣即到。」

而蟠龍閣裡的酒宴已經到了高潮。眾臣絡繹不絕地向楊憲敬酒，說話都帶了醉意：

楊相，您坐著別動，下官連敬您三杯！

楊大人哪，屬下祝您長命百歲，福祿雙全！

楊憲神清氣爽，來者不拒，笑哈哈地一一舉盅飲盡。只聽一聲高喝「來啦」！堂倌捧著一碟二尺多長的大鯉魚進到宴會廳，將大鯉魚擺到案上。笑稟：「這條黃河大鯉魚，是專門用水箱子從山東那邊送來的，請大人們品嘗！」這條巨大的活燒鯉魚身子已然熟透，發出誘人的香氣，但口唇還一張一合的，熱香之氣蒸騰而上。眾客見狀，連聲叫好。胡惟庸高聲道：「瞧哇。此魚身雖亡，心卻不死，還在說話呢！」楊憲笑問：「是麼。它在說什麼呢？」胡惟庸故意伏下身子，湊到魚兒唇邊，傾聽一會兒，道：「稟楊大人。此魚是從東海龍宮裡來的，它帶來了龍王爺的御旨，祝大人福如東海、壽比南山。它還說，過不了幾日，大人還將有更大喜事從天而降呢！」

眾臣一片大笑，亂哄哄叫著：「恭喜楊大人！」楊憲滿面醺然，搖搖晃晃地說：「同喜，同喜！我要是去了龍宮，一定帶上列位同僚，一塊兒去耍耍！」

這話又引來一片更高的笑聲。朱標對這種庸俗場面已經難以忍受，他面色不快，如坐針氈。但得意忘形的楊憲，卻是視若無睹。胡惟庸與李善長其實一直在察言觀色，他們見狀，相視一眼，愜意微笑。

這次楊憲誕辰上缺席的劉伯溫，被朱元璋單獨召到皇宮御花園中，兩人在八角亭裡對坐品茶。

雖為品茶，談話卻不輕鬆。朱元璋開門見山就說到中書省的人事問題，而且顯得語重心長：「伯溫啊，善長雖是資深老臣，功勳不小，但他做為中書省右丞相卻有些昏昧。左丞相徐達雖然掛了個名，卻不理事。說白了，李善長也高興他不理事。咱想改組中書省。」

劉伯溫點頭表示贊同：「應該改組，完全應該。」朱元璋道：「中書省左丞相，咱琢磨了三個人選，想聽聽你的意見。」劉伯溫呷一口茶，爲難地說：「臣斗膽。請皇上不要徵求臣的意見吧。」朱元璋生氣地打斷他：「不成。咱非聽聽你的想法。」劉伯溫只得說：「遵旨。臣請皇上示下。」朱元璋鄭重地說：「頭一個是楊憲；第二個人選，是吏部尚書汪廣洋；第三個人選，是中書省參知胡惟庸。」

劉伯溫聽了，久久地沉默著。朱元璋知道他在認眞思考，並不催他，坐在對面靜靜地等待。終於，劉伯溫似乎想好了，放下茶盅，一揖道：「稟皇上。臣以爲，這三個大臣都不堪相國大任。楊憲雖有相才，卻無宰相的器量；汪廣洋偏狹淺薄，不如楊憲更甚；至於胡惟庸麼，外表厚重，內心剛烈。如用他做左相，就好比用生猛的野牛駕轅，難以控制，早晚得把車弄翻了不可。」

朱元璋提出的三個丞相人選雖被劉伯溫一一否決，但他並沒有生氣。而是饒有趣味地注視了劉伯溫一會，笑歎：「好嘛，你把咱三個人選都否了，那你提一個出來嘛。」劉伯溫面有難色，又沉默了一會，正色道：「與這三人相比，還是李善長做相國更合適。」朱元璋感歎道：「伯溫，你知道不，李善長可是說過你不少讒言，你還幫他說話。」劉伯溫訥訥道：「臣不知道李相說過臣什麼。」朱元璋一笑：「那咱就告訴你幾句。他說，你恃才傲物，目下無塵。而你那些才，大都是虛名虛才，頂不得大用。還有，朝廷上的外省大臣，都聚集在你周圍，以劉公馬首是瞻，諸如此類吧。」

劉伯溫抬頭，驚道：「這話可是殺人不見血啊！在臣眼裡，大臣就是大臣，絕無這省那省之分。他們也不會聚集到臣身邊，更不會以臣馬首是瞻！至於臣的才學是眞是假、是實是虛，這倒不要緊，皇上自有聖斷。」朱元璋微笑道：「不錯，這咱明白。」劉伯溫歎道：「臣以爲，李相之所以有這些讒言，是擔心臣取代他。如果他知道我無法取代他的位置，也許就不會如此刻薄了。」朱元璋卻正色道：「現在，咱越看越清楚了。中書省左丞相一職，只有你劉伯溫做，才最合適！」

劉伯溫神色大變，急起跪地道：「臣萬萬當不起！」朱元璋重重問：「爲何當不起？」劉伯溫顫聲道：「一者，臣體弱多病，對繁雜的政務萬難勝任。二者，臣、臣生性爽直，出口無忌。糾彈枉法文武尚可湊合，可要是做了丞相，臣這脾氣早晚必將冒犯聖上！到了那個時候，皇上您非殺了我不可！臣即使爲自己的身家性命著想，也萬不敢僭居丞相一職啊。」

朱元璋見劉伯溫說得聳人聽聞，神色卻如此鄭重，將信將疑道：「是麼？」劉伯溫再叩，顫聲道：「是。如果皇上非要把臣擱到中書省，那麼，臣冒死叩請皇上賜下一道恩旨，賜臣告老還鄉，以免斷送君臣間十來年的恩情。」

朱元璋頓時憤怒，沉默不語。他的內心情緒就在這一刻已經發生了變化。他是信任倚重劉伯溫才把他叫到御花園來商議大事的，想不到劉伯溫還是清高，一副世事洞明、天外高人的模樣。對來自皇上的信任不僅不受寵若驚，反而還表現出少有的清醒。於是朱元璋心裡就忿忿不平地想，你劉伯溫有什麼了不起的？不就是想躲開咱，獨善其身麼？哼，給你恩典你不要！咱也不是非用你不可！

第三十一章

左丞弄權尚書遭殃
五牛分屍楊憲慘死

李善長這日晨間往中書省政事房去。發現中書省政事房的氣勢已非昔日可比，楊憲在自己政事房的門口增添了兩個把門差役，威風凜凜地侍立在外，隨時聽從差遣。屋內，傳來楊憲忽高忽低厲聲訓斥的聲音：「糊塗！這事豈能這麼辦？誰辦的就令誰挽回，絕不寬縱！日落前，本堂等你稟報！」

李善長背著手踱進去，差點與一位狼狽而出的大臣相撞，那位大臣執摺向李善長一揖，一言不發地悶著頭惶然離去。

李善長苦笑，步入房門。楊憲看見李善長進來，起身笑臉相迎：「李相來了？哎呀，有事傳我過去不就成了嗎？我這兒連個客座都沒有。」

一切跡象都表明楊憲是要把政事房搞成獨立衙門，什麼不設客座，不明白地要拒人於千里之外嗎？李善長竭力抑制著內心的不快，不露聲色地說：「甭客氣。我是內閣丞相，不是客。楊大人哪，您把我親擬的《鹽賦八律》駁回來三條。」說到這裡，李善長終於動容，將手中摺子扔到楊憲案上。

楊憲看了摺子一眼，反而表現出大人不與小人一般見識的神態，微笑道：「本堂正想跟相國大人商量這事呢！」李善長聽得刺耳，用嘲諷的口氣道：「本堂？楊大人，您在屬下面前可以自稱本堂，在老夫面前也要擺譜嗎？」楊憲竟毫不客氣地回答：「相國大人可能忘了，本堂雖是左丞，皇上卻令本堂主持中書省常務！」李善長氣得愣了一刻才開口：「你的意思是要和老夫平起平坐了？而且，老夫是虛，你是實？」

楊憲口說「不敢」，神態卻是凜然傲岸：「本堂只是秉公辦差，不負皇上天恩。」李善長從牙縫中冷冷迸出：「好，好極了。老夫昏聵，重病纏身。即日起，老夫也要回家療養幾日了，煩你替我奏報皇上吧！」

說完掉頭而去，步子迅捷倉促，好像就怕後面有人追來似的。果然楊憲在背後驚叫：「大人想撂挑子嗎？相國大人請留步！」

李善長聽而不聞，怒氣沖沖地往中書省院門外走。胡惟庸匆匆追上去，低聲問：「相國，您眞的生病了嗎？」李善長見四下無人，怒容全消，微笑道：「我嘛，跟劉伯溫一樣。病與不病均在兩可之間。」

胡惟庸的聲音更低了：「那相國稱病而去，是想要脅楊憲吧？」李善長微嗔：「哪兒呀！我回家養病，中書省就全歸他了，他才可能更放肆呀！」

兩人心照不宣地相視一笑。胡惟庸揖道：「盼相國早日康復。」李善長步態悠然地離去，胡惟庸一拐，急忙往簽押房走。進了門，見一向沉穩的戶部尙書呂昶在房內焦急踱步。胡惟庸驚訝地問：「呂大人，您在這兒幹什麼？」呂昶埋怨：「等著進見你們楊大人啊！哼，我一個戶部尙書已經乾等半個時辰了。你們這是奉天殿嗎？見皇上也用不著等這麼久啊！」

胡惟庸微笑道：「楊相日理萬機，所有的奏章他都要親自閱過，然後才轉呈皇上。哎呀，怎麼茶也沒上？來人，給呂大人上茶！」

呂昶生氣地說：「我聽說，六部臣工到中書省辦事，一律沒茶喝。」

胡惟庸陪笑道：「那是楊大人定的規矩。不過，您是戶部尙書啊。」

差役已經將一杯清茶呈上。呂昶譏誚道：「啊哈，總算是看見一盞茶了。眞可謂『尙書茶』，難得！」

這時又一差役匆匆入內稟告：「相國請大人前去相見。」呂昶嗔怪道：「哪個相國啊？有姓沒有？」差役惶然，不知如何回答。胡惟庸在一邊笑著說：「楊相國！李相國已經告病回府了。」呂昶一屁股坐下，端起茶盅道：「不急。我得先喝茶！」

幾日後的早朝時辰，文武眾臣依序進入奉天殿排立等候上朝。但丹陛上那尊龍座，卻久久空置著。眾臣等久了，不禁竊竊低語。站在劉伯溫身旁的胡惟庸靠近劉伯溫低聲說：「朝會前一刻，楊憲都要單獨進見皇上，君臣倆先把朝會議題縷過一遍，等他們縷完嘍，朝廷這天的政事才算開始。」劉伯溫點點頭，無聲喟歎著，心裡沉甸甸的。

胡惟庸說的是實情。此時朱元璋就在奉天殿的暖閣內，楊憲也在那裡。他將一摞奏章呈上，侍立在朱元璋一側的世子朱標接過來放在案上。朱元璋迅速翻閱著，楊憲恭敬進諫：「李相稱病不朝，致使中書省積下了一大攤事。凡臣閱准過的呈子，依律要等李相同署才可生效。好些急務，就這麼拖下了。稟皇上，中書省不可一日無主啊。」

朱元璋瞟楊憲一眼，聲音淡淡地道破他：「你是想讓咱把你扶正吧？」楊憲趕緊斂容躬身道：「臣萬不敢，臣只想請皇上吩咐一聲，促李相趕緊回署理政。朱元璋微笑道：「在李善長病癒之前，中書省奏章由你和胡惟庸同署，即可生效。」

楊憲心裡失望，克制著盡量不表現出來，折腰道：「臣領旨。」朱元璋沉思著說：「你現在位居左丞，和善長相比，只差一個『相』字，還是專心辦好中書省常務吧！」

楊憲恭聲應諾著退了下去。朱元璋偏過頭問朱標：「看出他的心思嗎？」朱標說：「想做中書省左丞相。」朱元璋沉默片刻，歎道：「你去探望一下李善長。也許他正慪了一肚子氣呢，你聽聽他說什麼，回來告訴咱。」

朱標應諾著要走，又提醒父親：「父皇，朝會時辰到了，大臣們都在殿上等著。」

朱元璋往奉天殿大堂走，朱標就去看望李善長。進了李府，見李善長躺在榻上，頭繫白巾，一副病懨懨的模樣。見朱標進來，李善長要掙扎起床，朱標連忙讓他躺著別動。朱標問候了病情，便說到中書省的那一大堆奏牘。李善長趁機對朱標大讚楊憲：「楊相雖然年輕，但辦事精明老道，當斷則斷，當駁則駁。中書省由他掌管，臣無憂。」

朱標微笑譏誚：「究竟是他老道，還是你老道？」李善長卻認眞地說：「當然是楊大人！楊大人爲中書省定立的章程法紀九款二十八條，把屬下都治得服服帖帖，辦事效率大增！老臣就沒這魄力。」

朱標靜默片刻，似乎有些分神。一會兒輕聲緩語道：「父皇讓我來問問，你對中書省現狀，有沒有什麼話要說？」李善長像是急著表白，趕忙回答：「沒有，臣沒話說。臣只盼著這副賤體早日康復，趕快回衙署當差。」朱標心裡苦笑，無奈溫和地說：「那好。李相安心休養，多多保重吧。」

李善長意味深長地望著朱標瘦弱的身體道：「請殿下也要珍重自個身子，千萬不要鬱悶了。」

朱標無言，頷首離去。出了李府，想到父親他們正在朝廷議事，便朝母親住的乾清宮方向走。

馬皇后正在乾清宮的暖閣裡縫製衣裳。玉兒手托一隻盒子入內，笑道：「娘娘，劉伯溫託人敬上一盒新鮮果子，說是請皇后娘娘賞收。」馬皇后道：「難爲他了，擱案上吧。」玉兒走到案旁，將盒中的蟠桃依次取出，置入盤中。最後她從盒中撿出一片深綠色的老桃葉，失聲笑了。馬皇后舉首問笑什麼。玉兒笑道：「娘娘您瞧，劉大人也忒小氣了，送蟠桃只送五個！哦，還有一片桃葉兒。」

馬皇后微怔，一不留神手指被針刺了一下。她急忙站起來上前觀看，盤中果然是五桃一葉。她頓時呆了，過會兒才喃喃低語：「五隻蟠桃，一片落葉。」玉兒見皇后神色有異，小心地問：「娘娘，劉大人送桃子難道有什麼意思嗎？」

馬皇后悶悶地說：「他的意思嘛，五年滿了，應該落葉歸根了。」

玉兒倒覺得有趣，道：「到底是大學士，有話不說，拿桃子言事。」

馬皇后坐回軟榻，繼續縫製衣裳，但眉頭皺著，陷入沉思。過了許久，忽然問玉兒二虎在不在？玉兒說二虎剛走不久，好像往奉天殿的暖閣去了。馬皇后讓玉兒去喚他過來。玉兒答應一聲離開，過了一會兒，領著二虎入內。二虎躬身施禮請安，馬皇后問他皇上這兩天心情怎麼樣。

二虎憂心地說：「鬱悶，好像有什麼心事。時常發火，飲食也大減，老是坐著發呆。」馬皇后原是隨便問問，聽說皇上這樣，忙道：「著太醫瞧瞧啊！」二虎爲難地說：「末將也是這麼說的。可皇上不准，硬說自個兒沒病。」馬皇后有點氣惱，說：「他就這脾氣。不到站不住的時候，不會承認有病。」這下二虎反過來求助了：「娘娘，您最清楚皇上心思，還是您給說說吧？」馬皇后點頭道：「知道了，你去吧。」

二虎退下。玉兒擔心地問：「娘娘，皇上眞病了嗎？」馬皇后淡淡笑道：「看來是沒有。他嘛，自個兒不病，也討厭大臣們生病。」玉兒關心地說：「皇上如果飲食大減，早晚會傷身子的。娘娘，您勸勸皇上吧。」

馬皇后不作聲，慢慢動著手裡的針線。過了會兒，忽然住手道：「玉兒，京城裡的芝麻燒餅，哪一家做得最好？」玉兒脫口而出：「當然要數夫子廟吳記老店。他家的餅子一出爐，整條街都聞著香！」馬皇后又問：「鴨血湯呢？」玉兒道：「吳記老店的對面劉家湯。這兩家攤子門面對著門面。遊人到了夫子廟，只要往當中一坐，左邊上燒餅，右邊上湯，吃得可痛快呢！」

馬皇后忍不住笑了：「眞是相得益彰啊。玉兒，你帶上銀子去一趟，傳兩家掌門師傅進宮，叫他們把火爐、湯料什麼的都帶進宮來，一樣都別少。咱們哪，要就要個原汁原味！」

玉兒驚訝地問：「娘娘，你是讓他們進宮給皇上烤燒餅、煮鴨血湯吧？」馬皇后笑起來：「不錯，饞皇上一回。他一饞，胃口就開了。」玉兒大喜：「甭說皇上，奴婢現在就犯饞了！我這就去，到了夫子廟，奴婢先吃飽肚子，再領他們進宮。」

玉兒歡歡喜喜走了，馬皇后卻看著案上那五桃一葉，有點走神。

再說二虎在外忙了一陣，回到書房，看見朱元璋又在臨案閱摺，但旁邊茶几擱著的膳食卻一動未動。二虎見朱元璋全神貫注在摺子上，不敢打擾。但待了一刻，終於忍不住，憂慮地說：「皇上，您一口沒動哇。」朱元璋頭也不抬，只說：「不餓，撤了吧。」二虎婉言相勸：「您老這樣可不成啊，有傷龍體。」朱元璋嗔道：「死不了！撤了。」說著往後一靠，閉目沉思。二虎無奈，只得上前收拾膳食。這時，一陣風將書房門吱吱地吹開，閉目沉思的朱元璋忽然睜開眼睛，抽了抽鼻子，驚訝地說：「什麼味兒？好香！」

二虎道：「娘娘召了個燒餅師傅進宮，還有個做鴨血湯的。他們正在御花園裡烤餅做湯呢。」

朱元璋突然來了精神，坐直身子責問：「你怎麼不早說啊？」二虎笑道：「娘娘吩咐別說。說等他們做好了，再突然給皇上端過來。」

朱元璋急嗔：「那怎麼成？燒餅得現烤現吃，剛出爐的餅子最好！要是端著到處跑，還不走了味哪！」二虎笑著稱讚：「還是皇上明見。」

朱元璋吩咐二虎在書房候著，別讓人動了摺子。自己大踏步地出了門。二虎在後面嘿嘿嘿笑起來。朱元璋走入御花園，看見涼亭外面果然有兩個師傅在忙碌。一個立在爐缸前烤餅，一個蹲在炭爐前煮鴨血湯。朱元璋笑瞇瞇走上前道：「嘿嘿，師傅，烤餅子哪？」烤餅師傅急忙哈腰應著：「嗳。」朱元璋感興趣地問：「宮外頭，這燒餅幾個錢一枚啊？」師傅回答：「一個大錢兩枚。」朱元璋滿意地說：「不錯。看來糧食是富足了。」師傅好奇地打聽：「哎，這位爺，宮裡人是不是把山珍海味全吃膩了，才想起吃個土燒餅？」

朱元璋有些不好意思：「哦，宮裡也沒什麼山珍海味。再說你這燒餅不土！咱當年想吃都吃不著。」師傅聽他這麼說，膽子大了起來。剛才不敢正眼瞧他的，現在上下打量著他：「餅都吃不著？那你在宮裡幹嘛來著？趕車？」

朱元璋含糊地應著：「唔、唔，師傅好眼力。」烤燒餅的師傅越發自在起來，得意地笑道：「嘿嘿，我瞧你這身板是像個車把式！」朱元璋聽了這話像聽了誇獎，很受用的樣子。他探頭看看爐缸內，用套近乎的口氣問：「真香啊！快好了不？」烤餅師傅熱心地說：「立馬就得！」

朱元璋又轉悠到煮鴨血湯的師傅跟前，揭開蓋看看，教導著：「起鍋的時候，多擱辣子、作料！」煮湯師傅道：「錯不了！哎，這位爺，勞您把炭簍子遞給我。」朱元璋顛顛地過去把炭簍子提來，熱情地用火筷子往爐裡添炭。稍頃，湯鍋滾開了，師傅揭蓋攪動，熱氣沸騰。朱元璋趕緊端起旁邊一隻托盤，盤上有隻細瓷碗，遞到師傅面前。師傅盛上一滿碗鴨血湯擱在盤子上。朱元璋用鼻子嗅嗅：「嘿，鮮哪！」

端著盤子正要走，師傅一把拽住他，問：「哎，認得皇上不？」朱元璋一怔，馬上說：「認得。」師傅追問：「眞認得？」朱元璋笑嗔：「那還有假，咱倆天天在一塊。」師傅道：「那就勞您給皇上送去。謝您了啊！」朱元璋連聲笑道：「成、成，咱給他送！」

這時，烤餅師傅把剛出爐的燒餅取出三枚，裝了一盤，順手擱到朱元璋的托盤上，對他說：「餅子一塊捎上吧。」朱元璋看看燒餅，稱讚道：「好！眞香啊！再添兩個。」燒餅師傅奇怪地嘀咕：「皇上最多嘗一口，還能眞吃了它？」朱元璋笑瞇瞇道：「能啊！你再給添兩個。」燒餅師傅邊挾燒餅邊嘟囔：「皇上要能把這些燒餅都吃嘍，那還像個皇上嗎？眞是！」

朱元璋端著托盤快步進入涼亭，往石凳上一蹲，抓起燒餅大啃一口，嚼了一會兒，嘴再湊到碗邊，嗤溜一聲，喝一大口滾燙的湯，正吃得香甜愜意，突然聽見燒餅師傅對他怒喝：「擱下！那是給皇上的。你、你怎敢貪吃？皇上要是怪罪下來，你有命嗎？」

朱元璋揚起手中筷子，輕快地說：「沒事沒事。咱吃他吃都一樣，你們接著做！」

兩位師傅呆呆看著，面面相覷，不知如何是好。正好玉兒走出來，見狀大驚，道：「皇上，您怎麼在這裡吃起來了？我正要給您端過去呢。」朱元璋嘴裡還在嚼著，含糊其辭地說：「不用不用，這兒好！」

兩位師傅一聽，呆若木雞，朝著朱元璋顫抖跪地，嚇得頭也不敢抬。

玉兒對朱元璋道：「皇上您坐下吃啊，蹲著像什麼樣。」朱元璋咀嚼著回答：「不用不用，蹲著舒服。」玉兒看著狼吞虎嚥的朱元璋，笑道：「皇上慢點吃，別噎著。噯呀，您少吃兩個吧，這一個燒餅足有三兩呢！」

馬皇后也緩步走了過來，笑問：「重八，味道怎麼樣啊？」朱元璋含混地說：「好、好！餅子香，有嚼勁。湯也鮮極了！妹子，你也來一碗，趁熱。」馬皇后步入涼亭，往石凳上一坐，笑道：「那好，我也來半碗吧。」玉兒趕緊朝師傅道：「哎，你倆跪那兒幹嘛。給皇后娘娘上湯！」

驚恐跪地的兩位師傅這才爬起來，手忙腳亂地盛湯。兩人偷偷議論道：

哎，那男的是皇上啊，你瞧他像嗎？

不像！那女的倒像皇后，一說話就尊貴著呢！半碗。

朱元璋吃飽喝足，接過玉兒遞來錦帕，心滿意足地擦著嘴。他打了幾個飽咯兒，沿著花徑欣然漫步，馬皇后笑盈盈地陪在邊上。朱元璋打著咯兒說起正事：「妹子啊咯兒，咱正考慮給中書省換個丞相，跟劉伯溫商量咯兒，他不幹！」

馬皇后心裡一驚，這事現在成了她心裡的疙瘩。她笑道：「劉伯溫體弱多病，只怕也幹不動。」朱元璋不滿地說：「咯兒非但不幹，還要咱賜恩，賞他歸家養老咯兒！你瞧瞧，他就是跟咱不貼心！」

馬皇后委婉相勸：「重八啊，人家不是不貼心，確實身體不好，操勞了這些年，也該讓人家歇歇了。要我說，你就賞他這個恩典吧。」朱元璋搖搖頭：「咯兒那不成。即使不當宰相，也得在都察院頂著。這人敬業，敢說話，跟淮西文武不摻合。難得啊！咯兒。」

馬皇后不悅地說：「他快六十了，跟你到現在也算是鞠躬盡瘁了，還是賞他個太平晚年吧！」朱元璋斜夫人一眼，不以爲然地說：「你這話奇怪！在朝廷當大臣就咯兒，就沒晚年了麼？就不太平了麼？咯兒！哎！我說，你今兒怎麼老替他說話呀？」

馬皇后無奈，只得說出實情：「實話跟你說了吧。五年前，我答應過他。」朱元璋一驚，咯兒頓時消失，瞪著她問：「你答應他什麼？」馬皇后不免心虛，道：「那時他正在病中，滿腹都是歸心。我告訴他，朝廷正需要人手，你再多幹五年。五年之後，我替你向皇上求個恩典。重八啊，是我把他從青田接來的，你就當給我這個恩典吧。啊？」

朱元璋頓時大怒：「妹子，你、你太過分了！你做皇上還是咱做皇上？你怎能背著咱答應此事？」馬皇后歉意地說：「是。我有錯！但我已經答應他了。」朱元璋氣沖沖道：「不成！咱不准！聽著，今後禁止你干政，不管在家還是外頭！還有，不准和大臣們私下裡來往。否則的話——」馬皇后聽了這般絕情的話，腦袋「嗡」的一下，氣得渾身發顫：「你、你要怎樣？」朱元璋大聲道：「否則，咱封了你的乾清宮！」說著掉頭而去。

馬皇后在朱元璋身後氣得乾瞪眼。她步履沉重地往前走。走了一會兒，又回到了涼亭。亭內，玉兒、二虎正在吃燒餅和鴨血湯。夫妻倆有說有笑，吃得津津有味：「嘻嘻，眞是爽啊，再來點辣子？」忽然二虎看見了神情不悅的馬皇后，趕緊碰碰玉兒，兩人頓時噤聲。

馬皇后又往前走，經過燒餅爐子，站下來，看見爐邊有一隻烤糊的燒餅。她叫了一聲玉兒。玉兒匆匆奔過去，馬皇后盯著烤糊的餅子，低聲吩咐她把烤糊的燒餅給劉伯溫送去。玉兒滿面的驚訝與不解：「娘娘，就送一塊？還是烤糊了的？」

馬皇后轉身離開，丟下一句話：「送去吧。我收了人家的桃，應該還禮！」

玉兒捧著劉伯溫送桃子的果盒進入劉府客廳。赧然笑著：「劉大人，皇后娘娘送您一盒餅子。是剛烤出來的。」劉伯溫急忙接過，交到劉璉手上，向玉兒輕揖：「多謝娘娘了。」玉兒歉意道：「還有。娘娘說，對不住劉大人，禮薄了。」劉伯溫高高興興地說：「無論厚薄，都是皇后娘娘的恩典！」玉兒略施一禮，慌忙告別。劉璉見送禮的人走了，就在案旁打開果盒，立刻發出一聲驚叫：「啊呀！」

劉伯溫上前一看，只見一隻焦黑的燒餅赫然在目。他頓時悵歎，頹然落座！劉璉害怕地追問：「父親。皇后她、她是什麼意思啊？」

劉伯溫喃喃地說：「唉，歸養的事烤糊了！咱們再也回不了青田了。」

劉伯溫眞是沮喪極了。不僅僅是因爲五年期滿，葉落歸根的願望不能實現，不僅僅是這樣。他那雙洞若觀火的眼睛，已經察覺到朝廷內部大臣們勾心鬥角、爭權奪利在愈演愈烈。不用多久，必有事端要爆發。察見淵魚者不祥。深諳此理的他，未雨綢繆，尋思著早日抽身離開這是非之地才爲上策。況且，伴君如伴虎，說不定哪一天，災難就找到自己頭上來了。

劉伯溫的擔心絕非空穴來風。幾天以後，呂昶與楊憲之間就爆發了一場激烈的爭鬥。

這一日，呂昶在中書省的簽押房裡等候楊憲的批文。左等右等，一直沒有人來喚他。這已經不是第一次了。他實在忍不住，直衝楊憲的政事房去找他。走到政事房門外，守門的差役上前阻攔，呂昶一把推開差役，直呼楊憲姓名而入！

楊憲聞聲而起，微笑著說：「是呂大人？」呂昶沒好氣地說：「我已經等了一個時辰了。本堂報上來任免名單，你還沒審完麼？」楊憲顯得鄭重其事地說：「呂大人。本堂正想跟您商量，這單子上的左侍郎、三位主事，恐怕要調整。」呂昶警覺地問：「換誰？」楊憲從案上拿起另一份早準備了的名單遞給呂昶。

呂昶接過一看，頓時不悅：「這不都是你的親朋故舊嗎？」

楊憲怒色道：「大人說話當心！皇上對戶部早有訓責，說你們辦差不力，著我擇選幹吏，充實戶部。」

呂昶並不買賬，正色道：「楊憲，不必拿皇上唬人！明明是你藉機任用親信，卻說本部辦差不力？你太霸道了！」楊憲立刻盛氣凌人地壓過呂昶：「呂大人，本堂秉承皇上意旨理政，奉勸你不要肆意狂言，藐視聖上！」呂昶氣得發抖：「你名爲秉承皇上意旨，實際上欺君擅權，專橫跋扈！」楊憲眼中射出凶光：「呂昶！難道，你要逼本堂參你一本嗎？」呂昶並不畏懼，針鋒相對地說：「本堂還想參你呢！戶部早就接到舉報，說洪武四年，揚州豐收有假，百姓以命抗稅。你交給朝廷的那些貢米，難道都是從揚州地裡長出來的？」

楊憲聞此言臉色劇變，但轉眼間又哈哈大笑起來，振振有詞地說：「又有人對本堂造謠中傷了！這件事，都察院當年就查訪過，全是謠傳，查無實據！呂大人哪，你是前朝元老，飽經風雨，可不要被人利用啊。」呂昶並不買賬，強硬地說：「哼，本堂不會被人利用，但也不想遭人欺凌。」

沒想到，楊憲的態度反而緩和下來，道：「唉，本人豈敢冒犯呂大人？只因皇上有旨，令本堂唉，這樣吧，你報上來這份名單，本堂就不做更動了，原封不動地上呈御覽，由皇上欽定。你看怎樣？」呂昶有點意外，不由轉怒爲喜：「當眞？」楊憲微笑道：「本堂豈有戲言？放心，今日就呈上去。」呂昶一聽這話，怒氣平息，欣慰道：「如此，那就多謝了。」

呂昶走出政事房，穿院而出。胡惟庸不知從哪裡突然冒了出來，迎面詢問：「呂大人，吵什麼呢？我在院外都聽見了。」呂昶笑道：「你聽見什麼了？」胡惟庸放低聲音道：「聽見你倆嚷著，要互相參奏。」

呂昶看看四周無人，趕緊將胡惟庸拉到暗處，低聲說：「惟庸啊，你說這事怪不？兩年前，戶部接到匿名狀紙，舉報楊憲治揚時欺瞞朝廷，以外地稻穀冒充揚州貢米。剛才，我一提到這事，他就准了我摺子。」

胡惟庸一驚，但很快平靜下來，隨意地問：「哦，那貢米的事，你可核查過？」呂昶道：「查過，毫無證據。否則我早就奏報皇上了。」

胡惟庸微笑道：「也許，是有人對楊大人扶搖直上，心懷妒恨吧？」

呂昶「哼」了一聲，說：「但願如此吧。」

眞是隔牆有耳。呂昶與楊憲吵架的事，不僅胡惟庸聽見。不一會兒連皇上也知道了。

朱元璋那裡是二虎通報的。他正在殿道上行走，跟在後面的二虎緊走幾步攆上朱元璋，低聲報告：「皇上，中書省當值胥吏稟報，今兒晌午，呂尚書與楊大人爲了戶部晉升屬員的事，大鬧一場。」朱元璋忍不住笑了，說：「呂昶這麼老實的人也大鬧中書省？應該是被楊憲逼急了吧。」二虎說：「兩位大人在爭吵當中，提到了揚州貢米的事。」朱元璋一怔：「貢米？後來呢？」二虎說：「後來，兩人就不吵了。再後來，呂大人就笑瞇瞇離開了。」

朱元璋的臉色變了，神情深不可測。步履也像是一步步地沉重起來。

翌日早朝，眾臣排班佇立奉天殿大堂，朱元璋沒有讓眾臣久等，他很快拿著幾件奏摺從屏風後步出，往龍案上一摔，落坐龍座。他的眼睛冷峻地橫掃過殿堂眾文武，道：「這是兩件彈劾奏摺。彈劾誰呢？」他再次神色肅穆巡視眾臣，突然高聲道：「彈劾戶部尚書呂昶！」

頓時，眾臣驚駭！呂昶聞言，一下子懵了。

朱元璋首先鬆弛了一下繃緊的面孔，道：「咱想了想，最好當著眾臣的面把這事公開嘍，是非曲直才有公斷。好了，該誰說話就說吧！」

一陣沉寂之後，一位大臣步出，高聲道：「臣太常寺卿洪少祖，彈劾戶部尚書呂昶。呂昶執掌戶部以來，擅權枉法，貪沒錢糧。洪武六年八月，朝廷重建太常寺，撥銀三萬五千兩，戶部實付三萬兩，還有五千兩不知下落。臣後來查明，這五千兩銀子，被呂昶用於戶部大臣的私宅了。而核報時，卻仍然記在太常寺帳面上。臣叩請皇上嚴查！」

眾臣聽了，難辨眞假。大殿內一時議論紛紛，大家的目光全部集中到呂昶身上。

呂昶不愧爲前朝老臣，他不朝任何人望，跨前一步，鎭定甚至是傲然地說：「自古以來，凡戶部大臣，無不遭人懷疑。只因他一手把持著國庫，一手掌理著太倉，是謂近水樓臺。臣也叩請皇上嚴查，不光要查太常寺銀這一樁事，應該將臣執掌戶部七年以來的所有賬目，全部核查一遍。臣相信，嚴查之下，方能查出一個至清至廉的尙書！如果不查，反而埋沒了臣的清廉！」

此話一出，眾臣之中響起一片欽佩之聲，連朱元璋也不禁露出了笑容。

這時，又有一位大臣步出，用沉穩的聲音說：「臣翰林院學士李雲天，彈劾戶部尚書呂昶。前朝末年，呂昶時爲元廷大臣，深受元帝寵信，曾賞賜他一方蟠龍玉印，一件春宮圖。那蟠龍玉印上刻有『心心相印』四字。那件春宮圖更是不堪入目，爲六女同侍一男，題爲《百鳥朝鳳》。臣不解，呂昶身爲大明重臣已經長達九年了，爲何還要密藏元帝玉印，他究竟在跟誰『心心相印』？臣更不解，呂昶口口聲聲至清至廉，爲何卻把那幅淫穢春宮圖視如珍寶，暗中密藏？爲何捨不得繳出玉印、焚毀春宮？此二事，足見其不忠不臣，不清不廉！」

此奏一出，眾臣大嘩。各種議論都有。呂昶驚駭，搖晃顫抖，喃喃道：「臣、臣——」他受此打擊，神情恍惚不知如何應對。

似乎有點趁熱打鐵的意思，眾人議論未熄，又一將軍出班一揖，高聲道：「末將九門督軍宋時勇，彈劾戶部尚書呂昶。末將屬下在遷移夫子廟玉衣巷妓院時，發現呂昶與名妓李婉兒的唱和之作。末將本以爲這只是呂昶一時風雅，不想舉報了。可是在李婉兒香羅帕上，又發現呂家大公子呂皓的留情筆墨！末將憤慨萬分！難道，呂家父子二人，竟和一個妓女同室同歡麼？」

此奏再出，可謂驚天動地，眾臣失聲大駭！呂昶終於崩潰了，他頹然跪地，垂首顫聲：「這、這——」似已口不能言。

劉伯溫狠狠地斜視楊憲一眼，卻見楊憲平靜自若，隱見一絲自負的微笑掛在嘴角。

朱元璋憤怒擊案：「帶下去！」

侍衛衝入，將爛泥般的呂昶拖出大堂。

退朝後，朱元璋怒氣沖沖在殿道上疾行。二虎匆匆追上來，口裡叫喚著：「皇上，皇上！」朱元璋立定問有什麼事。二虎呈上一張狀紙，低聲道：「侍衛們把呂昶押赴大牢時，從他懷裡搜出一張無名狀紙。您看，投狀人舉報楊憲欺瞞朝廷，以浙江稻穀冒充貢米。」朱元璋一把抓過那件皺皺巴巴的狀紙，急忙往下看。二虎在一邊低聲道：「呂昶供認，他原本要在今天參奏楊憲的。」朱元璋歎息一聲道：「還是楊憲效率高哇，呂昶根本不是他的對手！」他迅速想了想，命令二虎立刻把劉伯溫叫到暖閣去。

過了幾天，還是在奉天殿的暖閣裡，朱元璋滿面怒容地坐聽劉伯溫稟報查訪呂昶之事。

劉伯溫事先呈上一枚方印和一件畫卷，恭謹地說：「臣接旨後，即帶幹員深入詳查。戶部賬目已核實過半，沒發現明顯錯漏。太常寺銀的事，是李善長奉旨停撥的，並無用於戶部大臣的私宅。李相已答應爲此事作證。哦，這方玉印確實是元帝所贈，可它出自金石大師吳公謹之手。吳公之作，深爲歷代文人雅士喜愛，千金難求，呂昶他捨不得交出，也情有可諒。至於這幅春宮，唉，卷首上竟有唐代大詩人李太白的題跋，這眞是世所罕見，不過臣也難辨眞假。還有名妓李婉兒處的唱和之作，臣也查過了，玉衣巷多家妓院常有大臣光臨，將軍們則去得更多，只是將軍不留什麼唱和之詞罷了！」

朱元璋問：「依你看，應該如何處置？」劉伯溫道；「臣以爲，呂昶斷不至於眷念前元，對大明不忠。但他身爲柱國大臣，畢竟有失檢點。因此，臣建議將他奪去職銜，戴罪留任。」

朱元璋轉問楊憲：「你呢？」楊憲深揖，以憂患口吻道：「臣以爲，柱國大臣應當光明磊落，自珍自愛，臣深爲呂大人惋惜。」

朱元璋顯然餘怒未消，道：「就算他沒跟前朝『心心相印』，可藏著這麼個玩意兒，也太貪小了吧？還有春宮、妓院、李婉兒之類都是什麼東西嘛？醜死了，像大臣的樣子嗎？咱早想整治這些歪風斜氣了。呂昶之事，恰可警戒眾臣！傳旨，將呂昶罷官奪職，流放邊關，永不錄用！」

劉伯溫面如土色，驚駭無語。楊憲則大喜而退，快快執行聖旨去了。

有了楊憲的「關照」，獄中的呂昶受盡折磨，眞是度日如年了。獄吏來執行聖旨的那一日，老邁的呂昶已經渾身腰酸骨痛，表情呆癡，連走路都困難了。兩個獄吏打開牢門，見他一副弱不禁風的樣子，上前架起他往外走。

呂昶滿懷希望，激動地說：「臣的罪名昭雪了吧？事情都查明白了吧？」

一吏斜他一眼道：「明白了！」另一吏卻將木枷重重套上呂昶肩頭，喝道：「聖旨到，罷官奪職，流徙玉烽臺！老爺子，您戍邊去吧！」呂昶顫聲問：「玉烽臺在哪兒？」獄吏道：「不遠不遠，也就三千來里吧。」

呂昶滿腔鬱悶，但也只得聽天由命了。他被架上刑車，刑車駛出高大的城門，呂昶戴枷坐於車中，鬚髮皆白，滿面滄桑。車子駛到城門外，有兩人站在前面的道上。難道在朝廷中還會有人記掛自己？呂昶揉揉昏花的眼睛一瞧，是劉伯溫父子。他們顯然等的就是這輛刑車。劉璉手裡托著一隻盤子，盤中置放著酒具。

刑車馳近他們時，劉伯溫喝道：「站下！」

刑車停了下來，劉伯溫上前打量著絕望的呂昶，歎息一聲，回手接過一碗酒，從車欄內遞入，顫聲道：「呂大人，在下祝你一路平安。」

呂昶顫巍巍接過，流下兩行清淚：「劉大人，我冤哪！」劉伯溫沉重地說：「蒼天在上，債必償，冤必雪。你放心去吧。」呂昶鬱悒地說：「我、我已經六十二了，怎、怎能熬得到玉烽臺呀？就算到了那兒，也活不下去呀！」劉伯溫低聲道：「聽著，無論有多少艱難痛苦，你一定要想法活下去。只要活著，就有希望。」呂昶流著淚，飲了酒，歎著氣，道了謝。

刑車起行，劉伯溫痛心地目送那輛沉重的刑車在荒野裡越行越遠。他和兒子一路歎息著回家，走到半道上，天空就轉暗了，接著落下雨來。先還是稀疏的小雨滴，很快就變成了瓢潑大雨。劉璉不禁擔心地說：「呂伯伯這下更遭罪了。」劉伯溫神情憂鬱，難過地說：「我真是擔心啊！」

劉伯溫沒有說出他擔心什麼。而呂昶這個時候正被刑役們押解著在山道上走。帶枷的他走得非常艱難，下過雨的山路滑膩得很，一個趔趄，老邁的呂昶摔倒在地。

刑役不讓他鬆口氣，不停地呵斥：「起來，快走！快！」呂昶喘息著求情：「兩位，老夫實在是走不動了，求兩位找個店，歇歇吧。」

刑役瞪起眼揮鞭一甩。啪！他怒斥道：「起來！快起來！」

呂昶踉蹌起身，恨恨地說：「你們這樣逼我，根本沒打算讓我活到邊關吧？」刑役一怔，扯過一根樹幹扔給他，厲聲斥道：「胡說！趕快走，下山後就有客店歇腳了。」

呂昶扶著樹幹，吃力狼狽地掙扎著往前走。

大雨沒有停止的跡象。而山道終於到了盡頭，呂昶擦擦臉上的雨水一看，面前竟是一片懸崖。他驚疑回首，顫聲問：「你們想幹什麼？」

一刑役向呂昶揖道：「對不住呂大人了，我等接到密命，要送你歸天！」

呂昶怒不可遏：「你們，混賬！混賬！」

刑役拔刀叫著：「到陰間去罵吧，我等只是奉命辦差！」言未竟，刑役揮刀砍下，生死剎那間，二虎大喝一聲跳出樹叢：「住手！」他手中的長刀擋住了刑役的刀鋒，眾多侍衛從草木中奔出來，按住了兩個刑役。二虎執刀按著刑役的脖子，怒斥：「皇上早就料到了你們這一著！說，誰下的命令？」

刑役猶豫片刻，終於說：「刑部主事，胡大人。」

二虎回到宮中，向朱元璋彙報了辦事經過。朱元璋憤怒地命令把刑部胡主事抓起來。讓他招供，誰支使他下這個毒手的，並讓二虎親自審問。

胡主事立刻被送進牢獄，起先他死活不招，侍衛就把他綁在刑架上，打得遍體鱗傷，奄奄一息。二虎在外等得心急，入內問侍衛胡主事招了沒有？侍衛搖頭道：「寧死不招。」二虎望著閉著眼的胡主事，沉吟片刻，讓身邊人拿酒來。

一個侍衛出去拿了一碗酒進來，二虎示意罪犯，侍衛上前把酒湊到罪犯嘴邊，昏迷的罪犯竟然甦醒過來，貪婪地大口飲酒，飲罷深深喘息。

二虎上前道：「胡大人，您硬朗啊！在下佩服。」

胡主事又閉上眼睛，一言不發。二虎道：「在下聽說，你是刑部第一幹吏，凡經你主審的刑犯，無一不招，無不認罪，是不？」胡主事仍然一言不發。二虎繼續道：「你發明了九大酷刑，火鐵鑽，麻衣裹，銅蒸籠，老虎凳。一旦上刑，犯人求生不得，求死不能，最多兩道刑，任是誰都必招無疑，是不？」

胡主事的手腳開始顫抖起來。二虎厲聲道：「今兒，在下要以其人之道還治其人之身，讓你把自個兒發明的九大酷刑全部品嘗一遍！來呀！」牢門沉重地打開，一串刑吏捧著火盆、麻布、大蒸籠等物入內。

胡主事一見，嚇得渾身亂動，終於慘聲叫道：「我招，我招啊！」二虎靠上去，一把拎住他的衣領，厲聲問：「說，是誰指使的？」胡主事顫聲道：「楊相國，楊憲。」

二虎讓侍衛把他帶走，自己立即回去向朱元璋稟報。朱元璋聽後，頹然跌落在座位上，臉色發青發紫。好久好久，他終於對二虎說：「傳李善長，過來喝茶。」

李善長出門的時候，正好又一陣瓢潑大雨降了下來。他坐的官車馳到宮門前停下來。車門打開，李善長剛一露面，就看見面前排立著幾個帶刀的侍衛，他們挺立在雨中，卻個個紋絲不動。

李善長忐忑不安地說：「臣奉旨見駕。」嘩啦一聲，一把傘在他頭頂張開。李善長接過雨傘，被侍衛引入宮門。李善長覺得冷，他在寒風中隱隱發抖。

朱元璋在奉天殿的暖閣中等他。李善長一身雨水地走進暖閣，看見朱元璋面色陰沉地坐在炕沿上。正要叩拜，朱元璋沙啞地說：「善長啊，過來喝茶吧。」李善長微微施禮，顫抖地從侍衛手裡接過一塊方巾，抹淨身上的雨水，走到炕沿處坐下。

朱元璋開門見山道：「前兩天，太子到府上探病，你把楊憲誇獎一頓。現在咱再問你一聲，楊憲這人到底怎麼樣？」李善長沉吟片刻道：「臣還是那句話。楊相雖然年輕些，但精明幹練，勇於任事，當斷則斷，當駁則駁。」朱元璋大怒：「你還替他說話？句句都是假話、屁話！」李善長一驚，疑惑地看著朱元璋，知道出了事情，但他不清楚到底發生了什麼，只知道自己現在不能開口，只能等朱元璋自己說出原委。

朱元璋果然怒斥道：「楊憲栽贓陷害呂昶，還妄圖致他以死命！爲什麼呢？就爲了這份無名狀紙！」朱元璋揮掌擊案，將那份狀紙拍到李善長面前。李善長掃它一眼，頓時滿面苦色，他痛不欲生地叫道：「唉，上位啊！」朱元璋知道他藏在心裡的話此刻要說了，怒喝：「說！」

李善長屈膝跪地，淚水直落，哽咽著說：「稟上位，楊憲之惡毒非常人能企及！他在中書省欺君擅權，窮凶極惡，都快成爲朝廷二皇上了！老臣恨不得食其肉寢其皮啊！」朱元璋聽得也驚心，嗔責道：「既然你那麼恨他，爲何現在才說？」李善長悲傷地說：「臣也有委屈、有怨懷哪！上位您那麼寵信楊憲，叫臣怎麼敢說呢？還記得嗎？上位剛把他調入中書省時，臣就提醒過您，楊憲有些專橫驕蠻。可上位駁斥了臣。臣覺得，要是再說什麼話，臣就有戀棧之嫌了！臣於是想罷了！或許是臣看錯了他。而上位聖明，洞察一切，臣就不操這個心了罷！」

朱元璋又愧又痛，聲音緩和了許多，也蒼老了許多。他長歎道：「起來，起來吧！」李善長唉聲歎氣地起身，落座，神色落泊，不停地長吁短歎。

朱元璋問：「楊憲在揚州的事，你知道多少？」李善長微怔，心裡卻格外地清醒起來。含含糊糊地說：「這、臣並不知道什麼。不過，胡惟庸倒好像知道些內情，因爲他外巡時候，順便訪查過揚州，上位不妨問問他看。」朱元璋狠狠盯了他一眼，無奈地歎口氣，掉頭高喝：「召胡惟庸進宮！」

朱元璋的侍衛來到胡惟庸的府門前，急促敲門大喝：「開門，快開門！」管家慌慌張張開門探首，一見是宮裡的人，驚懼打揖：「大人！」侍衛道：「皇上口諭，召胡惟庸進宮。」管家爲難地說：「稟大人，我家老爺傍晚就出去了，到現在還沒回府。」侍衛驚訝極了：「什麼？都半夜了，他還沒回來？」管家正容道：「沒回來。大人如果不信，請進來搜一搜。」

胡惟庸此時正站在城門口。他撐了把傘，冒雨守候好久了。正望眼欲穿，一輛大車轟轟開過來，馳入了城門。守門將領站在胡惟庸身邊抱怨：「胡大人，按說這是不合規矩的，深更半夜，怎能放人進城呢？」胡惟庸正色道：「知道，有事都在我身上。多謝許將軍了！」

大車馳至面前，胡惟庸跳上馭座，喝令馭手：「走！」馬車繼續起行，朝城內馳去。胡惟庸回頭敲了敲車壁，對裡面的人說：「我是胡惟庸！你們都在嗎？」

車內傳出聲音道：「稟胡大人，都在。」胡惟庸鄭重地說：「聽著，你們誰都不准下車，更不准被任何人看見。天一亮，我就帶你們進宮！」

胡惟庸說過就跳下車，目送大車遠去，然後回到府上，已是後半夜了。他再也睡不著，在榻上輾轉反側，興奮著，痛快著。東想西想了一會兒，東方就現出了魚肚白的顏色。他立刻往宮裡趕，去見朱元璋。此時的朱元璋也是一宵未合眼。微微的晨曦透進書房的時候，朱元璋正呆坐在龍座上，怔怔地望著牆上的那株祥瑞稻穀。

胡惟庸入內深揖：「臣胡惟庸奉旨進見。」

一夜下來，朱元璋的聲音更沙啞了，他做了個手勢：「說吧。把楊憲的罪狀都攤出來吧！」這是胡惟庸苦苦盼望的日子，他簡直有點迫不及待，立刻肅容道：「臣彈劾楊憲滔天大罪四款。其一，治揚第二年，揚州田地僅復耕一半，楊憲卻謊稱全部復耕；其二，當年所交納的稅糧，半數是竊用朝廷資金，透過海路從浙江購進；其三，那株祥瑞稻穗，是十五兩金子從南洋孛尼商人手裡買來的，而不是從他責任田裡長出來的；其四，祥瑞稻穗到手後，楊憲殺人滅口，將那位商人害死！但商人的遺孀僥倖活下來了，手裡有楊憲的字據。」胡惟庸說著，從懷中掏出一疊厚狀紙，道：「有關楊憲的人證、物證、字據，都在這些罪狀裡！」

朱元璋的心靈受到極大震撼，他面如土色，顫抖不止：「不可能，他怎敢這樣！咱知道你們恨他，你們在和楊憲鬥法。」胡惟庸立刻正容道：「上位可以懷疑臣，但上位相信李進嗎？李進爲揚州進士，他對楊憲以往稍知一二。這第一份奏狀，就是李進的。請上位御覽。」

朱元璋顫抖地拿過最上面一份奏狀，默默觀看。胡惟庸在一邊再道：「臣還有一事，要向上位請罪。」朱元璋無力地擺了擺手讓他說。胡惟庸道：「五天前，當呂昶慘遭彈劾時，臣就認定是楊憲暗中作祟。因此，臣未經請旨，就斗膽下令給揚州府，令他們將有關證人帶到京城來，以備朝廷審辦。」朱元璋問：「人呢？」胡惟庸道：「在宮外西角門等候。」朱元璋立刻命令帶他們進宮。

魯明義與幾個證人被帶進宮中，跪在書房門外。書房門開了，胡惟庸陪朱元璋走出來。眾人一齊向朱元璋叩頭。朱元璋一眼看見魯明義，覺得面熟，說：「你？咱好像見過你。」魯明義再叩道：「臣魯明義叩見皇上。皇上初巡揚州時，臣爲揚州主簿。那時候，揚州城只有十八戶人家，二十一棵活著的樹！」

朱元璋喃喃地說：「想起來了。魯明義啊，你都好麼？」魯明義聽出皇上話中的感情，感動得聲音都抖：「臣好，臣一切都好。」朱元璋顫聲道：「咱問你，楊憲的欺君虐民之罪，都是眞的麼？」魯明義毫不含糊的說：「稟皇上，都是眞的。」朱元璋顫聲再問：「那株祥瑞稻穗，也是從南洋商人手裡買來的？」魯明義嚴肅地說：「十五兩黃金買的。之後，楊大人殺人滅口。」

朱元璋再也不問了，調轉身搖搖晃晃地走回書房。二虎急忙上前扶住他。他回到屋裡，怒視著牆上的那株稻穗，忽然一伸手，拔出了二虎腰間的長刀，揮刀狠狠朝它砍去！稻穗落在地上。失神的朱元璋仍然朝那堵牆狂砍不止，怒喝：「惡賊！奸臣！禽獸！」二虎上前拼命攔阻，嘴裡驚叫：「皇上！皇上！」朱元璋一陣暈厥，倒在了地上。

二虎同侍衛手忙腳亂地把朱元璋抬到乾清宮，放在榻上。馬皇后心疼地抱著丈夫的頭。朱元璋在妻子懷中醒來，一看見馬皇后，立刻緊緊抓住她，淚水嘩嘩而落，哽咽道：「妹子啊！妹子啊！咱眞糊塗，咱上了大當！咱遭人欺騙了哇！」

馬皇后也流淚，痛心地勸慰他：「重八，事情已經過去了，你別再傷心了。」朱元璋痛心地說：「妹子，咱從沒上過這麼大的當啊！咱一直以爲，咱能看穿一切忠奸善惡，天底下沒人騙得了咱。」

馬皇后感歎道：「可也是啊。二十年征戰，那麼多梟雄都敗在你腳下了。他們個個進了墳地，而你進了皇宮，做了皇上！你當然會越來越自信了！」

朱元璋心裡還是堵得慌，他坐起來，深深吸了口氣，恨恨道：「可今日，咱怎麼就成了個昏君呢，竟被一個楊憲給騙了！唉，妹子啊，文臣奸猾呀，讀書越多就越奸猾！」

馬皇后離開床榻，取茶遞給丈夫，微嗔：「重八，這話可說過了。」

朱元璋一氣把茶飲盡，忿忿道：「沒說錯。你想呀，哪個將帥能有這份奸猾肚腸？就文臣才有！楊憲他從哪兒冒出來的？翰林院！還是劉伯溫高徒呢。還有李善長、胡惟庸他倆，他倆早知道楊憲是個巨奸，可就是隱忍不言，看著咱丟人現眼！」

馬夫人嗔道：「重八，你罵夠了沒？照我看，善長他們之所以隱忍不言，是怕你而不是怕姓楊的！要不是你把楊憲視如掌上明珠，他們還不早把他扒拉嘍？你與其罵別人，不如罵自個兒。你有眼無珠啊！」

朱元璋呆怔了一刻，突然如醍醐灌頂，醒悟過來，自恨自賤地說：「對，咱是有眼無珠！妹子，你搧我，狠狠地搧！」

馬皇后噘嘴道：「幹嘛呀？要搧你自個搧。」話音剛落，朱元璋竟然眞的狠狠擊打自己的頭、臉，邊搧邊罵：「你糊塗、你該死！你有眼無珠！」

馬皇后沒想到朱元璋還眞搧起自己來，撲上去抱住朱元璋的手臂，痛心疾首地厲聲道：「你瘋啦！瞧瞧，臉都要打出血來了！」朱元璋沮喪地說：「妹子，搧幾下舒服啊。」

楊憲雖然還不知道他的罪行已被揭穿，但他的日子並不好過。他擔驚受怕，坐立不安，窗外稍有動靜，就恐懼得撩起窗簾張望。終於，門吱吱地開了，他以爲他等候的人來了。沒料到進來的是二虎，他微笑道：「楊大人等什麼呀？是不是在等呂昶的耳朵呀？」楊憲驚訝得張口結舌：「你、你說什麼？」二虎譏誚道：「自個兒的話怎麼就忘了？不是你讓他們執呂昶耳朵回來覆命的嗎？」楊憲面色劇變，話也結結巴巴：「虎將軍，您——」二虎沉下臉來：「抱歉了，耳朵沒有，聖旨倒有一道。楊憲欺君害民，著即逮捕嚴辦！」

兩個侍衛入內按定楊憲。楊憲立刻癱如爛泥，顫抖道：「臣有罪，臣要見皇上，臣要向皇上請罪啊！」

朱元璋再也不會召見楊憲了。他的龍案上堆著一大堆彈劾狀子，都是彈劾楊憲的。他面容憔悴地坐於案前，有氣無力地對朱標道：「標兒，你瞧瞧，都是彈劾奸賊楊憲的摺子，而且大部分是文臣呈上來的！唉，他們早幹嘛來著？奸賊垮臺了才開始上奏彈劾，落石下井！沒垮臺前他們不個個往楊憲跟前貼麼？楊憲四十壽辰，他們誰沒去？都不是好東西！」

朱標望一眼龍案上狀子，目光中也有隱隱的不屑，道：「兒臣也不喜歡見風使舵的臣工。」朱元璋怒容道：「你傳旨中書省，凡在楊憲倒臺後上奏彈劾的，全部降一級，戴罪留任，罰俸一年！」朱標答應了。朱元璋用鬱鬱悒悒的口氣道：「標兒，還記得麼？爹在奉天殿還把楊憲讚為正臣，樹為楷模！唉，爹這回丟臉丟大了，你千萬要吸取爹的教訓哪！」

朱標難過地望著父親有點浮腫的面容，恨恨道：「這都是奸臣楊憲的罪過！」朱元璋沉重地說：「你記著。從今往後，凡是文臣，可用之而不可親之，可使之而不可信之！」朱標一怔，喃喃地應諾著。朱元璋繼續沉痛地訴說自己的體會：「還有，爹悟出一個道理，和這些文臣仕子相比，還是粗莽的武人們更簡單，更可靠，對咱們也更忠誠哪。」

正說著，二虎大步走進來稟報，說楊憲全招了。朱元璋有點意外：「這麼快就招了？」二虎譏笑道：「可不是嗎。末將剛把他押進大牢，還沒上刑呢，他立刻就嚇趴下了，眼淚鼻涕一大把，磕頭如搗蒜。所有罪狀他全部承認了，只求皇上饒他一條狗命。」朱元璋拍案大怒：「草包、軟蛋、窩囊廢！宰相的威風到哪兒去了？連個娘們都不如嘛。咱看上這種人真是瞎了眼！傳旨，把他千刀萬剮、五馬分屍！」

楊憲被押到了風光秀麗的山野之中。遠處青山翠綠，而面前是一片幽靜的耕田，幾條水牛沿著湖邊在閒閒地啃草。胡惟庸立於高坡上，精神煥發，悠閒地傾聽著鳥語風鳴，觀覽著湖光山色，表情深深地陶醉。

一輛刑車朝他馳來，在山坡下面停了下來。車門打開，四個刑役提起已經癱如爛泥的楊憲，一直提到胡惟庸面前，扔在地上！

胡惟庸抬腳踢一下楊憲，叫道：「起來、起來。唉，眞是廢物，過去我怎麼把你當個人了？」

楊憲起身拭淚，聲音軟綿綿泣道：「胡大人。」

胡惟庸親切地拍拍楊憲的肩膀說：「老弟，抬起眼來瞧瞧，這兒風光多好哇！豔陽高照，草木蔥蘢，清風拂面，鳥語花香，美不美啊？」

楊憲可憐地哽咽著：「美，美！」

胡惟庸再道：「瞧見那塊地了麼？」楊憲眞抬眼認眞望了望說：「瞧見了。」

胡惟庸微笑道：「你有個偉大貢獻啊，叫做『責任田』！皇上把它推廣開了，令每個官員都開墾一塊地，那塊就是我的半畝。嘿嘿，瞧見那五條牛了麼？」

楊憲又抬眼望了望，老老實實回答：「瞧見了。」胡惟庸爲難地說：「老弟啊，我有一道疑難要向你請教。皇上下旨了，要把你千刀萬剮，又要把你五馬分屍！哎呀你說說，這叫臣怎麼辦才好哇？既然千刀萬剮就不能五馬分屍！爲何呀？因爲千刀萬剮之後，你都成一片片的了，還怎麼五馬分屍啊？所以，我徵求一下老弟的意見，你是想千刀萬剮呢？還是想五馬分屍？」

楊憲的臉色恐懼地扭歪了，「你、你——」他結結巴巴地說不出話來。胡惟庸微笑道：「當年，你不也徵求過我的意見嗎？剁左腳還是剁右腳，這事怎麼忘了？」楊憲顫聲道：「胡大人，寬恕。」

胡惟庸替楊憲回答：「你不肯表態，那我就替你做個主吧！照我看，千刀萬剮太骯髒了，咱們還是五馬分屍吧？啊？一共才五塊！」胡惟庸說著張開一隻巴掌，「不過我稍微做了點調整，五馬就免了，我叫人牽了五頭牛來。爲何呀？因爲老弟皮厚，五頭牛才能把你給扯開呀！嘿嘿嘿！」胡惟庸甜蜜地笑著。

楊憲看看那幾頭壯牛，恐懼得人也縮了起來：「胡大人，您——」

胡惟庸勸解道：「別叫得這麼親切，鬧不好我還眞疼你了！老弟啊，五牛分屍後，你就埋在我的責任田裡了！我倒要瞧瞧，今後我這塊田裡，能不能長出一株半尺多長的祥瑞稻穗來！老弟千萬給我爭口氣，使勁長！讓我的地裡也長一株出來呀！嘿嘿嘿！」胡惟庸滿面洋溢著甜蜜的歡笑！

這時的楊憲突然昂起頭來，眼露凶光，咬牙切齒道：「胡惟庸，你別得意！我的今日就是你的明天！」

沒有防備的胡惟庸一怔，立刻笑讚：「這話說得好！說得我心裡癢滋滋的！可惜的是，我能看到你的下場，你卻看不到我的將來。是不是這理？」

楊憲暈倒在胡惟庸的腳下。

楊憲死了，朱元璋也憔悴多了。夕陽落照中，朱標扶著明顯蒼老的朱元璋慢慢走下玉階。朱元璋的神態從未有過的茫然低落，他歎道：「標兒，楊憲是劉伯溫的學生，劉伯溫是他的後臺。爹現在心裡亂得很。你說說，咱們應該怎麼處置劉伯溫呢？」

朱標爲難地沉默著，過了一會兒，繞著彎委婉地說：「父皇，劉伯溫病了，呂昶也病了。」朱元璋「哦」了一聲，又想到：「呂昶委屈大了，是咱虧欠他了！標兒，你代表咱去瞧瞧呂昶去。」朱標趕緊說：「兒臣這就去。」

朱標離去後，朱元璋感到身心更疲憊。他慢慢在玉階上坐下來，沐浴著夕陽落照。突然，他睜開眼睛，叫了聲二虎。二虎答應著走上前來。朱元璋冷靜地吩咐他：「你從全國範圍內，選擇幾百個幹才，個個都要年輕、忠誠、膽大心狠！你把他們組建成一支秘密隊伍，就叫做『禁軍檢校』吧。之後分派各處，擔當臥底和眼線，專門監督三品以上的文武大臣，包括皇親國戚和邊關大吏，甚至對咱的兒子，秦王、晉王、燕王，他們都可以暗中監督！」

二虎從未聽說過有這樣的前例，大驚道：「皇上！」

朱元璋的臉上像塗了一層霜，冷冷地注視著他：「怎麼？」他的臉色讓二虎駭然，二虎趕緊道：「末將領旨！」

朱元璋繼續吩咐：「所需銀兩，無論多少概由咱直接撥發給你。他們打探到的情報也直接向你稟報，你再向咱稟報。咱想知道的是，所有王公大臣、邊關大吏，他們說什麼？想什麼？做什麼？包括餐桌上擺什麼菜？文案上擱著什麼奏稿？白天讀什麼書？晚上睡什麼女人？總之，所有的一切，咱都想知道！」

說話的時候，朱元璋的目光沒有望著二虎，而是怒視著天邊那一輪渾紅的夕陽！

接下來，朱元璋對中書省做了新的任命。這一日上朝，一內臣奉命在丹陛下執黃卷高誦：「奉天承運，皇帝詔曰：李善長忠直勤勉，老成謀國，著即升任中書省左丞相，上承聖旨，下掌六部三院，及大明各省州府。胡惟庸鼎力護國，忠勇除奸，著接任中書省右丞相。欽此！」

佇立於前排的李善長、胡惟庸齊揖謝恩！從此，以李善長爲首的淮西勳貴掌握了中書省大權，成爲大明朝廷的核心力量。

第三十二章

遣鬱悶君臣逛鬧市
獲恩准伯溫歸青田

劉伯溫支根手杖，一臉疲憊地慢慢地走進府門。劉璉匆匆迎出來，抱怨道：「父親，您怎麼又出去了？」劉伯溫無精打彩地說：「皇上偶染微恙，龍體欠安。大臣們都去請安了，我能不去麼？」

劉璉關心地問：「那您見著皇上了嗎？」劉伯溫見劉璉關切的樣子，有點歉意地說：「哦，其他大臣都見著了，就我皇上不見。」

劉璉歎了一口氣，爲父親在皇上那兒碰釘子難過，嘟囔道：「您明知皇上不想見您，幹嘛還去碰釘子？」劉伯溫訓導道：「見不見是皇上的事，做臣子的卻不能不去。皇上見嘍，是恩；不見，是威；但你如果不去，那就是你不識恩威了！」

劉璉只得苦笑道：「父親明見。快進屋歇歇吧。」劉伯溫問有沒有什麼人來過。劉璉冷笑道：「沒人來。自從楊憲倒臺，咱們府上清靜多了，簡直門可羅雀，人家都躲著咱們呢。」劉伯溫卻道：「應該、應該！劉大人失寵了嘛，離危牆遠點安全，省得牆倒了砸著！璉兒，你要理解人家。」

劉璉不想聽這樣的話，催父親：「快進屋歇歇吧。」劉伯溫推開了書房的門，說：「歇就歇吧。往後，歇的日子長了。」

劉伯溫進書房之後，就把門帶上了，直到劉璉進來喚他用飯，他還在聚精會神地伏案揮墨。劉璉催他：「父親，飯好了，您出來用飯吧。」劉伯溫嘴裡答應著就來，卻頭也不抬地繼續書寫。

劉璉好奇地走上前，好奇地問：「父親寫什麼呢？」

劉伯溫一怔，神情上似乎不想馬上讓劉璉看的樣子。但也來不及掩匿了，勉強道：「哦，你看看也好。」說著只顧自己埋頭繼續書寫。劉璉疑疑惑惑，取過幾頁紙觀看，越看越驚訝，臉色倏變，驚恐地失聲叫道：「父親，你、你這是在料理後事啊！」

劉伯溫責備地望了兒子一眼，目光卻是格外的鎮定。「嚷什麼？有什麼大驚小怪的！不錯，我是在寫遺囑。」

劉璉恐懼地顫聲問：「父親，究竟出了什麼事？」

劉伯溫淡淡說：「沒事。遺囑也只是文章中的一種嘛，事先寫好嘍，省得到時候忙亂。唉，你坐下吧。」

劉璉在案邊一張圈椅上坐了下來，父親寫遺囑這件事對他刺激很大，使得他一時有點虛弱。劉伯溫卻是舉重若輕，像沒事的人一樣，放下手中的筆，取盅品茶，輕描淡寫地寬慰兒子：「璉兒，父親暫時沒事。皇上之所以不見我，我估計，是因為皇上沒想好如何處置我。」

劉璉害怕地問：「皇上會怎麼處置您呀？」劉伯溫顯得很平靜，索性放下手裡茶盅，往靠椅上一仰，眼皮往上抬了抬，思索著說：「不知道。不過，依皇上的性子，從罰俸直到滅門，都有可能！」

劉璉頓時臉色蒼白：「滅門？」他從齒間艱難地擠出這兩個不吉利的字。

劉伯溫微笑地望著他，慈祥地問：「害怕嗎？」劉璉的牙齒上下打著架，說：「不、不怕。」

劉伯溫微嗔：「假話！害怕是正常的，但是別慌神、別失態，尤其別像楊憲那樣，臨刑前嚇成了一攤爛泥！讓胡惟庸笑成了一朵花，到處和人說。」劉璉望著父親深邃智慧的目光，漸漸鎮定下來，道：「兒明白。」

劉伯溫歎道：「楊憲是翰林院出來的，早先是我的學生，又是我薦他做揚州知府的。所以，好些人把我視為他的後臺。」

劉璉不平地說：「可他當了知府以後，您一直對他不滿，多有訓責呀！」

劉伯溫苦笑道：「現在說這些已經沒用了。朝廷上，過去只有個淮西黨。現在好了，他們可以言之鑿鑿地硬說我是『浙東黨』，甚至說是奸黨！所以，是非曲直難斷，流言蜚語不絕。這一切，都要看皇上有無聖斷了。」

楊憲的事情，對朱元璋精神上的打擊前所未有的沉重。他病了一場，在病榻上前思後想，越想越悔恨、越痛心。這一日，病後初癒的朱元璋步履遲緩地走進御花園。他看上去一下子蒼老了許多，雙鬢突增許多白髮，神情淒清落寞。他獨自呆呆地在花徑間行走，順手扯過一根木棍，東劈一下，西砍一下，彷彿那是把長刀！許多青枝綠葉，在木棍下紛紛折斷落地。狠狠發洩了一通，朱元璋心裡稍稍舒服了一些，他扔掉木棍，站著微喘。

不遠不近跟隨著他的二虎，看著他又心驚又難過。這時上前勸道：「皇上，外頭涼，回去吧？」

朱元璋沙啞地歎道：「老了，不病不知道。一病，算是把自個兒年紀看清嘍。」

二虎神色黯然，再勸：「皇上回去吧，早膳已經擺上了。」

朱元璋悶悶地說：「二虎，吃過飯，咱出去走走。」

二虎差點以為自己聽岔了，但臉色已經開朗起來，小心翼翼問：「皇上想上哪兒？」

朱元璋搖搖頭道：「不知道。你說呢？」

二虎這才肯定朱元璋眞要出去轉，笑呵呵道：「今日，夫子廟趕廟會呢！」朱元璋頓時興奮起來：「好啊，瞧瞧去。哎，不准興師動眾的，你少帶兩人！」二虎高興地答應著。朱元璋轉身同二虎一起走回宮裡去。走了兩步忽有所思：「劉伯溫在幹嘛呢？」二虎回答：「臥病，在府上歇著。多日閉門不出了。」朱元璋沉吟道：「叫上他吧，就說咱病好了，他的病也該好了，叫他和咱一塊出去遛遛。」

秦淮河畔的夫子廟一帶，眞可謂十里繁華。一排排的樓榭歌臺，像女人一樣竭盡全能地打扮著自己，爭奇鬥豔、花枝招展。妓院、錢莊、當鋪，各色店牌、旗招也是鮮豔奪目，一條路上幾乎沒有清靜的空檔。

便裝的朱元璋和劉伯溫一面走一面看，兩人看上去都是難得的輕鬆愉快。朱元璋欣喜地說：「伯溫啊，瞧這多熱鬧。」劉伯溫也是一臉的笑容，說：「熱鬧，熱鬧！」

朱元璋感歎道：「咱小時候，村外除了山還是山，要有這種地方，那還不樂瘋嘍！」劉伯溫卻笑道：「還好沒這種地方。要有，保不定就沒皇上了。」

朱元璋嘿嘿憨笑著同意：「那是、那是！有時候咱想起來就心酸，咱老娘要在多好啊，咱非讓她天天聽戲不可！」劉伯溫感動地說：「是啊！」這時候突然聽到一片鑼鼓聲喧天而起，朱元璋掉頭奔去，還不忘回頭催促劉伯溫：「來來，快來。那邊上場了！」

兩個人奔到一座戲臺下，朱元璋拉了劉伯溫一把，兩人一齊擠進人群中。戲臺上，一撥藝人穿戴著誇張的戲裝，在場上穿梭，兩個小童在前面翻躍著一連串的筋斗，令人眼花繚亂。

戲臺下擁擠的百姓人群裡，發出一片叫好聲。朱元璋與劉伯溫就站在翹首觀看的人堆裡，朱元璋是個高個子，鶴立雞群般地夾雜在人群中，顯得很愜意的樣子，竟像個孩子那樣傻呵呵笑著，也跟百姓們一塊叫「好哇，好！再蹦兩個！」

看了一場戲，兩人擠出人群，來到稍稍有點空隙的一塊小廣場上。這裡東面是燒餅鋪吳記老店，西面是鴨血湯鋪劉家湯鋪。朱元璋與劉伯溫雜在遊人中間往前行走，朱元璋用鼻子使勁嗅了嗅道：「燒餅！香，香！」

吳記老店的左右兩邊掛著兩幅金字招牌。用大字書寫著：御用芝麻燒餅，譽滿宮廷上下。

小店生意很好，店面周邊擠滿了遊人，店掌櫃一面烤製燒餅一面吹噓：「皇上啊，直誇咱餅子香！皇上跟車把式似的，一口氣吃了五個大燒餅，足有一斤半！這還不說，後來又添了倆。哎呀，可把咱佩服死了！你們誰吃得過皇上？」

一個遊人伸手道：「掌櫃的，來六個燒餅。」掌櫃爽快地說：「成！六個大錢。」遊人驚訝地說：「哎，不是一個大錢兩枚嗎？」掌櫃師傅鄭重說明：「咱這是御用燒餅，皇上吃過的，皇上親口吃的！」

人群後面，朱元璋忍不住發牢騷：「這混賬，把咱當什麼了？替他賣燒餅？那餅子還漲了價錢！」劉伯溫拼命忍住笑，拉著朱元璋，低勸：「皇上甭生氣，您隨便給點恩典，就能讓小民樂一輩子。您這邊請，請。」朱元璋剛轉過身，又看見劉家湯鋪兩邊掛著招牌。也用大字書寫著：御用鴨血湯，鮮遍半邊天！朱元璋不禁嗔道：「瞧瞧，那邊也是！」

賣鴨血粉絲湯的小店裡也是顧客盈門。那掌櫃在鍋邊一邊攪動大勺一邊吹噓著：「皇后娘娘喝了滿滿一碗！接著，貴妃娘娘又喝！再接著，宮女們喝！都誇咱湯鮮，還說，『一湯鮮遍天哪！』

站在人群後面的朱元璋對劉伯溫道：「聽聽。掛上咱還不夠，把皇后也捎上了。」

二虎走上前低聲道：「這兩人褻瀆天恩，我立刻著人封了他倆的鋪子。」朱元璋沉吟不語，劉伯溫緊張地看著他。終於，朱元璋道：「罷了。等廟會過後，你傳命給他們，御用二字咱就不追究了，恩准他們保留！但湯餅的價錢絕不准漲，還是一個錢兩枚。敢漲價，就砍他的頭！」

劉伯溫鬆了口氣。兩人漫無目的地閒逛著，走到一個別緻精巧的巷口，巷口的青磚牆上鑲著三個字：玉衣巷。巷兩邊竟是一間間的雕花圍欄，幾個俏麗女子偎欄而坐，她們手執團扇，千姿百態、風情萬種。

朱元璋和劉伯溫從巷子裡穿過，姑娘們發出一片媚呼俏笑：

官人啊，進來喝杯茶吧！姑娘這兒有香噴噴的茉莉花茶。

大官人，你面相尊貴呀！趕快過來，貧妾陪您喝個花酒。

怕什麼呀？咯咯咯，這位官人還不好意思呢！

朱元璋又窘又氣，大步往前走。二虎見狀低聲怒斥姑娘：「退下、退下去！」

朱元璋悶著頭走過這片花欄才站住，問：「伯溫哪，大臣們就是到這種地方來的，是吧？」

劉伯溫小心地陪笑道：「是有些大臣來過。但臣估計，不會都來吧？」

朱元璋恚忿道：「墮落！為臣不尊，民風敗壞！」劉伯溫連聲附和：「是、是。不過，皇上恕臣直言，臣覺得，這些舞榭歌臺、妓院錢莊等物，並非全是墮落，它們同樣也是太平盛世的體現啊。哪個朝代如果沒有它們，世面上定然是兵戈橫行、民不聊生。嘿嘿，皇上，這就好比種瓜種豆需要下肥，它們就是肥料啊。」

朱元璋聽到劉伯溫比喻得這樣有趣，又不露痕跡地盛讚了他的功績，心中快活無比，不由哈哈大笑：「肥料是嗎？那好，咱們把好肥料留下，惡肥剷除。舞榭、歌臺、錢莊都可以留下，妓院封嘍！二虎，傳命禁城都督，廟會結束後，所有妓院全部封門。」

二虎一口應承，劉伯溫卻提出：「臣擔心，夫子廟這邊封了，過些日子，它們又從月芽湖那邊冒出來了。妓院這東西就跟野草似的，野火燒不盡，春風吹又生。」

朱元璋賭氣道：「再冒再封，哪兒冒出來就在哪兒封！老鴇妓女流放，當地官吏坐牢！咱瞧它還敢冒不？」

劉伯溫笑著鞠了一個躬，風趣地說：「是、是，那肯定不敢冒了！」

君臣兩人趣味盎然地四處逛著，走過雨點茶館，掌櫃親自在門口招徠顧客。看見朱元璋他們，趕緊伸手攔住，笑著折腰：「官人來喝茶啦？官人您裡頭請，上好的碧羅春、鐵觀音，好茶好水。裡頭寬暢。」

朱元璋站下了，微笑地問：「有清靜處沒有？」掌櫃連聲道：「有、有，樓上雅座、包廂，清靜著哪。」

朱元璋道：「那好，咱們上樓。」說著跨入茶樓。二虎急忙拽過掌櫃，將一錠銀子塞到他手裡，輕聲道：「我家老闆嫌鬧。你把樓上全包給咱們，不准人上去。」

掌櫃看看手中那塊銀子，一邊掂著份量，一邊歡喜應承。

朱元璋、劉伯溫一前一後上了樓，劉伯溫挑了個靠近圍欄的地方，那裡的紫檀木花架上還放著兩盆牡丹。朱元璋也覺得那個角落好。兩人興兜兜落座。堂倌笑盈盈地提壺上前，麻利地抹桌、沏茶，口裡問：「請問二位官人，用點什麼點心？」

朱元璋讓劉伯溫點。劉伯溫便吩咐：「揀精緻點的送幾樣上來。哦，立刻著人到夫子廟跑一趟，把那兒的芝麻燒餅、鴨血湯送這兒來。」朱元璋歡喜叫道：「好，讓他們快點，別走了味！」堂倌應聲而去。朱元璋飲著茶，眺望遠處層巒疊嶂般的輝煌皇宮，感慨地說：「伯溫啊，你瞧，從外面看皇宮，跟在裡面大不一樣啊。咱們多年住在宮裡，竟然從來沒有從外頭瞧一瞧皇宮。」

劉伯溫也朝那裡望，信口吟道：「橫看成嶺側成峰，遠近高低各不同，不識廬山眞面目，只緣身在此山中。」朱元璋稱讚：「說得好！當局者迷，旁觀者清。楊憲的事，咱就是屬於當局者！」

此話一出，劉伯溫頓時噤聲。君臣二人久久沉默。還是朱元璋先開口點將：「劉伯溫，該你說點什麼了吧。」

劉伯溫立刻離座跪地，懇請道：「臣請皇上降罪，楊憲曾經是臣的門生，也是臣，曾經把他舉薦給皇上。」

朱元璋打斷他：「慢著，你一句話裡就有兩個『曾經』！什麼意思嘛？莫非後來他就不是你門生了？」

劉伯溫道：「稟皇上。楊憲雖然師從過臣，但他升調京城之後，得意忘形，已經不把臣放在眼裡了，師生之緣蕩然無存。還有，臣雖然薦他做揚州知府，但是不久臣就後悔了。」

朱元璋追問：「爲什麼後悔？」

劉伯溫道：「臣發現，他功名之心太盛，馭民之策太狠，逢迎之術太過。」

朱元璋再追問：「逢迎？是說他逢迎咱吧？」

劉伯溫微窘，但還是直言：「是。」朱元璋心裡不舒服，不悅道：「怎麼個逢迎法？咱這個皇上，就那麼容易被臣子們逢迎嗎？」

劉伯溫懇摯婉轉地說：「皇上自然是聖君。不過臣子們的逢迎之術，即使聖君也難以處處提防。」

朱元璋不以爲然，說：「空口無憑，舉個例讓咱聽聽。」劉伯溫便道：「敢問皇上，您最初欣賞楊憲，是從哪件事開始？」

朱元璋皺著眉，費力地回憶著：「唔，是揚州那聲雞鳴啊！那天夜裡，咱通宵難眠，忽然聽到一聲雄雞報曉，眞叫咱喜出望外，還以爲是做夢呢！」

劉伯溫輕歎：「臣估計也是這件事。臣當時也爲之感動。但後來臣回想，感覺就變了。臣以爲，恰恰是這件事，最早證明了楊憲逢迎有術！」

朱元璋微驚：「哦，爲何？」劉伯溫道：「請皇上明察，楊憲當夜騎快馬奔馳二百里，千辛萬苦弄回來一隻雞。他這是爲什麼？其實就爲了給皇上送上一聲雄雞報曉，就爲了讓皇上喜出望外！」

朱元璋呆了，過會兒，頷首歎息：「不錯。」劉伯溫道：「同樣是這件事，也讓臣對這個門生，既敬佩、又心寒。因爲，此事足見，楊憲一旦下了決心，就會不惜一切去實現，哪怕這事僅僅是爲了搏取皇上的片刻歡心！」

朱元璋無言，停了一會兒道：「起來說話吧。」

劉伯溫起身謝了。朱元璋道：「還有什麼話，統統說出來。」

劉伯溫正色道：「臣還以爲，楊憲罪大惡極，確實當斬。但這個罪大惡極之人，同時也是功勳卓著之臣！因爲，楊憲治揚州，不到三年就使得荒廢的田畝大部分復耕，流民大部分還鄉，城鎮開始復甦。第三年底，揚州確實取得了空前的大豐收！沒有楊憲，這就做不到！臣想過，揚州那三年是何等艱難啊！楊憲一個翰林學士，遠離京城繁華，獨處斷壁頹垣，幾乎是赤手空拳地，把揚州城裡的士農工商全都逼到了拼命的程度——不計代價也不擇手段，極力振興揚州！在當時大明全國，哪一個府能像揚州那樣日新月異？當時朝廷上，包括皇上您不都急需要一個楷模，好用它推動全國新政嗎？楊憲做到了，他基本上完成了他的使命，很了不起啊！因此臣以爲，楊憲無論有多少罪過，僅此一點，就功不可沒！」

朱元璋沉默片刻，一字一頓地說：「他欺君！」

劉伯溫也沉默了片刻，重重地說：「是的，所以他當死。」

朱元璋再次一字千鈞、落地有聲：「處死楊憲後，咱也想殺你！」

劉伯溫顫聲道：「臣有預感。」朱元璋重重道：「有其父必有其子，有其師必有其門生。你們是一丘之貉！」

劉伯溫驚痛，卻不敢再申辯，垂首無言。

朱元璋歎了一口氣，慢慢道：「後來咱痛定思痛，又不打算殺你了，因爲你沒有欺君。咱想來想去，沒想出你有欺君的地方，起碼到現在還沒有。」

劉伯溫鬆了口氣，顫聲道：「謝皇上。楊憲之事，臣負有失察、誤薦之罪！」

朱元璋道出他的不滿，說：「不錯。你身爲都察院左使，連自個兒門生都看走眼了，害咱都跟著丟人現眼，確實罪無可赦！劉伯溫，《大明律》是你主持制定的，沒人比你更熟悉，著你自個兒給自個兒擬個罪吧。」

劉伯溫心裡一喜，故意緩了緩道：「遵旨。依律，臣之罪應當罷官奪職，撤除所有俸祿，遣歸鄉里，永不錄用！」

這倒讓朱元璋愣住了，他沉吟著，目光凝視著劉伯溫，一邊緩緩道：「劉伯溫哪，你這是在給自個兒擬罪呢？還是在獎賞自個兒？」

劉伯溫驚得張口結舌：「皇上？」

朱元璋譏諷道：「你不一直想著離開朝廷，躲開咱，保一個太平晚年嗎？那五桃一葉，不就是葉落歸根的意思嗎？」

這正是劉伯溫夢寐以求的願望！劉伯溫渾身一震，垂首道：「臣是有這個願望。如果皇上不打算殺臣的話，臣乞皇上開恩。」朱元璋歎道：「在京城就沒晚年了嗎？就不太平了嗎？所謂家鄉，說到底不就是一片黃土嗎？」

劉伯溫長揖：「那片黃土下，埋著劉氏祖宗。」朱元璋厲聲道：「看來，你是一心要跟咱分手了！」劉伯溫顫聲道：「臣不敢，臣只想做一個普通子民。」

朱元璋恨恨地說：「說得好聽！也罷，皇上從不求人。有道是，『君子絕交，惡言不出；忠臣去國，不汙其名』。劉伯溫聽旨。」

劉伯溫再次離座跪地。朱元璋聲音宏亮地說：「著即剝奪劉伯溫所有職銜俸祿，遣歸鄉里，種地自養，生死由天。」

劉伯溫立刻重重叩首，一叩再叩：「臣領旨！臣謝恩！」

朱元璋不滿地長歎：「聽聽！十多年了，你給咱叩頭還沒叩過這麼重，這麼響！」

劉伯溫熱淚盈眶地說：「天降隆恩，臣高興啊！臣無以為報，只能叩謝皇上！」朱元璋微嗔：「甭謝咱，你謝皇后吧！她五年前就答應過你，不是她，咱不會放你走。」

劉伯溫竟轉身朝遠處的皇宮，激動再叩：「臣叩謝皇后娘娘！」

劉伯溫一臉喜氣地步入府門。家僕迎面看見了主人臉上的陽光，立刻受了感染，聲音宏亮地朝裡喊叫：「老爺回來了！老爺回來了！」等得心焦的劉璉衝出屋門，一把拽住劉伯溫，顫聲道：「父親，您可回來了，我們還以為——」

劉伯溫詼諧地說：「以為我已經被皇上斬首了，是不？」劉璉慶幸地說：「您回來就好，如今什麼事都可能發生啊。」劉伯溫愜意道：「這話說對了，什麼事都可能發生。我就得著了一件最不可能發生的事，嘿嘿嘿。」劉璉看著父親得意得有點忘形，奇怪地問是什麼事。劉伯溫讓劉璉猜。劉璉見父親氣色突然好了許多，自然往好的方面猜，道：「皇上赦你無罪？」劉伯溫痛快地說：「比這還好！皇上恩准我們還鄉了，回青田！」

劉璉再沒想到是這個，驚得一句話也說不出來。

劉伯溫微諷：「怎麼？捨不得離開京城啊？」劉璉這才回過神來，父親已經先進書房，歡歡喜喜喚僕人趕快收拾行李，劉璉跟進書房整理要帶走的書。書房裡是越忙越混亂，書信文具拋得到處都是。劉璉的腳都踩在書本紙頁上。劉璉脫了外面長袍，將短褂紮緊，幫著僕人埋頭捆紮、收拾。劉伯溫拿著一個畫卷走過來，讓劉璉放入行李，對他說，拿不了的，都扔下。

劉璉一見畫卷，突然想起賣畫的事，不由說：「父親，兒剛才忘了問，朝廷每年賞您多少養老俸銀？」

劉伯溫笑道：「哦，父親忘了告訴你，我已被罷官奪職，撤除所有俸祿，回去後只能種地自養，生死由天。」

劉璉擔心地說：「父親，老家那裡的田莊早就破敗不堪，佃戶也沒了。」

劉伯溫不屑地擺手：「餓不死咱們。罷官奪爵只是個小災，小災卻能避免大難。在朝廷做官如登山，上去不容易，下來更難。多少人爬那麼高，卻不會落地。硬落吧，要麼摔折了腿，要麼跌斷了腰。不落吧，那就是死無葬身之地！」

劉璉見父親如此灑脫深刻，敬佩之情油然而生，心裡也開朗快活起來，他故意誇張地倒抽一口氣道：「照此看來，沒了俸祿反而是福氣了！」

劉伯溫幾近幸福地說：「就是嘛。」劉璉態度積極地問：「您看我們什麼時候離京？」劉伯溫稍稍一想，就道：「明天我就向內閣辭行，後天一早就離京還鄉。」劉璉見父親歸心似箭，笑道：「您是擔心夜長夢多，皇上改變主意吧？」劉伯溫臉色突然暗了下來，不無擔憂地說：「我還眞的擔心有人會勸皇上改變主意。」

劉伯溫的擔心並非空穴來風。果然有人勸朱元璋不要放劉伯溫離開京城。

從夫子廟回來的第二日，朱元璋取消了這一日的早朝。他虛弱地在奉天殿的暖閣裡坐著，神情悶悶不樂。他近來老是這樣，雖然自己意識到了，但鬱悒的情緒卻像在心中紮了根似的，扯不清，拔了還會長。

胡惟庸立於案旁稟報政務。他說：「駐陝永定衛囤耕一摺，臣已奉旨辦理，半月之內在籍軍戶定能到位；准許民間開礦煉銅等事，臣已會同戶、工兩部酌擬《冶金律》六款，特呈皇上御覽；蘇、湖、嘉豪強地主三百十七戶，臣奉旨核查屬實，已將其遷發籍沒，所佔田畝，均已分發三府無地佃農。」

朱元璋不時頷首「唔唔」，末了道：「惟庸啊，辦得俐落。你呀，確實比楊憲強多了。」胡惟庸乖覺地說：「臣聽了這話恐懼萬分。奸賊楊憲的下場，爲臣者應當永遠引以爲戒！」朱元璋淡然笑道：「不錯。是要引以爲戒！唉，咱希望朝廷上永遠別出現楊憲這樣的人了。但要是出了，咱絕不手軟，懲治更甚！」胡惟庸肅容道：「要是出了，臣仍將緊跟皇上，忠勇除奸！」朱元璋苦笑道：「好、好。你緊跟咱，可有人卻趁機離開了咱呢！」

胡惟庸頓時顯得義憤塡膺，忿忿道：「誰敢如此犯上？臣重辦了他！」

朱元璋歎道：「劉伯溫！咱已經准他歸鄉自養了。」胡惟庸一怔，近前低聲道：「臣斗膽直言。皇上不該放劉公走啊。即使歸養，也不該讓他重返青田故里啊！」

朱元璋眉睫一動，問爲何。

胡惟庸道：「浙東原是張士誠發祥之地，那裡的仕子百姓一直對朝廷的稅賦政策不滿，民情躁動不安。劉公這一去，刁民們會不會蜂擁而至，擁他做旗幟，視他爲主心骨呢？所以臣想，即使歸養，也可以另地安置嘛。」

朱元璋長長地「哦」一聲，半天沒有說話。

內府中，二虎與玉兒在自己的宅子裡吃晚飯。二虎一面誇獎玉兒做的菜可口，一面狼吞虎嚥地搛菜劃飯。與他對坐的玉兒卻慢慢撥動碗中飯粒，吃吃停停，食不下嚥的樣子。

玉兒不時看二虎一眼，像是有話說，但她並沒有馬上開口，斟酌了一會兒，終於還是說了：「二虎啊。今天上午，內府把你上半年俸祿送來了，爲何會增長一倍？我還以爲他們弄錯了。」

二虎笑道：「沒錯，是我忘了告訴你，皇上已經升我做禁衛總領，正二品，封定業侯。」

玉兒警覺地問：「幹嘛突然給你升官封侯？」

二虎支吾道：「哦，皇上令我多承擔一些差使。」

玉兒眉頭一聳，警惕地盯著二虎問：「什麼差使？」

二虎面露難色，吞吞吐吐道：「這，我不能說。」

玉兒驚詫追問：「爲什麼不能說？連我都不能告訴？我還是皇后的侍領呢！」

二虎迴避著她的眼睛，有點不耐煩，說：「玉兒，你別問了。這事我確實不能說！」

玉兒又生氣又擔心，顫聲道：「二虎啊，還記得你哥是怎麼死的嗎？」二虎沉默了一會兒，道：「當然記得。」玉兒顫聲道：「你、你現在的差使，不會是你哥那樣的差使吧？」

二虎突然笑了，搛了一筷子魚香肉絲在玉兒碗裡，笑著寬慰她：「不是、不是，你放心吧，絕對不是！」

玉兒沉默著吃了兩口飯，低聲道：「我已經懷上咱們的孩子。等孩子生下來後，我就打算向娘娘請旨，離開京城，到杭州找個地方安家。」

二虎渾身一震，驚喜地望著玉兒的肚子，說：「多久了，怎麼早不告訴我？」玉兒羞澀道：「我也是才、才確定這事兒的。不知爲什麼，我近來常常擔心。」

二虎低頭道：「我知道了，但能不能緩幾年？」玉兒驚訝地望著他：「你不想外放了嗎？」二虎似有難言之隱，說：「我想，但我一時走不開呀，皇上不會准許我走的。」

玉兒頓時放下筷子，起身離座，坐到榻邊默然垂淚。二虎呆了片刻，也在榻邊坐下，攬住玉兒撫慰道：「玉兒，皇上和皇后待咱們恩重如山，眾臣們但凡見到你和我，誰不是恭恭敬敬的？咱們只要忠於皇上，就啥也不怕、啥也不缺！咱們就在京城長住下去吧？啊？你看呢？」

玉兒泣道：「我不知道，我心裡亂得很。二虎，我是擔心你啊！」二虎將玉兒摟得更緊了，說：「甭擔心。朝廷上的事，我能應付！皇上也非常賞識我，信任我。我倆的好日子還在後頭呢！」

再說劉伯溫父子如期起程。他們輕鬆地坐在馬車上，馬車「踏踏踏」有節奏地馳向金陵城門。兩個家僕趕著馱行李的馬跟隨在後。

馬車馳近城門，城下有人等候在那裡。劉伯溫仔細一看，是李善長，笑盈盈地獨立在城門旁。劉伯溫急令停車。

劉伯溫下了車，上前深揖道：「哎呀李相！在下本想悄悄地離京，不驚動大駕了。」李善長笑道：「那怎麼成啊！別人可以不送，你走了，我不能不送。咱倆什麼情分啊！」劉伯溫道：「多謝李相厚愛。」

兩人徒步穿過巨大的城門洞。李善長感歎道：「伯溫啊，你在這兒，熱鬧！凡事我不得不提防著你，擔心你督察我呀！嘿嘿！你一走，連我也感到寂寞了。」

劉伯溫笑道：「李相現在是譽滿朝中，權傾天下。今後，青田小民劉伯溫，盼望李相多多照應。」

李善長道：「說實話，我羨慕你呀！啊？『採菊東籬下，悠然見南山』。眞是神仙過的日子！」

劉伯溫笑道：「小民適合於籬下，李相適合於朝中。咱倆各得其所，誰也甭羨慕誰。」

李善長關心地問：「有什麼要我辦的？」劉伯溫道：「多謝，沒有。」李善長再道：「有什麼臨別贈言？」劉伯溫惶恐地說：「在下豈敢。」李善長殷切道：「伯溫哪，你在朝八年，洞若觀火，善長盼君賜教。」

劉伯溫沉默了一會兒，似在認眞考慮，過後道：「在下覺得，中書省統馭六部，節制各省州府。中書省丞相，無語自威，一言而天下重。這種情況下，更應該事事多向皇上請旨。寧可讓皇上覺得煩了，也不可隨意自專。」李善長頷首道：「有數了。多謝！」劉伯溫再揖道：「在下告辭。」李善長戀戀不捨地說：「保重呵！」

劉伯溫上車遠去。李善長站在郊外的路上久久目送，半天沒挪一步。

劉伯溫一家剛走，二虎就領著一批禁軍檢校匆匆來到劉府大門前。他盯著門上那把銅鎖，手一揮，兩個檢校上前，揮錘砸落銅鎖。眾檢校推門而入，直奔府中。

二虎是最後進門的，他進來後，一個侍衛立刻掩上大門。二虎大喝：「每間房屋，每個角落，每個箱櫃都必須細細搜查，不可遺漏！」好幾個檢校衝進書房開始翻箱倒櫃，細緻地一樣樣搜索。將一疊疊奏稿、書信、唱酬詩詞迅速地翻閱著。

二虎自己沒動手，他在各個房間巡視，監督著檢校們。忽然，一個檢校拿著一張紙頁上前：「大人！」二虎接過看看，夾入皮夾中。兩個檢校在角落裡掀翻了一個屏風，忽然看見地上有一堆灰燼，叫起來：「大人請看。」二虎快步上前，注視著那堆灰燼。他慢慢彎腰取起半片未燒盡的紙面，夾入皮夾之中。

二虎回到宮裡，將皮夾中的一頁收據和半片殘頁拿給朱元璋，朱元璋隨手放在了案上。二虎稟報道：「劉府上下內外都查遍了。沒有發現非法物件。奏稿、書信等也沒有帶走，原封不動地擱在櫃子裡。」

朱元璋道：「看來，他預料到你們會去搜查。」二虎示意案上兩片紙，說：「這是他賣畫留下的字據，一幅前元陳選所畫的山水畫兒，賣了九貫錢。」

朱元璋一歎：「一品大臣會窮成這樣？咱不相信！」

二虎道：「在書房北角發現一堆灰燼，劉大人離家前燒毀過什麼東西。」朱元璋警覺地問：「他燒了什麼？」二虎道：「末將只撿出這半片紙頁，其他的都化成灰了。」

朱元璋拿起那半片紙頁，對著光線細細觀看。慢聲念道：「南窪水田二畝七分，贈於韓六。鄉間所存字畫，留待——」朱元璋看不清了，失望地拋開。喃喃道：「他到底在燒什麼？他究竟想隱瞞什麼呀？」

朱元璋起身踱步，費勁地沉思著。忽然他止步醒悟過來，道：「遺囑。這是遺囑啊！劉伯溫寫過遺囑，又把它給燒了！唉，他還是不相信咱哪！」

這段日子倒一直是風和日麗。劉伯溫、劉璉坐的驛車一路順暢地往青田趕。這一日馳到了一個三岔路口。兩人本來開了門，撩開簾子，一路觀賞田原風光的，突然看見前面四個宮廷侍衛按刀挺立在岔路口上。

驛車停了下來，劉伯溫示意劉璉別動，自己下車，鎮靜地問：「你們是什麼人？」

侍衛首領揖道：「在下禁軍檢校吳風。」

劉伯溫詫異地問：「禁軍檢校？我怎麼沒聽說過這個職銜？」

吳風支吾道：「在下半月前調入京師，任職未久。」

劉伯溫問他們在這兒幹什麼？吳風說：「奉命護送劉大人赴青田。」劉伯溫沉吟道：「這說法好像有些勉強嘛。既然是送我，爲何不從京城送起，卻要等在這山野裡？」吳風道：「此去就要進入山區了，恐有盜賊出沒。在下因此在這兒守候。」劉伯溫問：「你們在這兒守候多久了？」吳風說：「已經兩天兩夜。」

劉伯溫心裡一驚，問是誰的命令？吳風說：「是禁軍檢校統領。」劉伯溫不滿意這樣的回答，單刀直入問：「姓甚名誰？」吳風卻肅容道：「在下不知道。」

劉伯溫沉默了片刻，道：「辛苦你們了。現在，我們可以起行了嗎？」吳風再揖道：「請大人上車。」

劉伯溫重新登車，驛車繼續前行。四個檢校上馬，緊緊跟隨在驛車旁邊。劉璉早退回車廂裡，悄悄撩起窗簾一角，緊張地望著他們，顫聲道：「父親，他們是什麼人？」劉伯溫放低聲音告訴他：「是一支剛剛組建的秘密隊伍禁軍檢校。」劉璉身子裡的血都彷彿凝固了，惶恐地問：「他們究竟想幹什麼？」劉伯溫憐愛地瞥兒子一眼，知道他比自己熱愛生命，但也不能不讓他有個思想準備，只得歎著氣對他明說了：「名爲護送，實際上嘛，我也不知道。不過，有一點可以肯定，我們是插翅難飛了！」

劉璉驚恐地縮了縮身子。劉伯溫心疼地向劉璉靠緊一分。

驛車漸漸走入了崎嶇的山道，艱難地朝高處行進。劉璉探頭看看，四個侍衛始終亦步亦趨地騎馬跟隨在畔。忽然間，前方出現了一小注嘩嘩的山泉。劉璉叫聲停車，車緩緩停了下來。劉璉手拿水壺下車，朝山泉走去。吳風猛然大喝：「站下！劉公子，你想幹什麼？」

劉璉嚇了一跳，驚訝回頭道：「取水呀。」吳風面無表情地說：「你回來！我們幫你取。」吳風一扭頭，一個檢校立刻下馬，上前接過劉璉手中的水壺，朝山泉走去。吳風望著受了驚嚇的劉璉，和緩地對劉璉道：「劉公子，山裡不安全。你們如有什麼需要，請吩咐一聲，在下替你們辦。」劉璉生氣地說：「知道了。」

驛車繼續「篤篤篤」往前走，劉伯溫彷彿對身邊的事情置若罔聞，一直在打盹。劉璉憤怒地說：「父親，他們把我們當成什麼人了？囚犯！」

劉伯溫自然沒有睡著，睜開眼，苦笑一聲對劉璉說：「剛才你要是再走遠點，他們就會一箭射去了！」劉璉愕然：「難道，今天就是我們的末日？」劉伯溫淡淡地說：「璉兒，我看這四個檢校，是奉旨取我們性命的。這都怪我，父親連累了你啊！」他動情地撫著兒子的肩膀，心裡百般不是滋味。

事到如今，劉璉只得反過來安慰漸漸上了年紀的父親：「父親，我並不怕死。再說，咱們父子倆死在一塊，也是一樁幸事。」

劉伯溫無可奈何地苦笑道：「說得好，你比以前豁達多了。唉，我太相信皇上的恩典了，我們不該離開京城哪。」劉璉問為什麼，劉伯溫道：「因為皇上可以拋棄任何人，卻絕不准任何人棄他而去。只要我待在皇上眼睛能看到的地方，他才會放心，我們也可能活命。而要是離開皇上，皇上就不放心。」劉璉憤怒地說：「既然要殺，爲何不在京城動手，那不更方便嗎？」

劉伯溫目光敏銳地閃動了一下，沉靜地說：「如果在京城殺我們，動靜就太大了。朝野沸騰，百官震撼。而我們如果死於山野，皇上就可以告訴百官說，劉伯溫遇上盜賊了，或者說劉伯溫旅途風寒，暴病而亡。接著，皇上還會爲我們設壇祭奠呢！記得嗎？當年皇上令大虎去接小明王，小明王不是船沉燕子磯了嗎？嘿嘿，事後，皇上還令我給小明王寫悼辭呢！如今，同樣的事輪到我自己頭上了。嘿嘿嘿！」劉伯溫竟然笑了。

劉璉又怕又恨，咬牙切齒道：「眞卑鄙！」

沒想到劉伯溫還就此做起文章來，教誨道：「卑鄙二字，適用於君子，卻不適用於君王。君王做事，是出於需要，基於利害。卑鄙與否，與此並無關係。」

劉璉終於被說笑了，誇獎道：「父親，您才眞是豁達！難怪您能早早地寫好遺囑。」

劉伯溫卻淒涼一歎：「可惜寫好了，又燒掉了。我還是太相信皇上的恩典了。」

驛車停在一道河流前。吳風拉開車門道：「稟劉大人，驛道被雨水淹沒了，馬車過不去。只好請兩位下車了，我們沿山道繞行過去。」

劉伯溫與劉璉下了車，他們打量著面前的崇山峻嶺，劉伯溫不禁歎道：「看來，今天是到不了青田了。」劉璉生氣地說：「請問吳檢校，進山之後，天黑了怎麼辦？」吳風道：「我們帶了火石、乾糧。可以生火，進食。」劉璉一腔怨艾地嘟囔：「崇山峻嶺，虎豹豺狼，你們可眞會挑地方啊！」

吳風卻只說：「委屈兩位大人了，請吧。」

檢校們護守著劉伯溫父子，一行人踏上了陰森的山道。山路很陡峭，兩個檢校在前面領頭，兩個檢校走在後尾。劉璉臉色蒼白，恐懼之情揮之不去，每一步都像是走在刀刃和薄冰上。

荊棘之中總算出現了一小塊空地，劉伯溫大聲道：「吳風，我們不走了，就在這兒過夜吧。」吳風猶豫了片刻道：「遵命。」

一行人到空地上停了下來。吳風命令屬下拾柴生火。劉伯溫坐下喘息，他觀賞著遠處的旖旎山景，歎道：「青山處處埋忠骨，何愁草木不風流？」劉璉依著父親坐下，忽然指著遠處一座最高的山峰道：「父親您看，那不是青田山嗎？」劉伯溫舉目望去，激動得眼睛濕潤：「是它！」

劉璉此時已經有了臨死前的悲壯情懷，他湊近父親的耳朵低聲道：「既然非死不可，也該死於名山之巔啊！」劉伯溫聽後，臉色肅然，沉吟片刻，叫了一聲吳風。

吳風上前來問劉大人有何吩咐？劉伯溫正色道：「黎明前，我們要登上青田山頂觀看日出！哦，如果我們能活到黎明的話。」

吳風驚訝地問：「大人，您這話什麼意思？」劉伯溫嗔責：「你心裡有數！直說了吧，明天黎明，我們能否登頂？」吳風猶豫片刻，道：「能！在下陪大人登頂。」劉伯溫朝吳風瞧瞧，未見其面上有邪佞之氣，終於釋然道：「多謝了。」

第二天的黎明，劉伯溫父子真的立在了青田山巔。他們眺望天邊，此刻，一輪輝煌的朝陽正噴薄而出，閃爍著萬道金光！劉璉激動地說：「父親您看，真是天下第一盛景！兒來此觀看日出不知多少次了，從來沒有這次壯觀！」

劉伯溫也激情澎湃地說：「得此一觀，死也無憾。」

劉璉笑道：「上次，您是陪皇后娘娘一塊來的吧？」

劉伯溫愜意道：「不錯。那天，她面對此景，也十分陶醉呀。」

劉璉見父親快樂，也忘情地笑道：「下回，您再陪皇上到這兒來祭天，如何？」劉伯溫哈哈大笑，繼之愴然道：「伯溫有意，天子無情啊！」

吳風在後面按刀催促：「劉大人，該走了。」劉伯溫回頭大喝：「你們下手吧！」

吳風竟噗哧一笑，又迅速忍住，正容道：「請大人下山。」劉伯溫也有點詫異了：「你們還不動手？」吳風再次重複：「在下說過了，請大人下山。」

劉伯溫愕然，看了劉璉一眼，說：「走！」說著轉身便朝山道走。劉璉趕緊跳過兩塊石頭速速跟了上去。

劉伯溫一行來到青田鎮外的山腳下，抬頭一看，前面已是青田鎮了。鎮裡炊煙縷縷，雞鳴聲聲。劉伯溫回頭望望，吳風等人仍然緊緊跟隨在身後。

劉伯溫大聲對後面說：「吳風，青田鎮已經到了。」吳風卻認真地說：「不！沒到。在下奉命送大人還鄉，但現在我們還是在鎮外。」

劉伯溫遲疑地向青田鎮走去。劉璉靠近父親低聲問：「他們怎麼還不動手啊？」劉伯溫疑惑地說：「我也不知道。」劉璉緊張地說：「難道，他們要在家門前殺死我們？」劉伯溫搖頭道：「不像。」

劉伯溫父子終於踏上了青田鎮前的那座石橋。眼看青田鎮近在咫尺，劉伯溫止步，再次回望。

這時候，後面的四個檢校同時站住了。吳風揖道：「青田鎮已到，請劉大人歸家。」劉伯溫驚訝地問：「你們、你們不下手了？」吳風不理睬劉伯溫的話，從懷中掏出一張紙頁說：「請大人在『路引』上面簽字，在下好回去覆命。」

劉伯溫怔了片刻，緩步上前，顫抖地伸出一隻手，在「路引」上面掐了一道深深的指甲印。道：「身邊無筆，請你拿著這道指甲印，回去覆命吧。」

吳風看看「路引」，收入懷中，道聲「劉大人保重」，掉頭而去。劉伯溫久久地望著他們的背影，大夢初醒般感歎道：「明白了、明白了，我又看錯了皇上！他並不打算殺我，只想藉此震懾我。讓我老老實實歸鄉自養，規規矩矩地度過殘年。」

這時，劉璉反而發抖了，喃喃道：「皇上天威，千古罕見。厲害！」

劉伯溫一行人終於回到了劉家大院。劉伯溫手撫陳舊粗糙的木門，感到無比的親切。他百感交集地四下打量著老宅的石壁，激動得像個白髮老翁，顫顫巍巍，熱淚盈眶。劉璉從懷中掏出一把鑰匙，上前開鎖。不料，門鎖生了鏽，久久打不開。

劉伯溫微笑地看著兒子著急地開鎖，自己一點也不著急。此刻的等待，對於他來說，實在是一種精神享受。終於哢嗒一聲，鎖開了！劉璉興奮地推開吱吱作響的院門！

劉伯溫一步跨入院門，他終於回到了夢魂縈懷、闊別多年的故居！

然而多年沒有人居住，此刻的劉府已經是一片殘破跡象，滿目瘡痍、家徒四壁。兩個家僕忙碌著收拾打掃，劉伯溫則靜靜地站在堂中。面對破舊的老宅，劉伯溫的內心充滿了平靜和喜悅，他想的是：祖宗啊，不孝子伯溫回家了！此生此世，伯溫再也不離開青田，再也不進朝廷一步！

第三十三章

難承恩父子返朝廷　付重託君臣訴肺腑

翌日，已是日上三竿時分，劉伯溫才從內屋出來步入院中。多少日子沒睡過這樣踏實的覺了！他閒閒地伸臂彎腰，笑容滿面，少見的精神煥發。

正在院中掃地的家僕笑道：「老爺，您這一覺，可是從昨天傍晚睡到日上三竿哪！」劉伯溫愜意地說：「可不是嘛！十來年沒睡過這麼好的覺了！家中床、太平覺，跑遍天下沒得找！」家僕嘿嘿憨笑道：「往後，這種太平覺老爺天天有得睡了。」

主僕正說著話，院子裡的門被人敲響了。劉伯溫奇怪地說：「我剛剛回家，應該沒人知道哇，怎會有客上門呢？」他好奇地親自打開院門，只見一個官吏隔著院門打揖問安：「劉大人吉祥！」官吏的身後，佇立著幾個差役，每個人手裡都捧著大小籠屜、食盒。劉伯溫好生詫異，回揖道：「大人吉祥！您、您這是幹什麼呀？」

官吏笑道：「皇上念劉大人初返鄉里，恐怕衣食等物一時難以皆備，特意賞賜早餐一席，令下官送到府上。劉大人您看。這是八寶粥，這是細麵饃，這是小籠包。」官吏邊說邊陸續揭開食盒蓋子，盒中立刻升起一團團的熱氣，裡面是剔透玲瓏的種種精緻食物。

劉伯溫大驚，呆愣一會兒才想到說：「謝大人！臣劉伯溫叩謝天恩！」

官吏揮手讓差役把東西給劉大人送到屋裡去。眾差役一溜煙捧著食盒入內。官吏再朝劉伯溫笑揖：「下官是東陽府主簿張義，劉大人需要什麼，只管吩咐。」

劉伯溫驚訝地說：「東陽離這兒將近百里啊！」官吏嘿嘿笑道：「不遠不遠。劉大人需要什麼，下官插上翅膀也得給大人送來。」

差役送進來的各色點心擺滿了餐桌。劉璉拿著一雙銀筷碰碰這、動動那，憂心忡忡地說：「父親，您別動，讓兒先嘗嘗。萬一有毒，您就亡命天涯吧。」劉伯溫不以為然地嗔道：「皇上如要殺我，大可不必這麼麻煩！你放心吃，我相信它們是恩典，不是毒物！」

劉璉小心翼翼地挾起一個包子，塞進口裡慢慢嚼著，劉伯溫卻抓過一個開花小饅一口吞進嘴裡！片刻，父子倆相視一笑。劉璉有點羞愧地讚道：「嘿嘿，味道好極了！」

劉伯溫得意自嘲：「瞧咱們過的什麼日子？坐在青田山莊，還能吃著京城小籠包子。」劉璉愜意道：「如果這就叫『種田自養，生死由天』，那我真願意天天如此！」劉伯溫感歎道：「皇上這人啊，一旦對你好，那真好得讓你樣樣舒服！嘿嘿嘿！」

早餐過後，劉伯溫拄著短杖，叫上劉璉一同去茶場看看。父子兩人漫步在一片茶林當中，放眼望去，新葉滿目，碧綠如煙，伸手觸摸，茶樹婆娑，蒼翠欲滴。劉伯溫隨手摘下一片新葉揉碎了，擱鼻下聞聞，表情陶醉。喚兒子：「璉兒，找茶農借個簍子來，咱們採些新茶，拿回去烘製了，泡茶喝！」

劉璉猶豫地說：「父親，自家揉製茶葉，那可費功夫了。」

劉伯溫微嗔：「咱們現在別的沒有，可有的是功夫！快去吧。」

劉璉應聲而去。劉伯溫繼續在茶林中徜徉。正逍遙悠然走著，一個官吏模樣的人，吊著一條傷臂，從小徑裡斜插過來。他擋在劉伯溫面前撲地而叩，嘴裡道：「青田知縣史正文，拜見中丞大人。」

劉伯溫的感覺是半路殺出個程咬金。他穩穩神，連忙笑揖：「哦，是本縣父母官哪，幸會幸會，伯溫有禮了。」

史正文道：「中堂大人承恩返鄉，下官愚昧，得知晚了，未能出縣相迎。請中堂大人恕罪。」

劉伯溫客氣地說：「豈敢豈敢。哎呀，快請起來。今後，伯溫就在大人治下謀生了。還望大人多加關照。」說著劉伯溫就上前相扶，不料觸及了縣官的傷臂，痛得他一個哆嗦，忍不住口裡呻吟起來。

劉伯溫忙問：「大人，這是怎麼了？」

史正文一聲長歎道：「叫惡奴們打的，打折了！」

劉伯溫怔道：「堂堂縣太爺，在自個兒地盤上叫奴才打折了膀子，這不是千古奇談麼？」

史正文窘迫地說：「下官也是羞憤不已，簡直沒臉升堂了！」

劉伯溫忍不住追問：「究竟怎麼回事？」史正文道：「三天前，下官在集市上看見一夥欺行霸市的刁民，便令衙吏上前斥責。誰知那些人非但不退，反而把本縣衙吏當街摔了個跟頭！百姓們見了，無不駭然。下官便令捕快拿人，將那動手的刁民帶回縣衙審辦。」

劉伯溫道：「做得對。」史正文憤憤地說：「不料當天下午，一夥惡奴就衝進府衙，砸了官案，搶走犯人，還把下官胳膊打折了。」

劉伯溫大驚：「他們什麼人，怎敢如此放縱？」史正文悲憤地說：「只能怪下官有眼無珠啊，從集市上抓來的那個刁民，名叫藍保玉，他是洪都侯藍玉將軍的義子，剛剛在城東買了宅子。」

劉伯溫呆立在那裡，心裡不是滋味。

史正文再度跪地，哽咽道：「下官身爲朝廷命官、青田知縣，竟然在自個兒地盤上、被自個兒的屬民如此欺凌！下官還有何臉面在此爲官？下官眞是生不如死啊！」劉伯溫頷首低聲道：「明白。」史正文泣道：「中堂是都察院左史，高風亮節，名重天下。也只有您，敢於糾彈皇公貴戚、文臣武將。下官叩求中堂大人做主。」

劉伯溫心裡也義憤著，他沉默許久，喟然長歎：「我現在無職無權，只是一介鄉間小民啊。」

史正文倒像在鼓勵他，殷切地說：「大人，您雖然承恩歸養了，可只要您一開口，誰敢不聽？」劉伯溫心情複雜地搖搖頭說：「我一旦開口，那就不是小民了！何況，我這次歸鄉，不但要做小民，還必須做個順民啊！」

史正文也是個明白人，一聽這話，不禁悲哀地垂首。劉伯溫繼續在茶場裡漫步，卻再也沒有了好心情，走在輕風綠葉中，步履卻是沉重難邁。

傍晚時分，劉璉在榻前鋪床。劉伯溫靠在躺椅上沉思。忽然間，劉璉一抖枕頭，那枕頭嘶啦一聲裂開個大口子。劉璉對父親苦笑道：「你看看，多年不用，連枕頭被子都快朽了！父親，明日我到集市上添置些。」

劉伯溫懶洋洋地應著：「你去吧！哦，到了集市要當心，別招惹是非。」

劉璉認爲父親過於謹慎，簡直有點小題大作的味道，不以爲然地說：「集市上能有什麼是非？」劉伯溫卻認眞地說：「有啊。藍玉的家奴正在青田鎭上稱王稱霸呢，把縣太爺都給打了！」

劉璉聞言震驚，正要問個究竟，聽見院門又被人咚咚敲響了。他把要說的話吞回肚裡，正要出去開門，劉伯溫卻起身道：「你別動，我去瞧瞧，八成還是那個縣太爺訴苦來了。」

劉伯溫親自跑出去打開院門，驚訝地發現又是一行差役恭立於門外，這一回手裡捧的是綢緞枕頭、錦緞被褥等物。爲首者笑揖：「稟劉大人，在下等是京城內務府的。皇上惦記劉大人，說大人初返鄉里，日用之物恐怕難以皆備，令在下給大人送些被褥和衣物來。這兩隻繡花枕頭，是皇后娘娘賜您的。嘿嘿嘿！」

劉伯溫受寵若驚，感動地說：「多謝皇上、皇后惦記，臣叩謝皇恩！列位辛苦了，請入內吃杯茶吧。」領頭的差役忙道：「不了！在下不打擾了，祝劉大人美夢如仙。嘿嘿嘿！」

眾差役揖別，家僕關上院門。劉伯溫抱著一大堆東西回屋，朝迎過來的劉璉道：「瞧瞧，正缺被褥枕頭呢，皇上就賞下來了！」

劉璉接過去，歡喜地說：「哎喲，還都是宮廷御用之物呢！父親，您聞聞看，薰過香的！」劉伯溫微笑道：「隔老遠我就聞著了。嘿嘿，都是皇上恩典哪！」

這一夜，劉伯溫躺在香噴噴的綿軟枕褥上，卻是怎麼也睡不著。他輾轉反側，如臥針氈，實在熬不下去，終於披衣起身，在堂間踱步。一個人輕輕地長吁短歎。好容易東方發白，劉伯溫推開屋門步入院中，伸胳臂踢腿扭腰，鍛鍊著自己酸軟的肢體。

劉璉揉著眼出來，說：「父親，你怎麼今兒起得這麼早哇？」見劉伯溫沒搭理，又道：「早晨倒是挺清靜的，今兒應該不會再賞什麼了吧？」

劉伯溫一怔，看一眼緊閉的院門那裡什麼動靜也沒有。便嗔道：「你還老惦著皇上賞賜呀？」劉璉辯解道：「我是被皇上賞怕了！他們回回從天而降，就好像在門外守著似的。」劉伯溫其實也為這些事煩惱著，卻不願意說穿，只道：「開門吧，出去走走。」

劉璉走向院門，手剛碰到門拴便縮回來，側耳再聽聽，外面真的絲毫沒有動靜，不禁自嘲道：「唉，我都有點不敢開門了！」劉伯溫給他壯膽，也給自己壯膽，大聲道：「開！」

劉璉拔掉門拴，先拉開半邊，朝外一看，不由失聲驚叫：「父親！」

劉伯溫聽見劉璉的叫聲就變了臉色，快步走到院門口朝外一看，不由大驚失色！他看見，四個官員領著十多個差役分列兩行，彷彿上朝似地恭立於院外。他們個個手捧著香燭、冥紙，豬、羊、牛、雞等供物！其中兩個官員還紮上了孝巾。

劉伯溫顫聲道：「敢問，列位幹嘛來了？」站在左邊的官員笑盈盈打揖道：「請問劉大人今日是不是要進山祭祖？」劉伯溫顫聲道：「是。」官員笑道：「皇上得知劉大人今兒祭祖，特賜香燭、冥錢、五供。」劉伯溫轉問右邊兩位紮孝巾的官員：「那您二位是——」那兩個官員笑揖道：「下官是太常寺祭司。皇上得知劉大人今兒祭祖，特令我等前來陪祭。」

劉伯溫瞠目結舌！

這天的祭祖活動搞得很風光，但劉伯溫卻一直心事重重。傍晚，劉伯溫與劉璉、家僕身紮孝巾，疲憊地回到府中。劉璉臨入前再看看外面，確信無人了，才急令家僕關門。

家僕匆匆關上院門，劉伯溫步履沉重的進入內室。他往躺椅上一倒，長吁短歎道：「璉兒，我們今日祭祖，皇上是怎麼知道的？」

劉璉等家僕退下後才道：「兒一整天都在琢磨這事。想來想去，只有一個可能。前天，我們在採茶時，父親您談到過今日祭祖的事。」劉伯溫費力回憶著：「不錯，可當時邊上沒什麼人哪？」

劉璉琢磨著說：「有幾個茶農。他們保不定就是什麼禁軍檢校！」

劉伯溫沉思不語，許久後歎道：「皇上如此賞賜，賞得人是心驚肉跳啊！」劉璉惶恐地低聲問：「父親，皇上到底要幹什麼啊？」劉伯溫嗔道：「自個兒動腦子琢磨，就只當是我死嘍！」

劉璉當真認真思考了一會兒，道：「兒琢磨著。皇上是要透過一日一賞告訴我們，你劉伯溫一舉一動都在咱掌控之中，你只能規規矩矩做順民，不可越雷池半步！」劉伯溫頷首道：「是有這個意思。不過，如果僅僅是這個意思，哪倒也簡單。我們收下賞賜，規規矩矩過日子就成了。唉，可我擔心不只如此啊。」

劉璉嚇了一跳，心驚地問：「那還有什麼？」劉伯溫用力道：「皇上在等我回去！」劉璉好像沒聽清：「什麼？」劉伯溫歎道：「皇上已經准我歸養了，天子一言，不能反悔。所以，就想用這些恩典，把我逼回京城去！唉，天子在上，恩便是威，威便是恩哪。」

劉璉難過地說：「父親，我們剛回幾天哪，您、您就要重回朝廷？」劉伯溫正色道：「不，絕不回去。我死也死在青田！璉兒，筆墨侍候。」劉璉匆匆布置妥當筆墨，問父親要寫什麼。劉伯溫道：「謝恩摺子。嘿嘿，我先準備好幾道謝恩摺子，恭候著皇上的恩典。皇上賞賜我一回，我就呈上一道謝恩摺。再賞賜一回，我就再呈上一道謝恩摺。反正我裝傻充愣，一個勁的謝恩，可就是不回京城，看皇上能把我怎麼樣！」

劉璉見父親像是賭氣的樣子，不由好笑道：「好好，您可得把敬畏之情寫得足足的！」

劉伯溫落座，揮筆疾書。

翌日是端午，又有人敲響了劉府院門。這一回劉伯溫早有思想準備，果斷上前拉開院門。果真有一個官員佇立門外，身後領著幾個差役。官員笑瞇瞇地說：「稟劉大人，端午節快到了，皇上賞您粽子六品，肥鵝一隻，各色點心四盒！」

劉伯溫讓進官員和差役，從懷中掏出一道謝恩摺，躬身揖道：「請轉呈皇上。劉伯溫在鄉間望北而叩，恭謝皇上天恩！」

在京城裡的皇上就這樣一次又一次不露面地賞賜下來，劉伯溫心裡的壓力卻越來越大。到後來，面對皇上以各種理由賞賜的酒菜，劉伯溫與劉璉常常相對而坐，愁眉苦臉，一口也吃不下去。兩人也不敢多說什麼，因爲家僕在牆角靜靜地佇立著。誰也不敢保證，家僕裡面就沒有皇上身邊人買通的眼線。

其實朱元璋自劉伯溫走後，也的確常常牽掛著他，甚至可以說是沒一日不想到他。他比往日更加心緒不寧，龍體欠安，但還是硬撐著處理繁雜的國事。這一日，他歪在榻上讀奏摺，二虎侍立於旁。朱元璋看一會兒歇一會兒，像是很隨意地問道：「二虎啊，中書省最近有什麼變化？」

二虎道：「據檢校稟報，胡惟庸已遷入先前楊憲的政事房。另外，楊憲所訂立的章程法紀也全部撤除，胡大人另行制定了新的章程法紀。」

朱元璋意義不明地一笑，問二虎：「如今，六部臣工到他們那兒說事，請坐拜茶不？」

二虎笑道：「如今有座、也有茶了。」

朱元璋歎嗔：「這就不如楊憲了！唉，李善長情況怎樣？」

二虎道：「據檢校稟報，李相主閣寬鬆，事事放權，各項政務均由胡大人說了算。李相只在摺子上簽個字。」

朱元璋不悅地哼了一聲，道：「李善長樂得不管事，而胡惟庸又格外樂意管事，這兩人倒是般配！瞧這，又是劉伯溫的謝恩奏摺，他現在怎樣啊？」

二虎道：「青田檢校們稟報，劉大人整日坐立不安，吃不下，睡不著，如處牢籠。」

朱元璋這才高興起來，哈哈大笑。快活地吩咐：「繼續賞他東西，讓他要啥有啥。」二虎應道：「遵旨，末將都安排妥了。」

朱元璋繼續閱奏摺，看看忽然皺眉道：「甘肅巡檢司上奏，說駙馬都尉歐陽倫的家僕，一個叫周保的，與巡檢司屬吏狹路相逢，不慎撞了車，雙方都受了傷。這件事言詞含糊啊，駙馬的家僕不在京城待著，跑到甘肅幹什麼？」

二虎含糊地回答：「甘肅府衙的檢校也有密奏上來，眼下事情不確，末將正令他們詳細探查。」

朱元璋白他一眼：「不管確不確，密奏上是怎麼說的？」

二虎低聲道：「密奏上說，那位巡檢不是撞車受傷，他已經死了。」

朱元璋震驚起身，厲聲道：「接著說！」二虎道：「據報，駙馬都尉歐陽倫違反朝廷的茶馬貿易禁令，派家僕周保去西北販茶牟利，被甘肅巡檢司查獲。周保仗勢相爭，最後打死了那巡檢司屬吏。皇上，末將正在令屬下詳細探查，或許甘肅府衙奏報的是實情。」

朱元璋怒斥：「或許？或許是甘肅府包庇駙馬爺，在向咱獻寵呢！立刻把歐陽倫叫來。快去！」

二虎慌慌張張走了。

且說朱元璋對李善長不愛管事不滿，李善長自然不知道這一點。他對胡惟庸的確非常放手，而胡惟庸對他也是忠心耿耿，兩人相處難得地默契，這一點，連朱元璋也不是十分清楚。

這一日在中書省自己的政事房內，李善長正與一位內臣弈棋。

胡惟庸輕輕進來，站在旁邊觀棋。再弈幾著之後，李善長忽然想起什麼似的，吩咐內臣：「老李，煩你到簽押房去一趟，替我把簿冊取來。」內臣起身走了，李善長這才問胡惟庸有何事。

胡惟庸附耳低聲道：「皇上把駙馬歐陽倫關進了大牢。罪名是違反朝廷的茶馬貿易禁令，並縱容家僕周保打死甘肅巡檢吏。」

李善長沉吟道：「歐陽倫認罪了麼？」胡惟庸道：「沒有，歐陽倫一口咬定，他對此一無所知。」李善長一笑：「那就沒事，皇上也不好對自個兒女婿用刑啊。關一陣子，就會把他放了。」

胡惟庸低沉地說：「不。皇上已經下旨，將那個殉職小吏連升三級，並要罷奪歐陽倫爵位俸祿，把他流放到甘肅戍邊去。」

李善長聽到這裡重視起來，驚訝地問：「區區小事，皇上爲何發這麼大的脾氣？」胡惟庸猶豫一下，輕聲道：「皇上疑心，這件事裡頭有官官相護，蒙蔽了皇上。因此，皇上才雷霆大怒。」

李善長小聲問：「我們有人牽涉進去嗎？」胡惟庸不情願地說：「只怕有一些。」其實他不是不想告訴李善長，而是不希望自己這邊有人牽涉進去，還抱有僥倖。

李善長忙問：「都有誰？」胡惟庸躬身道：「稟相國，您還是不知道爲好。」

李善長哪裡放得下心來，但也不好過多表示自己的焦慮，只用輕嗔的口吻道：「說一個我聽聽。」

胡惟庸惋惜地歎了一口氣，道：「比方說，甘肅省參知政事，李善信大人。」

李善長失聲驚叫：「我弟弟！」

胡惟庸頷首道：「相國啊。屬下仍然是什麼都沒說，您也是什麼也不知道。」李善長頷首，不知在想什麼，過了一會兒，突然正色道：「我是什麼都不知道！惟庸啊，這樣吧，你著人到牢裡探望一下歐陽倫，讓他明白，我們大夥都惦記著殿下！讓他當講的講，不當講的，一概不知！即使流放出京城，我們也能保殿下一路平安，三、兩月就回來。」

胡惟庸道：「知道了。」李善長吩咐：「還有，這個案子還在內務府吧？我馬上下個手令，把案卷調到刑部同時審理。你跟刑部打個招呼，讓他們務必依律審辦。要辦得嚴謹、妥當！他們應該明白吧？」

胡惟庸鄭重回答：「明白，嚴謹、妥當！」

李善長再想了一會兒，又關照道：「哦，還有個事。歐陽倫是長公主的夫君，你把歐陽倫獲罪的消息透露給她。長公主生母賢貴妃去世得早，皇后娘娘最疼長公主了。」

胡惟庸不禁微笑道：「屬下明白了！」李善長望著面前的殘局，歎息道：「這棋難下啊！雖然勝利在握，但是一步都不可大意！」胡惟庸笑道：「我把老李給您叫回來。」李善長點點頭。

歐陽倫的事不脛而走，很快在宮中悄悄地傳了開來。這一天，朱標為他的事匆匆走入奉天殿暖閣，他進門就掃了侍衛們一眼，所有的侍衛立刻就退下去了。

朱標一臉的憔悴，逕直走到朱元璋面前就跪下了，顫聲為妹夫求情：「求父皇開恩，放了歐陽倫吧！」朱元璋極少見朱標這樣，大驚道：「標兒，你怎麼了？起來說話。」

朱標起身，傷心地說：「兒臣剛剛從公主府上回來，大妹妹水米不進，已經絕食兩天了。」朱元璋驚斥：「這丫頭！唉，她怎麼這麼快就知道歐陽倫的事了？」朱標支吾道：「歐陽倫兩天沒回府，她一打聽，就知道了。」朱元璋怒氣沖沖地說：「標兒，歐陽倫不成器，循私枉法。咱不能寬縱！」

朱標道：「兒臣認爲，家僕犯罪，懲治家僕就是了，不至於流放駙馬呀！」朱元璋嗔責道：「沒有主子支使，那奴才敢那麼放肆嗎？何況，茶馬鹽鐵，屬於朝廷專營，歐陽倫竟敢縱容自個兒的奴才走私牟利，這事不重辦成嗎？」朱標仍然顫聲爲之祈恕：「父皇啊，大妹才三歲時，賢妃就去世了。您和母后一直疼她，兒臣只希望父皇看在妹妹的份上，依律查辦歐陽倫就是了，不要將他流放。」朱元璋歎道：「標兒，你心太軟。大丫頭跟你一哭，你就來替她求情了。」朱標一聽這話，以爲有了轉圜餘地，像孩子一樣期待地望著父親道：「父皇，您答應了？」

朱元璋沉默片刻道：「好吧，就依你吧。」朱標立刻興奮起來，說：「謝父皇！兒臣這就吩咐內務府，叫他們開釋歐陽倫。」朱元璋微嗔：「不！咱沒說要放他。咱只答應你依律查辦！」

朱標立時呆了，黯然而退。出了殿門，他躊躇了一會兒，就去乾清宮找母后。僕人告訴他皇后在御花園裡，他又匆匆忙忙趕到御花園。

馬皇后正坐在御花園裡修剪花叢，朱標像見了救星一般，站在她邊上苦著臉訴說：「母后啊，大妹妹已經絕食三天了，水米不進。她性子又倔，說駙馬不回府，她就不活了！還有，周保犯事，該殺該關都是周保的事，歐陽倫並不知情啊。即使牽涉到他，那也是馭下不嚴，依律最多是罰俸懲戒。父皇卻要將他流放戍邊，這不合《大明律》啊！」

馬皇后一聽這事也急了，埋怨道：「你爹就是這樣，脾氣一上來，六親不認！他雖然欽定了本《大明律》，自個兒卻不把它當回事，因爲皇上的話，句句都是律法呀！」朱標著急地說：「母后，大妹才三歲時，她的生母就去世了，是您一手把她帶大的。這事，您要不說句話，歐陽倫只怕性命難保，邊關萬里，罕有流犯能活著回來的呵！」

馬皇后直了直腰，起身歎息道：「標兒，你不該向皇上求情，你應該先來跟我說。現在他已經把事定下了，我還怎麼開口哇！」

朱標像孩子一樣叫起來：「父皇聽您的！劉伯溫歸鄉的事，父皇也是不准，最終還不是依您的麼？」

馬皇后苦笑道：「依是依了！可他心裡氣得很，老不樂意呢！」

朱標乞求道：「母后，大妹妹水米不進啊！」

馬皇后氣得跺腳：「朱家的人怎麼都這倔脾氣！唉！這樣吧，你找找李善長吧。就說我的意思，請他依律查辦。」

朱標不滿意地說：「您也這麼說？母后哇，父皇也是這句，這沒用啊。」馬皇后望著朱標，訓導他：「你覺得沒用，可對李善長他們有用。關鍵是看怎麼個用法！」

朱標這才有點醒悟，遲疑地說：「哦，兒臣這就去。」

京城這兒事情多，在青田鎮閒居的劉伯溫同樣不得安寧。每當院門被咚咚敲響，劉伯溫的心也會咚咚地跳得快起來。打開院門面對的就是皇上的賞賜，但這賞賜越來越令他心驚肉跳、不寒而慄。這一天院門再次被敲響的時候，劉伯溫覺得自己已經快要得病了。他步履無比沉重地慢慢移向院門，打開大門，他驚得目瞪口呆，只見夫子廟的燒餅師傅和鴨血湯師傅雙雙立於門外，面前還放著兩個巨大的炭爐子。

燒餅師傅笑道：「劉大人吉祥！奉朝廷吩咐，咱們給您送芝麻燒餅和鴨血湯來了！」

劉伯溫顫聲道：「你、你們為何把爐子也搬來了？」

鴨血湯師傅稟道：「朝廷吩咐，燒餅要用爐子烘著，湯要用爐子煨著，要不然會走味。咱們只好雇輛大車，連爐子一塊從京城運來了。」

劉伯溫從懷裡掏出捂有體溫的謝恩摺，手都顫抖了：「請兩位師傅轉呈皇上。臣劉伯溫在鄉間望北而叩，恭謝天恩！」

燒餅師傅連連擺手，驚道：「劉大人，您千萬別給摺子！這東西尊貴，我倆可呈不上去！您要是慈祥就多賞兩個大錢吧？」

劉伯溫窘道：「成、成。一人半貫吧。」鴨血湯師傅喜道：「朝廷吩咐，大人要是喜歡燒餅，我倆每五日給大人送一回。」劉伯溫怒叫：「罷了！我沒那麼多錢！這送到哪天是頭哇？」

芝麻燒餅和鴨血湯擺到膳房案上，一直等到涼透，劉伯溫與劉璉也沒有動一口，他們兩人苦悶地對坐著，不停地唉聲歎氣。許久，劉伯溫歎道：「璉兒，還是回京城吧？啊？」

劉璉生氣埋怨：「我們才回來九天哪，種下的葫蘆剛剛發芽。」

劉伯溫道：「葫蘆發芽跟皇上發怒相比，哪個更重要哇？我隔著八百里地都能聽見皇上心跳，聽見天子無聲的咆哮！」

劉璉沒好氣地嘟囔：「咆哮什麼呀？」

劉伯溫道：「普天之下，莫非王土，率土之濱，莫非王臣。我們無論走到哪兒，都在皇上的巴掌上。」

劉璉口氣軟下來，道：「我也受不了了！誰知道明、後天，還有什麼東西送來。我們好像成了老鼠，皇上好像是貓，在暗中盯著我們似的！父親，這日子也確實不能過了。」

劉伯溫長歎：「歸養歸養，欲歸無處，何以爲養？唉，璉兒，明天咱們就返回京城吧。」

第二日，劉伯溫和劉璉眞動身了。劉伯溫拄著短杖，劉璉背著包袱，兩個家僕也已收拾停當。他們一齊走到院中，望著那座靜靜的院門。劉璉先就緊張起來，轉頭問後面的劉伯溫：「父親，開門嗎？」

劉伯溫大聲道：「開！」

劉璉壯膽上前取下門栓，吱吱地推開院門，探望院外，歡喜道：「沒人！空空如也。」劉伯溫鬆了口氣，說：「好。總算沒人給我送東西來了。不，不好。」劉璉詫異，父親怎麼語無倫次，一會兒好一會兒不好的，是不是給一連串的事情搞糊塗了？「怎麼又不好了？」他驚訝地問。

劉伯溫苦笑道：「因爲皇上已經知道我們要回京了，所以，不必再賞賜了。」劉璉一怔，情不自禁地看看四周：「莫非，皇上昨夜就住我們屋裡？」

眾人無話，踏上旅程。未到石橋，就看見橋對面，吳風等四個侍衛已經靜靜守候在側，他們的旁邊停著一輛驛車。吳風注視著越來越近的劉伯溫，微笑了。迎上前道：「在下拜見劉大人。」

劉伯溫淡淡道：「吳風啊，辛苦你們了。來青田幾天啦？」

吳風笑道：「沒多久，昨天剛到這兒。」

劉伯溫這時候的口氣又恢復爲京城大臣了，笑著點他道：「好嘛！昨天到這兒，就知道我們今天返京！」

吳風笑著回答：「稟大人，燒餅師傅和鴨血湯師傅，就是在下拿車運來的。在下琢磨著，或許大人該回京謝恩了。」

劉伯溫譏歎：「聰明哪！禁軍檢校們，個個都像吳大人這麼聰明嗎？」

吳風笑道：「謝大人誇獎。在下覺得，弟兄們只怕比在下聰明得多。嘿嘿嘿，請大人上車吧。」

劉伯溫與劉璉上車，關上了門。吳風在車下稟道：「路上，兩位大人要是餓了，車裡有芝麻燒餅。」劉伯溫探首道了謝。劉璉卻探首嗔道：「餅子走味了，不吃！」吳風仍然面如春風，笑眯眯下令起程，驛車沿著山道朝京城馳去。

京城那邊的皇宮裡，多少人在爲歐陽倫的事情牽腸掛肚。從表面上看，最著急的人好像是朱標。這一日，他拿著一份奏章來到奉天殿的暖閣，先看看龍案，再將此奏章放到朱元璋最容易看見的地方。之後，就在案旁矜持地佇立等候。

不一會兒，朱元璋從屏風後步出，坐於案旁。他一眼就看見了朱標放上去的那份奏章，拿起來凝神細閱。朱標靜靜地等待，臉上閃過一絲微笑。

看了一刻，朱元璋臉上出現了驚訝的表情，輕輕說：「哦？看來歐陽倫是被人委屈了。」

朱標肅容道：「稟父皇，刑部已將此案的有關人員全部拿赴京城，一節一節追查下去。最終查明：周保得到歐陽倫恩准，前往甘肅省親。到家後，他發現所帶銀兩不足所需，就用所帶的茶葉換取銀兩，一共也只有五斤細茶，換了紋銀十兩。巡檢吏發現後，趁機敲詐，要周保拿出五十兩銀子私了。周保不堪忍受，就與那人爭吵，及至相互廝打起來，遂至激出人命。」

朱元璋一頁頁翻下去，點頭道：「唔，所有人的案供都在這兒。」朱標連忙說：「兒臣認爲，周保違法，並失手殺人，依律當斬。歐陽倫雖然不知此事，但家僕犯法，主子也有馭下不嚴之過，依律當裁奪爵位俸祿，請父皇聖斷。」朱元璋沉思著說：「就這麼辦吧，先讓刑部放歐陽倫回家。」

朱標立馬應道：「兒臣遵旨。」

朱標歡歡喜喜地走了。朱元璋再次閱看那份奏章，喟然一歎，起身踱步。二虎匆匆入內，笑道：「皇上，劉伯溫回來了，剛剛進宮。」

朱元璋頓時一笑，走出暖閣。他慢慢走下玉階，朝往上走的劉伯溫迎去。劉伯溫快步上前，長揖道：「臣劉伯溫叩見皇上。」朱元璋高興地問：「伯溫啊，你怎麼回來了？咱可沒召你回京啊！」劉伯溫恭敬地說：「皇上是沒召臣下，是臣下自個兒回來的。」朱元璋板起面孔道：「咱倆說好了的葉落歸根，種田自養，生死由天。你回來幹嘛？」劉伯溫道：「臣在青田度日如年，寢食不安，再也待不下去了。」

朱元璋嗔道：「幹嘛待不下去？咱賞你的東西不夠用？」劉伯溫坦率地說：「皇上的恩賞，比刀劍更鋒利；臣在家中養老，也比服刑都難過。」

朱元璋哈哈大笑：「咱只想讓你舒服，沒想讓你難過。哎，咱不光有恩典，也有的是耐心，原準備等你個三年五載的。」劉伯溫再揖道：「臣叩謝皇恩。臣在青田，整整、整整愚昧了九日，實在愧對皇上！後來臣總算是明白了，臣離不開朝廷，離不開皇上，臣還是回來的好。」

朱元璋又笑了，說：「不管你這話是真心還是委屈，只要你回來，咱都高興！嘿嘿！哎，待會兒見了皇后，你怎麼跟她說啊？」

劉伯溫一怔，立刻道：「臣向皇后娘娘謝恩時，一定把實情稟告娘娘，臣在青田孤苦伶仃，不勝寂寞，早晚都想念京城。最後只好自食其言，回來了，請娘娘恕罪。」

朱元璋笑道：「難爲你了！就這麼說吧。」劉伯溫捧出一隻錦盒道：「這是臣親手採製的苦丁茶，略表臣敬畏之心，請皇上賞收。」朱元璋接過去歡喜道：「苦丁茶呀？好、好，這茶苦中有甘，回味無窮。嘿嘿嘿，就跟人的心情一樣！是不是啊？」劉伯溫微笑道：「皇上明見。」朱元璋將茶遞給二虎，讓他立刻泡上。又忙著招呼劉伯溫：「伯溫啊，走！咱們到花園裡喝苦丁茶去。」

兩人來到御花園的涼亭裡，君臣對坐品茶。朱元璋殷切地說：「伯溫啊，你說你離不開朝廷。叫咱說，朝廷也離不開你呀。你走後，有人暗中高興，以爲拔掉了眼中釘、肉中刺，朝廷就是他們的了！」

劉伯溫歎氣，說：「看來，臣掌理都察院，得罪了不少臣工。」朱元璋卻道：「如果沒人肯做得罪人的差使，那朝廷還像朝廷嗎？早晚會成個安樂窩！伯溫哪，你仍然接掌都察院左史，加升太師太保，誠意侯。」劉伯溫道了謝。

朱元璋似乎了卻了一樁心事，滿意地望著劉伯溫，微笑沉吟：「『淮西勳貴』這個詞，是不是你發明的？」

劉伯溫吃驚不小，正色道：「不是！但臣知道，『淮西勳貴』這個詞兒一出來，立刻不脛而走，遍地流傳。既惹人煩惱，也遭人痛恨。」

朱元璋笑道：「咱喜歡！能讓勳貴們不安的事，咱都喜歡！伯溫哪，咱希望你嚴行執法，治一治不法動貴。」

劉伯溫沉重地說：「臣如果嚴行執法，只怕又有人攻忤臣是浙東黨。」

朱元璋突然厲聲道：「朝廷既沒有什麼淮西黨，也沒有什麼浙東黨。只有王道，只有君爲臣綱！」

劉伯溫一怔，高聲讚道：「皇上這話說得太好了。臣醍醐灌頂，如聞天籟！」

朱元璋看著他，微笑道：「是麼？這麼好的話，可知道是誰說的？」劉伯溫不知道朱元璋問此話何意，詫異道：「咦？是皇上您剛才說的呀！」朱元璋嗔笑：「不，是你劉伯溫說的！洪武六年七月十三日，你在致門生信稿中說的。哦，不好意思，咱順便要給你道個歉，你走後，禁軍侍衛搜查了貴府上。」

劉伯溫顫聲道：「敢問皇上，搜出臣什麼罪證嗎？」

朱元璋搖頭：「沒有。不過，搜出了你劉伯溫的高風亮節，大概還搜出了點高瞻遠矚吧！你呀，把遺囑都寫好了，後來又燒了！」

劉伯溫鄭重地說：「臣焚毀遺囑，是謂鞠躬盡瘁，死而後已！」朱元璋笑道：「是、是。等咱寫遺囑的那天，一定把先生請到病榻邊上，替咱執筆，讓它傳之後世。」

劉伯溫大驚，此話意味著朱元璋已視他爲不二忠臣，會與他終生信守。這可是責任千鈞啊！劉伯溫不禁動容，顫聲道：「皇上！」

朱元璋自然也有些動情，但他迴避著劉伯溫的眼睛，顧左右而言茶：「這茶苦哇！苦中又苦，苦盡甘來。咱這年紀的人喝它，倒挺合適的。」

劉伯溫聽懂了朱元璋的言外之意，顫聲道：「皇上啊，臣已經年老體衰，此生只有一個心願。臣死後，准臣葉落歸根，葬入青田祖塋。」他也用他的言外之意表達了他對一代君王的生命允諾。可謂一字千鈞！

朱元璋溫和地說：「眞到了那一天，咱讓太子撫靈，送劉先生榮歸故里。」

接著朱元璋就言歸正傳，向劉伯溫交代任務了。他道：「待會兒，咱叫人把一個案卷給你送去，著你複查一下。」

劉伯溫知道叫他複查的不會是一般人，問道：「臣可否問一聲皇上，此案牽涉何人哪？」

朱元璋道：「皇親國戚駙馬都尉歐陽倫！」

劉伯溫心裡一咯噔，又道：「臣可否再問聲皇上，爲何要複查？」朱元璋沉重地說：「因爲，刑部的結論做得太乾淨了！乾淨得讓咱懷疑。」

劉伯溫垂首，他已預感到此案的棘手，沉默品茶。

從御花園出來，劉伯溫又去了乾清宮。馬皇后見了他是又喜又驚，趕緊讓座。兩人就在桃花形的花梨木桌邊對坐，劉伯溫雙手捧上一隻精巧的錦盒，對皇后道：「稟娘娘，這是臣親手採製的青田茶，請娘娘暇中品嘗。」

馬皇后接過來微笑道：「多謝了。想不到你還會烘製茶葉。」劉伯溫道：「偶而爲之，清心解悶罷了。臣在製茶過程中，只覺得清香滿室，醺然欲醉啊！」

馬皇后苦笑道：「成了，別醉了！我好不容易讓你回青田了，皇上又把你逼回來了！眞是的，他把你我都耍了。」

劉伯溫卻道：「臣謝娘娘賞歸之恩。但是，臣後來反覆想過，這事，還是臣自個兒糊塗！」

馬皇后訝然：「爲何這麼說？」劉伯溫歎道：「臣有趨祥避禍之心哪！本想著遠離朝廷，逍遙世外。但皇上屢屢恩賞，讓臣再度品嘗到一盅苦丁茶啊！普天之下，莫非王土。威能殺人，恩也能殺人！像臣這樣的人，待在皇上眼睛能夠看到的地方，恐怕才是最太平的地方。」

馬皇后怔怔地看著劉伯溫，歎道：「這話算是說到家了。伯溫啊，昨天我讀了本閒書，書中有句話蠻有意思。說什麼『小隱隱於野，大隱隱於朝』。」

劉伯溫感歎道：「閒書不閒哪！人世間，多少辛酸苦辣，都擱在一個『閒』字當中！」

馬皇后眼睛亮亮地仔細琢磨著劉伯溫的話，笑道：「你是不是想回朝廷上來歸隱啊？」

劉伯溫並不掩匿自己的算盤與苦惱，說：「想！但臣苦命，想而不得。無論在朝在野，臣只怕都是無處可隱。皇上已經下旨了，令臣仍然接掌都察院。而且立馬塞給臣一個燙手的案卷。唉！」

馬皇后淡淡一笑，道：「讓我猜一下吧，大概是駙馬都尉歐陽倫一案。」

劉伯溫驚訝道：「娘娘！您、您怎麼知道的？臣可是什麼也沒說啊！」

馬皇后見劉伯溫有點大驚小怪的樣子，嗔道：「別緊張，你是什麼都沒說。是我自個兒猜出來的！」

劉伯溫苦笑長歎：「看來臣還是回來早了，要能再在山莊裡多賴幾日，那該多好哇！」馬皇后微笑道：「來得早不如來得巧。能臣嘛，走到哪兒都得踩在是非窩裡！」

劉伯溫起身揖別：「謝娘娘誇獎，臣該告辭了。」

馬皇后卻不急於讓他走，突然問他：「伯溫啊！你有女兒沒有？」劉伯溫茫然地回答：「沒有，臣只有二子。長子劉璉，次子——」
馬皇后打斷他：「可惜！女兒最親父母啊。長公主雖然是賢妃生下的，但她三歲就死了娘，自小可憐。是我把她養大的，她視我比親娘還親啊！唉。」
劉伯溫一怔，再次深揖：「臣明白了！」
胡惟庸一知道劉伯溫回來的消息，就來到李善長的政事房，李善長仍與老對手在下棋。胡惟庸輕步入內，旁立觀看，心中卻有點急不可待地要同李善長說話。
李善長的對手是乖覺的內臣，他弈下一著，主動道：「相國，我去把簿冊替您取來吧？」李善長不急不慢地注視著棋局，含笑道：「老李啊，你的棋力可是長進多了！去吧，麻煩你了。」
內臣離去後，李善長的眼睛仍然盯著棋局，嘴裡問：「惟庸啊，什麼事？」胡惟庸低聲道：「劉伯溫回來了，重新接掌都察院。」李善長卻說他已經知道了。他提醒道：「惟庸啊，人家走的時候，你沒去送送，這可有點失禮呀。現在人家回來了，是否該擺個宴席，給人家接風洗塵呢？」
胡惟庸笑道：「屬下當然願意，就怕劉伯溫不賞臉呀。」李善長道：「賞不賞臉是他的事！有時候啊，請人家吃飯，並不指望人家來，只是給人家一個拒絕的機會嘛。」胡惟庸一聽這話說得有意思，笑讚：「相國說得好。」李善長愜意地說：「你瞧這棋誰好些？」胡惟庸垂首細看了一回，道：「白佔優。但黑也有機會。」李善長愜意地說：「朝臣當中，唯獨劉伯溫的棋力與老夫堪稱伯仲。過兩日，我讓他見識見識我這套新布局。」
胡惟庸見李善長一味沉溺於棋道，心中有些著急，趕緊說到正事上：「相國，還有個事。皇上把歐陽倫的案卷交給劉伯溫了。」李善長果然警覺起來，說：「此案不是了結了嗎？歐陽倫也回府了。」胡惟庸氣急道：「皇上讓劉伯溫複審。」李善長怨怪地盯了胡惟庸一眼，氣嗔：「瞧你們把這事辦得！皇上起疑心了。」胡惟庸俯身輕聲道：「待會兒，屬下再去刑部安排一下。」

李善長搖頭：「我看不必了。劉伯溫已經回來了，現在最好什麼都不要做，靜觀其變。」胡惟庸想一想道：「也好。」

劉伯溫回到了督察院他原先的那間政事房內，他看上去平靜如水，其實心裡沉甸甸的。一回來就接手這麼棘手的案子，他告誡自己審案一定要縝密審愼。他慢慢翻閱著一頁頁案卷，同時傾聽兩位老監察御使的稟報：

此案所有證人，屬下全部審過了。與刑部的結論，大體上一致。

甘肅府衙六百里快馬呈報相關證物，經屬下查證，與案犯所供，件件都對得上。

劉伯溫合上案卷，平靜地說：「看來，歐陽倫案並無新的疑點。那麼我們——」劉伯溫沉吟不言，兩御使久久等待著。終於，劉伯溫道出：「結案吧！」

一天忙碌下來，劉伯溫回到府中。晚飯過後，天空中就電閃雷鳴的，劉伯溫父子兩人進了書房，兩人心裡都不清靜，劉璉望著窗外的雷雨，眼睛幽幽轉著，不知在想什麼。

劉伯溫苦惱長歎：「璉兒，皇上說得對，這案子做得太乾淨了。皇上直覺之敏銳驚人哪！歐陽倫案裡肯定有名堂！」劉璉仍然在看窗外的雨，有點心煩地說：「刑部已經審過，都察院複查也並無新的發現。您還想追究什麼呢？」劉伯溫道：「刑部嘛，歸中書省掌控。惟李相、胡相意旨是從。」

劉璉聽了這話，轉過身來道：「所以，父親您徒勞無益，查不出來的。萬一查出什麼來，豈不更難辦嗎？兒建議，還是據實稟報皇上吧。」劉伯溫愁眉苦臉地說：「也是啊，皇后也有這個意思。長公主三歲就死了娘，是皇后養大的。唉，鬧不好，我會把皇后都給得罪了。」劉璉急得聲音都發顫了：「父親，皇后娘娘待咱們，可是恩重如山哪！」

劉伯溫頷首無言。這時，外頭響起一連串驚天動地的雷鳴，聲音沉悶可怕，兩人的面色都為之倏然一變！

密急的雷聲剛過，外面就下起了嘩嘩嘩的大雨。雨聲中，竟有人敲門，開門一看，是宮庭內侍，駕了車來接劉伯溫，說皇上等著要見他。劉伯溫看了劉璉一眼，什麼也沒說就上了馬車。到了奉天殿的暖閣，朱元璋正著急地朝外面張望。送審的案卷已擱在龍案上了，見劉伯溫進來，朱元璋立刻顯得很平靜的樣子，手執癢癢搔插在後脖子梗裡，一邊搔癢癢一邊踱往案邊。劉伯溫施禮問安後，恭敬立於一旁。

過了會兒，朱元璋抽出癢癢搔，啪地一聲敲在案卷上，沉沉地問：「伯溫啊，你自個兒相信這結論嗎？」

劉伯溫猶豫地說：「臣不相信。但是臣無能。都察院查了半個多月，查不出疑點。所以不相信也得相信。」

朱元璋抓住話中蹊蹺，道：「慢著，先說說你為什麼不相信。」

劉伯溫沉吟道：「這只是臣的直覺。臣歸養青田的第二天，也碰著一件動貴家僕傷人的事，要比這更厲害。被打的是朝廷命官，青田知縣史正文。打他的，則是藍玉的義子藍保玉。那位史大人被打斷一條胳膊，無處伸冤，只能跪在臣的腳邊，求臣為他做主。請皇上想想，一個堂堂的知縣，在自個兒地面上被自個兒的屬民打成斷胳膊，還無處伸冤。由此可見，勳貴們還有什麼事做不出來呢！」

朱元璋一驚，嚴厲地說：「劉伯溫，史正文的事先擱下。令你繼續追查歐陽倫，務必查出眞相！」

劉伯溫低沉地說：「稟皇上，容臣說句掉腦袋的話，這眞相就不必查了。因爲，如此調查等於讓他們自個兒查自個兒。如果查出了連皇上您都不願意看到的事，那不是更難辦嗎？」

朱元璋聽得更驚，卻狠狠盯了劉伯溫一眼，厲聲道：「什麼事？說！」

劉伯溫少見的激動，道：「臣並不知道會查出什麼事來，臣只感覺到裡頭有事。臣記得小時候捉蛐蛐，那蛐蛐跳到洞裡去了，臣就伸手掏啊掏，結果掏出一條銀環蛇，一口咬到臣的胳膊上，臣差點死了！從那以後，臣學到一條教訓，不知道洞裡有什麼，根本不要去掏！同樣的道理，如果不知道會查出什麼來，那就根本不要去查！」

這番話讓朱元璋震動，半晌才道：「咱明白你的意思了。你不想跟中書省作對，是吧？」

劉伯溫垂首，顫聲道：「皇上聖見。」

朱元璋怒嗔：「可你知道咱最恨什麼嗎？一個做皇上的，最恨臣下欺君，最恨被人蒙在鼓裡！照這樣下去，究竟誰是皇上？」

劉伯溫顫聲道：「臣明白。」

朱元璋道：「劉伯溫，你拼盡全力去給咱查吧。無論查出什麼來，都別怕，咱都支持你！但是，如果你參與遮掩，敷衍了事，那等著你的就不是什麼銀環蛇了，是咱！是咱的天子劍！」

劉伯溫眞沒想到朱元璋的態度會如此決絕，這可是他疼愛的女兒的丈夫啊，他呆了片刻，其實是在調整、冷靜自己，終於道：「好！臣領旨。但是，臣在京城裡已經查不出什麼來了，臣請求離京密查，第一站就是甘肅府。」

朱元璋大聲道：「准！」劉伯溫又道：「臣還請求調派一批幹員，隨臣出行。」朱元璋又道：「准！朝廷上下，京城內外，你看上誰就可以調誰。」劉伯溫沉聲道：「臣看上了皇上的禁軍檢校！」朱元璋驚訝了：「檢校？你怎麼知道這批人的？」

劉伯溫苦笑道：「臣已經領教過他們的厲害了！稟皇上，他們確實是一批傑出的鷹犬。臣如果有了他們，定能把眞相查個水落石出。」

朱元璋久久沉默著，終於高聲把二虎喚進來。他正色吩咐二虎：「把全國的檢校名冊，向劉伯溫公開，任他隨意調用。」二虎大驚失色：「這——」朱元璋嗔斷：「帶劉伯溫去！」

劉伯溫隨著二虎進入了內廷的一間密室。傾盆大雨密一陣稀一陣地還在下。天空中雷聲隆隆，電光直閃。一道電光照耀在陰暗的密室中的一張闊案上。二虎在那上面緩緩攤開一幅巨大的圖譜。這圖譜像一株百年巨樹，基幹是皇宮，樹葉們則朝四面八方伸展，伸向西安府、成都府、杭州府、安北鎭、西寧衛直至大明各處邊關，而每片葉子上，都有一位檢校姓名。

劉伯溫驚歎了：「連大都城裡的燕王府，也安插了兩位檢校？」二虎沉悶地說：「是。」劉伯溫問：「燕王知道嗎？」二虎道：「燕王不知道，兩位檢校互相之間也不知道。」

劉伯溫問：「如果燕王察覺了呢？」二虎道：「一旦被察覺，檢校們立刻會引罪自盡。」

劉伯溫不禁大駭。他接著再看，失聲驚叫：「怎麼？我府上老何也成了你們的檢校？」二虎道：「他是九品檢校，剛被錄用。」劉伯溫感歎：「難怪我在青田的事，你們件件知道。唉，老何可是跟了我十多年啦！」

二虎歉意地說：「請劉大人見諒。」

劉伯溫繼續觀看。他的心痛苦得縮緊了。眞可謂天網恢恢，疏而不漏。這些檢校眞是太厲害了，也太可怕了。他預測，將來，這幫人會更加厲害，更加可怕！國家的許多大事件，大變故，都將與他們相關！

第三十四章

查駙馬伯溫強行權
慶萬壽皇帝義滅親

劉伯溫乘坐的馬車隆隆向京城馳來，濺起一路風塵。檢校吳風等人風塵僕僕地策馬跟行在車後。此一時也彼一時，如今他們都成了劉伯溫的下屬與隨從。

馬車馳近京城，劉伯溫在車中望見李進著一身鮮亮官服，溫良地立於路畔等候。劉伯溫讓馭手停車。他拄杖下車朝李進走去。李進急忙上前揖道：「晚輩李進，拜見劉大人。」

劉伯溫記得李進放的是外差，以為李進也是奉旨進京來的，就問李進在這兒幹什麼？李進說是奉旨迎接劉伯溫返京。劉伯溫詫異道：「奉旨？哦，你調回朝廷來了？」

李進笑道：「是，半年前，皇上下旨，令臣擔任文華殿侍講。」劉伯溫感慨地說：「那你就是皇上近臣了！看來，這半年裡朝廷變化不小呀。」

李進道：「皇上惦記劉大人。吩咐，『讓劉伯溫悄悄地回來，不要讓人知道。』」

劉伯溫微笑頷首：「明白。隨我上車吧。」

李進攙扶著劉伯溫上車，恭敬地說：「劉公，半年不見，您老多了。」

劉伯溫艱難地登車，歎道：「腿腳已經不行。如今我是日薄西山，過一天少一天哪。」

車子進了皇宮，李進扶著劉伯溫沿殿道走向奉天殿。劉伯溫胳臂下夾著個錦包兒，他左右望去，只見殿角、簷下、門畔佇守著多個侍衛。不禁一歎：「宮裡又添了侍衛？」

李進低聲回答：「是。」劉伯溫沉吟：「皇上好麼？」李進點點頭說好。劉伯溫又問皇后好麼？李進又說好。劉伯溫顯然不滿意李進那麼簡潔的回答，微嗔：「那有沒有什麼不好的？」李進沉默片刻，仍然平靜地回答：「都好。」

李進將劉伯溫扶進奉天殿的暖閣。朱元璋讓劉伯溫對坐。他掩飾著內心的激動，微笑地打量著滿面滄桑的劉伯溫，親切地說：「伯溫啊，讓你受累了。唉，你看上去可老多了。」

劉伯溫苦笑道：「李進看見臣，也是這麼說的。」朱元璋道：「咱記得你今年才五十三歲嘛。」

劉伯溫道：「臣命苦，老得快。稟皇上，臣此次出行，耗時六個半月，巡查過四省九府二十三縣。歐陽倫一案，臣基本查清楚了。這是臣的奏章，呈皇上御覽。」劉伯溫說著把那隻錦包擺到案上，一層層打開，現出足有兩寸厚的奏稿。

朱元璋驚訝盯著它，片刻後歎道：「從沒見過這麼厚的奏章啊！等咱回頭再看吧，你先撿要緊的說給咱聽聽。」

劉伯溫沉痛地說：「駙馬都尉歐陽倫，違反朝廷茶馬禁令，利用職權指使其家僕私販茶、鹽至甘陝邊境，再從邊外購買馬、羊，販至內地。僅這一次，他們一進一出，就賺取白銀二百九十六萬兩。甘肅巡檢司屬吏發現後，家僕周保將他殺人滅口。與此案有關的供詞證物，都在奏章裡載明了。」

朱元璋勃然大怒：「歐陽倫這混賬！膽大包天哪，咱非砍了他不可！」

劉伯溫道：「事情到此，本可以結案了。但臣心有疑惑，爲何區區一個家僕，能帶著如此巨大的一支商旅，通關過隘，暢行無阻？難道各地的軍鎮、城關、哨卡都是虛設的麼？於是臣隨著周保販運之路繼續追查下去。結果發現，周保僅僅是一個線頭罷了。在他身後，有一張遍布南北八省十九府的網路。從京城六部到邊關鎮衛，都有人參與其中，助其走私，分享贓銀。涉嫌三品以上大臣五人，七品以上文武二十八人，總共三十三位朝廷命官。臣估計，涉嫌者可能更多，但臣實在是查不動了。」

朱元璋瞠目結舌，面色如鐵，久久說不出話來。好半天才顫聲問：「三十三人當中，有多少淮西勳舊？」劉伯溫垂首道：「稟皇上，全部都是淮西勳舊！其中有十多位是皇上義子、義侄，還有義孫。」他頓了頓，仍然不看朱元璋，歉意地顫聲說：「臣給皇上添麻煩了。」

朱元璋目光呆直，頹然往後倒在椅靠上，咬牙切齒地說：「咱已經奪了他們的免死鐵劵啊，怎麼還敢這樣放肆？」

劉伯溫道：「剝奪免死鐵劵，確實是個震撼，他們已經收斂多了。但是人有賢愚，物有良莠，不可能事事盡善啊。從那以後，他們在京畿附近安分守己，可只要回到外省任所，唉，就以為皇上看不見了。」

朱元璋心如刀鉸，暴跳如雷，怒叫：「難道都得讓咱盯著？朝廷上下有律法，頭上三尺有青天，他們就不怕天譴雷劈！」他眼睛紅紅地瞪著劉伯溫，好像劉伯溫就是那些個犯事的勳貴。

劉伯溫沉重地歎息，道：「再嚴厲的律法也要靠人執法啊。如果執法者寬縱，守法者自然荒疏。再說，只要一大堆銀子擱邊上，眼睛也容易花嘍。唉，人心是軟的，銀子是硬的。」

朱元璋歎道：「這咱明白，咱太了解這幫義子、義侄了！他們誰不是出生入死，天不怕地不怕的？要做起壞事來，一樣膽大包天！光靠俸祿，那蓋不起豪宅大院，也娶不了三妻四妾。凡有這些東西的，哼，肯定有不義之財！」

劉伯溫點頭，深表贊同。

朱元璋突然想起，說：「哦，對了。你剛才還提到什麼義孫，咱沒認過義孫！」

劉伯溫詼諧地說：「皇上義子再認義子，不就是皇上義孫麼？據臣所知，洪都侯藍玉年方三十五歲，但拜在他門下的義子已經有一千多個了，其屬下百總以上的將士，個個姓藍。」

朱元璋怒罵：「混賬東西！」

劉伯溫道：「請皇上息怒。臣斗膽以爲，皇上是靠義子義侄、義兄義弟奪取天下的，將帥們自然也會仿效。而義子們爲父帥打仗，往往也更爲勇猛。比如說藍玉統兵戍邊，他所鎮守的九處城關，堪稱北境中最安穩、最強大的，只要藍玉出行，境外蠻騎們無不望風而逃。」

朱元璋手撫奏章，沉重地歎息道：「唉，柱國大臣當中，最高涉及到誰了？」

劉伯溫思索著說：「李相之弟，甘肅參政李善信；湯帥外甥，紫荊關守將吳少明；此外，徐帥舊部也有幾人。」

朱元璋道：「這件案子，你認爲朝廷應該如何處置？」

劉伯溫正色道：「臣只負責查案，還沒有想過處置的辦法。」朱元璋不滿地嗔道：「可能嗎？難道你回京路上，坐車裡打瞌睡？」

劉伯溫支吾：「臣，只想著該如何向皇上呈報案子。沒想其他。」

朱元璋冷冷地瞥他一眼，道：「伯溫啊，你帶回這麼大個事，能躲得開嗎？」劉伯溫爲難地說：「臣以爲，處置辦法只能由皇上欽定，臣下不得擅言。」

朱元璋沉默片刻，冷冷再嗔：「劉伯溫，你就當你屁股下是龍座，你這會兒就是皇上。」劉伯溫驚得跳起，顫聲：「皇上！」朱元璋板著臉道：「現在可以說了吧？」

劉伯溫考慮再三，終於道：「臣以爲，此事太過重大。往下看，不過是違法害民，往上看，則損害皇權與天威！臣冒死進言，擇時改組中書省，以弱其勢。因爲，只要在朝廷六部及各省府之間，隔著一個中書省，下面就自然會把中書省意旨，視爲皇上天意。此外，盡速削奪功臣勳貴、尤其是義子義侄們的兵權，使之還鄉恩養。因爲，功勳們只有先成爲平民百姓，才可能慢慢地學會循規守矩。總而言之，要麼不處置，要處置就必須從根上處置。」

朱元璋輕聲道：「多謝。回去歇息吧。」劉伯溫揖退，拄杖而去。

朱元璋面對厚厚的奏章，像一座沉默的山峰那樣地呆定不動。

劉伯溫回到家中，劉璉已經叫家僕準備了一隻熱氣騰騰的水桶，劉伯溫換下髒衣服，踏進水桶，仰面泡在熱水中，長吁短歎，愜意至極。

劉璉笑瞇瞇端著茶具入內，斟茶奉上。劉伯溫接過熱茶，一氣飲盡，長歎道：「璉兒，朝廷又要起波瀾了，你準備應變吧。」

劉璉好容易盼到父親回來，沒想到首先等來的是這麼驚人的消息，他惶恐不安地問，「這回，這波瀾能厲害到什麼程度？」劉伯溫斷然道：「人頭落地！皇上定會讓一大片人頭落地。」

劉璉駭然。不由爲父親擔心：「父親啊，臣工們會不會有流言蜚語，說『劉伯溫剛剛回來，就激起一大片人頭落地！』繼而把怨恨轉移到您身上？」劉伯溫淡淡地說：「他們肯定會有流言蜚語，因爲是我把禍事帶回來的嘛。他們也肯定會怨恨我，因爲，他們總不能怨恨皇上吧？」

劉璉心情沉重，看看瘦弱的父親，他不忍再把這個話題說下去，只能婉言安慰：「父親爲皇上立了這麼大功勞，皇上定會獎賞您，更加重用您。臣工們如有流言蜚語，父親大可不必在意。」

劉伯溫沉默一會，苦笑道：「璉兒，你對皇上還是了解不夠哇。作爲皇上，今天可用我的臂膀去懲治那些不法勳貴，明日，也許又會用我的人頭去撫慰另一批功勳部舊。」

劉璉更爲痛心驚駭，簡直有點恨鐵不成鋼的情緒，埋怨父親道：「那您還如此賣力！幹嘛不留條後路呢？」

劉伯溫苦笑道：「說得不錯，父親是想留來著，可皇上不讓我留！再一個，我活到這把年紀，對生死榮辱也淡漠了許多。此次出行，把歐陽倫查出來時，我已經可以向皇上交代了。之所以再追查下去，已經不是爲了向皇上盡忠了。」劉伯溫閉上眼睛。劉璉愕然：「那爲什麼？」

劉伯溫閉著眼睛，從某種程度上來說，他此刻正陶醉在自己的意境裡。他明白，那是一個唯有少數人才能眞正抵達的意境。他告訴兒子說：「天良。父親讀了一輩子書，到老才發現，所有詩書子集都在傳承一個道理天良！」

這下輪到劉璉自慚形穢起來，父親用這麼平淡的口氣，表達的卻是這麼無私偉大的胸襟！他敬佩地看著閉目泡澡的父親，眼裡有些濕潤。他立了片刻，悄悄步出屋門，輕輕關上房門。片刻，那房門砰地又推開了，劉璉探頭高聲說：「不，父親。皇上不會在這時候大開殺戒的！」劉伯溫淡淡地問：「爲什麼？」劉璉道：「一個月後，就是皇上的五十萬壽。皇上要是這時候大開殺戒，豈不是用功動部舊的人頭在爲自個兒做壽麼？」

劉伯溫猛地從水桶裡坐起，顧不得水濺到地上，驚叫：「哎喲，五十萬壽！我竟給忘得乾乾淨淨。璉兒，你說得對，皇上不會在這時候大開殺戒的。五十萬壽，也正好是大明開國十年啊，定然要普天同慶！哎喲！」劉伯溫又驚叫一聲，呆在那裡。劉璉以爲又有什麼驚心之事，顫聲問：「又怎麼了？」劉伯溫歎道：「壽禮呢？咱們準備了麼？」劉璉搖頭說：「沒有。」劉伯溫絕望地倒在浴桶裡，發愁道：「這可壞了，你趕緊想想辦法吧，不能老指望我！」

劉璉應諾著關上門。劉伯溫沮喪長歎，自語：「也不能說沒壽禮，咱不是給皇上獻上一大攤禍事了嗎？唉！」

劉伯溫帶回來的奏章，朱元璋通宵達旦地連著看完了。他讓朱標拿回去好好閱讀。自己累得靠在軟榻上，身累，心也累。正在閉目養神，朱標捧著那摞厚厚的奏章入內，輕輕放回龍案。顫聲叫了聲父皇。朱元璋睜開眼，看了看兒子，問：「都看完了？看這麼快呀？」

朱標慚愧地說：「兒臣都看完了。眞是想不到哇！」

朱元璋看看他的臉色，問：「有何感想啊？」

朱標跪了下來，說：「兒臣要向父皇請罪。駙馬歐陽倫之事，兒臣昏昧不明，曾經一力保他。」

朱元璋直了直身子，提起精神道：「標兒啊，你是有點昏昧，可你，比昏昧更嚴重的是心善！小民應該心善，可是爲君者如果心太善，那他必然心太軟。爲君者第一條，既不是心善，也不是心狠，而是心明！」

朱標看上去心悅誠服，道：「兒臣領罪。」朱元璋拍拍他，讓他起來，坐到自己身邊。

朱標起身，靠著朱元璋坐了。朱元璋憐愛地說：「標兒，你是太子儲君，大明這片江山，早晚要交到你手裡。別忘嘍，中華第一個全國性王朝是秦，秦可是二世而亡的！」

朱標聽了這話駭然一震，顫聲道：「父皇，兒臣擔心承擔不起大業。」

朱元璋厲聲喝斷他：「絕對不許這麼說！大明江山，必須千秋萬代傳承下去！標兒，你甭擔心，有爹呢。爹會把貪官污吏、驕兵悍將們清理乾淨，把江山打造得齊齊整整地交到你手裡。你呢，選幾個忠心耿耿的柱國大臣，再依靠著你的親兄弟秦王、晉王、燕王他們，足可以安內攘外，做太平皇帝。」

朱標沉重地說：「兒臣記住了。」

朱元璋看看奏章，問：「這件事，你覺得應當如何處置？」

朱標沉思著說：「兒臣贊同劉伯溫所見，擇時改組中書省。此案，刑部之所以參與遮掩，概因遵照中書省意願行事了。中書省上承天子，下馭六部三院，統理各省軍民，這權力確實過重了。」

朱元璋頷首。朱標又道：「功臣勳舊多為開國將領，他們自恃功高，斷不願意主動退養。父皇如要他們放棄權位，一定得把恩給足嘍，威到位嘍，方能使他們承恩而謝，知威而懼，歸養鄉里。否則的話，兒臣擔心激起兵變來。」

朱元璋眼睛亮起來，誇獎道：「有見識！」

朱標受了鼓勵，又說：「兒臣還建議，父皇在萬壽節後再厲行整肅。這次萬壽節，既是父皇的五十大壽，又是大明開國的第一個十年。雙喜臨門哪，應當舉國歡慶，大展大明新朝的豐功偉勳。並藉此封賞百官、親貴、勳舊，之後再勸其退養。」

朱元璋沉默凝思，未置可否。

朱元璋這裡在議論改組中書省的事，而中書省的李善長和胡惟庸對此卻一無所知。中書省的政務可謂進行得轟轟烈烈，每星期有兩、三個清晨，各部院大臣都彷彿上朝一般排立在中書省大院內，傾聽丞相訓政。

這一日胡惟庸訓政時，照例立於一尊燦爛的高案後，氣勢不凡地侃侃而談。而李善長則背手在旁邊廊道踱步，傾聽，顯得淡然從容。

胡惟庸道：「皇上五十萬壽，又恰逢大明開國第一個十年。天子的壽辰和國家的壽辰擱到一塊了，這可是幾千年罕見的大喜事！為此，中書省詔示各部院、省府、五軍都督府，為迎賀聖君聖壽，務必辦好以下九項大事。其一，即刻加強京畿地區治安駐防，禁城九門以內晝夜巡查，確保京城太平吉祥，路不拾遺，夜不閉戶；其二，各省府州縣，著即備辦聖節壽禮，並組織文武功臣、本省賢達等三十人為賀壽團，由該省平章政事領隊入京賀壽；其三，駐守九邊防地的各鎮、衛、標、營，即刻取消省親休假，召回所有將士到位駐防，確保邊境平安；其四，奉旨，今年各省未完納的稅賦糧銀，皆承恩豁免，以富民生。其五，著各省盡速清點在押獄犯，呈報刑部核准，以備大赦。」

胡惟庸說話時，眾臣肅立聆訓，唯有李善長踱來踱去的，一次踱到廊道的盡頭，他沒有轉回來，而是繼續往前，拐彎消失。

胡惟庸瞥見了李善長的離去。他一訓完話，立刻趕到李善長的政事房去。李善長正在伏案揮墨，胡惟庸入內，笑道：「相國，皇上萬壽節的操辦事項，屬下已經布置下去了。屬下還嚴告各部院，從即日起，中書省每日都要督促檢查。」

李善長擱筆道：「好好。你那番訓令，我都聽見了，甚為妥當，周全。皇上會滿意的！」胡惟庸謙遜地說：「相國何不給臣下們交代幾句，也好讓他們倍感敬畏。」李善長笑道：「咱倆不是有分工嗎？我專門侍候皇上，你只管打理下面。如此上下協作，各司其責嘛。」

兩人快意大笑。

胡惟庸躬身道：「屬下謝恩公信任！」李善長看一眼屋門，胡惟庸趕緊上前將門關閉。李善長放低聲音道：「劉伯溫離京巡查四省九府，現在回來兩天了，皇上對這事隻字不提。惟庸啊，你估計這是爲什麼？」

胡惟庸思索片刻道：「屬下估計，劉伯溫不會有太大收穫。」

李善長微嗔：「沒收穫會在外頭待半年嗎？他肯定查出些犯事的人來了！惟庸啊，咱們要當心了。皇上一言不發，只有兩個可能，一個是皇上還沒想好懲治辦法。再一個，恐怕是要在萬壽節之後再行整治。」

胡惟庸問：「但是，皇上會懲治哪些人呢？」李善長道：「不知道。而且，我勸你也不要打探消息，還是那句話，是福不是禍，是禍躲不過。我們沉著自信地辦好自個兒的差使，這是最妥當的辦法。」

胡惟庸道：「屬下明白了。」

李善長忽然笑望著胡惟庸，問：「你打算給皇上送些什麼壽禮啊？」

胡惟庸微笑道：「屬下有一塊祖傳的田黃石，價抵千金。屬下打算雕一方壽章獻給皇上。」李善長道：「田黃石好，不是金玉又勝似金玉！皇上這人啊，崇尚儉樸，討厭奢華，對奇珍異寶之類的東西總有點疑心。你跟下面人打聲招呼，千萬不能借萬壽節名義搜刮民財。皇上最恨這個了！」

胡惟庸道：「明白。相國您送點什麼？」李善長示意案上：「這不正準備著嗎？我什麼東西都不送，只給皇上送上幾條國富民強的政績。」

胡惟庸笑讚：「高明！」李善長愜意地說：「中書省左丞相，定然是萬壽節司禮，皇上會讓我替他主持那天的儀式。皇上風光嘍，我們大夥就都風光嘍。因此，這次萬壽節，我們一定要辦得熱鬧、吉祥。聖君造聖世，聖世出聖君嘛！讓皇上狠狠地開心一回。」

胡惟庸笑道：「屬下定當竭誠效力！」

中書省很快擬定了萬壽節的操辦事項，合共九款，送到奉天殿後，李進立刻呈送皇上御覽。

朱元璋接過去，凝神閱看，神色愉悅地說：「唔，想得蠻周全嘛。告訴他們，操辦壽節不必這麼鋪張，萬壽臺、蓮花池什麼的可以去掉。還有，內外臣工敬呈聖節壽禮也須從簡，咱不在乎東西，在乎他們有一顆忠直孝敬之心。」

李進微笑道：「皇上這話，只怕會讓臣工們為難了。」朱元璋詫異地望了李進一眼，問：「為何？」

李進直言：「皇上要求臣工們從簡，這是皇上聖明。但微臣覺得，臣工們不會從簡、他們也不敢從簡。因為，他們擔心壽禮輕薄了會有負聖恩、褻瀆天威。而且他們還擔心，萬一自個兒敬獻的壽禮輕薄了、別的臣工送的厚重了，可怎麼辦呢？豈不是更顯得自個兒沒面子了嗎？」

朱元璋哈哈笑道：「不錯，這確實是他們的心思。」

李進再道：「送禮好像考狀元，臣工們都會琢磨皇上喜好，相互比試，都想爭個頭彩。所以，皇上越是提倡從簡，臣工們恐怕越是左右為難，及至坐立不安，最後都不知該敬獻什麼樣的壽禮了。」

朱元璋沒想到會出現這樣的情況，自己倒為難了，沉吟著問：「唔。李進啊，那你說咱應該怎麼著？」

李進道：「微臣以爲。皇上眞要從簡的話，就要給臣工規定從簡的辦法，明令執行。」

朱元璋正視李進，認眞地說：「你現在就給咱擬出幾個辦法，讓咱聽聽。」這下李進心怯了，苦著臉道：「皇上，微臣豈敢。」

朱元璋嗔道：「聽著。首先，你把微臣的『微』字去掉，直稱臣。大夥都是臣工，就沒有什麼微不微的。再者，無論你有何見解，只管大膽說。咱在你這個年齡都帶幾十萬兵了，你怕什麼？甭怕！」

朱元璋一番貼心的鼓勵，讓李進心裡踏實了許多。一踏實，他的思維立刻敏銳起來，他邊思索邊說：「臣遵旨。臣以爲，皇上不妨明令臣工幾條。比如：一、敬獻壽禮所值不得超出十兩銀子；二、七品以下官員只需敬獻賀詞賀幛即可；三、三品以上文武臣將除賀詞賀幛之外，可另呈奏章一份，將自個兒追隨皇上赴義以來的歷程，做一次回顧自查。比如，爲將是否忠勇？爲臣是否廉潔？爲官是否守法？爲人是否合乎聖賢之道等等。臣以爲，如此這般，則能彰顯出君聖臣賢，既合萬壽之慶，更符盛世之象！」

朱元璋沒想到李進能講出如此精闢的見解，連聲誇獎：「好好！尤其是回顧自查這一條，眞是太好了！虧你想得出來，咱正想讓有些人反省反省呢！嘿嘿！李進，你把你說的那幾條，擬個奏摺呈上來，咱看後即著中書省頒發遵行。」

李進興奮地應承著。朱元璋起身，親自送李進出門。笑問：「李進啊，萬壽節司禮大臣，你看誰合適啊？」李進脫口而出：「當然是李相國。」朱元璋搖頭：「李善長事情多，不必煩他了。」

李進順理成章地說：「那麼，胡相國也合適。」朱元璋仍然搖頭。李進疑問道：「劉大人？」朱元璋突然鄭重地說：「李進聽旨，令你擔任萬壽節司禮大臣，總裁其事。」

李進大驚，顫聲道：「稟皇上，臣萬萬當不起！萬壽節司禮，有如太陽身邊的月亮，極為尊榮，此職應由深負厚望的柱國大臣出任。臣只是個七品侍講，萬不敢當。」朱元璋笑道：「你當得起！咱就用你這個七品侍講擔當司禮大臣，你就放膽辦差吧。」

第二天早朝時辰，眾臣依序走向奉天殿。劉伯溫出現在早朝的隊伍中，他手拄一杖，艱難地走在眾臣外側。

李善長的眼睛一直在尋找劉伯溫，他看到後，回身站住，等劉伯溫走上來，他竟伸手扶助劉伯溫，親切地責怪：「伯溫啊，怎麼衰弱到這個地步了？唉！瞧你這腿僵硬的，就別來上朝了嘛！」

劉伯溫像對老知己一樣，說：「不行啊。雖說老邁多病，早朝總得來應個卯。」李善長微嗔：「你才五十三歲，怎敢說是老邁？我都六十二了，足足比你大九歲！可我，能吃能睡不說，還能策馬狂奔幾十里呢！」

劉伯溫病懨懨的還不忘幽默，道：「哎喲！李相啊，您說得我好心酸哪！要能把您的精神氣兒，撥一點給我多好。咱倆不都勻稱了麼？」

李善長哈哈笑道：「養身之道在於養心。心淨，身子骨就輕快。如是用心太過，就容易把心用濁嘍，身子骨也得跟著受罪。慢點慢點，別閃著。」李善長扶著劉伯溫，跟在眾臣隊伍後面踏上高高的玉階。

劉伯溫喘道：「多謝李相扶持，在下又沾光了。」李善長微笑，意味深長地說：「咱倆，從來都是患難相助，榮辱與共。對不？」劉伯溫繼續幽默著，說：「對對對！可就是有點不大勻稱哪。您看您紅光滿面的，看上去最多五十三；我呢，支離破碎的，看上去可不止六十二了！」

兩人說著話就進了大殿。眾臣已經排班整齊佇立。李善長與劉伯溫走到前面，立在隊伍頭？。朱元璋在龍座上坐著，看上去精神很好，他微笑道：「列位臣工，萬壽節快到了，又恰逢開國十年大喜，這就該有許多忙亂，許多熱鬧，許多走門串戶，許多開懷大醉了。是不是啊？」

他的話引起眾臣的一片輕笑。

朱元璋仍然笑瞇瞇地說：「昨夜裡，咱好生奇怪，咱怎麼就五十歲了？半百之數，怎麼一眨眼就過去了？咱自個兒可覺得還沒怎麼過呢！」

眾臣又是一片輕笑。朱元璋感慨道：「何況，光陰似箭。人越老，往後的日子就過得越快。下一個五十，咱斷然是看不到了！也就是說，下一個一眨眼兒，咱肯定是眨不成了！」

眾臣再次發出有節制的歡笑。

這時朱元璋正容道：「長江後浪推前浪，江山代有才人出。這次萬壽節，咱選了年輕後生擔當司禮大臣，總裁其事。這人就是，文華殿七品侍講李進。」

此話像一滴水掉進了油鍋，濺起一片閃動的目光和一片竊議聲。李善長渾身一震，他盡力克制著自己。劉伯溫與眾不同地拄杖站著，沒有表現出任何異樣。也沒有像別人一樣朝李善長和李進好奇或擔心地張望。

李進從後排大步上前，顯得英姿勃發、沉穩瀟灑。他從朱元璋手中接過一隻黃卷，展開高聲道：「聖旨。此次萬壽節，諸事當力行簡樸，嚴禁鋪張。京城內外各級臣工，凡敬獻壽禮者，所值均不得超出十兩銀子；七品以下官員只需敬獻賀詞賀幛即可；三品以上文武臣將除賀詞賀幛之外，當另呈奏章一份，將本人追隨朕躬舉義以來的歷程，行一次回顧自查。諸如，爲將是否忠勇？爲臣是否廉潔？爲官是否守法？爲人是否合乎聖賢之道？如此，方能彰顯君聖臣賢，既合萬壽之慶，更符盛世之象！欽此。」

聽過李進宣讀聖旨，眾臣反而有些呆木。彷彿沒聽明白，神色都挺茫然。還是李善長反應敏捷，他上前半步，高聲道：「臣，遵旨！」所有臣工像是被他牽扯著，響亮地跟著說：「遵旨！」

接下來就是喜慶的日子了。武英殿張燈結綵，燦爛輝煌。上殿下殿都布滿了酒席。在喜樂聲中，朱元璋身著明黃色壽服登上高高的龍座，他神采奕奕，笑容滿面。司禮大臣李進高聲喝道：「太子殿下率秦王、晉王、燕王諸皇子，爲聖君皇帝拜壽！」

朱標領著眾皇子上前跪叩：「兒臣恭祝父皇千秋吉祥，萬壽無疆！」

朱元璋笑應：「好、好，吉祥！吉祥！」李進再喝：「中書省左丞相李善長，率各部院大臣，爲聖君皇帝拜壽！」李善長領著劉伯溫、宋濂、呂昶等臣上前跪叩：「臣等恭祝皇上千秋吉祥，萬壽無疆！」

朱元璋笑應：「好、好，多謝！多謝！」

李進再喝：「徐帥、湯帥等率諸義子、義侄、將軍，爲聖君皇帝拜壽！」徐達、湯和領著藍玉、沐英、朱文正等將上前叩拜：「末將恭祝皇上千秋吉祥，萬壽無疆！」

朱元璋興奮地站了起來，道：「哎喲，弟兄們都來了！好、好。多少日子沒見了，咱可想死你們了！」徐達笑道：「臣弟也想念上位啊，專門從大都趕過來，討一杯壽酒喝喝！」

藍玉叫道：「末將接旨後，喜得要命，連夜從陝西邊鎮奔來，給上位拜壽！」朱元璋笑道：「好、好！咱早就想和你們見個面，喝個酒，敘個舊啊！都坐下，上酒！」

眾臣將各歸其座，內侍上前斟酒。朱元璋舉碗道：「各位兄弟、臣工，還有子侄們。幾十年來，你們相助咱，出生入死，開國創業，都堪爲千古英雄啊！咱謝謝你們啊！來，乾嘍！」

眾臣將一片歡呼，皆舉碗飲盡。

上殿首席，李善長執一簡起身，高聲道：「臣代表中書省諸臣工向聖君皇帝賀壽。臣敬獻的壽禮是大明開國以來的十大政績。第一，十年來，大明全國新增田畝一百八十三萬三千一百七十一頃；時下，官田、民田總數爲三百六十六萬七千七百一十五頃；田畝之多，堪爲中華千年未見。」

朱元璋滿面陶醉，眾文武驚喜議論。呂昶高聲補充：「即使在地少人稠的江淮數省，人均耕地也有十八畝了！」

李善長興奮道：「第二，稅賦激增。自洪武四年以來，大明各地連年豐收。洪武十年，歲入米、穀、豆共計二千零八十萬擔，較前元平均歲入，增加了足足一倍有餘。而且，大明歲入，還以每年一成以上的速度，在繼續增長！」

眾文武滿面歡笑。朱元璋聽得滿面紅光，欣喜道：「好哇！」

李善長興奮地說：「第三，太倉豐盈，積糧如山。時下，大明各地倉儲，積糧多達四千一百八十萬擔。如加上民間自儲糧穀，已足夠全國百姓食用十三個月！」他又轉向朱元璋道：「稟皇上，濟南府昨日呈報，該府廣儲、廣豐兩座糧倉，因連年進糧遠超出用糧，蓄積日增，倉儲不堪，致使舊糧兩千擔存儲太久，紅腐變質，已不可食用。」

朱元璋笑嗔：「可惜不？他們爲何早不取出來，餵牲口，釀酒啊！」

李善長歎道：「糧食畢竟是糧食，倉守們捨不得啊。長久以來，官民們都習慣於多儲糧草，以備荒年。」胡惟庸也笑著插言：「稟皇上，蘇杭兩府，近日糧價已降至斗米僅三錢，已趕上了大唐貞觀年間！」

朱元璋激動得面紅耳赤，說：「好、好，眞是好哇！唉，這日子都跟做夢似的，糧食還有吃不了的時候！當年，咱爹娘要有半斤米，那也不會餓死了。咱離家那天，哥給咱熬的那碗粥裡，只有寥寥可數幾顆米粒！咱還捨不得吃它。」想起往事，朱元璋傷感得幾乎哽咽。

李善長勸道：「皇上，臣告罪了。臣等爲皇上賀壽，是想讓您喜，不想讓您悲呀！」

朱元璋有點不好意思地破涕爲笑了，說：「是啊、是啊。咱這是喜極悲來嘛！善長啊，你接著說。」

李善長繼續侃侃道：「這第四，便是子民增長，府縣升格。大夥還記得不？開國初年，大明各地屍骸遍地，民不聊生。皇上視察揚州那天，是踩著荒草骸骨，走進斷壁頹垣的啊！」朱元璋激動得顫聲道：「咱永遠忘不了那天啊，揚州城只剩下十八戶人家，二十一棵活著的樹！」

李善長激動地接著說：「而如今，咱大明有戶一千零六十五萬四千三百六十二，人丁五千九百八十七萬三千三百五！比前元極盛時期的元世祖朝代，還多了近六百萬口哇！」

眾臣將歡聲雷動，一片叫好！

李善長喜道：「還有，因稅賦日增，咱大明已經有一百零五個下縣，上升爲田賦六萬擔的中縣，三十七個中縣，上升爲田賦十萬擔以上的上縣了；此外，還有二十五個中府，上升爲田賦二十萬擔以上的上府了。龍生之地鳳陽，更是上府中的上府，貴為中都，日新月異！哎呀，稟皇上，各位臣工，本相每說一條，你們是不是應該敬賀一杯呀！」

朱元璋大叫：「看看，光顧著高興，竟忘了喝酒。各位，統統舉杯，乾啊！善長，你接著說！」

朱元璋與眾臣歡喜飲盡。李善長則又說下去：「尤為可喜的是第五，戍邊旗軍一百四十萬，皆能屯耕自給。皇上養兵百萬，竟然不費百姓一粒糧！」

朱元璋拍案大笑，舉碗道：「哎喲，這話說得咱舒服死了！」李善長笑著說：「第六，北疆強盛，胡騎遠遁。朝廷自設九邊駐防以來，城池堅若金湯，軍鎮兵強馬壯。前元殘餘，盡退縮於沙漠戈壁，不敢來犯。」

在李善長的賀詞聲中，藍玉等幾個坐在武英殿下殿的將軍卻在開懷痛飲，他們並沒有認真去聽李善長說的十大政績，而是相互打探著與他們息息相關的一些事情。

藍玉問坐在身邊的一個將軍道：「兄弟，劉老儒到甘肅來幹什麼？」將軍喝著酒道：「聽說是密查走私。」

藍玉不快地說：「媽的，竟然查到爺的頭上來了。爺不過賣了幾錠綢緞，有什麼大驚小怪的！」

將軍又喝下一盅酒，趁機發洩道：「哥哎，你難道不知道。劉伯溫一直把我們當成驕兵悍將，視做禍害。」

藍玉怒沖沖道：「哼，這個臭老儒！你為何不在路上廢了他？」將軍道：「不敢哪，上位喜歡劉老儒，就跟喜歡臭豆腐似的！唉，哥你知道不，讓咱們每人寫一份反省自查的呈子這主意也是他給皇上出的！」藍玉冷冷地說：「哦？看來，這臭老儒專門跟咱們過不去呀！早晚，爺要他好看！」

上殿那裡，李善長已經說到第十項了：「這第十項，便是四海清平，萬國來朝。大明開國以來，揚威海外，懷柔天下。海內之山賊、域外之海盜，無不是降者降、亡者亡，灰飛煙滅！從東瀛扶桑，到南洋爪窪，海外邦國紛紛遣使朝拜，上表稱臣，願與大明結百年之好，共用萬世太平！稟皇上，臣謹以這十大豐功偉績，敬賀皇上五十萬壽！」

李善長雙手舉著那章呈，奉給朱元璋。

朱元璋欣然接過，笑道：「善長這道章呈，是咱最好的壽禮。還有哇，這十大政績，不能都記到咱頭上，它是朝廷文臣武將，和全國士農工商一體創造的。今日，咱借著這杯壽酒，拜謝列位臣工，尤其要多謝中書省，多謝你李先生哪！」

李善長矜持舉杯，高聲再頌：「皇天后土，昌盛繁榮。紅日當頭，恩養萬物。皇上是咱大明紅日啊！」

君臣一起舉杯歡笑飲盡。只有劉伯溫僅輕呷一口，微笑中發出一聲輕輕的歎息。

下殿那裡沒有上殿文雅。藍玉和一群將軍們已是個個醺然醉態，但仍在不依不饒地相互敬酒：哥，兄弟豁出去了，連敬你三碗！

哎喲！兄弟，你就是把東海搬來，哥也把它一口嗤溜嘍！

突然，李進含笑走過來，對著下殿臣工一揖，說：「各位將軍，皇上口諭，請各位少飲幾杯，不要醉了。」
藍玉愕然道：「這是幹嘛，不讓咱喝哪？」
李進笑道：「不是。今晚，皇上要在太廟前另設月光宴，請五品以上淮西子弟都去赴宴，皇上專門犒賞鄉里舊部。皇上說了，各位現在不要醉了，今晚上，皇上與各位將軍大醉一場！」
藍玉等將軍一聽這話，頓時歡呼起來：
太好了，謝皇上恩典！
咱們是上位的子弟兵，當然應該單獨敬上位一回。
嘿嘿，知道了吧？上位還是對咱們另眼相看。親不親，骨肉情，打斷骨頭連著筋哪！
夜晚的太廟，本身就像一個沉默的幽靈。它在朦朧暗淡的月光下顯得森然神秘。廟裡同樣寂靜空曠，大殿上，排放著朱氏列祖列宗的靈牌、遺像。它們在燭光香煙中若隱若現，顯得幽深莊嚴和冥遠。
朱元璋與太子朱標一前一後走進廟裡。朱元璋對著列祖列宗莊嚴地仰望片刻後，恭敬地跪於臺前叩拜。
他口中深沉祈誦：「臣朱元璋拜祭先皇、列祖在天之靈。臣開國十年，大業初成，家國日漸昌盛，皆拜皇祖所賜，臣感激涕零。但今日憂患，已非當年元胡兵馬，卻是臣之血脈淮西勳貴。爾等居功自傲，欺君枉法，仗勢害民。臣爲此歎恨不已，痛斷肝腸！臣謹告皇祖，爲大明千秋基業無虞，臣只能痛下針砭，厲行裁撤！臣再拜。」
朱元璋三叩起身，望著祖宗靈位，喚朱標上前。朱元璋顫聲對他說：「仔細看看祖宗們牌位。」朱標恭敬回答：「兒臣正在虔誠瞻仰。」

朱元璋目光複雜地望著朱標，語重心長地說：「總有一天，你爹也會化做這些牌位中之一尊，而你將跪在靈牌前，向爹訴說自個兒的心聲，稟告你的功過。到了那時候，爹希望大明比今日更昌盛，也希望你比爹更聖明。」

朱標聽得傷心，哽咽道：「兒臣謹記！」

朱元璋問：「該來的人，都來了嗎？」朱標點頭道：「稟父皇，該來的人都來了。」

藍玉他們已經聚在太廟外面。月光照耀著大地，蒼茫之中似有一點暖意，太廟外的草地上擺放著數排案几。四周佇立著許多持槍侍衛。

藍玉等二十餘位將軍各個居案而坐，但案上全無酒具餐碟，每人面前只有一盞茶盅。大家相互望來望去，惴惴不安地竊議著：

哎！大哥，不是說月光宴麼，怎麼改喝茶了？

咱也不知道，茶就茶吧，興許茶喝完了再上酒。

李善長與胡惟庸也在被邀之列，他倆在龍案旁居案而坐。李善長低聲對胡惟庸說：「看出名堂沒有？除了咱倆，都是上位的義子、義侄啊。」

胡惟庸早已察覺這一點，悄聲回答：「看出來了。名爲月光宴，但請的是茶，來的是淮西子弟，擺的是鴻門宴！」

李善長不再說話。

朱元璋緩緩從廟中出來。走入場中，眾將軍起身齊揖道：「末將拜見皇上。」

朱元璋眼睛巡望兩旁，微笑道：「大夥都到了？哦，好像還差一位。不急，等他來了，咱們就開席，都坐。」朱元璋說罷居龍案而坐，眾將也一齊坐了，一個將軍伸首探問藍玉：「大哥，還差誰呀？」藍玉見朱元璋就在面前，有點收斂，低聲說不知道。

大家靜候著，場面上鴉雀無聲。一會兒，一輛刑車從遠處馳向太廟的道口，在那裡停住了。車門打開，走下來一位戴著刑枷的年輕貴人。

早就等候在那裡的李進命令侍衛去掉刑枷。兩個侍衛立刻上前打開貴人的刑枷。李進向貴人打揖：「殿下，請。」

貴人原本白皙胖墩的面孔此時更見蒼白，他神情恐懼，戰戰兢兢地走向茶會場地。

朱元璋看見年輕貴人走過來，歎口氣起身，拉過他的手對眾將軍道：「這是咱的女婿駙馬都尉歐陽倫。你們都認得吧？」

李善長與胡惟庸驚異地互視一眼。藍玉等將軍則尷尬地一揖，參差不齊地說：「認得，拜見殿下。」

朱元璋沉重地說：「你們不必吃驚。咱女婿剛剛在牢裡受了些委屈，萬壽節嘛，大赦天下，他出來給咱做個壽。歐陽啊！」

歐陽倫顫聲應道：「罪臣在。」

朱元璋擺手道：「勞你了，給你的叔伯兄弟們上個茶吧。」

歐陽倫躬身道聲遵旨，捧起大茶壺走向案几。他先從李善長開始，依次斟茶。李善長端坐著接了茶杯道：「多謝殿下。」

歐陽倫又拿著茶壺走向胡惟庸。胡惟庸則起身恭迎，待歐陽倫斟罷再落座。其餘將軍在接受歐陽倫斟茶時，紛紛起立，個個惶然不安。猜不透後面還會發生什麼事情。

只聽朱元璋道：「今晚這月光宴，咱沒給各位備酒，只準備了茶。爲何呢？因爲酒這東西讓人醉，而茶這東西能醒酒！你們喝的這茶，名叫苦丁茶，是劉伯溫送咱的。這茶苦中有苦，回味無窮。咱捨不得獨享，拿出來跟淮西子弟們分享吧。今晚上，咱們就以茶代酒，請吧！」

朱元璋說話的時候，歐陽倫一直在斟茶，這時已經斟完，他也在驚恐地等待，心懷一絲僥倖，又害怕僥倖落空，手簌簌發抖了，以至於將茶水潑到了案上。

眾將軍陸續舉起茶盅，有的先呷呷，皺眉再喝，也有的一口吞下，但都彷彿吞下的是黃蓮汁，禁不住苦得咂舌擠眼。

朱元璋平靜地飲盡手中的苦丁茶，自言自語道：「苦吧？啊？這茶啊，就像咱此刻的心情，苦透了！」李善長沒想到剛才壽宴上興高采烈的朱元璋此時如此痛苦沮喪，心裡一怔，但還是挺直身子端坐著，默默地注視著朱元璋。

朱元璋衝著將軍們痛心地說：「前元是怎麼亡的？腐敗，荒淫，律令廢馳，綱紀淪喪！朝廷上下君不君，臣不臣，國不國，弄得是烽火四起，民不聊生啊！前元之亡，首罪在皇上，那做皇上的昏聵糊塗啊。次罪在大臣，文恬武嬉，貪污腐敗。昏君和佞臣合到一塊，才糟蹋了大好江山哪！咱朱元璋，寧死不做那樣的皇上！可咱要問問你們，你們要做前元那樣的大臣嗎？」

藍玉等將軍感覺朱元璋話中有話，話有所指，皆惶恐垂首，默然無語。接下來，朱元璋的聲音更加痛心疾首：「駙馬都尉歐陽倫，違反朝廷的茶馬禁令，指派家僕載運十幾車私貨，謊稱是軍需物資，竟然能從蘇杭販運到甘肅！你們則給他通關放行，讓他暢通無阻，甚至和他一塊合謀分利！朝廷裡面，更有人爲他庇護、遮掩、欺君枉法！咱這位乘龍快婿，眞讓咱丟盡了皇上臉面哪，而你們也傷透了咱的心！咱想來想去，你們都是開國功臣，咱能把你們怎麼辦呢？咱只能請你們喝個茶了。歐陽，你叔伯兄弟們茶碗空了，接著上茶！」

歐陽倫顫聲應著「遵旨」，又提著大茶壺走向茶案。而這一次，所有人都呆坐不動，聽任歐陽倫斟茶。

月光像無聲的水，遍地流淌，無處不在。整個場地上，只聽得見那汩汩的斟水聲。每個人都噤若寒蟬，震撼顫慄。

朱元璋的聲音像遠古流來的黃河水，雄渾而深邃：「從古至今，凡以兵馬取天下者，之後無不受到驕兵悍將之害。唉，咱大明也沒能倖免啊。咱看過你們的奏章，你們在奏章裡，都把自個兒誇得一朵花似的，這功勞那功勞，說個沒完沒了，可就沒誰敢把自己的惡跡寫進奏章裡！從開國那天起，咱就不停勸誡你們要謹愼，要守法，不可仗勢害民。說得口都乾了，舌都爛了，可咱就是說下天來，還是說不動你們的那顆貪婪的心啊！唉！咱以爲，繳了免死鐵劵，你們會自重些。可咱錯了，你們個個天不怕、地不怕呀！你們八成覺得，『這天下是爺打下來，就該爺任意享受天下。』是不？唉，喝茶吧。」

朱元璋舉盅朝大家望去，眾將軍皆舉起茶盅，陸續飲下杯中茶。

朱元璋又扭頭吩咐：「歐陽啊，接著給你叔伯兄弟們上茶。」

歐陽倫心驚膽戰，腰腿虛軟，再也支撐不住了，對著朱元璋撲地而跪，悽惶乞求：「皇上！臣實、實在是斟不動了。請皇上降罪！」

朱元璋厲色道：「你是有罪，萬死無赦之罪！二虎啊，把他帶下去。」歐陽倫嚇得連連叩首，顫聲嘶喊：「皇上饒命啊！求皇上看在公主份上，饒罪臣一命吧！皇上！」

朱標、李善長等皆不忍看歐陽倫，低下頭去。

朱元璋氣得厲聲大叫：「站起來，丟人現眼！虧你還是駙馬呢，有點皇家尊嚴沒有？砍頭就砍頭嘛，死怕什麼？你這些叔伯兄弟，哪個不是九死一生過來的？混賬、草包、窩囊廢！咱選你做了駙馬，眞是瞎了眼！好、好！咱可以不殺你。」

歐陽倫急忙起身，顫聲道：「謝皇上！」朱元璋一伸手抽過二虎的腰刀，丟到歐陽倫面前，冷冷地說：「你自盡吧，到祖宗面前自盡去！」歐陽倫恐懼驚叫：「皇上！」朱元璋猛擊茶案，暴跳如雷，指向太廟怒吼：「快去！去！」

所有人都臉色倏變，呆若泥塑。沒有一個人敢在此時爲歐陽倫求情。歐陽倫顫抖地撿起腳下的長刀，朝太廟走去。當他走過一個個茶案時，將軍們都深深地垂下了頭。朱元璋痛切地說：「歐陽倫之罪，咱也有失察之處。痛定思痛之後，咱想跟你們最後說一句，朝廷給了你們福貴，給了你們俸祿，也給了你們規矩，給了你們期待！但是，朝廷沒法給你們良心，沒法給你們晚節啊！你們能不能捫心思過，痛改前非，安居太平，全看你們自個兒了！」

眾將們一邊聽著，一邊忍不住朝太廟裡面張望。歐陽倫搖搖晃晃地進了太廟，走到祖宗靈位前，人一軟就跪在了地上，渾身篩糠一樣地發抖。二虎在歐陽倫身後低聲道：「殿下。容末將直言。橫刀自刎的時候，千萬不要手軟。否則的話，筋脈不斷，死得會更加痛苦。」歐陽倫顫聲道：「知道了，多謝。」

二虎深深一揖，退後，注視著歐陽倫。歐陽倫舉起閃亮的長刀，眼望一座座靈牌，凝神運氣。突然狠狠一橫，刀鋒劃頸而過。他搖晃一下，倒地死去。

二虎仔細檢查著沒有了呼吸的歐陽倫，然後彎腰拾起那把長刀，轉身走出太廟。他走到朱元璋面前，呈上血刀道：「稟皇上，歐陽倫已經引罪自盡，請皇上驗刀。」朱元璋略瞟一眼，頷首。

二虎退了下去。這時候，遠處隱然有巡夜者的梆子聲響：「嗒嗒嗒！」朱元璋喃喃地說：「天快亮了，咱這五十萬壽也快過去了。這壽辰啊，過得是又痛快又痛苦，又痛苦是又痛快啊！哦，大夥再喝一盅吧，苦丁茶喝到這會兒，滋味剛剛出來。」朱元璋仰面飲盡，月光下誰也沒有發現，他的眼睛是潮濕的。眾將們舉起發抖的手，紛紛將那苦澀不堪的茶水飲盡。

朱元璋叫了一聲李進。李進走上前，將一隻大銅甕放到朱元璋案上。朱元璋對大家說：「這是咱淮西人祭祖用的銅簋。待會兒，它就擱到太廟前的祭臺上。三天之內，弟兄們誰如果想歸養鄉里，可以將辭呈擱進銅甕裡。凡主動退養者，朝廷將既往不咎，保有爵位，並賞賜他雙倍俸祿，蔭及子孫。」

眾將望著那只銅簋，一個個臉色蒼白。這事情對於他們太突然、太意外了。他們各人內心所受的震撼無以言表。朱元璋冷若冰霜地說：「當然，不願意退養的人，你們就好自為之吧！」說著他掉頭離去。朱標、李善長趕緊起身跟隨其後。殘月正在往下落，高高的樹梢上偶爾會傳來幾聲鳥鳴。走向龍輦的朱元璋忽然間身體一歪，無力地往下倒去，旁邊的李善長趕緊伸手相扶。

朱元璋淡淡地說：「多謝。善長啊，你今年六十五了吧？」李善長驚訝地說：「稟皇上，臣今年才六十二歲呀。」朱元璋哦了一聲，醒悟道：「原來是咱記錯了！」

李善長的心口立刻感到不舒暢起來，他意識到了不祥，沒有再往前走，而是呆呆地望著朱元璋登車，半天沒有動一動。這一刹那，他眞的像是一下子老了，看得出萎靡的老態了，往六十五歲上看也不爲過了！

第三十五章

卸職歸養善長請辭
御兵北征徐達薦婿

馬皇后正坐於鏡前卸裝，忽然，鏡中閃過一個沮喪的身影，她沒有回頭，盯著鏡子仔細看了看，竟是朱標。她繼續細心地將頭髮裡的珠釵拿下來，又慢慢拿下攢珠髻，嘴裡說：「標兒，又被皇上訓斥了吧？」朱標想忍著不說，道：「沒有。」馬皇后嘴角一撇，她太了解自己的兒子了，無緣無故的他不會耷拉著臉。「那你幹嘛垂頭喪氣的？」朱標望著鏡中母親慈祥的面容，再也忍不住，哽咽道：「歐陽倫死了。」

馬皇后驚痛失聲：「死了？皇上答應不殺他的呀！」朱標悲傷地說：「父皇並沒有殺他。是歐陽倫自個兒引罪自盡，死在祖宗靈位下面。」

馬皇后顫聲道：「皇上逼他做的吧？」朱標難過地點了點頭。馬皇后愣在那裡，沉默片刻，對朱標說：「標兒，坐下，坐娘身邊來。」

朱標坐到椅榻上。馬皇后憐惜地輕撫朱標，低聲道：「娘知道你心裡難過，對嗎？」朱標突然掩面抽泣，微微發抖，點頭。馬皇后的手輕柔地放在朱標的肩胛上，憐愛地說：「要是難過，就說出來，別悶著。」朱標顫聲道：「母后，兒、兒——」馬皇后見朱標臉色發青，神情恍惚，擔心地催促他：「說呀！」

朱標終於喊出來：「兒臣實在受不了了，兒臣當不起這個太子啊！」馬皇后大爲驚駭，這是她最不願意聽到的話，急問：「爲什麼？」朱標顫聲道：「兒怕父皇，父皇他、他太嚴厲了。」馬皇后心裡又痛又難過，叫道：「不、不！你爹愛你！在所有皇子當中，他最疼愛的就是你呀！」

朱標向母親傾訴難言之隱，說：「這我知道，可就是父皇這種愛法讓兒臣害怕呀！父皇愛之太切，恨之太深，責之太嚴，對兒臣的期望也太高了。他甚至期望兒臣將來比他更聖明！這，兒臣怎麼做得到哇？母后，您心裡明白，兒臣是個懦弱的人。」馬皇后見朱標居然說自己是個懦弱的人，更爲心疼，立刻嗔斷：「不，你不懦弱，你賢良方正，最多有點多愁善感。」

朱標無奈苦笑道：「在父皇眼裡，這就是懦弱！父皇希望的太子儲君是像他自個兒那樣，殺伐決斷，威加海內。但兒臣確實做不到啊。兒臣擔心辜負了父皇和母后的期望。兒臣經常想，要是不當太子該多好啊！兒經常從夢中嚇醒過來。」

馬皇后第一次聽朱標說這樣的話，不由得心如針錐，痛心地說：「朱標！你聽著，大明太子就是你，除你之外，別無他人！這是你的命，更是你的責任！想想看，太子儲君，身繫王朝未來啊，豈能隨心所欲？再一個，你如不當太子，知道會帶來什麼樣的後果嗎？你弟弟們，秦王、晉王、燕王，肯定群起相爭。過去的同胞兄弟，立刻就成爲生死對頭，血濺宮廷呀！」

朱標內秀聰穎，一點就通，他猛然醒悟，顫聲對母親說：「是啊！兒臣明白了。」馬皇后和緩地問：「你剛才那些話，跟父皇說過沒有？」朱標慌張發誓：「沒有，從來沒有！兒臣萬死也不敢告訴父皇。」

馬皇后明顯鬆了口氣，說：「這就好！聽著，你爹是開國之君。所謂開國之君，個個都是從血肉堆裡拱出來的，個個經歷過無數艱險危難。你爹必須比他所有敵人都更狠，才能戰勝他們，才能推翻前元創建新朝！幾十年下來，他自個兒心也會磨得跟生鐵那般堅硬！唉！可這不怪你爹呀，因爲他也是被世道逼出來的，是你爹的命！標兒，你和你爹不同，你將來接手的是一個好端端的、光燦燦的王朝。你可以有自個兒的賢良方正，有自個兒的文治武功。總之，你會是個太平盛世之君！娘覺得，沒人比你做太子更合適了。」

這樣一番話從母親口中說出來，朱標情緒穩定了許多，他甚至興奮起來：「眞呀？」

馬皇后一字一字地說：「千眞萬確！」

朱標起身，深深一揖道：「謝母后，兒臣心裡暢亮多了。」馬皇后微笑道：「這就好。往後，只要是心裡堵著了，只管來跟娘說！」朱標道：「知道了。母后，您歇息吧。」說著朱標離去。

馬皇后注視著他的背影，心情沉重，不由又添了一塊心病。

歐陽倫死亡的消息將馬皇后的心情擾亂了。像平靜的湖面被投入一顆石子，心痛之餘，她的不安越來越大。她重新將龍鳳攢珠髻套上髮髻，理好雲鬢，帶上兩個丫鬟，去長安公主府上探視。半個時辰後，她從長安公主那裡出來，直奔奉天殿暖閣。她在朱元璋平時休息的軟榻上靜坐著等他。不一會兒，朱元璋習慣地將癢癢搔插在脖子梗的衣領裡，一邊搔癢一邊走了進來。看見馬皇后，他知道她爲何而來，只得無言以對地在她斜對面坐下。

馬皇后沙啞地說：「半個時辰前，長安公主上吊自殺，還好發現得早，被太監救下了。」

朱元璋一怔，臉色發白，接著卻拍案怒吼：「讓她死，讓她死！讓她去給那個王八羔子殉葬好了，咱只當沒這個女兒！」

馬皇后氣得頭腦暈眩，她喘息著顫聲斥責：「你、你這話像個父親說出來的嗎？」

朱元璋粗聲一歎，無話可說。馬皇后沉重地說：「重八啊，你答應過我。不殺歐陽倫，只剝奪他爵位俸祿，貶爲平民。」

朱元璋聲氣莊嚴地說：「咱是失信了。但是，咱由此保持了對大明的信義！因爲咱多次說過，王子犯法當與庶民同罪。如果不殺歐陽倫，就不能恪守朝廷律令，更沒法懲治那些驕兵悍將。長此以往，大明必然墜入前元覆轍，江山崩壞，國破家亡！」

馬皇后譏訕道：「可我聽說，朱皇帝在月光宴上好生得意呀。明明要殺歐陽倫了，卻假惺惺地讓他一次次給叔叔伯伯們斟茶！重八啊，你這是在拿咱女婿的腦袋作秀，好顯示朱皇帝的恩威！你既然要殺人家，殺就是了，不該戲弄夠了再殺。歐陽再有罪，他也是有血有肉的人，是皇親國戚，而不是你朱皇帝的玩物！重八啊，你、你怎麼變得這麼狠心？這麼陰毒了？」馬后哽住了，拿素絹拭淚。

朱元璋見夫人流淚，不知如何勸慰才是。喃喃地說：「你要咱怎樣？」馬皇后恚忿道：「我希望你不光是個皇上，也得是個父親。做皇上跟做父親根本不是一回事！在皇上眼裡，往往看不見兒女，他只看見朝廷棟樑！在父親眼裡呢，兒女就是兒女！有長有短，有血有淚，有歡喜也有委屈。你呀，別把每個兒女都逼成你那樣兒。那非但做不到，還會把他們逼垮了的！」

朱元璋一愣，垂首「唔」了一聲。忽然又警惕地舉首問：「是不是誰跟你訴苦來著？」

馬皇后避而不答，正色道：「我是他們的娘，當娘的自然比當爹的更知兒女。」朱元璋悶聲道：「知道了。就這些了吧？」馬皇后道：「還有句話，大臣們肯定沒人敢跟你說，只好我說了。辦不辦，在你。」朱元璋知道又是說情之類不愉快的事，但面對夫人，他又不能怎樣，只得退讓一步，歎氣道：「你說吧。」

馬皇后道：「朝廷出了歐陽倫的這種事，還牽連了那麼多將軍，做皇上的是不是也有點責任？我覺得，你得下個《罪己詔》，也向臣下們認個錯。」

話沒說完，朱元璋就大怒打斷：「什麼？《罪己詔》？你要咱下《罪己詔》？」

馬皇后嗔道：「嚷什麼？聖君也有不是處！漢高祖、唐太宗都下過《罪己詔》，你不老拿他們跟你比麼？」朱元璋氣呼呼道：「咱有什麼錯？咱唯一的錯，就是待他們太寬容！咱早就該嚴辦！」

馬皇后氣憤奚落道：「哦？聽起來你還嫌殺得少了？恨不把他們都斬盡殺絕？」

朱元璋拿著癢癢搔直指馬皇后，厲聲道：「妹子，你給咱聽清楚。咱早就警告過你了，現在再警告一次，後宮不准干政。如果你執迷不誤，咱、咱——」

馬皇后霍然起身，顫聲道：「你怎麼著？不就是封了我的乾清宮嘛，你封就是了！重八啊，我也把話跟你說白嘍，我不但準備被你封宮，我還準備被你廢后呢！但是，在你封宮廢后之前，只要我看見你有錯，我就不會忍氣吞聲，我非說出來不可！還有，我可不是歐陽倫，非要等刀子扔腳底下才自盡。只要你封宮廢后的聖旨一到，我立刻跪下來叩謝皇恩，然後就去太廟自盡！但你儘管放心，我不會恨你的，爲何？因爲這就是做皇后的命！既然做了皇后，就得接受皇后的命運！」

朱元璋大爲驚駭，簡直有點手足無措。彷彿不認識自己妻子似的，呆望著她說不出話來。馬皇后傲然走向宮門。經過朱元璋身邊時，她忽然看見那根癢癢搔，一把奪過來。恨恨道：「哦，你可以殺我，但別拿這東西指著我，我可不癢癢！」言未竟，雙手狠狠用勁一折，癢癢搔斷爲兩截！她把兩根折斷的癢癢搔輕輕的、整整齊齊地放在案上，淡淡道：「勞你再換一支吧。」然後平靜出門。

朱元璋呆了半晌，粗氣長歎，竭力抑制著自己的氣惱。但還是忍不住手一揮，將兩截癢癢搔推落在地。

馬皇后沿著空闊的殿道往乾清宮走。月白風清，萬籟俱寂，一股深深的悲哀從心底騰起。唯有此時，孤獨一人面對落月沉星、蒼茫夜空的時候，馬皇后才盡失平靜與從容，將一腔悲痛發洩出來。她任眼淚汩汩往下淌，搖搖欲墜地朝前走去，悲痛欲絕，幾乎失聲。玉兒久不見馬夫人，這時找來了。她藉著月光看見了馬夫人一臉的淚水與悲傷神情，驚慌地上前攙扶，著急地問：「娘娘！娘娘！您怎麼了？」

馬皇后立刻掩藏起悲痛，強顏笑道：「沒事，我沒事。剛才一陣風，吹瞇了我眼睛。」

玉兒不再問下去，小心扶著馬皇后，慢慢往乾清宮走。

對歐陽倫的死，悲傷的不僅僅是馬皇后，李善長也非同尋常的傷心著，頗有點兔死狐悲之感。翌日傍晚，他在家中備了三、五樣爽口的家常菜肴，把胡惟庸叫來，兩人把酒對酌，直到略有醉意，沉默寡言的李善長才說出心中煩惱：「惟庸啊，皇上昨晚上又使出老招術來了，殺雞儆猴！歐陽倫是雞，咱們是猴。」

胡惟庸的心境與李善長不同。所以他沒有李善長的那份敏感，他心下覺得李善長有點小題大作了，不解地問：「相國啊，屬下覺得，皇上的怒氣，主要衝著那幫淮西將領去的。」

李善長道：「咱倆不也是淮西大臣麼？不是也被請去觀斬了麼？尤其是我，皇上還故意說錯了我的歲數，我明明六十二，他偏說是六十五。你知道這什麼意思？」

胡惟庸這才意識到李善長的憂慮並非空穴來風，沉重地說：「皇上是暗示您老了，該退養了。」

李善長悲哀地苦笑道：「不錯。皇上已經把話點透了，只要退養，則既往不咎！」胡惟庸恨恨地說：「全是劉伯溫在背後搗鬼！他想整垮所謂的淮西黨，掌握朝廷中樞大權！而皇上則借劉伯溫來密查取證，大加整肅，以根除驕兵悍將之患。總而言之，皇上的龍威配上劉伯溫的奸詐，這才有了月光宴上的苦丁茶。」

李善長對胡惟庸的話不置可否，他似聽非聽，其實腦子裡正在思索其他事情。他鄭重地說：「老夫有兩個想法，要跟您胡相切磋一下。」

胡惟庸見李善長就這麼一下子，對他連稱呼也改變了，心中倒有些悽楚，但他未表現出來，只笑嗔：「恩公這麼稱呼，太傷害屬下了。」

李善長也被說笑了：「好、好，跟惟庸老弟商量一下！」

胡惟庸這才恭敬道：「恩公吩咐。」

李善長道：「皇上想逼淮西將領交出軍權，歸養鄉里，這其實極難做到！權力、利祿這類東西，一旦給了人家，那就跟肉似的長在人家身上了，再剜回來，那就是拿刀割肉，非流血不可。可這事，我已經不能跟皇上進言了。誰說好呢？徐達！徐帥不但是淮西將領之首，也是皇上最信任的兄弟，皇上也萬萬不會准他退養。如果徐達向上位進諫，言明削奪軍權之利弊，皇上就不能不聽了。你看呢？」

胡惟庸輕輕擊案，讚道：「絕佳！」李善長微笑道：「再一個想法。大概明、後天吧，我就會向皇上上奏，請求歸養鄉里。」

聽到這裡，胡惟庸臉色緊張，驚叫：「恩公！」

李善長嗔道：「你聽著。皇上肯定會問我，讓誰來繼任中書省左丞相？惟庸啊，你跟我說句實話，你認為誰合適？」胡惟庸把酒杯一頓，正容正聲道：「我胡惟庸！捨我其誰？」李善長微笑：「好！我就是喜歡你這股『捨我其誰』的勁頭！所以，當皇上問我時，我會提張三、李四，唯獨不提你的大名。到最後，皇上將不得不問『胡惟庸怎麼樣啊？』到那時，我就會一再反對提拔你為左丞相。」

胡惟庸直直地盯著李善長，驚叫：「恩公！」李善長斷然道：「聽著！我越是反對你，皇上才會對你越是放心，你接任左丞相的可能性也就越大！懂了麼？」胡惟庸經點撥立刻醒悟，感激地舉杯道：「謝恩公！」

想請徐達向皇上進言的並不止李善長一個人，參加月光宴的淮西將領不約而同地想到了這一點。他們經過商量，派了七、八個淮西將領騎著駿馬直奔徐達帥府。紅瓦青磚的徐府非常氣派，臺階下就有一對威風凜凜的石獅，藍玉領著將領們從兩隻石獅中間的臺階朝上走，一邊朝門衛高聲道：「夥計，向徐帥稟報一聲，就說藍玉、費聚、陸仲亨等幾位弟兄來了！」

門衛立刻答應著奔入門內。

藍玉對身邊的將軍低聲道：「待會見了徐帥，大夥只管放懷說話，徐帥肯定幫咱們。」將軍們道：「當然。咱是徐帥的老部下，跟他什麼話都能說！」

片刻，徐府老管家從門內匆匆奔出來，滿面堆笑地向大家長揖道：「列位將軍，徐帥臥病，請列位將軍改日再來。」藍玉驚訝地問：「病了？病得重麼？」管家道：「今兒凌晨，大帥突然心胸絞痛，連氣都上不來，太醫救治後，現在稍稍好些。」費聚關切地說：「那我們問候一聲就走，成麼？」管家陪笑再揖，低聲道：「大帥令在下向列位將軍道歉。大帥說，眼下這種時候，最好不要見面。」

藍玉一臉失望地說：「明白。弟兄們，咱們走！」他憤憤地掉頭而去。將軍們都跟著他氣呼呼地走了，管家在後面長揖相送。

其實這時候李善長已經先行進了徐府。他來徐府拜訪，徐達接入堂內，幾句話之後，兩人又到書房深談，這次說了許久的話。面對李善長的請求，徐達說：「讓淮西將軍解甲歸田，這事我肯定會向上位進言。」有人輕聲敲門，徐達立刻不說話了。

管家入內稟道：「主子，藍將軍他們已經離去了。」徐達頷首，管家退下。徐達一歎：「藍玉他們太衝動了，既然想讓我說話，就不該一窩蜂湧到我府上來！不過，我現在擔心的不是他們，是您啊！李先生，您幹嘛要告退？」

李善長輕歎一聲，坦然道：「上位已經開始嫌棄我了。人貴有自知之明，我還是趁著餘恩尚存，主動退養的好。如果等到上位把話挑明嘍，那不被動麼？」

話說到這份上，徐達知道再勸無益，歎道：「我明白您的心思。可您走了，中書省交給誰？」李善長低聲道：「正要跟你商量這事呢。我估計，上位肯定會徵求你我的意見。」徐達馬上說：「李先生如果信得過我，就把您認爲合適的人說出來吧。」

李善長道：「胡惟庸！他是個明白人。徐帥意見呢？」

徐達認眞想了想，道：「非他莫屬！」李善長微笑地謝了徐達。

李善長同徐達在裡面相談甚洽，而被拒絕在門外的藍玉等淮西將領卻怏怏不樂，他們騎馬在京城的街道上慢慢並行往回走，一位將軍埋怨道：「連徐帥也開始膽小怕事了。咱們怎麼辦？」陸伸亨說：「咱們找李相去！」費亨反對：「甭指望李相，他一貫謹愼小心。這回還牽連到他，更不會出頭說話了。」

一直沉默的藍玉突然道：「對了，胡惟庸！咱們可以拜見胡相。」費聚表示懷疑：「胡相？他有膽子見咱們嗎？」藍玉微笑道：「這你們就不知道了，胡相歷來是敢做敢當，爲人最重義氣！」

幾個人聽了，都有點興奮，紛紛說：「那咱就試試。走啊，到胡府上去！」也許眞是命運的陰差陽錯，本來要去找徐達、既而又想找李善長的藍玉，最後來到了胡惟庸的府上，並且與他成了莫逆之交。

藍玉等在胡府門前下馬之後，像在徐達府前一樣，朝門僕喝道：「夥計，進去稟報一聲，就說藍玉、費聚、陸伸亨等幾位弟兄想討杯茶喝喝！」

門僕答應著奔入門內。藍玉等不安地等候著，他們眞怕再受到徐府那樣的拒絕。但是僅片刻功夫，胡惟庸便奔出大門，老遠就抱拳笑揖：「哎喲，各位將軍從天而降，寒舍眞要蓬華生輝了。哈哈哈，請、請。」

眾將急揖。藍玉笑道：「胡相，弟兄們冒昧，想跟你討杯茶吃吃。」胡惟庸立刻嗔斷：「沒茶！苦丁茶我已經喝夠了，要喝咱就喝酒！嗳！我府上剛好有十罎佳釀，各位將軍要是看得起我胡惟庸，就進來痛飲一場！」

眾將頓時又驚又喜，一片聲歡叫：

胡相眞是講義氣！

患難見眞心哪，胡相不愧是咱淮西大哥！

胡惟庸連拍帶拽：「請，請！進屋吧！」他同時朝裡面大叫，讓管家老宋趕緊備菜，上酒。把那十罈藏在地窖裡的狀元紅都搬出來！

很快，大堂上一席盛宴備好了。與昨夜的月光宴不同，胡惟庸這裡的宴席擺上來的都是好酒好菜。還是這些淮西將領，他們悲喜交集地喝著，醇厚的酒香，濃濃的情意，撫慰著他們的悲憤與委屈。他們直喝得月落烏啼霜滿天，數隻酒罈底朝天。他們幾乎個個面紅耳赤、酩酊大醉。眞是酒逢知己千杯少，他們碰到視他們爲知己的胡惟庸，求的就是一醉方休。但醉倒之後，卻是牢騷更甚，怨聲綿綿。

藍玉像是被火燒著了，滿頭滿臉紅通通的，大聲道：「上位是在過河拆橋、卸磨殺驢啊！啊？咱們弟兄豁出命來幫他打下了江山，可倒好，江山到手了，天下太平了，立馬就把咱們擼一邊去了。」

陸仲亨哀歎道：「上位自個兒妻妾滿堂，坐擁天下，就不許咱兄弟沾沾光啦？」

費聚紅著眼睛叫著：「什麼狗屁『歸養』啊？不就是找個碴兒把咱們弟兄統統扒拉掉，打入冷宮?!」

馬上有一個將軍接上去自嘲：「什麼冷宮熱宮啊？屁宮都沒有，趕咱們回家種地去！」

胡惟庸一直微笑著聽他們發牢騷，這時勸解道：「你們哪，不能怨皇上。皇上這麼做，也是叫人給逼的。」藍玉圓瞪兩眼道：「誰逼上位的？說出名來，咱劈了他！」

胡惟庸豎起兩根指頭道：「兩撥人。頭一撥，就是你們自個兒！你們呢，有些事做得也忒過了些，皇上氣你們給他添亂了。再一撥人，就是都察院的劉伯溫他們。劉伯溫歷來認爲，驕兵悍將是盛世禍害，淮西勳貴是朝廷隱患。而且他還一再以此挑唆皇上，甚至不惜拖著一雙老腿兒，長驅四省九府二十三縣，查找你們的把柄。唉！」

藍玉大怒，兩眼冒火，仇恨地拍案道：「咱早就說過，這個臭老儒是朝中奸臣，專門跟淮西子弟過不去！」

費聚切齒罵道：「王八羔子，咱又沒招他惹他，他幹嘛要把咱們趕盡殺絕？」

陸仲亨望著胡惟庸道：「胡相啊，您是咱淮西大哥。咱們弟兄的生死榮辱，您不能坐視不管。」

胡惟庸正容道：「我豈能不明白？弟兄們是淮西籍將軍，我胡惟庸也是淮西籍大臣，你們要是淪落了，我能獨善其身嗎？所以，這個事，我和大夥是生死同心，榮辱與共！」

藍玉深爲感動地說：「哥！有你這句話，咱弟兄就是死嘍也感謝你恩典！來呀，咱們共敬胡大哥一杯。」

所有將軍舉杯齊叫「敬胡大哥」，胡惟庸執杯微笑著說「多謝多謝」，大家一起一口飲盡杯中剩下的酒。

天漸漸亮了，又是一個新的黎明。但藍玉等淮西將領已經醉成一堆爛泥。他們有的歪在椅子上，有的趴在案桌上，有的倒在長榻裡。黎明是他們睡得最香的時候，他們都打著呼嚕，沉浸在夢鄉之中。只有胡惟庸仍在案首端坐，他慢慢飲下最後幾口酒，望著那片東倒西歪的將領們，得意地自言自語：「戰場上，本相或許不如你們。酒場上，你們綁一塊也不是本相對手啊。至於官場上呢，那就更不用說了！嘿嘿嘿！」

管家著人收拾案上剩菜，四下看看，爲難地對胡惟庸道：「相爺，這可怎麼辦呢？都醉成一堆爛泥了。」胡惟庸醺然吩咐道：「去，把毯子拿出來，給弟兄們蓋上！別叫人家凍著嘍，說咱胡相不仗義。」

管家低聲提醒道：「相爺，這事要是讓皇上知道了，會不會給您惹禍啊？」

胡惟庸卻一擺手，此時已經醉意盎然，道：「不怕。腦袋掉了不過碗大的疤！嘿嘿！比這隻酒碗大不了多少！」說完，他也睏了。管家見他兩眼迷糊著要倒，上前將他攙入內室。

胡惟庸去睡覺的時候，一個騎士駕著一匹快馬從遠方馳向城門。他在城門下昂首急叫：「快開門！我是晉軍校尉，奉太原將軍令遞送萬急奏章！快開門哪！」

城門剛剛開啓，騎士鞭馬閃電一樣衝進京城。

奏章送到朱元璋那裡，朱元璋從睡夢中醒來。他穿著睡袍急看奏章，並讓二虎立刻去把朱標叫過來。朱標一會兒匆匆奔來，騎士正在跪地稟報：「前元餘孽嘎胡兒，趁著九邊守將返京賀壽的機會，突然攻破雁門、陽河兩關，越過邊塞，竄襲內地。嘎胡兒他自稱是前元皇帝的嗣子，自命大元帥，糾集戈壁各部的胡騎共約六萬多人，並且檄告邊民，說要攻破大都，光復大元！還有，卑職臨行前，太原將軍剛剛接到烽火臺傳遞的狼煙警告。估計，甘北草原上的蠻夷部族也有集兵南進之舉！」

朱元璋讓二虎領騎士下去歇息。他把奏章遞給朱標，起身踱步思索。朱標讀罷，驚駭道：「父皇，兒臣召集王公大臣們進宮吧？」

朱元璋卻道：「急什麼，天還沒亮呢。」朱標緊張地說：「嘎胡兒這次進兵，來勢洶洶，似乎預謀已久。」

朱元璋沉吟道：「當然是預謀已久。既然來了，那就不妨讓他們多深入一些。」朱標豁然醒悟：「兒臣明白父皇用意了！」朱元璋眼睛一亮：「哦？那你說說。」

朱標道：「從開國那年起，漠北胡騎一直是大明心腹大患。但他們終年出沒於戈壁沙漠，飄忽不定，徐帥始終難把他們殲滅。現在，胡騎們既然聚兵一塊，悍然南進，父皇正好可以把他們一網打盡，以求徹底消除此患！」

朱元璋開心的大笑：「好哇，標兒，說得好！父皇就是這個用意。還有一條，那就是朝廷設立九邊鎮衛以來，胡騎們與內地斷了來往，鹽鐵茶糧等物一概得不到，他們終於熬不住了，不得已，才捨命南犯！這也是朝廷戍邊之策的成功啊。」

朱標興奮地說：「父皇聖明！父皇啊，大敵當前，正需將士效命。那麼，解甲歸鄉的事又怎麼辦呢？」

朱元璋一怔，他沒有馬上表態，陷入沉默。

再說胡惟庸剛睡下不久，就被外面急促的敲門聲弄醒，他急忙披衣起身。「咚咚咚！」敲門聲一刻不歇，像長跑後的喘息，還伴隨著「胡相，胡相，請開門！」的急促喊叫。

胡惟庸披衣急起，管家也起來了，匆匆先跑出去拉開大門。

一位中書省臣工奔進大門，胡惟庸迎上去，臣工呈上一紙道：「昨夜在下當值，兵部接獲太原將軍萬急奏報，嘎胡兒集鐵騎六萬，破關南下！」

胡惟庸一目十行匆忙讀罷，問：「皇上知道了嗎？」臣工回答：「此奏已經遞送內廷了。」胡惟庸道：「好，即刻通知中書省所有屬員，全部到職待命！」

臣工應聲而去。胡惟庸深深地、甚至是幸福地鬆了口氣，這個消息太及時了。它倒更像一個福緣，給他們淮西人帶來了機會。他精神抖擻地走向敞開的大門，舉目遠望。這時，天邊朝陽正在噴薄而出，它的燦爛金光灑遍了大江南北！

一縷陽光落到胡惟庸臉上，胡惟庸臉上的微笑越來越濃。突然，他放聲大笑：「哈哈哈！」他的笑聲在陽光中隨著塵埃向前滾動，響徹四方，迴響不絕。

初升的朝陽普照萬物，也照耀著莊嚴的太廟，照耀著高高的祭臺，照耀著祭臺上那隻沉重的銅篕。

銅篕在陽光下閃閃發亮。它的四周卻是空空蕩蕩，無聲無息。

胡惟庸此刻雖然沒有看見銅篕，但他並沒有忘記它。沒有忘記朱元璋讓淮西將領們將要求退養的辭呈放入銅篕的旨意。因此，他格外激動地走到歪睡在長榻上的藍玉面前，一把掀掉他身上的毯子，暴喝：「藍將軍，起來！天亮了，你們的好日子到啦！」

藍玉揉著眼兒坐起，迷迷糊糊地問：「胡相說什麼？」胡惟庸道：「我是說，你們的好日子到了。」

大堂裡的眾將都起身了。藍玉詫異地問：「什麼好日子？」胡惟庸笑瞇瞇望著睡眼惺忪的藍玉，問：「藍玉啊，如果還有一次洪都保衛戰，你還敢不敢捨生忘死、爲國建功啊？」

藍玉叫道：「那還用說？咱盼都盼不著！」

胡惟庸微笑道：「聽著，嘎胡兒趁各位回京賀壽之機，集兵六萬，破關南進！嘿嘿，大敵當前，朝廷還得依靠你們這些驕兵悍將，去殺敵護國呀！」

這下大家全醒透了。藍玉他們幾個將領同時驚叫：「眞呀？」胡惟庸道：「你們趕緊返回府第，就等著上位召見吧。關鍵時刻，上位還會用淮西子弟的。」

藍玉等互視片刻，個個激動得渾身顫抖，一時竟說不出話。胡惟庸鄭重保證：「此外。本相先跟你們打個招呼，無論你們之間誰上戰場，中書省都會全力保障你們的軍械、糧餉，讓你們無憂無慮，殺敵建功！」

藍玉撲地而跪，重重叩謝胡惟庸。眾將全部跟著跪地，重重叩謝他們的胡相。是他把這個消息帶給他們，而且是在他們命運的關鍵時候。對於他們來說，這個戰爭訊息就是一個福音。很可能是他們命運再次轉折的契機。他們怎能不對他們的胡相感激涕零呢！

兩天後，李進奉命帶人去了太廟，將那隻大銅篋抬回宮中。銅篋放到奉天殿大堂當中的大案上，朱元璋走近注視著它。李進折腰道：「稟皇上，三天已過，臣將銅篋取回來了。」

朱元璋擺手讓李進打開。李進雙手舉起銅篋，口朝下，銅篋裡面立刻嘩嘩地瀉出大堆章呈。這大大出乎朱元璋的意料，他驚訝地說：「哦？這麼多人願意歸養。眞沒想到！你看看都有誰啊。」

李進迅速打開一份章呈，表情略驚，朝在旁踱步的朱元璋道：「皇上，不是辭呈，是戰書！」

朱元璋詫異地說：「戰書？」李進趕緊連連再拆看幾份，顫聲道：「稟皇上，全部是請戰的戰書！啊，皇上，還有幾件血書呢！」

朱元璋吩咐李進念出來聽聽。

李進挑一摺高聲念道：「陝甘將軍藍玉叩報皇上，嘎胡兒是末將不共戴天之敵，末將叩請上位降旨，准末將統兵殺敵！末將對上位歃血立誓，此去北疆，定要生擒嘎胡兒，獻於午門城下。末將如失戰機，必定自刎於塞北戈壁。」

朱元璋頓時大笑：「聽聽，血戰洪都時的藍玉又回來了！這可眞有意思。唉！」朱元璋正說得高興，卻突然長歎一聲，頹然落座。

這時，二虎入內報告說李善長求見。朱元璋低聲道：「有請。」

二虎走後，朱元璋示意李進也退下。李進走了一會兒，李善長就進來了，揖道：「臣李善長拜見皇上。」

朱元璋開門見山地說：「善長啊，坐吧。你瞧瞧，咱等了三天辭呈，卻等到了一堆戰書！」

李善長看一眼那堆戰書，平靜地說：「稟皇上，臣這裡有一道辭呈，請皇上恩准。」說著從懷裡取出一隻奏摺，雙手捧上。朱元璋接過去，慢慢展讀。李善長和緩地說：「皇上啊，那天晚上，是臣把自個兒的年齡記錯了。還是皇上說得對，臣今年確實是六十五歲了，不是六十二歲！」

朱元璋讀罷辭呈擱下，溫淳地問：「善長啊，你怨恨咱了吧？」李善長恭敬地說：「臣不敢。臣眞誠叩求皇上降恩，准臣卸職歸養。如此，臣才能得到一個太平晚年。上位啊，這就算對臣追隨您幾十年的回報吧。」

朱元璋聽得也有些動容，但他沒有在臉上表現出來，只默默頷首。

李善長示意案上的戰書，道：「再者，恕臣直言，臣也不太喜歡借助於戰端重開，就繼續戀棧不退了。那天晚上，皇上已經把意思說得很明白了，如果無一人退養，皇上天威何在？」

朱元璋感動了，這個世界上，能眞正爲他想的人還眞不多啊！他懇切地說：「李善長，你不但是咱的先生，也是咱的知心兄長！」

朱元璋很少講這種動情的話，李善長有點受寵若驚，顫聲道：「謝皇上。」朱元璋問：「你如果卸任了，中書省左丞相，由誰繼任妥當啊？」

李善長毫不猶豫地說：「劉伯溫最合適！」

朱元璋搖頭不贊成：「不成。幾年前就跟他商量過，他不幹。現在他半截身子都衰了，更不成了。」李善長沉吟道：「那麼，吏部尚書汪廣洋，堪稱老成持重。」朱元璋仍然搖頭，直截了當問李善長胡惟庸如何。

李善長像是想了想，然後認眞地說：「不妥。胡惟庸做事往往不計利弊，一意孤行。他要是掌了大權，定要建功立業，那樣反而容易闖出亂子來。」朱元璋詫異地說：「建功立業有何不好？胡惟庸可是你的門生啊！」李善長誠懇一歎：「稟皇上，正因爲此，臣才更不贊同他出任中書省左丞相，以避朝中物議。」

朱元璋感歎道：「明白了。善長啊，按照古禮，柱國大臣請辭歸養，做皇上的應該再三挽留，而大臣也應該再三請辭。君臣倆折騰它三、五個來回，最後皇上才忍痛割愛。你看咱倆有這個必要沒有？」

李善長笑道：「沒有！」朱元璋頷首：「那麼，咱現在就准你卸職歸養。你想要什麼賞賜？直說。」李善長平靜地說：「臣得到歸養之恩就足夠了，其他什麼都不需要。」

朱元璋慢悠悠道：「你不是喜歡杭州嗎？張士誠在杭州有座吳王府，不次於乾清宮。賞你吧。」

李善長喜出望外，跪地感激涕零：「臣、臣不敢推辭。臣叩謝天恩！」

朱元璋起身扶起李善長，認眞地說：「善長啊，只要咱活著，就保你的終生富貴，你就放心享福吧。還有，咱送你座吳王府，並不是要把你拘在杭州，你只要想念京城了，隨時可以回來。咱倆一道喝茶、聊天。」

李善長激動地說：「臣唯一想念的，就是上位了！」

送走了李善長，朱元璋約徐達到花園裡散步。下了兩場雨，眼下正是雨後初晴。花兒開得正好，花園裡奼紫嫣紅、四處飄香，兩人沿著花徑慢慢踱步。眼前的一切都令人賞心悅目。朱元璋信任地問：「兄弟，事情你都知道了，你說咱該怎麼辦？」

徐達直言相勸：「上位，臣弟覺得，讓悍將們解甲歸養的事，恐怕不能操之過急。急嘍，可能激起兵變！」

朱元璋自信地說：「這個咱有數，他們不敢。」徐達道：「但眼下邊關上軍情火急，打仗也得靠他們哪。驕兵悍將閒時是個麻煩，戰時是寶貝。一旦上了戰場，他們個個驍勇無比！」

朱元璋沉著地說：「咱也可以不用他們上戰場。」徐達奇怪地問：「那上位用誰？」朱元璋笑指徐達：「你呀，中軍大都督，百戰百勝的徐大帥！」

徐達苦笑道：「我也老了！在邊關上跟胡騎折騰多年，腰腿早就不行了。上位啊，您該考慮把後生們推到帥位上來了。」

朱元璋這才意識到徐達同和他一樣，彼此都是上了年紀的人了，不由歎道：「你薦一個主將吧。」

徐達沉吟片刻，果斷地說：「燕王朱棣。他既是您的皇子，也是我的女婿。還有，守邊的那些年，他也跟我做過多年副將，可以獨當一面了。」

朱元璋頓時眉開眼笑：「三弟啊，不瞞你說，所有皇子當中，棣兒最有將帥之才！嘿嘿嘿！只是，他還嫌嫩了些。」朱元璋有點言不由衷地替朱棣謙虛著。

徐達不加思索地建議：「你再給他配一個能征善戰的副將，這就成了。」

朱元璋沉思道：「看來，還得藍玉出戰了。陝甘一帶的駐兵，也多爲藍玉所部。」徐達笑道：「好哇，燕王做征北大將軍，藍玉做前軍主將，讓他們把驕兵悍將都帶上，省得在京城惹是非！」

朱元璋欣慰地笑笑，又忍不住一歎：「只是，裁軍歸養的事，又得推遲了。唉！哎，兄弟啊，李善長之位，由誰繼任合適？」

徐達連忙擺手：「中書省事，我從來不沾，你愛誰是誰！」朱元璋笑嗔：「你看你看，又沒逼你當左丞相，只是讓你推薦一個。」

徐達嚴肅地說：「不薦！我只薦將帥，不薦文臣。」朱元璋無奈，只得自己說：「胡惟庸，你看如何？」徐達淡淡地應道：「成啊！」

從朱元璋那裡出來後，李善長和劉伯溫一樣，也是說走就走。他最後來到自己的政事房，關了門，坐在椅子上。他捋起袖子，將裸露的手臂放在陰涼的案面上，一股溫情便從心底升起，震盪著他，搖撼著他。他留戀地打量自己的房間，好久好久。終於，他戀戀地離開座位，手執一帕，細膩地、深情地揩拭著那張大案。他甚至在上面吹了一口熱氣，用力揩盡一小點污漬，正忙得出汗，門兒吱吱開了，胡惟庸走了進來。

李善長放下巾帕，傷感地說：「惟庸啊，我已經把這尊紅木大案，替你收拾好啦。」

胡惟庸感動地望著李善長，百感交集地說：「恩公，也許這尊大案並不是由我坐啊。」

李善長斷然道：「錯不了！過幾日，皇上的旨意就會下來。如果我連這都估計不對，眞是白當了十年相國。」說著他走向茶案，取起一匣圍棋。笑道：「中書省的公物，老夫唯一想貪得的，就是這副雲子了。我對它有感情啊，請胡相恩准。」

胡惟庸再也忍不住，撲地而跪，泣道：「恩公！」

李善長扶起胡惟庸：「起來、起來！我走了，還有你嘛。長江後浪推前浪，江山代有才人出。你比老夫強啊！」胡惟庸輕輕哽咽道：「恩公，您爲何說走就走啊？」

李善長自嘲道：「杭州有座王府等著我呢，我不去享福也是不行啊！我走得越早越好，去晚了，說不定福氣搖身一變，成了禍呢！惟庸啊，中書省拜託你了。」說著他手托雲子，昂首出門。

剛剛走到門口的李善長吃了一驚。他看到中書省所有屬員，密密麻麻、整整齊齊地排立於大院之中爲他送行。看見李善長出來，全體屬員一起折腰深揖，滿懷感情齊聲道：「屬下拜送相國！」

李善長感動得幾乎掉下淚！他抱著那匣雲子，稍微一揖，片言不發，平靜的從他們面前走過。

第二天，李善長就坐著燦爛的龍輦轟隆隆馳出城門，離京而去。

他將車窗稍微掀開一道縫，戀戀不捨地望著漸漸遠去的京城。城外，幾乎就在他上次送別劉伯溫的地方，一個瘦弱的身影拄杖立於道口等候。李善長不用細看就知道，那一定是劉伯溫。龍輦馳到劉伯溫面前停定，李善長推門下車，愉快地笑嗔：「伯溫啊，說好了的，誰都不送。你這不是讓我傷感麼？」

劉伯溫微笑道：「在下歸養青田時，李相不避忌諱，親赴城門相送。此情怎能不報哇？」李善長眞誠地說：「多謝了，那就一塊走走吧。」

兩人並肩往遠處走，龍輦跟隨在後。劉伯溫由衷歎道：「善長兄，在下眞是羨慕你啊，坐著龍輦下杭州，住進王府享清福。從此後，頭枕西湖濤音，夢遇青白二仙。唉，眞是羨煞伯溫了！」

李善長愜意道：「還有一件事，更値得你羨慕。」劉伯溫好奇道：「哦？請賜教。」

李善長快活道：「我到杭州後，不會有人天天送衣物、燒餅之類的東西，逼我回來。」劉伯溫不解：「這是爲何？」李善長心情複雜地說：「這就是你我之間的不同。皇上不放心你走，卻放心我走！」劉伯溫感慨地說：「是啊，確實是這樣。善長兄，有何吩咐嗎？」

李善長沉吟片刻道：「我有一樁憾事，你我自從政見不合之後，就多年沒有對弈了。現在，龍輦上剛好有一副雲子。如蒙不棄，請賜教一局如何？就當是爲我送行吧。」劉伯溫感動地打揖，口說遵命。

李善長返老還童一樣，少見地興奮著，扭頭朝龍輦高喊：「把圍棋拿來！伯溫啊，我們就在那座長望亭中，手談一局吧！」

長望亭成了械鬥場。兩個朝廷老臣在此苦苦弈鬥。直鬥得汗水從額頭盈盈而下，幾乎是生死相爭之狀！終於，劉伯溫顫抖地伸出一隻手，將盤面上的一顆白子翻過來，這意味著認輸。

李善長見之，立刻長長地鬆了口氣，微笑揖道：「承讓，承讓。」

劉伯溫仍然目不轉睛地注視著棋局，喃喃地說：「怪哉、怪哉，這棋竟然也能輸嘍！善長兄，你我對弈無數次了，我可是一直稍佔上風啊！」

李善長開心的眉開眼笑，舒筋鬆骨，得意地說：「不錯，但最後的勝利屬於我。」

劉伯溫連連搖頭，說：「善長兄，在下眞是不解，你的棋力爲何突然變得這麼厲害？」

李善長最高興聽到這樣的問題，道：「要我直說嗎？」劉伯溫道：「務請直言相告。」李善長微笑道：「你坐堂理政時，我關在屋裡下棋；你奔波於四省查案時，我還是關在屋裡下棋！我呀，三年多來，除了下棋、打譜之外，基本就沒幹別的，這就是中書省左丞相坐堂理政之法。」

劉伯溫怔住了，但很快醒悟，由衷讚歎：「高明啊，善長兄早就把丞相大權交給胡惟庸了，自個兒在暗中逍遙。佩服，佩服！」兩人不禁放聲大笑。

李善長起身走向龍輦，不無傷感地說：「下一次紋枰對弈，又不知何年何月了。」劉伯溫也是充滿了滄桑之感，低沉地說：「但願還能有下一次。」

李善長見劉伯溫情緒有些低落，自己在龍輦前站定，關切地問：「伯溫哪，你何時能重返青田故里啊？」

劉伯溫神色黯淡地沉默了許久，無限悲涼地說：「皇上口諭，日後讓人扶靈，送我歸葬青田祖塋。」

李善長一怔，折腰深揖，顫聲道：「保重！」劉伯溫回揖，也是發自肺腑地顫聲說：「保重！」

李善長登上龍輦，車慢慢向遠處行，越行越快，越行越遠。劉伯溫拄杖久久目送龍輦遠去。

此時的金陵城上，城臺四周龍旗招展，戰甲鮮明，侍衛林立。朱元璋正高居城樓正中的丹陛龍座上，布署新的戰役。他的兩旁，分坐著徐達、湯和等大帥以及胡惟庸等重臣。太子朱標立於朱元璋身後。丹陛下，朱棣與藍玉各著戰甲，腰懸戰劍，氣勢軒昂地走到臺前，跪地聆旨。

李進執一黃卷高聲誦道：「聖旨。前元餘孽，悍然犯疆南下。朕持戈北望，久待此時。特授燕王朱棣爲征北大將軍，賜天子劍。授陝甘將軍藍玉爲前軍主將，賜金牌敕令。同率鐵騎五萬、精兵八萬征剿犯疆胡騎。此戰，務要盡掃餘孽，不可使之重遁沙漠，遺爲後患。欽此！」

朱棣，藍玉高聲道：「末將遵旨。」兩個侍衛捧著銀盤上前，分別將天子劍與金牌敕令頒給朱棣與藍玉。這時鼓樂齊鳴，朱元璋臉上一片歡喜。徐達、湯和等老帥們也是相視而笑。

儀式之後，朱元璋叫住藍玉，找他單獨談話。他們沿著城牆巡走，後面不遠，跟隨著六位身材威猛的驍將。朱元璋感歎道：「藍玉，十六年前，你那場洪都血戰，堪爲大明偉業中的經典之戰。從那以後，長江中下游各省，盡歸於咱。咱希望你此去，不似當年，勝似當年！」

藍玉興奮地說：「末將絕不負上位期望。此去，定將嘎胡兒擒回京城，獻給上位！」

朱元璋看見後面那些驍將，奇怪地說：「咦，你這幾位部將，咱倒沒見過。」

藍玉立刻令部將上前拜見皇上，呈報姓名。六位驍將一一上前，壯聲稟報：

前軍校尉藍雄山，叩見皇上！

前軍校尉藍四勇，叩見皇上！

中軍校尉藍平天，叩見皇上！

千戶藍鐵心，叩見皇上！

朱元璋心中打個咯噔，詫異道：「怪了，怎麼都姓藍哪，莫非是一家子？」

藍玉自豪地說：「稟皇上，這六個偏將軍都是末將的義子，他們個個身經百戰，無人可敵！」

朱元璋微笑問：「藍玉啊，你究竟認了多少個義子啊？」

藍玉微窘道：「末將也沒數過，總有幾百個吧。稟皇上，末將所認的義子個個都是勇士啊。上了戰場，末將衝到哪兒，他們就跟到哪兒！末將就是讓他們赴湯蹈火，他們也會毫不猶豫地衝上去！」

朱元璋笑道：「好嘛，你的義子，比咱的義子多幾十倍。」藍玉窘迫地呵呵笑著。朱元璋對那些義子道：「你們先退吧，咱跟藍玉說說話。」那些義子齊諾：「遵旨！」

朱元璋緩緩往前走，奇怪的是，藍玉的那六個義子仍然跟在他們身後。朱元璋又道：「咱說過了，你們先退了。」六義子又高喝一聲「遵旨」，但他們卻眼望藍玉，仍然挺立不動。藍玉朝他們大喝：「退下！」六個義子齊應「遵命。」之後一揖，迅速退下。

朱元璋隱忍著內心的憤怒，含笑對藍玉道：「你的將令比俺的聖旨更管用啊。」藍玉急忙解釋：「皇上恕罪。末將戍衛陝甘時，防地足有幾千里啊，必須軍紀嚴明，才能萬眾一心。多年下來，這些義子們習慣了末將的聲音，只有末將才能使動他們。」

朱元璋頓時滿面親切地大讚：「好、好，像這樣率兵馭將，才能攻無不克，戰無不勝！好哇，好、好！」藍玉自豪地說：「謝皇上。」

朱元璋又關切地問：「此次出征，兵馬、軍械方面有什麼要求啊？」藍玉猶豫片刻，突然直言：「稟皇上，末將只有一個要求，斬掉那個老儒生！」朱元璋驚訝地問：「哪個老儒生？」藍玉眼中冒火，氣憤道：「劉伯溫！他盡跟咱們作對。」

朱元璋心裡一沉，低聲地說：「藍玉，聽起來，你是在要脅皇上呀。」

藍玉立刻跪地，顫聲道：「末將向皇上起誓，末將萬萬不敢冒犯天威。劉伯溫原本就是前元朝廷的雜種，對咱們淮西子弟們一直又妒又恨，而且總在上位面前造謠生事，敗壞上位與淮西弟兄的血肉深情！皇上啊，不光末將恨劉伯溫，此次出戰的所有將軍，對他無不恨之入骨！末將等此行北疆，一去就是三、五年哪。有劉伯溫這樣的奸臣在朝廷裡使壞，大夥都提心吊膽呀！稟皇上，末將全家老少三十五口都留在京城。末將此行，如果有負皇恩，皇上可以將末將三十五口親人全部斬盡！但是，末將唯一的願望，就是請聖上罷撤劉伯溫！」藍玉竟拭淚失聲了。

朱元璋沉吟片刻，正色道：「藍玉，出征之後，你可以轉告淮西弟兄們。咱會滿足你們的願望。」藍玉大喜道：「謝上位！」朱元璋鄭重叮囑：「但是，你們必須全力以赴地作戰，別無牽掛。一定要把胡騎剿滅，把嘎胡兒斬於馬下！一定！」

藍玉激動再叩：「末將遵旨！」

朱元璋與藍玉分手後，往宮殿裡急行，朱標緊追慢趕地跟隨在後。朱元璋憤怒地說：「你都看見了吧？他那些義子，只認藍玉之命，眼裡根本沒咱這個皇上！標兒，今天這事，你可要牢記一輩子，讓它像刀那樣刺在心裡，永遠不忘！」

朱標顫聲急忙回話：「兒臣明白了！請父皇息怒！」朱元璋繃著臉喝斥：「叫朱棣來。快去！」

朱元璋回到奉天殿的暖閣裡，朱標也帶著朱棣回來了。他這時已經平靜下來，端坐在龍案邊，朱棣跪地聆聽訓示。

朱元璋語重心長地說：「棣兒，這一回，是千載難逢的戰機，也是你建功立業的大好時機。你要好好向藍玉學習布兵野戰之法，他在戈壁灘上攻殺確實有一套，你要把他的本事全部學過來！日後，你要成爲像你岳父徐達那樣傑出的大帥。不，你要成爲比徐達更傑出的大帥！」

朱棣激動得渾身發抖，大聲道：「兒臣領旨！」

朱元璋起身，手撐案面，緩沉地說：「爹其實並不擔心關外那些胡騎，他們不是藍玉和你的對手。爹擔心的是：今後的頑敵不在關外，而在京城，在朝廷上呀！」朱元璋的手顫抖地指向宮門。

朱棣大驚失色，屏息聆聽。鬢髮蒼白的朱元璋直挺挺佇立著，雖有兩個貼心的兒子在身邊，他還是感到孤獨和憂慮。他望著宮門外的蒼天，久久沒有說話。其實，對於他的兩個兒子，他心中正有千言百語要叮囑。他已經越來越頻繁地想到，如果有朝一日，他朱元璋殯天而去了，那麼，仁慈的朱標，對付得了胡惟庸這幫權臣嗎？剛勇的朱棣，對付得了藍玉這幫悍將嗎？如果對付不了的話，大明王朝，還會姓朱嗎？

第三十六章
走馬任相惟庸驕矜
革職奪祿伯溫賣扇

一群淮西將領在京城的街道上騎著駿馬當先而過。他們的後面，是一大片步行的甲士，甲士們個個持槍執盾、步伐整齊地行進，許多簞食壺漿的百姓，在街道兩旁欣賞著出征的軍隊，並爲將士們送行。鼓樂聲、鞭炮聲、百姓的歡呼聲遮天蓋地，一條街都沸騰了。

劉伯溫在街道旁邊的茶樓內憑窗而立，他默默地注視著窗下的一切。呂昶、宋濂兩人則坐於茶案旁，一邊品茶一邊觀望。呂昶笑吟詩句：「沖天香氣透長安，滿城盡帶黃金甲。」宋濂感歎道：「這是大明王朝開國以來最大的戰事。此戰如勝，北疆起碼可保五十年無虞。」

劉伯溫回身落座，憂慮地一歎：「此戰還有一個意義。自古以來，但凡朝廷內部的衝突無法調和，便可以用外部方式解決。」

呂昶笑道：「伯溫哪，你這是說哪個朝代的事啊？」劉伯溫的心情顯然不輕鬆，他沉重地說：「就是本朝的事，就是眼下的事！北疆戰端一開，驕兵悍將之害就轉移到戰場上去了。秦皇漢武的王霸之術，上位取而用之，可謂青勝於藍啊。」

宋濂聞此言放低聲音，說出自己的看法：「禍害既然能轉移出去，就不能再轉移回來了嗎？驕兵悍將一旦在北疆創立新功，日後重回朝廷，豈不是兵更驕、將更悍嗎？」

劉伯溫沒想到宋濂這個老夫子能看得這樣遠這樣透，不由怔了一下，笑道：「宋兄說得是。不錯，不過到了那時候，我恐怕已經灰飛煙滅了。」

呂昶歎息道：「唉，皇上正要厲行整肅，戰事就爆發了。對於皇上來說，此戰來得有些尷尬。而對於那些將領們來說，此戰來得眞是無比歡暢啊！哎，你們知道不？擱在太廟前的那尊銅簋，原本是等著收穫辭呈的，卻給塞滿了戰書，有好幾件還是血書呢！後人論及這事，只怕要啼笑皆非了！」

劉伯溫苦笑道：「在他們眼裡是啼笑皆非，擱我身上，可就是生死存亡了。」

宋濂、呂昶聽劉伯溫這樣說皆怔了一下。宋濂傾身關切地問：「伯溫，爲何這麼說？」劉伯溫悲涼地顫聲道：「有淮西將領在出征前，公然向皇上要我的人頭！」

呂昶、宋濂同時大驚失色：「什麼？」劉伯溫入木三分地說：「唉，我理解他們哪！整肅裁撤一旦進行，定然斷送他們的富貴榮華之路。他們總不能恨皇上吧？於是所有的仇恨都集中到我頭上來了。看來，我這顆腐儒奸臣之頭還別有妙用呢，它可是最好的犒軍之物！」劉伯溫點擊著自個兒的腦袋，臉上有凜然的淒清的笑。

宋濂嚴正地說：「皇上不會答應他們的。」呂昶因爲受過無中生有的陷害，因此對皇上的態度並沒有把握，他口氣猶疑地安慰道：「這，在下也認爲不會。」

劉伯溫發出察見淵魚者的智者的苦笑：「但是皇上要用他們打仗，而且要打勝仗！這就需要安定軍心、激勵士氣。兩位仁兄只當我說句笑話吧，如果我哪一天猝死了，你們的輓聯上千萬別爲我鳴冤！」說著，劉伯溫伸手取茶，緩緩啜飲。

宋濂、呂昶呆坐著望著劉伯溫，心裡竟升起同病相憐的悲涼。

突然，劉伯溫噴出一口茶，爆發起聲聲劇咳，直咳得滿面血紅，幾乎栽倒在地！

遠征的隊伍剛走，李進就到中書省來傳達皇上的聖旨。李進走進中書省大院的時候，屬吏們已得到通知，早就排立在大院當中，胡惟庸跪在地上領旨。

李進執黃卷昂首高誦：「聖旨，著胡惟庸署理中書省左丞相事，一體籌措北伐軍械、糧餉等物之供給。盡誠盡力，勿負朕望。欽此！」

胡惟庸接過聖旨，心情激動。他終於爬上了一人之下、萬人之上的巔峰，百感交集地重重叩首道：「臣胡惟庸，領旨謝恩！」

李進扶起胡惟庸，笑揖：「恭喜胡相國！」所有屬吏一齊折腰恭賀！胡惟庸捧著聖旨，矜持地向四周連連揖禮，心裡洋溢著無以言表的自豪與驕傲。

眾人散後，胡惟庸獨自步入李善長的政事房，他輕輕推開門，不想發出聲響。但門還是發出了吱吱的聲音。那聲音在胡惟庸此刻敏感的神經中彷彿是命運對他的親切呼喚。他走進屋子，端詳著四周，這間他來過無數次的熟悉的屋子現在居然屬於他了，就像一個他一直慕悅的可望而不可即的女人現在終於可以被他金屋藏嬌。不，現在的感覺還不止這樣，還要豐富有趣得多。他感慨萬千，終於，他一屁股坐到了那尊巨大的紅木大案後面，欣慰地撫摸著光可照人的案板，久久，久久。就像撫摸心上人的肌膚。終於，他清醒過來，一叩案面，低喝：「來人哪。」

一個屬員推門進來問：「相國有什麼吩咐？」

胡惟庸命令：「告知兵部、戶部、工部、及五軍都督府，請他們今日後晌，到中書省議事。」屬員應諾著正要走，胡惟庸又補充道：「哦，就說是我說的，來者務必是該部的主事大臣，各帶助手兩人。軍府必須來一位主事將軍！清楚嗎？」

屬員興奮地重複：「來者務必是該部的主事大臣，各帶助手兩人。軍府必須來一位主事將軍！」

胡惟庸笑了，再道：「通知所有差役，一個時辰之內，中書省從大門起直到各處廊道，必須清掃乾淨。讓人走進內閣，步步光明透亮。就像——」胡惟庸再擊案面：「就像這尊大案一樣！」

再說出征的軍隊走遠之後，呂昶和宋濂將喘息咳嗽的劉伯溫送回劉府，讓劉璉好生照顧父親，然後告辭。劉伯溫不顧劉璉勸阻，執意來到書房，繼續伏案書寫。但邊寫邊咳，越咳越重，終於體力不支，手中的筆掉落在地。

被劉伯溫趕出書房的劉璉匆忙進來，扶著劉伯溫輕拍其背，焦急地呼叫著：「父親，父親！您歇一會兒吧，藥快熬好了。」劉伯溫邊咳邊指著地上的筆，劉璉趕緊撿起，擱回筆架。過了一會兒，劉伯溫咳聲稍緩，喘道：「璉兒，我這病更沉了些，胸內堵著一團火似的。」

劉璉驚慌地叫：「父親！」

劉伯溫喘著氣道：「甭慌。家裡那些藥，已經沒什麼用了，我自己開個方子吧。」

劉璉不安地問：「這能行嗎？」劉伯溫沙啞地說：「久病成良醫，自個兒的毛病自個兒知道。再說，父親也初通醫道。」說著取筆，顫抖地揮墨疾書。片刻，把紙片遞給劉璉。顫聲道：「拿去抓藥吧。」

劉璉急忙接過藥方出門去，出門時，就覺得空氣潮濕，天陰沉沉的，像要下雨。他快步往藥鋪走，才走了幾分鐘，天就黑了下來，像一隻大鍋蓋扣在頂上，眼看暴風雨就要降臨。他甩開腿奔了起來，一口氣奔到藥鋪門口，沒想到藥鋪老闆見要下雷雨，已經關了門。他叩門急呼：「老闆，開門抓藥哪，有萬急病人！」正聲嘶力竭地叫，忽然嗖嗖兩聲，兩支利箭從後面飛來，深深紮進劉璉頭顱兩側的門板上，錚錚顫抖，兩箭距他頭顱僅差寸許！劉璉驚駭回首望去，身後四處竟然空無一人。

劉璉伸出顫抖的手，拔下一支箭，掩入懷中。更加迫不及待地叩門：「老闆，快開門，快、快！」

藥鋪的門吱溜一聲開了，劉璉趕緊閃入藥鋪，從懷中拿出藥方遞給店老闆。店老闆抓了藥交給他，他告辭後，走出店鋪，四下警惕地探望一遍，這才沿著幽深的巷道急步走回家。

想不到的是，巷陌裡迎面有一夥醉醺醺的將士走來。他們笑語喧嘩著：

那老道士已經沒幾天蹦躂的了。十五位將軍聯名上奏，請求皇上主持公義除奸！活該！這個臭老儒竟敢跟咱們作對，鬧得是天怒人怨！他也不想想，咱淮西子弟跟皇上是什麼情義？要沒咱們，能有大明嗎？

這回，連皇上都不打算救他了。

走哇，玉衣巷去。那兒才來幾個杭州妹子，哈哈哈！

他們並沒有注意到劉璉。劉璉低垂著頭，與他們匆匆擦肩而過。之後，扭頭回望著他們，眼裡心裡都充滿了仇恨。

劉璉回到家中，好像去了一趟戰場一般，心有餘悸。他對父親說了射箭的事，拿出拔下的那支利箭擺在小案上。劉伯溫坐在榻上，且咳且道：「這只是驕兵悍將們給我們的警告。如果射手要你的命，那你早就死了。」

劉璉為了引起父親重視，告訴他：「父親，十五位淮西將領聯名上奏，請求皇上除奸。」劉伯溫驚訝地問：「你怎麼知道的？」劉璉悲憤地說：「兒在巷道裡與幾個將士擦肩而過。他們在歡天喜地的談論這事。」

劉伯溫沉默了許久，咳道：「我的藥呢？」劉璉回答，已經熬上了。劉伯溫囑咐劉璉：「從現在起，你不要再出門了。明白啦？」劉璉應道：「明白。」他憂心忡忡地問：「父親，皇上會拿你做替罪羊嗎？」劉伯溫冷峻地說：「當然會。只是做到什麼程度罷了。璉兒，你不必害怕。父親死不了。非但死不了，我還要——」一陣劇烈的咳嗽，劉伯溫的話說不下去了。

劉璉急忙取水奉上，顫聲問：「父親，你還要什麼？」

劉伯溫飲了一口水，喘息著，突然憤怒地高聲叫道：「我還要好好地活著，活出個樣來讓他們瞧瞧！讓他們咬牙切齒，讓他們擔驚受怕！我、我非要活到裁撤他們的那一天！」劉璉從未見父親這樣激動，可他現在的身體狀況不允許他這樣激動呵，他驚慌地想阻止父親說這種刺激的話題：「父親！」他的眼裡含著淚水。

劉伯溫近乎失態，他激動地喘著卻還要說：「那一天肯定會來的。皇上壓抑得越久，整肅得就會越厲害！淮西將領們得勝歸來的那天，就是他們的末日！」他的淚水終於嘩嘩而下。

劉璉的淚水也流了下來。爲父親的慷慨激昂，也爲父親眼下的處境。父子倆悲憤相對，沉默無言，四周死一般的寂靜。

萬籟俱寂之中，院門被驚心動魄地敲響了！那「砰砰」之聲在此時顯得格外恐怖。家僕跌跌撞撞奔入，顫聲報告：「主子，宮裡來人了。」劉伯溫面無表情地說：「旨意到了。」他讓劉璉扶他出去。

來人是二虎。劉伯溫跪於院中。二虎沉聲傳旨：「聖旨，劉伯溫陽奉陰違，蒙蔽聖上，結黨擅權，悖逆人臣之道，著即剝奪所有職銜俸祿，閉門思過。除非奉旨，不得入朝。欽此！」劉伯溫叩首道：「臣領旨謝恩。」

二虎沒有馬上離開，他沉默了片刻，聲音和藹地又開口道：「皇上口諭，『劉伯溫知罪嗎？』」劉伯溫道：「稟皇上，臣知罪。」二虎又道：「皇上口諭，『劉伯溫如有話，直說！』」劉伯溫想也沒有想，平靜地說：「稟皇上，臣無話可說。」

二虎同情地、深深地望了劉伯溫一眼，掉頭而去。家僕迅速關閉院門。

劉璉扶起父親，寬慰道：「父親，如果處罰僅此而止，也還算僥倖。」劉伯溫沙啞地說：「也許這只是個開頭呢。進屋，拿藥來，我們現在，能活一天是一天！」

劉璉扶劉伯溫入房，進門的時候，一陣寒風吹來，劉伯溫虛弱的身子一陣痙攣。

二虎回到奉天殿時，朱元璋還在暖閣的宮燭下看書，他的眼睛早已老花，到了晚上更是迷糊。他將書拿得距眼睛遠遠的，看得十分費力。他看看停停，似看非看，不時怔怔地發呆。

二虎正要稟報，檢校都尉吳風來了。他要說的事情顯然更重要，朱元璋親切地讓他先說。

吳風揖報：「稟皇上。卑職已經查清楚了，月光宴過後的那一天夜裡，共有洪都侯藍玉、吉安侯陸仲亨、平涼侯費聚等六人聚集到胡相國府上，飲酒洩憤，醉得一塌糊塗。」

朱元璋輕描淡寫地問：「洩憤？洩什麼憤啊？」吳風道：「痛罵劉伯溫。」朱元璋淡淡地問：「罵咱了麼？」吳風不禁驚駭，立馬回答：「沒有，只說過幾句抱怨的話。」朱元璋的臉上並不表現出在乎，但問得卻很仔細：「什麼話呀？原話是怎麼說的？你一個字也別錯！」

吳風猶豫地說：「原話是，『江山到手了，天下太平了，上位就把咱們撸一邊去了。』還有，『上位自個兒坐擁天下，就不許咱兄弟沾沾光啦？』」

朱元璋聽了倒沒有發火，反而噗哧一聲笑了，嗔道：「眞沒出息！還有什麼？」吳風道：「據報：臨散的時候，將軍向胡相國叩頭相謝。」

朱元璋立刻警覺起來：「叩頭？喝個酒叩什麼頭哇？」吳風爲難地說：「這，卑職不知道。」

朱元璋吩咐繼續查探，然後顯得很疲勞的樣子，往榻上靠去。吳風與二虎默默退下。朱元璋躺在榻上，瞇著眼，嘴裡喃喃道：「胡惟庸可眞會籠絡將帥啊！」

劉伯溫自被剝奪所有職銜俸祿以來，一直在家閒賦。終於有了他想要的清閒。經過幾天的調養，咳嗽稍稍好了一些。這一天，劉璉服侍父親喝了藥，對他說：「父親，明天我要出去一趟，到藥鋪裡再抓點藥回來，這是最後一劑了。」劉伯溫卻說不用了。他說自己已經好了，舒暢多了。劉璉不放心地說：「但還是沒有徹底痊癒啊。」

劉伯溫歎息道：「老病，甭指望徹底痊癒，不添亂就成了。」劉璉叫父親還是要多歇歇。劉伯溫對自己的身體顯然並不很在意，他輕聲問：「檢校們還在外頭轉悠嗎？」劉璉也是輕聲道：「掌燈前兒出去看過，已經不見了。」劉伯溫卻道：「看不見不等於沒有啊！」他躺下身子，閉眼安睡。

劉璉吹熄燈盞，只留下一盞如豆小燈。輕輕關門出去。他走到堂屋，輕聲交代家僕，明天一早就去吉祥藥鋪，再抓二十帖藥回來。家僕爲難地告訴他，府上已經沒銀子了。劉璉怕父親聽見憂心，連忙叫家僕小聲點，一邊把他拉到遠處，低聲吩咐道：「把那套定窯細瓷茶具賣了，換藥回來。」

夜半，熟睡的劉伯溫忽然睜開了眼睛。他做了一個夢，他同人說理的時候，被對方逼得喘不過氣來，有口難辯。在即將窒息的時候他醒了過來。雖心有餘悸，但馬上意識到有大事等著他，於是迅速披衣坐起，伸手在黑暗中摸索到那支短杖。

他抖抖索索起身，拿起那盞如豆的小油燈，走到門邊諦聽了片刻，推門而出。

家裡人都睡了。家中的黑暗讓劉伯溫感到愜意與親切。他躡手躡腳地進入書房，關閉所有門窗，拉上各處窗簾。然後走到書案前，放下小燈，看看四周，取過一個冊卷拿到燈旁，使燈光聚集於案上很小一處。他細心地做好這一切才落座，然後沉重地研墨。在如豆的微光下，揮筆書寫。他寫得非常投入，以致根本忘記了注意外面的動靜。

劉璉也悄悄起來了，他也手執一盞小燈走出了自己的屋子。他驚訝地望著書房裡漏出來的燈光，幾次想上前推門。但終於沒有動，只是靜靜地望著書房緊閉的窗戶，心裡卻湧動著驚濤駭浪。

這一夜，劉伯溫一直在書房奮筆疾書，直到天快亮了才悄然回到臥室躺下。剛瞇上眼不久，砰砰的敲門聲就響了起來。劉伯溫知道這樣氣勢磅礴的聲音必是宮裡來人敲的，而且必定是傳聖旨。他在劉璉扶持下匆匆奔了出去。家僕正在拉開院門，劉伯溫先行在院子裡跪地等候。

進來的是吳風。他大步跨入，高聲道：「皇上口諭，『劉伯溫入宮上朝！』」

劉伯溫一驚，頓時欣喜：「臣領旨謝恩。」劉璉扶起劉伯溫，父子倆都是喜笑顏開。吳風沒有走，等在門口。劉伯溫匆匆準備一下，就要出門。劉璉趕緊把短杖遞給劉伯溫，並扶著父親走出院門。吳風伸手阻止他，說：「劉公子。皇上沒有提到你，請留步。」

劉璉只得放開父親，戀戀地望著劉伯溫獨自登車前去。

劉伯溫到達奉天殿時，李進正站在玉階上高吼：「早朝時辰到，眾臣入朝！」精神煥發的胡惟庸走在首輔大臣的位置上，所有文武大臣都跟隨在他身後。只有劉伯溫身著素服，他已沒有資格穿朝服了。他拄著那支短杖，顫巍巍地走在隊伍最後面。

進了奉天殿，眾臣依序佇立，胡惟庸在丹陛前侃侃稟報：「從本月初三起，十萬擔糧草，已分別從濟南府、鄭州府調運北疆。臣保證它們在二十五日以內，定能如數抵達。此外，民夫三十八萬，也已從浙、贛、蘇、魯、豫五省陸續起行，自攜口糧，投軍效力。從聖旨下達至今，共耗軍費一百三十萬兩。臣與兵、戶等部詳細框算過，戰事如能在年內結束，需銀三百一十萬兩。如遷延兩年，則需耗銀七百五十萬兩左右。如遷延三年，則需耗銀二千二百八十萬兩左右。依目前太倉、國庫所儲糧銀而論，足可支應兩年戰事。如加上明、後兩年稅賦，則足可支應三年。」

胡惟庸稟報的時候，朱元璋沉默地在臣工佇列旁踱步。漸漸地，他踱到了劉伯溫身邊，略站片刻，眼睛卻不看他，又掉頭踱回。

拄著短杖的劉伯溫，如同一株枯樹般垂首站立，無聲無息。整個大殿，只有胡惟庸昂奮的聲音迴響不絕。

劉伯溫下朝回到府中，劉璉早等候多時，急忙扶著疲憊不堪的父親，關切地問：「父親，皇上有何旨意？」劉伯溫搖頭說：「沒有。」

劉璉再問：「皇上對您說什麼了嗎？」劉伯溫搖頭道：「也沒有。」劉璉疑惑道：「那讓您去幹什麼呢？」劉伯溫苦笑道：「恩典！璉兒，你最好這麼看皇上，讓我進奉天殿，這就是恩典嘛！」劉璉急了，不打破沙鍋問到底心裡就不痛快：「父親，皇上到底有何用意啊？」劉伯溫沉默片刻，道：「皇上讓我過去，無非是向眾臣展示一下我的待罪之身！」

劉伯溫在京城受苦受難的時候，李善長卻在杭州閒享清福、豔福。這一日，恢宏壯麗的吳王府內外張燈結綵，大紅「喜」字在紅燈籠上高高懸掛著。大門外排開兩行樂手，吹拉著喜洋洋的樂曲。川流不息的賓客穿著五顏六色鮮豔服飾，一路歡聲笑語往王府裡面走。

王府黑漆漆的大門塗得油亮，顯得氣派非凡。門檻裡面，李善長著一身紅燦燦袍服，儒雅瀟灑地笑迎賓客。賓客大多為地方官員，他們一個個恭敬折腰，嶄新的袍服悉悉索索，嘴裡熱絡地說著：

晚輩恭喜李公！

李公吉祥如意，福壽百年！

李善長春風滿面地笑道：「哎喲，老夫只不過納一小妾，萬不敢驚動列位呀。」有一個壓倒別人的高聲響起來：「李公之喜，整個杭州城都為之風光，晚輩們豈敢不登門拜賀！」

李善長笑瞇瞇地說：「請、請，快請！」

賓客一個個入內，眼看要來的人差不多都進了府門，突然門口步入了身穿一品朝服的胡惟庸。他上前深深一拜，高聲道：「屬下拜賀恩公！」

李善長著實意外，大驚道：「哎呀！惟庸啊，你怎麼來了？」

胡惟庸微笑道：「屬下巡視徽、浙兩省，半道上聽說恩公大喜，急忙打馬奔來，務必給恩公叩個頭哇。」李善長自豪地對眾賓客道：「都認得不？這位就是我常給你們說的當朝相國胡惟庸！」

剛進府門的賓客們頓時大驚，回過身齊唰唰跪地，大聲道：「下官拜見胡相。」

胡惟庸趕緊回揖，嘴裡說：「請起，請起。」李善長高興地挽著胡惟庸走進大堂，兩人在當中落座。李善長朝眾賓客笑道：「都坐，快坐吧，不必拘禮！」

待大家落座之後，李善長笑道：「惟庸啊，連你都來了，我也就不避親疏了。」他轉首朝著屏風後面呼喚：「菱兒，出來給大人們敬茶！」

大家眼睜睜盯著一排名爲「遊趣」的彩屏。上面繡有二十多個千姿百態的麗人。須臾，眞有一位美若天仙的少女飄然轉出，她先走到胡惟庸面前，折腰施禮。接著捧起茶壺，從胡惟庸起，依次含笑斟茶。

胡惟庸笑容可掬地輕聲問：「恩公啊，敢問如夫人芳齡幾何呀？」李善長也微笑著低聲道：「對外，二十三。對你嘛，我得實話實說，十六。」胡惟庸咯咯笑道：「恩公哇，您眞要羨煞屬下了！」

李善長顯得心滿意足地說：「歸養嘛，就得有個歸養的樣子。皇上叫咱享福來了，既然如此，清福、豔福都是福哇，不享也是不成！惟庸啊，這事要是傳到京城，言官們只怕要說李善長墮落了。」

胡惟庸斜眼一笑，悄聲道：「恩公不就是要給朝廷這個印象麼？」

李善長一怔，抿嘴笑起來：「不錯，不墮落人家不放心啊！」

這時管家過來揖道，喜宴妥當了。李善長起身，招呼大家入席。

喜宴過後，眾賓客散去。送客的李善長在院子裡抬頭看看，月亮在左上方的雲層裡悄沒聲息地出入，夜色已沉。他同胡惟庸相視一笑，兩人不說話就走進了府中內室。各自在軟榻上坐下。胡惟庸品茶，李善長剔牙。李善長慵懶地說：「如今，我反倒覺得，朝中那些明爭暗鬥眞傻啊，耽誤了多少好日子？當宰相眞不如當相公。嘿嘿！」

胡惟庸也鬆散地靠在滾著金絲麻花邊的杭紡軟墊上，笑道：「恭喜恩公得道成仙。」沒想到李善長卻又一歎，道：「就算成仙，也不過是個落拓散仙。天公一收手，什麼都沒有！惟庸啊，皇上好吧？」胡惟庸道：「好！皇上龍體吉祥，益發勤政。」

李善長這才仔細打量一番胡惟庸，關心地問：「你好吧？」

胡惟庸自信地說：「好！皇上十分信任屬下。屬下辦起事來，無往不利。中書省權威較以往更高了。」李善長又問劉伯溫好不好？胡惟庸立刻說：「不好！粗茶淡飯，門可羅雀，孤苦伶仃，形同朽木。」

李善長倒也沒十分意外，反而很感興趣地問：「哦，爲何形同朽木啊？」胡惟庸快意地說：「失意唄。皇上甚至都不跟他說話了，即使有話也是讓侍衛遞給他。我臨來的那天，劉伯溫奉旨早朝，整整兩個時辰裡，他只說了七個字。」李善長忍不住好奇地追問：「哪七個字啊？」

胡惟庸擱下茶盅，模仿著劉伯溫垂頭頷胸的模樣，道：「頭四個字『是、是、是、是！』後三個字『是、是、是！』」

李善長不由失聲大笑：「哈哈哈，劉伯溫堪稱天下頭號能言鳥，怎麼只剩下『是、是、是』了？」胡惟庸卻發出冰冷的聲音：「稟恩公。屬下以爲，劉伯溫那些儒弱之態全都是僞裝的，是做給皇上和我們看的，以此麻痹外界。這個人哪，只要一息尚存，就不會甘心。」

李善長驚訝地打量胡惟庸，讚歎：「惟庸啊，你如今的目光、心胸、韜略，眞令老夫佩服不已。」

胡惟庸謙遜地說：「屬下完全是恩公栽培出來的。」李善長卻斂了笑，沉吟道：「但請恕老夫直言。大權在握時，你一定要倍加謹愼哪！眼下，西北戰局方熾，皇上自然要重用能臣。等到捷報傳來，邊疆安定，皇上恐怕還是要裁撤淮西勳貴以及驕兵悍將們。到那時候，又要風波再起了。」

胡惟庸惟惟諾諾應著，心裡卻是將信將疑。

劉伯溫這個令人念念不忘的人物，其實家中的日子眞的過到了捉襟見肘的窘境。舉家已經多日食粥，餐桌上，也只有兩樣素菜，一碟魚乾。面對著碟中歷歷可數的幾片魚乾，劉璉的筷子碰也不碰。他只少許挾兩筷子素菜，接著就是埋頭喝粥。劉伯溫覺察到了，伸筷子把魚乾挾入劉璉碗中，笑道：「璉兒，我們已經連續三天喝粥了。」

劉璉遮掩道：「父親，您吩咐過。您病剛好，飲食要清淡些。」

劉伯溫微嗔：「我可以清淡，你們不必清淡呀！把實情告訴我吧，家裡是不是快斷炊了？」

劉璉含淚垂首道：「是。兩個月前，吏部就停了我們的俸祿。這月初，戶部又停了我們的糧米。家裡存銀早就使盡了，可變賣的物品也所剩無幾。僕人每日只吃兩頓粥，都鬧著要走。」

劉伯溫問：「字畫呢？」劉璉道：「只剩下皇上贈您的一幅秋景長卷，上面有皇上的題跋，兒不敢變賣。此外，就是您的藏書了。」

劉伯溫斷然道：「書不能賣，一本都不賣！」父子倆沉默著繼續喝粥，卻已是難以下嚥。忽然，劉伯溫想起什麼，道：「我曾經積存過不少摺扇，在麼？」劉璉道：「閣樓上擱著呢。」劉伯溫吩咐：「取出來，拿到夫子廟變賣。」

劉璉心裡苦笑，想父親眞是病得糊塗了，眼下天寒地凍的，誰會買扇子呢？」但他怕父親傷心，說得十分委婉。

沒想到劉伯溫很固執，不僅不聽勸止，還說要自己親自去賣。劉璉大驚，不得不頂嘴道：「父親，朝廷大臣怎能當街擺攤、買賣起東西來呢？這成何體統？」

劉伯溫倒也不生氣，卻說：「你這話矯情！我現在一無職銜、二無俸祿、三無糧米，還自命什麼大臣呢？小民！哦，斷炊的小民！小民以買賣謀生，完全合乎朝廷律法。」

劉伯溫是說著就行動了。他帶著劉璉和家人來到了熙熙攘攘的夫子廟。夫子廟熱鬧非凡、遊人如織。劉伯溫的家僕好容易在路邊搭設了一張小案，劉伯溫坐於案後揮筆在扇面上作畫。

劉璉如同被逼上梁山，心裡雖老大不情願，卻還是笨拙地朝遊人抱拳陪笑臉：「嘿嘿，這位年兄，您買畫不？名山大川都在尺寸之間哪！嘿嘿，那位學長，您買畫不？觀音、如來齊聚一扇之上啊！」

遊人們聽到劉璉吆喝，扭頭略看幾眼，然後搖頭而去。

劉伯溫嗔責道：「璉兒，這兒沒你的年兄，更沒什麼學長！你只能放開喉嚨吆喝各位老闆，快看貴妃醉酒、西施出浴！這樣一喊，他們就來了。」

劉璉苦笑道，運氣壯膽高聲叫道：「各位老闆，快看貴、貴妃醉酒、西施——」劉璉喊到半截斷了氣，狼狽地說：「父親，兒實在喊不出口。」

劉伯溫惋惜兒子沒有兜售的本事，歎道：「要這樣，明兒連粥都沒得喝了！」

說來也巧，這時候，燒餅師傅正好走這條街去自己的店鋪。他見寒天有人賣扇，好奇地站在畫案前張望，一眼望見劉伯溫，頓覺面熟，不由上下打量起來，認出來之後，他驚訝得話都說不聯貫了：「您、您、您不是那個劉、劉——」

劉伯溫坦然頷首道：「在下劉伯溫。」

燒餅師傅大喜：「天哪，眞是您啊？哎喲，您還識得我不？我老吳哇，奉旨給您送過燒餅。嘿嘿，我的店就在您前面對街啊！」

劉伯溫抱拳，笑呵呵道：「老吳哇，吳兄好！久違久違。」燒餅師傅見劉伯溫作揖，慌得不行：「別別別，小民萬萬當不起！劉大人，您幹嘛來了？」劉伯溫輕敲案上扇面告訴他：「賣畫。」

燒餅師傅驚得口吃：「您、您、您、賣畫？」

劉伯溫笑道：「對呀，您賣燒餅我賣畫，大家都得靠買賣吃飯呀。慚愧的是，您生意興旺，我門庭冷落，令在下汗顏哪！」

燒餅師傅動容，接著起勁了，道：「劉大人，您這樣不成。讓我來！」說著上前抓過兩把摺扇，高高舉起，響亮吆喝著：「來來，都往這兒看哪！劉伯溫大人親臨廟會，當眾作畫，與民同樂。劉伯溫字畫價抵千金哪。今日只售——」燒餅師傅回頭問：「劉大人，您想賣多少？」

劉伯溫趕緊道：「一兩銀子一把。」燒餅師傅高喝：「今日只售十兩銀子一把！來啊，劉伯溫親臨廟會，當眾作畫，每畫只售紋銀十兩！千古難覓啊！」

須臾間，無數遊人從四面八方湧來，他們瞪眼打量，紛紛議論：

那人眞是劉伯溫嗎？

沒錯，是他。咱爹見過他，說他額上有北斗痣，你看你看！

劉伯溫一品大臣，名滿天下啊！要眞是他，那扇面可值大價了！

燒餅師傅起勁地再喊：「劉伯溫當眾作畫，每畫只售紋銀十兩。如要加寫題贈，一個字一兩銀子！」

遊人們蜂擁而上，紛紛爭相叫嚷：

在下敬購兩把。劉大人，勞您題上幾個字。我再敬奉紋銀三十兩！

哎喲！劉大人，還有我呢，我要五把！

我買十把，十把！這位公子，銀子您先拿著。

燒餅師傅主人般地嗔道：「不准！劉伯溫所畫扇面，乃稀世之寶。每人限購兩把！」

大大小小的白銀塞入劉璉懷中，有幾塊甚至掉到地上。劉璉笑顏逐開：「多謝，多謝！慢來，慢來！」

熱火朝天的購扇場面持續了有一個時辰，人群中忽然響起鳴鞭與呵斥聲：「閃開，快閃開！」遊人被迫紛紛散開。已經購得扇面的人趕緊將扇面藏進袖口、胸襟，匆匆溜之大吉。劉璉也立刻把銀兩掩入懷中。

來的是二虎，他的身後跟隨著幾個檢校。劉伯溫沉下面孔，端坐不動。燒餅師傅見狀垂首離去，所有的遊人即刻散盡。

二虎走到劉伯溫面前一揖，正聲道：「劉大人。胡相國口諭『劉伯溫貴爲大明伯爵，卻墮入販賣者流，辜負聖恩，寡廉鮮恥。劉伯溫不要體面，朝廷還要體面呢！』」

劉伯溫冷笑：「這就些？」二虎道：「還有。『劉伯溫壞法亂俗，著即撤攤回府，焚毀贓物。』」

劉伯溫沉默一會兒，冷靜地說：「二虎啊，你辦差吧。」二虎垂首，低聲道：「多謝！」

劉伯溫抓過短杖，在劉璉攙扶下顫巍巍離去。檢校們上前，抱起案上所有字畫扇面，奔向燒餅店。檢校們把字畫、扇面投入烤大餅的爐中。爐火熊熊燃燒，片刻就將扇面字畫燒毀。二虎一聲不響地注視著漸漸化為灰燼的字畫，暗暗惋惜、歎息。

二虎執行完公務，從夫子廟回到內廷家中。屋子裡炭火送暖，宮燭照明。他幸福地哼唧兩聲，對裡屋喊：「玉兒，我回來了！」他奔進內室，內室小榻上有一個數月大的可愛男嬰，正在四處爬動。玉兒一邊縫製嬰兒小襖，一邊笑望自己的兒子。

二虎逕直奔到小榻旁邊，急切地抱起嬰兒，上下親撫：「兒啊，想爹不想？嘿嘿，爹可想死你了。來，親一個！」玉兒笑嗔：「當心！粗手大腳的，別弄疼了他。」二虎抱起嬰兒，無比愜意地說：「嘿嘿，我兒結實著呢，瞧這對大眼，多精神！」

玉兒笑道：「怎麼回來得這麼晚呀，飯都涼了。你歇著，我這就給你熱去。」

二虎臉色漸漸傷感：「我不餓。」玉兒看出二虎表情異樣，擔心地問：「出事了嗎？」二虎難過地說：「玉兒，我今天做了件惡事。我、我燒了劉伯溫的字畫，把他趕出了夫子廟。」

玉兒臉上的笑意褪去，僵在原地，氣憤責問：「你、你為什麼要這麼做？皇上知道嗎？」

二虎低聲道：「這事是胡相下的命令，而且得到皇上默許。皇上如此懲治劉伯溫，是為了安撫出征將領的忠心，好讓他們盡心盡力剿賊戍邊。」

玉兒顫聲道：「實在太可怕了。我早就勸你離開京城，離得越遠越好，你就是不肯！」二虎沉重歎息：「不是我不肯，是身不由己。玉兒，現在我不但離不開，反而越陷越深了。如果——」玉兒緊張地望著他：「你說呀！」二虎低沉地說：「我把心裡話告訴你吧！朝廷上的事，我們已經知道得太多、牽涉得太深了。如果我們強要離開，那麼非但走不了，只怕還會大禍臨頭！」

玉兒恐懼地睜大眼睛，這一個晚上，她輾轉反側，怎麼也睡不踏實。想想二虎做的事情，不由憂心忡忡。多行不義必自斃，對劉伯溫這樣廉潔奉公、德高望重的大文豪都去傷害，二虎和她怎能活得安心呢？而且皇上這樣對待劉伯溫，也是令人寒心呀！左思右想了一個晚上，覺得眼下唯一的辦法就是把諸如此類的這些事情稟報皇后娘娘知道，皇上也只有她的話才肯聽聽。

翌日玉兒跟著皇后娘娘忙碌了一天，一直到了晚上卸妝的時候兩人才有機會單獨在一起。玉兒一邊幫馬皇后卸妝，一邊將近日耳聞的事情一件件告訴皇后。兩人細聲細語說了半天。馬皇后聽著聽著心事就重了，沉聲問：「還有什麼事？」

玉兒低聲道：「吏部停了劉伯溫的俸祿，戶部停了他的糧米，劉府已經揭不開鍋了。這些事，皇上都知道。」

馬皇后苦笑道：「他不光知道，也是他的意願。」玉兒顫聲道：「劉大人體弱多病，照這樣下去，還能撐多久啊。」馬皇后沉重地歎息道：「撐不了多久的。唉！我已經不能干政了，連問一聲都不能了！」馬皇后悲傷無語，玉兒也沉默下來。

再說劉伯溫賣扇得了些銀子，家中伙食也改善了。他更加勤奮地伏案揮筆，一直體弱多病的他，不知不覺已經寫了一疊文稿。

這一日，他又在書房奮筆疾書，門兒被輕輕叩響，劉伯溫匆忙藏起文稿。隨手取過早已準備好的一卷《宋詞》，閒閒讀起來。一邊對著門說：「進來吧。」

劉璉推門走了進來。他看一眼乾乾淨淨的書案，低聲道：「父親，您不用瞞我了。我知道您每天半夜都到這裡來，您到底在寫什麼呀？」

劉伯溫沉默片刻，和藹地說：「璉兒，這事你還是不知道爲好。」

劉璉顫聲道：「連我都不能看一眼嗎？」劉伯溫搖頭，堅定地說：「不能。」劉璉很不放心地問：「您寫的東西，危險嗎？」劉伯溫頷首：「危險！所以，你一無所知才最爲安全。」劉璉不禁驚恐叫起來：「父親！」

劉伯溫厲聲道：「不要再進我的書房，更不准碰這張書案！明白嗎？」

劉璉對父親的不信任悻悻不滿，卻不敢反駁，只能委屈地應承：「明白了。」

劉伯溫知道兒子不高興，寬慰道：「你放心。我所寫的東西不是悖逆文章，但它不能示人！只能藏之名山，以待後世。」話未說完，外面傳來了砰砰的叩門聲。劉伯溫與劉璉互視一眼，都有些不安。劉璉扶著劉伯溫匆匆步出，劉伯溫在院中跪了下來，劉璉示意家僕開門。

家僕拉開院門，玉兒抱怨地入內：「怎麼半天不開門呢？」一眼看見擋在院道上的劉伯溫，奇怪道：「哎，劉大人，您跪這幹嘛？」

劉伯溫這才鬆口氣，自嘲道：「習慣了嘛。門一響，我就跪地接旨呀。」

玉兒吱吱笑道：「快請起來。」

劉璉扶起劉伯溫。玉兒則回頭道：「進來吧。」立刻，幾個宮廷奴才扛著大包小包的糧、麵、肉、菜進入院門。玉兒下令：「直接送屋裡去。」劉伯溫簡直呆了，顫聲嗔道：「玉兒，你、你惹下大禍了！」

玉兒含笑不語。這時候，一頂宮轎抬進院門，並在院中停下。玉兒上前拉開轎門，扶下馬皇后。劉伯溫明白了，激動折腰道：「罪臣劉伯溫，拜見皇后娘娘！」馬皇后微笑道：「伯溫哪，那些米、麵、肉、蛋，都是內廷御用貢品，大概夠你們吃半年的。」

劉伯溫顫聲道：「娘娘天恩，伯溫感激涕零。」馬皇后打斷他：「不必謝恩！我不是白送你的。你不是扇面畫得好麼？我這些東西，就換你一把摺扇吧。」

劉伯溫聽了心中一股暖流淌過，他難得地動情，甚至哽咽了。轉頭吩咐：「璉兒，把那盒湘竹摺扇，給娘娘取來。」

劉璉應聲奔入房中。馬皇后看了玉兒一眼。玉兒立刻領著僕役們退下，院中只留下馬皇后與劉伯溫兩人。馬皇后傷感地說：「伯溫啊，我能做的也就是這些了。盼你不要怨恨皇上。」

劉伯溫顫聲道：「罪臣明白！可是，娘娘啊，您這樣做，會給您自個兒添麻煩的呀！」

馬皇后沉默片刻，平靜地說：「那是我的事，你就不必操心了。你呀，照顧好自個兒就成了。記著，好好地活下去，不准上吊，不准投河，不准自刎！」劉伯溫鄭重道：「罪臣遵旨。」

兩人正說著，劉璉捧著一隻扇盒奔出來，雙手獻給馬皇后。馬皇后揭開盒蓋，裡面是一支紫檀摺扇，色如寶石。馬皇后欣喜地道了謝，劉伯溫父子跪地揖禮。劉伯溫顫聲道：「娘娘保重！」

馬皇后朝院門說了聲：「回宮！」僕人們立刻奔進院子，馬皇后入轎。轎夫抬起宮轎迅速出門。劉伯溫父子跪地長叩相送！

同樣是朝廷重臣，胡惟庸與劉伯溫的處境竟有天壤之別。胡惟庸儼然朝廷的棟樑，如今，他處理政務的作派與氣勢已經越來越像朱元璋了。當劉伯溫生計窘迫、拜受接濟的時候，胡惟庸正在中書省的政事房內對下屬訓話。幾個大臣戰兢不安地立於胡惟庸辦公的屋子中央，胡惟庸背著手，正在厲聲訓責。他每走到一個大臣面前，都要立定，瞪著對方那張驚懼的臉訓斥幾句，再移向下一位。他斥道：「數萬胡騎已被圍困住了，燕王即將進行決戰。此戰將決定大明今後數十年的安危榮辱，爾等所辦糧餉軍械竟敢一拖再拖，遲遲不能到位！怎麼著，你們要貽誤前方戰機麼？」

被訓的一位大臣怯聲道：「胡相，秦嶺大雪封山，驛道全斷了，馬車過不去。」

胡惟庸冷冷打斷他：「我告訴你怎麼做，立刻把典押官在隊前斬首，然後用人扛、馬馱，越過斷道，將糧餉軍械送到戰地。如果還過不去，下一個就斬你！」大臣顫聲道：「領命。」

胡惟庸走到下一位大臣面前，鐵青著臉道：「許大人啊，魯、豫兩省所徵召的車馬民夫，已經整整遲延半個月了。而閣下怎麼還是這樣滿面紅光、一臉肥肉啊？可見您一點不發愁嘛！聽著，你星夜趕往濟南府，親率車馬民夫，帶往前線。立刻就去！」被譴責的大臣嚇得連聲「是、是」，掉頭奔出政事房。

胡惟庸疾聲厲色地說：「從現在起，各省凡是拒征、抗稅的士紳百姓，即斬！各部凡是完不成徵調任務的堂官、屬吏，立即罷撤，發往前方為卒！」

大臣們戰戰兢兢地顫聲應諾著。

而等在簽押房裡的呂昶與兩個老臣早已不耐煩了。他們被安排坐在茶案前，喝茶等候召見。三個人都是滿面愁容，不時長吁短歎。呂昶感慨道：「當年楊憲為相，我在這兒等候召見足足等過半個時辰。如今胡相坐堂，茶是有了，等的時辰卻更長了。」

留長鬚的瘦削老臣無奈道：「等等也好。這會兒，他屋裡恐怕是殺氣騰騰哪。」呂昶苦笑：「短短十天內，胡惟庸就斬了三個主事，流放了四個知府，撤換了兵、工二部的侍郎！接下來，大概該把咱們發配從軍了吧？」

另一福相老臣歎道：「古往今來，除了呂不韋，恐怕沒哪個宰相有胡相這麼霸道。唉，皇上為何如此縱容他呀？」

呂昶低聲對兩人道：「皇上需要一根鞭子，用以鞭策各部、震懾朝野嘛。」長鬚老臣道：「等仗打完嘍，咱們也要傷痕累累嘍。」話音未落，一個屬吏奔入，揖道：「呂大人，相國請您過去。」呂昶直直腰板端坐著說：「知道了。」待屬吏退出後，呂昶才緩緩起身，正冠整衣。且走且自嘲：「咱這好像是去見皇上嘛！」

不久，北疆的捷報傳來了。朱標先接到報喜摺子，他一目十行看過幾行摺子，就在殿道上狂奔起來。他從來沒有像這樣激動失態，嘴裡大聲叫喊：「大捷，北疆大捷啊！哈哈，燕王大獲全勝。父皇，父皇！四弟遣使飛馬報捷！」一面叫著，一頭撞入奉天殿的暖閣。

朱標將捷報遞給父親，就激動地侍立於案旁。朱元璋埋首匆匆閱讀章呈，他的耳旁，彷彿響起了朱棣豪邁的聲音：「十二月初八，兒臣發起全線總攻。逆賊嘎胡兒所部大敗，斬首兩萬五千餘人，俘獲三千餘騎。賊酋嘎胡兒率殘部千餘朝戈壁逃竄。藍玉親率一萬鐵騎乘勝追殺。稟父皇，藍玉的義子們在戰場果然所向無敵，奮勇衝殺！兩天之內，他們連續血戰五場，攻殺二百餘人，胡騎望風而潰，屍橫遍野。父皇所見過的那六位義子，已有四位戰死疆場。」

朱元璋抬頭，喘不過氣似的，深深呼吸。感歎：「驕兵悍將，不愧為殺敵利器。」說著，垂首接著再看，摺子上又說：「藍玉雖然勇猛善戰，但所部將士任性擅殺無辜邊民，姦淫民女。凡藍部駐軍處，百姓畏之如虎，兵馬一過，如同浩劫。」

朱元璋放下奏章，久久呆愣著。朱標奉上一盞茶，輕聲喚：「父皇？」朱元璋驚醒，看朱標一眼：「哦，標兒，剛才，你在殿道上嚷得太過了些。太子儲君，應當穩如泰山，喜怒不形於色。」朱標發窘道：「兒臣爲大勝所喜，失態了。」朱元璋示意奏章，沉重地說：「也喜也憂啊。你看看吧，仗是打勝了，戰禍沒完哪。」

朱元璋起身出門。朱標趕緊讀摺，表情漸漸駭然。

朱元璋感到屋子裡悶，走出暖閣，走出殿堂，步下玉階，往宮外走去。李進迎面走來，也手執一摺，揖道：「皇上，藍玉遣使飛馬上奏。」朱元璋道：「打開，揀要緊的說說。」李進匆忙拆閱，微笑道：「皇上。藍將軍稟報，賊酋嘎胡兒已被生擒！請旨押赴京城。」

朱元璋深深地鬆了口氣，道：「擬旨。不必帶回，就地斬首。將其首級傳示塞外各部！此外，讓他與燕王合兵一處，休整待命。」

李進答應著走了。朱元璋則迎著一輪血紅的夕陽朝宮外走去。他的步子並不輕鬆，但很穩實。他將步子跨得很大，有點像小時候玩遊戲時跨大格子那樣。這個時候，他的內心是喜悅的，他意識到：走路總是一步步走。一隻腳在這個大格子裡站穩了，才能跨入下一步格子。船到橋頭自然直，車到山前必有路，他不必操之過急。

前面有兩排巨大的石獸。他走到一隻石獸面前立定下來。他的一隻手搭在高高的獸身上，他覺得自己有了力量！他想，現在，咱可是把兩隻腳都站穩了，可以回頭收拾禍害們了！

第三十七章

朱皇帝放權行黃山
胡宰相矯旨賜毒藥

奉天殿的玉階下，大臣們都在等候朝會。往常這時候，朝會已經開始，今日不知為何還沒有人出來招呼他們進殿。他們三五成群地說著話，謹慎地猜測著，含蓄地議論著。

終於等來了李進，他步出殿門朝眾臣一揖，通知大家：「列位大人，皇上偶染微恙，龍體欠佳，降旨停朝三日。請列位大人各歸部院。」

眾臣頓時竊議四起。呂昶詫異地對宋濂說：「皇上昨兒還好好的，怎麼就突然病了？」宋濂也狐疑地說：「皇上極少患病，也討厭臣下稱病。按照皇上的脾氣，他就是病了，也從不停朝哇。」

兩人說著話，轉身往回走，等待上朝的大臣們也紛紛返回。唯獨胡惟庸走向玉階，對李進說：「李進啊，你稟報一聲，臣要進宮給皇上請個安。」

李進顯得十分為難，低聲道：「稟相國，皇上已經口諭，除太子外，免各位大臣入宮請安。」胡惟庸固執地說：「你先進去稟報吧。」

李進只得應聲往裡去，胡惟庸自信地等待著。呂昶和宋濂尚未走遠，他們聽見了胡惟庸與李進的對話，放慢了腳步，悄悄回頭觀望。

片刻之後，李進從殿門走出來，朝胡惟庸揖道：「皇上口諭，『胡惟庸不必進宮探望，有事會召他。』」胡惟庸深感意外，微怔片刻，才道：「遵旨。」

呂昶耳朵靈光，放低聲音告訴宋濂：「哎，聽見沒有？連胡惟庸也被拒之宮外了。」宋濂驚訝地連連搖頭。兩人心裡都像蒙了一層迷霧。

歲月不饒人。年過半百的朱元璋這一回是真病了。他躺在軟榻上，一陣陣地出著虛汗，整個人都有點顫抖。他好像很累很累，後來，他睡著了，睡得很沉，酣聲陣陣。御醫將一碗湯藥擱在小案上，他一口也沒動過。他還沒來得及喝就睡著了。

馬皇后近來也衰老得很快。她也像劉伯溫一樣，常常要支手杖走路了。她也病了，步履不穩地走到小案旁，在榻前落座。看了一眼藥碗，再打量熟睡的朱元璋，嗔道：「別裝睡了，聽這酣聲就不像。」

朱元璋一動不動，酣聲更沉了，好似沉落在深深的夢境裡。馬皇后氣咕咕道：「要是不想跟我說話，那我就走了。」

馬皇后正要起身，朱元璋緩緩睜開了眼，他像是剛剛驚醒：「哦，妹子啊。昨夜咱著了點風寒，小毛病，不重。」馬皇后嘲笑道：「是不重，連藥都懶得喝嘛。」

朱元璋不理會馬皇后的話，要起來。馬皇后忙道：「不用起來，就躺榻上歪著吧。」馬皇后替朱元璋在後背墊入兩個厚枕，讓他靠得舒服些。墊好枕頭，馬皇后又順手為朱元璋捏了捏被角。她的手碰到朱元璋的臂膀，朱元璋莫名地感動了，按住馬皇后蒼白瘦弱的手，聲音沙啞地說：「妹子，你頭髮白了不少哇！」

馬皇后抽回手，落坐原處。微喘道：「老了，什麼都擋不住老啊！你也一樣。」

朱元璋關切地說：「太醫說你腎虛，要好好調理。」馬皇后歎道：「我還行。哎，你為什麼停朝了。」朱元璋理直氣壯地反問：「咱這不是病了麼？」馬皇后狡黠地笑：「我瞧你是稱病！」朱元璋笑嗔：「眼睛別這麼毒好不好？」馬皇后琢磨著他的眼神，問：「打什麼主意呢？」

朱元璋沉默片刻道：「朝廷上的事，你不該問。」馬皇后點頭：「好，不問。」朱元璋卻問她了：「你給劉伯溫送東西了？」馬皇后淡淡道：「送了。」朱元璋冷冷地說：「哼，有情有義的事都叫你做了，好像咱這個皇上無情無義！」馬皇后平靜地說：「皇上做事，有恩威就行，不在情義。」

朱元璋正色道：「聽著，不准你再去看他！」馬皇后哀傷地說：「放心吧，我再也不會出宮了。」這下朱元璋反而詫異了，兩眼盯著馬皇后看：「你怎麼了？」馬皇后虛弱地說：「我走不動了。入夏以來，總是出虛汗，走上十幾步就渾身乏力，腰酸腿疼。」

朱元璋這下急了起來，道：「妹子，京城酷暑難熬。三天後，咱要到黃山避暑，標兒也去。你和咱一塊去吧。」馬皇后沉默片刻，淡淡道：「重八，我可以拒絕嗎？」朱元璋沒想到自己近年來難得的一腔溫情竟得不到馬皇后回應，不悅地說：「這叫抗旨！」馬皇后卻不買賬，照舊淡淡道：「那麼稟皇上，臣妾可以抗旨嗎？」

這一問連朱元璋也呆了，他長歎一聲道：「唉，不樂意去就算了。隨你！」馬皇后輕輕道：「那就多謝了。」說著支起手杖，起身離去。沒想身子尚未站直就閃了一下，幾乎軟倒在地。朱元璋急叫：「標兒，標兒！」朱標匆匆奔入詢問何事，朱元璋急忙吩咐：「快扶著你娘，送她回宮，召太醫給她瞧瞧！」

朱標趕緊攙扶著馬皇后從殿道上慢慢走回乾清宮。他惋惜地低聲道：「母后，您爲什麼不和父皇一塊去黃山呢？」馬皇后歎道：「我看哪，他未必眞心想讓我去。」朱標聞言一驚，覺得母親這次眞是冤枉了父親，急道：「母后，兒臣覺得，父皇是眞心想讓您去啊！」馬皇后道：「唉！眞要去了，待在那行宮裡，三天兩頭照面，不又得嘔氣嗎？還是隔著遠點好。隔遠嘍，還有個想頭。靠近嘍，兩人都鬧心！」

朱標憂慮地說：「母后，您、您就不能順著父皇點嗎？」馬皇后瞪朱標一眼，道：「我這輩子就是磕磕碰碰過來的！怎麼著，到老了還要我學乖？」

朱標終於說出難言之隱：「兒臣也希望母后一道去。要不然，兒臣就得一天到晚待在父皇身邊了。」馬皇后疼愛地歎息：「標兒啊，你也快三十的人了。怎麼還是畏懼父皇呢？他是你爹，你親爹！聽著，你在他身邊不能太乖，要硬氣點！硬硬朗朗的！即使惹他發火了，他心裡也喜歡。」朱標勉強應著：「兒臣記住了。」馬皇后一聲長歎：「唉！光記著有什麼用哇。眞管用的東西，不用記。」

朱元璋病了三天，也在榻上沉思默想了三天。三天之後，他來到皇宮書房裡，讓李進去叫胡惟庸來。自己把玩著一支新的碧玉癢癢搔。抓抓這兒，搔搔那兒，臉上露出愜意的表情。

不一會兒，胡惟庸大步走進書房，帶著感情深揖道：「臣胡惟庸給皇上請安。」朱元璋親切地笑道：「坐、坐，看茶。」胡惟庸恭敬地說：「臣謝座。皇上偶染微恙，臣等心急如焚。今兒見皇上神采奕然，臣才稍覺心安。」

朱元璋溫和地說：「勞你們掛念了，咱沒事。太醫說咱這病是被暑氣激的，筋脈不暢，內火鬱積，要咱心思靜些，避開這陣子暑氣。」

胡惟庸忙道：「皇上是應該養心節勞了，有事吩咐臣下們去做。」朱元璋歎道：「是啊，有你們在，咱也眞想偷空兒歇一歇。惟庸啊，京城酷暑將至，咱準備到黃山行宮住一陣子，避暑養疾，秋涼時歸京。」

胡惟庸道：「皇上何時去黃山？臣請旨侍駕。」

朱元璋道：「中書省離開你可不成。你還是留守京城，主持朝廷政務。」胡惟庸興奮地回答：「遵旨。臣一定鞠躬盡瘁，輔助皇太子秉政！」

朱元璋卻告訴他：「不，太子也要離京。先代咱前往鳳陽祭掃祖墳，再前往黃山侍駕。」

胡惟庸愕然道：「那麼，皇上的意思，是要讓臣、臣——」胡惟庸不敢道出口。

朱元璋替他說：「不錯，由你主持朝廷政務。著你代理幾個月的皇上。」

胡惟庸大驚，起身深揖：「臣何德何能，萬萬擔當不起啊！」朱元璋信任地說：「你當得起！北疆戰事那會兒，你坐鎮中樞統籌各部，主持供給，那麼多繁雜事務你都支撐下來了，現在四海清平，你還怕什麼擔當不起？」

胡惟庸激動地說：「臣全仰賴皇上恩威，勉力辦差罷了。只要皇上信用臣，臣無論何時、何事，定當不辭水火，鞠躬盡瘁！」

朱元璋望著他，欣慰讚道：「這就好！對了，惟庸啊，這兒有兩份奏摺，你且看看。都是言官彈劾你的。」

胡惟庸一驚，急忙接過細閱，神情頓時凝重起來。

朱元璋看了一眼胡惟庸，沉吟著：「咱看了一下。他們說你大奸似忠，大僞似眞。擅權亂政！哎呀，這言語就跟刀劍似的，怪不得人說言官舌頭能殺人呢。」

胡惟庸立刻跪地，沉重地說：「臣叩請皇上降罪。」朱元璋驚訝反問：「咦！你何罪之有哇？」胡惟庸倒被問得呆住了，一時說不出話來。朱元璋這才哈哈大笑道：「古來做大事者，誰不遭人攻忤啊！誰不是遍體鱗傷啊！是不是？」

胡惟庸激動地說：「皇上聖見！」朱元璋一歎：「快起來，坐、坐。跟你說白了吧，要是沒人彈劾你，咱反而不敢信用你了。當初楊憲把持中書省時，就沒人敢彈劾他，爲什麼？怕報復唄，這反而證明他是個巨賊！如今不同了，天日昭昭，四海清平，言官御使們心情舒暢，這才敢於瞪大兩眼找是非、挑毛病，這是朝廷的福氣呀！再說，身爲言官，要是不彈劾幾個大臣，反而顯得他自個兒沒才能了不是？」

朱元璋的這一番話，見識獨特，又顯得貼心，足見對胡惟庸的信任。胡惟庸幾近幸福地說：「皇上此話，說得臣心裡甜滋滋、癢酥酥的。」朱元璋拿著癢癢搔指點胡惟庸，驚喜地說：「癢好哇！咱搔癢癢的時候最舒服，想事也最明白！咱好多念頭都是在搔癢癢的時候想出來的。嘿嘿！你就把這些個彈劾，當作這一根癢癢搔吧！」

胡惟庸正色道：「臣建議嘉獎這兩位言官，忠於職守，坦誠敢言，堪爲諍臣！此外，臣雖然絕非奸僞之臣，但這事也讓臣反躬自察，如北疆戰事期間，臣就時有專斷之處。有鑒於此，臣仍然叩請皇上降罪。」

朱元璋沒想到胡惟庸如此嚴於律己，不由大爲欣慰：「唔，到底是相國，氣度不凡，宰相肚裡能撐船哪！」說著推過一疊奏章道：「不光有彈劾你的，也有一大堆誇獎你的人呢！你再看看這些奏摺。」

胡惟庸急忙躬身翻閱，臉上現出難以抑制的笑容。朱元璋默默地觀察著他，緩緩道：「戰事結束後，咱在部院大臣中搞了一次政績考查。你看看，十幾個三品以上的大臣盛讚你啊！甚至稱你爲『開國以來第一賢相』，比李善長強多了！」

胡惟庸激動得語不成聲：「臣深感惶恐。」

朱元璋嚴正地說：「咱走後，你只管大膽理政，當斷則斷，當駁則駁。咱相信你。」胡惟庸肅容道：「臣遵旨！」朱元璋微笑著說：「就這樣吧。」胡惟庸起身揖禮告退。未及出門，朱元璋忽然看見手上的癢癢搔，立刻道：「慢著。惟庸啊，這支青玉如意，賞你啦。癢的時候，搔一搔！嘿嘿嘿！」

胡惟庸驚喜至極，聲音都發顫了：「哎呀！這是皇上的隨身愛物呵。皇上把它賞了臣，臣比得了萬兩黃金還高興！」他鄭重地接過來，含笑小心翼翼地捧在手裡。

朱元璋愜意微笑著說：「這就叫君臣一體，心心相印嘛。」

胡惟庸歡天喜地地走了，朱元璋走出書房，朱標陪伴在側，手中拿著一疊奏章。朱元璋問：「標兒，你娘的病怎麼樣了？」朱標道：「太醫院醫師把過脈了。說母后胃寒腎虛，需要善加調理，靜養半年。」朱元璋憂慮地說：「你娘這人啊，就是根強筋，沒辦法！她要是男的，憑她的本事能做中書省丞相呢。哼！」

朱標笑笑，沉默了片刻，拿起手中奏章道：「父皇，兒臣感覺好些大臣懼怕胡惟庸，怎麼又有那麼多人上奏讚揚他呢？」

朱元璋歎道：「當然有。他們都是胡惟庸的朋黨嘛。只要胡惟庸稍加暗示，他們就會一窩蜂地稱頌。」朱標問：「那麼父皇爲何不加以訓責，降旨裁抑？」

朱元璋沉默片刻，微笑道：「不急。先瞧瞧胡惟庸是怎麼主政的吧。咱們離開京城，那他就體輕如燕了，飛得更高，蹦得更自在。咱們也好瞧瞧都有哪些朋黨。」

朱標明白了，頓時滿面憂慮。這時二虎上前來報，說徐帥、湯帥等候進見。朱元璋高興地說：「快，請到涼亭喝茶。」

朱元璋與徐達、湯和三人圍案而坐。朱元璋笑瞇瞇地打量著兩位老兄弟。兩人都已鬢髮斑白，頭髮也稀疏多了。臉上的溝壑條紋橫一道豎一道的。朱元璋歎道：「看見你們，也就知道自個兒老了，一年不如一年了。」

徐達笑道：「我們可以偷閒，上位卻是一年比一年勞累。」湯和含笑揖拳：「臣正要跟上位謝恩辭行呢。上位在家鄉給臣蓋了那麼大一幢宅子，臣想去住一陣子。」朱元璋隨和地說：「你去吧，多加保重，把腰疾調理好嘍。秋涼時回來，咱仨弟兄一塊狩獵去！」湯和感動地說：「好哇！好久沒跟上位一塊躍馬揚鞭了。」

朱元璋告訴他們：「過兩日咱也要到黃山避暑，三弟要不嫌棄，跟咱一塊去吧？」徐達苦笑道：「臣叩頭謝恩了！年初起，後背上生了個毒癰，好好壞壞的。這兩日更沉了些，腰都挺不直了。夜裡睡覺，後背都不敢沾炕。要是上位恩准，臣還是在家歇著吧。」

朱元璋關切地說：「趕緊叫太醫瞧瞧哇。」徐達道：「瞧過了。太醫說，這是當年打仗落下的。一塊箭簇嵌在脊椎裡頭了，沒法取它。就這麼著吧，臣把它帶進棺材裡作伴去。」

朱元璋笑了：「那可不成，你倆得和咱作伴！好好地活它一百年。」徐達、湯和開心地笑了。朱元璋對他們說：「今兒別走了，待會咱仨個好好喝一盅！」徐達、湯和歡喜道：「成啊！」

這趟酒喝得大家心花怒放，三個人都覺得找回了當年的兄弟情分。喝過酒兩天，朱元璋一行就出發去黃山了，走的那天，百官在殿外排兩側送行。一條紅毯從丹陛直鋪到龍輦前，朱元璋在朱標陪伴下踏著丹陛走過來。百官拜送，胡惟庸深揖，高聲道：「臣等恭祝皇駕一路順風，太平吉祥！」百官也大聲齊應：「祝皇駕一路順風，太平吉祥！」

朱元璋顯得精神極好，笑道：「好、好！各位臣工，你們好好地掌好自個兒的衙門，有事就遞呈子來。惟庸啊，你來。」朱元璋拉著胡惟庸的手，與他並行，親切地說：「咱走後，朝廷日常政務就交給你了。還是那句話，大膽理政，當斷則斷，當駁則駁。遇有爲難的事兒，多遞呈子來。」胡惟庸恭敬應諾著。朱元璋低聲沉吟：「北征的將領們，過些日子也要陸陸續續回來了。你要告誡他們，恪守朝廷律法，不可居功放縱。」

胡惟庸一口應承，請皇上放心。朱元璋想想，又叮囑：「劉伯溫那兒，你也關照一聲，別餓著他了。」胡惟庸有些詫異，但很快回答：「明白了。」

朱元璋登上龍輦，擺手笑道：「各位臣工，都回去吧，回去。」百官折腰齊拜。龍輦疾馳出城。

龍輦消失後，胡惟庸長長地鬆了口氣，直腰回身。這時，百官都齊刷刷注視著他。胡惟庸立刻持矜持狀，情不自禁地踏上丹陛從百官當中走過，正色道：「列位同僚，皇上雖然離開了京城，但我等無論是在朝在府、在裡在外，仍然得如事君前！是不是啊？」百官恭敬齊應：「是呵！」胡惟庸看看天色，道：「現在不到散朝的時候。列位還是各歸部衙，繼續辦差吧。」百官齊聲應諾著。呂昶卻是滿面驚訝地看著胡惟庸的雙腳，皇上剛剛離去，這雙腳竟坦然地從天子丹陛走過！

百官欲散未散，許多人跟隨在胡惟庸左右，誰的腳底都不敢沾丹陛。只有胡惟庸顯得揮灑自如，風度翩然。於行走間不時對身邊官員發布指示：「劉大人，山東省治河等事的呈文，你應該馬上報送中書省了。」被稱作劉大人的大臣趕緊回答：「日落之前，屬下定會送達大人案頭。」胡惟庸「唔」了一聲，又大聲提醒：「宋提督，皇上離京期間，務必加強禁城巡衛，萬萬不可疏忽哇！」一位中年將軍恭敬地回話：「末將遵命，請相國放心。」胡惟庸又「唔」，眉稜一聳，正聲吩咐：「許大人哪。待會兒，你帶上兩位主事到我政事房來，有事商量。」一個大臣趕緊上前俯首恭聲道：「下官即來。」

胡惟庸繼續昂然向前，他的雙腳毫無顧忌地在丹陛當中跨著虎虎生風的大步。許多官員簇擁其後，一時間在胡惟庸身前身後行走的隊伍竟顯得浩浩蕩蕩。後面，呂昶碰一下宋濂，示意丹陛。老夫子宋濂望去，頓時驚愕：臣下怎能走在天子丹陛上呢，這可是壞法悖逆啊！兩人都停在原地，正有話要說，李進從後面冒出頭來，笑道：「呂大人，您怎麼不走了？」

呂昶輕聲道：「李進，你瞧瞧胡相腳踩在哪裡？」李進望過去，笑容頓時在臉上消失。但他並沒有說話，仍是平靜地跟著大家往前走。

朱元璋走後，大臣們都暗暗鬆了一口氣，以爲從此可以不早朝了。哪知第二日，照樣有一個內臣立於玉階上高喝：「早朝時辰到，眾臣入朝！」

大臣們很快排成長列，依序走向玉階。隊伍中，有兩個臣工低聲竊議：

皇上與太子都不在京城，咱們這是朝見誰呢？

胡相在啊！

大殿上眾臣像朱元璋在時排立，沒有人發出一點聲響，只是朱元璋的龍座空著。

胡惟庸從朱元璋進出的屏風後步出，面向龍座跪地，莊嚴地高聲道：「臣等叩祝皇上，龍體康健，萬壽無疆！」眾臣齊聲道：「龍體康健，萬壽無疆！」

胡惟庸起身，步上丹陛，站在龍座旁邊主持朝會，眾臣也隨之起身。胡惟庸威嚴地命令旁邊那位內臣：「查看一下，今天哪位大人誤了早朝，記下名來。」內臣應聲退下。胡惟庸正聲道：「我等萬不可以爲皇上走了就可以懈怠政事。爲人臣者，心中皇上永存！」眾臣參差不齊地應諾著。胡惟庸向眾臣嚴肅地掃一眼，道：「列位臣工有事，可出班商奏了。」

一老臣執摺步出，先向龍座一揖，再展摺念道：「江西省平章政事奏報，贛南發生百日大旱，河溝乾裂，水渠斷流，預計贛南五縣稻穀將減產六成，此時米價已日漸抬升。奏請朝廷撥糧賑災，並減免今年田賦。」

老臣念摺時，胡惟庸主人般地在眾臣面前踱步，沉思。

下朝之後，臣工屬吏誰也不敢懈怠，他們在中書省大院中排成長長的一列，等候進見胡惟庸。

一位當值大臣從政事房中步出，朝臣工隊伍一揖道：「相國大人口諭，承皇上恩旨：即日起，上書房、內閣各部院、五軍都督府，凡積存未辦之奏章、條陳、廷寄、遺案，均可移送中書省審理。嗣後，加蓋上中書省印章，即可頒行！」

臣工屬吏聞聲，頓時交頭接耳，竊聲議論：

呀！聽見沒？中書省猶如內廷，胡相國代理皇上！

這有何不好？本部報送太子爺的呈子，兩個來月留中不發，積了一大堆。往胡相這一送啊，早晨進去，晌午就批出來了！

可是，萬一要有個失當之處，皇上豈不降罪？

吳大人哪，您這樣想就庸儒了。比如贛南大旱，士農工商都等著皇糧吃，誰敢耽誤？你耽誤嘍，皇上就不降罪了麼？

這倒也是啊！

不多久，又一屬吏抱著厚厚的呈文步出。當值大臣依次取過並依次長喝：「工部所報徵調河工一摺，照准！戶部所報以銀抵糧、以工代稅一摺，暫緩，著再議！吏部所報江南八行省年查一摺，已遞送黃山行宮呈皇上御覽。相國批覆，著該部善擬獎懲升降呈文，再報！太常寺、太史院所製洪武十四年皇曆草本，准予印行。」

在當值大臣的唱喝聲中，各部臣工們陸續上前接過本部呈文，匆匆離去。

李進排在臣工隊伍末尾，平靜地觀察著，靜靜地等候著。他雖然年輕，卻顯得冷靜超然，不顯山不露水的，給人少年老成之感。晚上回到自己的居處，他將屋子裡的燈火點得亮亮堂堂，開始伏案揮筆擬寫長篇奏章。奏章曰：

「臣李進謹奏。自聖駕離京後，胡相仍遵行早朝不殆，每日率所有臣工向龍座叩請聖安。之後，各部臣依序稟報政務，當場議決，猶如聖上在朝。此外，胡相承旨頒令：上書房、內閣各部院、五軍都督府，凡積存未辦之奏章、條陳、廷寄、遺案，均可移送中書省審理。嗣後加蓋上中書省印章，即可頒行！」

李進的奏章總是以最快速度到達朱元璋的行宮內。朱元璋拿到朝廷那裡來的奏章，總是立刻饒有興味地坐在案旁閱覽，一手把弄著新的一支癢癢搔。他的臉上時而微笑，時而凝重。有時候，奏章由侍立於側的朱標誦讀，他人雖顯得儒弱些，讀柬的聲音卻是明朗清澈：

「對此，部臣們可謂喜憂參半。喜者以爲胡相僅在半個月之內，即將內閣積存之章奏、政事、遺案，辦理一空。其效率與魄力均令臣工刮目，令部員們倍加忙碌，不敢稍有懈怠。胡相秉政，如臂使指，如指攝物，節節相扣，令行禁止。」

朱元璋豎起一指讓朱標暫停誦讀。他沉吟重複：「胡相秉政，如臂使指，如指攝物，節節相扣，令行禁止。標兒，看見了吧，咱們離開京城後，胡惟庸確實比以前更能幹了，把咱們積留的政事辦理一空。」

朱標謹慎地說：「是，兒臣也十分佩服胡相。」朱元璋不太滿意地掃他一眼，教導說：「做太子的，不能佩服臣下，只能是賞識臣下。」朱標趕緊道：「兒臣失言了，兒臣確實是賞識胡惟庸。」

朱元璋淡淡道：「即使是賞識，也該從另外一方面想一想。如果代行皇權的人竟然勝於皇權，那麼咱這個皇上豈不是多餘了麼？」

父親的訓導讓朱標覺得自己這也不是那也不是，心裡又躁急又憋屈，他頭上冒著汗，顫聲道：「兒臣失察了。」

做父親的朱元璋自然不知道兒子的眞實感受，只讓他接著念。

朱標因朱元璋剛才的幾次指責，心情緊張，讀東西也不像剛才那樣流利了。他繼續念：「其憂者以爲胡相雖然坐鎮中樞，卻仍、仍是人臣，而今代行皇權，如有失當之處，必遭聖上嚴懲，罪及臣下。」

朱元璋聽到這兒噗哧一聲笑道：「李進是個明白人，他在替胡惟庸擔心！嘿嘿嘿，胡惟庸就沒有這些憂慮。」

朱標繼續念：「臣曾目睹一件末事小節，謹報。聖駕離京那天，龍輦剛剛出城，胡惟庸便腳踏丹陛，昂首闊步，訓示百官道，『皇上雖然離開了京城，但我等無論是在朝在府、在裡在外，仍然得如事君前！』」

朱元璋哈哈大笑：「聽聽，這李進多會寫文章！他一面指出了胡惟庸玷污丹陛，違律壞法，冒犯天子之尊。同時啊，也稟報胡惟庸無論『在朝在府、在裡在外，仍然如事君前！』哈哈哈！」

朱標受了感染，高興地笑著說：「兒臣賞識李進。」朱元璋見朱標一點就通，已經改口，高興地稱讚：「好！標兒，恩科大試的時候，是你把李進送入龍門的。咱瞧這人，日後能成爲你的柱國大臣！」

朱標平時和李進就有點默契，覺得自己和李進是有點緣分，高興地說：「謝父皇。」

朱元璋執癢癢搔指著案上另一摺子道：「聽聽胡惟庸的奏章吧。」

朱標取過另一份奏章，念道：「臣胡惟庸叩請聖安。臣將今日朝廷要事八項謹報皇上。一、贛南大旱，民情躁動，官府亟盼聖上降恩。臣爲穩定人心，彰顯天恩，已先行批發賑災糧兩萬五千擔，銀三萬兩。叩請皇上恩准。」

朱標讀著看了朱元璋一眼，朱元璋滿意頷首。朱標繼續念：「二、洪都侯藍玉、吉安侯陸仲亨、平涼侯費聚等將從北疆歸來。臣擬於本月初十，設慶功宴於內廷武英殿，爲凱旋諸將軍們賀捷洗塵。」

啪地一響，朱元璋的癢癢搔擊案，生氣地說：「武英殿是天子設宴犒賞將帥之處，胡惟庸過分了！」朱標驚駭，臉色發白，認眞地說：「兒臣即刻擬旨，制止胡惟庸！」朱元璋卻搖搖頭：「算了，還是讓他代理皇上吧！」

在京城裡的胡惟庸對聖意自然是一無所知。他果眞在武英殿內大張旗鼓地設宴慶功了。這一天殿堂裡張燈結綵、喜氣洋洋，宴席上的玉盤珍饈，琳琅滿目。酒宴的豪華程度甚至超過了朱元璋擺設的宴席。

胡惟庸理所當然地高居首席，藍玉等將領羽翼般團團圍坐，個個興高采烈，滿面紅光。有幾個不善飲的已經喝得酩酊大醉。藍玉舉杯醺然道：「胡大哥，兄弟要連敬您三杯！你呢，抿上一口就成。」

胡惟庸矜持地說：「豈敢。胡某雖然不勝酒力，但藍老弟的酒要是不喝，那還是大哥麼！」藍玉醉意盎然地說：「兄弟在北疆征戰時，凡要什麼，大哥就給什麼，軍械糧餉兵馬一概無憂。兄弟想起這心裡就暖洋洋的。哥，兄弟乾嘍！」

藍玉仰面飲盡，胡惟庸也爽快飲盡，笑道：「那都是天恩，是皇上眷念著你們。胡某只是竭盡所能把皇上的恩典給你們送去。」一位將軍舉杯醉眼朦朧道：「哥哎，一家人不說兩家話。咱們弟兄，往後全靠您關照了。哎！朝廷答應給本部賞銀，什麼時候能下來呀？」胡惟庸微笑道：「這事嘛，皇上不在，我做主了！明天，你叫人到中書省拿批文吧。」

將軍大喜，連叫「多謝」。他邊上另外一位將軍急了：「大哥啊，還有本部的呢？」胡惟庸斷然揮手：「一併照准！」

見胡惟庸如此豪爽，藍玉帶頭站起，所有將軍跟著不約而同起身，舉杯向胡惟庸敬酒。大家亂紛紛道：

今後凡胡大哥所命，兄弟上刀山下火海，在所不辭！

大哥，兄弟代表本部五千將士，給您叩頭了！

藍玉把酒一飲而盡，突然發怒道：「可有一件事，咱想起來就生氣。」胡惟庸微笑問：「什麼事啊？」藍玉帶著酒意怒沖沖道：「此戰，咱死了九個義子，可劉伯溫那雜毛卻還好端端地活著！」

英武殿裡安靜下來。眾將的眼睛齊刷刷望著胡惟庸。

胡惟庸平靜地說：「那是皇上恩典，臣下豈敢自專？再一個，劉伯溫職銜俸祿早就削奪殆盡，眼下老病纏身，雖生猶死。咱們哪，還是喝酒吧？啊？來呀，胡某謝眾弟兄一杯！」

眾將領皆舉杯，歡笑聲再度響起！

英武殿裡，李進被安排在下殿的另一桌宴席上。他幾乎是一言未發，但一直等大家盡興才隨眾人歸去。回到家中，不顧疲倦勞累，又在燈下寫奏：

「武英殿盛宴直至凌晨結束，赴宴者，有洪都侯藍玉、吉安侯陸仲亨，延慶侯唐勝宗，平涼侯費聚，南雄侯趙庸，宜春侯黃彬，濟寧侯顧時等二十餘位征戰歸來的將軍。席間，胡相與眾將皆以兄弟相稱，親密無間。」

奏摺不日到了朱元璋手裡。他習慣性地把玩著那支癢癢搔，面色極爲沉悶。朱標立於旁執柬念道：「翌日，中書省批撥賞銀十三萬八千餘兩，分發各將所部。戶部雖以『未見朱批』爲由，拒撥。但胡相手諭嚴責，戶部只得遵行。此外，武英殿盛宴，徐帥以背癰為由，稱病未去。」

朱元璋歎道：「還是徐達明白呀！唉！」朱標謹慎地說：「父皇，胡惟庸乘聖駕離京，對將軍大加籠絡，並提前賞賜他們。兒臣以為胡相擅權枉法！」

朱元璋頷首，深沉地說：「標兒，你記著。文臣不可怕，武將也不可怕。可怕的是，文臣武將們勾連一氣、抱成一團。這就要大為警惕了！」朱標點頭道：「兒臣記住了。」

朱元璋兩隻手背向握在癢癢撓上面，無意識地轉動著那把癢癢撓，說：「胡惟庸能啊！他現在已經超越徐達、湯和、李善長，成為淮西將領們的大哥了！」

朱標不由著急起來，顫聲道：「父皇，咱們趕緊返回京城吧，以免、以免局勢失控。」朱元璋眯縫著眼笑道：「不急，再等等嘛。這樣吧，你替爹擬一道聖旨，赦免劉伯溫罪狀，重歸都察院，降為右使坐堂視事。」

朱標眞不知道父親葫蘆裡賣的什麼藥，但也不敢問，只道：「遵旨。」朱元璋冷峻地說出了自己的打算：「咱丟一個石頭下去，瞧瞧魚蝦們驚不驚，怕不怕？」

朱元璋在行宮裡準備重新起用劉伯溫，卻不知遠在京城裡的劉伯溫已經病入膏肓了。他兩天不吃不喝，劉璉急得像熱鍋上的螞蟻，一步不肯離開。他拿著一碗粥放到劉伯溫面前，臉上滿是懇求的表情。劉伯溫歉意地搖搖頭：「璉兒，爹不餓。」

劉璉苦惱地說：「父親，您已經兩天不吃不喝了。」劉伯溫故作輕鬆地說：「此話不確，爹不是喝茶麼。」劉璉幾乎要流下淚，勸道：「父親，您多少吃一點吧。啊？」

劉伯溫虛弱地輕歎：「腹下堵得慌，先擱這兒吧。璉兒，外面有什麼消息？」劉璉道：「哦，今晌午，兒在菜市上聽兩個太監議論，說『胡相國在短短半月裡，就將朝廷積案料理一空。讓眾臣敬佩不已。』」

劉伯溫噗哧一聲笑了：「胡惟庸愚蠢呀，比我想像的還愚蠢！滅頂大禍爲之不遠了！」劉璉驚問何故？劉伯溫緩緩道：「你想想嘛，這胡惟庸竟然敢表現得比皇上更能幹，這還得了麼？等皇上回京時，發現這個朝廷竟然沒皇上也行，那皇上會怎麼想？胡惟庸難道不是觸犯天忌麼！」

經父親一點撥，劉璉頓時大悟。劉伯溫諄諄告訴劉璉：世事洞明皆學問，人情練達即文章。這裡面的學問有時比書本上的更管用呢！劉璉正有滋有味地聽著，咚咚的敲門聲響了起來，有人在喊：「開門，請劉大人開門。」劉璉只得匆匆扶著劉伯溫出門，於院中跪地。

家僕打開院門，李進帶著幾個侍衛走進院子。他展開黃卷高聲誦道：「聖旨。自洪武十年以來，劉伯溫閉門思過，痛悔前非。朕念其多年功勳，忠誠如舊，特赦免劉伯溫各項前罪，恢復爵位俸祿，降爲都察院二品大右使，著即到職視事。欽此！」

劉伯溫呆呆地不動，睜著大眼睛，思想彷彿去遠方遨遊一般。誰也不知道他此刻作何感想。旁跪於側的劉璉卻大驚大喜，輕碰劉伯溫，顫聲道：「父親？」

劉伯溫這才如夢初醒，叩首道：「臣領旨謝恩。」

李進笑著把聖旨遞給劉伯溫，恭敬地問：「劉大人，您什麼時候能上任啊？」劉伯溫幾乎看都沒看就把聖旨轉遞給劉璉，並在他扶持下艱難起身，沙啞地說：「李進啊，你看臣這個樣子！唉！臣會上奏皇上，臣老病纏身，舉止艱難，請皇上恩准臣病體稍癒，再回都察院吧。啊？」

李進猶豫片刻，揖道：「晚輩也會將劉大人心願，稟報給皇上。」

劉伯溫沙啞地說：「那就更好了。光臣自個兒說，皇上未必信。多謝李大人了！」

李進走後，劉璉扶著劉伯溫進屋，在案前坐下。他小心翼翼地將聖旨鋪在案上，細細端詳，悲喜交集地說：「父親，我們總算是熬到頭了！」

劉伯溫淒涼地說：「不錯，熬到頭了！」

劉璉聽父親聲音異樣，急忙回頭，這才發現坐在圈椅上的父親臉色不對，驚恐地問：「父親，您怎麼了，爲何一點都不高興呢?!」

劉伯溫沙啞地說：「璉兒，父親恐怕永遠回不了都察院了。」劉璉驚問：「爲何？」劉伯溫難言道：「有個事，父親要請你原諒。」

劉璉意識到了什麼，望著父親深陷的眼窩，幾乎不敢問，半天才顫聲道：「什麼事？」劉伯溫低沉地說：「我剛才說過，下腹堵得慌。我自個兒知道，這是長了肉蠱，是絕症。」

劉璉大驚失色，臉色蒼白：「您爲什麼不早說啊？早說出來，朝廷肯定會派太醫來給您診治！」劉伯溫哀歎道：「璉兒，原諒父親吧。父親盼望解脫啊！」

劉璉蒙面失聲，頹然癱軟在椅上。劉伯溫伸手憐愛地撫摸著兒子，一直沒有說話。

翌日，劉璉去了中書省的政事房。胡惟庸坐在案前閱摺，一臣進去爲劉璉通報：「稟相國，原工部廢員劉璉求見。」胡惟庸沉默片刻說：「叫他進來吧。」劉璉惶然入內，揖道：「工部廢員劉璉，拜見相國大人。」

胡惟庸突然滿臉堆笑道：「劉璉啊，本相原本應該親自去府上傳達皇上恩旨的，無奈政務萬千，實在脫不開身　伯溫兄何時能夠到任啊？」

劉璉顫聲道：「稟相國，家父舊病未癒，又添新症，腹漲如鼓，現在已經垂危了。」胡惟庸笑嗔：「劉璉啊，別這麼說！伯溫兄總是這病那病的，我們都已經習慣了。轉告劉兒，再歇三、五日就赴任吧。」劉璉再也忍不住，道：「胡相，家父患的是絕症肉蠱！」說著，眼裡熱淚盈眶。

胡惟庸一怔，不敢相信地問：「你怎麼知道的？」劉璉道：「家父自己說的。」胡惟庸馬上哈哈大笑道：「我還當是太醫說的呢！爲臣子的，豈有自個兒說什麼就是什麼的呢？還有，你做兒子的，豈能詛咒自個兒父親生了絕症呢？」

劉璉乞求道：「稟胡相，家父確實身患絕症，整整五日未進食了。求相國趕緊派健騎快車，送家父返回青田吧！」胡惟庸嗔道：「既有病，何不在京城醫治，回青田幹什麼？」劉璉無奈顫聲道：「家父的願望是歸葬青田祖塋。皇上也曾答應過。」

胡惟庸仔細端詳著劉璉的表情，懷疑地問：「眞有這麼嚴重嗎？」劉璉急忙說：「胡相如是不信，請派人去寒舍查驗！」胡惟庸沉吟一下，說：「我信。但是，返回青田的事，我做不了主，得請皇上意旨。」

劉璉急了，叫道：「胡相啊，家父只怕、只怕撐不了多少天了呀！」胡惟庸不懷好意地說：「他撐得住！劉璉呀，我比你更了解你父親！他呀，總是能絕處逢生，再獲恩榮。昨兒接旨的時候他還好端端的嘛！我看他是盼著歸養而不是歸葬！如果眞是想歸葬青田祖塋，那就更不用著急了。因爲，人死了才談得上歸葬呀？」

劉璉睜大眼睛，怒叫：「胡相！」胡惟庸示意劉璉冷靜：「回去侍候家父吧，稍安勿躁！本相必須先請皇上意旨，再作定奪。」

胡惟庸還眞爲劉伯溫回青田的事上了奏摺。朱元璋接信柬時正在花徑上漫步。他忿忿行走，嘴裡不滿地埋怨：「劉伯溫怎麼又稱病？每回要用他做事，他都是這兒病那兒病！」

朱標謹愼地說：「奏摺上說，劉璉說劉伯溫下腹生出絕症肉蠱，已有半年之久，現在已無可救治。」

朱元璋更生氣了，道：「好端端的，爲何生出肉蠱來？既然生了，又爲何拖延半年之久？既不報，又不治，究竟是何用心？」

朱標見父親發火，只得垂首沉默。朱元璋恨恨地說：「告訴胡惟庸，咱雖然答應過劉伯溫，早晚讓他回故鄉。但那是『歸葬』而非『歸養』！叫他親自帶著太醫上門去，給劉伯溫診治！」

胡惟庸接了聖旨，親自帶著太醫去了劉伯溫的府第。咚咚咚的敲門聲顯得有點不耐煩，來開門的是劉璉。胡惟庸微笑立於門外，手裡拿著那支朱元璋賞賜的癢癢撓，也像朱元璋那樣拈動著、把玩著。劉璉趕緊深揖：「胡相，皇上旨意下了嗎？」胡惟庸正色道：「下了，我帶著呢。」劉璉滿含希望地顫聲道：「請胡相示下。」胡惟庸加重語調問：「怎麼，就讓本相站在門外頭？」劉璉趕緊拜揖：「在下疏忽了，請胡相恕罪。請進！」

胡惟庸昂然入內，身後跟著一位老太醫和兩位扛著藥包的差役。

胡惟庸道：「皇上旨意，著本相親率太醫上門，爲愛卿劉伯溫療疾，並賜珍奇藥物。劉璉啊，還不跪下謝恩。嗯？」劉璉顫抖跪地：「臣劉璉代父領旨，謝恩。」

胡惟庸走進內室，一眼望見躺在榻上的劉伯溫果然瘦弱不堪，奄奄一息。但他心裡還是存留疑慮。他仔細檢查劉伯溫的病容，再順著榻上的被子看下來，洗得發白的黃色軟綢被面上有好幾處醒目的補丁，榻下放著一雙即將穿壁引光的舊鞋，榻角處的舊痰盂裡有半盂殘血。

胡惟庸歎息一聲，將癢癢撓插進後脖子梗，搔著。倒有一絲意外。

劉伯溫微微睁眼，喃喃地招呼一聲：「胡惟庸。」胡惟庸微笑道：「劉大人！」劉伯溫顫聲道：「我一直以爲您是個厚道人。」胡惟庸微笑道：「沒錯，我是厚道人。」劉伯溫虛弱地說：「可後來，我覺得您、您——」胡惟庸不由地低下身子，很在意地問：「我怎麼著？」劉伯溫睁大眼睛正視著他，顫聲怒斥：「你只有一張厚厚的人皮！」

胡惟庸顯得格外地開心，甚至做出歡笑狀：「伯溫兄過獎了，這話說得我渾身癢癢。」他亮出癢癢搔，得意地告訴劉伯溫：「您瞧，皇上把他貼身用物賞我了。還說君臣一體，心心相印。嘿嘿，皇上跟你說過這話沒有？」

他的言語舉止就是要引劉伯溫生氣，劉伯溫果然被氣得劇喘，無力地倒下了。胡惟庸手執癢癢搔，且搔且得意道：「伯溫兄，本相奉旨親至榻前，嘘寒問暖，送醫熬藥。回頭，本相會稟報皇上，就說伯溫兄雖然臥病在床，仍然是怒火三千丈。老驥伏櫪，志在千里！嘿嘿！」

老太醫拿著托盤入內，盤上擱著一碗熱氣騰騰的藥汁，劉璉緊跟在後。胡惟庸立刻住口，正色道：「劉大人，這是皇上賞賜的湯藥，喝了吧。」

劉伯溫一動不動。胡惟庸提高了聲音：「劉大人，喝了！你要抗旨嗎？」劉伯溫顫聲道：「璉兒，扶我起來。」劉璉上前扶起劉伯溫。劉伯溫從太醫手裡接過那碗藥，同時深深盯了他一眼，太醫立刻垂首退下。

劉伯溫在劉璉懷抱中，把那碗湯藥全部飲盡。最後，他口邊流著殘汁，顫聲道：「臣劉伯溫謝恩！」說著躺下身子，再不看胡惟庸一眼。

胡惟庸趾高氣揚地離開了劉府。劉伯溫平靜地閉眼睡覺，劉璉含淚看著他。

外面的天空裡，陰雲滾滾，一輪苦月，在濃濃的雲翳裡艱難穿行。

皇宮異樣的寧靜，近看遠看，都像一座嚴峻的密不透風的城堡，在慘澹的月光籠罩之下顯得分外陰森詭譎。

劉伯溫的臥室之中，一盞孤燈還在勤勉支撐，但燈芯上跳動的火苗已經搖搖欲墜。榻上的劉伯溫早已平靜地陷入了夢鄉，劉璉還強支精神坐守著，不忍離開重病的父親。

突然，夢中的劉伯溫響起一聲可怕的大叫，在榻上縮成一團，腹痛如割如鉸！劉璉驚慌撲到榻上，狂喊：「父親，您怎麼了？怎麼了？」

劉伯溫痛得滿頭大汗，語不成聲。叫道：「藥、藥、藥裡有毒！」劉璉嘶聲大叫：「父親，父親！您挺住，您千萬挺住，兒想辦法。」

劉伯溫喃喃地說：「不必了。璉兒，你聽著，好好聽著！」劉伯溫手伸到枕頭下面，掙扎地掏出一包文稿，顫抖地遞給劉璉：「快！把它密藏起來，不准任何人看！就是你，也不准看！明白嗎？」

劉璉含淚顫聲道：「兒明白。」劉伯溫緊緊抓住劉璉的手，極其艱難地說：「等皇上歸天之後，哪怕等上五年、十年、二十年，皇上總會歸天的！到那時，你替我把它呈獻給後繼之君！記住了嗎？」

劉璉淚水嘩嘩，顫聲道：「兒記住了。等皇上歸天之後，哪怕等十年、二十年，皇上總會歸天的！到那時，就把它呈獻給後繼之君！」

劉伯溫忍著一陣陣的痙攣頷首，對兒子露出了和藹慈祥的微笑，他的手漸漸沒了力氣，終於一鬆，殉命！

劉璉撲到劉伯溫身上，久久地劇烈地痛哭：「父親啊，父親！」直哭得天昏地黑，星移斗轉！天亮了。劉璉身穿孝衣，在大門門楣上掛了一條長長的白幡。旁邊，兩個家僕失聲哽咽。劉璉含淚叮囑道：「你們聽著，任何時候都不准說老爺中毒而死，只能說是病亡！」年輕些的家僕驚訝地問：「公子，這是爲何？」劉璉顫聲道：「一旦說老爺中毒而死，就等於說皇上賞賜的藥物，是毒藥。那我們就犯了天忌，滅門！」

家僕驚得色變，顫聲說：「明白了，老爺是病亡。」

劉璉正欲關門，忽然看見一群酩酊大醉的將士勾肩搭背地從街面走過，他們正朝這裡指劃著，哈哈大笑：「咦？老雜種死啦！嘿嘿，他還眞死啦？哈哈哈！」

劉璉咚地一聲使勁把院門關閉！

劉伯溫去世的消息，玉兒很快告訴了馬皇后。馬皇后也病得不輕，已經很少起床。用過早點，斜靠在軟榻上，心中煩悶，就拿了一本書卷消遣。看看卻看不動了，手中書卷正搖搖欲墜，玉兒手執一信匆匆入內，顫聲道：「娘娘，二虎有信來了。」

馬皇后挺挺身子，強打起精神：「怎麼說？」玉兒看著信道：「皇上龍體健康，每餐都能進一個細麵饅頭，兩碗小米粥。閒了，就與太子在山間散步。暢談古今興亡。」馬皇后低聲問：「皇上談到我麼？」玉兒發窘，喃喃道：「信上沒說。」

馬皇后呆了片刻，苦笑：「玉兒。如今，我和皇上這對夫妻，還得透過你和二虎這對夫妻傳信兒，你看好笑不好笑？」玉兒沉默片刻，顫聲道：「稟娘娘，劉、劉伯溫大人死了。」馬皇后一驚，顫聲道：「死了？什麼時候？」玉兒顫聲回答：「聽說是昨天夜裡。」

馬皇后悲痛沉默，過了會兒，喘道：「你還聽到什麼？」玉兒吸了一口氣，如實道出：「京城流言四起。有人說他是病死的，有說他是自盡的，還有說他是被胡惟庸害死的，還有——」玉兒不說了。馬皇后急切催促：「說啊！」玉兒顫聲道：「還有人說他是被皇上賞藥，賜死的。所以劉府舉哀的時候，大臣們沒有一人敢去弔唁。」

馬皇后無力地朝後倒在榻上，玉兒驚慌上前：「娘娘？」馬皇后像得了虐疾，聲音打著冷戰，半天道：「還有什麼？接著說！」玉兒想了片刻，道：「還聽說，劉府近日就要把劉大人靈柩運往青田。」

馬皇后沉默許久，沉重吩咐：「替我送一枝香吧。」

玉兒折腰，感激得幾乎要流淚，應道：「遵旨。」

劉伯溫的靈車孤獨地穿過漫長的街道，馳向城門。悲傷欲絕的劉璉與兩個家僕跟行在車後。

靈車上躺著一口深色棺材。棺材頭上，燃著一支數尺高的粗大沉香，隨著靈車行進，這支沉香微微晃動，香煙裊裊，直上青雲。靈車所經過的沿街兩側，門窗聲砰砰作響，達官貴人們正紛紛關上門戶，如避鬼魅。

靈車行至街道交叉口，一些驕兵悍將在那裡策馬而過，他們哈哈大笑：「給劉大人送行嘍！」隨著喊聲，他們摔下一串串喜慶的鞭炮。那些鞭炮在地面、在空中劈劈啪啪炸響，碎屑迸飛，彷佛盛大節日！

在熱鬧的鞭炮聲中，靈車更加沉默，越發孤傲。沉重的靈車轂轆，從紅紅白白的鞭炮碎屑上輾過，沉著而倔強。

靈車緩緩馳向城門，有兩個臣子跪於城門下的道路兩旁，跪在道左的是呂昶，跪於道右的是宋濂。兩位老臣哽咽長叩，夾道相送，心碎腸斷，百感交集。

靈車默默從兩位老臣之間馳過。

靈車終於穿過巨大而深邃的城門，馳向遙遠的青田。

在原野上，劉璉把手伸進懷裡，掏出父親寫的那包文稿看看，又小心地掖回去，深深掖入胸懷。他的耳邊一遍遍地響起父親沉重的遺言：「兒啊，你記著，等皇上歸天之後，哪怕等上五年、十年、二十年，皇上總會歸天的！到那時候，就把它呈獻給後繼之君！」

他的眼淚再一次流下來。他切膚地意識到，父親是眞死了，他到了另一個世界裡。此生此世，他再也見不到爲他傾注了那麼多心血的、至親至愛的父親了，再也見不到他內心深處最崇拜的人生偶像了。但他也同樣強烈地意識到，父親沒有死。孤獨的父親不僅會永遠留在他的記憶中，也會永遠留在後代人的記憶中，比胡惟庸之流與那些驕兵悍將活得更長久！

第三十八章

風聲鶴唳臣將驚恐
大開殺戒宰相癢死

黃山朱元璋的行宮裡，一件奏章鋪在寬大的黃梨木大案上。朱元璋手執癢癢搔，慢慢在奏章上劃動著，嘴裡喃喃地說：「劉伯溫叫人害死了，肯定是叫人害死的！這事瞞不過咱。」

朱標又緊張又痛心，滿面焦慮地立於一旁，忍不住再催促：「父皇離開京城已經半年了，回京吧。」朱元璋這回沒有再反對，他透過窗戶，望著外面連綿起伏、蒼翠靈秀的青山，深深歎息道：「是啊，時候到了，咱們該回京了。標兒，傳旨返京！」

朱標暗暗鬆了一口氣，走出屋子傳旨去了。朱元璋木然把玩著那支癢癢搔，默默想著心事，眉頭越鎖越緊。

朱元璋一行要回京城的消息胡惟庸居然一直不知道。那一天他從廊道往政事房走，早在大院中等候批件的數個小臣正在彼此交頭接耳：

哎，京城九門爲何增添守衛了？

不光九門！長江水師也回防浦口了，水師兵勇全部登岸駐防。

到底出了什麼事啊？

不知道。而且，不知道也許更好。

胡惟庸聽不清他們究竟說些什麼。說話的臣工都望見了廊道上的胡惟庸，不約而同都住了口。胡惟庸犀利的目光朝院子裡掃了一眼，感覺眾臣臉上的表情蹊蹺。他不動聲色地走進政事房，傲然端坐在紅木大案後面，將那支癢癢搔醒目地放在案面前方，接下來就讓侍臣喚進幾個臣工。被喚的臣工恭恭敬敬立於案前，依次稟報：

「屬下已查問京師都督府，城衛添兵，爲何不報中書省？都府回稟，他們是按照兵部軍令辦的。臣又查問兵部，兵部左侍郎說是遵照黃山送來的太子手諭辦的。」

胡惟庸聲音沉悶地問：「水師戰船爲何停靠浦口港？水師兵勇登岸爲何不依律稟報？還有，虎林衛、火器營也由安徽駐地向京城開來了。這些情況你們都知道嗎？」

屋子裡的幾個臣工都面面相覷，接著個個詫然表示全然不知。胡惟庸眨眨眼，露出久違的笑容，道：「水師、步軍、騎兵都趕來護衛京城。這說明什麼呢？說明皇上快要回京了！說不定，皇上此刻已經在返京路上了。」

眾屬臣這才恍然大悟，連聲說：「是、是，相國明見。」但胡惟庸又問：「皇上歸京，爲何不先來個旨意呢？」他的眼神裡隱匿著一絲茫然。難得的顯得不那麼自信，似乎想從別人那裡找到答案。屋內的屬臣再次面面相覷，沒有人說話，從臉上的表情看，此刻沒有一個人有說話的願望。

胡惟庸隨即恢復了敏銳與自信，朗聲道：「顯然，皇上不願意讓朝中大臣們知道，包括中書省！既然如此，疑問又來了，皇上爲何不願讓我們知道？爲何在中書省毫不知情的情況下，調動五萬水陸大軍？難道，大明京師快要淪陷了嗎？」

這一連串敏感尖銳的追問像重磅炸彈一樣，令眾屬臣驚愕慌張，他們再次面面相覷，想從別人那裡汲取些許慰藉，以此掩蓋自己心中的驚恐。

這時候，最坦然的是胡惟庸自己。他微笑了：「跟你們說白了吧。皇上啊，擔心京城不穩，懷疑朝廷出了奸臣！嘿嘿嘿！問題又來了，奸臣是哪些人啊？」

眾臣驚恐得幾乎雙腿發抖，瞠目結舌！胡惟庸卻是再也控制不住自己說話的欲望了。他鄙夷地掃了他們一眼，自信地說：「如我所料不錯，就是剛從北疆凱旋歸來的驕兵悍將們！他們哪，又開始居功自傲，害民壞法了！三年前，皇上就想消除隱患，讓一大幫淮西勳舊們歸養鄉里。可惜戰事一起，不得不用他們披甲上陣。現在，皇上認爲時候到了，所以皇駕未至，兵馬先行。」

屬臣們如夢初醒，敬佩不已。一個屬臣讚道：「相國斷事，眞是巨細無遺，洞若觀火！」胡惟庸深沉地說：「聽令吧。第一，皇上既然不想讓我們知道，那我們就得裝作一無所知，誰都不准自作聰明，四處張揚！特別是對於兵馬調動等事，更不准妄加議論；第二，趕緊將這半年來的所有奏章、廷寄、案稿清理一遍，以備皇上御覽，不可留有任何不符合朝廷律令的東西。即使有，你也得給我說圓嘍！明白嗎？」眾屬臣齊應道：「明白。」胡惟庸拉長聲音道：「第三嘛，你們自個兒查查自個兒吧。誰屁股裡有屎，趕緊揩乾淨，不要臭了別人！」

眾屬臣惶恐地應諾著。胡惟庸擺一擺癢癢搔，眾屬臣立刻肅穆退下。胡惟庸將癢癢搔插入後脖子梗，搔著，沉思著。突然，李進走了進來，一揖道：「稟相國，太子派人傳旨，明日正午時分，皇駕進入京城奉天門。著所有臣工在城門接駕，無須出城迎候。」

胡惟庸沉默片刻才回答：「知道了。」李進正要退出，卻被胡惟庸叫住：「李進啊！」李進趕緊回身，恭敬地問：「相國？」胡惟庸看著他，緩緩地說：「我有個疑問。你如果覺得不方便，可以不作回答。」

李進不動聲色地說：「請相國示下。」

胡惟庸的手撫著案上的癢癢搔，沉吟著問：「皇駕進京，爲何不通知本相，卻通知了你？」李進說：「稟相國，在下不知道。」胡惟庸正色道：「半年多來，你是不是經常向黃山行宮遞送密摺？」李進平靜地說：「稟相國，在下不是經常而是奉旨每日遞送一摺！」胡惟庸強忍驚駭，頷首微笑：「多謝了，你去吧。」

李進再揖，離去。胡惟庸絕望地倒在椅中，臉上浮現出深深的恐懼。

朱元璋終於回來了。龍輦穿越巨大的奉天門，進入京城。丹陛兩旁，百官一排排拜伏於地。齊聲頌道：「臣等恭候聖駕。吾皇萬歲！萬歲！萬萬歲！」

朱元璋透過車窗，向眾臣們頷首微笑。龍輦在胡惟庸面前停了下來，朱元璋下車。胡惟庸莊嚴揖道：「臣胡惟庸拜見皇上！」朱元璋竟然拉住胡惟庸的手，將他拉到丹陛前並肩行走。笑道：「惟庸啊，這半年多來，眞是辛苦你了！」胡惟庸激動地說：「臣奉旨秉政，唯有鞠躬盡瘁，萬死無辭！」

朱元璋笑著說：「好、好。你在朝廷撐著，咱卻在黃山納涼，實在有些不安哪！」胡惟庸道：「臣看見皇上龍體健旺，臣這半年辛勞，値嘍，太値嘍！」

君臣兩人牽手而行，情深而談，令臣工們羨慕又嫉妒。只有隊伍中的呂昶臉上是不同的表情—他驚訝地盯著胡惟庸的腳，那雙腳步步踩在丹陛上！

朱元璋走進奉天殿暖閣，眞是久違了。他坐在龍椅上，胸口湧上種種思緒。他先召李進，讓他說說劉伯溫是怎麼死的。李進如實稟報：「十月十八日，胡相奉旨探望劉伯溫，並賜珍奇藥物。當天夜裡，劉伯溫腹痛如鉸，黎明時分，氣絕長辭。十月十九日，劉府懸哀幡，設靈堂，除呂昶、宋濂外，朝中大臣無人弔唁。京城流言四起，有說劉伯溫是病亡，有說是自盡，有說是被胡惟庸帶去的藥物毒死的。」朱元璋憤慨地打斷：「這等於說是咱毒死劉伯溫的，因爲胡惟庸是奉旨賜藥！」

李進等朱元璋發完火，繼續稟報：「十月二十日，劉璉駕車送劉伯溫靈柩返回青田故里。大臣仍然無人送行，唯有皇后賜香一炷，呂、宋二臣城門跪送。靈車經過鼓樓時，有將士策馬歡叫，燃放爆竹相慶。」

朱元璋陰沉地問：「都有誰？」

李進道：「吉安侯陸仲亨，延慶侯唐勝宗，平涼侯費聚等。」朱元璋道：「聽著，將中書省這半年辦理過的所有章呈，全部移送上書房。你從翰林院、都察院找幾個可靠的臣工、學士，協助太子一一審閱。」李進應聲「遵旨」，折腰退下。

朱元璋又偏過頭對二虎吩咐：「二虎啊，把你的眼線、臥底召到一塊，核查取證，準備收網吧。」二虎道：「末將已經令他們前往中軍左衛，彙集罪證了。」

朱元璋沉重頷首，起身走出暖閣。他慢慢往乾清宮走，進了宮門，又進內室，見馬皇后躺在榻上，閉目安睡。朱元璋有意無意地放輕了腳步，走到榻旁看了看，坐在榻邊。輕聲道：「妹子，咱回來了。」

馬皇后，仍在安睡。朱元璋又坐了一會兒，四處望望，最後再望望馬皇后，見她仍然酣夢未醒，終於長歎一聲，起身離去。榻上，剛才恬靜安睡的馬皇后，眼皮忽然動了一下，接著流下眼淚。

步出乾清宮的朱元璋，在宮門口看見了不安地守立在門畔的朱標，沙啞對他說：「你去看看她吧，她不想跟咱說話。」說著他沉重地離去，朱標同情地望著父親的背影。稍頃，急匆匆往乾清宮去看母親。

朱元璋回到上書房，按部就班地部署調查、審核，自己也是每天審讀厚厚的奏章。朱標奉旨調查之後，回來稟報：「兒臣與李進等詳查三天了，但是，除了某些枝節忽漏外，兒臣等沒有查出重大隱情。」李進也說：「臣也調閱了相關的部院案底，凡胡惟庸所批辦的事，除擅發北征將士賞銀外，並無其他違法之處。」

本來在踱步的朱元璋站定，怒沖沖道：「這更可怕！胡惟庸明明是擅權枉法，結黨謀私。你們卻找不出證據來，這難道不更可怕嗎？說明他們盤根錯節，建立了攻守同盟，早就把不法之處打理得乾乾淨淨了！」

朱標與李進窘迫無言，垂首聆訓。沉默片刻，朱標道：「這是兒臣無能。」朱元璋嗔道：「傳旨！包括言官、御使、翰林學士在內，各部院臣工皆可嚴查不法事端，准予風聞奏事，相互糾彈。」朱標聞之色變，失聲打斷：「父皇！」朱元璋回身，奇怪地問：「怎麼？」朱標顫聲道：「風聞奏事、相互糾彈，乃天子萬般無奈時才採用的下策，此例一開，定會風聲鶴唳，人人自危。遞上來的罪證，也不免眞僞難辨。」

朱元璋冷若冰霜地說：「咱來辨眞僞！下策當用時，那就是上策！」

朱標看看李進，李進見朱元璋動怒，知道此時無法進言，故沉默無語。兩人相契般同時折腰道：「遵旨。」

朱元璋生氣地看看朱標和李進，怒氣沖沖地拂袖往外走。殿道上，二虎匆匆從後面追來，聲音驚慌地說：「稟皇上，城衛在巡查夫子廟時，發現兩個南洋異國人，便帶入衛所審問。萬沒想到，這兩個人竟然是占城國使臣，飄洋過海而來，受占城君主所派，朝貢大明皇上。」

朱元璋大驚道：「占城國使來朝，咱爲何一點也不知道？」二虎猶豫地說：「只怕是禮部疏忽了。占城國正副使臣三人，已經來了一個月了，竟然沒人料理，他們只好下榻在玉衣巷客棧裡。還有，他們把夫子廟光明殿，當成大明皇宮，要進去拜見皇上。」

朱元璋氣得哭笑不得：「咱又不是泥菩薩，怎會坐在光明殿裡？」

二虎苦笑道：「他們覺得光明殿氣象莊嚴，比占城皇宮還漂亮，就以爲裡面是大明天子住的地方。」

朱元璋跺足怒叫：「怎麼搞的？占城國使萬里來朝，就是咱大明國賓。朝廷早有規矩，異國使臣只要踏上大明國土，便享受王公禮遇！他們爲何沒人管沒人問？讓人家啃燒餅過日子嗎？居然沒人稟報咱！禮部混賬！」說著掉頭而去。

翌日上朝，眾臣依次排立在大殿上。朱元璋怒立丹陛之上，禮部尚書被點名訓斥。他跪地顫聲稟報：「占城國使來朝事，禮部今年初就稟報過中書省，臣以爲中書省已經指派部院接待。」

胡惟庸跟班嗔怪道：「中書省根本沒有接到你們關於此事的呈報！」尚書振振有詞地反駁：「稟皇上，臣有章奏存底爲證。胡相秉政時下過嚴令，凡海外各國遣使來朝、通商、以及海外僧侶赴大明取經拜佛等事，禮部不准越過中書省直奏皇上，否則，那就是違規壞法。要不，臣早就將此事直接呈報上書房了！」朱元璋憤怒地盯了胡惟庸一眼。

胡惟庸厲聲道：「中書省上承天子，下統各部、院、省、府，這是皇上欽定的章程。如果中書省不能上承下達，統籌中樞，豈不是中書省的失職麼？」

禮部尚書深感委屈，叩首及地，顫聲道：「稟皇上，禮部確實將此事呈報過胡相，卻久未接到中書省批覆。此事，臣確屬無辜！」

胡惟庸聲色俱厲：「皇上，接待海外來使屬於禮部專責。如果禮部確實呈報過此事，那麼就算沒接獲內閣批覆也該派員催促，並查明占城國使何時到岸，何時入京，具文再報！這是部院大臣起碼的責任，何至於讓國使棲身客棧，這是禮部瀆職。」

朱元璋憤怒打斷：「夠了！占城國使漂洋萬里，滿腔熱忱來朝拜，咱們卻不聞不問，讓人家淪落到客棧裡頭，大失國格！而中書省丞相卻與禮部尙書當廷推諉，互相指責，更是有違柱國大臣的道德風範。聽旨，將胡惟庸與梁楷第押赴刑部關押，待此事查明後，嚴辦！」

剛才還氣勢洶洶的胡惟庸驚呆了，望著朱元璋顫聲道：「皇上！」

朱元璋冷若冰霜，憤怒一揮手，幾個侍衛奔入將兩人押出大殿。當胡惟庸從臣工面前經過時，所有人都瞠目結舌！

朱元璋慢聲道：「由此也可見，咱離京期間，朝廷上有不少隱情、是非、甚至是欺君壞法的事兒瞞著咱哪！」此話一出，眾臣頓時愕然，人人自危，彷彿巨大災禍就要降臨。

朱元璋慢慢走下丹陛，繼續道：「咱已經打過招呼，准許大夥風聞奏事，嚴加糾彈。如果有人知情不報、互相隱瞞的話，咱查出來後，一律處死！而且——」朱元璋逼視著眾臣厲聲道：「咱一定會查出來的！」

朝會散後，眾臣三五成群步下玉階。或驚慌、或驚喜、或驚恐地紛紛議論。一位上年紀的大臣歎道：「哎呀，胡惟庸上朝時還貴爲丞相，沒等下朝時就成階下囚了。天子恩威，瞬息萬變哪！」

另一位年輕的臣工疑惑不解：「在下萬萬不可思議！胡相僅爲了件區區小事就墜入大牢，皇上究竟是何用意啊？」

另一老臣笑道：「楊大人如此說話就稍嫌幼稚了！這還不明白嗎？皇上搬掉壓在咱們頭上的一塊大石頭，讓我等放膽參奏！嘿嘿嘿！」

宋濂滿面權威狀，不屑地嗔怪：「徐大人，您說別人說話幼稚，您自個兒就高明麼？」老臣急忙揖道：「哦，請宋公賜教！」宋濂一歎，放低聲音道：「老夫早有預感。中書省上承天子下統部、院、都府，連皇上下旨，部院上奏，都要經中書省上承下達，這權力實在太大了，大得可怕！相權過重了，皇權就會受損。而自古以來，皇權與相權之爭，可謂史不絕書啊。皇上怕是要痛下殺手，消除皇權與相權之爭了！」

此話一出，眾臣如夢方醒，不約而同「哦」了一聲，敬佩不已，連連頷首。

不遠的地方，一位中年檢校注視著眾臣，他聽到宋濂說的話，等眾人走後，他才慢慢離去。

就在這一天的晚上，有人就進宮來彈劾奸臣了。慘澹的月光下，一個臣工手執一摺匆匆奔到宮門前，撲地而跪，放聲大哭：「微臣塗節愧對皇上天恩哪！微臣飽受奸相欺凌迫害，無處申冤哪！微臣向皇上請罪，微臣要檢舉揭發朝中奸臣！」

幾個宮衛提燈上前，首領厲聲喝問：「你是何人？想幹什麼？」

臣工泣道：「臣，吏部主事塗節，要面見聖上，彈劾奸相胡惟庸！」

朱元璋這時候正在聽二虎稟報蒐集到的情況：「各部大臣回府衙後，一片驚慌！有人喜，有人憂，有人閉門不出，有人相互奔走。喜者認爲天威昭昭，疏而不漏，胡惟庸罪惡多端，早該懲辦。憂者則擔心宰相一倒，禍及自身，並牽涉大片文武臣工。中書省則提前封門散班，所有屬吏全部回家思過，閉門不出。而六部尚書、翰林院、太吏院、太常寺等多是興高采烈，奔相走告。多認爲，皇上替他們搬掉一塊壓在頭上的大石頭，從此以後，他們可以直接進宮奏事了。」

朱元璋滿意地說：「咱不光是搬掉了一塊大石頭，咱還把這塊大石頭砸進水裡，濺它個四面開花。讓藏在水底的蝦兵蟹將們，驚得跳出來！」二虎猶豫地說：「不過，大學士宋濂，對此別有見解。」

朱元璋望著二虎猶豫的神色，警覺地問：「他怎麼說的？一個字別錯！」二虎道：「下朝時，宋濂對同行的臣工說，『中書省上承下達，這權力實在太大了，大得可怕！相權過重了，皇權就會受損。而自古以來，皇權與相權之爭，可謂史不絕書啊。皇上怕是要痛下殺手，消除皇權與相權之爭了！』宋濂此話，大受臣工敬佩。」

朱元璋頓時憤慨：「胡言亂語！什麼皇權相權之爭？咱是爲國除奸！這老東西，怎敢這樣放肆？混賬！」二虎低聲道：「後來，呂昶聽說了，提醒他，原話是，『宋公，這兒不是南書房，您也不是在爲皇子講授，就不要引伸發揮了吧』。」

朱元璋哼了一聲：「還是呂昶明白事兒！」

一個侍衛快步奔至門畔，止步不進，眼望二虎。二虎問：「何事？直接向皇上稟報吧。」侍衛一揖，道：「稟皇上，吏部主事塗節，在後宰門外叩首哭宮，請求見駕。口口聲聲要彈劾奸相胡惟庸。」

朱元璋一怔，盡力回憶著：「塗節？」二虎趕緊道：「吏部按察司六品主事，洪武八年入朝，是胡惟庸心腹幹將，並拜胡惟庸爲恩師及義父。」朱元璋突然爆發哈哈大笑：「做義子的竟然第一個跳出來，彈劾自個兒的義父？啊？哈哈哈，胡惟庸啊，你眞是瞎了狗眼，怎麼能收這種人做義子呢？哈哈哈！好、好、好，快召他進來！」

第二天上朝的時候，多年來鋒頭出盡的胡惟庸在衆臣中消失了。大殿內異樣的寂靜。衆臣個個肅容站立。朱元璋慢慢地從屏風後步出，走到龍座前，落座。朱標旁立。

衆臣跪地拜過皇上，呂昶執摺率先上前，嚴正地說：「臣，戶部尚書、文淵閣大學士呂昶，參奏中書省左丞相胡惟庸欺君枉法、結黨擅權等九款大罪，請聖上嚴辦！」呂昶說完上前將奏摺遞於朱標，朱標接過將其置於朱元璋面前龍案上。

呂昶尚未退下，宋濂就執摺上前，高聲道：「臣，太子太保、文淵閣大學士宋濂，彈劾中書省左丞相胡惟庸欺君擅權、逼死都察院左使劉伯溫等七款大罪，叩請聖上嚴查重辦！」說著將奏摺交給朱標，朱標照舊置於朱元璋面前龍案上。

朱元璋還沒來得及看上一眼，又有三、四個大臣出班，一臣搶先道：「臣，吏部侍郎劉建文，奏劾中書省左丞相胡惟庸及其奸黨九人，結黨營私，陰圖不軌，叩請聖上嚴查重辦！」話音未落，各處都響起憤慨聲音，竟然多位大臣一齊上前：

臣太常寺卿韓少仁，彈劾胡惟庸及其私黨、心腹、走卒等二十一人。叩請聖上嚴查重辦！

臣兵部右侍郎呂大勇，彈劾胡惟庸拉攏淮西將領，圖謀篡逆。

臣都察院監察御使黃承義，彈劾胡惟庸，及其在直隸、安徽、浙江、湖南、福建五省奸黨三十九人。

片刻間，大堆奏章堆至朱元璋案頭，朱元璋臉上漾起滿意的燦爛的微笑。

證據有了，接下來就是提審罪犯胡惟庸，此事朱元璋交給了太子朱標和李進。兩人來到刑部大堂上，朱標居中端坐，李進坐左案，另一臣坐右案。兩邊侍衛林立，堂間放了一隻木板小凳。

李進請示地看了朱標一眼，朱標頷首。李進高喝：「帶罪犯胡惟庸上堂！」眾侍衛一疊聲傳呼：「帶罪犯胡惟庸上堂！」

一陣鐵鐐聲響了起來，胡惟庸戴著木枷腳鐐走進大堂。只幾日功夫，他已經鬍子拉碴，皮肉鬆弛，兩隻眼睛也失去了往日光華。李進再看朱標一眼，朱標頷首。李進便喝道：「去枷賜座。」侍衛上前解脫胡惟庸身上的枷鐐，將其按到小凳上。李進嚴正地說：「胡惟庸聽旨，『朝廷各部、院、五軍都督府，及其各省府衙大臣紛紛上奏，彈劾你欺君枉法、結黨擅權等罪。著你如實招供！』胡惟庸，你聽清旨意了麼？」

胡惟庸鬆展肢體，抓抓這兒，搔搔那兒，對李進的話置若罔聞。

李進從案前大堆奏章上取起一份，嚴肅地說：「文淵閣大學士宋濂，彈劾你在皇上離京期間，迫害前都察院左使劉伯溫，並矯旨賜毒，致劉伯溫於死地。胡惟庸，著你先從這件罪狀供起。」

胡惟庸仍然無動於衷。李進厲聲大喝：「胡惟庸你聽清了嗎？你招還是不招？」胡惟庸的手在身上摸索著，終於掏出一支癢癢搔，插進後脖子梗愜意地搔著。微笑道：「牢裡的蝨子跳蚤多了點，還好咱有支癢癢搔。」胡惟庸說著將癢癢搔亮給朱標看，炫耀地說：「這可是皇上貼身之物啊，君臣一體，心心相印！」

李進、朱標俱呆定。

朱標、李進審不動胡惟庸，只得如實向朱元璋稟報：「兒臣等奉旨審訊胡惟庸，兩個時辰下來，胡惟庸拒不招供，只說了一句話。」朱標猶豫不言，不知那話該不該從他口中說出來。朱元璋不滿地看看他，問：「什麼話？」朱標道：「他掏出父皇賜給他的那支青玉如意，說『牢裡的蝨子跳蚤多了點，還好咱有支癢癢撓。它可是皇上的貼身之物，君臣一體，心心相印』。」

朱元璋失聲笑了，竟然誇讚道：「好嘛！不愧是柱國大臣，寵辱不驚。給他換個乾淨點的地方，你們審不動他的。回頭，還是咱請他喝茶吧。」

朱標出去傳旨。胡惟庸很快被帶到武英殿的上殿裡。朱元璋已經先到了武英殿，坐在一尊茶案當中，右座是塗節，左座空著。大殿看上去不如平常的空闊明亮，因爲兩旁都掛上了厚重的帷幕。胡惟庸是被侍衛押進來的，進來後侍衛就解去了他身上的木枷鐵鐐。胡惟庸鋒利地怒視了塗節一眼，走至案前朝朱元璋深拜：「臣胡惟庸拜見皇上。」

朱元璋看著他，道：「坐下，咱們仨喝喝茶吧。」胡惟庸自然落座，道：「臣謝座。」

朱元璋伸手執起大壺親自替兩人斟茶，緩聲道：「惟庸啊，塗節是你的義子、門生吧？」胡惟庸顫聲道：「曾經是。」朱元璋偏了偏頭望著塗節：「塗節啊，胡惟庸是你的義父、恩師吧？」塗節的聲音掩不住地異樣，道：「是。」朱元璋道：「那麼你們父子倆聊聊天吧，暢開來聊。」

塗節垂首，聲音想平穩些，但還是異樣，像走調的曲子。道：「遵旨。稟皇上，洪武十四年十月十八日，胡相接到皇上聖旨，令他率太醫、攜珍奇藥物探望劉伯溫。當時，胡相拿著聖旨自言自語，『珍奇藥物是何意啊？劉伯溫早就奄奄待斃，何苦多此一舉！』」

胡惟庸熱血往頭上湧，臉脹得通紅，怒喝：「塗節，你胡說八道！」

塗節卻繼續用激動得走了調的聲音道：「稟皇上，當時罪臣就在胡相身邊，胡相令罪臣傳太醫院醫正過來，並令罪臣親去藥庫挑選緩發毒藥，說要讓劉伯溫飲罷，過兩三日後再死。卻沒有料到劉伯溫身體太弱，當夜就死了。」

胡惟庸怒視塗節，嘶聲大叫：「你這個惡賊！」

朱元璋舉盅道：「惟庸啊，喝口茶，消消火。咱這茶裡無毒，你可放心飲用。塗節，接著說。」

塗節的聲音打著顫，殷勤地說：「遵旨。洪武十二年三月二十五日，罪臣奉胡相令押運糧餉抵達北疆戰地，並將密函一封面交藍玉將軍。藍將軍當時正在與吉安侯陸仲亨，延慶侯唐勝宗，平涼侯費聚等將飲酒。他看完密函後讓罪臣坐在身邊，打聽京城情況，尤其是皇上情況。之後，藍將軍囑咐陸將軍、唐將軍說，『你們不要急於歸京，咱先回去看看情形。要是上位對咱們不仁義，咱們手裡有兵馬，進退都方便。』」

胡惟庸像是臉上塗了血，咬牙切齒地說：「塗節！你血口噴人！」塗節見他這樣，反而氣壯了些，繼續道：「費將軍說，『藍哥，你可是大明第一勇將，只要你振臂一呼，誰不從命？』藍將軍則冷笑，說『咱可是死過幾回的人了，怕他做甚麼？』稟皇上，至於那封密函裡有何言語，罪臣就不知道了。」

朱元璋啜茶，手微微顫動，冷靜地說：「那當然，你只說你知道的就成了。」

胡惟庸臉上的紅潮褪去，霎時又變得面如土色。他慢慢掏出癢癢撓，使勁搔著身體各處。塗節見狀，又顯得從容了些，繼續道：「今年中秋節那天晚上，胡相在府上與十多位淮西將領聚酒賞月。罪臣在邊上侍候著，親耳聽見胡相說，『你們哪，還是收斂一點好。沒看見皇上已經衰老了嗎？最多七、八年就會龍馭西天。到那時太子坐朝，我當政，你們就太平多了，要啥有啥。』」

朱元璋長歎：「眞是用心深遠哪，連咱死後的日子都替咱想到了！」塗節的聲音又顫抖起來：「胡相還答應罪臣，讓臣做吏部尚書。」胡惟庸咬牙切齒地說：「皇上，塗節喪盡人倫綱常、血口噴人，他已經不是人，是、是、是一條瘋狗！」

朱元璋微笑問塗節：「你是麼？瘋狗？」

塗節竟也朝胡惟庸怒罵：「胡惟庸，你才是一條瘋狗！你悖主謀逆，欺君篡權，還自以爲是五百年來第一名相！」胡惟庸恨惡道：「塗節！『五百年來第一名相』這句話，是當年你跪在我面前、拜我爲義父時說的！我當時就覺得肉麻！」塗節立刻頂撞道：「我要不說這句話，您胡相會把我收入門下嗎？」

朱元璋篤地一聲放下茶盅，哈哈大笑：「哎喲，你們父子倆吵嘴，咱聽得眞舒服！比吃個肉夾饃還舒服！」朱元璋手一揮，二虎立刻與眾侍衛掀開長長的帷幕。隨著嘩嘩的開幕聲，大殿兩旁出現大片文武臣將。他們每人坐一隻小凳，在幕後聽審。文臣坐於左，武將坐於右。胡惟庸與塗節如遭電殛，登時驚呆了！

所有文臣都極其憤怒，將鄙視的目光齊刷刷投向胡惟庸！而武將那裡，藍玉，陸仲亨，費聚等將領面色慘白，他們已經離開小凳垂首跪地，隱然發抖。

朱元璋緩緩起身，在文武官員當中踱步，恨恨道：「你們都聽見了吧？這兩人一個姓胡一個姓塗，合到一塊，眞是一對糊塗蟲！唉，你們看看他們，這對義父義子還像人麼？跟狗一樣互相咬哇！醜死了，天底下沒人比他倆更醜的了！哦，咱有沒有這樣的義子義侄啊？要有，那就是咱朱元璋瞎了眼！」

在朱元璋的怒吼聲中，大片淮西將領簌簌發抖。朱元璋執癢癢搔指向胡惟庸：「惟庸啊，你自個兒說吧。依律應當如何處置？」

胡惟庸臉色慢慢復黃，他漸漸鎮靜下來。用冰冷的聲音說：「做皇上的用得著講『依律』嗎？皇上的話就是法、就是律！你想讓我怎麼死，我就怎麼死！」

朱元璋似笑不笑地稱讚：「唔，你比楊憲強多了。好、好！惟庸啊，你不是怕癢麼？咱就讓你癢死好了，這死法也算是開天闢地第一回吧？」

胡惟庸詫異地望著朱元璋，所有文武官員的目光之中都有詫異與駭然。

這一天的黃昏，幾個侍衛將胡惟庸的上衣剝去，讓他赤著上身。他們把赤膊的胡惟庸押到河邊的林子間，將他雙臂展開十字，捆綁在大樹上。為首者向他一揖，冷冷地說：「胡大人，在下告辭。」胡惟庸也冷冷地說：「回去交差吧！」

侍衛們走了，寂寥無聲的天地間只有胡惟庸一個人，一輪血紅的夕陽停靠在天邊。胡惟庸的脖子上竟然還掛著皇上賞賜的「貼身聖物」癢癢搔！他臉色臘黃，眼睛血紅，不安地四處張望著。不多一會兒，他驚心動魄地聽見草棵間響起了嗡嗡的聲音，這是蚊蟲飛舞的聲音，這聲音越來越響，越來越可怕。有蚊子飛過來，叮在他的臉上，一隻一隻又一隻。半個時辰以後，他那長期養尊處優的雪白的肉身已經看不見多少本色，那上面叮滿了嗷嗷待哺的大小蚊蟲。

胡惟庸奇癢難熬，簡直快瘋了。他扭動身體，拼命掙扎。忽然，他看見了胸前的癢癢搔，使勁彎下腦袋，想叼起那支癢癢搔抓癢兒！但是，無論他怎麼努力，那支已經叮上了許多蚊子的癢癢搔與他的口齒始終只差半寸！

胡惟庸還在徒勞地努力著，眼望著胸口的癢癢搔，他已經不能放棄努力。但他終於筋疲力盡了，他用僅剩一線光明的眼睛盯著胸前的癢癢搔，仰首瘋狂大笑：「哈哈哈，我胡惟庸就算不是千古名相，也算是古往今來癢死的第一人吧？哈哈哈！好哇，癢得好！癢得痛快！痛快啊！」

胡惟庸瘋了，瘋了的人有時痛苦，有時快樂。他不停地笑，響亮地笑，沙啞地笑，虛弱地笑，直到笑不出聲音了，再無聲地笑。最後，他的嘴一歪，帶著癡呆的笑容死去。他的臉部腫脹，全身的血已被吸盡。他全身上下到處發黑，因爲大片蚊蟲層層蓋在了他的身上。它們像一件麻線編織而成的貼身黑衣，裹在了胡惟庸的身上，又像一片烏雲，飄落在他的軀體之間。

而鮮紅的太陽從天邊另一側冉冉升起，光照大地，新的一天又開始了。

就在胡惟庸被押往河邊林間行刑之時，藍玉也被押往大牢。傍晚時分，李進騎在高頭大馬上，沿街一路長喝傳達聖旨：「洪都侯藍玉，吉安侯陸仲亨，延安侯唐勝宗，平涼侯費聚，南雄侯趙時等，勾結胡惟庸，欺君壞法，結黨謀逆，著即剝奪所有職銜俸祿，拘拿歸案，待都察院及刑部嚴審重辦！」隨著他的喊聲，二虎率領檢校、侍衛衝入一座座將軍府，把一位位將軍、大臣押出府第，推入路邊一長串囚車之中。

二虎大步進入了一座外表十分豪華的府第，他剛剛踏入大堂，就看見藍玉已經挺身站在堂間，他早就等候在此。二虎向他一揖，道：「藍將軍，在下奉旨——」藍玉打斷他，平靜地說：「二虎啊，我想送你一句知心話。」二虎一怔，隨即恭敬地說：「請將軍示下。」

藍玉突然大喝：「記得你哥哥大虎是怎麼死的嗎？你啊，會比他死得更慘！」

二虎臉上掠過驚駭。片刻後，他大喝一聲：「帶走！」眾檢校衝上前，將藍玉押出大門。

接下來，李進奉旨將胡惟庸及其黨羽的罪狀整理出來，寫了一份詔書，呈送給朱元璋御覽。朱元璋掀開扉頁的時候，手竟有些顫抖。他對著詔書呆望片刻，歎息合上。接著，他取筆，在扉頁上寫下五個大字：詔示奸黨錄。寫完將筆一擲，聲音沙啞地說：「李進啊，把《詔示奸黨錄》布告天下！」

李進應諾著，拿過詔書往外走。不一會兒，外面鑼聲咣咣咣響起來，一個聲音傳到大家耳朵裡：「奉旨。將《詔示奸黨錄》布告朝廷上下，京城內外，及天下子民。」喝聲中，兩個兵士將大幅《詔示奸黨錄》貼到城牆上。《詔示奸黨錄》剛上牆，立刻圍上來大群士民百姓，他們驚訝地看著，駭然議論：

天哪，胡惟庸！他可是當朝宰相啊！

你看你看，還有兵部尚書，武英殿學士，中軍副帥，直錄平章政事。

哎呀！那麼多大臣和將軍啊！看哪，他們個個都是侯爵伯爵的，一眨眼兒，全完了！

這時候，一輛豪華官車穿過城門駛過來，到了貼告示的地方，被圍觀告示的人群堵住了。馭手神氣地鳴鞭喝斥：「閃開！閃開！聽見沒有？快閃開！」車內傳出李善長悠然的聲音：「魯四啊，嚷什麼呢？」

馭手回身道：「稟主子，路面讓觀看告示的百姓們給堵上了。」

坐在車裡的李善長問：「什麼告示啊？」馭手回答不知道，於是李善長叫停車。

車子裡先走出一位美貌小妾，她婀婀娜娜地轉身，扶下鶴髮童顏的李善長。拄著手杖的李善長望了望牆上的告示，慢聲道：「菱兒，攙著我過去，咱們瞧瞧告示上說什麼？」

馭手趕緊驅趕圍觀百姓：「閃開，快閃開，相國老爺要看告示！」

百姓們一聽是相國老爺，嚇得紛紛避讓，好奇地盯著李善長和他的美妾。李善長搖搖擺擺地走到告示跟前，瞇著眼兒一望，大吃一驚。顫聲叫喚：「菱兒上車，趕快上車！」

越急腳下越是不穩，李善長顫巍巍的，用盡力氣往上一蹬，剛站上去，突然響起急驟的馬蹄聲，李善長意識到不祥，站定不動。二虎等侍衛騎著快馬奔到面前下了馬。二虎上前朝李善長恭敬一揖道：「稟相國，皇上令末將前來接駕，末將來遲，請相國恕罪。」

李善長木然道：「來遲了？哦，你們忙啊！」二虎斂容道：「請相國上車吧。」李善長沙啞地問：「拉我上哪兒去？刑部大牢還是都察院啊？」二虎道：「皇上口諭仍回相國府居住。」李善長懷疑地問：「是麼？」二虎面無表情地回答：「是。」

李善長再次朝牆上的《詔示奸黨錄》看了一眼，坐進官車。對小妾感歎道：「眞是山中方七日，世上已千年呀！」

二虎上馬，押送著官車進入京城，官車馳到李府門外停下。李善長在小妾的扶持下，慢慢走上石階，進入大門。他沒有四下張望，但他知道，李府內外，早已布滿了檢校和兵勇。

李府已經面目全非。眾多檢校正在各屋裡翻箱倒櫃地搜查著，耳目所及，都是人影奔走以及乒乓之聲！一個兵勇抱著大堆文函匆匆而過，差點撞著李善長。李善長站定，憤怒地說：「二虎啊，你的鷹犬找出什麼罪狀了嗎？」二虎平靜地一揖：「稟相國，屬下們正在查找，請相國稍候。」李善長拄杖站立等候，眼睛半閉著。李進匆匆進入府門，大聲道：「李善長接旨。」

李善長慢慢跪下。李進道：「皇上口諭，剝奪李善長爵位俸祿，拘押原府，閉門思過，待審！」李善長沙啞地說：「臣領旨謝恩。」李進對二虎道：「虎統領，皇上口諭，所有檢校侍衛全部退出李府，即日起，由內務府供應李相糧餉及日常用物，不得驚憂。」二虎應聲「遵旨」，接著朝院內人一揮手，所有人紛紛退出。片刻間，相府恢復寧靜。最後，二虎與李進雙雙向李善長揖禮，同聲道：「末將（晚輩）告辭。」

李善長一言不發，一動不動佇立著。

皇宮各處，侍衛林立。不時有檢校押著一個個內臣從內廷，從殿門，從宮道上經過。朱標執一摺在殿道上行走，他不忍看那些被捕的臣工，垂頭疾行。但是，萬沒想到，兩個侍衛竟然押著宋濂迎面走來。雙方相會時，宋濂憂傷地看了朱標一眼，無言而過。

朱標再也忍不住，大喝一聲：「站下。怎麼回事？」一個侍衛折腰深揖：「稟太子，宋大人勾通奸黨，屬下奉旨將他解送刑部關押。」朱標氣得臉都紅了，怒斥道：「宋濂是我的啓蒙師傅，與胡惟庸勢不兩立，他怎麼可能勾結奸黨？」侍衛道：「稟太子，禁軍檢校在宋大人書房裡，查出與胡惟庸等人來往信函，多達十七封。」朱標看一眼悲傷的宋濂，宋濂沉默不語。侍衛再道：「稟太子，逮捕宋大人，是皇上旨意，請太子見諒。」

朱標倒吸一口冷氣，呆立在那裡，侍衛見他不說話，便將宋濂押走。朱標目送宋濂遠去，突然加快了腳步，朝殿道另一頭走。他匆匆找到御花園，那裡，朱元璋正在花徑上沉重地踱步，花徑兩旁的花木盡已凋萎，而朱元璋的神色同凋零的花木一般了無生氣。

朱標迎面上前，跪地哽咽道：「父皇，胡惟庸當朝多年，眾大臣之間，誰無書信往來？宋濂獲罪，純屬株連！求父皇寬恕宋濂吧。他、他是兒臣的師傅啊！」

朱元璋面無表情地說：「起來。」

朱標跪地不起，叩首及地，聲音愈發慘痛：「還有，父皇啊，兒臣叩求父皇了！藍玉、陸仲亨、費聚、唐勝宗他們，雖然有罪，兒臣叩求父皇看在他們多年戰功的份上，可否免其一死，發配回鄉爲民，交當地官員嚴加管束。」

朱元璋聲音加重了，喝斥：「起來！」朱標渾身顫抖，仍然跪地不起：「父皇啊，免他們一死吧！這不光是兒臣的心願，母后也、也——」朱元璋發怒道：「也什麼？她怎麼說？一個字也別錯，說出來！」朱標顫聲道：「母后說、說『削奪犯事勳貴和驕兵悍將的軍權就夠了，不必處死。』她還說、說『臣下犯罪，天子難辭其咎。做皇上的應先下《罪己詔》，再下《詔示奸黨錄》，這樣才合乎聖君之道。』」

朱元璋氣得暴喝一聲：「她多嘴！她就喜歡多嘴！標兒，你怎麼這麼糊塗啊。」朱元璋左右看看，突然伸手，從草棵間扯出一根帶刺的荊棘，啪地扔到朱標面前，下令：「抓起它來，緊緊抓住！」

朱標驚駭地看它一眼，顫聲道：「父皇，荊棘上都是刺啊！」朱元璋厲聲道：「不錯，它都是刺，你不敢抓是不是？好，爹抓給你看！」說著彎腰一把抓過荊棘，緊緊握住，用自己老農般的粗掌使勁一摟，就把荊棘上所有尖刺全摟乾淨了。而他的手掌之中已是鮮血淋漓。

朱標大驚失色！面色蒼白！

朱元璋把光溜溜的荊棘遞給朱標，用嗔責的口氣道：「現在你可以拿著了吧？標兒啊，這荊棘就像是皇帝的權杖，現在趁爹活著，替你把它上面的刺兒摟乾淨了，你拿著它才順手啊！」朱標顫抖地接過去，兩眼呆呆地看著朱元璋鮮血淋漓的手掌。

朱元璋動情地說：「標兒，爹太知道你了，你是仁慈人兒，太仁慈了！你如果是個學子，這好。但你是太子儲君啊，仁慈就會要了你的命！爹一死，你根本鬥不過他們，反而會死在他們手裡。不光你得死，天下也會大亂，到處血流成河！啊？就像當年咱們進揚州城，斷壁殘垣，遍地骸骨，那景象又會重新再現！你懂嗎？」

朱標痛苦地哽咽著：「兒臣懂了。」朱元璋令朱標起身。朱標打量著手中荊棘，仍在流淚。朱元璋歎氣看著他：「標兒，你知道這荊棘是做什麼用的？」朱標道：「是鞭笞罪犯用的。」朱元璋再問：「爲什麼用荊棘鞭笞犯人？」朱標一下給問住了，愕然道：「兒臣不知道。」

朱元璋語重心長地說：「難道宋濂沒教過你神農氏的故事嗎？這荊棘原本是一味藥材，能夠解毒療傷、袪寒活血。所以，它既是鞭笞犯人的利器，也是救死扶傷之物！大惡大痛是其表，大善大和是其性啊！」

朱標泣道：「兒臣懂了。」朱元璋諄諄教導：「還有，你眼睛不要只盯著京城，也要看看外面的天下。在京城裡，爹雖然殺了很多人，但殺的都是不法勳貴、悖逆將士，還有貪官污吏！京外的士家工商、良善百姓，咱可是一個都沒殺啊！奉天殿上雖然鮮血橫流，而大明天下卻在繁榮昌盛，無論人口、耕地、錢糧、稅賦都遠超過前朝。所以，爹殺得值！爹永遠不會後悔！」

朱標渾身顫抖，百感交集。

這時，二虎匆匆走來，近前時步子放慢了。朱標立刻拭盡眼淚，保持平靜。等朱標恢復如初，二虎才上前揖道：「稟皇上，首批伏罪臣將九人，應在正午時分處斬。現在還有一個時辰。末將特來請皇上示下，有無新的旨意？」

朱標睜大眼看著朱元璋，眼裡充滿期待。朱元璋沉默片刻，搖頭道：「沒有，按時執刑！」二虎應聲欲去，朱標神情沮喪。朱元璋突然又叫住二虎：「等等。」二虎回身等待著。朱元璋轉頭看著眼裡燃起新希望的朱標，冷冷道：「標兒，你去監斬。」

朱標大驚，失聲祈求：「父皇！」朱元璋厲聲道：「去！你應該親眼看看他們的頭是怎麼掉下來的，並且永遠記住那個場面！快去！」朱標顫抖著折腰應承。

朱標坐著宮車來到彎彎的石橋旁。車門打開，朱標久久不願出來。先下車的二虎等了一會兒，又蹬上車將朱標輕輕扶了下來。朱標站在橋邊，揚首遠望。他看見了橋對面的刑場，眾多帶刀軍士已將四面圍定。二虎低聲道：「太子，請吧。」

朱標神情恍惚，搖搖晃晃地走上石橋。二虎站到了他的後面，他卻反而更覺虛弱，雙腳如同踩在了棉花上。二虎在朱標身後擔心地看著他。朱標走到石橋中央，居高臨下地往前方水面上看了一眼，不由一陣暈眩，搖晃中他喃喃道：「父皇恕罪。兒臣、兒臣實在當不動這個太子了！」言未竟，他的身體一歪，掉入深深的河水之中。

一直提心吊膽的二虎驚叫一聲，立刻撲入河水。

侍衛將此事告訴李進。李進立刻進宮，將朱標落水之事稟報朱元璋。話音未落，就聽見砰的一響，朱元璋手中的茶壺落地粉碎！朱元璋拍案大怒：「他是想自盡！這個孬種，咱怎麼養出這個懦弱兒子啊！唉。」

李進一陣心悸之後，迅速冷靜下來。在旁勸道：「皇上息怒。太子已經獲救，太醫詳查過，說一切吉祥。臣以爲，太子只是一時失神，失足落入水中，而絕不是投河自盡。此情臣斗膽請皇上明察。」

臉色慘白的朱元璋神情也有些恍惚，此時疑惑地問：「你說什麼？」李進認眞地再說一遍：「臣說，太子是失足落水，不是投河自盡！」

朱元璋明白了，沙啞地說：「對、對，他是失足落水。聽著，誰再敢說太子投河自盡，斬無赦！」李進答應著，玉兒的身影出現在門畔，她膽怯地在外猶豫著。

朱元璋一眼瞥見，向她招招手，溫和地說：「玉兒，進來吧。皇后怎麼了？」

玉兒入內折腰，兩隻眼睛紅紅的，痛心地說：「稟皇上，娘娘、娘娘已經五天不進水米了。」朱元璋大驚：「你、你怎麼不早稟報？」玉兒跪下，顫聲道：「奴婢有罪，娘娘不讓我說。」朱元璋苦澀地歎氣：「李進啊，你聽聽吧！太子投河、皇后絕食！母子倆都逼咱寬恕罪臣們哪。」

李進深深垂首，不敢發出片言。朱元璋想起了什麼，問道：「那件東西，你擬好了嗎？」李進顫聲道：「擬好了，在臣身上。」朱元璋點點頭，讓李進跟著他，往乾清宮去。

朱元璋走進乾清宮內室，一眼望見躺在榻上的馬皇后，臉色臘黃，身體瘦弱。旁邊案上，依次擱著藥碗、膳食等物，均是絲毫未動過。

朱元璋心情沉重地落座。沉聲道：「妹子，咱準備寬恕李善長。宋濂嘛，咱也不殺他了，讓他拘養鄉閭吧。你可以進食了。」馬皇后睜開眼，虛弱地問：「還有呢？」朱元璋原本心情也不好，見問「還有呢」，忍不住粗聲道：「還有什麼？」馬皇后低聲說：「朝廷上出了奸黨，皇上就沒過錯？」

朱元璋沙啞地說：「你是問《罪己詔》吧？這咱也擬好了。李進啊，念給皇后聽聽。」

李進從袖中抽出一摺，朗聲誦讀：「朕開元以來，上承天意，下順民心。海內萬物昌盛，海外萬國來朝。百姓安居樂業，胡騎征剿殆盡。邊疆太平，倉儲豐盈。正逢盛世升平時，卻有奸黨滋生，欺君壞法，結黨謀逆。朕洞若觀火，爲祖宗大業計，毅然除奸。」

馬皇后再也聽不下去，冷冷地說：「重八啊，你這是《罪已詔》嗎？」朱元璋沉聲道：「是。」馬皇后不無譏嘲：「可我聽著，怎麼句句都在誇自個兒呢？」

朱元璋臉色驟變，呼呼喘著粗氣，下巴頦兒一擺。李進立刻執《罪己詔》快步退出去。

朱元璋沉默片刻，突然暴跳起來：「妹子，你聽著。咱這輩子最恨人家逼咱，也最恨你干政！」馬皇后顫聲道：「這個我相信。你嘛，又想讓我出主意，又恨我給你出主意，要是我的主意比你高明，你就更恨了！」

朱元璋呆了，過片刻，怒指馬皇后，惱羞成怒地說：「你聽著，你愛吃就吃，不吃拉倒。咱是皇上，咱寧死不求人！」說著掉頭奔出宮門。

馬皇后閉眼，一動不動。但是須臾間，朱元璋竟又奔回來，繼續吼道：「你愛餓死就餓死，你死了，咱不心疼！咱樂呵呵地給你下葬！」喊過後再次掉頭出宮。馬皇后還是閉著眼，一動不動。

朱元璋竟然第三次衝回來，手指足跺，倍加惱怒地朝馬皇后嘶喊：「你聽著，你死了好！你死了咱再立皇后！嗳，咱想立幾個就立幾個。嗳，咱一口氣立倆！」朱元璋終於衝出宮門，而這一次，他再也沒有回頭。

榻上的馬皇后眼角流下了眼淚。她默默在心裡說：「重八啊，沒人比我更了解你。我要是死了，你就再也不會是你了！」

第三十九章

廢中書省呂昶強諫 頒大皇誥妻兒仙逝

李善長跪在李府的院子中間，李進執黃卷宣旨：「查韓國公李善長，雖與胡惟庸私交甚密，情同師生。但胡惟庸升任左丞相時，李善長曾極力反對。由此可見李善長對胡惟庸欺君擅權早有警惕。朕念及李善長謀國多年，盡誠盡智，著赦免其過，降爲侯爵，發還查沒物品，在京退養。欽此！」

李善長接過黃卷，沙啞地說：「臣領旨謝恩。」李進深深一揖道：「晚輩恭喜李大人。」

李進退出李府，院中所有軍士全部退出。李善長執卷細看，府中的老少家眷也推開一扇扇門、窗，探首張望，提心吊膽地望著李善長。李善長自豪地朝她們揚動手中聖旨道：「沒事了，沒事了，是恩旨！」

菱兒驚喜地奔到李善長身邊，扶住他，不放心地問：「老爺，眞的沒事了嗎？」

李善長愜意地說：「當然！皇上還在聖旨裡誇獎我了，說我對胡惟庸欺權擅權早有警惕，不同意他升任左丞相。嘿嘿嘿！皇上眞是聖明啊！」說著笑瞇瞇挽著菱兒進屋。

再說朱元璋懲治了胡惟庸和一批驕兵悍將，心頭的一塊巨石搬了下來。人也顯得精神了一些，這一日，他一身朝服，沿殿道走向奉天殿，準備上朝。

二虎匆匆奔來，笑道：「皇上，皇上。玉兒叫咱稟報，今兒早上，娘娘開始進食了！」朱元璋大喜：「眞呀？進了多少？」二虎道：「半碗小米粥，一個饅頭。嘿嘿，玉兒都快樂死了！」朱元璋哈哈笑道：「好、好、好！這下咱就放心了，嘿嘿嘿！太醫怎麼說？」二虎道：「太醫說，娘娘只要進食，就能慢慢調理好。」朱元璋再笑：「好、好、好！下朝後，咱就去瞧她。嘿嘿嘿！」

朱元璋笑著進入大殿。他高居龍座，威嚴地四下一望。眾臣慄然跪地，神情緊張地叩拜請安。

朱元璋沒有讓大家平身，而是沉重堅決地宣布：「胡惟庸一案，讓咱思慮萬千。現決定，徹底裁撤中書省，廢除宰相制，大明王朝只有天子當國，永遠不能再有相國作亂！從現在起，由皇帝直轄各部、院、五軍都督府，以及南北各行省。此旨，咱還要寫入《皇明祖訓》，敕令後繼子孫永遠遵行！」

眾臣敬畏地齊聲喊「遵旨」！朱元璋嚴峻地又說：「還有，這件事咱決意已定，任何臣工都不准再奏！」說罷他看了朱標一眼，朱標高聲道：「退朝。」

眾臣齊聲道：「吾皇萬歲！萬歲！萬萬歲！」

就這樣，朱元璋終止了中華歷代王朝延續兩千多年的宰相制，廢除相權，強化皇權，成為集朝廷大權於一身的帝王。

朱元璋起身離去，眾臣陸續退出大殿。漸漸的，整個大殿上只剩下一人跪地不動，他就是年邁的呂昶。他面如生鐵，嚴峻絕望！

退朝的大臣們歡天喜地步下玉階，幾位青年臣工交相議論著：

這下可好了！沒了中書省，六部的權威將大為提高。凡有事，均可翹首而入，直達天聽！皇上真乃曠世聖君，一舉撤除因襲兩千餘年的宰相制。你們且看，從洪武十四年起，漫漫青史都將改寫。

然而，幾位老年臣工則是憂心忡忡，他們的議論絕然相反：

國家怎可沒有宰相呢？沒有宰相的朝廷還像個朝廷麼？

天子坐朝宰相治國，這可是千年不易的古制啊！如此一舉削奪，既不合聖訓，也有違古禮啊。

噓！皇上已經意決，我等不必多言。多一事不如少一事，鬧不好又得人頭落地呀！

朱元璋並沒有聽見大臣們的各種議論，他在殿道上緩步行走，蹙額沉思。李進匆匆跟上來道：「稟皇上，戶部尚書呂昶，仍然跪在奉天殿上，不肯退朝。」朱元璋不快地問：「他想幹什麼？」李進低聲道：「臣詢問過呂大人，他執意要向皇上進諫。」朱元璋嗔道：「咱說過，撤中書廢宰相咱決意已定，誰也不得進諫！」李進爲難地說：「臣估計，呂昶會一直跪到天明，甚至跪到明日上朝。」朱元璋發怒：「叫侍衛把他叉出去！」

李進無奈地應了一聲。朱元璋歎氣：「罷了！還是咱自個兒去吧。」說著掉頭走回奉天殿。他一直走到跪地的呂昶面前，跺足嗔道：「你找死麼？」呂昶冷靜地說：「稟皇上，臣不想找死，臣只想進諫。」朱元璋一屁股在丹陛邊沿坐下，嗔道：「呂昶，你幹嘛這麼呆呀？咱廢除中書省，是爲了永遠不出胡惟庸這樣的奸相！啊？胡惟庸把你整成那個慘樣，你還維護宰相制？呆！」

呂昶叩首道：「臣以爲，胡惟庸有罪，宰相制無辜。自春秋以來，各朝各代無不是天子坐朝、宰相治國。此制之下，盛世迭出。秦皇、漢武、唐宗、宋祖諸聖君概莫能外。足見此制上合天道倫理，下合中華國情，可保江山永固，社稷太平。」朱元璋不屑打斷：「太平？奸相胡惟庸欺君擅權，結黨謀逆，差點要替咱當皇上！這哪有什麼太平？」

呂昶固執地說：「稟皇上，奸相雖有，但賢相更多。如秦之商鞅、漢之蕭何、唐之魏徵、宋之王安石！沒有相權的輔政，皇權豈能獨行？」

這話說得朱元璋臉色不好看了，他怒嗔：「什麼話？皇上要是離不開宰相，這種皇上豈不是阿斗麼！從今往後，咱就不要宰相！咱既坐朝也治國，咱要直接掌理軍政，上通下達，省得宰相從中作亂。莫非，你覺得咱沒這本事？」

呂昶再叩，摯切道：「皇上有這本事，而且綽綽有餘！我皇乃聖君也，只要聖君當朝，當然萬事無虞。臣擔心的是，後世之君難保個個是聖君哪！如果百年之後，出了弱君，甚至是昏君，怎麼辦？到那時候，誰來輔助弱君，誰來制約昏君呢？」

朱元璋大怒而起：「混賬！你狗膽包天啊？竟然污辱咱的後世皇上！」呂昶叩首及地，懇切道：「臣萬萬不敢！皇上心裡明白，臣只想維護宰相制，其意仍是爲了大明，是爲了皇上。」

朱元璋不耐煩地喝斥：「罷了，這事咱決意已定，你不必再說了。」呂昶顫聲道：「臣既然在朝爲臣，就必須爲國進言，否則，那就是臣的不忠了。皇上啊，這件事，臣將一諫再諫，直到皇上恩准。」朱元璋氣得哭笑不得：「哎呀！你們這等人，怎麼這麼迂啊？咱已經說過不准再諫！」

老邁的呂昶，竟然取下冠帽，花白頭顱重重叩地，顫聲再道：「稟皇上，此事關係大明千秋、皇朝萬載。在這件事上，臣就是迂！臣非諫不可！明日上朝時，臣還要具摺再諫！」

朱元璋終於大怒，厲聲喝道：「你聽著，明日朝會，咱身邊會擱著一把龍頭硬弓。誰敢提宰相二字，咱親手射死他！」呂昶昂首大叫：「稟皇上，即使把臣射了個腹背穿心，臣也要把奏摺遞上龍案！」

翌日。鼓號奏響，嗚嗚嗚！其聲較以往更覺森人。李進立於玉階上昂首高喝：「早朝時辰到，眾臣入朝！」

呂昶懷中捧一道奏摺，昂然走在大臣最前列。兩旁臣工，見狀無不駭然，他們漸漸放慢了腳步，畏縮不敢靠近呂昶。到最後，竟然只有呂昶獨自入朝！

朱元璋高居龍座，身邊擱著一張雕龍巨弓和一囊羽箭，虎視眈眈地注視著宮門。朱標戰戰兢兢地立於一側。

呂昶走了進來。他進門便跪下，手托奏摺，膝行向前。朱元璋一手抓弓一手執箭，慢慢地舉起來，瞄向呂昶。怒喝：「退下！」呂昶仍然捧奏摺膝行向前，且行且呼：「啓奏皇上，臣呂昶冒死進諫，恢復中書省，另選能臣為相！」

錚地一聲，朱元璋放箭了。第一箭射在呂昶旁邊的宮柱上，箭頭深深扎入柱身，箭羽顫抖不止。

呂昶看也不看，捧摺繼續向前。越來越近。口中仍道：「臣冒死進諫。」朱標怒斥打斷：「呂昶，還不快退！」呂昶不睬，繼續膝行。朱元璋臉色如鐵，慢慢抓過第二支箭，再次瞄準呂昶。朱標再也忍不住了，顫聲叫：「父皇！」

錚地一聲，朱元璋再次放箭。第二箭正中呂昶左腿。呂昶一歪，摔倒在地，奏摺滾開。朱元璋怒視著負傷的呂昶，朱標驚恐地看著呂昶。只見呂昶掙扎著抓過奏摺，再次捧到胸前，竟然帶著那支箭，一歪一歪地繼續膝行向前。

朱元璋第三次張弓搭箭，瞄向呂昶。朱標嘶聲慘叫著：「父皇！父皇！」

錚地一聲，朱元璋第三次放箭，這箭準確地、深深地射入呂昶右腿。呂昶再次歪倒，奏摺滾到遠處。這一次，他再也動不了了。朱元璋扔開弓，沉重下令：「送太醫院！」

二虎等侍衛迅速上前，數隻手臂伸到呂昶身下，將他抬出奉天殿。

奉天殿的玉階下，跪著大片臣工。侍衛們抬著身帶兩支箭的呂昶從他們面前經過，呂昶仍在叫嚷：「皇上，臣還要再諫！臣還要再諫！」臣工們全部含淚長揖，敬畏不已！

從殿門傳出朱元璋獅子一樣的怒吼：「聽著誰再敢提宰相二字，咱射他個腹背穿心！」

宮裡改制，宮外也聞風而動。街上號角嗚嗚響起，雄渾厚重的號角聲驚心動魄地在天地間迴蕩！

城牆上，原先那張《詔示奸黨錄》已經舊了，上面的字跡也褪了顏色。兩個軍士在那上面覆蓋了一幅更大的告示。那告示天頭上有四個大字：御制大誥！下面則是密密麻麻的律令與刑罰。一位官吏高聲長喝：「官民人等聽著。皇上為懲治奸臣悍將作亂，並防止貪官污吏再度不法，特手製《大誥》，頒行天下。」

告示一貼出來，看見的百姓紛紛聚攏過來，仰首觀看《大誥》。《大誥》前的空地上一會兒就聚了一大群人，後面的人還在拼命往前擠。

街面上也很熱鬧，鑼聲咣咣地從這一條街敲到那一條街。朝廷派出的一批批軍士將一幅幅的《大誥》沿街張貼。城隍廟的幾處牆上也貼上了《大誥》。一個官吏高立於石階上，面前擱著厚厚一摞印製好的《大誥》。他大聲對遊客說：「皇上說了，從今往後，凡大明百姓，只要受到貪官污吏欺壓，無可申冤者，只要頭頂《大誥》一部，即可赴京告狀。各地官員見《大誥》如見聖旨，即刻放行，並提供吃食相助。有膽敢阻攔百姓上訴者，斬無赦！」

遊客們欣喜地圍上來，軍士將《大誥》一一分發給他們。同時道：「別搶，別搶。這是皇上天恩，每個家族只能頒發一部！」

外頭在熱火朝天地發放《大誥》，宮裡的玉兒卻是心急如焚地讓二虎去請皇上來乾清宮。朱元璋聽二虎傳達了玉兒的請求，放下手頭正在處理的奏摺，立刻往乾清宮趕。玉兒早已淚水盈眶地跪在宮外迎候。向匆匆走來的朱元璋叩首，顫聲道：「奴婢叩見皇上。」朱元璋急問：「皇后怎樣了？」玉兒泣道：「昨夜，娘娘病勢突然沉重，今早醒來，娘娘、娘娘連奴婢都認不出來了！」

朱元璋大驚，立刻奔入宮門。走進內室，急急往榻上望過去，只見馬皇后躺在榻上，氣息微微。朱元璋走近彎腰輕呼，聲音發顫：「妹子，妹子！」

馬皇后睜眼望著他，無力地喚了聲：「重八啊。」

朱元璋大喜：「是咱！嘿嘿，你一眼就把咱認出來了！嘿嘿嘿！妹子，你好些了不？」馬皇后蒼白的臉上露出微笑：「好、好，我蠻好的。」

這時玉兒捧藥走過來。朱元璋趕緊道：「妹子，藥來了。咱們吃藥吧？啊？」馬皇后微笑著說：「好啊，咱們吃藥，扶我一把。」朱元璋輕輕扶起馬皇后，並讓她靠在自己胸脯上，親切地說：「妹子，來、來。你靠著咱，慢慢喝藥，別燙著。」

玉兒捧藥上前。朱元璋一手摟著馬皇后，一手端起藥碗，送到馬皇后嘴邊。叮嚀著：「慢慢喝，不急。」馬皇后在朱元璋懷裡將藥飲盡，輕聲歎息：「苦。」

朱元璋顫聲道：「妹子，妹子啊！聽哥說，你可得好好調理，千萬不能——」下面的話朱元璋難以說出口了。

馬皇后嬌喘著低聲問：「不能怎樣啊？」朱元璋忍不住地聲音發顫：「你、你千萬不能死啊！」馬皇后苦笑道：「人人都會死，我幹嘛就不能死啊？人如果不死，那還像人麼？」

朱元璋急忙道：「不能！不能！你不能死！你死嘍，就再也沒人叫咱重八了。」馬皇后幸福地笑了：「重八啊，你放心，我不死。我呀，做你的皇后是做夠了。可做你的妹子，沒做夠啊，永遠不夠！」

朱元璋眼淚嘩嘩掉落，抑制不住地抽泣起來：「妹子，妹子！」馬皇后歪過頭去，慢慢地從榻裡邊取一塊白色繡花絲帕替朱元璋拭淚，微嗔：「瞧你，掉淚幹嘛？老都老了，還這樣！」

朱元璋嘿嘿笑了，然後鄭重地說：「妹子，你好生調理。咱們這麼著，等你病好嘍，咱陪你出去逛風景去，大明所有的名山大川，你愛去哪兒咱陪你去哪兒！」馬皇后一瞬間露出驚喜清朗的神色：「眞呀？」朱元璋興奮地說：「眞眞切切！」

馬皇后有點懷疑：「那你的朝廷政務怎麼辦呢？」朱元璋正色道：「交給標兒辦，他成！」馬皇后幸福地叫道：「好、好，哎呀，就衝這，我也得想法好起來。」朱元璋緊緊摟著馬皇后，喃喃地說：「這就好，這就好。咱等妹子好起來。妹子啊，你一定能好起來！」

朱元璋沉重地步出宮門，眾太醫已經在地上跪了一片。朱元璋眼睛裡閃著淚光，低沉而兇狠地說：「你們聽著，務必把皇后給治好嘍！萬一、萬一皇后有個三長兩短，你們也就不用活了！」

眾太醫惶然垂首。爲首的老醫正叩首顫聲道：「臣遵旨。」

朱元璋掉頭而去，李進快步跟隨著他。朱元璋邊走邊道：「李進，即刻頒旨各省，叫他們火速徵集良醫良藥！誰能夠將皇后的病治好嘍，賞千金，封萬戶侯！」李進臉上露出驚訝的神色，以爲朱元璋急糊塗了，顫聲提醒道：「稟皇上，這道旨意昨天已經下過了。」朱元璋厲聲道：「再下！從今天起，一日一旨！」李進顫聲答應著。

朱元璋走後，馬皇后靜靜地躺在榻上。突然間，她如遇巨痛，嘶聲叫喊，身體劇烈掙扎：

「啊！啊！」玉兒急忙撲到榻前，驚慌呼喚：「娘娘！娘娘！」馬皇后睜眼喘息，顫聲問：「你、你是誰？」

玉兒哭著說：「我是玉兒。娘娘，我是玉兒呀！」這時，老醫正與眾太醫也慌慌張張進來了，惶恐跪地。馬皇后看見了，茫然地問：「他、他們是誰啊？」老醫正叩首，顫聲道：「臣，太醫院醫正宋羽生。」馬皇后奇怪地問：「哦，太醫在這兒幹嘛呀？」玉兒泣道：「他們是來侍候娘娘的。」馬皇后似乎明白了，苦笑道：「哦，我病了。水，水！」

玉兒扶起馬皇后，從太醫手中接過水碗，侍候馬皇后飲水。馬皇后飲罷，完全清醒了。無力地倒下，對正在把脈的醫正道：「不用了，你們退下吧。」醫正不解地望著馬皇后：「娘娘？」馬皇后用力道：「退下！」

醫正看著玉兒，玉兒只得示意他們退下。馬皇后閉眼歇息片刻，叫了聲：「玉兒啊。」玉兒見皇后又清醒了，又認識她了，高興地應著：「奴婢在這兒。」馬皇后面容清癯，臉上有一層亮光，像剛塗了油脂似的。她的眼睛也像突然有了神，道：「仔細聽著，我有個事，要你辦。」

玉兒心知馬皇后這時候的話格外重要，顫聲道：「娘娘吩咐吧。」馬皇后喃喃地說：「我這個病是無救了。我一死，皇上會、會把替我治病的太醫全殺掉，肯定會的！」玉兒失聲叫道：「娘娘！」馬皇后又歇了一刻，繼續道：「所以。趁我還活著，你送他們出宮吧，讓他們各自逃生，逃得越遠越好，趕緊逃。」

玉兒在馬皇后面前跪下，悲慘地說：「娘娘，別這樣！您能好起來！一定能！」馬皇后悲哀而無力地說：「不能了，我自個兒知道。唉！你把太醫們帶走吧，送出宮去。他們侍候我好久了，不該死啊！玉兒，這是皇后懿旨，著你立刻遵行！」

玉兒左右爲難，情不自禁淒慘呼叫：「娘娘！」馬皇后拼盡全力，手擊拍著臥榻一迭聲下令：「快去！快去！你去啊！」

玉兒萬般無奈，叩首顫聲答應：「奴婢遵旨。」叩罷，玉兒起身出門。

馬皇后倒下，長歎一聲，喃喃道：「重八，你好好保重。妹子、妹子先走一步了。」她筋疲力盡，閉眼歇息。

就在這一天的深夜，馬皇后走了。她走的時候，天上的月亮有氣無力，淒淒慘慘。整個皇宮一片死寂，只有一個老役手執竹梆，慢行擊更。梆梆梆！皇宮裡響起他蒼涼的吆喝聲：「秋高物燥，火燭小心！」

迎面，一個人影跌跌撞撞奔走而過，是二虎，他直往奉天殿的暖閣裡走。朱元璋還在燈下閱奏，自上了年紀，他晚上就常常失眠。有時候整夜睜著眼睡不著，於是索性就看書看奏摺，看得睏了，倒還能睡上幾個時辰。

二虎奔入，撲地而跪，顫聲道：「皇上，娘娘歸天了。」

朱元璋頓時僵在那裡，兩眼直直地愣怔著，久久一動不動！

二虎兀自起身，哭了一會兒，駭然而痛心地望著呆如泥塑的朱元璋，手足無措。突然，他跑去泡了一杯熱茶，放在案上，輕輕叫了聲：「皇上！」自己在旁侍立等候。

朱元璋視而不見，但終於站了起來。他面色僵硬，腳步不穩，二虎趕緊上前攙扶。他們一步一步，沉重萬分地往乾清宮走去。

乾清宮裡，朱標等皇子皇孫、皇親大臣已經跪了一片，而且個個身著孝衣，叩首飲泣。馬皇后靜靜地躺在榻上。

朱元璋一走進去，就沙啞地說：「出去。」

跪地的人一個個回首，驚訝地看著朱元璋，都不動，以為自己聽錯了。朱元璋見沒人起身，沉重而沙啞地再說：「出去，都出去！咱要跟妹子說說話。」

朱標率先起身，流著淚將所有人帶出乾清宮。

朱元璋走到榻前，坐到馬皇后身邊，低聲道：「妹子，咱瞧你來了。」

最後一個留在屋裡的玉兒也離去了，她吱吱地關上了房門。

天漸漸亮了，又一個黎明到來。外面，大片皇子、皇孫、大臣跪於玉階下，靜靜守候著。朱標淚流不斷，悲傷欲絕。

乾清宮裡死一般的寂靜！突然間，乾清宮裡發出排山倒海般洶湧的號叫！那聲音像山崩，像海嘯，更像一頭負傷的猛虎在長嘯不止，有破屋裂瓦、驚天動地之勢：「嗚哇！妹子！妹子！嗚啊！嗚嗚嗚！」

朱標仰起頭，他呆住了，淚也不再往下流。不一會兒，臉上的淚被風吹乾了。所有人的臉上都是驚駭的表情！朱標顫抖地直起身體，正要起身，忽然身子一歪，昏迷過去了。

其他太子臣工和二虎他們手忙腳亂地把朱標抬到奉天殿的暖閣裡，讓他躺在朱元璋的榻上。他慢慢醒了過來。睜開眼，兩個臣工慶幸地說：「好了、好了，太子醒過來了！」但朱標還是無力，意識空白，兩眼無神地望著屋頂。這時，玉兒跌跌撞撞地奔進來，慘聲尖叫：「太子，太子！您快去！快去！」朱標這才完全清醒，連忙起身問：「怎麼了？」

玉兒垂首，悲傷得簡直說不出話來。隱忍地說：「皇上、皇上、皇上失常了。」朱標大驚失聲，顫聲斥責：「胡說！」玉兒慘泣道：「皇上拿著劍，守在娘娘榻邊。他、他不讓宮女替娘娘更衣，也不讓任何人走近娘娘。誰上前就砍誰，二虎已被砍傷了，叫我趕緊請您過去！」

朱標瘋狂地撲出門去。

到了乾清宮，朱標看見朱元璋果然像個雷神一般坐在榻上，手執一把帶血的長劍，怒目圓睜，聲聲吼叫：「滾開！都滾開！妹子活得好好的，更什麼衣呀？你們誰敢碰她？誰碰她咱劈了誰！滾，都出去！咱要和妹子說說話。」

榻邊的案几都被劈翻，地上散落著破碎的缸和罐頭。二虎肩膀帶血，跪在榻前。他身後跪著皇子與大臣，但是誰都不敢靠近。

朱標慢慢慢慢地上前，顫聲道：「父皇，是我啊，是我！」

朱元璋雙手執劍唰地一舉，劍鋒直指天穹，隨時就可砍下來。他瞪著朱標厲聲道：「退下！誰敢碰妹子，咱砍了誰！」朱標渾身顫抖，卻勇敢地步步向前，顫聲道：「父皇，我是朱標，是標兒，是您兒子啊！」言未竟，朱標一頭跪到朱元璋面前，跪在劍下：「父皇，我是標兒，您要砍，就砍吧！」

朱元璋劍鋒顫抖，他仔細看了看朱標，終於清醒了，沙啞地說：「哦，標兒啊。」說著手一鬆，長劍咣噹落地。接著，他的眼淚嘩嘩落了下來，啞聲道：「標兒啊，你娘死了，她離開咱們了！她、她怎麼能死呢？她、她幹嘛要死啊！嗚嗚嗚！」朱元璋癱倒了，痛哭失聲。朱標上前抱住朱元璋，也痛聲大哭起來：「父皇啊！」

這時，眾皇子、大臣紛紛上前，扶住了半昏迷的朱元璋。

皇后下葬的這一天，天空陰霾密布。哀樂聲中，一輛巨大的靈車緩緩前行，四周飄滿靈幡哀幛。朱標渾身重孝，扶靈而行。朱棣等眾多皇子、皇孫、王公大臣，跟隨其後。

靈車沿京城大道前行。大道兩邊，跪滿了無窮無盡的官員、學子，以及士農工商等百姓。他們許多人泣不成聲，叩首送行。

靈車從夫子廟高大的牌樓下經過。牌樓上早已懸掛著無數孝巾等物，在風中飛舞飄揚。牌樓下，燒餅師傅、鴨血湯師傅、算命師傅等，都跪在人群中叩首送行。

靈車又來到玉衣巷口，一排似曾相識的妓女，竟然也身著白衣，跪地叩首，泣聲相送。

靈車經過熟悉的茶樓、戲臺、秦淮河。只見戲子們跪滿戲臺、堂倌們跪在茶樓下、商鋪老闆跪在自己的店門口，泣聲相送。河畔所有的酒旗、店招牌，全部鑲上了白幡。

坐於龍輦中的朱元璋推開車窗朝外望，驚駭地看見了一個人爲的飄白的世界，他喃喃地說：「怎麼、怎麼會有這麼多人給妹子送葬？李進，是官府下的命令麼？」

陪坐側座的李進折腰道：「稟皇上，官府沒有下令，百姓們是自願前來的。據稟報，還有官民人等正從浙江、安徽遠道趕來，要爲皇后娘娘焚香送行。」朱元璋顫聲問：「怎麼會這樣呢？」李進感泣道：「是皇后娘娘的恩典！稟皇上，幾十年來，娘娘一直善待臣工、學子、百姓，賢名遍傳天下。特別是皇上的義子義侄們，更是受恩深重。娘娘歸天的訃告發出後，他們，還有他們的子侄、家僕都從四面八方趕來了。」

朱元璋心中一熱，流淚了，忍著滿腔悲傷，望著窗外泣道：「妹子，唉，妹子，你看看他們，他們念著你啊！」李進又泣聲道：「稟皇上。昨天夜裡，關在刑部大牢裡的罪將郭景祥、王志碰牆自盡了。」朱元璋驚訝地問：「為何？他倆應是秋後處斬嘛，興許咱還不殺他倆呢！」

李進垂首，顫聲說：「但是他們兩人徹底絕望了，他們覺得，皇后娘娘不在了，自己必死無疑。」朱元璋一怔，臉色登時沉重。抬手慢慢拉上了車窗。

李進再也忍不住，蒙面哽咽，哭得渾身顫抖。

靈車終於馳出了城門，馳向郊外。只見城臺上飄揚著一面面孝旗，將士們個個頭繫白幛佇立。他們手中的一枝枝長矛，也全部繫上了白穗。

靈車經過時，城臺上一尊尊銅炮開始發炮致哀：轟！轟！轟！

整座京城全部籠罩在深深的、白花花的悲哀中！

馬皇后走後，朱元璋一下子衰老憔悴了許多。這是無以挽回的憔悴與衰老，是銘刻在心靈上的憔悴與衰老。他常常獨坐在御花園中的涼亭間，泡一壺茶放在案上，手裡抓根癢癢搔，一個人悶悶地發呆。二虎總是不聲不響地親自守立在亭外。

朱標的精神也一樣萎靡、頹喪，和朱元璋一樣神情憔悴。他也常常來到涼亭，總是先詢問地看二虎一眼，二虎每次都悲哀地朝他搖搖頭。這一天，朱標忍不住走進涼亭，焦急地說：「父皇，您好幾天不吃東西了，老這樣可不成啊。」朱元璋低嗔：「咱死不了。」朱標又氣惱又擔心，顫聲道：「父皇，兒臣叩求父皇，千萬保重龍體啊！」

朱元璋蹙額皺眉，臉色灰暗。突然問：「標兒，你知道什麼叫寂寞嗎？」朱標一怔，心疼地看著朱元璋。朱元璋喃喃地說：「白天沒人吵嘴，夜裡沒人說話，這就是寂寞啊。過去，老聽劉伯溫說寂寞，現在，咱也知道寂寞了。」朱標痛苦得心也縮緊了，顫聲道：「父皇，請父皇節哀自重。」

朱元璋長長的歎息一聲，像要把胸中的寂寞痛苦統統呼出來，他答應了一聲，看了朱標一眼，問他是否有什麼事？朱標沉重地說：「恩科大試快到了。兒臣請父皇旨意，是否因母后大喪，推遲一年再辦？」

朱元璋沉吟著說：「國家掄才大典，不可輕率。妹子要是活著，她也不會同意推遲。標兒，孝期過後，即辦。你親自辦！」朱標稍鬆一口氣，深揖應承。

朱標走出涼亭不遠，卻見玉兒被兩個侍衛往涼亭這兒押來，朱標頓時驚駭得僵立在原地。玉兒冷著臉兒經過，逕直走向涼亭，她站在亭外，面無表情地瞪著二虎。二虎難過地避開妻子的目光，走入亭中顫聲道：「皇上，乾清宮侍從長玉兒，奉旨進見。」

朱元璋沉聲道：「玉兒，過來。」玉兒入亭折腰：「奴婢叩見皇上。」朱元璋繃著臉問：「玉兒，那些太醫，是你放走的吧？」玉兒顫聲道：「是。」朱元璋冷冷地問：「爲何這麼做？」玉兒猶豫片刻，毅然道：「娘娘懿旨，說她一死，皇上會降罪太醫，把他們全部殺掉。所以，娘娘令我帶他們出宮，放他們逃生，逃得越遠越好！」朱元璋嗔斷：「她還說什麼了？」玉兒道：「就這些。」

朱元璋沉默片刻，咬牙切齒地說：「有情有義的事都叫你們做了，好像咱這個皇上無情無義，是不？」玉兒沉默著。朱元璋發怒道：「二虎，把玉兒押往刑部審辦！」二虎大驚失色，撲地而跪，顫聲乞求：「皇上！她、她、她是玉兒啊！」朱元璋慢慢轉首直視二虎，聲音低沉而恐怖：「你沒聽見聖旨嗎？」

二虎驚呆了，終於顫聲道：「遵旨。」

二虎起身，躲避著妻子的眼睛，朝亭外侍衛艱難下令：「來人，把玉兒押往刑部。」侍衛應聲入亭，站到玉兒兩邊。玉兒平靜地走出涼亭，突然，玉兒回首朝朱元璋喊道：「皇上，奴婢有個心願！」朱元璋不看她，只道：「說吧。」玉兒顫聲道：「奴婢想把兒子帶進牢獄，他只有三歲，離不開娘，奴婢要和兒子同生共死！」二虎緊張地看著朱元璋。靜默片刻後，朱元璋齒間迸出一個字：「准！」

這天夜裡，外面下雨了，雨淅淅瀝瀝地下得人心煩。二虎惦記著玉兒和兒子，冒雨走進刑部牢房。獄吏殷勤地引領著他，他往裡走的腳步卻一步比一步沉重。一直走到盡頭的牢欄，二虎朝裡望，看見兒子正在草榻上熟睡。玉兒側躺著，和兒子面對面，盯著他的小臉看不夠。二虎示意獄吏，獄吏趕緊打開牢門，二虎入內。玉兒卻彷彿沒看見二虎，一動不動。

二虎先親兒子，一遍遍親不夠地親他的嫩臉蛋。然後坐到榻邊，伸手撫摸玉兒，顫聲叫：「玉兒！」玉兒一抖肩膀，冷冷地說：「別碰我！」二虎抽回手來，低聲道：「玉兒，你不用擔心，我一定把你弄出去。」玉兒嗔斷他：「你以為我還出得去麼？皇上恨我呢！娘娘不在了，沒人說得動皇上那顆鐵石心腸了，我們娘倆活不成的！唉，就是孩子可憐，他有什麼罪啊！」玉兒望著榻上的兒子，哽咽失聲。

二虎顫聲道：「不會！你倆要有個三長兩短，我絕不獨生！」

玉兒正視他：「二虎，我擔心你也一樣！你知道那麼多隱秘，替皇上處置過那麼多人，臣工們不敢恨皇上，難道不恨你嗎？早晚皇上不會拿你的腦袋去安撫他們嗎？再說，就算皇上現在不殺你，可等他百年之後，後繼之君會放過你嗎？二虎啊，你的下場只怕比你哥更慘啊。」

二虎低沉地說：「藍玉也這麼說過！玉兒啊，這些事，我心裡都明白。」玉兒顫聲道：「那你打算怎麼辦？你、你還不趕緊逃生？」二虎苦笑：「逃生？嘿嘿嘿！多年來一直是我在追拿別人，難道我還得被自個兒的部下追拿嗎？再說，我會扔下你倆自個兒逃生嗎？玉兒，我不逃生，寧死不逃！再說，我也不會背叛皇上。」

玉兒怔怔地看著他，長歎一聲，大有恨鐵不成鋼、恨二虎腦袋瓜不會轉變之意：「你啊，跟大虎一樣，死不悔改！」

二虎沉默片刻道：「玉兒，皇上也是人，我覺得他現在是硬撐著的，心裡只怕比誰都苦。我琢磨著，皇上不會殺我們一家的。」玉兒不相信，卻又懷著希望地問：「爲什麼？」二虎認眞地說：「因爲皇上清楚，我一直對他忠心耿耿！」玉兒冷笑：「大虎難道不是忠心耿耿嗎？那些被滅門的文武，難道都是奸臣？二虎啊，你怎麼到現在還這樣糊塗！皇上殺人，並不都出於忠奸！」

二虎受了震動。垂首看著地面，卻還是喃喃地說：「不會殺我們的，不會。」

這個雨夜，李善長的家中也不安寧。一個渾身濕透的人冒雨竄到李府大門前，昏暗的燈光照在他恐懼的臉龐上。他急促地敲著大門呼喚：「開門哪！快開門！我是善信，是二弟李善信啊。哥啊，快開門，求您救救我啊！哥啊！」

雷電一閃，一道強光照出了李善信滿面的恐懼。

李善長沒有聽見李善信的呼救聲。他正在宅子深處的內室中拉胡琴，小妾菱兒執一帕，嫋嫋婷婷地唱著：「昨夜雨疏風驟，濃睡不消殘酒。試問捲簾人，卻道海棠依舊。知否知否，應是綠肥紅瘦。」

一個家僕匆匆奔入內室，朝正在繞屋踱步的李善長稟報：「老爺，府外有人叩門呼救，他自稱是老爺的二弟李善信。」

李善長臉色大變：「善信？朝廷正在張榜捉拿他，他怎麼逃到京城來了？」家僕驚慌地說：「請老爺示下，奴才怎麼應付？」李善長慌亂地說：「叫他走，立刻走！永遠別來找我！」家僕道：「知道了。老爺，奴才給他些銀子做盤纏吧？」李善長斷然道：「絕對不可！什麼都不能給！告訴他他從來沒到我這兒來過，知道嗎？」

家僕答應著出去了。李善長神色滯澀，好像突然被抽了筋似的，人虛弱得要倒。

菱兒驚慌地扶住李善長，顫聲問：「老爺，您怎麼了？」李善長緩過神來，長歎：「沒事，老爺沒事。」菱兒不安地問：「老爺，我們會有災禍嗎？」李善長沙啞地說：「老爺幾十年來，只有功勞、苦勞。其他的，什麼都沒有哇！」菱兒嬌嗔：「那我呢？」李善長苦笑：「對了，還有個你。」

朝廷裡大大小小的惱人事兒雖多，恩科大試卻是如期舉行。大試這天，國子監牌坊披紅掛彩，燦爛輝煌。兩行鼓樂隊敲鑼打鼓吹鎖吶，喜樂之聲震天動地。牌坊外，大片學子身著新裝，已排好整齊的隊伍，正在等候點號入內。

喜樂聲中，一位官吏居高處昂首唱號：「蘇州府舉員宋曉義、呂正文、韓如山。」三個仕子昂首闊步而出，進入國子監，周圍百姓一片讚歎。官吏繼續高喝：「滄州府舉員魯平海、王逸夫、蘇子翰。」又三位仕子昂首闊步而出，進入國子監。

朱標著一身燦爛太子服飾，在一排排試案前慢慢走動、巡視。李進伴隨在朱標身畔，低聲稟報著：「胡惟庸案在繼續擴大，涉案的臣子也越來越多，直隸、安徽、浙江、湖南、山東、陝西都有三品以上的文武被捕入獄。昨天晌午，皇上請兩位義侄參將胡少文、劉三貴喝茶聊天，當天晚上，這兩位義侄就在家中自盡了。」

朱標聽得渾身發冷，顫聲問：「爲什麼？」李進沉默片刻後低聲道：「因爲他倆明白，只要自己死了，皇上就不會追究其罪，家人也隨之保全。還有，皇上也會賜他死後哀榮，下旨恩養家眷，子嗣也可承繼爵位俸祿。」

朱標無力地坐到一張試案前，神情疲憊地問：「還有什麼事？」

李進猶豫片刻，難言道：「許多大臣都感到驚恐不安，頭上像吊著一把劍。說不定什麼時候，這劍就會落下來，讓他身首異處！更可怕的是，這劍即使不落下來，他們也難以忍受。因爲，懸而不落的劍往往更加恐怖，更加兇險莫測！現在，已有一些大臣在上朝前先與家人訣別，甚至安排好後事，然後，才提心吊膽地上朝去。」

朱標一陣暈眩，幾乎栽倒，他強撐著身體，喃喃道：「你爲何跟我說這些？爲何不直接稟報皇上？」李進跪地，低聲道：「這些事，臣已經不敢向皇上稟報了，只好稟報殿下……」朱標痛苦嗔責：「你沒法說，難道我就能說了麼？」

李進無言相對。朱標一歎道：「起來吧。母后歸天了，父皇性情越發孤僻、多疑。徐帥稱病，閉門不朝，湯帥遠避鄉里，不入京城一步。唉，連他們都不敢開口說話，我又能怎樣呢？」

李進顫聲道：「殿下啊，他們可以不說話，您不能不說話。您是太子儲君！現在，只有您可以說話了。」朱標含淚顫聲道：「太子儲君，不是更得跟父皇保持一致嗎？否則的話，連我也難免——」朱標隱忍住了，痛歎：「李進啊，你還要逼我說麼？」

李進急忙道：「臣萬萬不敢！臣明白了，請殿下恕臣冒昧。」

這時候，一位內臣走過來揖報：「稟殿下，唱號點名完畢，各省士子已經齊聚門外，等候殿下旨意。」

朱標正容起身，高聲道：「傳命，入閣赴試。」內臣應聲離開，朱標領著李進朝外走去。

朱標步出聚賢堂，站於玉階高處，眾士子已在院子當中密密麻麻地排立著。李進朝他們高聲道：「拜見大試總裁、太子殿下！」眾士子折腰齊拜：「臣等拜見殿下！」朱標微笑：「好、好，平身吧。」眾士子道：「謝殿下。」朱標微笑道：「列位學子，現今天恩浩蕩，四海清平。朝廷亟需賢士俊才，以襄助大明盛世啊！看見你們這樣年輕，我真是高興，我——」話未說完，朱標臉色突變，站立不穩，顫聲道：「我、我頭疼。李進啊，我頭疼得要炸了！」

李進驚叫著撲過去扶住朱標：「太子，太子！您怎麼了？」朱標面色慘白，身體癱軟倒下，竟然在李進臂膀中猝亡！李進渾身震顫，悲切慘叫：「太子！」

朱元璋接到稟報，立刻乘著龍輦來到國子監門樓下。二虎上前打開車門，將朱元璋慢慢扶下龍輦。此刻的朱元璋已是一步一顫，搖搖欲墜！他強撐身體，穿過門樓，走向石階。二虎小心地扶著朱元璋，哽咽稟報：「太子正在說『天恩浩蕩，四海清平。朝廷亟需賢士俊才，襄助大明盛世！』就在這會兒，太子頭顱劇痛，隨即倒下不起，等太醫們趕到，發現太子脈絕，胸脯都涼了。」

朱元璋一言不發，在二虎扶持下，顫抖地邁上一層層石階。他走進聚賢堂，看見死去的朱標躺在一張試案上，身上蓋著黃絹。李進和大片士子全部跪地，垂淚哽咽。

朱元璋僵硬地走至案邊，伸出顫抖的手撫摸朱標，久久地久久地撫摸著。此刻，他一滴眼淚也沒有，失神地望著朱標，顫聲道：「涼了，標兒，你手怎麼這麼涼啊！」他無意中看見周圍跪著大片士子，猝然驚醒。沙啞地叫李進。李進上前，泣道：「臣在。」朱元璋沙啞地說：「大試不能停下，繼續吧，繼續開科取仕！李進，著你繼任大試總裁官，主持大試。」李進折腰領旨，含淚轉身，朝眾士子高聲道：「全體聽令，恩科大試照常進行。著全體士生依序入堂，準備開試！」

士子們應承著一一起身，從朱元璋身旁經過。朱元璋仍然抓著朱標冰涼的手，呆立不動像是要用自己的體溫暖醒死去的兒子。

武英殿的大殿成了太子朱標的靈堂，一樽巨大的棺槨置於正中，許多孝幛哀幡覆蓋其上。朱標的兒子——十幾歲的皇太孫朱允文披著重孝跪於棺槨前，皇子們秦王、晉王、燕王環跪著。他們都在悲傷飲泣，叩首拜祭。滿面滄桑的朱元璋獨坐其側，沉默地注視著那些皇子皇孫們。他痛心地想：標兒不在了，儲君之位空虛了。誰來繼承太子之位呢？咱雖然可以不設皇后，大明卻不能沒有太子啊！

朱元璋顫悠悠起身，朝殿外走去。半道上，他忽然看見一位老人跪在周邊，動作艱難地叩首祭拜。他定睛一看，竟然是徐達。朱元璋一把抓住他，顫聲道：「三弟，真是你？哎呀，你怎能跪在這兒呢，標兒是你侄啊！」

滿頭銀絲的徐達悲傷地說：「上位，咱祭拜的不是侄兒，是太子儲君啊！」朱元璋感動得熱淚盈眶，趕緊扶起徐達：「起來，快起來！」兩個老人相互扶持著朝宮外走去。此時的徐達，因背生毒癰疼得連腰都直不起來了，他支著一杖，氣喘不已。朱元璋顫聲道：「三弟啊，走！咱們找個僻靜地聊聊去。唉，咱就是想找個知心人說個話啊！」

兩人來到御花園的涼亭間，對坐喝茶。兩隻伸向茶盅的手腕都有些顫抖。朱元璋哀傷地說：「打自妹子死後，整個皇宮都變得空空蕩蕩。白天沒人吵嘴，夜裡沒人說話。你說這叫什麼日子嘛！唉！更叫咱傷心的是，標兒也走了！他仁慈賢明哪，朝廷內外的人都敬重他。咱苦心培養了二十來年，想讓他繼承皇位。可如今，白髮人送黑髮人哪！」朱元璋哽咽失聲了。

徐達聲音沙啞地說：「上位，這種時候，你可千萬要挺住嘍，不能倒下！你再一倒，朝廷就會出亂子！」朱元璋連應：「對、對！咱不倒，咱萬萬不能倒下。」徐達歎道：「皇子們都趕回來爲太子服喪了。有他們在這兒，您也該著歇幾日了。」朱元璋痛苦地搖頭：「三弟啊，皇子們回京，唉，並不全是爲祭拜標兒。他們哪，惦記著太子大位呢！」

徐達一怔：「也是啊，朝廷不可以沒有儲君，您也沒法讓人家不惦記。」朱元璋看看四周，低聲道：「哎，你說說，咱那些皇子中，誰承繼太子位妥當？」徐達沉默片刻，搖頭道：「我不說。這事也不該我琢磨！我這輩子只管練兵征戰，仗打完了，我歇著，等死！」朱元璋苦笑：「你這脾氣呀！好、好，就因爲你這脾氣，咱跟你說話，才最是貼心！哎，三弟呀，你氣色不好，背癰是不是又發作啦？」徐達氣餒道：「甭提了。刀山火海都過來了，到老，卻讓一個毒癰鬧得半死不活！」

朱元璋關切地問：「怎麼著？」徐達歎道：「年初就大發了，背上火燒火燎的，夜裡頭可受罪了，坐也不是，躺也不是。氣得我想，就是睡棺材裡也不至於這麼難受哇！」朱元璋急道：「太醫呢！太醫怎麼說？」徐達氣嗔：「提起太醫更讓人氣！他們給我立了嚴規，不准喝酒，不准沾一星兒葷腥！開年以來，我吃得簡直比牛馬還素！您說這是人過的日子麼？」

朱元璋不由得哈哈大笑：「三弟啊，報應！咱們兄弟當中，數你最海量，不讓你喝酒，可真是生不如死了。」這時二虎走近涼亭，猶豫著沒進來。朱元璋一眼瞥見，道：「二虎，進來說吧。在徐達面前，什麼話都可以說。」二虎走近揖報：「稟皇上，昨天夜裡，前陝西府廢員李善信已被拘拿。半個時辰前，他招供了。」二虎話到此處，再次猶豫不言。朱元璋嗔道：「說呀！」

二虎道：「李善信供認，洪武十二年五月至洪武十三年八月，在北疆征戰的藍玉曾經兩次託他給李善長帶話。原說是，『上位剛愎雄猜，做臣子禍福難料。我等兄弟如果率兵舉義，李相可否相助？』」

朱元璋一怔，顫聲道：「接著說！」二虎道：「據李善信供認，當李善信把話帶到杭州時，李善長斷然拒絕，說『藍玉狼子野心，真不知天高地厚！』」

朱元璋恨恨地發顫道：「這事，李善長從沒稟報過咱！三弟，你聽聽啊，這位跟了咱幾十年的『李先生』，竟然早就跟奸賊們串通一氣，共商悖逆之舉！」

徐達聞此言痛苦垂首。李善長明明拒絕了藍玉，朱元璋卻說他們共商悖逆之舉。現在的朱元璋已經猜疑成性，徐達知道他隨便爲李善長說什麼都只能是火上加油，引起更多猜測。

朱元璋長歎一聲，問：「徐達啊，你說咱該怎麼辦？」

徐達明白，朱元璋絕非眞要徵求他的意見，如何處置李善長，他心中早已一錘定音。徐達沉默片刻，仍同多年來一樣固執地表態：「我不說！」

李善長、藍玉之案判得很重。不僅斬首，而且並誅九族。他們押赴刑場那天，京城的街道上，銅鑼聲驚天動地。鑼聲中衝來一群檢校與軍士，將街道上的行人驅逐開去。一個將軍坐於戰馬上高喝：「聖旨。李善長、藍玉、唐勝宗、陸仲亨、費聚等二十八人結黨悖逆，著即押赴刑場斬首，並誅九族！」

李善長、藍玉等人早已面目全非。他們披髮垢面，戴著枷鐐，步履沉重地走來。他們後面跟著長串的男女老幼，隊伍逶迤不絕。隊伍裡傳出一片悲切的、歇斯底里的哭泣聲，沿途百姓們遠遠觀望，驚駭無比！

李善長雖然衣衫不整，但表情莊重。他走在最前面，絲毫不失柱國大臣的風度！而藍玉則暴跳如雷，仰面朝天破口大罵：「朱元璋，你這個王八蛋！咱弟兄出生入死，替你打下了天下，你他媽的無情無義，竟然殺到開國元勳的頭上來了！你、你天打雷劈，不得好死！」他的痛罵聲令聞者個個駭然。軍士們正要上前制止。李善長突然怒斥：「藍玉，閉上你那臭嘴！」

藍玉沒想到訓斥的聲音來自同被滅族的李善長，怒沖沖朝向他：「怎麼著，爺不該罵他麼？」李善長也發怒，道：「你憑什麼罵上位啊？你算什麼東西？砍頭就砍頭，不必撒潑罵街！」

藍玉吃驚得兩眼發直，叫道：「李善長，上位要殺咱們，你死到臨頭怎麼還替他說話？」李善長大聲道：「不錯，我是替他說話！告訴你吧，上位是千年不遇的豪傑，他做皇上是天意！換我做了皇上，也會殺了我這個李善長，殺了你這個悍將藍玉！上位之所以大開殺戒，爲的是大明千秋。上位殺咱們是應該，我們被殺是活該！你懂麼？」藍玉愕然失聲：「你、你、你不後悔？」李善長豪邁地說：「不！下一輩子，要是還出一個朱元璋，只怕我還會助他成大業！」

藍玉沉默了，眾罪犯再不開言，沉默地走向刑場。

歷史上，胡惟庸案遷延十餘年，數萬人株連被斬。大批開國功臣及淮西勳貴，俱陷入此案，幸免者寥寥。

第四十章
探牢獄施恩送龍輦
送小青絕塵去西天

朱元璋步履沉重地進入牢獄，逕直朝深處走去。他走到盡頭關押玉兒的監牢，看見牢欄內，玉兒正在低頭縫製童衣，幼子仍在草榻上熟睡。

朱元璋走到牢欄前站下了，望著裡面，叫獄吏開門。獄吏趕緊開鎖，拉開牢門。朱元璋擺擺手，眾獄吏迅速離開。朱元璋步入牢內。

玉兒微怔，起身跪地接駕，卻是一言不發。

朱元璋先走到草榻前，彎腰細細打量那個小娃兒。只見那幼子口叼自個兒的拇指，熟睡入夢，姿態極爲可愛。朱元璋感歎道：「瞧他，睡得可眞香。唉！人哪，只有娃兒時才能睡得這麼香！年紀越大，就越沒法睡了。」說著，朱元璋甚至嗅了嗅鼻子，喜道：「哎，咱都聞著娃兒的味兒了。」玉兒冷冷地說：「孩子的氣味，只有母親聞得著。」

朱元璋登時生氣，認眞地說：「咱聞著了！甜滋滋的，跟標兒小時候一樣！」

玉兒一怔，傷感垂首。朱元璋伸手觸摸那娃兒的小臉蛋，笑歎一下。接著慢慢在草榻邊坐下，對玉兒道：「起來吧，坐下。」

玉兒起身，坐到小凳上，扯平自己的衣裳，又下意識地理了理雲鬢。

朱元璋望著她蒼白清瘦的面龐，沙啞地說：「玉兒啊，知道咱爲什麼要懲治你嗎？」玉兒囁嚅道：「我放走了太醫們。」

朱元璋慢慢搖頭，沙啞低沉地說：「不光這事！你呀，怨恨咱！你心裡頭一直在怨恨咱！」

玉兒大驚，睜大眼睛顫聲問：「皇上？」朱元璋沉甸甸地說：「自從花榮死後，你就開始怨恨咱了。因爲是咱把你配給花榮的，你倆剛剛好上，花榮就戰死了。後來，二虎喜歡上了你。你呢，總勸他躲開咱，遠遠地躲開咱！為何呢，因為你覺得咱、咱太可怕了！哦，還有大虎之死。」

玉兒驚恐地顫聲道：「皇上！這都是奴婢罪過，跟二虎沒關係。」朱元璋道：「你不用護著二虎。你這心思，二虎從沒跟咱說過，是咱自個兒琢磨出來的！咱琢磨錯了麼？」

原來如此！玉兒稍稍鬆了一口氣，漸漸平靜下來，賭氣回答：「皇上沒錯，這確實是奴婢的心思。」

好久沒有人跟朱元璋這樣說話了！沒有人敢跟他這樣說話！這樣說眞心話！他久久打量玉兒，忽然聲音沙啞地問：「妹子臨死的時候，還說過什麼？」玉兒停留片刻，痛心地說：「娘娘昏迷的時候，好幾次喊叫，『重八、重八』。皇上啊，娘娘那聲音，喊得奴婢心都要碎了！」玉兒失聲哽咽。

朱元璋呆定，兩行老淚簌簌而下，聲音蒼老而沙啞地說：「如今再沒人叫咱重八了，永遠沒了！」

玉兒聽得傷心，想到馬皇后死後自己和兒子居然身陷囹圄，更是百倍的傷心，她百感交集地哭出聲音來。哭的時候，皇后活著時候的音容笑貌宛若就在眼前，那淚水就像潺湲細流，止也止不住了。

朱元璋無聲地走了。他從監獄出來，龍輦就載著他直接馳到了河邊，不遠處是朱標投水的那座石橋，秦淮河水緩緩從橋下流過，碧澄澄的，陰鬱而冷漠。

侍衛打開車門。朱元璋下車，眺望著遠處河對岸的刑場。長長的河岸上，李善長等人犯皆依次跪在石階上，無窮無盡。他們每人身後都站著一位威武的刀斧手。只要揮刀砍下，人犯的頭顱就會掉入秦淮河中，被河水沖走。

秦淮河岸軍士密布，警戒森嚴。

過了一會兒，二虎從石橋上走過來，近前揖報：「稟皇上，所有人犯全部押解到。距正午還有半刻鐘，請皇上旨意。」朱元璋抬頭望日，只見火紅的太陽當空懸掛著，熾烈得變了顏色，目光很難觸及，眼前只見白晃晃的一片。朱元璋沉默許久，終於沉聲道：「執刑吧。」二虎呆了片刻，應聲欲去。朱元璋低聲道：「二虎，你留下。吳風啊，你去傳旨。」

二虎詫異地止步，早先監護劉伯溫的檢校吳風應聲奔過石橋。

朱元璋盯著二虎，板著臉問：「昨天夜裡，你私見燕王了吧？」二虎大驚，萬沒想到這麼隱秘的事情朱元璋也會知道。他顫聲回答：「是。」

朱元璋臉色拉下來，問：「為何見他？談了什麼事啊？」二虎穩穩神道：「燕王把我召進王府，問長問短，關懷備至。末將謝了燕王恩典，卻什麼也沒有說。」朱元璋歎道：「他不是關懷你，是惦著咱！惦著太子大位！這事，你為何不報？」二虎垂首，艱難地說：「燕王是皇上兒子啊，末將萬難舉報。」

朱元璋嗔責道：「咱早就下過嚴旨，嚴禁內臣私通藩王，違者重懲不殆！」二虎不由地跪地，顫聲道：「皇上如果要殺末將的話，末將願與玉兒母子同死。」朱元璋沉默了，過了許久才開口：「玉兒關牢裡那麼久了，你為何不求咱賜恩呢？咱可是一直等著你開口呢。」

二虎沉默片刻道：「末將不想求人，寧死不求！」朱元璋冷笑道：「和大虎一個脾氣！還記得大虎嗎？」二虎驚訝道：「他是我哥啊！」朱元璋道：「你說，大虎是怎麼死的？」二虎沉默片刻，含淚顫聲說：「爲皇上盡忠而死。」

朱元璋歎了一聲，道：「起來，起來吧！」二虎道謝起身。朱元璋沙啞地說：「二虎啊，你已經跟隨咱二十來年了。咱的事，你知道得太多了，恨你的人也太多了。咱要是不在了，他們不會放過你！這，你明白嗎？」二虎道：「末將明白。」朱元璋伸出一隻顫抖的手，指著不遠處的龍輦道：「那龍輦賞你了，你愛上哪兒就上哪兒去吧。咱老了，不會再出遠門，要它也沒用了。你上車走吧。」

二虎大驚，一下子有點懵懂，他不敢相信地叫：「皇上！」朱元璋顫聲道：「聽著，這是咱給你的最後一道旨意！二虎，接旨吧，上車走。遠遠地離開京城！立刻！」

二虎好容易明白了，顫抖跪地道：「皇上，我、我想帶上玉兒。」朱元璋嘴角一動，譏嘲道：「聽聽，終於開口求咱了。唉！玉兒在車上。」二虎大驚，繼之深深叩首，泣不成聲：「末將捨不得皇上！」朱元璋跺足顫聲喝令：「接旨吧！」二虎再叩，顫聲道：「末將領旨，謝恩！」

朱元璋轉身走開，聲音沙啞地說：「每年清明，別忘了給娘娘燒炷香！」

二虎應著，激動地望著遠去的朱元璋的背影。突然，他清醒過來，撲向龍輦拉開車門，只見玉兒正摟著兒子縮在車角處。二虎大叫：「玉兒！」玉兒顫聲叫：「二虎！」兒子看見二虎，大眼珠亮晶晶的，興奮地連聲喊：「爸爸，爸爸。爸爸，爸爸。」

二虎跳進車廂，一家三口緊緊摟抱在一起，激動得說不出話來。車前一聲鞭響，龍輦隆隆起行了。玉兒顫聲道：「二虎啊，今兒早上，皇上到牢裡來了。他說，讓我們遠遠離開京城，永遠別回來。」

二虎流著淚說：「是啊，是啊！永遠不回來了。」龍輦轉彎，一隻大皮囊從座位上掉下來。二虎與玉兒同時望去，表情詫異。二虎拽過皮囊，打開蓋一看，裡面現出厚厚一摞蓋著玉璽與官印的票證。二虎頓時色變，玉兒在一旁驚問：「二虎，這是什麼？」二虎顫聲道：「是、是皇上給咱們的關防路引，還有銀票，有了這些，咱們即使走到天涯海角，也是暢行無阻。」

玉兒呆了片刻，突然撲到車窗上，朝後面張望。她簡直不相信皇上會獨獨善待他們，在大開殺戒的時候，偏偏降恩情在他們頭上，她擔心還會出現什麼意外。但大路上空空蕩蕩，不見任何人的蹤影。懷抱兒子的二虎歎著氣拍拍妻子說：「玉兒，不用擔心受怕了，都結束了。」

龍輦馳至城郊的長望亭驟然停了下來，那裡就是李善長與劉伯溫當年的下棋之處。二虎頓時警惕地注視著車外。只見馭手跳下馭座，走到車門前，雙手捧著馭鞭揖道：「虎將軍，皇上有旨，在下駕行到此為止。接下去，請將軍自便。」

二虎明白，他們一家終於可以單獨上路了，微笑道：「多謝，你去吧。」馭手應聲而去。二虎抓著馭鞭跳上馭座，回頭喊：「玉兒，坐好嘍。」車內，玉兒笑答：「哎！」二虎凌空一甩，長鞭啪啪地激響了，龍輦風馳電掣般奔向天邊。車子裡，終於傳出玉兒與兒子咯咯咯的久違的歡笑聲！

二虎一家奔向自由的時候，李善長等一批朝廷的重臣悍將正往陰間路上去，恐怖的號角聲已在他們頭頂吹響，「嗚嗚嗚！」吳風拖長聲音喊：「時辰到，開斬！」

這時候，兩個檢校提著一隻麻袋急速朝刑場奔去。那麻袋裡有活物在掙扎，並傳出哇哇的啼哭之聲。正在艱難踱步的朱元璋站住了，他一擺手，兩個檢校立刻將麻袋提到面前。朱元璋沉聲問：「怎麼回事？」檢校揖道：「稟皇上，李善長侄孫女被家人藏在穀堆裡，卑職等剛剛搜出來。」朱元璋命令打開。檢校解開麻袋，裡面探出一個五、六歲的小女孩，一副清秀單純的模樣。她望著提刀的檢校們，嚇得朝朱元璋直叫：「爺爺，爺爺！」朱元璋一驚，突然感到無限心酸，淚水盈眶，沙聲問：「丫頭，你叫什麼？」女孩抖抖索索道：「小青，我叫小青。」朱元璋輕輕道：「哦，小青兒。來，拉著爺爺的手，跟爺爺走吧。」

小青趕緊抓住朱元璋的手，靠在他身邊，朱元璋拉著小青繼續往前走。小青仰面望著朱元璋，滿眼是淚，可憐地說：「爺爺、爺爺，我爹娘都被他們抓走了。」朱元璋目光呆滯地「哦」了一聲。小青哭著說：「爺爺，救救我爹娘吧。」

這時，沉重的號角聲終止了。朱元璋一歎，沙聲道：「青兒，爺爺救不了他們。」

徐達聽到李善長的死訊時，自己正痛癢難當，生不如死。他當時正彎腰坐在軟椅內，難受得呼呼直喘。管家入內，湊上前低聲道：「稟老爺，今兒正午，李善長、藍玉、唐勝宗、陸仲亨、費聚等全部斬於河畔刑場，並誅九族。整條秦淮河都染紅了。」

徐達的表情沒見多少異樣，顫聲問：「還見到什麼？」管家低聲道：「人犯們都從南市大道上押過。半道上，藍玉破口大罵皇上。李善長則怒斥藍玉，說『上位做皇上是天意！換我做了皇上，也會殺了李善長，殺了你藍玉！』他還說，『上位之所以大開殺戒，爲的是大明千秋。上位殺咱們是應該，咱們被殺是活該！』」

徐達深深垂下頭，喃喃道：「說得好！」

管家見徐達精神不濟，趕緊換了話題，道：「老爺，飯菜上齊了，請用膳吧。」

徐達呆呆地坐在飯桌旁，盯著面前的一席素菜。突然間，他伸臂一揮，將它們全部揮落，屋子裡一片咣噹亂響。管家急匆匆跑上前，驚慌地望著徐達：「老爺？」徐達冷峻下令：「拿酒來。」管家驚愕地說：「老爺，太醫再三囑咐，身患毒癰務必忌口，飲食清淡，尤其不可飲酒。」徐達怒吼著：「拿酒來！連酒罈子一塊搬來，還有雞、鴨、魚、肉，有什麼上什麼。快！」管家急得快哭了：「老爺，您不能這樣啊！」徐達咬牙切齒地說：「聽著，你如不照辦，我殺了你！」管家恐懼了，無奈地說：「遵命。」

案上很快布滿酒罈，一碟一碟的雞、鴨、魚、肉也端了上來。徐達雙手舉著大碗，一碗一碗地狂飲。飲後長歎：「痛快啊！」接著，他扯下一隻鴨腿，大啃大嚼。

門突然被推開，幾個妻妾、奴僕奔進來，她們跪到案前，又急又痛地叫著：

老爺，您別這樣啊！

老爺，求您別喝了。毒癰一旦大發，會喪命的！

徐達毫不理睬，繼續狂飲大嚼。他抓過酒罈子，嘩嘩地倒滿大碗，高舉向天，咆哮著說：「善長啊，敬你一碗。」吼罷，徐達仰面飲盡。

妻妾們慘淒淒一片聲叫：「老爺，別喝了，快停下！」徐達卻像同她們賭氣似的，再抓過酒罈將大碗斟滿，舉碗向天，痛聲道：「藍玉，你小子！唉！」歎罷，徐達又仰面飲盡。

徐達喝酒至半夜。後半夜，他在床榻上翻天覆地，受盡煎熬。黎明時分，背上癰子大發作，他口噴鮮血殉命。

這一夜，朱元璋根本沒法睡。他的眼前金星直冒，腦子裡一直流淌著那條血腥的秦淮河。他甚至嗅到了它的味道。小青和他睡在一起，她躺上龍榻上一會兒就睡著了。朱元璋翻來覆去地折騰了半夜，怎麼也睡不著，他索性爬起來，呆呆地坐在旁邊，手中拈動著一支癢癢搔。

守候的內侍輕聲道：「皇上，奴才給您傳夜宵吧？」朱元璋呆呆地說：「不吃。」內侍欲言又止，默然折腰退下。小青在榻上翻了個身，睡得越發甜蜜了。朱元璋仍然在旁呆坐，注視著她無憂無慮的睡相，把身外的世界暫時忘卻了。四周的宮燭漸漸燃盡，只有燭油淋漓在案。

黎明時分，一個十七、八歲的皇孫入內，跪到朱元璋腳前，痛惜地說：「爺爺，太監說您一宵沒睡了。」

朱元璋抬眼看看他，沙聲道：「允文啊，起來。爺爺少睡會兒沒事，日後，爺爺還要長眠不醒呢。」朱允文傷感地說：「爺爺，孫兒求您保重龍體啊。」朱元璋苦笑道：「你爸也愛這麼說，好些大臣也愛這麼說。唉，可到後來，他們都不在了，你爺爺還在！好端端地坐這兒！」這時候，李進神情緊張地走了進來，揖道：「稟皇上，徐達辭世了。」朱元璋失聲問：「什麼？」李進顫聲稟報：「昨天傍晚，他不顧家人勸阻，接連喝了兩罎子貢酒，吃了一隻燒雞，一隻烤鴨。夜裡，背癰大發，口噴鮮血，天亮時殉命。」

朱元璋登時木木的，過好久才深深透過氣來，悽愴地說：「明白了，他不想活了，自個兒把自個兒送上黃泉路。」說著起身朝宮外走，剛邁出幾步，高大的身軀就搖搖欲墜。李進與朱允文急忙扶住他。兩人急呼：「皇上！皇上（爺爺）！」朱元璋顫聲吩咐：「允文哪，你去給徐爺爺叩頭去吧，守喪三天。」朱允文哽咽道：「孫兒領旨。」

朱元璋落座，喘息片刻吩咐：「李進啊，擬旨。敕封徐達為中山王。賜葬於紫金山巔，守望帝陵。」

自那以後，朱元璋就有了一個新的去處，那就是紫金山麓。那裡的重重山谷間，有一座輝煌的寺廟，叫靈谷寺。每天清晨，當金色的陽光普照萬物，那裡都會傳出噹噹的撞鐘聲，雄渾的鐘聲迴響於天地之間，盪氣迴腸、震撼人心。那是另外一個世界，一個清靜空靈的世界。

這一天，一輛樸素的馬車馳到山門前停了下來。吳風打開車門，小青先跳下來，接著她轉身扶下素服的朱元璋。她的聲音在空谷中格外脆亮：「皇爺爺，靈谷寺到了，您慢著點。」朱元璋連聲應道：「哎哎！吳風啊，你們在山門外候著，不必入內！」吳風應聲離開。朱元璋攙著小青的手，慢慢進入高大的山門。

爺倆邊走邊看，松濤聲聲，清風習習，他們在自然的綠界中慢慢地穿過一座座高大的靈塔、香爐、佛臺，老少倆的表情敬畏而神聖。朱元璋的心情越來越激動，彷彿踏入了一個熟悉而親切的夢境。忽然間，寺院深處隱約傳來了篤篤的叩擊木魚聲，其間夾雜著嗡嗡的誦經聲。朱元璋一怔，循聲而去，一步一趨地走向金碧輝煌的大雄寶殿。

寶殿之中，一座巨大的如來佛座像下，佛幡垂掛，香煙繚繞。無數披袈僧人正團膝而坐，呢喃誦經。佛像側下，一位老方丈合目低吟，手中木棰叩敲著一隻古老的木魚。

朱元璋不由自主地邁過大殿門檻，四處張望，表情益發激動，小青更是滿目好奇。接著，爺倆手攙手輕輕地走到最後一排蒲團處，在空著的蒲團上落座。他們肅穆安靜，立刻沉陷在無邊無際的、海濤般洶湧的誦經聲中。

漸漸的，朱元璋也合上雙眼，身體隨著經文的韻律開始微微搖晃，口唇也無聲地顫動起來。

朱元璋入定了。伴隨著呢呢喃喃的誦經聲，童年時代出現在他的眼前：

少年朱元璋與小夥伴在大青石上玩著「拜皇帝」遊戲，同時響起歡樂的童聲歌謠《上朝廷》：白麵饃，大燒餅，吃飽肚子上朝廷。噯喲喲，上朝廷，朝廷上擱著大燒餅。

父親朱五四在爛泥中爬行，摳摸著泥中穀粒。

小夥伴們抬著朱重八父母的屍體，向深山走去。

皇覺寺，小重八挑著兩隻沉重的水桶，踉蹌而行。

「施主，施主！」一聲聲的叫喚把朱元璋喚醒。他恍惚地睜開眼，這時，他才發現整座大殿空空蕩蕩，誦經僧人全部消失，唯有小青還偎坐在自己身邊，而自己早已是老淚縱橫！

白眉老方丈在朱元璋面前合十作揖，沉聲詢問：「施主，敢問到此何事？」朱元璋沙啞地說：「大師啊，咱想借取片刻佛緣，誦經超度親人。」老方丈慈祥地問：「敢問施主，超度哪位親人啊？」朱元璋沙啞地說：「咱父親，母親，妹子。哦，還有標兒。」

方丈遲疑道：「敢問施主，會誦經禮佛嗎？」朱元璋低聲說：「小時候，咱在皇覺寺做過童僧。」此話一出，老方丈頓顯驚愕，眼睛如電光一閃，但瞬息即滅。接著，他垂首深深一揖，低呼「阿彌陀佛」，隨即躬身而退，一直退出了大雄寶殿。

朱元璋在小青扶持下起身，走到如來像下，在方丈蒲團上盤膝而坐，略翻過幾頁經文，沉吟片刻，雙掌合十，開始誦經祈禱。其態其聲，一如老僧般莊嚴熟練。

小青捧過那隻木魚，抱在懷裡，輕輕的、有節奏的叩擊著：篤篤篤。

整座大殿只剩這一老一少。半空中，如來佛慈眉善目、永恆地微笑著！

夕陽西下，朱元璋攙著小青的手步出山門。他呆呆地、一步步走下石階，忽然身體一歪，差點跌倒。小青趕緊撐住朱元璋，驚叫：「皇爺爺，您怎麼了？」朱元璋站著不動，身體劇烈顫抖，左右張望著，聲音充滿驚恐：「爺爺看不見了！爺爺眼睛被雲霧遮住了，什麼都看不見了！」小青驚訝地說：「爺爺，前面沒有霧啊！什麼霧都沒有啊！」

朱元璋使勁揉眼，怔怔地望著天邊夕陽，竟然連太陽都看不見了。他低聲顫語：「天意，這是天意啊！」

小青搖晃著朱元璋的手，焦急道：「皇爺爺，您怎麼樣了？」朱元璋冷靜下來，低聲道：「青兒，爺爺眼睛一團模糊，看不見東西。」

小青驚恐地問：「那怎麼辦呢？」朱元璋已經鎭定下來，和藹地說：「你甭慌！聽著，攙著皇爺爺的手，給爺爺領路。步子慢一點，再慢一點，對，就這樣。」

小青應著，拉著朱元璋的手，慢慢地，一步步地走完剩餘臺階。當朱元璋雙足落於平地時，他口氣鄭重地說：「青兒，你聽著。皇爺爺要給你一道旨意，皇爺爺眼睛這事，絕不能讓任何人知道，千萬不能讓人知道！」小青不解地問：「爲什麼？」朱元璋認眞地說：「因爲，一旦叫小人知道了，他們就會犯上作亂！所以，千萬不能叫他們知道！記住了嗎？」小青懂事地說：「記住了！」朱元璋沉重歎息：「青兒，現在，爺爺要靠你領路了。」小青自信地說：「爺爺放心，青兒看得見！您拉著我的手，青兒當爺爺的眼睛！」

朱元璋激動地顫聲道：「好、好！青兒，咱們回宮。」

回宮後，朱元璋閱摺比以往艱難多了。爲了看清那些奏摺，他得貼近它們，眼睛用力睜著，幾乎要黏到紙面上去了！朱允文進來問安，正欲揖禮，見狀失聲驚叫：「皇上！」

朱元璋離開奏摺，朝椅背上一靠，歎一聲。他連歎息都是沙啞的，叫：「孫兒，過來。」朱允文上前，顫聲問：「爺爺，您怎麼了？」朱元璋道：「爺爺眼睛看不見了，一團雲霧啊。」朱允文驚慌地說：「孫兒叫太醫來。」朱元璋厲聲打斷：「不！不准讓他們知道！孫兒啊，爺爺自個兒明白，歲數大了，這眼疾是治不好了。你聽著，這事要嚴守機密，不能讓外人知道。一旦傳出去，定然有人造謠生事，有人會蠢蠢欲動！所以，絕不能讓他們知道。這是朝廷最高機密，誰敢妄言，斬！」朱允文顫聲道：「孫兒明白了。」朱元璋歎道：「以後，爺爺要靠你念摺子聽了。」朱允文顫聲應著：「哎！孫兒給爺爺念摺子。」李進入內稟報：「稟皇上。皇上今日偶染微恙，未能早朝。六部尚書請旨進宮，給皇上請安。」

朱元璋平靜地看向李進：「不用，你告訴他們，咱龍體健康，精神旺盛，從沒像現在這麼健康旺盛！明日，照常朝會。」

李進走後，朱元璋扶案起身道：「允文啊，你坐這兒，把這些奏章看一遍。待會兒念給咱聽。青兒呢？」小青一下子從角落竄出來，拉住朱元璋的手說：「皇爺爺，我在這裡。」朱元璋攥住她的小手，沙聲道：「走，領爺爺到外頭轉轉去，讓人家都瞧見咱們！」小青興奮地問：「皇爺爺想上哪兒？」朱元璋想想：「唔，御花園，好不？」小青高聲說好，喜悅地攙著朱元璋的手出門。朱允文呆怔地望著他們，一下子坐在了椅子上。

朱元璋與小青手攙手在殿道上行走。朱元璋微笑著說：「青兒，唱個歌兒給爺爺聽聽，大聲唱啊。」小青說好，亮著嗓門唱起來：

白麵饃，大燒餅，吃飽肚子上朝廷。
噯喲喲，上朝廷，朝廷上擱著大燒餅。

兩旁的內臣、侍衛紛紛恭身避讓。等朱元璋走過後，他們直眼相望，彼此議論著：「瞧哇，皇上一點病也沒有，精神著哪！」

小青把朱元璋牽入御花園中的涼亭。燦爛的陽光照進涼亭裡，照在一圈木椅上。朱元璋坐下，愜意地歪在陽光裡，將癢癢搔插入後脖子梗裡上下搔著。小青好像停不下來了，一遍又一遍高唱：「吃它娘，喝它娘，光著屁股曬太陽。噯喲喲，曬太陽，太陽出來暖洋洋。」

朱元璋誇道：「唱得好！青兒啊，燒餅好吃不？」小青笑嘻嘻說：「好吃！」朱元璋道：「爺爺小時候，要能吃上燒餅，那就是過年了！唉，那時整年累月吃不飽，一個燒餅就是咱窮人家的夢了。」小青詫異地問：「皇爺爺，你也餓過肚子？」朱元璋苦笑道：「可不！咱爹咱娘都是餓死的，就連咱這個皇上，也是被饑餓逼出來的。當年要有一個大餅吃，咱就不會舉義造反啦。」

老少兩人正有一搭無一搭閒聊，吳風入內揖道：「稟皇上，浙江檢校府探報。青田縣傳言，說劉伯溫臨死前留下了一部《天書》。」

朱元璋很在意地問：「哦，什麼天書地書的？」吳風低聲道：「當地民間正流傳一股悖逆之言，說劉伯溫這部書，集天地精華，匯古今謀略，凡能得到此書的人，就能成爲未來的皇上。」朱元璋沉下臉道：「把這本妖書搜尋出來！即使上天入地，你也要把它搜尋出來！」

至此之後，朱元璋主要靠朱允文念摺理政了。這一天，朱允文有滋有味地念著一篇才情橫溢的章呈「先賢曰，且夫天地之間，物各有主。苟非吾之所有，雖一毫而莫取。惟江上之清風，與山間之明月。耳得之而爲聲，目遇之而成色。取之不盡，用之不竭，是造物者無盡藏也。臣聞之豁然於心，焚香拜叩，敬啓聖上，乞下恩旨，表彰榆林縣學，鼓勵開設書院。使崇儒敬學之風，蔚然於山鄉野村。」

正念得進了境界，朱元璋的癢癢搔「啪」地一擊，痛罵起來：「你聽聽，廢話連篇！念了半個時辰，足有一萬多字了，這才剛剛說到正題，不就是辦個縣學麼，爲何不開門見山？孫兒，你記著，寫這種奏摺的臣子，舌頭長，見識短，庸弱無能，斷不可用！叫吏部傳旨，奪其職銜，把他降到榆林縣學當教諭去！」

朱允文心裡迷惑，對爺爺的話將信將疑，但不敢深問，只得應著。朱元璋又吩咐念下一摺。

朱允文從案上取過另一件奏摺，又開始念：「臣開封知府于少懷望南而叩，敬誦聖安。臣謹奏，九月十八日晨，黃河流經開封河段，忽然泥沙盡去，清澈見底，銀波潺潺，金鯉魚躍。全城百姓驚喜而至，焚香拜祭。此情此景，堪爲百年罕見之祥瑞，盛世再現之吉兆！是夜，臣仰望天穹，只見皎月當空，北斗燦然。京師的所處方向，紅光幽然。」朱元璋笑嗔：「于少懷此奏，算是開門見山了。但是孫兒啊，這種甜滋滋的話不能信！什麼祥瑞呀、吉兆呀之類的東西，都不能信！他是在望風捕影，向皇上獻媚呢。」

朱允文倒也有同感，笑道：「孫兒明白了。」這時，吳風捧著一隻匣子匆匆入內，揖道：「稟皇上，屬下經過重重探查，終於在青田深山裡捕獲了劉伯溫之子劉璉，並從他藏身之處，找到劉伯溫遺下的這部妖書。」

木匣呈至朱元璋案前，朱元璋伸手觸摸一下，沉聲道：「你去吧。」

吳風走後，朱元璋讓朱允文打開，瞧瞧裡面是什麼東西。朱允文取出匣中文卷，略翻一下，驚駭地顫聲道：「皇上，這是遺奏啊，厚厚一摞。」

朱元璋臉色一凜，急忙催促：「念，快念！」朱允文正聲念道：「臣劉伯溫於九泉之下啓奏大明新君。先皇起於鄉野，卻終能建國開元，創立豐功偉業，堪爲古今罕見之雄主聖君。然而日有缺食，月有陰晴。豐功之下，難免憾事。臣生不敢諫，唯有死後進言，乞恕罪。臣斗膽以爲，先皇治政，惜有如下四大遺憾。」朱允文戛然而止，顫聲道：「皇上，孫兒不能再念下去了。」

朱元璋卻重重地命令：「念。一個字也別錯！」朱允文奉命再念：

「其一．剛愎雄猜。臣預料諸多功臣勳舊必死於先皇之前；其二．嚴刑峻法。臣憂慮諸多酷烈律令將使臣工百姓噤若寒蟬，其循規蹈矩並非出於守法，更是由於畏死；其三．吏治太苛。臣擔心時下官吏們懼於天威雖能清廉自守，但先皇歸天後，官俸之薄、吏治之苛將迫使官吏們法外致富，盤剝害民；其四．藩王可慮。如今，先皇子嗣遍布大明各省，日後如擁兵自重，必致禍亂。以上四憾，臣生時五內如焚，死時死不瞑目！爲大明千秋計，臣身臥九泉，魂繫君側，死而後生，翹首進言。臣冒昧以爲：新君當承先皇之帝業，開萬象之更新。施仁政，親子民，寬刑罰，開言路。爲此，臣不揣淺陋，進獻新政九策，恭呈聖上御覽。」

朱允文再次停止誦讀，不安地看看朱元璋。

朱元璋沙啞地說：「現在咱明白了，爲何劉伯溫晚年不發一言，不建一策，沉默至死。因爲，他跟咱已經無話可說了，只能跟後世之君說話！唉！這道奏章，眞是一縷絕唱，死後餘音哪！」

朱允文顫聲問：「皇上，這道奏章應該如何處置啊？」朱元璋沉默許久，慢慢把木匣推向朱允文，沙聲道：「劉伯溫是給你的，你就留著慢慢讀吧。」朱允文聞言大驚失色，忙道：「皇上，此奏劉伯溫是獻給後繼之君的呀！」朱元璋沉沉道：「不錯，朱允文，你就是後繼之君！」

朱允文跪地，哽咽泣下：「爺爺，孫兒萬萬擔當不起啊！」

朱元璋歎道：「爺爺剛當大帥時，也以爲自個兒擔當不起。可爺爺被時勢逼上來了，不僅當了大帥，還成了吳王，成了帝王！孫兒啊，帝王們初登大位時，莫不心懷恐懼，如履薄冰。但是，對帝王來講，世上雖有萬千條道路，唯獨沒有退路！做帝王的必須昂首挺胸，一往無前。爲何呢？因爲你是天子，上天之子！承天道而馭萬方。」

朱允文泣道：「孫兒明白了。」朱元璋深沉地說：「劉伯溫有句話說得不錯，那就是讓你施仁政。唉，文武之道，一張一弛啊。正是由於爺爺這輩子『剛愎雄猜，嚴刑峻法』，才把那些驕兵悍將、頑劣兇暴、還有貪官污吏們統統扒拉掉了！孫兒啊，爺爺已經把得罪人的事情全做完了，把天下打掃乾淨了。你呢，仁厚賢良，正好放手施行你的仁政！不要幾年，大明江山就會交到你手裡。你可不要讓爺爺像劉伯溫那樣『身臥九泉，魂繫君側，死而後生，翹首進言』哪！」

朱允文伏地重叩，泣不能言。

朱元璋又上朝了。李進立於玉階上高喝：「早朝時辰到，眾臣入朝！」喝聲畢，眾臣依序進入奉天殿，走在最前面的，是秦王、晉王、燕王。

蒼老的朱元璋攙著小青的手走到大殿邊上，他鬆開手，穩了穩神，昂首正視前方，大步走上丹陛，慢慢地在龍座上落座。整個過程竟然毫無錯漏！提心吊膽的朱允文早已站立在龍座旁邊，此時終於鬆了一口氣。

眾臣跪地齊頌：「臣等叩拜皇上。」朱元璋沉聲道：「平身吧。」眾臣起身後，李進執黃卷上前，高聲宣讀：「聖旨。冊立皇長孫朱允文為皇太孫，入上書房輔政。即日起，各部院所有奏、疏、廷寄，俱先呈皇太孫審閱，再呈朕御覽。欽此！」

朱允文向朱元璋深揖：「孫兒領旨！」說著，他從龍座旁走到丹陛前，立定，等待眾臣參拜。但是，下面的皇子們卻是面面相覷，大為驚愕。眾臣也惶然四顧，竟忘了回應。朱元璋在龍座上發出一聲低沉的：「嗯？」皇子與眾臣這才趕緊朝朱允文跪叩：「臣等拜見殿下！」

朱允文微笑道：「請起。」眾臣起身，一邊說：「謝殿下。」朱元璋慢慢起身，他步履雖有些僵硬，卻獨自一步步走下丹陛，一直走到皇子們面前，對眾臣道：「你們別以為皇太孫年輕，咱舉義的時候，比他還小兩歲呢！如今，他上承咱的言傳身教，下有各位臣工的盡心輔佐，定能擔當大業，繼往開來，恩威天下。」

皇子與眾臣高聲道：「皇上聖見！」

朱元璋繼續往臣工佇列中走，眼睛閃閃發亮。一邊走一邊朗聲道：「再說了，咱在《皇明祖訓》裡定下了規矩。日後，朝中如有奸臣作亂，各地藩王可率兵進京，勤王除奸，以保大明基業，傳之千秋萬代！」

突然，朱元璋的臉龐靠近一個大臣，冷冷地逼問：「你慌什麼呢？」那位臣工嚇得發抖：「稟皇上，臣、臣沒發慌。」朱元璋面無表情地說：「是麼？可咱不但聽見你呼呼直喘，還聽到你咚咚心跳！」臣工跪地道：「稟皇上，皇上天威，令臣、臣不寒而慄。」朱元璋笑起來，道：「起來吧。」

臣工起身，垂首屏息，再不敢發出一絲動靜。

朱元璋雙目炯炯，自豪地說：「哼，咱知道朝中有流言，說咱眼睛瞎了。嘿嘿嘿！咱告訴你們，說這話的人才是瞎了眼！咱上上下下好著呢。咱就是不用眼睛，也能把人心、是非、善惡、忠奸，看得清清楚楚，比以往任何時候都清楚！」最後一句，朱元璋是怒吼出來的。

下了朝，朱元璋回到暖閣裡。小青坐在榻上玩耍。朱元璋聞到了香味，趴在案上東嗅嗅，西嗅嗅，喃喃地說：「什麼味兒？好香啊！誰動咱東西了？」

小青開心地舉起幾支花朵，說：「在這兒呢！玫瑰花，我從花園裡給您採來的！」朱元璋得意地笑道：「瞧，爺爺一進屋就聞出來了。」小青咯咯笑道：「皇爺爺，您靠鼻子當皇上啊！」朱元璋笑道：「青兒，爺爺告訴你，什麼事情都有它的氣味。有時候哇，眼睛能哄人，氣味哄不了人！」

吳風走進來，爲難地說：「稟皇上，您要的那本畫冊子，屬下沒找著。」朱元璋嗔道：「眞沒用，在書房裡。」吳風難堪地說：「稟皇上，屬下把書櫃上下找了好幾遍，沒有。」朱元璋生氣地說：「聽著，你沿著書櫃往東數，第二排，第四櫃，在《史記》頂上擱著！」吳風趕緊道：「屬下明白了，屬下再去！」

吳風離開後，朱元璋自豪地對小青道：「青兒，你聽見了吧？有人就是白長了眼睛！」小青笑問：「皇爺爺，他們都叫你皇上，你沒名字麼？」朱元璋道：「有啊！爺爺的大名叫朱元璋，小名叫朱重八。」小青噗哧笑了：「朱重八？咯咯，皇爺爺，我鄰居家有條狗，它名叫重九。」朱元璋笑道：「嘿嘿，聽起來就像咱兄弟嘛！」小青又問：「皇爺爺，那您爹叫什麼名啊？」朱元璋歎道：「咱爹的名字就更逗了，叫朱五四。咱奶奶生他那年是二十五歲，咱爺爺二十九歲，加起來就是五十四歲，所以他就叫朱五四了。」

小青咯咯大笑：「這名兒眞好玩！」朱元璋自豪地說：「光好玩可不成，還得尊貴！咱當皇帝後，就給咱爹改了名，現在啊，他叫『英武仁慈文正靜義端穆仁弘端』祖皇帝整整十三字！」

小青大驚：「哎呀呀，這麼長的名啊！」朱元璋自豪地說：「長了好，越長越尊貴！爺爺要是死了，名字更長哪，最少得有十五、六個字！」小青嗔道：「那不好，還是叫皇爺爺最好！」朱元璋頷首：「這話你說得對！」小青撒嬌道：「皇爺爺，來跟我玩會兒！」朱元璋問：「玩什麼呢？」小青道：「咱們猜拳錘子、剪刀、布！」朱元璋興奮地說：「成！可不准耍賴啊。」小青高興地叫：「開始。錘子、剪刀、布！」話音剛落，兩人揮拳各出一勢。小青歡聲大叫：「我贏了，我贏了。我是；『剪刀』，你是『布』！」朱元璋微笑道：「再來。」小青高聲叫：「錘子、剪刀、布！」兩人各出一勢。這回，小青是「錘子」，朱元璋出的還是「布！」小青嘟囔一聲：「爺爺贏了。」朱元璋嘿嘿笑。小青再叫：「錘子、剪刀、布！」連續數次，朱元璋回回都贏。小青驚訝地說：「爺爺，您幹嘛老贏啊？」朱元璋得意地說：「爺爺啊，能看見你的心思！」

兩人玩累了，朱元璋又要出去走走。他攙著小青的手，兩人有說有笑地在宮裡走。不一會兒，他們走進乾清宮。馬皇后死後，這裡什麼都沒有變，朱元璋不許別人動。朱元璋進了屋子就深深吸氣，動情地說：「青兒，這就是你奶奶住的地方。」小青張望四周：「奶奶人呢？」朱元璋沙啞地說：「她死了。」小青恐懼地靠緊朱元璋。朱元璋挽著小青落座，輕輕地說：「青兒啊，爺爺也快死了，到那時候，你怎麼辦呢？」

小青大叫：「爺爺不會死！我在大殿上聽見了，大臣們都喊你『與天齊壽，萬壽無疆！』」

朱元璋笑道：「那是唬人哩。皇爺爺也會死！你想啊，要是做皇上的永遠不死，太子、太孫們多不開心啊，這世道也就僵住不動了。」小青難過地說：「皇爺爺不要死。」朱元璋感歎道：「爺爺已經送走好多人了。有親人，有敵人，還有半親半敵的人。不過，凡人死的時候叫個『亡』，大臣死了叫個『薨』。做皇上要是死嘍，就叫做『崩』！嘿嘿，喜歡這叫法不？」

小青不解地問：「幹嘛叫崩啊？」朱元璋道：「崩，就是山崩啊。凡人死了就像死了個草，而皇上死了就像泰山崩裂那樣，驚天動地的，所以才叫『崩』。嘿嘿嘿！青兒，爺爺告訴你，皇爺爺死的那天會非常隆重，過大節似的，比咱登基還隆重！」

小青驚訝地說：「眞呀？那我一定得去看看！」朱元璋苦笑道：「傻丫頭！只怕你看不著了！」小青問：「爲什麼？」朱元璋道：「大殯那天，他們會把你殉葬。因爲，不該知道的事你知道的太多了。你呀，簡直比六部尙書知道的都多！他們不放心啊，會把你埋進地宮。」小青驚恐地問：「地宮裡黑嗎？」朱元璋道：「黑，九泉之下，哪能不黑呢？」

小青恐懼地哭起來，說：「我怕黑。」朱元璋趕緊摟住小青：「不怕，不怕，爺爺嚇唬你呢。來、來，你看這兒，爺爺把東西都給你準備好了。」朱元璋手伸進懷裡摸索著，終於摸出一隻錦囊，嚴肅地說：「青兒，現在，你仔細聽著爺爺的話，一句都別忘！」

小青嚴肅地點頭。朱元璋認眞地說：「你要到安徽鳳陽東湖邊上，找一個打魚的王爺爺，就說是重八爺爺叫你來的。」小青重複道：「安徽鳳陽東湖邊上，找一個打魚的王爺爺，就說是重八爺爺叫我來的。」

朱元璋滿意地說：「對。那兒離京城雖然遠些，但你只要大膽往西去，一定能找著他的。」朱元璋說著從錦囊中取出一條長長的、粗粗的銀鍊子：「這是爺爺給你的盤纏，要用錢的時候，就扣下一環來。記著，每個銀扣子都值一千枚銅錢，別叫人蒙嘍。」小青莊嚴地說：「我懂。」朱元璋抖索地遞過去，說：「給。掀起上衣，把它圍在腰裡。扣上！」小青聽話地將銀鍊子圍在腰上。朱元璋關心地問：「扣好了麼？」小青回答扣好了。

朱元璋再從囊中摸出兩片金葉子，嚴肅地說：「這兩片金葉子，每片都值一條銀鍊子。脫下鞋，你把它藏在鞋底裡。路上，千萬別叫歹人看見，他們會搶你。」小青嗔道：「不會，我在大殿上聽見了。大臣們說天下太平，夜不閉戶，路不拾遺！」朱元璋微嗔：「那是哄咱們呢，不能信！快，藏鞋底裡！」

小青接過金葉子，脫下鞋，每隻鞋裡藏進一片葉子。朱元璋伸手上下摸索她，沙聲問：「藏好了麼？」小青說：「藏好了。」朱元璋起身，拉著小青的手道：「走，爺爺送你出宮！」

兩人手攙手，走出乾清宮。他們一步一步朝宮門走去。此刻，天邊正懸掛著一輪血紅的夕陽！朱元璋顫聲道：「青兒，唱個歌給爺爺聽。」

小青低聲唱起了《上朝廷》：

白麵饃，大燒餅，吃飽肚子上朝廷。

噯喲喲，上朝廷，朝廷上擱著大燒餅。

小青的歌聲越來越響，朱元璋也隨之沙啞地同唱：

吃它娘，喝它娘，光著屁股曬太陽。

噯喲喲，曬太陽，太陽出來就暖洋洋。

歌聲中，爺倆的身影漸漸遠去、遠去。

小青離開之後，朱元璋益發蒼老，也更加孤單慵懶了。他越來越不喜歡活動，總是身蓋一床薄毯，躺在軟榻上打盹、曬太陽。那根不肯離身的癢癢搔就放在榻邊的茶案上。漸漸的，太陽西斜了，陰影落到朱元璋身上。冷風吹來，朱元璋激起一個寒顫，沙啞地嗔道：「太陽呢？」

幾個太監趕緊上前，抬起軟榻，挪到太陽光下。朱元璋伸手朝茶案上摸索，又嗔道：「癢癢搔！」

一個太監趕緊把癢癢搔遞給朱元璋。朱元璋抱在懷裡，繼續打盹曬太陽。守立的太監們望望天空，開始感到不安，因爲太陽正在西下。過了一會兒，他們看見陰影又落到朱元璋身上，便輕輕上前，慢慢抬起軟榻，挪進最後一片太陽光下，朱元璋繼續打盹。太監們緊張地望著天空，而太陽卻不依他們的意志，繼續西下。

一片陰影從朱元璋腳下爬上來，慢慢爬上他的雙腿，腰間。冷風徐徐吹來，朱元璋再次嚴厲地叫了起來：「太陽呢？」

一個太監上前，顫聲道：「稟皇上，太陽下山了。」朱元璋突然怒睜雙眼，如晴天霹靂般大吼一聲：「叫它站下！」所有太監一片愕然，不知如何是好。朱元璋連聲暴吼：「叫太陽站下！站下！」

太監們呆了。一起驚慌失措地望著一位臉上布滿皺褶的資深老太監。老太監的小眼睛一轉，趕緊朝宮門處高喊：「皇上有旨，叫太陽站下！」守立在殿道口的侍衛朝宮外大喝：「皇上有旨，叫太陽站下！」

皇宮各處的侍衛一個接一個大喝：「皇上有旨，叫太陽站下！」吼聲驚天動地，餘音不絕。

聖旨傳到了一座高高的角樓上。守立在那裡的軍士朝西方天空高喝：「皇上有旨，叫太陽站下！」

老太監匆匆奔至軟榻邊，彎腰顫聲道：「稟皇上，太陽站下了，乖乖地站下了！」朱元璋微睜眼，含糊地問：「哦，站在哪兒了？」老太監躬身顫聲道：「在棲霞山上不動了。」

朱元璋滿意地閉上眼，沙啞地說：「唔，日出紫金，日落棲霞。好，好。」老太監躬身退開，含淚注視著榻上的朱元璋。所有人都注視著朱元璋，只見，那片陰影繼續往朱元璋身上爬，越爬越高，最終覆蓋了朱元璋的臉龐。這時，朱元璋的手臂無力地垂下來，那支癟癟搔掉落在地！

洪武三十一年（西元一三九八），明朝開國皇帝朱元璋駕崩，葬於南京紫金山下，廟號太祖，享年七十一歲。

元天曆元年（西元一三二八），朱元璋生於安徽鳳陽太平鄉縣孤莊村，少年時父母雙亡，入皇覺寺爲行童。在元末亂世中，朱元璋投軍舉義，東征西戰，先後掃平陳友諒、張士誠等南北君雄，推翻元廷，奪取天下，開創了長達二百八十年的大明王朝。

朱元璋稱帝期間，飽受戰爭創傷的中華大地迅速恢復生機，糧食增產，人口繁衍，生產力獲得空前的提高。與此同時，朱元璋整肅官吏，嚴刑峻法，致使大案迭起，大批功臣勳貴亡命。其是非功過，留於後人評說。

國家圖書館出版品預行編目資料

朱元璋／朱蘇進著
一一版一臺北市 ： 大地， 2007〔民96〕
冊 ； 公分. --（歷史小說 ：30）
ISBN 978-986-7480-74-3（全套：平裝）

857.7 96004163

朱元璋（上下冊合輯）

歷史小說030

作　　者	朱蘇進
發 行 人	吳錫清
主　　編	陳玟玟
出 版 者	大地出版社
社　　址	114台北市內湖區內湖路2段103巷104號
劃撥帳號	0019252-9（戶名：大地出版社）
電　　話	02-26277749
傳　　真	02-26270895
E-mail	vastplai@ms45.hinet.net
公司網址	www.vastplain.com.tw
美術設計	洸譜創意設計股份有限公司
印 刷 者	普林特斯有限公司
一版一刷	2007年4月

大地

特　價：399元（上下冊不分售 ）